KB060036

세계의 겨울
유럽 전장
20세기 3부작 제2부
1939 ~ 1945
노르웨이
베르겐
스웨덴
스코틀랜드
에든버러
글래스고
북해
덴마크
코펜하겐
뉴캐슬
벨파스트
잉글랜드
리버풀
맨체스터
더블린
아일랜드
웨일스
버밍엄
케임브리지
애버로언
카디프
런던
됭케르크
칼레
벨기에
사우샘프턴
본머스
브뤼셀
네덜란드
함부르크
하노버
베를린
독일
드레
프랑크푸르트
영국해협
아미앵
솜 강
르아브르
루앙
스당
렘베르크
쾨니히스베르크
베르사유
파리
알자스로렌
뷔르템베르크
바이에른
뮌헨
브레스트
센 강
벨포르
바젤
프랑스
베른
인스브루크
오스트리
스위스
제네바
트리에스테
루아르 강
리옹
밀라노
베네치아
비스케이 만
보르도
론 강
알레산드리아
툴루즈
마르세유
이탈리아
페르피냥
세르베르
사라고사
바르셀로나
에브로 강
로마
에스파냐
대서양
알제리
튀니지

핀란드
헬싱포르스
상트페테르부르크
탈린
노브고로드
러시아
리가
리에파야
메멜
모스크바
코브노
빌나
스몰렌스크
볼가 강
민스크
불로브니르
브레스트리토프스크
폴란드
키예프
렘베르크
스탈린그라드
베사라비아
트란실바니아
루마니아
베오그라드
세르비아
다뉴브 강
바르나
흑 해
불가리아
보스니아
터키
지 중 해

세계의 겨울

1

WINTER OF THE WORLD
by Ken Follett

This Korean edition is published by Munhakdongne Publishing Corp.
in arrangement with Ken Follett.

이 도서의 국립중앙도서관 출판예정도서목록(CIP)은
서지정보유통지원시스템 홈페이지(http://seoji.nl.go.kr)와
국가자료종합목록 구축시스템(http://kolis-net.nl.go.kr)에서 이용하실 수 있습니다.
(CIP제어번호: CIP2016001426)

세계의 겨울

1

WINTER OF THE WORLD
KEN FOLLETT

켄 폴릿
장편소설
남명성 옮김

문학동네

일러두기

1. 본문 중의 주석은 모두 옮긴이주입니다.
2. 강조의 의미로 쓴 고딕체는 원서에서 이탤릭체로 표시된 부분입니다.
3. 성서 인용은 『성경전서 개역개정판』을 따랐습니다.

할아버지 할머니를 기억하며
톰과 미니 폴릿,
아서와 베시 에번스에게

WINTER OF THE WORLD
CONTENTS

1부
다른 쪽 뺨 1장~5장
015

2부
피의 계절 6장~8장
435

미국

듀어 가족

거스 듀어　상원의원
로사 듀어　거스 듀어의 아내
우디 듀어　큰아들
척 듀어　작은아들
어슐러 듀어　거스의 어머니

페시코프 가족

레프 페시코프
올가 페시코프　아내
데이지 페시코프　딸
마르가　레프의 정부
그레그 페시코프　레프와 마르가의 아들
글래디스 앤절러스　영화배우이자 레프의 또다른 정부

로즈로크 가족

데이브 로즈로크
조앤 로즈로크　딸

버펄로의 명사들

도트 렌쇼
찰리 파커슨

기타

조 브레커노프 깡패

브라이언 홀 노조 간부

재키 제이크스 신인 여배우

에디 패리 척의 친구인 해군 수병

밴더미어 대위 척의 상관

마거릿 카우드리 아름다운 부잣집 딸

역사적 실존 인물

F. D. 루스벨트 대통령

마거릿 '미시' 르핸드 대통령 비서

해리 트루먼 부통령

코델 헐 국무장관

섬너 웰스 국무차관

레슬리 그로브스 대령 육군 공병단

잉글랜드

피츠허버트 가족

피츠허버트 백작 별칭 피츠

비 공주 피츠의 아내

'보이' 피츠허버트 애버로언 자작, 큰아들

앤디 작은아들

레크위드-윌리엄스 가족

에설 레크위드(결혼 전 성 윌리엄스) 올드게이트 지역 하원의원

버니 레크위드 에설의 남편

로이드 윌리엄스 에설의 아들이자 버니의 의붓아들

밀리 레크위드　에설과 버니의 딸

기타

루비 카터　로이드의 친구

빙 웨스트햄프턴　피츠의 친구

린디 웨스트햄프턴, 리지 웨스트햄프턴　빙의 쌍둥이 딸

지미 머리　머리 장군의 아들

메이 머리　지미 머리의 여동생

로더 후작　별칭 로디

네이어미 에이버리　밀리의 가장 친한 친구

에이브 에이버리　네이어미의 오빠

역사적 실존 인물

어니스트 베빈　하원의원, 외무장관

독일과 오스트리아

울리히 가문

발터 폰 울리히

모드　발터의 아내(결혼 전 이름은 레이디 모드 피츠허버트)

에리크　발터와 모드의 아들

카를라　발터와 모드의 딸

아다 헴펠　가정부

쿠르트　아다가 낳은 사생아

로베르트 폰 울리히　발터의 육촌 형제

외르크 슐라이허　로베르트의 애인

레베카 로젠　고아

프랑크 가족

루트비히 프랑크
모니카 아내(결혼 전 이름은 모니카 폰 데어 헬바르트)
베르너 큰아들
프리다 딸
악셀 작은아들
리터 운전기사
콘라트 폰 데어 헬바르트 백작 모니카의 아버지

로트만 가족

이자크 로트만 박사
하넬로레 로트만 아내
에바 딸
루디 아들

케셀 가문

고트프리트 폰 케셀
하인리히 폰 케셀 아들

게슈타포

토마스 마케 경위
크링겔라인 경감 마케의 상관
라인홀트 바그너
클라우스 리히터
귄터 슈나이더

기타

헤르만 브라운 에리크의 가장 친한 친구
슈바프 하사 정원사

빌헬름 프룬체　과학자

러시아

페시코프 가족

그리고리 페시코프

카테리나　아내

블라디미르　아들, 늘 별칭 '볼로댜'로 불림

아냐　딸

기타

조야 보로친체프　물리학자

일리야 드보르킨　비밀경찰 간부

레미토프 대령　볼로댜의 상관

보브로프 대령　에스파냐에 파견된 소련군 장교

역사적 실존 인물

라브렌티 베리야　비밀경찰의 총수

뱌체슬라프 몰로토프　외무장관

에스파냐

테레사　에스파냐어 교사

웨일스

윌리엄스 가족

다이 윌리엄스　할아버지

카라 윌리엄스　할머니

빌리 윌리엄스　애버로언 지역 하원의원

데이브　빌리의 큰아들

키어　빌리의 작은아들

그리피스 가족

토미 그리피스　빌리 윌리엄스의 선거 사무장

레니 그리피스　토미의 아들

:

1부
다른 쪽 뺨

:

1장
1933년

I

카를라는 어머니와 아버지가 말다툼 직전이라는 걸 눈치챘다. 주방에 들어서는 순간, 2월의 눈보라를 앞두고 베를린 거리에 부는 뼛속 깊이 추운 바람과도 같은 냉기가 느껴졌다. 하마터면 돌아서서 도로 나갈 뻔했다.

두 사람이 싸우는 일은 흔치 않았다. 보통은 사이가 아주 다정했다. 지나칠 정도로. 사람들 앞에서 아버지와 어머니가 키스하면 카를라는 움츠러들었다. 친구들도 그런 모습을 희한하게 여겼는데, 그들의 부모는 그런 행동을 하는 일이 없기 때문이었다. 한번은 그런 이야기를 했더니 어머니는 기분좋은 듯 웃고는 말했다. "결혼식 다음날 네 아버지와 나는 '대전쟁'으로 헤어졌단다." 어머니는 영국인이었지만 말투로는 거의 알아차리기 어려웠다. "난 런던에 남았고 그는 독일로 와서 군에 입대했지." 이미 여러 번 들은 이야기인데 어머니는 질리지도 않는지 또다시 들려주었다. "우린 석 달이면 전쟁이 끝날 거라고 믿었지만, 나는 네 아버지를 오 년이나 보지 못했어. 그를 품에 안을 수 있기를 오랫동안 고대했단다. 그래서 지금도 전혀 지겹지 않은 거야."

아버지도 심각하기는 마찬가지였다. "네 어머니는 내가 만난 가장 현명한 여자다." 바로 며칠 전 이곳 주방에서 들은 말이었다. "그래서 결혼했지. 다른 게 좋아서가 아니라……" 아버지는 말꼬리를 흐리더니 어머니와 함께 음모를 꾸미듯 킥킥 웃었다. 열한 살 난 카를라는 섹스에 대해 하나도 모른다는 듯이. 정말 난처했다.

하지만 두 사람은 가끔 싸우기도 했다. 카를라는 귀신같이 낌새를 알아차렸고, 지금은 새로 싸움이 시작되려는 참이었다.

그들은 식탁 양쪽 끝에 마주보고 앉아 있었다. 아버지는 짙은 회색 정장과 풀을 먹인 흰 셔츠에 검은색 새틴 넥타이를 맨 수수한 차림이었다. 머리가 벗어지기 시작했고 줄에 매달린 금시계 조금 아래쪽 배가 불룩했지만 언제나 그랬듯 말쑥했다. 차분함을 가장한 얼굴은 차갑게 얼어붙어 있었다. 카를라가 잘 아는 표정, 가족 중 누군가 화나게 했을 때 아버지가 짓는 표정이었다.

아버지는 어머니가 만드는 주간지 『데모크라트』 한 부를 손에 들고 있었다. 어머니는 '레이디 모드'라는 필명으로 정치나 외교와 관련된 가십을 칼럼으로 썼다. 아버지는 큰 소리로 읽기 시작했다. "'신임 총리 아돌프 히틀러가 힌덴부르크 대통령 주최 만찬에 참석해 외교계에 데뷔했다.'"

카를라가 알기로, 나라의 지도자는 대통령이었다. 비록 선거를 통해 뽑혔지만 매일매일 벌어지는 정치적 언쟁 위에서 심판 역할을 했다. 총리는 행정부의 우두머리였다. 히틀러가 총리 자리에 오르기는 했지만 그가 이끄는 나치당은 제국 의회—독일 의회—에서 절대 다수를 차지하지 못했고, 그래서 당장은 다른 정당들이 나치가 도를 넘지 않도록 막을 수 있었다.

아버지는 오물처럼 역겨운 것을 억지로 입에 담듯이 마지못해 말했다. "'격식을 갖춰 연미복을 차려입은 그는 불편해 보였다.'"

카를라의 어머니는 커피를 한 모금 마시고는, 스카프를 두르고 장갑을 낀 채 서둘러 일터로 향하는 사람들에게 관심이 있기라도 한 듯 창밖 도로를 내다보았다. 역시 차분한 척했지만 기회가 오기만을 기다리고 있을 뿐이라는 걸 카를라는 알았다.

가정부 아다는 앞치마를 두르고 조리대 앞에 서서 치즈를 얇게 썰고 있었다. 그녀가 아버지 앞에 접시를 내려놓았지만 아버지는 관심이 없었다. "'총리는 이탈리아 대사의 세련된 부인 엘리사베트 체루티의 매력에 빠진 게 분명했다. 그녀는 검은담비 모피로 끝단을 장식한 장밋빛 벨벳 드레스 차림이었다.'"

어머니는 늘 사람들이 무슨 옷을 입었는지 썼다. 그래야 독자들이 머릿속으로 그 모습을 그려볼 수 있다고. 어머니도 좋은 옷들이 있었지만 어려운 시절이라 몇 년째 새 옷은 전혀 사지 못하고 있었다. 오늘 아침, 카를라의 나이만큼이나 오래된 군청색 캐시미어 드레스를 입은 그녀는 날씬하고 우아해 보였다.

"'유대인이자 열렬한 파시스트인 체루티 부인은 히틀러와 한참 대화를 나누었다. 유대인을 향한 증오를 자극하는 일은 멈춰달라고 간청했을까?'" 아버지는 탁 소리를 내며 잡지를 식탁에 내려놓았다.

이제 시작이군. 카를라는 생각했다.

"이러면 나치가 열받을 거 알잖아요." 아버지가 말했다.

"그러라고 쓴 거예요." 어머니가 냉정하게 말했다. "내 글을 보고 그들이 흐뭇해하는 날이 온다면 그만 써야죠."

"그자들을 짜증나게 하면 위험해요."

어머니의 눈에서 분노가 번쩍였다. "나한테 설교할 생각 마요, 발터. 그들이 위험한 건 나도 알아요. 그래서 그들에게 반대하는 거고."

"그자들 화를 돋우려는 이유가 뭔지 모르겠다는 거지."

"당신도 의회에서 그들을 공격하잖아요." 아버지는 사회민주당 소속 의원이었다.

"나야 이성에 의거한 논쟁에 참여하는 거죠."

늘 같은 식이야. 카를라는 생각했다. 아버지는 논리적이고 신중하고 법을 준수했다. 어머니는 자기만의 스타일과 유머가 있었다. 아버지는 조용하지만 꾸준히 자신의 길을 걸었고, 어머니는 넉살이 좋고 매력이 넘쳤다. 절대 뜻이 모일 리가 없었다.

아버지가 덧붙였다. "나는 나치가 격노해 미쳐 날뛰게 만들진 않아요."

"어쩌면 그래서 피해를 못 주는 건지도 모르죠."

어머니의 기지에 아버지는 짜증을 냈다. 목소리가 더욱 커졌다. "그럼 당신이 쓴 농담은 그들에게 해를 입힌다고 생각해요?"

"조롱하는 거예요."

"당신은 논쟁 대신 조롱을 하는군요."

"내 생각에는 둘 다 필요하니까."

아버지는 더 화가 났다. "하지만 모드, 당신이 당신 자신과 가족을 위험에 몰아넣는다는 생각은 안 해요?"

"그 반대예요. 진짜 위험은 나치를 조롱하지 않는 거죠. 만일 독일이 파시스트 국가가 되면 우리 아이들의 삶이 어떻게 되겠어요?"

이런 이야기를 들으면 카를라는 속이 메슥거렸다. 가족이 위험에 처했다는 말은 도저히 참고 들을 수가 없었다. 삶은 늘 그랬던 것처럼 이어져야 했다. 카를라는 영원히 아침마다 이 주방에 앉아 있고 싶었다.

소나무 식탁을 사이에 두고 마주앉은 부모님과 조리대 앞에 선 아다, 그리고 오늘도 늦어서 위층에서 쿵쾅거리며 돌아다니는 오빠 에리크와 함께. 왜 조금이라도 변해야 한단 말인가.

카를라는 태어나서 지금까지 하루도 빼놓지 않고 아침식사 때마다 정치에 관한 대화를 들었고, 독일을 모든 사람에게 더 좋은 곳으로 만들기 위해 부모님이 뭘 하는지, 어떤 계획이 있는지 안다고 생각했다. 하지만 요즘 두 사람은 서로 다른 방식으로 말하기 시작했다. 끔찍한 위험이 닥쳐오는 중이라고 생각하는 눈치였지만, 카를라는 그게 뭔지 도무지 상상이 되지 않았다.

아버지가 말했다. "내가 히틀러와 그 무리를 저지하기 위해 할 수 있는 모든 걸 하고 있다는 사실은 신께서도 알아요."

"그런 노력은 나도 해요. 하지만 당신은 당신 행동이 합리적인 방향을 따른다고 믿지요." 어머니는 억울한 듯 얼굴이 굳었다. "내가 하는 행동은 가족을 위험에 몰아넣는다고 비난하고."

"그럴 만한 이유가 있어요." 아버지가 말했다. 말다툼은 이제 겨우 시작되었는데, 에리크가 말처럼 요란한 소리와 함께 계단을 내려오더니 어깨에 멘 책가방을 덜렁거리며 휘청휘청 부엌으로 들어섰다. 에리크는 카를라보다 두 살이 많은 열세 살이었고 입술 위쪽으로 보기 흉한 검은 수염이 돋아나고 있었다. 어릴 때 카를라와 에리크는 늘 함께 놀았다. 하지만 그런 시절은 흘러갔고, 훌쩍 자라 키가 큰 뒤로 에리크는 카를라가 멍청하고 유치하다고 생각하는 듯했다. 사실 카를라는 오빠보다 더 똑똑했고 그가 모르는 많은 것을 알고 있었다. 이를테면 여자의 월경 같은 것도.

"어머니, 마지막으로 연주하신 곡이 뭐죠?" 에리크가 어머니에게 물었다.

가끔 피아노 소리가 그들의 아침을 깨우기도 했다. 스타인웨이 그랜드피아노는 집과 함께 아버지가 부모님으로부터 물려받은 물건이었다. 어머니는 아침에 연주를 했는데, 낮에는 계속 바쁘고 저녁에는 너무 피곤하기 때문이라고 했다. 오늘 아침에는 모차르트 소나타 한 곡과 재즈 한 곡을 쳤다. "〈타이거 래그〉라는 곡이야." 그녀가 에리크에게 대답했다. "치즈 좀 먹을래?"

"재즈는 퇴폐적이에요." 에리크가 말했다.

"바보 같은 소리."

아다가 접시에 치즈와 얇게 썬 소시지를 담아 건네주자 에리크는 그것들을 게걸스레 입에 넣었다. 카를라는 오빠의 식사예절이 끔찍했다.

아버지는 심각해 보였다. "누가 그런 말도 안 되는 걸 가르쳤니, 에리크?"

"헤르만 브라운이 그러는데 재즈는 음악이 아니라 그저 깜둥이들이 만드는 소음이래요." 헤르만은 에리크의 가장 친한 친구로, 아버지가 나치당원이었다.

"헤르만이 직접 연주를 해봐야 해." 아버지는 한결 부드러운 표정으로 어머니를 보았다. 어머니도 마주보고 웃었다. 아버지가 말을 이었다. "오래전 네 어머니가 내게 래그타임을 가르쳐주려고 애썼는데 도저히 그 리듬을 익힐 수가 없더구나."

어머니가 웃었다. "기린에게 롤러스케이트를 가르치는 기분이었지."

싸움은 끝났군. 카를라는 마음이 놓였다. 기분이 좋아지기 시작했다. 검은 빵을 조금 떼어내 우유에 적셨다.

하지만 이제는 에리크가 말싸움을 원했다. "깜둥이들은 열등한 종족이에요." 그가 반항적으로 말했다.

"그렇지 않아." 아버지는 참을성 있게 말했다. "만일 흑인 아이를 책과 그림이 가득한 좋은 집에서 기르고 좋은 교사들이 있는 비싼 학교에 보낸다면 너보다 똑똑해질지도 모른다."

"웃기는 소리예요!" 에리크가 대들었다.

어머니가 끼어들었다. "이 바보 같은 애야, 아버지에게 그런 말 하면 못쓴다." 부드러운 말투였다. 분노를 아버지에게 모두 쏟아내버렸기 때문이다. 이제 어머니는 그저 지치고 실망한 목소리로 말했다. "너는 네가 지금 무슨 소리를 하는지 몰라. 헤르만 브라운도 마찬가지고."

에리크가 말했다. "하지만 아리아인은 최고여야 해요. 우리가 세상을 지배하니까요!"

"네 나치 친구들은 역사를 전혀 몰라." 아버지가 말했다. "고대 이집트인이 피라미드를 세울 때 독일인은 굴속에서 살았다. 중세에는 아랍인이 세상을 지배했지. 독일 왕자들이 제 이름 하나 못 쓰던 때 무슬림은 대수학을 했어. 인종하고는 상관없는 거다."

카를라가 얼굴을 찌푸리며 물었다. "그럼 뭐랑 상관있어요?"

아버지는 애정을 듬뿍 담아 카를라를 보았다. "아주 좋은 질문이구나. 그런 걸 묻다니 아주 똑똑한걸." 카를라는 아버지의 칭찬에 기분이 좋아져 얼굴이 달아올랐다. "문명은 피었다가 스러져. 중국, 아스테카, 로마. 하지만 그 이유는 아무도 알지 못하지."

"자, 모두 어서 먹고 코트들 입어요." 어머니가 말했다. "늦겠어."

아버지는 조끼 주머니에서 시계를 꺼내 들여다보고는 눈썹을 치켜세웠다. "아직 안 늦었는데."

"카를라를 프랑크 씨 댁에 데려다줘야 해요." 어머니가 말했다. "여학교가 오늘 휴교래요. 난로를 고친다나 뭐라나. 그래서 카를라는 오늘 프리다와 함께 시간을 보낼 거예요."

프리다 프랑크는 카를라의 가장 친한 친구였다. 두 어머니도 절친한 사이였다. 사실 젊었을 때 프리다의 어머니 모니카는 카를라의 아버지를 사랑했다. 언젠가 프리다의 할머니가 와인을 지나치게 마시고 밝힌 흥미로운 사실이었다.

아버지가 말했다. "아다가 봐줄 수 있지 않나?"

"아다는 병원 예약이 있어요."

"아."

카를라는 아다가 어디 아픈지 아버지가 물어봐주었으면 했지만, 아버지는 이미 알고 있다는 듯 고개를 끄덕이고는 시계를 주머니에 넣었다. 자기라도 묻고 싶었지만 그래서는 안 될 것 같았다. 나중에 어머니에게 물어봐야겠다고 마음속에 적어두고는 즉시 잊어버렸다.

아버지가 검은색 긴 오버코트를 입고 가장 먼저 집을 나섰다. 뒤따라 에리크가 모자를 쓰고—간신히 떨어지지 않을 만큼 최대한 뒤로 젖혀서 썼는데 그게 친구들 사이에서 유행이었다—문밖으로 향했다.

카를라와 어머니는 아다를 도와 식탁을 치웠다. 카를라는 아다를 거의 어머니만큼 사랑했다. 카를라가 아직 학교에 들어갈 나이가 되기 전에는 늘 일을 해야 했던 어머니 대신 아다가 하루종일 보살펴주었다. 아다는 아직 미혼이었다. 스물아홉 살이고 수수하게 생겼지만 미소가 사랑스러웠다. 지난여름 파울 후버라는 경관과 연애도 했는데 오래가지는 못했다.

카를라는 어머니와 함께 복도의 거울 앞에 서서 모자를 썼다. 어머니는 느긋했다. 결국 꼭대기가 둥글고 좁은 챙이 달린, 짙은 푸른색 펠트 모자를 골랐다. 여느 여자가 쓰는 그런 모양이었지만 특이한 각도로 약간 기울여 써서 세련돼 보였다. 카를라는 털실로 짠 모자를 쓰면서 자기도 과연 저런 패션 감각이 생길까 궁금했다. 긴 목과 턱, 광대뼈가 흰 대리석을 깎아놓은 듯한 어머니는 전쟁의 여신처럼 보였다. 물론 아름다웠지만 예쁘장한 것과는 거리가 멀었다. 카를라 역시 어머니의 검은 머리와 녹색 눈을 빼닮았지만 조각상보다는 통통한 인형에 더 가까웠다. 한번은 할머니가 어머니에게 하는 말을 우연히 들은 적이 있다. "네 못난 오리 새끼는 크면서 분명히 백조가 될 거다." 카를라는 아직도 할머니의 그 말이 이루어지기를 기다리고 있었다.

어머니가 준비를 마치자 두 사람은 밖으로 나왔다. 집은 미테 지역에 높게 줄지어 선 우아한 타운하우스 가운데 하나였다. 미테는 도시의 오랜 중심지로, 카를라의 할아버지처럼 근처 정부 청사에서 일했던 고위 관료나 장교들을 위해 조성된 구역이었다.

카를라는 어머니와 함께 전차로 운터 덴 린덴 대로를 지나 프리드리히 가 역에서 전철을 타고 추 역까지 갔다. 프랑크 가족은 남서부 교외지인 쇠네베르크에 살았다.

카를라는 프리다의 오빠인 열네 살 베르너를 볼 수 있기를 바랐다. 카를라는 베르너를 좋아했다. 카를라와 프리다는 가끔 서로의 오빠와 결혼해 나란히 옆집에 살면서 자식들끼리도 가장 친한 친구가 되는 상상을 했다. 프리다에게는 그저 장난이었지만 카를라는 남몰래 심각했다. 베르너는 잘생겼고 성숙했으며 에리크와 달리 어리석은 구석이 전혀 없었다. 카를라의 침실에 있는 인형의 집 속 작은 침대 위에 나란히 누워 잠든 엄마 아빠 인형의 이름도 카를라와 베르너였지만 그걸 아는 사람은 아무도 없었다. 심지어 프리다도 알지 못했다.

프리다에게는 악셀이라는 일곱 살짜리 남동생도 있었는데, 선천성 이분二分척추증을 앓고 있어 줄곧 의학의 도움을 받아야 하는 그 아이는 베를린 외곽에 있는 특수 병원에서 지내고 있었다.

어머니는 가는 내내 온통 딴 데 정신이 팔려 있었다. "잘됐으면 좋겠는데." 어머니가 열차에서 내리면서 혼잣말처럼 중얼거렸다.

"당연히 잘될 거예요." 카를라가 말했다. "프리다하고 아주 멋진 시간을 보낼 테니까요."

"그 말이 아니야. 엄마가 히틀러에 관해서 쓴 글 말이다."

"우리 위험해요? 아버지 말이 옳은 거였어요?"

"네 아버지는 대개 옳아."

"나치를 화나게 하면 우리에게 무슨 일이 생기는데요?"

어머니는 기묘한 표정으로 카를라를 한참 바라보다가 말했다. "세상에, 내가 너를 이런 세상에 태어나게 하다니." 그러고는 입을 다물어버렸다.

십 분을 걸어 두 사람은 커다란 정원이 딸린 웅장한 저택에 도착했다. 프랑크 가족은 부자였다. 프리다의 아버지 루트비히가 라디오 제조 공장을 소유하고 있었다. 저택 진입로에 자동차 두 대가 서 있었는데, 번쩍거리는 검은색 큰 차는 프랑크 씨의 차였다. 엔진이 우르릉거리고 배기관에서 푸른색 배기가스가 연기처럼 피어올랐다. 목이 높은 부츠에 제복 바지를 넣어 입은 운전사 리터는 손에 모자를 들고서 문을 열 준비를 하고 있었다. 그가 고개를 숙이며 인사했다. "안녕하십니까, 울리히 부인."

또다른 한 대는 녹색의 조그만 2인승 차였다. 회색 수염을 기른 키 작은 남자가 가죽가방을 들고 저택에서 나오더니, 카를라의 어머니를 향해 모자챙에 손을 대며 인사하고는 작은 차에 올라탔다. "로트만 박사가 이렇게 이른 아침에 무슨 일인지 모르겠구나." 어머니가 걱정스레 말했다.

궁금증은 금세 풀렸다. 프리다의 어머니 모니카가 현관에 나왔다. 키가 크고 빨간 머리가 풍성한 그녀의 창백한 얼굴은 불안한 표정을 짓고 있었다. 두 사람을 반갑게 맞는 대신 못 들어오게 막으려는 듯 현관 한

가운데 버티고 섰다. "프리다가 홍역이에요!"

"정말 큰일이네요!" 어머니가 말했다. "상태가 어때요?"

"지독해요. 열이 나고 기침을 해요. 하지만 로트만 박사 말로는 괜찮을 거래요. 그래도 격리해야 한대요."

"당연하죠. 당신은 앓았어요?"

"네. 어렸을 때."

"베르너도 앓았죠. 온몸이 끔찍하게 발진으로 뒤덮였던 게 기억나요. 그런데 남편은 괜찮아요?"

"루디도 어렸을 때 지나갔대요."

두 사람은 카를라를 바라보았다. 카를라는 홍역을 앓은 적이 없었다. 프리다와 오늘 하루를 보낼 수 없다는 사실을 알아차렸다.

카를라도 실망했지만 어머니는 꽤나 심란한 듯했다. "이번 주 잡지에 총선 문제를 다뤄서 절대로 결근할 수가 없어요." 어머니는 제정신이 아닌 것 같았다. 어른이라면 누구나 다음 일요일에 예정된 총선거를 걱정하고 있었다. 어머니와 아버지는 나치가 지나치게 좋은 결과를 얻어 정부를 장악할까 두려워했다. "게다가 가장 오랜 친구가 런던에서 올 거라. 하루 휴가를 내서 카를라 좀 봐달라고 하면 발터가 말을 들을지 모르겠어요."

모니카가 말했다. "전화를 해보지그래요?"

전화가 있는 집은 그리 많지 않았지만 프랑크 가족의 저택에는 있었다. 카를라와 어머니는 현관 안으로 들어섰다. 전화기는 현관문 근처 다리가 가느다란 탁자 위에 놓여 있었다. 어머니는 수화기를 들고 제국의회 의사당의 아버지 사무실 전화번호를 불렀다. 전화가 연결되자 아버지에게 상황을 설명했다. 잠시 듣고 있던 어머니는 화가 난 눈치였다. "우리 잡지는 십만 명이나 되는 독자들에게 사회민주당에 투표하라고 독려할 거라고요." 어머니가 말했다. "당신 정말 오늘 그보다 더 중요한 일이 있는 거예요?"

이 말다툼이 어떻게 마무리될지는 예상할 수 있었다. 아버지가 자기를 깊이 사랑한다는 건 카를라도 알았지만 열한 살이 된 지금까지 종일 돌봐준 적은 단 한 번도 없었다. 친구들 아버지도 모두 마찬가지였다. 남자들은 그런 일을 하지 않는다. 하지만 어머니는 가끔 여자의 삶을 지배하는 원칙들에 대해 전혀 모르는 사람처럼 굴었다.

"그럼 내가 사무실로 데려가야겠네요." 어머니가 수화기에 대고 말했다. "요흐만이 뭐라고 할지 생각만 해도 싫네." 요흐만 씨는 어머니의 상사였다. "상황이 가장 좋을 때조차 페미니스트라고는 할 수 없는 사람이니까요." 어머니는 인사도 없이 수화기를 내려놓았다.

카를라는 두 사람이 싸우는 게 정말 싫었다. 게다가 이날 들어 두번째였다. 두 사람이 싸우면 온 세상이 불안정하게 느껴졌다. 부모님의 싸움이 나치보다 훨씬 더 두려웠다.

"자, 가자." 어머니가 카를라에게 말하더니 현관 쪽으로 움직였다.

베르너는 보지도 못하겠네. 카를라는 슬펐다.

바로 그때 프리다의 아버지가 현관홀에 모습을 드러냈다. 검은 콧수염을 짧게 기르고 분홍빛을 띤 얼굴의 그는 원기가 넘치고 쾌활해 보였다. 그가 기분좋게 인사를 건네자 어머니도 잠시 멈춰 서서 예의바르게 답했다. 그동안 모니카는 남편이 모피칼라가 달린 검은색 코트를 입는 걸 거들었다.

프리다의 아버지는 계단 아래로 내려섰다. "베르너!" 그가 큰 소리로 불렀다. "너 두고 그냥 간다!" 그러고는 회색 펠트 모자를 쓰고 밖으로 나갔다.

"가요, 간다고요!" 베르너가 댄서처럼 계단을 뛰어내려왔다. 아버지만큼 키가 크고 그보다 더 잘생긴 얼굴에 붉은빛이 도는 금발을 좀 길다 싶게 기른 모습이었다. 책이 가득해 보이는 가죽 책가방을 옆구리에 끼고 반대쪽 손에는 스케이트와 하키스틱을 들고 있었다. 급히 움직이던 베르너는 멈춰 서서 매우 공손하게 인사했다. "안녕하세요, 울리히 부인." 그러고는 격식을 조금 덜어내고 말을 건넸다. "안녕, 카를라. 프리다가 홍역에 걸렸어."

카를라는 이유도 없이 얼굴이 화끈거렸다. "알아요." 뭔가 멋지고 재미있는 말을 생각해내려고 애썼지만 아무것도 떠오르지 않았다. "난 아직 홍역을 앓지 않아서 만날 수가 없어요."

"난 어렸을 때 앓았어." 베르너는 아주 오래전 일이나 되는 것처럼 말했다. "서둘러야 해서." 그가 미안하다는 듯 덧붙였다.

이렇게 빨리 헤어지고 싶지 않았다. 카를라는 베르너를 따라 밖으로 나갔다. 리터가 자동차 뒷문을 열어 붙들고 있었다. "저건 무슨 차예요?" 카를라가 물었다. 남자애들은 자동차 이름이라면 모르는 게 없다.

"메르세데스 벤츠 W10 리무진이야."

"엄청 편해 보이네요." 카를라는 절반은 놀라고 절반은 재미있어하는 어머니의 표정을 눈치챘다.

베르너가 말했다. "태워줄까?"

"그러면 좋죠."

"아버지께 여쭤볼게." 베르너는 자동차 안으로 머리를 들이밀더니 뭐라고 말했다.

카를라는 프랑크 씨의 대답을 들었다. "물론이지. 하지만 서둘러!"

카를라는 어머니에게 고개를 돌렸다. "차 타고 가도 된대요!"

어머니는 잠시 머뭇거렸다. 프랑크 씨의 정치관을 못마땅히 여겼기 때문이다. 그는 나치에게 기부금을 냈다. 하지만 추운 아침에 따뜻하게 태워다주겠다는 제안을 거절할 마음은 없는 모양이었다. "정말 친절하시네요, 루트비히."

두 사람도 차에 탔다. 뒷자리에 네 사람이 앉을 수 있었다. 리터는 부드럽게 차를 몰았다. "코흐 가로 가시죠?" 프랑크 씨가 물었다. 많은 신문사와 출판사가 크로이츠베르크 지역의 바로 그 거리에 사무실을 두고 있었다.

"일부러 돌아가실 필요는 없어요. 라이프치히 가에서 내려도 괜찮습니다."

"기꺼이 바로 앞까지 모셔다 드려야죠. 하지만 뚱뚱한 부자 녀석 차에서 내리는 모습을 좌파 동료들에게 보이고 싶진 않으시겠죠." 프랑크 씨의 말투는 익살과 적대감 사이에 있었다.

어머니는 애교 넘치게 웃었다. "뚱뚱하긴요, 루디. 그냥 조금 통통한 거죠." 그리고 프랑크 씨의 코트 깃을 손으로 다독였다.

프랑크 씨가 소리내 웃었다. "그 말이 듣고 싶었답니다." 긴장이 풀렸다. 프랑크 씨는 전성관傳聲管에 대고 리터에게 지시를 내렸다.

카를라는 베르너와 함께 차를 타게 되어 기분이 무척 좋았다. 그 기회를 최대한 활용해 대화를 나누고 싶었지만 막상 무슨 얘기부터 해야 할지 알 수 없었다. 정말 하고 싶은 말은 이것이었다. "나이가 들면 검은 머리에 눈은 녹색이고 세 살쯤 어린 똑똑한 여자랑 결혼할지도 모른다는 생각, 해봤어요?" 하지만 결국은 스케이트를 가리키며 물었다. "오늘 시합 있어요?"

"아니, 수업 끝나고 연습이 있어."

"포지션이 뭐예요?" 카를라는 아이스하키에 대해서는 전혀 몰랐지만 팀 경기에는 늘 포지션이 존재했다.

"라이트윙이야."

"그거 위험한 스포츠 아니에요?"

"잽싸면 괜찮아."

"스케이트는 정말 잘 타겠네요."

"괜찮은 정도지." 베르너는 겸손하게 말했다.

카를라는 이번에도 어머니가 수수께끼 같은 웃음을 살짝 짓는 걸 눈치챘다. 자기가 베르너를 어떻게 생각하는지 짐작한 걸까? 카를라는 또다시 얼굴이 화끈거렸다.

그때 자동차가 학교 건물 앞에서 멈췄고 베르너가 내렸다. "모두 안녕히 가세요!" 그는 정문을 지나 운동장으로 달려갔다.

리터는 란트베어 운하 남쪽 제방을 따라 차를 몰았다. 카를라는 마치 산처럼 보이는, 바지선 위의 눈 덮인 석탄 더미를 바라보았다. 실망스러웠다. 용케 베르너에게 차를 얻어 타고 싶다고 말해서 더 오래 같이 있게 됐는데 아이스하키 얘기 따위로 시간을 허비한 것이다.

무슨 이야기를 하면 좋았을까? 알 수 없었다.

프랑크 씨가 어머니에게 말했다. "『데모크라트』에 실린 칼럼 읽었습니다."

"흥미롭게 봐주셨다면 좋겠는데요."

"우리 총리에 대해 무례한 글을 쓰시다니 유감입니다."

"언론이 정치가에 대해 공손한 기사만 써야 한다고 생각하세요?" 카를라의 어머니는 쾌활하게 대꾸했다. "그거 멋지네요. 나치당 기관지도 우리 남편에게 예의를 차려야겠군요! 그들이 좋아할 것 같진 않지만."

"물론 모든 정치가에게 그래야 한다는 건 아니죠." 프랑크가 짜증스럽게 대꾸했다.

그들이 탄 차는 혼잡한 포츠담 광장 교차로를 통과했다. 그곳은 자동차와 전차가 마차, 보행자와 뒤엉켜 경쟁하는 아수라장이었다.

카를라의 어머니가 물었다. "모든 사람을 동등하게 비판할 수 있는 편이 언론에는 더 좋지 않을까요?"

"좋은 생각입니다." 프랑크가 말했다. "하지만 당신네 사회주의자들은 꿈속에서 살고 있어요. 우리 현실 세계 사람들은 독일이 생각만으로 살 수 없다는 걸 압니다. 사람들은 빵과 신발과 석탄이 필요해요."

"전적으로 동의해요." 카를라의 어머니가 말했다. "제가 석탄을 조금 더 쓸 수도 있겠죠. 하지만 저는 그보다 카를라와 에리크가 자유로운 나라의 시민으로 자라기를 원해요."

"당신은 자유를 과대평가하고 있어요. 자유가 행복을 주진 않죠. 사람들은 리더십을 더 원합니다. 난 베르너와 프리다, 악셀이 자랑스럽고 규율이 잡히고 통합된 나라에서 자라길 원합니다."

"그럼 갈색 셔츠를 입은 어린 깡패가 나이 먹은 유대인 상인을 두들겨패는 것도 통합을 위해선가요?"

"정치는 거칠죠. 그건 우리도 어떻게 할 수 없습니다."

"그 반대죠. 저나 루트비히 당신은 서로 다른 방면의 지도자예요. 정치가 거칠어지지 않도록 막는 것, 더 정직하고 더 합리적이고 덜 폭력적이도록 하는 게 우리 책임이라고요. 만일 그러지 않는다면 애국의 의무를 저버리는 겁니다."

프랑크 씨는 바짝 약이 올랐다.

카를라는 남자를 잘 몰랐지만, 자기들의 의무에 대해 여자들이 설교하는 걸 좋아하지 않는다는 건 알았다. 어머니가 오늘 아침은 매력 발산 장치를 깜빡하고 켜지 않은 게 틀림없다. 하지만 요새 신경이 날카롭지 않은 사람은 아무도 없었다. 다가오는 선거 때문에 모두가 예민했다.

자동차가 라이프치히 광장에 도착했다. "어디 내려드릴까요?" 프랑크 씨가 차갑게 물었다.

"여기서 내려도 돼요." 어머니가 말했다.

프랑크 씨는 유리 칸막이를 두드렸다. 리터가 자동차를 세우고 서둘러 문을 열었다.

어머니가 말했다. "프리다가 얼른 낫기를 빌게요."

"감사합니다."

두 사람이 내리자 리터가 문을 닫았다.

사무실까지는 몇 분 더 걸어야 했지만 어머니는 잠시도 더 그 차에 머물고 싶지 않은 게 분명했다. 카를라는 어머니가 프랑크 씨와 영영 사이가 틀어지는 일은 없었으면 했다. 그렇게 되면 프리다와 베르너를 보기가 어려워질 수도 있기 때문이다. 그건 정말 싫을 것 같았다.

두 사람은 빠르게 걷기 시작했다. "사무실에서는 남에게 폐 끼치지 않도록 해." 어머니가 말했다. 진심으로 간청하는 목소리를 듣고 카를라는 어머니에게 걱정을 안겼다는 생각에 부끄러웠다. 완벽하게 행동하겠다고 마음먹었다.

어머니는 가는 도중 여러 사람과 인사를 나누었다. 카를라의 기억이 시작될 때부터 칼럼을 써온 어머니는 언론계에서 널리 알려진 인물이었다. 사람들은 어머니를 영어로 '레이디 모드'라고 불렀다.

『데모크라트』의 사무실 건물 근처에서 아는 사람과 마주쳤다. 슈바프 하사였다. 아버지와 함께 대전쟁에 참전한 그는 여전히 군인처럼 야만스럽게 머리를 짧게 깎았다. 전쟁 후 정원사가 되어 처음에는 카를라의 할아버지, 나중에는 아버지 밑에서 일했지만 어머니의 지갑에서 돈을 훔쳐서 내쫓겼고, 지금은 나치 돌격대인 '갈색셔츠단'에 들어가 흉한 군복을 입고 돌아다녔다. 나치는 군인도 아닌 그들에게 경찰을 보조하는 권한을 주었다.

슈바프는 큰 소리로 인사했다. "좋은 아침입니다, 울리히 부인!" 도둑질을 했던 게 전혀 부끄럽지 않은 모양이었다. 심지어 모자에 손을 대지도 않았다.

어머니는 차갑게 고개를 끄덕이고는 그를 지나쳐 걸었다. "저자가 여기서 뭘 하는지 영문을 모르겠군." 그녀는 건물 안으로 들어가며 걱정스럽게 말했다.

잡지사는 현대식 건물의 2층을 사용했다. 사람들이 어린애를 달가워하지 않으리라는 사실을 아는 카를라는 어머니의 사무실까지 눈에 띄지 않고 갈 수 있기를 바랐다. 하지만 계단에서 요흐만 씨와 마주쳤다. 두꺼운 안경을 낀 뚱뚱한 남자였다. "이건 또 뭐야?" 그가 담배를 입에 문 채 퉁명스럽게 말했다. "이제 우리가 유치원이라도 운영하는 건가?"

어머니는 그의 무례에는 아랑곳하지 않았다. "전에 하신 말씀 생각해봤어요. 젊은 사람들이 언론인은 화려한 줄만 알지, 얼마나 고되게 일하는지는 모른다는 거요."

요흐만 씨는 얼굴을 찌푸렸다. "내가 그랬나? 글쎄, 그건 확실히 그렇지."

"그래서 실상을 보여주려고 딸을 데려왔어요. 교육적으로도 도움이 될 것 같아서요. 특히나 이 아이가 작가가 된다면 더욱 그렇죠. 오늘 여기서 보고 느낀 걸 써서 숙제로 낼 거예요. 당연히 허락해주시겠죠."

이곳에 오는 사이 꾸며낸 말인데 꽤 그럴듯하다고 카를라는 생각했다. 하마터면 자기도 그렇게 믿을 뻔했으니까. 마침내 어머니의 매력 발산 장치가 제대로 작동하고 있었다.

요흐만 씨가 말했다. "오늘 런던에서 중요한 손님이 온다고 하지 않았나?"

"네, 에설 레크위드요. 하지만 워낙 오래된 친구라서요. 카를라를 아기 때부터 알았죠."

요흐만 씨는 어느 정도 누그러졌다. "흠. 오 분 있다가 내가 담배 사오는 대로 편집회의 할 거야."

"카를라가 사다드릴 거예요." 어머니가 카를라를 보며 말했다. "길 따라 내려가면 세번째 건물에 담뱃가게가 있어. 요흐만 씨는 로트헨틀레 담배를 좋아하신단다."

"아, 그러면 내가 안 가도 되겠군." 요흐만 씨는 카를라에게 1마르크짜리 동전을 건넸다.

어머니가 카를라에게 말했다. "갔다가 계단 위 화재경보기 옆에 있는 엄마 방으로 오면 돼." 그러고는 돌아서서 친근하게 요흐만 씨의 팔짱을 꼈다. "제 생각에는 지난주 기사가 지금까지 최고였던 것 같아요." 어머니는 계단을 올라가며 말했다.

카를라는 거리로 뛰어나갔다. 어머니는 특유의 뱃심과 유혹적인 태도를 총동원해 상황을 모면했다. 어머니는 가끔 말했다. "우리 여자들은 가진 모든 무기를 효율적으로 사용해야 해." 생각해보니 자기도 어머니가 말한 전략으로 프랑크 씨의 차를 얻어 탔다는 걸 깨달았다. 결국 카를라도 어머니를 닮았을 것이다. 어머니가 아까 묘한 웃음을 지어 보인 것도 그 때문인지 모른다. 삼십 년 전 당신의 모습을 딸에게서 발견하고.

상점에는 사람들이 줄을 서 있었다. 베를린의 언론인 절반은 생필품을 그날그날 사는 모양이었다. 카를라는 겨우 로트헨틀레를 한 갑 사서 잡지사 건물로 돌아왔다. 화재경보기는 쉽게 찾을 수 있었지만—벽에 달린 커다란 레버였다—어머니는 사무실에 없었다. 편집회의에 들어간 게 틀림없었다.

카를라는 복도를 따라 걸었다. 모든 방문이 열려 있고, 대부분 타이피스트나 비서로 보이는 여자 몇을 제외하고는 안에 아무도 없었다. 좀 더 안쪽으로 들어가서 모퉁이를 돌자 '회의실'이라는 표시가 붙은 닫힌 문이 보였다. 남자들이 목청 높여 언쟁하는 소리가 들려왔다. 문을 두드렸지만 아무 대답이 없었다. 카를라는 망설이다가 손잡이를 돌리고 안으로 들어섰다.

방안은 담배연기로 자욱했다. 긴 탁자에 여덟에서 열 명 정도가 둘러앉아 있었다. 여자는 어머니뿐이었다. 카를라가 상석으로 가 요흐만 씨에게 담배와 잔돈을 내밀자 다들 놀란 듯 입을 다물었다. 방안이 조용해져서 카를라는 잘못 들어왔다는 생각이 들었다.

하지만 요흐만 씨는 이렇게만 말했다. "고맙다."

"천만에요." 카를라는 대답을 하고 무슨 이유에선지 고개를 살짝 숙였다.

남자들이 웃었고 그중 한 사람이 말했다. "새 조수인가, 요흐만?" 카를라는 그때야 자기가 잘못한 게 아니라는 걸 알았다.

얼른 회의실을 나와 어머니 사무실로 돌아왔다. 실내가 추워서 코트는 벗지 않았다. 방안을 둘러보았다. 책상 위에 전화기와 타자기가 있고 종이와 먹지도 잔뜩 쌓여 있었다.

전화기 옆에는 카를라와 에리크, 아버지가 함께 찍은 사진 액자가 놓여 있었다. 몇 년 전 어느 맑은 날, 베를린 도심으로부터 25킬로미터쯤 떨어진 반제 호수 기슭에서 찍은 사진이었다. 아버지는 반바지 차림이었다. 모두 웃고 있었다. 그때만 해도 에리크는 거칠고 심각한 남자처럼 굴지 않았다.

방안의 또다른 유일한 사진은 전쟁 후 독일의 첫 대통령이자 사회민주주의의 영웅인 프리드리히 에베르트와 어머니가 함께 찍은 것으로 벽에 걸려 있었다. 십 년 전쯤 찍은 사진이다. 딱 잡힌 형태랄 게 없이 엉성하고 허리선이 낮은 어머니의 드레스와 남자 같은 머리에 카를라는 웃음이 나왔다. 당시에는 그런 스타일이 유행했던 게 틀림없다.

책꽂이에는 지인들의 주소록과 전화번호부, 외국어 사전 몇 개, 지도가 꽂혀 있을 뿐 읽을 만한 건 없었다. 책상 서랍에는 연필과 포장을 풀지 않은 정장용 장갑 여러 켤레, 생리대 한 묶음, 이름과 전화번호가 여럿 적힌 노트가 한 권 들어 있었다.

카를라는 탁상 달력을 그날 날짜인 1933년 2월 27일 월요일로 맞추었다. 그리고 종이 한 장을 타자기에 끼우고서 자기 이름 전체를 쳤다. 하이케 카를라 폰 울리히. 다섯 살이 되었을 때 카를라는 하이케가 싫으니 가운데 이름으로 불러달라고 했고, 놀랍게도 가족 모두 그런 요구를 받아들였다.

타자기에 달린 각 키를 누르면 금속막대가 하나씩 일어나 잉크 묻은 리본을 종이 위에 때려서 글자를 찍었다. 실수로 키 두 개를 누르자 금속막대 두 개가 엉켰다. 비틀어 떼어내려 해봤지만 마음대로 되지 않았다. 다른 키를 눌러봐도 소용없었다. 오히려 엉킨 막대만 셋으로 늘었다. 카를라는 끙 신음했다. 벌써부터 문제를 일으켰다.

길거리에서 들리는 시끄러운 소리에 관심이 쏠려 카를라는 창가로 다가갔다. 갈색셔츠 십여 명이 길 한가운데를 행진하며 구호를 외치고 있었다. "유대인을 말살하자! 유대인은 지옥으로!" 종교만 빼면 다른 사람들이나 다를 게 없는 유대인에게 그들이 왜 분노하는지 카를라는 이해할 수 없었다. 행렬 선두에서 슈바프 하사를 보고 깜짝 놀랐다. 그가 쫓겨날 때 카를라는 안됐다는 생각이 들었다. 다른 일자리를 구하기 힘들 터였다. 독일에서는 수백만 명이 일자리를 찾고 있었다. 아버지 말로는 불황이었다. 하지만 어머니는 말했다. "집안에 도둑을 두고 어떻게 살아요?"

구호가 바뀌었다. “유대인 신문을 작살내자!” 그들은 일제히 외쳤다. 한 명이 뭔가를 던지자 한 전국지 신문사의 출입문에 철벅, 썩은 채소가 날아들었다. 그러더니 무리는 이 건물 쪽으로 방향을 바꾸었다. 카를라는 겁에 질렸다.

카를라는 그들의 눈에 띄지 않도록 뒤로 물러나 창틀 너머로 넘겨다보았다. 밖에서는 갈색셔츠단이 멈춰 서서 여전히 구호를 외치고 있었다. 누군가 돌멩이를 던져 카를라가 내다보는 창문에 맞았다. 유리는 무사했지만 그럼에도 두려움에 카를라는 작게 비명을 질렀다. 잠시 후 한 타이피스트가 들어왔다. 빨간 베레모를 쓴 젊은 여자였다. “왜 그러니?” 여자가 창밖을 내다보았다. “이런, 맙소사.”

갈색셔츠단이 건물로 들어왔고, 계단을 오르는 부츠 소리가 들려왔다. 카를라는 두려웠다. 저들이 무슨 짓을 하려는 거지?

슈바프 하사가 어머니의 사무실로 들어섰다. 그는 여자 둘을 보고 머뭇거렸다. 잠시 후 마음을 다잡았는지 타자기를 들어 창문으로 집어던져 유리를 박살냈다. 카를라와 타이피스트는 함께 비명을 질렀다.

갈색셔츠 여럿이 복도를 지나며 구호를 외쳤다.

슈바프가 타이피스트의 팔을 잡고 물었다. “이봐, 예쁜이. 사무실 금고는 어디 있지?”

“서류 보관실에요!” 타이피스트가 겁에 질린 목소리로 말했다.

“안내해.”

“뭐든 시키는 대로 할게요!”

슈바프는 여자를 앞세우고 사무실을 나갔다.

카를라는 울음을 터뜨렸다가 이내 그쳤다.

책상 아래 숨을까도 했지만 망설여졌다. 자기가 지금 얼마나 무서운지 그들에게 들키고 싶지 않았다. 마음속의 뭔가가 그들에게 저항하고 있었다.

하지만 어떻게 하지? 카를라는 어머니에게 상황을 알리기로 했다.

문을 열고 나가 복도를 훑어보았다. 갈색셔츠단이 여기저기 사무실을 들락거리고 있었지만 복도 끝까지는 이르지 못했다. 회의실에 있는 사람들이 밖에서 벌어지는 소동을 눈치챘는지 알 길이 없었다. 복도를 최대한 빠르게 뛰던 카를라는 누군가의 비명소리에 멈춰 섰다. 한 사무실을 들여다봤더니 슈바프가 빨간 베레모를 쓴 타이피스트를 흔들면서 고함치고 있었다. "열쇠 어디 있어?"

"몰라요. 거짓말 아니에요. 맹세해요!" 타이피스트가 울부짖었다.

카를라는 격분했다. 슈바프는 여자를 이런 식으로 대할 권리가 없었다. 카를라는 외쳤다. "그 사람 놔줘요, 슈바프. 이 도둑놈!"

슈바프가 증오를 담은 눈으로 노려보자 카를라는 불현듯 열 배는 더 두려워졌다. 그때 그가 카를라 뒤쪽으로 눈길을 돌리더니 말했다. "빌어먹을, 그 계집애 좀 치워."

누군가 뒤에서 카를라를 안아올렸다. "너 유대인 아이 아니냐?" 남자 목소리였다. "머리가 검은 걸 보니 맞는 것 같은데."

그의 말에 카를라는 겁에 질렸다. "유대인 아니에요!" 그녀는 소리질렀다.

갈색셔츠 남자는 그녀를 안고 복도를 걸어가 어머니 사무실에 내려놓았다. 카를라는 비틀거리다 바닥에 넘어졌다. "여기 있어." 그 말을 남기고 남자는 가버렸다.

카를라는 자리에서 일어섰다. 다친 곳은 없었다. 이제 갈색셔츠단이 복도를 점령하고 있어 어머니에게 갈 수가 없었다. 하지만 어떻게든 도움을 청해야 했다.

깨진 유리창 밖을 내다보았다. 길거리에 사람들이 조금씩 모여들고 있었다. 경관 둘이 구경꾼들 틈에서 이야기를 나누고 있었다. 카를라는 그들에게 소리쳤다. "여기요! 도와주세요, 경찰 아저씨!"

경관들은 카를라를 보더니 웃었다.

그 모습에 카를라는 화가 치밀었고, 분노가 두려움을 조금이나마 가라앉혔다. 다시 사무실 문밖을 내다보았다. 그녀의 눈길이 벽에 붙은 화재경보기에 가닿았다. 카를라는 손을 뻗어 레버를 붙잡았다.

망설여졌다. 불도 나지 않았는데 경보를 울려서는 안 되었고, 벽에도 거짓 경보를 울릴 경우 엄중한 처벌을 받는다는 경고가 붙어 있었다.

카를라는 어쨌거나 레버를 당겼다.

잠시 아무 일도 벌어지지 않았다. 어쩌면 작동하지 않는 것인지도 모른다.

그 순간 우렁차고 날카로운 경적 소리가 높아졌다 낮아지기를 반복하며 건물 안을 채웠다.

거의 동시에 복도 끝 회의실에서 사람들이 모습을 드러냈다. 요흐만 씨가 앞장섰다. "대체 무슨 일이야?" 화가 난 그는 경보음을 이기려고 큰 소리를 질렀다.

갈색셔츠 하나가 말했다. "이 유대인 공산당 걸레 잡지가 우리 지도자를 모욕했다. 우리가 문을 닫게 해주마."

"우리 사무실에서 나가!"

갈색셔츠 남자는 요흐만 씨를 무시하고 옆 사무실로 들어갔다. 잠시 후 여자의 비명이 울리고 철제 책상이 뒤집어지는 우당탕 소리가 났다.

요흐만 씨가 한 부하 직원에게 말했다. "슈나이더, 즉시 경찰 불러!"

카를라는 그래봐야 소용없다는 걸 알았다. 경찰은 이미 와 있지만 아무 조치도 취하지 않았다.

어머니가 몰려선 사람들을 헤치고 복도를 뛰어왔다. "괜찮니?" 그녀는 카를라를 양팔로 감싸안으며 소리질렀다.

카를라는 어린애처럼 달래주는 걸 원하지 않았다. 그래서 어머니를 밀어내며 말했다. "괜찮아요. 걱정 마세요."

어머니는 주위를 둘러보았다. "내 타자기!"

"저 사람들이 창밖으로 던졌어요." 카를라는 타자기 키가 얽힌 건 이제 걱정하지 않아도 된다는 사실을 알아차렸다.

"여기서 빠져나가야 해." 어머니는 재빨리 책상 위 액자를 집어들더니 카를라의 손을 잡았다. 두 사람은 서둘러 사무실을 나섰다.

계단을 뛰어내려가는 그들을 제지하는 사람은 아무도 없었다. 앞쪽에서 기자로 보이는 탄탄한 체격의 젊은이가 한 갈색셔츠의 머리를 옆구리에 끼고 건물 밖으로 끌어내고 있었다. 카를라와 어머니는 그를 따라 밖으로 나갔다. 다른 갈색셔츠 하나가 그들 뒤를 따랐다.

기자는 갈색셔츠의 머리를 옆구리에 낀 채 두 경관에게 다가갔다. "이자를 체포하세요." 그가 말했다. "사무실을 털고 있었습니다. 주머니를 뒤지면 훔친 커피 단지가 나올 겁니다."

"그 사람 놓으시죠." 나이가 더 많은 경관이 말했다.

기자는 머뭇거리며 갈색셔츠를 풀어주었다.

뒤따라온 갈색셔츠가 동료 옆에 와서 섰다.

"이름이 뭡니까?" 경관이 물었다.

"루돌프 슈미트라고 합니다. 『데모크라트』의 의회 담당 선임기자죠."

"루돌프 슈미트, 당신을 경관 공격 혐의로 체포합니다."

"말도 안 되는 소리. 이자가 도둑질하는 걸 붙잡아왔는데!"

경관은 두 갈색셔츠를 향해 고개를 끄덕였다. "경찰서로 데려가."

그들이 슈미트의 팔을 붙잡았다. 슈미트는 저항하려다가 이내 생각을 고쳤다. "이 사건의 전말이 『데모크라트』 다음 호에 자세히 실릴 거야!" 그가 말했다.

"다음 호가 나올 일은 없습니다." 경관이 말했다. "데려가."

소방차가 도착하고 대여섯 명의 소방관이 뛰어내렸다. 그중 지휘관이 퉁명스럽게 경관에게 말했다. "건물을 비워야 합니다."

"소방서로 돌아가시죠. 불 안 났습니다." 나이든 경관이 말했다. "돌격대가 공산주의 잡지사를 폐쇄하는 중입니다."

"내 알 바 아닙니다." 소방관이 말했다. "화재경보가 울렸고 우리의 첫 임무는 돌격대를 포함한 모두를 건물에서 내보내는 겁니다. 당신들 협조는 없어도 돼." 그는 소방관들을 이끌고 건물 안으로 들어갔다.

그때 어머니의 목소리가 들려왔다. "이런, 안 돼!" 돌아보니 어머니는 도로에 떨어진 타자기를 바라보고 있었다. 금속덮개가 떨어져나가 키와 금속막대의 연결부가 훤히 드러났다. 자판은 뒤틀렸고 롤러의 한 쪽 끝은 떨어져나갔고 한 행이 끝나면 울리는 종은 땅바닥에 쓸쓸히 나뒹굴고 있었다. 값비싼 물건은 아니었지만 어머니는 금방이라도 울음을 터뜨릴 것 같았다.

갈색셔츠단과 잡지사 직원들이 소방대에 이끌려 건물 밖으로 나왔다. 슈바프 하사는 저항하며 화가 나 소리를 질렀다. "불 안 났다니까!" 소방관들은 그저 그를 밀어낼 뿐이었다.

요흐만 씨가 밖으로 나오더니 어머니에게 말했다. "소방대가 들이닥쳐서 놈들이 큰 피해를 입힐 새가 없었어. 화재경보 울린 사람이 누군지 몰라도 그 덕을 톡톡히 봤군!"

거짓으로 경보기를 작동시켰다고 혼쭐이 날 거라 걱정했던 카를라는 이제 그게 옳은 일이었음을 깨달았다.

카를라는 어머니의 손을 잡았다. 그제야 어머니는 한순간 북받쳐오른 슬픔에서 빠져나온 듯했다. 어머니는 소매로 눈가를 훔쳤다. 좀처럼 보기 드문 그 모습에 어머니의 충격이 얼마나 큰지 알 만했다. 카를라가 그랬다면 손수건을 쓰라고 말했을 것이다. "이제 어떻게 하지?" 어머니는 절대 그런 말을 하지 않았다. 늘 다음에 뭘 해야 할지 아는 사람이었다.

근처에 두 사람이 서 있다는 걸 알아차리고 카를라는 고개를 들어 그들을 보았다. 한 명은 어머니 연배의 여자로 매우 예쁘고 권위가 느껴졌다. 분명 아는 사람인데 누군지 생각이 나지 않았다. 옆에 선 남자는 그녀의 아들이라 해도 좋을 만큼 젊었다. 말랐고 아주 큰 키는 아니지만 영화배우 같았다. 납작하게 찌그러진 코만 아니면 너무 예쁘장하게 잘생긴 얼굴이었다. 방금 나타난 두 사람은 충격을 받은 모양이었고 남자는 분노로 새하얗게 질려 있었다.

여자가 먼저 영어로 말을 꺼냈다. "안녕, 모드." 카를라에게도 어렴풋이 귀에 익은 목소리였다. "몰라보겠어요?" 그녀가 계속 말했다. "나 에스 레크위드예요. 그리고 여기는 로이드."

II

로이드 윌리엄스는 베를린에서 몇 페니만 내면 한 시간 운동할 수 있는 복싱 클럽을 찾아냈다. 도심 북쪽 베딩이라는 노동자 거주지역에 위치한 곳이었다. 그는 곤봉과 메디신볼로 몸을 풀고 줄넘기를 한 뒤 펀칭백을 두드리고 나서 헤드기어를 쓰고 링에서 스파링을 다섯 라운드 했다. 클럽 코치가 스파링 상대로 나이와 덩치가 같은 독일인을 찾아주었다. 로이드는 웰터급이었다. 상대는 빠르고 좋은 잽을 불쑥불쑥 날려 여러 번 로이드를 강타했지만 결국 레프트 훅 한 방에 녹다운되었다.

로이드는 런던의 거친 동네 이스트엔드에서 자랐다. 열두 살 때는 학교에서 괴롭힘을 당했다. "나도 그랬다." 새아버지인 버니 레크위드가 말했다. "학교에서 제일 똑똑하니까 슬래머*한테 찍힌 거야." 새아버지는 유대인이었고 할머니도 이디시어밖에 할 줄 몰랐다. 그는 에설이 반대하는데도 로이드를 올드게이트 복싱 클럽에 데려갔다. 버니가 그녀의 말을 듣지 않다니 흔한 일은 아니었다.

로이드는 빠르게 움직이는 법과 강한 펀치를 날리는 법을 배웠고, 괴롭힘은 멈췄다. 게다가 코가 부러지면서 예쁘장한 소년 이미지도 약해졌다. 재능도 발견했다. 알고 보니 그는 반사신경이 뛰어났고 투지도 대단했다. 권투로 상을 받기도 했다. 그가 프로 선수가 되는 대신 케임브리지 대학교에 진학할 뜻을 밝히자 코치는 실망했다.

샤워를 하고 옷을 입은 로이드는 노동자들이 가는 술집에서 생맥주를 한 잔 시키고 앉아 이부異父 여동생 밀리에게 갈색셔츠단 사건에 대해 편지를 썼다. 밀리는 어머니와 여행을 떠나는 오빠를 부러워했고 로이드는 자주 소식을 전하겠다고 약속했다.

로이드는 아침에 벌어진 싸움을 보고 충격을 받았다. 그에게 정치는 일상적인 삶이었다. 어머니는 전직 하원의원에 아버지는 런던 지역의회 의원이고, 로이드 역시 노동당 청년동맹의 런던 지부장이었다. 하지만 정치는 늘 토론과 투표의 문제였다. 오늘까지는. 경찰이 웃으며 지켜보는 가운데 제복 차림의 불량배들이 한 사무실을 난장판으로 만드는 광경 같은 건 본 적이 없었다. 글러브를 벗어던지고 싸우는 정치의 모습은 충격적이었다.

"이런 일이 런던에서 벌어질 수 있을까?" 로이드는 편지에 썼다. 본

---

* 불량배를 뜻하는 이디시어.

능적으로 떠오른 첫번째 생각은 그럴 수 없다는 것이었다. 하지만 영국의 상공업자와 언론사 소유주 중에도 히틀러를 찬양하는 자들이 있었다. 몇 달 전에는 사기꾼 같은 오즈월드 모즐리 의원이 영국 파시스트 연합을 창립했다. 그들은 나치처럼 보란듯이 군복 차림으로 돌아다니기를 즐겼다. 다음에는 무슨 일이 벌어질까.

로이드는 다 쓴 편지를 접은 다음 전철을 타고 시내로 돌아왔다. 어머니와 함께 발터와 모드 폰 울리히 부부를 만나 저녁식사를 할 예정이었다. 로이드는 평생 모드에 대한 얘기를 들어왔다. 그녀와 어머니는 세상에 있을 법하지 않은 친구 사이였다. 에설은 모드 가문 저택의 하녀로 처음 일을 시작했다. 이후 두 사람은 나란히 운동가가 되어 여성 참정권을 얻기 위해 활동했다. 전쟁중에는 여성의 인권을 위해 〈병사의 아내〉라는 신문을 발간했다. 그러다가 정치적 전술에 대한 견해 차로 다툰 뒤 멀어졌다.

로이드는 1925년 울리히 가족이 런던으로 여행 왔던 일을 생생히 기억했다. 당시 그는 열 살로, 다섯 살과 세 살인 에리크와 카를라가 2개 국어를 구사하는데 자기는 독일어를 못한다는 사실을 부끄러워하기에 충분한 나이였다. 에설과 모드가 화해한 것도 그때였다.

로이드는 '비스트로 로베르트' 레스토랑으로 향했다. 딱 떨어지게 네모진 의자와 테이블, 색유리 갓을 씌운 정교한 철제 램프 스탠드 등 실내는 아르데코 양식으로 꾸며져 있었다. 그래도 접시 옆에서 차렷 자세를 한 풀 먹인 냅킨은 마음에 들었다.

다른 세 사람은 이미 와 있었다. 테이블로 다가서니 여자들은 눈에 확 띄었다. 두 사람 모두 단단히 준비를 하고 차려입었으며 매력적이고 자신감이 넘쳤다. 다른 손님들도 그들에게 감탄의 눈길을 보내고 있었다. 로이드는 최신 유행을 따르는 어머니의 패션 감각이 귀족 친구로부터 얼마나 영향을 받았는지 궁금했다.

음식을 주문한 뒤 에설이 왜 독일에 왔는지 설명했다. "1931년에 의원직을 잃었어요. 다음 선거에서 되찾기를 바라고 있지만 그때까지는 먹고살아야죠. 다행히 당신에게 언론 일을 배웠으니."

"내가 뭘 가르쳐줬다고." 모드가 말했다. "본래 타고난 재능이 있었지."

"〈뉴스 크로니클〉에 나치 관련 연재 기사를 쓰고 있어요. 책도 한 권 쓰기로 빅터 골란츠*라는 사람과 계약했고요. 로이드는 통역으로 데려왔어요. 프랑스어와 독일어를 공부하고 있거든요."

로이드는 그녀의 자랑스러운 웃음을 보며 그럴 정도는 아니라고 생각했다. "제 통역 실력이 검증된 것이라고 하긴 힘들어요. 지금까지는 두 분처럼 영어를 완벽히 구사하는 사람들만 만났는걸요."

로이드는 빵가루를 묻힌 송아지 고기를 시켰다. 영국에서는 한 번도 구경 못한 요리인데 맛이 훌륭했다. 식사 도중에 발터가 물었다. "학교에 가야 하지 않니?"

"어머니는 이번 여행이 독일에 대해 더 배울 기회라고 생각했고, 학교에서도 동의했습니다."

"잠깐이지만 의회에서 내 일을 돕는 건 어때? 무보수라 미안하다만 온종일 독일어를 쓸 수 있을 거야."

로이드는 몹시 흥분했다. "꼭 하게 해주세요. 정말 좋은 기회네요!"

"에설이 너를 놔줄 수 있다면 말이지." 발터가 덧붙였다.

에설은 웃었다. "가끔 필요할 때 돌려주실 순 있겠죠?"

"물론이죠."

에설은 테이블 너머로 손을 뻗어 발터의 손을 잡았다. 친밀한 그 행

* 영국의 출판업자이자 사회주의자.

동에 로이드는 세 사람의 관계가 매우 가깝다는 걸 알 수 있었다. "정말 친절하군요, 발터." 에설이 말했다.

"아닙니다. 나야말로 정치를 이해하는 젊은 보좌관을 늘 데리고 있을 수 있게 된 거죠."

에설이 말했다. "이제는 내가 정치를 제대로 이해하는 건지 확신이 없어요. 독일에서 대체 무슨 일이 벌어지고 있는 거죠?"

모드가 말했다. "1920년대 중반에는 잘해내고 있었어. 민주적인 정부에 경제도 성장했지. 하지만 1929년 월스트리트 사태가 모든 걸 망쳐버렸어. 이제 우리는 깊은 불황에 빠진 거야." 감정적으로 흔들리는 목소리는 거의 한탄처럼 들렸다. "구인 광고 하나에 수백 명의 남자가 줄을 서. 그들의 절망적인 얼굴이 보여. 자식들을 어떻게 먹여 살려야 할지 모르는 얼굴들. 그럴 때 나치가 그들에게 희망을 주었고, 사람들은 이런 생각을 하게 된 거야. 내가 잃을 게 뭐람?"

발터는 모드가 상황을 과장한다고 생각하는 듯했다. 그는 좀더 쾌활한 목소리로 말했다. "좋은 소식은 히틀러가 독일인 다수를 설득하는 데 실패했다는 겁니다. 지난 선거에서 나치는 3분의 1 정도 표를 얻었어요. 아무리 원내 다수당이라 해도 다행히 히틀러는 소수 여당 정부를 이끄는 셈이죠."

"그래서 그자가 다시 선거를 치르자는 거야." 모드가 끼어들었다. "독일을 자기가 원하는 야만적인 독재국가로 바꾸려면 의석에서 절대다수를 차지해야 하니까."

"그렇게 될까요?" 에설이 물었다.

"아니요." 발터가 말했다.

"가능해요." 모드가 말했다.

발터가 말했다. "독일 국민들이 정말로 독재정권에 표를 던질 거라곤 생각 안 해요."

"하지만 공정한 선거일 리 없잖아요!" 모드가 화를 냈다. "오늘 우리 잡지사에서 벌어진 일을 봐요. 나치를 비판하면 누구나 위험해져요. 그러는 사이 주변에는 온통 그들의 주장만 넘쳐나죠."

로이드가 말했다. "아무도 맞서 싸우지 않는 것 같아요!" 그날 아침 『데모크라트』 사무실에 몇 분만 더 일찍 도착했어도 좋았을 뻔했다. 그랬으면 갈색셔츠단 몇 놈은 두들겨패줬을 것이다. 그는 자신이 주먹을 움켜쥐고 있음을 깨닫고 억지로 손을 폈다. 하지만 분노는 사라지지 않았다. "좌익은 왜 나치를 옹호하는 잡지사를 습격하지 않죠? 당한 대로 되갚아줘야죠!"

"폭력에 폭력으로 맞서선 안 돼!" 모드는 단호히 말했다. "히틀러는 강력하게 탄압할 구실을 찾고 있어. 국가비상사태를 선포해서 시민권은 죄다 무시해버리고 반대파를 감옥에 보내려는 거지." 그녀의 목소리는 애원에 가까웠다. "그자에게 구실을 주는 일은 피해야 해. 그게 아무리 어렵다 해도 말이야."

네 사람은 식사를 마쳤다. 레스토랑의 자리가 비기 시작했다. 커피가 나올 무렵 레스토랑 주인이자 발터의 친척인 로베르트 폰 울리히와 주방장 외르크가 합류했다. 로베르트는 대전쟁 전 런던 주재 오스트리아 대사관에서 외교관으로 있었고, 발터 역시 독일 대사관에서 같은 일을 하다가 모드와 사랑에 빠졌다.

로베르트는 발터와 닮았지만 금 넥타이핀하며 시곗줄에 달린 인장들하며 차림새가 훨씬 요란했고, 머리도 지나칠 정도로 빗어넘겼다. 그보다 젊은 금발의 외르크는 가냘픈 외모에 밝은 웃음을 짓는 남자였다. 두 사람은 러시아에서 함께 전쟁포로 생활을 했고, 지금은 레스토랑 위에 있는 아파트에서 함께 살았다.

그들은 전쟁이 터지기 전날 극비리에 치른 발터와 모드의 결혼식에 관한 추억을 나누었다. 하객은 전혀 없었지만 로베르트와 에설이 각각 신랑과 신부의 들러리를 섰다. 에설이 말했다. "호텔에서 함께 샴페인을 마신 후에 내가 눈치껏 로베르트에게 가자고 했죠. 그랬더니 발터가—" 그녀는 터져나오는 웃음을 눌렀다. "발터가 이러더라니까요. '다 함께 여기서 저녁을 먹을 줄 알았는데요!'"

모드가 빙그레 웃었다. "그때 내가 얼마나 기뻤는지 상상도 못할걸!"

로이드는 부끄러워 커피잔만 들여다보았다. 열여덟 살에 아직 동정인 그는 신혼과 관련된 농담은 불편했다.

에설은 조금 어두운 표정으로 모드에게 물었다. "요즘 피츠 소식 못 들었어요?"

로이드는 두 사람의 비밀 결혼이 모드와 그녀의 오빠 피츠허버트 백작 사이에 끔찍한 균열을 가져왔다는 사실을 알고 있었다. 피츠는 가장인 자신에게 허락을 구하지 않았다는 이유로 모드와 인연을 끊었다.

모드는 슬픈 표정으로 고개를 저었다. "런던에 갔을 때 편지를 보냈지만 만나는 것조차 거부했어. 내가 알리지도 않고 발터와 결혼해서 자존심을 다친 거지. 안타깝게도 오빠는 용서를 모르는 사람이야."

계산은 에설이 했다. 외국 돈을 가진 사람에게는 독일의 모든 것이 쌌다. 모두 일어서서 나가려고 할 때 초대받지 않은 낯모르는 사람이 테이블로 다가오더니 의자를 끌어내 앉았다. 둥그런 얼굴 한가운데 조그만 콧수염을 기른 덩치 큰 남자였다.

그는 갈색셔츠 제복을 입고 있었다.

로베르트가 차갑게 말했다. "무슨 일로 오셨죠, 선생?"

"나는 토마스 마케 경위라고 하네." 그는 지나가는 웨이터의 팔을 붙잡더니 말했다. "커피 한 잔 가져와."

어떻게 할지 묻는 웨이터의 눈길에 로베르트는 고개를 끄덕였다.

"프로이센 경찰 정치부에 있지." 마케는 말을 이었다. "베를린 정보 수집 책임자야."

로이드는 낮은 목소리로 어머니에게 통역을 해주었다.

"하지만 지금은 개인적인 일로 이 레스토랑 주인과 이야기하고 싶네."

로베르트가 말했다. "한 달 전에는 어디 계셨죠?"

예상치 못한 질문에 놀란 기색으로 마케는 얼른 대답했다. "크로이츠베르크 경찰서."

"그곳에서는 무슨 일을?"

"기록 담당자였지. 왜 묻는 거야?"

로베르트는 예상했던 대답이라는 듯 고개를 끄덕였다. "그러니까 문서 관리 직원에서 베를린 정보 담당 책임자가 되셨다는 거군요. 빠른 진급 축하드립니다." 그는 에설에게 고개를 돌렸다. "히틀러가 1월 말 총리가 됐을 때 심복 헤르만 괴링을 프로이센의 내무장관 자리에 앉혔죠. 세계에서 가장 큰 경찰조직을 맡긴 겁니다. 그때부터 괴링은 경찰을 대대적으로 해고하고 그 자리를 나치로 채웠습니다." 로베르트는 다시 마케를 보더니 비꼬듯 말했다. "하지만 우리 깜짝 손님께서는 온전히 능력으로 진급하셨겠죠."

마케는 얼굴을 붉혔지만 화를 내지는 않았다. "말했지만 이곳 주인에게 개인적으로 할 이야기가 있네."

"오전에 찾아오시죠. 열시면 괜찮겠습니까?"

마케는 로베르트의 제안을 무시하고 말을 이었다. "내 동생이 식당 사업을 하고 있네."

"아, 아는 사람일지도 모르겠네요. 성함이 마케라고 했죠? 어떤 종류의 업소입니까?"

"프리드리히스하인에서 노동자들을 상대로 하는 작은 식당인데."
"아. 그렇다면 만나보진 못했겠군요."
로이드는 로베르트가 지나치게 빈정거리는 것이 과연 현명한 처사인지 알 수 없었다. 무례한 마케에게 친절할 필요는 없지만 어쩌면 심각한 문제가 생길 수도 있다.
마케가 계속 말했다. "내 동생이 이 레스토랑을 사고 싶다더군."
"동생분도 신분 상승을 하고 싶은 모양이군요. 선생처럼요."
"이 년에 걸쳐 이만 마르크를 지불할 것을 제안하겠네."
외르크가 웃음을 터뜨렸다.
로베르트가 말했다. "설명을 좀 해드리겠소, 경위님. 나는 오스트리아 백작이오. 이십 년 전에는 헝가리에 성과 넓은 지방 영지가 있었고, 그곳에 어머니와 여동생이 살았지. 그런데 전쟁으로 가족과 성, 영지, 심지어 조국을 잃고, 그 조국도…… 쪼그라들었소." 즐거운 듯 비꼬던 기색은 사라지고 감정이 북받쳐 거칠어진 목소리였다. "난 친척 형제인 발터 폰 울리히의 주소만 들고 빈손으로 베를린에 왔소. 그럼에도 어찌어찌 이 레스토랑을 차렸지." 그리고 침을 삼켰다. "이곳은 내 전부요." 그는 말을 멈추고 커피를 조금 마셨다. 테이블에 앉은 다른 사람들은 침묵을 지켰다. 평정을 되찾은 로베르트는 다시 약간 거만한 목소리로 말했다. "당신이 가질 수 없을 정도로 많은 금액을 제시한다고 해도 거절하겠소. 내 인생 전체를 파는 것이기 때문이지. 아무리 당신이 불쾌하게 행동했대도 무례를 범하고 싶진 않소. 하지만 내 레스토랑은 얼마를 줘도 팔 생각이 없소." 로베르트는 일어서서 손을 내밀어 악수를 청했다. "좋은 밤 보내시오, 마케 경위."
마케는 무의식중에 악수를 해놓고 후회하는 기색이었다. 그는 자리에서 일어섰다. 화가 난 게 틀림없었다. 통통한 얼굴이 붉으락푸르락했다. “다음에 다시 얘기하도록 하지.” 그러더니 나가버렸다.

“멍청이가 따로 없군.” 외르크가 말했다.

발터가 에설에게 말했다. “우리가 뭘 참고 견뎌야 하는지 봤죠? 저 군복을 입었다는 이유 하나로 저자는 뭐든 원하는 대로 할 수 있어요!”

로이드는 마케의 자신감 넘치는 태도가 마음에 걸렸다. 그는 자신이 부른 가격에 레스토랑을 살 수 있다고 확신하는 듯 보였다. 로베르트의 거절도 그저 일시적인 걸림돌 정도라는 반응이었다. 나치가 이미 그렇게 강해진 걸까.

바로 이런 게 오즈월드 모즐리를 위시한 영국 파시스트들이 원하는 일이었다. 괴롭힘과 폭행이 법에 의한 지배를 대신하는 나라. 사람들이 어떻게 이 정도로 미련할 수 있나.

모두 코트를 걸치고 모자를 쓰고 로베르트와 외르크에게 인사를 건넸다. 밖으로 나서자마자 로이드는 연기 냄새를 맡았다. 담배가 아닌 뭔가 다른 냄새였다. 네 사람은 발터의 차 BMW 딕시 3/15에 올라탔다. 로이드는 그 차가 독일에서 생산된 오스틴 세븐*임을 알아보았다.

자동차가 티어가르텐 공원을 가로지르는 사이 소방차 두 대가 종을 울리며 앞질러갔다. “어디 불이 났나보군.” 발터가 말했다.

잠시 후 그들은 나무들 사이로 이글거리는 불길을 보았다. 모드가 말했다. “의사당 근처인 것 같아요.”

발터의 목소리가 달라졌다. “한번 가봐야겠어.” 걱정스럽게 말한 그는 차를 급히 돌렸다.

연기 냄새가 점점 더 강해졌다. 로이드의 눈에 나무들 꼭대기 너머 하늘로 치솟는 불길이 보였다. “정말 큰불이네요.” 그가 말했다.

---

* 당시 영국에서 인기를 누리던 모델로 해외 각국에서 제작 및 판매권을 수입했다.

네 사람은 공원을 벗어나 의사당 건물과 맞은편 크롤 오페라하우스 사이 넓은 쾨니히스 광장으로 들어섰다. 의사당이 불길에 휩싸여 있었다. 고풍스럽게 늘어선 창문들 뒤로 빨갛고 노란 불꽃이 춤을 췄다. 중앙 돔에서 불길과 연기가 솟아올랐다. "이런, 안 돼!" 로이드에게 들려오는 발터의 목소리는 비탄에 잠겨 있었다. "아, 하느님 맙소사. 안 돼."

발터가 차를 멈추었고 모두 내렸다.

"이건 재앙이야." 발터가 말했다.

에설이 말했다. "이렇게 아름답고 오래된 건물이."

"건물이 문제가 아니에요." 발터가 뜻밖의 말을 했다. "불타고 있는 건 우리의 민주주의입니다."

50미터쯤 떨어진 곳에서 몇 사람이 모여 화재 현장을 지켜보았다. 건물 앞에 소방차들이 줄지어 섰고, 불길을 향한 호스에서 뿜어져나온 물줄기가 깨진 창문 안으로 쏟아지고 있었다. 몇 안 되는 경관들은 손을 놓고 서 있었다. 발터가 그중 한 명에게 말을 걸었다. "나는 의회 의원이오. 언제 불이 났소?"

"한 시간 전입니다." 경관이 말했다. "방화범 가운데 하나를 잡았습니다. 아무것도 안 걸치고 바지만 입고 있더군요! 옷가지로 불을 지른 겁니다."

"밧줄로 저지선을 치시오." 발터가 권위 있게 말했다. "위험하니 사람들이 접근하지 못하도록."

"네, 의원님." 경관이 대답하고 사라졌다.

로이드는 일행들로부터 떨어져나와 의사당 가까이 다가갔다. 소방관들이 불길을 잡아가고 있었다. 이제 불은 줄고 연기가 많아졌다. 그는 소방차들을 지나 건물 창 쪽으로 다가갔다. 그다지 위험해 보이지도 않았고, 호기심이 몸을 안전하게 지켜야 한다는 본능을 이겼다. 언제나 그랬듯이.

창문 안쪽을 들여다보니 피해 정도는 심각했다. 무너져내린 벽과 천장의 파편이 군데군데 무더기로 쌓여 있었다. 소방관들 말고도 코트를 입은 민간인들이—의사당 직원인 듯했다—잔해 사이를 돌아다니며 피해를 살피고 있었다. 로이드는 출입구로 가 계단을 올랐다.

경관들이 밧줄로 저지선을 치고 있는데 검은색 메르세데스 두 대가 요란한 소리를 내며 도착했다. 로이드는 무슨 일인가 싶어 지켜보았다. 두번째 차에서 밝은색 트렌치코트에 챙이 넓은 검은 모자를 쓴 남자가 뛰어내렸다. 코 아래 좁은 수염이 보였다. 로이드는 자기가 신임 총리 아돌프 히틀러를 보고 있다는 걸 알아차렸다.

히틀러 뒤에는 키가 더 크고 SS, 즉 나치 친위대의 검은 군복을 입은 개인 경호원이 따르고 있었다. 선전장관이자 유대인을 증오하는 요제프 괴벨스가 다리를 절룩거리며 그뒤를 따라갔다. 신문에 난 사진을 본 적이 있어 그들이 누군지 알 수 있었다. 이렇게 가까이서 본다는 흥분에 로이드는 두려움조차 잊었다.

히틀러는 계단을 두 칸씩 뛰어올라 로이드 쪽으로 곧장 다가왔다. 로이드는 자기도 모르게 커다란 출입문을 활짝 열어 총리를 위해 붙잡고 있었다. 히틀러가 그에게 고개를 끄덕여 보이며 안으로 들어섰고 일행도 그뒤를 따랐다.

로이드도 그들 무리에 합류했다. 아무도 뭐라고 하지 않았다. 히틀러의 사람들은 그를 의사당 직원이라고 생각하고, 의사당 직원들은 히틀러를 따라온 사람이라고 생각하는 것 같았다.

젖은 재에서 악취가 풍겼다. 히틀러와 부하들은 새까맣게 탄 채 더러운 물웅덩이에 처박힌 기둥과 배관 위로 건너다녔다. 입구의 홀에 낙타털 코트로 거대한 배를 덮은 헤르만 괴링이 포츠담에서 유행하는 식으로 앞쪽을 들어올린 모자를 쓰고 서 있었다. 이자가 경찰을 나치 세력으로 채운 자군. 로이드는 레스토랑에서 오간 대화를 떠올렸다.

괴링은 히틀러를 보자마자 소리질렀다. "공산주의자들의 폭동이 시작됐습니다! 드디어 행동에 나선 겁니다! 한시도 허비해서는 안 됩니다!"

로이드는 흡사 극장 관중석에 앉아 있는 듯 묘한 기분이었다. 마치 배우들이 거물을 연기하는 장면을 보는 것 같았다.

히틀러는 괴링보다 훨씬 더 연극적이었다. "이제 자비란 있을 수 없다!" 그는 경기장에 모인 사람들에게 연설이라도 하는 것처럼 소리를 질렀다. "누구든 우리를 막는 자는 죽음을 면치 못할 것이다." 그는 말을 할수록 점점 더 흥분해서 몸을 부들부들 떨었다. "공산당에 속한 놈은 누구든 붙잡히는 대로 총살이다. 소속 의원들도 바로 오늘밤 목을 매달아야 한다." 폭발할 듯한 기세였다.

그러나 모든 게 뭔가 작위적으로 보였다. 히틀러의 증오는 진짜 같았지만 그런 식의 발산은 주변 부하들과 다른 이들에게서 뭔가를 얻어내려는 연기이기도 했다. 진짜 감정을 느끼는 동시에 그것을 관객들에게 증폭시켜 보여준다는 점에서 그는 배우였다. 그리고 그런 시도는 먹혀들고 있었다. 로이드는 소리가 들리는 범위 안의 모든 사람이 넋을 잃고 집중하는 광경을 바라보았다.

괴링이 말했다. "각하, 이쪽은 제가 데리고 있는 정치경찰 부장 루돌프 딜스입니다." 그는 옆에 선 검은 머리의 날씬한 남자를 가리켰다. "방화범 중 한 명을 이미 체포했다고 합니다."

딜스는 이성을 잃지 않았다. 그가 차분하게 말했다. "마리뉘스 판 데르 뤼버라는 네덜란드인 노동자입니다."

"그리고 공산주의자죠!" 괴링이 의기양양하게 덧붙였다.

딜스가 말했다. "방화를 저지른다고 네덜란드 공산당에서 쫓겨났습니다."

"그럴 줄 알았어!" 히틀러가 말했다.

로이드는 히틀러가 사실이야 어떻든 공산주의자를 비난하기로 마음먹었다는 걸 알 수 있었다.

딜스가 공손히 말했다. "말씀드려야 할 것은, 그자를 처음 심문했을 때 보니 단독 범행에다 분명 제정신이 아니었다는 점입니다."

"말도 안 돼!" 히틀러는 소리를 질렀다. "이건 오래전부터 계획된 일이야. 하지만 놈들의 계산은 빗나갔다! 국민이 우리 편이라는 사실을 놈들은 이해하지 못해."

괴링이 딜스에게 고개를 돌렸다. "이 시간부로 경찰은 비상체제에 돌입한다. 우리에게 공산주의자 명단이 있어. 의회 의원, 선거로 뽑힌 지방정부 관리, 공산당 조직책과 활동가, 모조리 체포해! 오늘밤 당장! 총기 사용도 서슴지 말도록. 인정사정 봐주지 말고 심문해."

"네, 장관님." 딜스가 대답했다.

로이드는 발터의 걱정이 옳았다는 걸 알아차렸다. 이 사건은 나치가 찾고 있던 구실이었다. 미친 남자 혼자서 불을 질렀다는 말은 들은 척도 하지 않을 것이다. 나치는 이 사건이 공산주의자의 모략이길 원했고, 그래야만 단호한 조치를 발표할 수 있었다.

괴링은 구두에 묻은 오물을 불쾌하다는 듯 내려다보며 말했다. "제 관사가 바로 근처에 있습니다만 다행히 피해를 입지 않았습니다, 각하. 그리로 잠시 가시면 어떻겠습니까?"

"그러지. 상의할 일이 많아."

로이드는 이번에도 문을 붙잡아주었고 그들 모두 밖으로 나갔다. 그들이 차를 타고 떠나자 로이드는 경찰이 쳐놓은 저지선을 넘어 어머니와 울리히 부부에게 돌아갔다.

에설이 말했다. "로이드! 어디 있었니? 몹시 걱정했잖아!"
"안에 들어갔었어요."
"뭐? 어떻게?"
"아무도 안 막던데요. 온통 무질서하고 혼란스러웠어요."
에설은 양손을 허공에서 흔들었다. "얘는 위험한 걸 모른다니까."
"아돌프 히틀러를 봤어요."
발터가 말했다. "뭐라고 하더냐?"
"공산주의자들이 불을 냈다고 비난하더군요. 숙청이 벌어질 거예요."
"하느님 맙소사." 발터가 말했다.

III

토마스 마케는 로베르트 폰 울리히의 빈정거림에 여전히 속이 쓰렸다. "동생분도 신분 상승을 하고 싶은 모양이군요. 선생처럼요." 울리히는 그렇게 말했다.

이렇게 대꾸해줬으면 좋았을 것이다. "신분 상승 좀 하면 안 되나? 우리도 너처럼 잘났는데, 이 오만한 놈아." 이제 마케는 복수를 갈망했다. 하지만 지난 며칠 동안은 눈코 뜰 새 없이 바빠 아무 조치도 취하지 못했다.

프로이센 비밀경찰본부는 정부기관이 몰려 있는 구역에서도 프린츠 알브레히트 가 8번지의 웅장하고 우아한 고전적 건물에 자리잡고 있었다. 마케는 본부 입구에 들어설 때마다 긍지가 샘솟았다.

정신없이 바쁜 때였다. 제국의회 의사당에 불이 난 뒤 24시간 사이 사천 명의 공산주의자를 체포했고 이후 매시간 더 많은 수가 검거되고 있었다. 독일은 전염병을 씻어내는 중이었고, 마케에게는 베를린의 공기가 벌써 전보다 깨끗하게 느껴졌다.

하지만 경찰이 보유한 자료는 최신 정보가 아니었다. 사람들은 이사를 했고, 선거는 이길 때도 있고 질 때도 있었으며, 늙은이는 죽고 젊은이가 그 자리를 차지했다. 마케는 자료를 갱신하면서 새로운 이름과 주소를 알아내는 일을 책임졌다.

그가 잘하는 일이었다. 그는 등기부, 주소록, 도로 지도, 오려낸 신문 기사와 명단이라면 종류를 불문하고 좋아했다. 크로이츠베르크 경찰서에 있을 때는 그의 재능이 딱히 빛을 보지 못했다. 그곳의 범죄 정보부서는 그저 용의자가 이름을 불 때까지 두들겨패는 게 다였다. 그는 이곳에서 더 높은 평가를 받기를 바랐다.

그렇다고 용의자를 두들겨패는 것 때문에 딱히 어려움을 겪지는 않았다. 건물 안쪽에 있는 그의 사무실에서는 지하에서 고문당하는 남녀의 비명이 들렸지만 그는 괴롭지 않았다. 그들은 배신자에다 체제 전복을 꾀한 혁명분자들이었다. 이미 파업을 통해 독일을 망쳤고 기회만 있으면 더 나쁜 짓도 할 것이다. 마케는 그들이 불쌍하지 않았다. 그저 로베르트 폰 울리히 역시 공산주의자여서 고통으로 신음하며 자비를 구걸하게 되길 바라는 마음뿐이었다.

3월 2일 목요일 저녁 여덟시, 마침내 로베르트를 조사할 시간이 났다.

부하들을 퇴근시키고 마케는 새로 갱신한 명단 한 묶음을 위층의 상관 크링겔라인 경감에게 전달했다. 그리고 다시 서류 작업을 재개했다.

서둘러 퇴근할 필요는 없었다. 그는 혼자 살았다. 제멋대로인 아내는 동생 식당에서 일하는 웨이터와 눈이 맞아 자유롭게 살고 싶다며 떠났고, 아이는 없었다.

그는 자료를 샅샅이 훑기 시작했다.

로베르트 폰 울리히가 1923년 나치당에 입당했다가 이 년 뒤 탈당했다는 내용은 이미 확인해두었다. 그 자체로는 큰 의미가 없었다. 더 많은 정보가 필요했다.

자료 정리체계는 그가 바랐던 만큼 논리적이지 못했다. 그는 프로이센 경찰에 전반적으로 실망했다. 소문에 따르면 괴링 역시 만족하지 못했고, 정치부와 정보부를 정규조직에서 분리해 더 유능한 비밀경찰로 새롭게 편성할 예정이라고 했다. 좋은 생각 같았다.

그동안 마케는 어느 정식 문서에서도 로베르트 폰 울리히를 찾아내지 못했다. 어쩌면 그저 무능의 반증만이 아닐지 모른다. 로베르트에게 책잡을 게 없을 수도 있었다. 오스트리아 백작인 그가 공산주의자나 유대인일 것 같지는 않았다. 그에 대해 말할 수 있는 최악의 허물이라고 해봐야 친척인 발터가 사회민주당원이라는 정도인 듯했다. 그건 죄가 아니다. 아직까지는.

이제야 마케는 로베르트에게 접근하기 전에 이 조사를 미리 했어야 했다는 생각이 들었다. 완벽한 정보 없이 앞서나갔다. 그런 행동은 실수라는 걸 미리 알 수도 있었을 텐데. 그 결과 어쩔 수 없이 오만과 비웃음을 감수해야 했다. 굴욕적이었다. 하지만 그는 복수할 것이다.

그는 사무실 안쪽의 먼지투성이 벽장에 든 온갖 서류를 뒤적이기 시작했다.

거기서도 울리히의 이름은 찾아낼 수 없었는데, 서류 하나가 사라져 보이지 않았다.

벽장 문 안쪽에 붙은 목록에 따르면 '부도덕 점포'라는 제목의 총 117페이지짜리 문서가 있어야 했다. 베를린의 나이트클럽을 조사한 것인 듯했다. 왜 그 자료가 없는지는 짐작이 갔다. 최근에 누군가 보려고 가져간 게 틀림없다. 히틀러가 총리가 되면서 퇴폐적인 야간업소들이 폐쇄

됐으니까.

다시 위층으로 올라갔다. 크링겔라인은 마케가 갱신한 최신 명단에 오른 공산주의자들과 그 협력자들을 검거하러 나설 정복경찰들에게 지시를 내리고 있었다.

마케는 망설이지 않고 상관의 말을 끊었다. 크링겔라인은 나치가 아니었고, 그래서 돌격대원을 나무라는 일을 겁냈다. 마케가 말했다. "부도덕 점포 목록을 찾고 있습니다."

크링겔라인은 화가 난 기색이었지만 딱히 별말은 없었다. "옆 탁자에 있으니 가져가게."

마케는 서류를 가지고 방으로 돌아왔다.

오 년 전 이루어진 조사 내용이었다. 클럽의 상호, 주소와 함께 그곳에서 어떤 행위가 이루어졌는지 정리되어 있었다. 도박, 음란 공연, 매춘, 마약류 판매, 동성애 및 여타 퇴폐 행위들. 클럽 소유자와 투자자, 회원과 종업원 명단도 포함되었다. 마케는 참을성 있게 각 항목을 읽었다. 로베르트 폰 울리히가 마약 중독자이거나 매춘을 했을 수도 있다.

베를린은 동성애 클럽으로 유명했다. 마케는 남자끼리 춤을 추고 무대에서는 여장 남자 가수가 쇼를 한다는 '핑크 슬리퍼'에 관한 따분한 내용도 꼼꼼히 읽었다. 이 일도 가끔은 구역질이 난단 말이야.

손가락으로 명단을 짚어내려가던 그는 로베르트 폰 울리히의 이름을 발견했다.

안도의 한숨이 나왔다.

더 아래로 내려가니 외르크 슐라이허의 이름도 보였다.

"그래, 그렇군. 이제 얼마나 빈정댈 수 있는지 보자고."

IV

로이드가 다시 발터와 모드를 만났을 때, 두 사람은 더 화가 나 있고 더 겁에 질려 있었다.

같은 주 토요일인 3월 4일, 바로 선거 전날이었다. 로이드와 에설은 발터가 주최하는 사회민주당 집회에 참석할 예정이었고, 미리 점심식사를 하기 위해 미테에 있는 울리히의 집으로 갔다.

19세기에 지은 그 주택은 가구 대부분이 낡았다 해도 방이 넓고 창문도 컸다. 점심은 감자와 양배추를 곁들인 돼지고기 요리로 평범했다. 발터와 모드는 스스로 가난하다는 듯 말했고 부모 세대보다 수수하게 사는 건 틀림없었지만, 굶주리지는 않았다.

그럼에도 그들은 겁에 질려 있었다.

히틀러는 늙은 독일 대통령 파울 폰 힌덴부르크를 설득해 '의사당 방화에 관한 법령'을 승인하도록 했고, 이미 정적들을 구타하고 고문하던 나치는 그런 행위에 대한 공식 허가를 받았다. "월요일 밤부터 이만 명이나 체포됐어요!" 발터의 목소리가 떨렸다. "공산주의자뿐 아니라 나치가 '공산주의 동조자'라고 부르는 사람들까지 포함됐더군요."

"그 말은 마음에 안 들면 아무나 잡아간다는 거지." 모드가 말했다.

에설이 말했다. "이제 어떻게 민주적인 선거를 치르겠어요?"

"최선을 다해야 합니다." 발터가 말했다. "우리가 선거운동을 하지 않으면 나치를 돕는 것밖에 안 돼요."

로이드는 초조하게 말했다. "언제쯤 이런 상황을 거부하고 맞서 싸울 거죠? 폭력에 폭력으로 맞서는 게 잘못이라는 생각은 여전한가요?"

"당연하지." 모드가 말했다. "평화적 저항이 우리의 유일한 희망이야."

발터가 말했다. "사민당에 제국 국기단國旗團이라는 민병대 조직이 있지만 그래도 약해. 소수의 당원이 폭력적인 대응을 주장했는데도 많은 지지를 얻어내지 못했지."

모드가 말했다. "기억해라, 로이드. 나치는 경찰과 군을 자기편으로 두고 있어."

발터는 회중시계를 내려다보았다. "이제 가야겠군."

모드가 불쑥 말했다. "발터, 취소하는 게 낫지 않을까요?"

발터는 깜짝 놀라 모드를 보았다. "표가 칠백 장이나 팔렸어요."

"표가 무슨 상관이에요." 모드가 말했다. "당신이 걱정돼서 그래요."

"걱정 마요. 좌석 할당에 신경썼으니 문제를 일으킬 사람이 들어오진 못할 거예요."

발터가 속마음도 저렇게 자신감이 넘치는지 로이드는 확신이 들지 않았다.

발터가 말을 이어갔다. "어쨌든 민주적인 정치 집회에 참석하려는 의지가 여전한 사람들을 실망시킬 순 없어요. 그들은 우리에게 남은 유일한 희망이니까."

"당신 말이 옳아요." 모드가 말했다. 그리고 에설을 보았다. "에설은 로이드와 집에 있는 편이 낫겠어. 발터가 뭐라든 위험하니까. 그리고 여기는 어쨌든 두 사람 나라도 아니잖아."

"사회주의에는 국경이 없어요." 에설은 완강했다. "걱정해주는 건 나도 발터처럼 고맙게 생각해요. 하지만 독일 정치를 내 눈으로 보러 왔고, 이 기회를 놓치지 않겠어요."

"어쨌든 아이들은 못 가." 모드가 말했다.

아들 에리크가 말했다. "가고 싶지도 않아요."

카를라는 실망한 듯 보였지만 아무 말도 하지 않았다.

발터와 모드, 에설, 로이드는 발터의 작은 차에 올라탔다. 로이드는 긴장됐지만 들뜨기도 했다. 영국에 있는 그 어떤 친구들보다 수준 높은 정치적 관점을 갖게 될 기회였다. 싸움이 벌어진다고 해도 두렵지 않았다.

그들은 알렉산더 광장을 가로질러 동쪽으로 달려가 가난한 집과 작은 가게가 모인 동네로 향했다. 일부 간판은 히브리어로 적혀 있었다. 사회민주당은 노동자계급의 정당이지만 영국 노동당처럼 소수의 부유층 지지자가 있었다. 발터 폰 울리히는 부유층 소수파에 속했다.

자동차는 '인민의 극장'이라 쓰인 대형 천막 바깥에서 멈췄다. 천막 밖에는 이미 줄이 늘어서 있었다. 발터가 손을 흔들며 길을 건너자, 기다리던 사람들이 환호했다. 로이드와 다른 사람들은 그를 따라 안으로 들어갔다.

발터는 열여덟 살 정도로 보이는 근엄한 표정의 젊은 남자와 악수했다. "이쪽은 빌헬름 프룬체, 우리 당의 이곳 지구당 서기입니다." 프룬체는 태어날 때부터 중년의 얼굴이었을 법한 젊은이로, 십 년 전에나 유행하던 단추 달린 주머니가 있는 블레이저를 입고 있었다.

프룬체는 발터에게 극장 출입문을 안쪽에서 어떻게 잠그는지 보여주었다. "참석자들이 자리에 앉으면 말썽꾼이 못 들어오게 문을 잠글 겁니다." 그가 말했다.

"아주 좋아." 발터가 말했다. "잘했군."

프룬체는 그들을 공연장으로 안내했다. 발터가 무대에 올라 이미 와 있는 몇몇 후보에게 인사를 건넸다. 일반 참석자들이 안으로 들어와 자리에 앉기 시작했다. 프룬체는 모드와 에설, 로이드를 맨 앞줄의 예약석으로 안내했다.

두 소년이 다가왔다. 어린 쪽은 열네 살 정도로 보였지만 키는 로이드보다 컸다. 소년은 조심스럽고 예의바른 태도로 모드에게 인사를 하고 고개를 살짝 숙였다. 모드가 에설에게 그를 소개했다. "베르너 프랑크라고, 친구 모니카의 아들이야." 그러더니 베르너에게 말했다. "아버지가 여기 온 것 아시니?"

"네. 사민주의를 직접 눈으로 봐야 한다고 하셨어요."

"나치치고는 마음이 넓으시구나."

로이드는 열네 살 아이가 받아들이기에는 심한 말이 아닌가 생각했지만, 베르너는 모드의 상대가 되기에 부족함이 없었다. "아버지는 진심으로 나치즘을 믿지는 않지만 히틀러가 독일 경제에 도움이 된다고 생각하세요."

빌헬름 프룬체는 분개했다. "수천 명을 교도소에 가두는 일이 어떻게 경제에 도움이 되지? 부당한 건 둘째 치고 사람들이 일을 못하는데!"

베르너가 말했다. "저도 그렇게 생각해요. 하지만 대중은 히틀러의 단호한 조치를 환영해요."

"볼셰비키 혁명으로부터 보호받는다고 생각하는 겁니다." 프룬체가 말했다. "나치 언론 때문에 다들 공산주의자들이 곧 모든 도시와 마을에서 살인과 방화, 독약을 이용한 조직활동을 벌일 거라고 믿으니까요."

베르너와 함께 있던 키가 작고 나이 많은 소년이 말했다. "정작 사람들을 지하실로 끌고 가서 몽둥이로 뼈를 부러뜨리는 자들은 공산주의자가 아니라 갈색셔츠단이죠." 그는 로이드가 파악할 수 없는 지방 악센트가 살짝 섞인 독일어를 유창하게 구사했다.

베르너가 말했다. "죄송합니다. 블라디미르 페시코프를 소개하는 걸 깜박했네요. 제가 다니는 '베를린 청년 아카데미'에서 공부하고 있고, 다들 볼로댜라고 부릅니다."

로이드는 일어서서 악수를 나누었다. 볼로댜는 로이드와 비슷한 나이로 보였는데, 파란 눈의 눈빛이 솔직한 멋진 젊은이였다.

프룬체가 말했다. "볼로댜 페시코프는 알아. 나도 베를린 청년 아카데미에 다니니까."

볼로댜가 말했다. "빌헬름 프룬체는 학교의 천재죠. 물리학과 화학, 수학은 일등이고요."

"맞아요." 베르너가 말했다.

모드는 볼로댜를 빤히 보더니 말했다. "페시코프? 아버지가 그리고리니?"

"네, 울리히 부인. 소련 대사관에서 무관으로 일하십니다."

그러니까 볼로댜는 러시아 사람이군. 그래서 큰 어려움 없이 독일어를 하는 거야. 로이드는 약간 부러웠다. 여기 사는 덕분일 게 틀림없어.

"네 부모님을 잘 안다." 모드가 볼로댜에게 말했다. 그녀가 베를린에 있는 모든 외교관을 알고 있다는 사실은 로이드도 이미 들어 알았다. 그녀가 하는 일의 일부였다.

프룬체가 시계를 보더니 말했다. "시작할 시간이군." 그는 무대에 올라 청중을 조용히 시켰다.

극장 안이 고요해졌다.

프룬체는 후보자들이 연설을 한 다음 청중의 질문을 받을 거라고 안내했다. 표는 사민당원에게만 팔았고 문을 잠갔으니 동지들 사이에서 자유롭게 발언할 수 있다고 덧붙였다.

로이드는 꼭 비밀결사의 일원이 된 기분이었다. 이런 걸 민주주의라고 부르지는 않는다.

첫 순서는 발터였다. 선동가는 못 된다고 로이드는 생각했다. 수사라고는 없었다. 하지만 다들 지적이고 박식해서 복잡한 정치적 문제를 잘 이해한다며 청중의 비위를 맞출 줄은 알았다.

발터가 연설을 시작한 지 몇 분이 지났을까, 갈색셔츠 하나가 무대로 올라왔다.

로이드는 욕이 나왔다. 어떻게 여기 있지? 무대 옆으로 들어온 것이다. 누군가 극장 뒷문을 열어둔 게 틀림없었다.

군인처럼 머리를 깎은 덩치 큰 짐승 같은 자였다. 남자는 무대 앞으로 나서더니 소리질렀다. "이건 치안을 위협하는 집회야. 오늘날 독일에 공산주의자와 체제를 전복하려는 자는 필요 없어. 모임은 끝났다."

그자의 자신감 넘치는 오만함에 로이드는 분노가 치밀었다. 덩치 큰 얼간이 녀석을 복싱링으로 끌고 갔으면 좋겠다는 생각이 들었다.

빌헬름 프룬체가 벌떡 일어서서 침입자의 앞에 서더니 펄펄 뛰며 소리질렀다. "여기서 나가, 이 깡패 자식!"

남자는 프룬체의 가슴을 힘껏 밀쳤다. 프룬체는 비틀거리며 뒷걸음치다가 다리가 걸려 나동그라졌다.

청중은 자리에서 일어나 맹렬하게 항의하며 소리를 치거나 두려움에 비명을 질렀다.

측면 출입구에서 더 많은 갈색셔츠단이 모습을 드러냈다.

놈들이 교묘하게 계획을 세웠구나 싶은 생각에 로이드는 낭패감이 들었다.

프룬체를 밀친 남자가 소리질렀다. "나가!" 다른 갈색셔츠들도 이어서 외쳐댔다. "나가! 나가! 나가!" 그들은 이제 스무 명 정도인데다 끊임없이 모여들고 있었다. 일부는 경찰봉이나 임시로 만든 몽둥이를 들었는데, 하키스틱과 커다란 나무망치, 심지어 의자 다리도 보였다. 그들은 무대 위에서 이리저리 거들먹거리고 돌아다니며 험악하게 웃거나 소리지르며 무기를 휘둘렀고, 로이드는 그들이 사람들을 패고 싶어 안달이 났음을 확실히 알 수 있었다.

그는 자리에서 일어섰다. 무의식적으로 베르너, 볼로댜와 함께 방어선을 치듯 에설과 모드 앞에 섰다.

청중의 절반은 현장을 벗어나려 애썼고, 다른 절반은 소리를 지르며 침입자들을 향해 주먹을 흔들어댔다. 밖으로 나가려는 사람들이 다른 사람들을 밀치는 바람에 소소하게 실랑이가 벌어졌다. 많은 여자들이 울음을 터뜨렸다.

무대 위에서 발터가 강연대를 붙잡고 소리쳤다. "모두 진정하십시오! 소란 피울 필요가 없습니다!" 대부분은 듣지 못했고 나머지는 듣고도 무시했다.

갈색셔츠단은 무대에서 뛰어내려와 사람들 속으로 헤치고 들어갔다. 로이드는 어머니의 팔을 잡았고 베르너도 마찬가지로 모드를 잡았다. 그들은 한데 뭉쳐 가장 가까운 출입문으로 움직였지만, 공포에 사로잡힌 채 뒤엉켜 현장을 벗어나려는 사람들로 이미 모든 문이 막혀 있었다. 상황이 그런데도 갈색셔츠단은 아랑곳하지 않고 여전히 모두 나가라며 소리를 질러댔다.

난입한 자들은 대개 건장한 데 비해 청중 중에는 여자와 노인이 섞여 있었다. 로이드는 맞서 싸우고 싶었지만 좋은 생각이 아니었다.

대전쟁 철모를 쓴 남자가 어깨로 밀치는 바람에 로이드는 앞으로 휘청거리다 어머니에게 부딪혔다. 돌아서서 맞서고 싶은 유혹을 억눌러야 했다. 어머니를 보호하는 게 우선이었다.

몽둥이를 든 여드름투성이 소년 하나가 베르너의 등을 손으로 세게 밀치며 소리질렀다. "나가라고, 나가!" 베르너는 재빨리 몸을 돌려 소년에게 한 걸음 다가섰다. "건드리지 마, 이 파시스트 돼지 녀석." 갈색셔츠는 딱 멈춰 섰다. 저항하리라고는 전혀 예상 못했는지 겁에 질린 모습이었다.

베르너는 다시 돌아서서 로이드처럼 두 여자를 보호하는 데 집중했다. 하지만 덩치 큰 남자가 둘 사이에 오간 말을 듣고 소리쳤다. “누구 더러 돼지라는 거야?” 그는 맹렬한 기세로 외치며 베르너의 뒤통수에 주먹을 날렸다. 제대로 겨누지 못해 빗맞았는데도 베르너는 비명을 지르며 앞으로 비틀거렸다.

볼로댜가 두 사람 사이로 끼어들어 남자의 얼굴을 두 번 가격했다. 로이드는 볼로댜의 재빠른 연타에 감탄했지만 자기 역할에 다시 집중했다. 잠시 뒤 네 사람은 문가에 다다랐다. 로이드와 베르너는 어렵사리 여자들을 극장 로비로 내보냈다. 그곳은 덜 혼잡하고 폭력도 없었다. 무엇보다 갈색셔츠가 없었다.

두 여자의 안전을 확인한 로이드와 베르너는 공연장을 보았다.

용감하게 덩치 큰 남자와 맞붙은 볼로댜가 곤경에 처해 있었다. 얼굴과 몸통에 연방 주먹을 날려봐도 별 소용 없이 남자는 성가신 벌레라도 되는 양 그의 머리를 붙잡고 흔들었다. 갈색셔츠 남자는 발이 무겁고 움직임이 둔했지만 가슴으로, 뒤이어 머리로 그의 펀치가 날아들자 볼로댜는 비틀거렸다. 주먹을 뒤로 당긴 남자는 육중한 한 방을 날릴 태세였다. 로이드는 볼로댜가 죽지 않을지 걱정스러웠다.

그 순간 무대에서 풀쩍 뛰어내린 발터가 거한의 뒤를 덮쳤다. 로이드는 환호성을 지르고 싶었다. 두 사람은 팔과 다리가 뒤엉킨 채 바닥에 쓰러졌고, 볼로댜는 잠깐이나마 풀려났다.

베르너를 밀쳤던 여드름쟁이 소년은 밖으로 나가려는 사람들의 등과 머리를 몽둥이로 치며 괴롭히고 있었다. “이 비겁한 새끼!” 로이드는 소리를 지르며 앞으로 나섰다. 하지만 베르너가 한발 앞섰다. 그는 로이드를 밀치고 나가 몽둥이를 붙잡고 소년에게서 빼앗으려고 용을 썼다.

철모를 쓴 나이 많은 남자까지 가세해 곡괭이 자루로 베르너를 갈겼다. 로이드는 앞으로 나서서 라이트스트레이트로 그를 가격했다. 주먹은 남자의 왼쪽 눈 옆에 완벽히 꽂혔다.

하지만 참전용사인 남자는 순순히 물러나지 않고 곡괭이 자루를 휙 돌려 로이드를 향해 휘둘렀다. 로이드는 공격을 가뿐히 피하고 남자를 두 번 더 때렸다. 눈언저리의 한곳을 연달아 강타하자 피부가 찢어졌다. 하지만 철모가 남자의 머리를 보호하고 있어서 마무리 펀치인 레프트 훅을 날릴 수가 없었다. 또다시 날아든 곡괭이 자루를 몸을 휙 수그려 피한 다음 얼굴을 향해 주먹을 날리자 남자는 눈언저리 상처에서 피를 흘리며 뒤로 물러섰다.

로이드는 주위를 둘러보았다. 이제 사민당원들도 반격해 싸우는 중이었다. 불현듯 맹렬한 쾌감이 솟구쳤다. 청중 대부분은 출입문을 빠져나갔고 공연장 안에는 젊은이들뿐이었다. 그들은 좌석을 타넘어 갈색셔츠들에게 다가가고 있었다. 상대는 수십 명이었다.

뭔가 딱딱한 것이 뒤쪽에서 머리를 때렸다. 엄청난 고통에 로이드는 큰 소리를 질렀다. 돌아서보니 비슷한 나이의 소년이 기다란 각목을 번쩍 들어 다시 내리치려는 참이었다. 로이드는 상대에게 바짝 붙어 오른주먹으로 복부를 강하게 때리고 뒤이어 왼쪽 주먹을 날렸다. 상대는 숨을 헐떡거리더니 각목을 떨어뜨렸다. 로이드가 턱에 어퍼컷을 날리자 정신을 잃었다.

로이드는 뒤통수를 문질렀다. 끔찍하게 아팠지만 피는 나지 않았다.

주먹을 보니 피부가 까져 피가 흐르고 있었다. 몸을 숙여 소년이 떨어뜨린 긴 각목을 집어들었다.

다시 주위를 둘러본 로이드는 짜릿함을 느꼈다. 갈색셔츠 몇 명이 물러서서 무대 위로 기어올라가더니 양끝으로 사라졌다. 아까 들어온 뒷문으로 달아나려는 모양이었다.

이 소동을 시작한 덩치 큰 남자는 뼈를 다쳤는지 신음하며 무릎을 붙잡고 바닥에 쓰러져 있었다. 빌헬름 프룬체가 남자를 굽어보고 서서 나무삽으로 연달아 갈기며 그가 처음 난장판을 벌일 때 했던 말을 반복해 소리 높여 외치고 있었다. "필요가, 없다고, 오늘날의 독일엔!" 속수무책인 덩치가 몸을 굴려 공격을 피하려 했지만 프룬체는 계속 따라가며 갈겼고, 결국 갈색셔츠 둘이 남자의 팔을 끌고 사라졌다.

프룬체는 뒤쫓지 않았다.

우리가 이긴 건가? 로이드의 마음속에 점차 기쁨이 번졌다. 어쩌면 이겼을지도 몰라!

적을 뒤쫓던 젊은이들은 무대 위에 서서, 달아나는 갈색셔츠들을 향해 크게 모욕적인 말을 쏟아내는 것으로 만족했다.

로이드는 다른 사람들을 살폈다. 볼로댜는 얼굴이 부어올라 한쪽 눈이 감겨 있었다. 베르너의 재킷은 한쪽이 사각형으로 찢겨 덜렁거렸다. 발터는 앞줄 의자에 앉아 거칠게 숨을 몰아쉬며 팔꿈치를 문질렀지만 웃는 얼굴이었다. 프룬체가 삽을 집어던지자 빈 청중석 위를 날아 뒤쪽에 떨어졌다.

겨우 열네 살인 베르너는 기뻐서 어쩔 줄 몰랐다. "우리가 본때를 보여준 거죠?"

로이드가 씩 웃었다. "그래, 정말 그랬어."

볼로댜가 프룬체의 어깨에 팔을 둘렀다. "학생들 솜씨치고는 나쁘지 않지?"

발터가 말했다. "하지만 저들이 우리 집회를 망쳤어."

젊은이들은 승리에 찬물을 끼얹는 발터를 못마땅하다는 듯 바라보았다.

발터는 화가 난 듯했다. "현실을 똑바로 봐, 어린 친구들. 우리 청중이 겁에 질려 달아났어. 그 사람들이 다시 용기를 내 정치 집회에 참석하려면 시간이 얼마나 걸릴까? 나치는 목적을 달성했어. 나치를 제외한 정당에 귀를 기울이기만 해도 위험한 거야. 오늘 큰 패배를 한 건 독일이라고."

베르너가 볼로댜에게 말했다. "나는 빌어먹을 갈색셔츠단이 싫어. 어쩌면 공산주의자가 될지도 모르겠어."

볼로댜는 강렬한 파란 눈으로 그를 뚫어져라 보더니 나지막이 말했다. "진정으로 나치에 맞서 싸우겠다면, 네가 좀더 도움이 될 만한 일이 뭔가 있을 거야."

로이드는 볼로댜의 말이 무슨 뜻인지 궁금했다.

그때 모드와 에설이 다시 공연장 안으로 뛰어들어왔다. 두 사람은 안도감에 웃고 울며 동시에 이야기를 했다. 로이드는 볼로댜가 한 말을 잊어버리고 다시 떠올리지 않았다.

V

나흘 뒤 에리크 폰 울리히는 히틀러유겐트 제복을 입고 집에 왔다.

왕자라도 된 기분이었다.

돌격대와 똑같이 갈색에 다양한 휘장이 붙은 셔츠를 입고, 팔에는 나치의 상징인 갈고리 십자가 완장을 찼다. 규정대로 검은 넥타이를 매고 검은 반바지도 갖춰입었다. 그는 조국에 충성을 바치는 애국 병사였다. 마침내 패거리의 일원이 된 것이다.

베를린에서 인기가 높은 축구팀인 헤르타를 응원하는 것보다 훨씬 좋았다. 아버지는 참석해야 할 정치 모임이 없으면 토요일에 가끔 에리크를 데리고 축구 경기를 보러 갔다. 그때도 지금처럼 동질감을 느끼는 어마어마하게 큰 무리에 속했다는 감정을 느낄 수 있었다.

하지만 헤르타는 질 때도 있었고, 그럴 때면 에리크는 크게 실망해서 집으로 돌아왔다.

나치는 승리자였다.

아버지가 뭐라고 할지 걱정이었다.

그는 주위와 보조를 맞추지 못하게 하는 부모님에게 몹시 화가 났다. 친구들은 모두 히틀러유겐트에 가입해 다 함께 운동을 하거나 노래를 부르고 교외로 나가 들판과 숲에서 모험을 즐겼다. 모두 똑똑하고 튼튼하고 충성스럽고 유능했다.

아버지와 할아버지가 그랬듯 자기도 언젠가 전장에서 싸워야 할지도 모른다고 생각하면 에리크는 너무도 괴로웠다. 그래서 미리미리 훈련을 받고 단련해 단단하고 공격적인 사람이 되고 싶었다.

나치는 공산주의자들을 증오했지만 그건 어머니와 아버지도 마찬가지였다. 그러니 나치가 유대인을 증오하는 게 뭐 어떻단 말인가. 울리히 가족은 유대인이 아니다. 왜 그들에게 신경을 쓰나? 하지만 어머니와 아버지는 그에 동조하는 걸 완강히 반대했다. 어쨌든 소외감을 느끼는 데 신물이 난 에리크는 부모님을 거역하기로 결심한 터였다.

겁이 나서 몸이 굳었다.

언제나 그랬듯 에리크와 카를라가 학교에서 돌아올 시간에 어머니와 아버지는 집에 없었다. 두 사람에게 차를 내오던 아다가 마뜩잖다는 듯 입술을 오므리더니 말했다. "오늘은 너희가 식탁 좀 치워주렴. 요통이 너무 심해 누워야겠어."

카를라는 걱정스러운 기색이었다. "그래서 의사한테 갔던 거예요?"

아다는 머뭇거리다가 대답했다. "그래, 맞아."

분명 뭔가 숨기고 있었다. 아다가 아프고 그것에 관해 거짓말까지 한다는 사실에 에리크는 마음이 불편했다. 카를라처럼 아다를 사랑한다고 대놓고는 절대 말할 수 없지만 그녀는 에리크가 태어났을 때부터 지금까지 내내 다정한 존재였고, 그는 실제로 표현하는 것보다 훨씬 더 그녀를 좋아했다.

카를라는 정말 걱정스러운 기색이었다. "좋아져야 할 텐데."

최근에 카를라가 부쩍 성숙해져서 에리크는 다소 놀랐다. 두 살 위인 자기도 여전히 아이 같은데 동생은 종종 어른처럼 굴었다.

아다가 걱정 말라는 듯 말했다. "쉬고 나면 괜찮을 거야."

에리크는 빵을 조금 먹었다. 아다가 밖으로 나가자 그는 빵을 삼키고 말했다. "지금은 겨우 소년단이지만 열네 살만 되면 승급할 수 있어."

카를라가 말했다. "아버지가 불같이 화를 낼 거야! 미쳤어?"

"리프만 씨가 그러는데 아버지가 나를 빼내려고 했다간 곤경에 빠질 거랬어."

"아이고, 훌륭하네." 카를라가 말했다. 그녀는 비꼬는 말로 상대를 기죽이는 버릇이 생겨서 가끔 에리크를 자극했다. "그러니까 오빠는 아버지를 나치와 싸우게 하려는 거네." 카를라는 경멸조로 말했다. "정말 좋은 생각이야. 우리 가족 모두를 위해 아주 좋은 일이야."

에리크는 깜짝 놀랐다. 그런 식으로는 생각해보지 않았다. "하지만 우리 반 남자애들은 전부 들어갔어." 그는 발끈했다. "프랑스놈 퐁텐이랑 유대인놈 로트만만 빼고."

카를라는 빵에 어육 페이스트를 발랐다. "왜 다른 애들이랑 같아야 해?" 그녀가 말했다. "걔들 대부분은 멍청이야. 그리고 루디 로트만이 반에서 가장 똑똑하다면서."

"프랑스놈이나 루디하고는 같이 있고 싶지 않아!" 에리크는 소리를 질렀다. 수치스럽게도 눈물이 차올랐다. "왜 아무도 좋아하지 않는 녀석들이랑 놀아야 해?" 이것이 바로 에리크로 하여금 아버지를 거역하도록 만든 이유였다. 모든 독일 소년이 제복을 입고 운동장에서 행진하고 있을 때 유대인이나 외국인과 함께 학교 밖으로 나오는 일을 더는 견딜 수 없었다.

그 순간 비명이 들려왔다.

에리크가 카를라를 보고 말했다. "뭐지?"

카를라는 얼굴을 찌푸렸다. "아다 같아."

그때 더 또렷한 한마디가 들렸다. "도와줘!"

에리크는 벌떡 일어섰으나 카를라가 이미 앞장서고 있었다. 카를라를 따라갔다. 아다의 방은 지하였다. 둘은 계단을 뛰어내려가 작은 침실로 들어섰다.

벽 쪽에 좁은 1인용 침대가 붙어 있었다. 침대에 누운 아다는 고통으로 얼굴을 찡그리고 있었다. 치마는 젖었고 바닥에 액체가 고여 있었다. 에리크는 눈앞의 광경을 믿을 수 없었다. 오줌을 싼 건가? 두려웠다. 집에 다른 어른은 없었다. 어떻게 해야 할지 알 수 없었다.

카를라 역시 두려워하고 있었다. 표정을 보면 알 수 있었다. 하지만 카를라는 당황하지 않고 말했다. "아다, 왜 그래요?" 이상하리만치 차분한 목소리였다.

"양수가 터졌어." 아다가 말했다.

에리크는 무슨 말인지 알아듣지 못했다.

카를라도 마찬가지였다. "무슨 말인지 모르겠어요." 그녀가 말했다.

"아기가 나온다는 뜻이야."

"임신했어요?" 카를라가 깜짝 놀랐다.

에리크가 말했다. "하지만 결혼도 안 했잖아요!"

카를라가 벌컥 화내며 말했다. "입다물어, 에리크. 아무것도 모르는 거야?"

여자가 결혼하지 않아도 아기를 가질 수 있다는 사실은 에리크도 물론 알고 있었다. 하지만 아다는 그럴 리 없었다!

"그래서 지난주에 병원에 갔군요." 카를라가 아다에게 말했다.

아다는 고개를 끄덕였다.

에리크는 여전히 상황에 적응하려고 애쓰는 중이었다. "어머니와 아버지는 알고 계실까?"

"당연하지. 우리에게 말하지 않았을 뿐이야. 수건 가져와."

"어디서?"

"위층 올라가는 데 빨래 말리는 벽장에 있어."

"깨끗한 거?"

"당연히 깨끗해야지!"

에리크는 계단을 뛰어올라가 벽장에서 작고 하얀 수건을 한 장 가지고 다시 뛰어내려왔다.

"이건 별로야." 카를라는 그렇게 말했지만 수건을 받아 아다의 다리를 닦았다.

아다가 말했다. "아기가 나오려고 해. 느껴져. 근데 어떻게 해야 할지 모르겠어." 그녀는 울음을 터뜨렸다.

에리크는 카를라를 바라보았다. 이제 그녀가 시키는 대로 해야 했다. 자기가 오빠지만 상관없었다. 에리크는 동생만 믿고 보고만 있었다. 지금 카를라가 침착하게 현실적으로 대처하고 있지만 겁에 질렸고 평정심도 위태위태하다는 걸 에리크는 알 수 있었다. 그녀 역시 언제든 무너질 수 있었다.

카를라가 에리크에게 고개를 돌렸다. "가서 로트만 박사님을 모셔와. 병원 어디인지 알잖아."

어떻게든 해낼 수 있는 임무가 주어져 에리크는 엄청나게 안도했다. 그 순간 곤란한 문제가 떠올랐다. "나가고 안 계시면 어쩌지?"

"그러면 로트만 부인에게 어떻게 할지 물어야지, 바보야!" 카를라가 말했다. "빨리 가. 뛰어!"

에리크는 방에서 나갈 수 있어 기뻤다. 그곳의 상황을 이해하기 어렵고 무서웠다. 한 번에 계단을 세 칸씩 올라 현관 밖으로 내달렸다. 달리기는 제대로 하는 것 가운데 하나였다.

병원은 800미터 떨어져 있었다. 에리크는 더욱 속도를 냈다. 달리면서 아다를 생각했다. 아기 아빠는 누굴까? 지난여름 아다가 파울 후버와 몇 번인가 영화를 보러 간 일이 기억났다. 두 사람이 성관계를 가진 건가? 틀림없어! 에리크는 친구들과 섹스 이야기를 많이 했지만 실제로는 전혀 아는 게 없었다. 아다와 파울이 어디서 그 짓을 했을까? 극장은 당연히 아니겠지? 누워서 해야 할 테니까? 도저히 이해할 수 없었다.

로트만 박사의 병원은 가난한 동네에 있었다. 어머니 말로는 훌륭한 의사였지만, 그는 비싼 치료비를 감당 못하는 노동자계급을 주로 치료했다. 건물 1층에 진료실과 대기실이 있고, 가족은 위층에 살았다.

병원 밖에 작고 볼품없는 2인승 차 녹색 오펠 4, 일명 청개구리 한 대가 서 있었다.

현관문은 잠겨 있지 않았다. 에리크는 숨을 거칠게 몰아쉬며 대기실 안으로 들어갔다. 구석에서 노인 하나가 기침을 했고 젊은 여자가 아기를 안고 있었다. "계세요?" 에리크는 외쳤다. "로트만 박사님?"

로트만 부인이 진료실에서 나왔다. 키가 크고 흰 피부에 강인해 보이는 하넬로레 로트만은 벼락이라도 내릴 듯한 표정으로 에리크를 보았다. "감히 어떻게 그 제복을 입고 여기 들어올 수가 있지?" 그녀가 말했다.

에리크는 잔뜩 겁에 질렸다. 로트만 부인은 유대인이 아니지만 남편은 유대인이었다. 흥분한 탓에 잊고 있었다. "저희 집 가정부가 애를 낳아요!"

"그래서 유대인 의사가 도와주기를 바란다고?"

에리크는 크게 충격받았다. 나치의 공격에 유대인들이 보복할 거라는 생각은 단 한 번도 못했다. 하지만 로트만 부인의 태도가 전적으로 일리 있다는 걸 불현듯 깨달았다. 갈색셔츠단은 "유대인에게 죽음을!"이라고 외치며 돌아다녔다. 그런 사람들을 유대인 의사가 왜 돕는단 말인가.

이제 어떻게 해야 할지 알 수 없었다. 물론 의사야 여기가 아니더라도 많겠지만 어디로 가야 할지, 간다고 해도 그 의사가 생판 남을 위해 왕진을 와줄지 알 수 없었다. "여동생이 보냈어요." 에리크는 작은 소리로 말했다.

"카를라는 너보다 훨씬 분별력이 있구나."

"아다가 그러는데 양수가 터졌대요." 에리크는 그게 무슨 말인지 확실히 알지는 못했지만 중요한 것 같았다.

로트만 부인은 혐오스럽다는 표정을 짓고 진료실 안으로 들어갔다.

구석에 있던 노인이 날카롭게 소리질렀다. "너희가 아쉽기 전까진 우린 모두 더러운 유대인이지!" 그가 말했다. "그래놓고 아쉬우면 이러지. '와서 봐주세요, 로트만 박사님.' '어떻게 하면 좋습니까, 코흐 변호사님.' '100마르크만 좀 빌려주십시오, 골드만 씨.' 아니면—" 그는 기침이 터져 말을 잇지 못했다.

현관 쪽에서 열여섯 살쯤 먹은 여자아이가 들어왔다. 그 집 딸 에바가 틀림없었다. 에리크와는 몇 년 만인 에바는 이제 가슴이 나오긴 했지만 여전히 평범하고 땅딸막했다. 그녀가 말했다. "너희 아버지가 히틀러유겐트 들어가도 좋다고 하셨니?"

"아버지는 몰라." 에리크가 말했다.

"저런, 너 이제 큰일났다." 에바가 말했다.

에리크는 진료실 출입문으로 시선을 돌렸다. "너희 아버지가 가주실까? 어머니는 나한테 엄청 화냈거든."

"당연히 가시겠지." 에바가 말했다. "아픈 사람이 있으면 도와주니까." 그리고 비웃는 목소리로 말했다. "인종이나 정치관부터 따지지는 않아. 우리는 나치가 아니거든." 에바는 다시 밖으로 사라졌다.

에리크는 당혹스러웠다. 이 제복 때문에 이렇게 큰 곤경에 빠질 거라고는 예상하지 못했다. 학교에서는 모두 제복이 멋지다고 여겼다.

잠시 후 로트만 박사가 모습을 드러냈다. 기다리던 두 환자에게 그가 말했다. "되도록 빨리 돌아오지요. 미안합니다. 하지만 아기는 기다렸다가 나오지 않아요." 그는 에리크를 바라보았다. "가지, 젊은 친구. 나랑 차를 타고 가야겠구나. 그런 제복은 입었지만."

에리크는 의사를 따라 밖으로 나와 청개구리의 조수석에 앉았다. 자동차를 무척 좋아하는 그는 얼른 나이를 먹어서 운전을 할 수 있길 간절히 바랐다. 그리고 대개는 차종을 가리지 않고 타고 가면서 계기반을 들여다보거나 운전자의 솜씨를 연구하는 걸 즐겼다. 하지만 유대인 의사 옆자리에 갈색 셔츠를 입고 앉아 있는 지금은 마치 진열장에 놓인 기분이었다. 리프만 씨가 보기라도 하면 어쩌지? 고통스러운 시간이었다.

다행히 가는 길은 오래 걸리지 않았다. 몇 분 만에 두 사람은 울리히 가족의 집에 도착했다.

"처자 이름이 뭐였지?" 로트만 박사가 물었다.

"아다 헴펠이요."

"아, 그래. 지난주에 나를 보러 왔었지. 아기가 이르구나. 좋아, 안내하렴."

에리크는 그를 데리고 집안으로 들어갔다. 아기 울음소리가 들렸다. 벌써 낳았구나! 에리크는 서둘러 지하로 내려갔고 의사가 뒤따랐다.

아다는 반듯이 누워 있었다. 침대는 피와 다른 뭔가로 푹 젖었다. 카를라가 작은 아기를 품에 안고 있었다. 아기는 끈끈해 보이는 액체로 덮여 있었다. 굵은 끈이 아기의 몸에서 아다의 치마로 이어졌다. 카를라는 두려움에 눈이 휘둥그레져 있었다. "이제 어쩌죠?" 그녀가 큰 소리로 물었다.

"정확히 잘하고 있어." 로트만 박사는 카를라를 안심시켰다. "아기를 좀더 꼭 안아주렴." 그는 아다 옆에 앉았다. 청진기로 심장고동 소리를 듣고 맥박을 재더니 말했다. "좀 어때?"

"너무 피곤해요." 아다가 말했다.

로트만 박사는 만족스러운 듯 고개를 끄덕였다. 그리고 다시 일어서서 카를라가 품에 안은 아기를 보았다. "사내아이로군."

에리크는 의사가 가방을 열고 실을 꺼내 굵은 끈 두 군데에 매듭을 짓는 모습을 매혹과 혐오가 뒤섞인 감정으로 바라보았다. 의사는 그러면서도 카를라에게 부드러운 목소리로 말을 걸었다. "왜 우니? 넌 기가 막히게 잘해냈어. 순전히 혼자서 애를 받다니. 내 도움은 별로 필요하지도 않았어! 커서 의사가 되면 좋겠구나."

카를라는 차분해졌다. 그리고 작게 속삭였다. "아기 머리 좀 보세요." 그 말을 듣기 위해 의사가 몸을 기울여야 했을 정도였다. "제가 보기에는 좀 이상한 것 같아요."

"안다." 의사는 날카로운 가위를 꺼내 두 매듭 사이에서 끈을 잘랐다. 그리고 발가벗은 아기를 카를라에게서 넘겨받아 적당히 거리를 두고 주의깊게 살폈다. 에리크는 뭐가 이상한지 알 수 없었다. 아기가 워낙 빨갛고 주름투성이인데다 끈끈한 것으로 덮여 있어서 어차피 잘 보이지도 않았다. 그런데 한참 곰곰이 생각하던 의사가 말했다. "이런, 세상에."

좀더 유심히 살펴본 에리크는 뭐가 잘못됐는지 알았다. 아기의 얼굴은 좌우가 달랐다. 한쪽은 정상이지만 다른 쪽은 머리가 찌그러지고 눈도 이상해 보였다.

로트만 박사는 아기를 다시 카를라에게 돌려주었다.

아다가 다시 신음하고는 잔뜩 힘을 주는 듯했다.

그녀가 몸에서 힘을 빼자 로트만 박사는 치마 속으로 손을 넣더니 기분 나쁘게 생긴 고깃덩어리 같은 걸 꺼냈다. "에리크, 신문 좀 가져오너라." 그가 말했다.

에리크가 말했다. "무슨 신문이요?" 부모님은 매일 주요 신문을 빼놓지 않고 보았다.

"아무거나, 얘야." 로트만 박사는 점잖게 말했다. "보려는 게 아니야."

에리크는 위층으로 달려가 어제 날짜 〈포시셰 차이퉁〉을 찾아냈다. 그가 돌아가자 의사는 고기처럼 생긴 물체를 신문지로 싸서 바닥에 내려놓았다. "이건 태胎라는 거란다." 그는 카를라에게 말했다. "나중에 불태우는 게 좋아."

그리고 의사는 다시 침대 끄트머리에 앉았다. "아다, 불쌍한 것. 이제 용감해져야 해." 그가 말했다. "아기는 살았지만 문제가 있을 수도 있어. 아기를 씻기고 따뜻하게 감싼 다음 병원으로 데려가야겠어."

아다는 겁에 질린 것 같았다. "뭐가 문제죠?"

"몰라. 검사를 해봐야 해."

"괜찮을까요?"

"병원 의사들이 할 수 있는 건 다 할 거야. 나머지는 신께 맡겨야지."

에리크는 유대인이 기독교인과 같은 신을 섬긴다는 사실을 떠올렸다. 그 사실을 잊기 일쑤였다.

로트만 박사가 말했다. "일어나서 나랑 병원에 갈 수 있겠나, 아다? 아기에게 젖을 물려야 해."

"너무 피곤해요." 아다는 다시 말했다.

"그럼 조금만 더 쉬어. 하지만 오래는 안 돼. 곧 아기를 돌봐야 하니까. 카를라가 옷 입는 걸 도와줄 거야. 난 위층에서 기다리지." 그리고 로트만 박사는 점잖게 비꼬며 에리크에게 말했다. "가자, 꼬마 나치."

에리크는 몸부림치고 싶었다. 로트만 박사의 관대한 태도는 로트만 부인의 경멸보다 더 견디기 어려웠다.

두 사람이 방을 나오는데 아다가 말했다. "선생님?"

"왜 그러지?"

"아기 이름은 쿠르트예요."

"아주 좋은 이름이군." 로트만 박사가 말했다. 그가 밖으로 나갔고, 에리크는 뒤를 따랐다.

VI

로이드 윌리엄스가 발터 폰 울리히의 보좌관으로 일하게 된 첫날은 새 의회의 첫날이기도 했다.

발터와 모드는 독일의 허약한 민주주의를 구하기 위해 미친듯이 싸우고 있었다. 로이드는 그들의 절박함을 함께 나눴다. 이렇게 저렇게 평생을 알고 지낸 좋은 사람들이기 때문이기도 했고, 영국이 독일을 따라 지옥으로 떨어지는 길을 걷게 될까봐 두렵기 때문이기도 했다.

선거는 아무것도 해결하지 못했다. 나치는 지지율이 늘어 44퍼센트의 표를 얻었지만 여전히 그들이 갈망하는 51퍼센트에는 못 미쳤다.

발터는 희망을 보았다. 의회 개원을 위해 차를 타고 가면서 그가 말했다. "엄청난 부정선거를 저지르고도 저들은 독일 국민 대다수의 지지를 얻지 못했어." 그는 주먹으로 핸들을 탕 쳤다. "온갖 주장을 해대지만 인기가 없는 거야. 정권을 오래 잡고 있을수록 사람들은 그들의 사악함을 더 잘 알게 되겠지."

로이드는 확신이 서지 않았다. "그들은 반대파 신문사들을 폐간시키고 의회 의원들을 감옥에 가두고 경찰조직을 더럽혔어요. 그런데도 독일인의 44퍼센트는 괜찮다고 생각하는 건가요? 안심할 일이 아닌 것 같아요."

화재로 큰 피해를 입은 의사당은 도저히 사용할 수 없어서 회의는 쾨니히스 광장 건너편의 크롤 오페라하우스에서 열릴 예정이었다. 그곳은 콘서트홀 세 개에 열네 개의 작은 강당까지 갖춘 웅장한 건물로 식당과 바도 여럿 있었다.

그곳에 도착한 두 사람은 충격을 받았다. 갈색셔츠가 건물을 둘러싸고 있고, 의원들과 보좌관들은 입구 주변에 몰려서서 안으로 들어가려 애쓰는 중이었다. 발터는 분통을 터뜨렸다. "히틀러가 세운 계획이 이거야? 우리를 회의장에 못 들어가게 막는 거?"

로이드가 보니 갈색셔츠단이 문을 가로막고 있었다. 나치 제복을 입은 사람들은 두말없이 통과시키고 다른 사람에게는 모두 신분증 제시를 요구했다. 로이드보다 어려 보이는 소년이 그를 위아래로 거만하게 훑어보더니 마지못해 들여보냈다. 그야말로 협박이었다.

로이드는 부글부글 분노가 끓어올랐다. 괴롭힘이라면 질색이었다.

제대로 된 레프트 훅 한 방이면 어린 갈색셔츠 녀석을 때려눕힐 수 있다는 걸 알면서도 그는 간신히 차분함을 유지하고 돌아서서 출입구를 통과했다.

'인민의 극장'에서 벌어진 싸움 이후 어머니는 로이드의 머리에 달걀 모양으로 부풀어오른 혹을 보고 그에게 영국으로 돌아가라고 했다. 어머니의 마음은 간신히 돌렸지만 앞으로 어찌될지 알 수 없는 상황이었다.

에설은 로이드가 위험에 대해 개념이 없다고 했지만 전적으로 맞는 말은 아니었다. 가끔은 로이드도 겁이 났다. 하지만 그때마다 더욱 투지가 끓어올랐다. 그의 본능은 후퇴가 아니라 공격이었다. 그런 점을 어머니는 두려워했다.

아이러니하게도 어머니 역시 마찬가지였다. 그녀는 집으로 돌아가지 않았다. 겁에 질려 있었지만 독일 역사의 전환기에 이곳 베를린에 있다는 사실로 흥분했고, 자신이 목도한 폭력과 억압에 분개했다. 다른 여러 나라의 민주주의자들에게 파시스트의 전술에 대해 경고하는 책을 쓸 수 있다고도 확신했다. "어머니가 저보다 더 문제예요." 로이드가 말했지만 아무 대답도 돌아오지 않았다.

오페라하우스 안은 갈색셔츠단과 친위대가 우글거렸고, 그중 많은 수가 무장한 상태였다. 그들은 출입문 하나하나 물샐틈없이 지키고 서서 나치를 지지하지 않는 모든 이에게 표정과 몸짓으로 증오와 경멸을 드러냈다.

발터는 사민당 회의에 이미 늦었다. 로이드는 서둘러 건물을 돌아다니며 회의 장소를 찾았다. 본회의장을 들여다보니 천장부터 드리워진 거대한 갈고리 십자가 깃발이 실내를 압도하고 있었다.

오후에 시작될 회의에서 다룰 첫번째 안건은 수권법, 즉 히틀러 내각이 의회의 승인 없이도 법률을 제정할 권한을 갖는 법안이었다.

이 법안은 끔찍한 가능성을 내포했다. 히틀러를 독재자로 만들 것이다. 지난 몇 주 동안 독일이 목격한 억압과 협박, 폭력, 고문, 살인이 영구적으로 굳어진다. 상상도 할 수 없었다.

그러나 로이드는 세상 어느 의회가 그런 법안을 통과시킬까 싶었다. 스스로 권력을 내놓겠다는 데 투표하는 꼴이고, 정치적 자살이었다.

로이드는 작은 강당에서 사민당 당원들을 찾아냈다. 회의는 이미 진행중이었다. 그는 발터를 서둘러 회의실로 안내하고 커피 심부름을 하러 갔다.

줄을 서서 기다리는데 바로 앞에 창백한 젊은이가 장례식장이라도 온 듯 검은 옷을 차려입고 진지한 표정으로 서 있었다. 일상적인 회화도 좀더 유창해졌겠다 로이드는 이제 낯선 사람과 대화를 시작할 만큼 독일어에 자신감이 있었다. 하인리히 폰 케셀이라는 검은 옷의 남자는 로이드와 같은 종류의 일을 했다. 가톨릭 정당인 중앙당 의원인 자기 아버지 고트프리트 폰 케셀의 무보수 보좌관이었다.

"아버지는 발터 폰 울리히 씨를 아주 잘 아시죠." 하인리히가 말했다. "두 분 모두 1914년에 런던 주재 독일 대사관에서 외교관으로 일하셨거든요."

국제정치와 외교의 세계는 정말이지 좁다고 로이드는 생각했다.

하인리히는 로이드에게 독일 문제에 대한 해답은 기독교 신앙으로 되돌아가는 데 있다고 했다.

"나는 별로 독실한 사람이 아닙니다." 로이드는 솔직하게 말했다. "이런 말 때문에 불편해하지 않았으면 좋겠군요. 우리 조부모님은 웨일스에서 열렬히 복음을 전파했지만 어머니는 종교에 무관심하고 의붓아버지는 유대인이죠. 가끔 올드게이트의 갈보리 복음교회에 함께 가지만, 그것도 대개는 그곳 목사님이 노동당원이기 때문이에요."

하인리히는 미소짓더니 말했다. "댁을 위해 기도하죠."

가톨릭 신자들은 전도하려 들지 않는다는 사실이 떠올랐다. 믿음이 다른 사람들은 제 손으로 눈을 가려 복음을 보지 않고 있으며, 영원한 지옥에 떨어질 거라고 믿는 애버로언의 교조적인 조부모와는 대조적이었다.

로이드가 사민당 회의장으로 돌아왔을 때는 발터가 발언중이었다. "그런 일은 있을 수 없습니다! 수권법은 헌법을 수정하는 것이고, 그러려면 전체 의원 3분의 2가 찬성해야 하는데, 그것은 현재 투표가 가능한 647석 가운데 432석이 필요하다는 뜻입니다."

로이드는 쟁반을 내려놓으며 머릿속으로 셈을 해보았다. 나치는 288석이었고 그들과 긴밀히 연합한 국민당 52석까지 하면 340석이었다. 100석 가까이 부족하다. 발터가 옳았다. 수권법은 통과될 수 없었다. 마음이 편해진 로이드는 토론 내용을 들으며 독일어를 공부하기 위해 자리에 앉았다.

하지만 안도감은 오래가지 않았다. "확신하지 마시죠." 한 남자가 베를린 노동자계급 말씨로 말했다. "나치는 중앙당과 의원 총회를 열고 있습니다." 중앙당은 하인리히가 속한 당이라는 사실이 떠올랐다. "중앙당이 그들에게 74석을 보태줄 수 있습니다." 그는 발언을 마쳤다.

로이드는 얼굴을 찌푸렸다. 중앙당이 무슨 이유로 자신들의 권력을 앗아갈 법안을 지지하겠는가?

발터가 똑같은 생각을 퉁명스레 내뱉었다. "가톨릭 신자들이 그렇게 멍청할 리가 있습니까?"

커피를 사러 가기 전에 이런 사실을 알았더라면 좋았을걸, 로이드는 생각했다. 그랬으면 하인리히와 토론해볼 수도 있었을 것이다. 뭔가 유용한 정보를 알아냈을지도 모르는데, 젠장.

베를린 말씨의 남자가 말했다. "이탈리아에서는 가톨릭 정당이 무솔리니와 거래를 했습니다. 교회를 보호하기로 협약을 맺은 거죠. 여기라고 다르겠습니까?"

로이드가 계산해보니 중앙당 지지가 있다면 나치의 득표수는 414표까지 올라갔다. "그래도 여전히 3분의 2는 안 되네요." 그는 안심하며 발터에게 말했다.

다른 젊은 보좌관이 그의 말을 듣더니 말했다. "하지만 그건 제국의회 의장의 최신 발표를 감안하지 않았을 때 얘기죠." 의회 의장은 히틀러의 측근인 헤르만 괴링이었다. 로이드는 어떤 발표가 있었다는 이야기도 듣지 못했고 다들 마찬가지인 듯했다. 의원들이 조용해졌다. 보좌관은 말을 이었다. "감옥에 있다는 이유로 회의에 불참하는 공산당 의원들의 표는 포함시키지 않기로 결정했어요."

회의실 전체에서 분노의 항의가 터져나왔다. 로이드가 보니 발터의 얼굴이 벌겋게 상기되었다. "그럴 순 없어!" 발터가 말했다.

"완전히 불법이죠." 보좌관이 말했다. "하지만 그렇게 결정했습니다."

로이드는 충격을 받았다. 어떤 책략에도 이 법안은 통과될 수 없다고 확신할 수 있을까? 좀더 계산해보았다. 공산당의 의석수는 81석. 만일 그들을 포함시키지 않는다면 나치는 단 566석 중 3분의 2인 378석만 확보하면 된다. 국민당 표를 가져온다 해도 아직 부족하다. 하지만 가톨릭 정당의 지지를 얻어낸다면 법안 통과가 가능할 수도 있다.

누군가 말했다. "이 모든 게 완벽히 불법입니다. 항의의 표시로 퇴장해야 합니다."

"안 됩니다. 안 돼요!" 발터가 단호하게 말했다. "우리가 없는 상태에서 수권법을 통과시킬 겁니다. 가톨릭 정당을 설득해 지지를 막아야 합니다. 벨스가 즉시 카스에게 이야기를 해야 합니다." 오토 벨스는 사민당 당수, 루트비히 카스 주교는 중앙당 당수였다.

회의실 전체에서 찬성의 소리가 웅성웅성 일었다.

로이드는 깊게 숨을 쉰 다음 말했다. "울리히 의원님, 고트프리트 폰 케셀과 점심을 같이하시면 어떨까요? 두 분이 전쟁 전 런던에서 함께 일하신 걸로 알고 있는데요."

발터는 서글프게 웃었다. "그 불쾌한 녀석!" 그가 말했다.

아무래도 두 사람의 점심식사는 그리 좋은 생각이 아닌 모양이었다. 로이드가 말했다. "그 사람 싫어하시는 줄 몰랐어요."

발터는 생각에 잠긴 듯 보였다. "증오하지. 하지만 맹세코 무슨 짓이든 해보겠네."

로이드가 말했다. "제가 찾아가서 초대를 해볼까요?"

"좋아. 한번 해보자고. 만일 받아들인다면 한시에 헤렌클루프에서 만나잔다고 전해줘."

"잘 알겠습니다."

로이드는 하인리히가 모습을 감춘 회의실로 서둘러 향했다. 안으로 들어서니 방금 빠져나온 것과 비슷한 분위기의 회의가 진행되고 있었다. 실내를 살펴서 검은 옷의 하인리히를 찾아내 그와 눈을 맞춘 다음 다급히 손짓해 밖으로 불러냈다.

두 사람은 회의장 밖으로 나왔고, 로이드가 말했다. "듣자니까 그쪽 당이 수권법을 지지한다더군요."

"확실하진 않아요." 하인리히가 말했다. "의견이 갈렸습니다."

"누가 나치에 반대하고 있죠?"

"브뤼닝을 비롯한 몇몇이죠." 브뤼닝은 전 총리로 거물이었다.

로이드는 희망이 보였다. "몇몇 누구요?"

"정보나 빼내려고 회의실에서 불러낸 겁니까?"

"미안합니다. 그런 게 아닙니다. 발터 폰 울리히 의원이 당신 아버지와 점심을 함께했으면 하십니다."

하인리히는 미심쩍은 눈치였다. "두 분은 사이가 별로예요. 당신도 알지 않나요?"

"그렇다고 들었습니다. 하지만 오늘만은 서로의 차이를 신경쓰지 않을 겁니다!"

하인리히는 확신이 없어 보였다. "여쭤보죠. 여기서 기다려요." 그는 안으로 다시 들어갔다.

로이드는 이 계획이 통할지 궁금했다. 발터와 고트프리트가 절친한 사이가 아니라는 건 애석했다. 하지만 가톨릭 정당이 나치에게 표를 던진다니 도저히 믿을 수가 없었다.

가장 마음에 걸리는 점은 독일에서 일어날 수 있는 일이라면 영국에서도 일어날 수 있다는 것이었다. 그런 암울한 전망에 두려움으로 몸서리가 쳐졌다. 앞날이 창창한 그는 억압적인 독재체제 아래서 살고 싶지 않았다. 그는 부모님처럼 정계에서 일하고 싶었고, 애버로언의 광부들 같은 국민을 위해 조국을 더 좋은 나라로 만들고 싶었다. 그러려면 생각을 서슴없이 말할 수 있는 정치 집회와 정부를 공격할 수 있는 언론, 혹시 누가 엿듣는지 어깨 뒤를 돌아보지 않고도 언쟁을 벌일 수 있는 술집이 필요했다.

파시즘은 그 모든 것을 위협했다. 하지만 아마도 파시즘은 패배할 것이다. 발터가 고트프리트를 설득하는 데 성공해서 중앙당의 나치 지지를 저지할 수도 있었다.

하인리히가 밖으로 나왔다. "보시겠답니다."

"잘됐군요! 헤렌클루프에서 한시에 만나자고 하셨습니다."

"정말요? 발터 의원이 그 클럽 회원인가요?"

"그렇겠죠. 왜요?"

"보수적인 클럽이거든요. 사회주의자이긴 하지만 이름에 폰이 들어가니 귀족 집안 출신인가보군요."

"자리를 예약해야겠네요. 위치 압니까?"

"모퉁이만 돌면 됩니다." 하인리히는 로이드에게 길을 일러주었다.

"네 명으로 예약할까요?"

하인리히는 씩 웃었다. "좋아요. 우리 두 사람이 필요 없으면 그냥 나가보라고 하시겠죠." 그는 다시 회의실로 들어갔다.

건물을 나온 로이드는 재빨리 광장을 가로질러 전승기념탑과 불타버린 의사당 건물을 지나 헤렌클루프로 향했다.

런던에도 신사들이 모이는 클럽이 있지만 들어가본 적은 한 번도 없었다. 로이드가 보기에 이곳은 레스토랑과 장례식장의 중간쯤 되는 것 같았다. 예복을 갖춰입은 웨이터들이 돌아다니며 흰 천으로 감싼 칼과 나이프를 조용히 테이블에 내려놓고 있었다. 수석 웨이터는 예약을 받아 '울리히'라는 이름을 적었다. 마치 사자死者의 서書에 이름을 적어넣듯 엄숙했다.

로이드는 다시 오페라하우스로 돌아왔다. 그곳은 점점 더 붐비고 시끄러워지고 있었고 긴장감도 높아진 것 같았다. 히틀러가 오후에 수권법을 상정하며 직접 회의를 시작할 거라는 누군가의 격앙된 목소리가 들려왔다.

한시가 되기 몇 분 전 로이드와 발터는 광장을 가로질러 걸었다. 로이드가 말했다. "의원님이 헤렌클루프의 회원인 걸 알고 하인리히 폰 케셀이 놀라더군요."

발터가 고개를 끄덕였다. "십 년 전쯤 그곳이 생길 때 내가 설립자 가운데 한 명이었지. 당시에는 젊은이들의 사교 클럽이었어. 함께 모여서 베르사유조약 반대운동을 했지. 이후 우익의 보루가 됐고 아마 사민당원은 나 하나뿐일걸. 하지만 적을 만나는 데 유용한 곳이라 여전히 회원으로 남아 있는 거야."

클럽 안으로 들어간 발터는 바에 앉아 있는 말쑥한 남자를 가리켰다. "저 사람이 '인민의 극장'에서 우리와 함께 싸운 어린 베르너의 아버지 루트비히 프랑크야." 그가 말했다. "저 사람은 분명 여기 회원이 아닌데. 심지어 독일 태생도 아니니까. 옆자리의 장인 헬바르트 백작과 점심 약속이 있나보군. 따라와."

두 사람은 바bar로 다가갔고 발터가 소개를 했다. 프랑크가 로이드에게 말했다. "몇 주 전 자네와 우리 아들이 싸움에 휘말렸다던데."

로이드는 자기도 모르게 뒤통수를 만져보았다. 부기는 가라앉았지만 만지면 여전히 아팠다. "여자들을 보호해야 했습니다, 선생님." 그가 말했다.

"사소한 주먹다짐은 전혀 잘못이 아니지." 프랑크가 말했다. "젊은이들한테는 좋은 일이야."

발터가 참지 못하고 끼어들었다. "그게 아니잖나, 루디. 선거 집회를 망치는 것만으로도 충분히 나쁜 짓인데, 자네 쪽 지도자는 우리의 민주주의를 완전히 파괴하려고 하네!"

"어쩌면 민주주의가 우리 정부에 맞지 않는 체제일 수도 있어." 프랑크가 말했다. "어쨌든 우린 프랑스나 미국 사람들과는 다르잖나. 얼마나 다행인지."

"자넨 자유를 잃는 건 걱정도 안 되나? 농담하지 말고!"

프랑크는 장난스러운 태도를 싹 버렸다. "좋아, 발터." 그가 차갑게 말했다. "그렇게 원한다면 진지하게 말하지. 나는 어머니와 십 년도 더 전에 이 나라로 왔네. 아버지는 함께 오지 못했어. 체제전복적인 책들을 갖고 있다가 발각됐거든. 그중에서도 특히 『로빈슨 크루소』라는 책이 문제였는데, 듣자하니 부르주아적 개인주의를 고취하는 소설이라더군. 그게 대체 뭔지는 몰라도 말이야. 아버지는 북극 어딘가에 있는 정치범 수용소로 끌려갔지. 어쩌면—" 프랑크는 목이 메는 듯 잠시 멈췄다가 마른침을 삼키고 마침내 조용히 말했다. "어쩌면 여전히 그곳에 계실지도 몰라."

잠시 침묵이 흘렀다. 로이드에게는 충격적인 이야기였다. 러시아 공산 정부의 잔인함에 대해 대충은 알았지만, 아직 비통함이 가시지 않은 것이 분명한 당사자에게 개인적인 사정을 듣는 것은 완전히 별개였다.

발터가 말했다. "루디, 볼셰비키야 우리 모두 싫어해. 하지만 나치는 더 끔찍할 수도 있다고!"

"위험은 기꺼이 감수하겠네." 프랑크가 말했다.

헬바르트 백작이 말했다. "이만 식사하러 들어가지. 내가 오후에 약속이 있어서 말이야. 실례하겠네." 두 사람은 자리를 떴다.

"늘 저런 식이라니까!" 발터는 화를 냈다. "볼셰비키! 그들이 나치의 유일한 대안이라도 되는 것처럼! 눈물겹군."

하인리히가 아버지로 보이는 나이든 사람과 들어왔다. 두 사람 모두 가르마를 타서 숱 많은 검은 머리를 빗어넘겼는데, 고트프리트는 길이가 더 짧고 흰머리가 섞여 있었다. 생김새는 서로 닮았지만 구식 칼라가 달린 옷을 입은 고트프리트는 까다로운 관료처럼 보였고 하인리히는 정치인의 보좌관이라기보다는 낭만적인 시인 같았다.

네 사람은 식당 안으로 들어섰다. 발터는 시간을 낭비하지 않았다. 그는 주문을 마치자마자 말했다. "그쪽 당이 이 수권법을 지지해서 뭘 얻겠다는 건지 모르겠소, 고트프리트."

케셀 역시 에두르지 않았다. "우리는 가톨릭 정당이고, 우리의 첫째 의무는 독일에서 교회의 위치를 보호하는 거요. 우리에게 투표한 사람들이 바라는 바도 바로 그것이고."

로이드는 못마땅해서 얼굴을 찌푸렸다. 하원의원이었을 때 그의 어머니는 늘 표를 준 사람 못지않게 주지 않은 사람들을 위해서도 봉사하는 것이 자신의 의무라고 말했다.

발터는 다른 근거를 댔다. "민주적인 의회야말로 우리의 모든 교회를 보호하는 최선책이지. 그런데 당신들은 그걸 내던지려 하고 있어!"

"정신 차리시오, 발터." 고트프리트는 매몰차게 말했다. "히틀러가 선거를 이겼소. 그가 권력을 잡았다고. 우리가 어떻게 하든, 예측할 수 있는 미래에는 그가 독일을 통치할 거요. 스스로를 보호해야지."

"그자의 약속은 아무 가치도 없소!"

"우리는 문서를 통한 구체적인 보장을 요구했소. 가톨릭교회는 국가로부터 독립하고 가톨릭 학교는 운영의 방해를 받지 않으며 신자들에 대한 행정기관의 차별도 없을 거요." 그는 뭔가 묻듯이 아들을 보았다.

하인리히가 말했다. "나치는 오늘 오후 제일 먼저 협의서부터 작성해주기로 약속했습니다."

발터가 말했다. "서로 비교를 해보게! 독재자가 서명한 종잇조각 한 장과 민주적인 의회라고. 어느 쪽이 낫겠나?"

"모든 것 가운데 가장 위대한 권력은 하느님이시네."

발터는 눈을 굴렸다. "그럼 하느님이 독일을 구하시겠군."

독일인들은 민주주의에 대한 믿음을 키울 시간이 없었구나. 발터와 고트프리트 사이에 소용돌이치듯 오가는 논쟁을 들으며 로이드는 생각했다. 독일이 의회체제를 갖춘 것은 겨우 십사 년밖에 되지 않았다. 독일은 전쟁에서 졌고, 화폐가치가 떨어져 휴지조각으로 변하는 걸 목격했고, 대규모 실업난에 시달렸다. 그러니 투표권이 적당한 보호책으로 보이지 않는 것이다.

고트프리트는 요지부동이었다. 식사가 끝날 무렵에도 입장은 변함없이 단호했다. 가톨릭교회를 보호하는 게 자신의 의무라는 것. 로이드는 비명을 지르고 싶어졌다.

그들은 오페라하우스로 돌아왔고, 의원들이 본회의장에 자리를 잡고 앉았다. 로이드와 하인리히는 회의장이 내려다보이는 위층 박스석에 앉았다.

회의장 왼쪽 끄트머리에 무리지은 사회민주당 의원들이 눈에 띄었다. 회의 시간이 다가오자 갈색셔츠단과 친위대가 사민당원들 뒤쪽 출입구와 벽 주변에 위협적으로 둥글게 자리를 잡고 섰다. 법안이 통과되기 전에는 의원들이 건물을 떠나지 못하게 할 계획인 듯했다. 몹시 불길한 예감이 들었다. 로이드는 두렵고 걱정스러웠다. 혹시 나도 이곳에서 감옥에 갇히게 되는 건 아닐까.

우레와 같은 환호와 박수 소리가 들리더니 히틀러가 갈색셔츠 제복을 입고 들어섰다. 대부분 비슷하게 차려입은 나치 의원들은 히틀러가 연단에 오르자 홀린 듯 벌떡 일어섰다. 사민당 의원들만 그대로 자리에 앉아 있었다. 하지만 로이드가 보니 그중 한두 명은 무장한 경비병들을 어깨 너머로 흘끔거리며 안절부절못했다. 상대편의 기립 박수에 동참하지 않았다고 불안해하는 마당에, 어떻게 자유롭게 토론하고 투표를 할 수 있단 말인가.

마침내 장내가 조용해지자 히틀러가 연설을 시작했다. 그는 똑바로 서서 왼팔을 옆구리에 붙이고 오른손만 움직였다. 거칠고 귀에 거슬리지만 힘이 넘치는 목소리는 기관총과 짖어대는 개를 동시에 상기시켰다. 1918년 독일의 승리를 눈앞에 두고 항복해버린 '11월의 배신자들'

에 대해 말할 때는 감정이 북받치는지 목소리가 떨렸다. 거짓 연기가 아니었다. 로이드가 느끼기에 히틀러는 스스로 늘어놓는 멍청하고 무지한 말을 진심으로 믿고 있었다.

'11월의 배신자들'은 히틀러가 늘 거론하는 닳고 닳은 주제지만, 그 내용을 마치자 새로운 패를 꺼냈다. 그는 교회에 대해 언급하며 독일이라는 나라에서 기독교가 차지하는 중요한 위치를 논했다. 그로서는 이례적인 주제였는데, 오늘의 결과를 결정지을 투표권을 가진 중앙당을 겨냥한 것이 분명했다. 그는 개신교와 가톨릭 두 종파를 국민성 보전의 가장 중요한 요인으로 본다고 말했다. 아울러 나치 정부는 그들의 권리를 손끝 하나 건드리지 않겠다고.

하인리히는 로이드에게 승리감에 찬 미소를 지어 보였다.

"나라면 그래도 서면으로 받아놓겠어." 로이드는 중얼거렸다.

두 시간 반이나 지나서야 히틀러의 연설은 마무리에 들어갔다.

그는 명백히 폭력을 암시하는 위협으로 끝맺었다. "우리 정부는 들고일어날 각오가 되어 있으며, 수권법 거부와 그에 수반되는 저항 선포 상황에 대해 대비가 되어 있습니다." 그는 메시지가 잘 전달되도록 극적으로 연설을 멈추었다. 수권법 반대는 곧 저항하겠다는 선언이다. 그리고 재차 강조했다. "의원 여러분, 전쟁인지 평화인지는 이제 여러분의 결정에 달렸습니다!"

히틀러는 나치 의원들의 우레와 같은 박수를 받으며 자리에 앉았고, 회의는 잠시 중단되었다.

하인리히는 마냥 신이 났다. 로이드는 낙담했다. 두 사람은 각자 다른 곳으로 향했다. 양쪽 정당은 이제 필사적인 마지막 토론을 벌일 터였다.

사민당원들은 침울했다. 당수인 벨스가 본회의장에서 발언해야 했지만, 무슨 말을 할 수 있단 말인가. 몇몇 의원은 그가 히틀러를 비난했다간 살아서 건물을 나가지 못할 거라고 했다. 자신들의 목숨도 마찬가지로 위험할 거라고. 의원들이 살해당한다면 보좌관들은 어떻게 될 것인가. 로이드는 순간 싸늘한 두려움을 느꼈다.

벨스는 조끼 주머니에 청산가리 캡슐을 갖고 있다고 밝혔다. 만의 하나 체포되면 고문을 피하기 위해 자살하겠다는 것이다. 충격적이었다. 선거로 뽑힌 대표인 벨스마저 파괴 공작원처럼 행동할 수밖에 없는 상황이었다.

로이드는 헛된 기대를 품고 이날을 시작했다. 수권법은 미친 생각이며 현실이 될 가능성은 없다고 생각했다. 이제는 대부분의 사람들이 이 법이 오늘 현실화되리라 예상한다는 걸 알았다. 자신이 상황을 심각하게 잘못 판단한 것이다.

조국에서는 이런 일이 일어날 리 없다는 믿음 역시 착각일까? 자기기만일까?

누군가 가톨릭 정당은 최종 결정을 내렸느냐고 물었다. 로이드는 일어섰다. "제가 알아보겠습니다." 그는 회의실을 나와 중앙당 회의실로 달렸다. 머리를 문안으로 들이밀고 아까처럼 하인리히를 밖으로 불러냈다.

"브뤼닝과 에르징이 흔들리고 있어요." 하인리히가 말했다.

가슴이 덜컥 내려앉았다. 에르징은 가톨릭계 노동조합 지도자였다. "명색이 노동조합원인데 어떻게 이런 법안에 찬성할 수 있죠?" 그가 물었다.

"카스가 조국이 위기에 처했다고 말했습니다. 우리가 이 법안을 거부하면 끔찍한 무정부상태를 맞을 거라고 다들 생각하고 있어요."

"통과시키면 끔찍한 독재정치를 맞을 겁니다."

"그쪽은 어때요?"

"다들 반대표를 던지면 총살당할 거라고 생각합니다. 그래도 어쨌든 반대할 거예요."

하인리히는 다시 안으로 들어갔고, 로이드는 사민당 회의실로 돌아왔다. "버티던 사람들도 약해지고 있답니다." 로이드는 발터와 동료 의원들에게 말했다. "만일 법안이 거부되면 내전이 벌어질까봐 우려하고 있습니다."

분위기는 더욱 침울해졌다.

그들은 모두 여섯시에 본회의장으로 돌아왔다.

벨스가 가장 먼저 발언했다. 차분하고 합리적이고 감정에 흔들리지 않는 모습이었다. 그는 민주공화국에서의 삶이 독일 국민에게 이로웠음을 지적하면서, 대체적으로 기회의 자유와 사회보장을 제공했고, 민주주의 덕분에 독일은 국제사회의 정상 일원으로 복귀하고 있다고 말했다.

로이드는 히틀러가 뭔가를 적는 모습을 보았다.

막바지에 벨스는 두려움에 지지 않고 인도주의와 정의, 자유, 사회주의에 헌신할 것을 공언했다. "수권법은 영원불멸한 이념들을 파괴할 권리가 없습니다." 나치 의원들이 웃으며 조롱을 시작하는 와중에도 그는 점점 더 용기를 얻었다.

사민당 의원들이 박수를 쳤지만 소리는 이내 잦아들었다.

"우리는 박해받고 억압받는 이들에게 경의를 표합니다!" 벨스는 소리쳤다. "제국 안의 동지들에게 경의를 표합니다. 그들의 굳은 의지와 충성심은 존경받아 마땅합니다."

나치의 웃음소리와 야유 때문에 로이드는 벨스의 연설을 간신히 알아들을 수 있었다.

"그들의 용감한 신념과 꺾이지 않는 희망이 더 밝은 미래를 보장하는 것입니다!"

그는 요란한 야유 속에 자리에 앉았다.

이런 연설을 한다고 뭐가 달라지긴 할까? 로이드는 알 수 없었다.

벨스 다음으로 히틀러가 다시 연설했다. 이번에는 말투가 딴판이었다. 로이드는 총리의 이전 연설이 그저 준비운동에 지나지 않았음을 깨달았다. 이제 목소리는 더 컸고 표현은 더욱 과격했고 말투에는 경멸이 가득했다. 오른팔도 끊임없이 공격적으로 움직였다. 어딘가를 가리키고 두드리고 주먹을 질끈 쥐고 가슴 위에 얹었고, 모든 반대파를 털어내듯 허공을 쓸어 보이기도 했다. 열정적인 언사가 나올 때마다 지지자들은 떠들썩하게 환호성을 올렸다. 모든 문장은 같은 감정을 담고 있었다. 바로 야만적이고 전력을 쏟아붓는 살인적 분노였다.

히틀러는 또한 자신감이 넘쳐 수권법을 굳이 발의할 필요도 없었다고 주장했다. "이 순간 우리는 어차피 우리 손에 들어올 무언가를 달라고 제국의회에 호소하는 셈입니다!" 그가 비아냥거렸다.

하인리히가 근심스러운 모습으로 박스석을 떠났다. 잠시 후 아래층 회의장에 모습을 드러낸 그는 아버지의 귀에 대고 뭔가 속삭였다.

다시 돌아온 그는 괴로운 모습이었다.

로이드가 물었다. "문서로 보장을 받았나요?"

하인리히는 로이드와 눈을 맞추지 못했다. "지금 타자기로 작성하고 있어요." 그가 대답했다.

히틀러는 사민당원들을 향한 조롱으로 연설을 마쳤다. 그들의 표는 원치 않는다고 했다. "독일은 자유로워질 것이다!" 그는 소리쳤다. "하지만 당신들 손으로는 아니야!"

다른 정당의 지도자들도 짧게 발언했다. 모두가 압도당한 듯 보였다.

카스 주교는 중앙당이 법안을 지지할 것이라고 밝혔다. 나머지도 다를 게 없었다. 사민당을 제외한 전부가 찬성하고 있었다.

투표 결과가 발표되자 나치 의원들은 거칠게 환호성을 올렸다.

로이드는 공포에 질렸다. 벌거벗은 권력을 잔인하게 행사하는 모습을 목격했다. 추악한 광경이었다.

그는 하인리히에게 아무 말도 하지 않고 자리를 떠났다.

로비에서 울고 있는 발터를 보았다. 그가 커다란 흰 손수건으로 얼굴을 닦아냈지만 눈물은 계속 쏟아졌다. 로이드는 장례식 말고는 남자가 우는 모습을 본 적이 없었다.

뭐라고 해야 할지, 어떻게 행동해야 할지 알 수 없었다.

"내 인생은 실패야." 발터가 말했다. "모든 희망은 끝장났어. 독일의 민주주의는 죽었다."

VII

4월 1일은 유대인 상점 불매운동의 날이었다. 로이드와 에설은 베를린을 돌아다니며 믿지 못할 광경들을 목격했고, 에설은 책으로 쓰기 위해 메모를 했다. 유대인이 운영하는 상점 창문 위에는 노란색 별이 그려졌다. 유대인 소유 백화점 출입문마다 갈색셔츠가 서서 안으로 들어가려는 사람들을 위협했다. 유대인 변호사와 의사의 사무실과 진료실 밖에는 감시자들이 배치되었다. 로이드는 울리히 가족 주치의인 로트만 박사의 병원에 들어가려는 환자들이 갈색셔츠들에게 제지당하는 모습을 우연히 보았다. 그러나 발목을 삔 거친 손의 석탄 운반부가 꺼지라고 하자 갈색셔츠들은 좀더 만만한 먹잇감을 찾아 사라졌다. "사람들이 어쩜 이렇게 서로 잔인할 수가 있지?" 에설이 말했다.

로이드는 사랑하는 의붓아버지를 떠올렸다. 버니 레크위드는 유대인이었다. 영국에 파시즘이 건너오는 날엔 버니도 이런 증오의 표적이 된다. 생각만으로 몸이 떨렸다.

비스트로 로베르트에서 장례식처럼 밤샘 행사가 열렸다. 모이자고 한 사람은 아무도 없었지만 저녁 여덟시가 되자 그곳은 사민당원과 모드의 언론계 동료, 로베르트의 특이한 친구들로 꽉 찼다. 그중 낙관적인 이들은 그저 경기 불황 동안 자유가 동면에 들어간 것이니 언젠가는 다시 깨어날 거라 했다. 나머지는 애통해할 뿐이었다.

로이드는 술을 약간 마셨다. 그는 뇌에 미치는 알코올의 효과가 달갑지 않았다. 사고가 흐려지기 때문이다. 독일의 좌익 세력이 지금의 재앙을 막기 위해 뭘 할 수 있었을까 스스로에게 물었지만 답은 얻지 못했다.

모드가 아다의 아기 쿠르트 이야기를 꺼냈다. "병원에서 아기를 데려왔는데 지금은 충분히 행복한 것 같아요. 하지만 뇌에 문제가 있어서 정상인으로 자라지는 못할 거예요. 더 크면 특수 시설에서 지내야 해요. 가여운 것."

로이드는 열한 살 먹은 카를라가 어떻게 아이를 받았는지 들었다. 용기가 넘치는 어린 소녀였다.

아홉시 반이 지난 시각 토마스 마케 경위가 갈색셔츠 제복을 입고 나타났다.

지난번 왔을 때 로베르트에게 놀림감이 되었지만 그가 위협적인 존재라고 로이드는 느꼈다. 통통한 얼굴 한가운데 난 조그만 콧수염 때문에 멍청해 보여도 눈빛에서 잔인함이 번득였고, 그래서 로이드는 긴장되었다.

로베르트는 레스토랑을 팔지 않겠다고 했었다. 이제 마케는 어떻게 나올 것인가.

마케는 홀 한가운데 서서 외쳤다. "이 레스토랑은 퇴폐 행위를 조장하는 장소로 이용되고 있다!"

손님들은 영문을 알 수 없어 입을 다물었다.

마케는 손가락 하나를 들어 보였다. 잘 듣는 게 좋을 거다! 그 행동에서 뭔가 익숙한 공포를 느낀 로이드는 이내 마케가 히틀러를 흉내내고 있다는 사실을 깨달았다.

마케가 말했다. "동성애는 독일이라는 나라의 남자다움과 공존할 수 없다!"

로이드는 얼굴을 찌푸렸다. 로베르트가 동성애자라는 건가?

높은 주방장 모자를 쓴 외르크가 주방에서 홀hall로 나왔다. 그는 출입문 옆에 서서 마케를 노려보았다.

로이드는 망측한 생각에 충격을 받았다. 어쩌면 로베르트는 정말 동성애자인지도 모른다.

어쨌거나 그와 외르크는 전쟁 후부터 함께 살고 있었다.

두 사람의 잔뜩 꾸민 친구들을 둘러보다 로이드는 알아차렸다. 남자들끼리 모두 쌍을 이뤘고 그외에는 머리가 짧은 여자 둘뿐이야……

혼란스러웠다. 동성애자의 존재는 알고 있었고, 마음이 넓은 로이드는 그들이 처벌해야 할 대상이 아니라 도움이 필요한 사람들이라고 믿었다. 하지만 불쾌한 성도착자라고 생각했다. 로베르트와 외르크는 평범한 남자들처럼 사업을 하고 조용히 살았다. 결혼한 부부나 별로 다를 바 없이!

그는 어머니에게 고개를 돌리고 조용히 말했다. "로베르트와 외르크가 정말……"

"그래, 얘야." 어머니가 말했다.

어머니 옆에 앉은 모드가 말했다. "젊은 시절 로베르트는 하인들에게 위험한 존재였지."

두 여자는 킥킥거리며 웃었다.

로이드는 두 배로 충격을 받았다. 로베르트가 정말 동성애자일뿐더러 에설과 모드는 그 사실을 가벼운 농담거리 정도로 여겼다.

마케가 말했다. "이곳은 이제 폐쇄야!"

로베르트가 말했다. "당신은 그럴 권리가 없어!"

로이드는 마케 혼자 레스토랑 문을 닫을 수는 없다고 생각했다. 그 순간 갈색셔츠단이 '인민의 극장' 무대로 어떻게 몰려왔는지 떠올랐다. 로이드는 출입구 쪽을 바라보았다. 그리고 밀려드는 갈색셔츠들을 보고 경악했다.

그들은 테이블마다 돌아다니며 병과 유리잔을 쓸어버렸다. 몇몇 손님은 꼼짝도 하지 않고 지켜보았다. 다른 이들은 벌떡 일어섰다. 남자 몇이 고함치고 한 여자가 비명을 질렀다.

발터가 일어서서 큰 목소리로 차분히 말했다. "모두 조용히 떠나야 합니다. 어떤 폭력도 행사할 필요가 없어요. 다들 코트와 모자 챙겨서 집으로 갑시다."

어떤 손님들은 코트를 챙겨 자리를 뜨기 시작했고, 다른 이들은 몸만 달아났다. 발터와 로이드는 모드와 에설을 문 쪽으로 안내했다. 갈색셔츠 하나가 출입구 근처 계산대의 현금 서랍에서 돈을 꺼내 주머니에 쑤셔넣고 있었다.

그때까지만 해도 로베르트는 꼼짝 않고 서서 하룻저녁 벌이가 문밖으로 금세 빠져나가는 모습을 괴롭게 지켜보고만 있었지만, 그 광경을 보고는 참지 못했다. 그는 그만두라고 소리지르며 갈색셔츠 남자를 계산대에서 끌어냈다.

남자는 주먹을 날려 로베르트를 바닥에 쓰러뜨린 다음 발길질을 시작했다. 다른 갈색셔츠가 가세했다.

로이드는 로베르트를 구하려고 펄쩍 뛰어들었다. 그가 갈색셔츠 남자들을 옆으로 밀치는 순간 어머니의 외침이 들렸다. "안 돼!" 외르크 역시 재빨리 달려왔고, 두 사람은 로베르트를 돕기 위해 허리를 숙였다.

즉시 갈색셔츠 몇 명이 더 달려들었다. 주먹질과 발길질을 당하던 중 머리에 묵직한 한 방을 맞고 로이드는 고통에 비명을 지르며 생각했다. 안 돼. 다시는.

그는 공격자들을 향해 돌아서서 왼손과 오른손 주먹을 연이어 강하게 날렸다. 배운 대로 목표물을 뚫어버릴 기세로 때리려고 노력했다. 두 명을 쓰러뜨렸을 때 뒤에서 붙들리는 바람에 균형이 흐트러졌다. 잠시 후 그는 남자 둘에게 붙잡힌 채로 바닥에 쓰러졌고 그사이 세번째 남자가 그를 발로 찼다.

바닥에 엎어진 로이드의 양손을 누군가 뒤로 잡아당겼다. 손목에 금속성 물체가 느껴졌다. 난생처음으로 수갑을 차게 된 것이다. 새로운 종류의 두려움이 닥쳤다. 늘 겪던 주먹다짐이 아니었다. 주먹질과 발길질에 더해 한층 끔찍한 상황이 그를 기다리고 있었다.

"일어서." 누군가 독일어로 말했다.

그는 힘겹게 일어섰다. 머리가 아팠다. 로베르트와 외르크 역시 수갑을 차고 있었다. 로베르트는 입에서 피를 흘렸고 외르크는 한쪽 눈이 감겨 있었다. 갈색셔츠 대여섯이 세 사람을 감시했다. 나머지는 테이블 위 아직 무사한 병과 잔에 남은 술을 마시거나 디저트 수레 옆에 서서 볼이 터져라 페이스트리를 욱여넣고 있었다.

다른 손님은 모두 나간 것 같았다. 로이드는 어머니가 빠져나갔다는 사실에 안도했다.

레스토랑 문이 열리고 발터가 다시 들어왔다. "마케 경위." 그는 이름을 잘 기억하는 정치인 특유의 재능을 드러내며 최대한 권위를 끌어모아 말했다. "이런 폭력 행사의 의미가 뭐요?"

마케는 로베르트와 외르크를 가리켰다. "이 두 사람은 동성애자요." 그가 말했다. "저 녀석은 두 사람을 체포하려던 경찰 보조 인력을 공격했고."

발터는 동전 몇 개 말고는 텅 빈 채 열린 계산대 서랍을 가리켰다. "요즘 경찰은 강도질도 합니까?"

"체포에 저항하는 혼란을 틈타 어느 손님이 저지른 짓이겠지."

몇몇 갈색셔츠가 알 만하다는 듯 웃었다.

발터가 말했다. "당신은 경관이었지. 아닌가, 마케? 한때는 스스로가 자랑스러웠을 거요. 하지만 지금 당신은 뭐요?"

마케는 불쾌한 기색이었다. "우리는 질서를 바로잡아 조국을 수호하자는 거요."

"그럼 체포한 사람들은 어디로 데려가지?" 발터는 물러서지 않았다. "제대로 된 구금장으로 가긴 하는 거요? 아니면 반쯤 숨겨진 비공식 지하실?"

"프리드리히 가에 있는 유치장으로 갈 거요." 마케는 분하다는 듯 말했다.

발터의 얼굴에 언뜻 만족감이 스쳤다. 로이드는 발터가 그나마 남은 마케의 직업적 자존심을 자극해 앞으로의 계획을 알아냈음을 깨달았다. 이제 최소한 로이드와 다른 두 사람이 어디로 끌려갈지는 알았다.

그런데 그곳에 도착하면 무슨 일이 벌어질까?

로이드는 체포당해본 적이 없었다. 하지만 런던의 이스트엔드에서 자란 그는 경찰과 문제가 있는 사람을 많이 알았다. 수시로 끌려가는 아버지를 둔 아이들과 길거리 축구를 하며 인생 대부분을 보냈다. 그는 올드게이트 리먼 가 경찰서의 명성을 익히 알고 있었다. 그곳에서 몸성히 나오는 사람은 거의 없었다. 사람들 말로는 건물 벽이 온통 피투성이라고 했다. 프리드리히 가의 유치장은 사정이 좀 나을까?

발터가 말했다. “이건 국제적인 사건이오, 경위.” 로이드는 발터가 마케로 하여금 깡패가 아니라 경관답게 행동하게 하려는 희망을 품고 그의 직책을 부르는 것이라 짐작했다. “당신은 세 명의 외국 시민을 체포했소. 오스트리아인 둘과 영국인 하나.” 그리고 항의를 물리치듯 한 손을 들어 보였다. “이제 물러나기에는 너무 늦었소. 양국 대사관이 연락을 받고 틀림없이 한 시간 안에 양측 주재원이 빌헬름 가에 있는 우리 외무부의 문을 두드릴 거요.”

로이드는 그 말이 사실일지 궁금했다.

마케는 불쾌하다는 듯 씩 웃었다. “외무부가 동성애자 둘과 나이 어린 불량배를 보호하겠다고 서둘지는 않을 거요.”

“우리 외무장관 노이라트는 당신네 정당 소속이 아니오.” 발터가 말했다. “그는 어쩌면 조국의 이익을 최우선으로 생각할 수도 있지.”

“장관도 위에서 시키는 대로 한다는 걸 당신도 알게 될 거요. 그리고 지금 공무중인 나를 방해하고 있소만.”

“경고하지!” 발터가 용감하게 말했다. “규정대로 절차를 밟는 게 좋을 거요. 안 그러면 곤란해질 테니까.”

“꺼지쇼.” 마케가 말했다.

발터는 밖으로 나갔다.

로이드와 로베르트, 외르크는 밖으로 줄지어 끌려나가 트럭 같은 차량에 떠밀려들어갔다. 갈색셔츠들은 그들을 바닥에 엎드리게 하고 좌석에 앉아 감시했다. 차가 움직였다. 로이드는 수갑을 차면 괴롭다는 사실을 알게 되었다. 어깨가 떨어져나갈 듯한 고통이 사라지지 않았다.

다행히 이동은 짧았다. 그들은 트럭에서 끌려내려와 한 건물로 들어갔다. 어두워서 보이는 것이 거의 없었다. 책상 앞으로 가서 로이드는 장부에 이름을 적히고 여권을 압수당했다. 로베르트는 금 넥타이핀과 시곗줄을 뺏겼다. 마침내 수갑에서 풀려나 희미한 전등이 켜지고 철창이 난 방으로 밀려들어갔다. 그곳에는 이미 마흔 명 정도가 갇혀 있었다.

로이드는 온몸이 아팠다. 갈비뼈에 금이 갔는지 가슴에서 통증이 느껴졌다. 얼굴은 멍들었고 눈을 뜰 수 없을 정도로 머리가 아팠다. 아스피린과 차 한 잔, 베개가 필요했다. 그 가운데 어느 하나라도 가지려면 몇 시간은 지나야 할 것이라는 느낌이 들었다.

세 사람은 문 가까운 곳 바닥에 앉았다. 로이드는 양손으로 머리를 감싸안았고 로베르트와 외르크는 얼마나 빨리 도움을 받을 수 있을지 이야기를 나눴다. 발터는 당연히 변호사에게 전화를 했을 것이다. 하지만 의회 방화에 대한 법령으로 모든 일상적인 법규의 효력이 정지되었고, 따라서 그들은 적법한 보호를 받을 수 없었다. 발터는 두 대사관에도 연락을 취할 것이다. 이제 가장 기대할 것은 정치적인 영향력이었다. 로이드는 어쩌면 어머니가 런던의 영국 외무성에 국제전화를 걸려고 애쓸지도 모른다고 생각했다. 통화만 된다면 영국 정부는 영국 학생의 체포에 대해 뭔가 할말이 분명히 있을 터였다. 어느 쪽이든 시간이 걸린다. 최소한 한 시간, 어쩌면 두세 시간이 될 수도 있었다.

하지만 네 시간이 지나고 다섯 시간이 되어도 문은 열리지 않았다.

문명국에서는 일정 시간 이상 누군가를 구금하려면 거쳐야 하는 정당한 절차가 법률로 정해져 있다. 기소를 거치고 변호사와 함께 재판을 받아야 한다. 로이드는 그런 조항들이 쓸모없는 게 아니라는 사실을 이제야 깨달았다. 그는 이곳에 영원히 갇힐 수도 있다.

알고 보니 나머지 수감자들은 모두 정치범이었다. 공산주의자, 사민당원, 노동조합 간부. 신부도 한 사람 있었다.

밤은 천천히 지났다. 세 사람은 잠을 이루지 못했다. 이런 상황에 잠을 자다니 로이드로서는 상상도 못할 일이었다. 창살 사이로 잿빛 여명이 비칠 무렵, 마침내 감방 문이 열렸다. 하지만 변호사나 외교관이 아닌 앞치마를 두른 남자 둘이 커다란 항아리를 실은 수레를 밀고 들어왔다. 그들은 묽은 오트밀을 국자로 떠주었다. 로이드는 오트밀에는 입도 대지 않고 탄 보리 맛이 나는 커피만 양철컵으로 한 잔 마셨다.

그는 영국 대사관에서 당직을 선 직원이 별 영향력 없는 하급 외교관인가보다고 짐작했다. 아침이 되었으니 대사가 일어나는 대로 조치가 취해질 것이다.

아침식사 후 한 시간이 지나고 다시 문이 열렸다. 이번에는 갈색셔츠들뿐이었다. 그들은 수감자 모두를 줄세워 트럭에 태웠다. 캔버스천을 덮은 트럭 한 대에 사오십 명이 올라탔기 때문에 빽빽하게 붙어서서 가야 했다. 로이드는 간신히 로베르트와 외르크에게서 떨어지지 않았다.

일요일이지만 어쩌면 법정으로 가는 길일 수도 있다. 로이드는 그러길 바랐다. 최소한 변호사가 있고 정당한 법 절차 비슷한 뭔가가 있겠지. 어제 닥친 단순한 사건 정도는 스스로 독일어로 설명할 수 있을 것 같아 머릿속으로 할말을 연습해보았다. 어머니와 레스토랑에서 저녁을 먹고 있었다. 누군가가 계산대의 돈을 터는 걸 목격했다. 그를 막으려다가 싸움에 휘말렸다. 스스로 반대신문도 해보았다. 로이드가 공격한 사람이 갈색셔츠 단원 아니었냐는 질문이 들어올 터였다. 그러면 이렇게 대답할 생각이었다. "상대방이 무슨 옷을 입었는지는 몰랐습니다. 그저 도둑을 봤을 뿐입니다." 법정에 웃음이 터질 테고 검사는 바보처럼 보일 것이다.

그들이 탄 차량은 시내를 벗어났다.

캔버스천 틈으로 밖이 내다보였다. 아마 30킬로미터가 좀 넘게 달렸을 때 로베르트가 말했다. "오라닌부르크로 왔군." 그곳은 베를린 북쪽에 있는 작은 마을이었다.

트럭은 벽돌 기둥 사이의 나무문 앞에 멈췄다. 갈색셔츠 둘이 소총을 들고 경비를 서고 있었다.

로이드의 두려움은 한 단계 더 상승했다. 법정은 어디 있지? 여기는 정치범 수용소에 가까웠다. 어떻게 판결도 없이 수용소로 보낼 수 있나?

잠시 대기하던 트럭은 안으로 들어서서 여러 동의 버려진 건물 앞에 멈췄다.

로이드는 한층 더 긴장했다. 어젯밤은 최소한 그가 어디 있는지 발터가 알고 있다는 게 위안이 돼주었다. 오늘은 그의 소재를 아무도 모를 수 있다. 경찰이 그저 이제 그를 붙잡고 있지 않다고 말하고 체포 기록을 없애버린다면? 어떻게 구출될 수 있겠는가?

트럭에서 내린 사람들은 공장 비슷해 보이는 건물 안으로 발을 끌며 들어갔다. 싸구려 술집 냄새가 났다. 어쩌면 전에 양조장이었는지도 모른다.

다시 한번 모두 이름을 적혔다. 로이드는 어떤 식으로든 이동의 기록이 남는다는 사실이 반가웠다. 줄에 묶이거나 수갑을 차지는 않았지만 소총 든 갈색셔츠들의 끊임없는 감시를 받았고, 그 젊은이들이 오직 총 쏠 구실이 생기기만을 간절히 바라고 있는 듯해 로이드는 암울해졌다.

사람들은 각각 짚을 채운 캔버스 매트리스와 얇은 담요를 지급받았다. 그리고 한때는 창고로 썼을 금방이라도 무너질 듯한 건물로 줄지어 들어갔다. 그때부터 기다림이 시작되었다.

그날 온종일 아무도 로이드를 찾아오지 않았다.

저녁에 다시 한번 수레에 실려온 항아리에는 당근과 순무로 만든 스튜가 있었다. 한 사람당 스튜 한 그릇과 빵 한 조각을 받았다. 로이드는 이제 배가 고파 죽을 지경이었다. 24시간 동안 아무것도 먹지 못한 그는 변변찮은 그 저녁을 게걸스럽게 먹어치우고도 더 먹었으면 좋겠다고 생각했다.

밤새도록 수용소 어딘가에서 서너 마리의 개가 울부짖었다.

온몸이 지저분한 느낌이었다. 똑같은 옷을 입은 채 두번째 밤을 맞고 있다. 목욕과 면도, 깨끗한 셔츠가 필요했다. 화장실이랍시고 구석에 놓인 통 두 개는 보기만 해도 욕지기가 나왔다.

하지만 내일은 월요일이다. 뭔가 움직임이 있을 터였다.

로이드는 네시 무렵 잠들었다. 여섯시에 갈색셔츠 하나가 고함을 치는 바람에 모두 잠에서 깼다. "슐라이허! 외르크 슐라이허! 슐라이허가 누구야?"

어쩌면 풀려나는 것인지도 몰랐다.

외르크가 일어서서 대답했다. "나요, 내가 슐라이허요."

"따라와." 갈색셔츠가 말했다.

로베르트는 두려운 목소리로 말했다. "왜 그러지? 이 사람에게 뭘 원하는 거야? 어디로 가는 거지?"

"넌 뭐야, 엄마라도 되나?" 갈색셔츠가 말했다. "닥치고 앉아." 그는 외르크를 소총으로 찔렀다. "너, 나와."

외르크가 사라지는 모습을 보면서 로이드는 왜 갈색셔츠를 때려눕히고 소총을 낚아채지 않았는지 스스로에게 물었다. 탈출할 수도 있었다. 그리고 실패한들 그들이 무슨 짓을 하겠는가. 감옥에 처넣을까? 하지만 결정적인 순간에는 탈출하겠다는 생각이 떠오르지도 않았다. 이미 죄수의 마음가짐이 자리잡은 걸까.

심지어 오트밀이 기다려지기도 했다.

아침식사 전 수감자 모두가 밖으로 끌려나갔다.

그들은 철조망으로 둘러친 테니스코트만한 작은 공간에 둘러섰다. 목재나 타이어처럼 별로 중요하지 않은 물건을 쌓아두던 장소 같았다. 로이드는 차가운 아침 공기에 몸을 떨었다. 그의 오버코트는 여전히 비스트로 로베르트에 있었다.

그 순간 토마스 마케가 다가오는 모습이 보였다.

형사인 그는 갈색셔츠 제복 위에 검은 코트를 입고 있었다. 평발인지 걸음걸음이 힘겨워 보였다.

마케 뒤에는 벌거벗은 남자가 머리에 양동이를 뒤집어쓴 채 좌우의 두 갈색셔츠에게 양팔을 붙들려 끌려왔다.

로이드는 두려움을 안고 바라보았다. 죄수의 양손은 뒤로 묶였고 양동이는 떨어지지 않도록 턱밑에서 끈으로 단단히 묶여 있었다.

음모가 금발인 가냘프고 젊어 보이는 남자였다.

로베르트가 신음했다. "이런, 맙소사. 저건 외르크야."

수용소에 있는 갈색셔츠가 모두 모였다. 로이드는 얼굴을 찌푸렸다. 이건 뭐지? 무슨 잔인한 장난인가?

철조망 안쪽으로 끌려들어간 외르크는 홀로 남겨져 떨고 있었다. 밖으로 나온 두 갈색셔츠는 사라졌다가 몇 분 뒤 각각 셰퍼드 두 마리씩을 끌고 다시 나타났다.

저 개들이 밤새 짖어댄 것이다.

비쩍 마른 개들은 병든 것처럼 군데군데 갈색 털이 빠져 있었다. 굶주린 모습이었다.

갈색셔츠들이 개들을 철조망 쪽으로 끌고 갔다.

무슨 일이 벌어질지, 막연하지만 끔찍한 예감이 들었다.

로베르트가 비명을 질렀다. "안 돼!" 그는 앞으로 달려나갔다. "안 돼, 안 돼, 안 돼!" 철조망 구역의 문을 열려는 그를 갈색셔츠 서넛이 거칠게 떼어냈다. 그가 몸부림쳤지만 상대는 강인한 젊은이들이고 그는 쉰 살을 바라보는 나이였다. 이겨내기에는 역부족이었다. 그들은 로베르트를 모욕적으로 바닥에 내동댕이쳤다.

"아니야." 마케가 부하들에게 지시했다. "지켜보게 해."

놈들은 로베르트를 일으켜 세워 철조망 안쪽을 억지로 지켜보도록 했다.

안으로 들어간 개들은 흥분해 침을 흘리며 짖었다. 두려운 기색 없이 개들을 전문가처럼 다루는 갈색셔츠들은 경험이 풍부한 게 틀림없었다. 이제껏 이런 일을 얼마나 여러 번 저질렀을까 하는 음울한 의문이 들었다.

조련사들은 개를 풀어놓고 서둘러 밖으로 나왔다.

개들은 외르크를 향해 달려들었다. 한 놈은 종아리를, 다른 놈은 팔을, 세번째 녀석은 허벅지를 물었다. 금속 양동이 속에서 고통과 두려움에 찬 비명이 작게 울렸다. 갈색셔츠들은 환호하며 박수를 쳤다. 수감자들은 말을 잃고 공포에 질린 채 지켜보았다.

최초의 충격이 지나자 외르크는 방어를 시도했다. 손이 묶여 있고 앞을 볼 수도 없지만 아무렇게나 발길질을 할 수는 있었다. 하지만 맨발은 굶주린 개들에게 별다른 위협이 되지 못했다. 개들은 피했다가 다시 공격했고 날카로운 이빨로 그의 살을 거칠게 찢었다.

외르크는 달아나려고 했다. 그는 뒤쫓는 개들을 피해 무작정 앞을 향해 달리다가 철조망에 부딪혔다. 갈색셔츠들이 요란스럽게 환호성을 올렸다. 다른 쪽으로 달아났지만 결과는 마찬가지였다. 개 한 마리가 외르크의 엉덩이에서 살점을 뜯어내자 갈색셔츠들은 큰 소리로 웃음을 터뜨렸다.

로이드 옆에 선 갈색셔츠 하나가 소리질렀다. "꼬리! 꼬리를 물어!" 로이드는 독일어로 꼬리—슈반츠—가 남자 성기를 뜻하는 속어일 거라 추측했다. 소리를 지른 남자는 흥분해서 제정신이 아니었다.

외르크의 창백한 몸은 이제 여기저기 상처에서 흐르는 피로 얼룩졌다. 그는 철조망에 몸을 바짝 붙여 성기를 보호하며 뒤로 옆으로 발길질을 했다. 하지만 힘이 빠지고 있었다. 발길질이 점점 약해졌다. 똑바로 서 있는 것조차 힘들어 보였다. 개들은 더욱 과감하게 그를 물어뜯고 살점을 집어삼켰다.

마침내 외르크가 땅바닥에 쓰러졌다.

개들은 자리를 잡고 뜯어먹었다.

조련사들이 다시 철조망 안으로 들어갔다. 능숙한 동작으로 다시 목줄을 채우더니 개들을 외르크로부터 떼어내 다른 곳으로 끌고 갔다.

쇼는 끝났고 갈색셔츠들은 흥분해 떠들어대며 흩어지기 시작했다.

로베르트는 철조망 안으로 달려들어갔고, 이번에는 아무런 제지도 받지 않았다. 그는 외르크 위로 몸을 숙이며 애통해했다.

로이드는 그를 도와 외르크의 묶인 손을 풀고 양동이를 벗겼다. 외르크는 정신을 잃었지만 숨은 붙어 있었다. 로이드가 말했다. "안으로 데려가요. 다리를 잡으세요." 로이드는 외르크의 겨드랑이에 팔을 넣었고, 두 사람은 그를 그들이 밤을 보낸 건물 안으로 데려갔다. 그들은 외르크를 매트리스에 눕혔다. 겁에 질린 다른 수감자들이 조용히 주위로 모여들었다. 로이드는 그중 누구 하나만이라도 자신이 의사라고 말해주길 기대했지만, 아무에게서도 그런 말은 나오지 않았다.

로베르트는 자신의 재킷과 조끼를 벗더니 셔츠를 벗어 피를 닦았다.

"깨끗한 물이 필요해." 그가 말했다.

마당에 수도가 있었다. 로이드가 밖으로 나갔지만 물을 담을 그릇이 없었다. 철조망이 처진 곳으로 다시 가보았다. 양동이는 아직 땅에 그대로 있었다. 그는 양동이를 씻어서 물을 채웠다.

건물 안으로 돌아왔을 때 매트리스는 피에 푹 젖어 있었다.

로베르트는 매트리스 옆에 무릎을 꿇고 앉아서 계속 셔츠를 물에 적셔 외르크의 상처를 닦아냈다. 흰 셔츠는 금세 붉게 물들었다.

외르크가 몸을 뒤척였다.

로베르트가 낮은 목소리로 그에게 말했다. "당신, 진정해야 해. 다 끝났고, 내가 여기 있어." 하지만 외르크는 듣지 못하는 것 같았다.

그때 마케가 갈색셔츠를 네댓 명 이끌고 들어왔다. 그는 로베르트의 팔을 붙잡아 당겼다. "그래! 이제 우리가 동성애 변태들을 어떻게 생각하는지 알겠지."

화가 난 로이드는 외르크를 가리키며 말했다. "변태는 이런 짓을 저지른 자들입니다." 그는 목소리에 분노와 경멸을 한껏 실었다. "마케 경위."

마케는 갈색셔츠 한 명에게 살짝 고갯짓을 했다. 남자는 믿을 수 없이 무심한 태도로 소총을 거꾸로 들어 개머리판으로 로이드의 머리를 후려갈겼다.

로이드는 고통스러워하며 머리를 부여잡고 바닥에 쓰러졌다.

로베르트의 목소리가 들렸다. "제발 외르크를 돌보게 해주시오."

"그럴 수도 있지." 마케가 말했다. "우선 이리 와봐."

고통에도 불구하고 로이드는 눈을 뜨고 무슨 일이 벌어지는지 지켜보았다.

마케는 로베르트를 데리고 실내 맞은편에 놓은 초라한 나무 테이블로 향했다. 그리고 주머니에서 서류 한 장과 만년필을 꺼냈다. "이제 네 레스토랑은 지난번에 내가 제안했던 가격의 절반인 만 마르크다."

"뭐든 좋소." 로베르트가 흐느끼며 말했다. "외르크와 있을 수 있게 해주시오."

"여기 서명해." 마케가 말했다. "그러면 너희 셋은 집에 갈 수 있어."

로베르트는 서명했다.

"이 친구가 증인이 돼주면 되겠군." 마케가 말했다. 그는 펜을 갈색 셔츠 중 하나에게 넘겼다. 그리고 맞은편에 있는 로이드와 시선을 맞췄다. "그리고 어쩌면 우리 무모하신 영국 손님께서 두번째 증인이 될 수도 있겠지."

로베르트가 말했다. "해달라는 대로 해줘라, 로이드."

로이드는 힘겹게 일어서서 얼얼한 머리를 문지르며 펜을 받아 서명했다.

마케는 의기양양하게 계약서를 주머니에 넣고 밖으로 나갔다.

로베르트와 로이드는 다시 외르크에게 돌아왔다.

하지만 이미 숨이 끊어진 뒤였다.

VIII

발터와 모드가 불탄 의사당 바로 북쪽의 레르테 역으로 에설과 로이드를 배웅 나왔다. 네오르네상스풍의 역사는 프랑스 궁전 같았다. 일찍 도착한 그들은 역 카페에 앉아 기차 시간을 기다렸다.

로이드는 떠나게 되어 기뻤다. 육 주 동안 독일어와 정치에 대해 많은 걸 배웠지만, 이제는 고향에 돌아가 사람들에게 본 것을 전하고 같은 일이 영국에서 벌어지지 않도록 경고하고 싶었다.

그럼에도 이상하게 떠나는 발길이 죄스러웠다. 그는 법이 지배하고, 언론이 자유롭고, 사회민주주의자라는 사실이 범죄가 아닌 곳으로 간다. 무고한 사람이 개에게 갈가리 물어뜯겨도 누구 하나 그 죄를 심판받지 않는 잔인한 독재체제하에 울리히 가족을 버려두고 떠나는 것이다.

울리히 부부는 좌절했고, 발터가 모드보다 특히 더 심했다. 끔찍한 소식을 전해 들었거나 가족이 세상을 떠나 괴로운 사람 같았다. 그들에게 닥친 재앙 말고 다른 생각은 거의 할 수 없는 듯했다.

로이드는 독일 외무부로부터 큰 사과를 받으며 풀려났다. 사유서 내용은 비열할뿐더러 거짓이었다. 로이드가 소동에 휘말린 것은 그 자신의 어리석음 때문이고, 그 결과 행정적인 실수로 수감된 점에 대해서는 정부 관계자가 심심한 사과를 표한다는 것이다.

발터가 말했다. "로베르트에게 전보가 왔어요. 무사히 런던에 도착했다는군요."

오스트리아 국민인 로베르트는 별 어려움 없이 독일을 떠날 수 있었다. 그보다는 재산을 빼내기가 더 어려웠다. 발터는 마케에게 스위스 은행을 통해 돈을 달라고 요구했다. 처음에 마케는 그럴 수 없다고 거절했지만, 발터는 로이드가 계약이 강압적으로 이루어진 사실을 증언할 준비가 돼 있다며 계약 무효 소송을 제기할 듯 위협해 압력을 가했다. 결국 마케는 뒤로 손을 써서 해결했다.

"로베르트 아저씨가 빠져나가서 잘됐어요." 로이드가 말했다. 로이드 자신도 무사히 런던에 도착하면 훨씬 더 기쁠 것이다. 머리는 여전히 쓰라렸고 침대에서 돌아누울 때마다 갈비뼈가 아팠다.

에설이 모드에게 말했다. "런던으로 오지그래요? 두 사람 다. 그러니까, 가족 모두 말이에요."

발터는 모드를 보았다. "그래야 할지도 모르죠." 그가 말했다. 하지만 로이드는 그 말이 진심이 아님을 알 수 있었다.

"당신은 최선을 다했어요." 에설이 말했다. "용감하게 싸웠다고요. 하지만 상대가 이겼죠."

모드가 말했다. "아직 끝나지 않았어."

"하지만 여러분은 위험해요."

"독일도 위험에 처했지."

"런던으로 이사하면 피츠가 누그러질 수도 있고, 여러분을 돕겠죠."

피츠허버트 백작이 영국에서 가장 부유한 사람 가운데 하나라는 사실은 로이드도 알았다. 사우스 웨일스의 영지에 묻힌 석탄 덕분이었다.

"안 도와줄 거야." 모드가 말했다. "피츠는 마음 약해질 사람이 아니야. 나도 알고 너도 알잖아."

"그렇죠." 에설이 말했다. 로이드는 어머니가 그토록 확신하는 이유가 궁금했지만 물어볼 기회가 없었다. 에설이 이어 말했다. "어쨌든 경력이 있으니까 런던의 신문사에서 쉽게 일자리를 구할 수 있을 거예요."

발터가 말했다. "그럼 나는 런던에서 뭘 하죠?"

"몰라요." 에설이 말했다. "여기서는 뭘 하려고요? 힘도 없는 의회에서 선출된 의원 노릇을 하는 것도 별 의미는 없잖아요." 로이드는 그녀가 잔인할 정도로 솔직하다고 느꼈다. 하지만 그녀는 해야 할 말은 하는 성격이었다.

로이드는 울리히 가족이 측은하기도 했지만 그들은 이곳에 남아야 할 것 같았다. "알아요, 힘들겠죠." 그가 말했다. "하지만 훌륭한 사람들이 달아난다면 파시즘은 훨씬 빠르게 퍼질 겁니다."

"어차피 퍼지고 있어." 어머니가 대꾸했다.

모드는 격정적인 말로 모두를 놀라게 했다. "절대 안 가. 무슨 일이 있어도 독일을 떠나진 않겠어."

모두 모드를 멍하니 보았다.

"난 독일인이야. 그것도 십사 년 전부터. 이제 이곳이 내 조국이야."

"하지만 영국인으로 태어났잖아요." 에설이 말했다.

"국가란 크게는 그곳에 사는 사람들이지." 모드가 말했다. "나는 영국을 사랑하지 않아. 부모님은 오래전에 돌아가셨고 오빠는 연을 끊었어. 나는 독일을 사랑해. 내게 독일은 내 멋진 남편 발터야. 엇나가는 아들 에리크, 놀라울 정도로 모든 걸 잘하는 딸 카를라라고. 우리 가정부 아다이고, 장애가 있는 그애 아들이고, 내 친구 모니카와 그녀의 가족, 언론계 동료들이고…… 나는 남을 거야. 나치와 싸우기 위해서."

"이미 할 만큼 했어요." 에설이 점잖게 말했다.

모드의 말투가 감정적으로 변했다. "내 남편은 자신과 자신의 인생, 모든 걸 이 나라의 자유와 번영을 위해 바쳤어. 그렇게 평생을 바친 일을 나 때문에 포기하게 만들 순 없어. 이이에게 그걸 잃는 건 영혼을 잃는 거나 다름없어."

에설은 오래된 친구만이 할 수 있는 방식으로 아픈 곳을 찔렀다. "그래도 아이들을 안전한 곳으로 데려가고 싶은 유혹은 있을 거잖아요."

"유혹? 열망이고, 갈망이고, 필사적인 바람이지!" 모드는 울음을 터뜨렸다. "카를라는 갈색셔츠가 나오는 악몽을 꾸고, 에리크는 기회만 있으면 그 빌어먹을 색깔의 제복을 입어." 모드의 입에서 험한 말이 나오자 로이드는 깜짝 놀랐다. 점잖은 숙녀가 빌어먹을이라고 하는 것은 처음 들었다. 모드는 말을 이었다. "당연히 데려가고 싶지." 로이드는 모드가 얼마나 마음이 아픈지 알 수 있었다. 그녀는 양손을 깨끗이 씻듯 마주 비비고 혼란스러운지 머리를 가로젓더니 내면의 갈등으로 심하게 흔들리는 목소리로 말했다. "하지만 아이들에게도 우리에게도 옳은 일이 아니야. 절대로 포기하지 않겠어! 멍하니 서서 아무것도 하지 않느니 악에 고통당하는 편이 더 나아."

에설이 모드의 팔을 잡았다. "괜히 오라고 해서 미안해요. 내가 어리석었어. 당신이 달아나지 않으리라는 걸 알면서도 그랬으니."

"오라고 해줘서 고마운걸요." 발터가 말했다. 그는 손을 뻗어 모드의 가냘픈 양손을 잡았다. "그 문제는 모드와 나도 여전히 결정을 못 내려서 말도 안 꺼내고 있었어요. 이제 맞서야 할 시간이죠." 두 사람은 카페 테이블 위에서 손을 맞잡고 있었다. 로이드는 어머니 세대가 살면서 느끼는 감정에 대해 생각해본 적이 거의 없었다. 그들은 중년의 부부였고, 그 사실이 모든 걸 말해주는 듯 보였다. 하지만 로이드는 이제 발터와 모드 사이에 오랜 결혼생활에서 비롯된 친숙한 습관을 훨씬 넘어서는 강력한 유대가 존재한다는 걸 알았다. 그들은 착각에 빠진 것이 절대 아니었다. 이곳에 남는 것이 그들 자신과 아이들의 목숨을 거는 행동임을 알았다. 하지만 그들은 죽음에 도전하는 책무를 공유하고 있기도 했다.

로이드는 자기도 그런 사랑을 해볼 수나 있을지 궁금했다.

에설이 시계를 보았다. "이런, 세상에. 기차 놓치겠네!"

로이드가 짐을 들었고 두 사람은 서둘러 플랫폼으로 나갔다. 기적 소리가 울렸다. 가까스로 시간에 맞춰 기차에 올라탔다. 기차가 역을 빠져나가는 동안 두 사람은 창밖으로 몸을 내밀었다.

플랫폼에 서서 손을 흔드는 발터와 모드의 모습이 점점 저멀리 작아지다 마침내 사라졌다.

2장
1935년

I

"버펄로의 여자애들에 대해선 두 가지를 알아야 해." 데이지 페시코프가 말했다. "술고래에다 하나같이 거만을 떨어."

에바 로트만이 킥킥 웃었다. "안 믿어." 그녀의 독일 악센트는 이제 완벽에 가깝게 사라졌다.

"아, 사실이야." 데이지가 말했다. 두 사람은 분홍색과 흰색으로 꾸민 데이지의 침실에 놓인 전신 삼면경 앞에서 옷을 고르고 있었다. "남색과 흰색이 잘 어울릴 수도 있어." 데이지가 말했다. "어때?" 그녀는 블라우스를 에바의 얼굴 옆에 대고 어떤지 살폈다. 대조적인 두 색의 조합이 에바에게 잘 어울리는 것 같았다.

데이지는 옷장 안을 살피며 에바가 호숫가 소풍에 입고 갈 만한 옷을 찾는 중이었다. 에바는 예쁘장한 편이 아니라 데이지의 옷 대부분을 장식하는 프릴과 나비 리본은 에바를 너절해 보이게 할 뿐이었다. 이목구비가 뚜렷한 얼굴에는 줄무늬가 더 잘 어울렸다.

에바는 검은 머리에 눈은 짙은 갈색이었다. "밝은색을 입으면 좋겠어." 데이지가 그녀에게 말했다.

에바는 옷이 별로 없었다. 유대인이자 베를린에서 의사로 일하는 그녀의 아버지는 딸을 미국으로 보내기 위해 평생 모은 돈을 다 썼고, 에바는 지난해 무일푼으로 이곳에 왔다. 한 자선단체에서 그녀를 데이지가 다니는 기숙학교에 보내주었다. 두 사람은 열아홉 살 동갑이었다. 하지만 여름방학이 되자 에바는 갈 곳이 없었고 그래서 데이지가 충동적으로 그녀를 집으로 데려왔다.

처음에 데이지의 어머니 올가는 반대했다. "어머, 그런데 네가 학교에 있느라 일 년 내내 떨어져 있었잖니. 여름을 함께 보내려고 얼마나 기다렸는데."

"정말 괜찮은 애야, 엄마." 데이지가 말했다. "멋지고 느긋하고 의리 있는 친구라고."

"내가 보기에는 나치를 피해서 온 난민이라 네가 불쌍해하는 거야."

"나치는 상관없어, 그냥 걔가 좋은 거지."

"그건 좋아. 그런데 꼭 우리랑 같이 지내야 하니?"

"엄마, 걔는 달리 갈 곳이 없다고!"

언제나 그랬듯 올가는 결국엔 데이지가 마음대로 하도록 두었다.

이제 에바가 말하고 있었다. "거만? 네 앞에서는 감히 아무도 거만 못 떨걸!"

"이런, 그런다니까."

"하지만 넌 정말 예쁘고 쾌활하잖아."

데이지는 굳이 부인하지 않았다. "그래서 다들 미워하는 거야."

"게다가 부자고."

사실이었다. 데이지의 아버지는 부자였고 어머니도 막대한 유산을 상속받았으며 데이지 역시 스물한 살이 되면 큰 재산을 물려받을 수 있었다. "그런 건 아무 의미 없어. 이 동네에서는 얼마나 오래전부터 부자였는지가 중요해. 일을 한다면 별 볼일 없는 사람인 거야. 증조할아버지로부터 물려받은 수백만의 재산으로 먹고살아야 상류층이지." 데이지는 분한 감정을 감추려고 짐짓 밝은 목소리로 말했다.

에바가 말했다. "게다가 너희 아버지는 유명하잖아!"

"다들 깡패라고 생각하는걸."

데이지의 외할아버지인 조지프 뱔로프는 술집과 호텔을 여럿 운영했다. 아버지 레프 페시코프는 거기서 벌어들인 돈으로 망해가는 보드빌 극장을 사들여 영화관으로 바꿨고, 이제는 할리우드에도 영화사를 갖고 있었다.

에바는 데이지를 대신해 화를 냈다. "어떻게 그럴 수가 있지?"

"아버지가 밀주업자였다고들 생각하거든. 어쩌면 맞을지도 몰라. 안 그러면 무슨 수로 금주법 시대에 술집을 해서 돈을 벌었겠어? 어쨌거나 엄마가 '버펄로 여성회'의 가입 초청을 받을 일이 절대 없는 것도 그래서야."

두 사람은 데이지의 침대에 앉아 〈버펄로 센티널〉 신문을 읽는 올가를 바라보았다. 젊은 시절 사진을 보면 올가는 날씬한 미인이었다. 지금은 땅딸막하고 칙칙했다. 자기 외모에는 관심을 잃었지만, 데이지와 함께 열심히 쇼핑을 하며 딸을 멋지게 꾸미는 데는 얼마가 들어도 신경 쓰지 않았다.

올가는 신문에서 눈을 들고 말했다. "얘야, 밀주업자건 말건 그것들이 신경이나 쓸지 모르겠다. 하지만 네 아버지는 러시아 이민자고 가끔이긴 해도 아이딜 가에 있는 러시아정교회에 가서 예배를 보지. 그게 가톨릭 신자인 것만큼이나 나빠."

에바가 말했다. "그건 너무 부당해요."

"유대인 역시 그리 환영받지 못하는 존재라는 것도 미리 말해둬야겠네." 데이지가 말했다. 에바는 사실 절반만 유대인이었다. "야멸차서 미안하지만."

"얼마든지 그래도 돼. 독일에 있다 오니 이 나라는 약속된 땅 같거든."

"너무 안심하면 안 돼." 올가가 경고했다. "여기 신문을 보니까 미국의 많은 경영자가 루스벨트를 증오하고 아돌프 히틀러를 존경한다는구나. 내가 알기로도 이건 사실이야. 데이지 아버지도 그중 하나거든."

"정치는 따분해요." 데이지가 말했다. "〈센티널〉에 뭐 좀 재밌는 건 없어요?"

"그래, 있어. 머피 딕슨이 영국 왕을 알현한다는구나."

"잘됐네요." 데이지는 부러움을 감추지 못하고 심술궂게 말했다.

올가가 기사를 읽었다. "'전쟁중 프랑스에서 목숨을 잃은 고故 찰스 '척' 딕슨의 딸인 뮤리얼 딕슨 양이 다음 주 화요일 미국 대사 부인인 로버트 W. 빙엄과 함께 버킹엄 궁전을 예방할 예정이다.'"

데이지는 머피 딕슨에 대해서는 충분히 들었다. "파리는 나도 가봤는데 런던은 못 가봤어." 데이지가 에바에게 말했다. "너는?"

"나도." 에바가 말했다. "독일을 처음 떠나본 게 미국으로 배 타고 올 때였지."

느닷없이 올가가 말했다. "이런, 세상에!"

"왜요?" 데이지가 물었다.

올가는 신문을 구겼다. "네 아버지가 글래디스 앤절러스를 백악관에 데려갔대."

"이런!" 데이지는 뺨을 얻어맞은 기분이었다. "날 데려간댔는데!"

루스벨트 대통령은 그의 뉴딜정책에 대한 지지를 얻어내려고 경제인 백여 명을 초대해 연회를 열었다. 레프 페시코프는 프랭클린 D. 루스벨트가 공산주의자나 다름없다고 생각했지만 백악관에 초대받자 우쭐거렸다. 하지만 올가는 함께 가지 않겠다며 화를 냈다. "대통령 앞에서 우리가 정상적인 결혼생활을 하는 척할 순 없어."

레프의 공식 거주지는 데이지의 외할아버지 뱌로프가 전쟁 전 지은 이곳 멋진 프레리 하우스였지만, 오랫동안 정부 노릇을 해온 마르가의 호화로운 시내 아파트에서 대부분의 밤을 보냈다. 게다가 모두 그가 자기 영화사의 간판스타인 글래디스 앤절러스와 바람을 피운다고 생각했다. 데이지는 무시당한다고 느끼는 어머니를 이해했다. 데이지 역시 레프가 그의 다른 가족과 저녁을 보내려고 차를 타고 가버리면 버림받은 기분이었다.

데이지는 어머니 대신 자기를 백악관에 데려가겠다는 아버지의 말에 흥분했었다. 백악관에 가게 되었다고 모두에게 자랑했다. 상원의원 아버지를 둔 듀어 집안 남자애들을 제외하면 대통령을 만나본 친구는 없었다.

레프가 정확한 날짜를 말하지는 않았지만 가기 직전에는 알려주겠거니 했다. 늘 그런 식이었기 때문이다. 하지만 마음을 바꿨거나 어쩌면 잊어버린 모양이었다. 어느 쪽이든 그는 또다시 데이지를 버렸다.

"안됐구나, 우리 딸." 어머니가 말했다. "하지만 네 아버지는 원래 약속이란 걸 모르는 사람이야."

에바도 측은해하는 것 같았다. 그래서 데이지는 기분이 더 나빴다. 수천 킬로미터나 떨어져 있는 아버지를 다시는 못 만날지도 모르는 에바가 마치 데이지의 상황이 더 나쁘기라도 한 듯 동정하고 있었다.

그래서 데이지는 오기가 생겼다. 이런 일로 하루를 망치진 않을 것이다. "어쨌거나 버펄로에서 글래디스 앤절러스 때문에 딱지맞은 여자는 내가 유일할 거야. 자, 그럼 뭘 입을까?"

올해 파리에서는 놀라울 정도로 짧은 치마가 유행이었지만 보수적인 버펄로 사람들의 패션은 그보다 한참 뒤처졌다. 하지만 데이지는 그녀의 눈동자 색처럼 아주 연한 파란색이 살짝 도는, 무릎까지 오는 테니스 드레스가 있었다. 어쩌면 오늘이야말로 그걸 입어야 하는 날인지 모른다. 그녀는 입고 있던 드레스를 벗고 새 옷을 입었다. "어때?" 그녀가 말했다.

에바가 말했다. "아, 데이지. 예뻐, 그런데……"

올가가 말했다. "사람들 눈이 튀어나오겠네." 올가는 데이지가 아주 멋지게 차려입는 걸 좋아했다. 어쩌면 본인의 젊은 시절이 떠올라서인지도 몰랐다.

에바가 물었다. "데이지, 하나같이 거만 떠는 사람들뿐이라면서 왜 파티에 가려는 거야?"

"찰리 파커슨이 올 거야. 나 그 사람이랑 결혼하려고." 데이지가 말했다.

"정말?"

올가가 딱 잘라 말했다. "최고의 신랑감이지."

에바가 물었다. "어떤 사람인데?"

"홀딱 반할 만해." 데이지가 말했다. "버펄로에서 제일 잘생기진 않았지만 다정하고 친절하고 조금 부끄러움을 타지."

"너랑은 많이 다른 것 같네."

"서로 달라서 끌리는 거야."

올가가 다시 말했다. "파커슨 가문은 버펄로에서 가장 유서 깊은 집안 중 하나야."

에바는 짙은 눈썹을 치켜세웠다. “거만해?”

“엄청.” 데이지가 대답했다. “하지만 찰리의 아버지는 월스트리트 사태로 돈을 몽땅 잃고 죽었어. 자살했다는 말도 있지. 그래서 다시 재산을 쌓아야 하는 집안이지.”

에바는 충격받은 눈치였다. “그럼 그 사람이 돈을 보고 너랑 결혼하길 바라는 거야?”

“아니, 내가 꼭 꼬셔서 나랑 결혼하게 만들 거야. 그 사람 어머니는 돈 때문에 나를 받아들이는 거겠지만.”

“꼭 꼬신다니. 그 사람도 이런 거 알아?”

“아직은 몰라. 하지만 오늘 오후에 시작해볼 생각이야. 그래, 이 옷이 딱 좋네.”

데이지는 연한 파란색을, 에바는 남색과 흰색 줄무늬를 입었다. 준비를 마쳤을 무렵에는 이미 늦은 뒤였다.

데이지의 어머니는 운전기사를 두지 않으려 했다. “나는 아버지의 운전기사와 결혼해서 인생을 망쳤어.” 가끔 그런 말도 했다. 데이지가 비슷한 짓을 저지를까봐 두려워했고, 찰리 파커슨을 좋아하는 것도 그런 이유였다. 어쩌다 삐걱거리는 1925년식 스터츠를 타고 어디든 갈 일이 생기면 그녀는 정원사 헨리에게 고무장화를 벗고 검은 정장을 입게 했다. 하지만 데이지는 자기 차인 빨간색 셰보레 스포트 쿠페를 직접 몰았다.

데이지는 운전을 좋아했고 자동차의 힘과 속도를 사랑했다. 그들은 시내를 벗어나 남쪽으로 향했다. 호수가 10킬로미터도 채 떨어져 있지 않은 게 아쉬울 정도였다.

운전하면서 데이지는 찰리의 아내로 살아가는 삶을 상상했다. 그녀의 돈과 그의 지위라면 두 사람은 버펄로 사회에서 앞서나가는 부부가 될 것이다. 그들이 주최하는 만찬은 테이블 세팅이 무척 우아해서 손님들은 기쁨으로 숨이 턱 막힐 것이다. 부두에서 그들의 요트가 가장 클 테고 부유하고 놀기 좋아하는 다른 커플들을 초대해 선상 파티를 열 것이다. 다들 찰스 파커슨 부인의 초대를 받으려고 안달한다. 데이지와 찰리가 주빈 테이블에 앉지 않고는 어떤 자선 모임도 성공하지 못한다. 데이지는 머릿속에서 자신이 주인공인 영화를 보고 있었다. 파리에서 건너온 기가 막히게 아름다운 옷을 입고 그녀는 선망의 눈길을 보내는 남녀 사이를 걸으며 그들의 찬사에 기품 있는 웃음으로 답했다.

아직 한창 백일몽을 꾸고 있을 때 목적지에 도착했다.

버펄로 시는 뉴욕 주의 북부로, 캐나다 국경 근처에 위치했다. 우들론 비치는 이리 호 기슭의 약 1.6킬로미터에 달하는 모래사장이었다. 데이지는 차를 세우고 에바와 함께 모래언덕을 가로질러 걸었다.

오십에서 육십 명 정도가 이미 모여 있었다. 버펄로 상류층의 청년 자제들이자 특권집단인 이들은 여름 동안 낮에는 요트를 타거나 수상스키를 즐기고 밤에는 파티에 참석해 춤을 추었다. 데이지는 아는 사람들과 인사를 나누고 에바를 소개했다. 거의 모두가 아는 사람이었다. 다들 펀치가 든 유리잔을 들고 있었다. 데이지는 조심스럽게 맛을 보았다. 일부 남자애들이 음료에 진 몇 병을 몰래 섞는 걸 아주 재미있어했기 때문이다.

이번 파티는 도트 렌쇼라는, 독설이 심해서 아무도 결혼 상대로 생각하지 않는 여자애를 위한 것이었다. 렌쇼 가문은 파커슨 가문과 마찬가지로 버펄로의 유서 깊은 집안이지만 대폭락에도 재산을 지켰다. 데이지는 파티를 주최한 도트의 아버지를 찾아가 확실히 감사를 표했다.

"늦어서 죄송합니다. 시간이 이렇게 됐는지 몰랐어요!"

필립 렌쇼는 그녀를 위아래로 훑어보았다. "치마가 아주 짧구나." 못마땅한 마음과 음탕한 감정이 서로 싸우는 표정이었다.

"마음에 드신다니 정말 기뻐요." 데이지는 대놓고 칭찬이라도 받은 것처럼 대답했다.

"어쨌거나 늦게라도 왔으니 다행이다." 그가 말을 이었다. "〈센티널〉에서 사진기자 한 명이 온다고 해서 사진 찍을 예쁜 여자애들이 꼭 필요했거든."

데이지는 에바에게 중얼거렸다. "그래서 나를 초대했다는 거군. 이렇게 알려주다니 어찌나 친절하신지."

도트가 나타났다. 마른 얼굴에 코가 뾰족해서 그녀를 볼 때마다 데이지는 늘 쪼아 먹힐 것 같다는 생각을 했다. "아버지랑 대통령 보러 가는 줄 알았어." 그녀가 말했다.

데이지는 굴욕감을 느꼈다. 백악관에 간다고 모두에게 자랑하지 말걸 후회했다.

"너희 아버지, 으흠, 주인공 여배우를 데려갔더라." 도트가 말했다. "백악관에서는 그런 일이 흔치 않을 텐데."

데이지가 말했다. "대통령도 가끔은 영화계 스타를 만나고 싶겠지. 대통령 정도면 매력적인 여자를 만날 자격이 있지 않니?"

"엘리너 루스벨트가 허락했다니 믿을 수가 없어. 〈센티널〉 기사를 보면 다른 남자들은 모두 부인을 데려갔다던데."

"조심성도 많으셔라." 데이지는 얼른 달아나고 싶어 고개를 돌렸다.

비치 테니스용 네트를 세우려 애쓰는 찰리 파커슨의 모습이 보였다. 그는 글래디스 앤절러스 얘기로 그녀를 놀리기엔 너무 착한 사람이었다. "잘 있었어요, 찰리?" 그녀는 밝은 목소리로 말을 걸었다.

"그럭저럭 괜찮아요." 찰리가 몸을 일으켰다. 스물다섯 살가량으로 키가 크고 약간 과체중인 그는 자기 덩치 때문에 상대방이 겁먹을까봐 걱정하는 사람처럼 살짝 몸을 숙였다.

데이지는 에바를 소개했다. 다른 사람과 이야기를 나눌 때 서툰 모습이 귀여운 찰리는 특히 여자들을 어려워했지만, 애를 써가며 에바에게 미국 생활은 마음에 드는지, 베를린에 남은 가족들로부터 어떤 소식을 들었는지 물었다.

에바는 소풍이 재미있느냐고 물었다.

"별로입니다." 그는 솔직히 말했다. "개들과 집에 있을 걸 그랬어요."

틀림없이 여자들과 어울리느니 애완동물과 함께인 게 편한 거라고 데이지는 생각했다. 하지만 개를 언급한 건 흥미로웠다. "어떤 종류의 개예요?" 그녀가 물었다.

"잭 러셀 테리어입니다."

데이지는 머릿속으로 기억해두었다.

몹시 여위고 쉰 살쯤 먹은 여자가 다가왔다. "이런, 세상에. 찰리 아직도 네트를 다 못 세웠니?"

"다 돼가요, 어머니." 찰리가 말했다.

노라 파커슨은 순금 테니스 팔찌에 다이아몬드 귀걸이, 티파니 목걸이를 차고 있었다. 소풍 나온 사람치고는 지나치게 많은 장신구였다. 파커슨 가문의 빈곤도 상대적인 것이리라고 데이지는 생각했다. 모든 걸 잃었다고들 하지만 파커슨 부인은 여전히 하녀와 운전기사를 부리고 공원에서 타는 승마용 말도 두 마리나 있었다.

데이지는 인사했다. "안녕하세요, 파커슨 부인. 이쪽은 베를린에서 온 제 친구 에바 로트만이에요."

"처음 뵙겠어요." 노라 파커슨은 손도 내밀지 않고 말했다. 그녀는 러시아 출신 벼락부자와 친하게 지낼 필요가 없다고 생각했다. 그러니 그 집안이 데려온 유대인 손님은 더 말할 것도 없었다.

그 순간 그녀는 뭔가 떠오른 듯했다. "아, 데이지. 돌아다니면서 테니스 치고 싶은 사람들 좀 찾아봐주겠니?"

데이지는 왠지 하녀 취급을 받는 것 같았지만 따라주기로 했다. "물론이죠. 남녀 복식이 좋겠어요."

"좋은 생각이네." 파커슨 부인이 짧은 연필 한 자루와 종이 한 장을 내밀었다. "사람들 이름 적으렴."

데이지는 상냥하게 웃고는 가방에서 금장 펜과 베이지색 가죽노트를 꺼냈다. "제 것이 있어요."

그녀는 누가 테니스를 잘 치고 못 치는지 알았다. 그녀가 속한 라켓 클럽은 요트 클럽처럼 배타적이지 않았다. 그녀는 에바와 듀어 상원의원의 열네 살짜리 아들 척 듀어를 짝지었다. 조앤 로즈로크는 듀어 집안의 큰아들 우디와 한 팀으로 만들었다. 우디는 아직 열다섯이지만 이미 꺽다리 아버지만큼 키가 컸다. 데이지는 자연스럽게 찰리와 파트너가 되었다.

어딘가 익숙한 얼굴과 마주쳐 깜짝 놀란 데이지는 그가 마르가의 아들이자 그녀의 이복동생 그레그임을 알아보았다. 그들은 자주 보는 사이가 아니었고, 이번에는 일 년 만이었다. 그사이 그레그는 남자가 된 듯했다. 키가 15센티미터는 컸고 이제 겨우 열다섯 살이지만 거뭇거뭇한 턱수염도 자랐다. 매무새가 단정치 못한 것은 어렸을 적이나 마찬가지였다. 비싼 옷을 아무렇게나 입고 있었다. 블레이저는 소매를 걷어올렸고, 줄무늬 넥타이는 헐렁하게 풀어졌고, 호숫가에서 젖은 리넨 바지 밑단에는 모래가 묻어 있었다.

데이지는 그레그와 우연히 마주칠 때마다 늘 당황스러웠다. 그레그는 아버지가 그와 마르가를 위해 어떻게 데이지와 그녀의 어머니를 버렸는지 새삼 떠올리게 하는 산 존재였다. 많은 유부남이 바람을 피운다는 걸 데이지도 알았다. 하지만 그녀 아버지의 무분별한 행동의 결과는 모두가 보는 파티에 훤히 모습을 드러냈다. 아버지는 마르가와 그레그를 서로 아무도 모르는 뉴욕으로 보내든가, 아무도 간통을 잘못이라 여기지 않는 캘리포니아로 보냈어야 했다. 이곳에서 그들은 끝없는 스캔들이었고, 그레그는 사람들이 데이지를 업신여기는 이유 중 일부였다.

그레그가 예의바르게 어떻게 지냈느냐고 묻자 데이지는 대답했다. "완전 짜증났지. 궁금한지는 모르겠지만. 아버지가 날 실망시켰거든. 또다시."

그레그는 조심스럽게 물었다. "어떻게?"

"함께 백악관에 가자더니 창녀 같은 글래디스 앤절러스를 데려갔어. 그래서 모두 나를 비웃고 있어."

"틀림없이 그 여자의 새 영화 〈열정〉에 좋은 홍보가 됐을 거야."

"너는 늘 아버지 편을 드는구나. 아버지가 나보다 너를 좋아하니까."

그레그는 짜증이 나는 눈치였다. "나는 아버지를 존경해서가 아닐까? 늘 불평하지 않고."

"내가 언제—" 데이지는 늘 불평하지 않았다고 반박하려 했지만 생각해보니 그 말이 옳았다. "그래, 내가 불평이 많을 수도 있어. 하지만 약속은 지켰어야지, 안 그래?"

"머릿속에 생각이 무척 많으셔."

"부인도 모자라서 정부를 둘이나 둔 게 잘못이겠지."

그레그는 어깨를 으쓱했다. "처리할 일이 많을 테니까."

두 사람은 의도하지 않았지만 대화에 섹스와 관련된 이중적 의미가 포함됐다는 사실을 알아차리고 잠시 후 킥킥 웃었다.

데이지가 말했다. "그래, 너한테 뭐라고 할 일은 아닌 것 같네. 네가 원해서 태어난 것도 아니고."

"나도 어쩌면 누나가 아버지를 일주일에 사흘 밤 빼앗아가는 걸 용서해야 할지 모르지. 내가 아무리 울면서 가지 말라고 매달려도 말이야."

그런 식으로는 한 번도 생각해보지 않았다. 데이지의 마음속에서는 그레그가 늘 아버지를 훔쳐가 그녀의 권리를 침해하는 서자였다. 하지만 이제 그레그 역시 자기처럼 괴로웠다는 사실을 깨달았다.

데이지는 그레그를 찬찬히 보았다. 그에게 매력을 느끼는 여자들이 있을지 몰랐다. 에바의 상대로는 너무 어렸지만. 그리고 어쩌면 그도 결국 두 사람의 아버지처럼 이기적이고 신뢰할 수 없는 인간일 수도 있다.

"그건 그렇고, 테니스 치니?" 데이지가 물었다.

그레그는 고개를 저었다. "나 같은 사람은 라켓 클럽에 안 받아줘." 애써 태연한 미소를 짓는 그를 보며 데이지는 그 역시 자기처럼 버펄로 사회로부터 거부당했다고 느낀다는 걸 알아차렸다. "내가 하는 운동은 아이스하키야." 그가 말했다.

"안타깝네." 데이지는 자리를 떴다.

충분히 여러 사람을 확보한 데이지는 마침내 네트를 완성한 찰리에게 돌아왔다. 그리고 에바를 보내 처음 시합에 나설 네 명을 찾아오게 했다. 그녀는 찰리에게 말했다. "시합 순서 짜는 것 좀 도와주세요."

두 사람은 나란히 무릎을 꿇고 앉아 모래 위에 예선, 준결승, 결승 경기를 표로 그렸다. 표에 이름을 써넣던 중 찰리가 물었다. "영화 좋아해요?"

혹시 데이트 신청을 하려는 건가, 데이지는 생각했다. "그럼요."

"〈열정〉이라는 영화 봤어요?"

"아뇨, 찰리. 안 봤어요." 그녀는 화가 난 투로 대답했다. "주인공이 아버지의 정부거든요."

찰리는 충격을 받았다. "신문에선 두 사람이 그냥 좋은 친구라던데."

"그럼 갓 스무 살인 앤절러스 양이 마흔 살이나 먹은 우리 아버지와 왜 그렇게 친밀하겠어요?" 데이지는 빈정거렸다. "벗어지기 시작하는 머리가 좋아서? 아니면 살짝 나온 배? 아니면 오천만 달러의 재산?"

"아, 알겠습니다." 찰리가 겸연쩍게 말했다. "미안해요."

"미안할 것 없어요. 제가 좀 까칠했네요. 당신은 다른 사람들과는 달라요. 사람을 볼 때 기계적으로 최악의 판단을 하지 않네요."

"저는 그냥 미련한 것 같아요."

"아니에요. 사람이 좋은 거죠."

찰리는 부끄러워하면서도 기뻐했다.

"이거 계속하죠." 데이지가 말했다. "가장 잘 치는 사람들이 결승까지 가도록 잘 짜야 해요."

노라 파커슨이 다시 나타났다. 그녀는 모래 위에 나란히 무릎을 꿇고 앉은 찰리와 데이지의 모습을 보고는 두 사람이 그린 대진표를 자세히 살폈다.

찰리가 말했다. "꽤 잘했죠, 어머니. 안 그래요?" 어머니의 인정을 받고 싶어하는 기색이 역력했다.

"아주 잘했구나." 마치 새끼들에게 접근하는 낯선 사람을 보는 어미 개처럼 파커슨 부인은 평가하는 표정으로 데이지를 보았다.

"찰리가 거의 다 했어요." 데이지가 말했다.

"아니, 그렇지 않아." 파커슨 부인이 무뚝뚝하게 말했다. 그녀는 찰리에게 눈길을 보냈다가 다시 데이지를 보았다. "너 영리한 아이로구나." 그리고 무슨 말을 덧붙이려다가 망설이는 기색이었다.

"네?" 데이지가 말했다.

"아무것도 아니다." 파커슨 부인은 돌아섰다.

데이지는 일어섰다. "무슨 생각을 하는지 알지." 그녀는 에바에게 속삭였다.

"무슨 생각?"

"너 영리한 아이로구나. 내 아들에게 걸맞을 정도로 말이야. 집안만 더 좋았더라면."

에바는 생각이 달랐다. "그걸 어떻게 알아?"

"분명해. 저 생각이 틀렸다는 걸 증명하기 위해서라도 결혼하고야 말겠어."

"이런, 데이지. 왜 다른 사람들 생각에 그렇게 신경쓰는 거야?"

"테니스 구경이나 하자."

데이지는 찰리 옆 모래사장에 앉았다. 잘생기지는 않았지만 아내를 잘 받들고 아내를 위해서라면 무엇이든 할 사람이었다. 시어머니가 문제지만 데이지는 그녀를 잘 다룰 수 있을 것 같았다.

키가 크고 긴 다리에 잘 어울리는 흰 치마를 입은 조앤 로즈로크가 서브를 넣을 차례였다. 키가 더 큰 파트너 우디 듀어가 그녀에게 공을 넘겼다. 조앤을 향한 우디의 눈빛을 보면 왠지 그가 그녀에게 끌리고 있는 것 같았다. 어쩌면 사랑에 빠졌을지도. 하지만 우디는 열다섯 살이고 조앤은 열여덟 살이니, 두 사람에겐 미래가 없었다.

데이지는 찰리에게 고개를 돌렸다. "어쨌든 〈열정〉은 봐야 할 것 같기도 해요." 그녀가 말했다.

찰리는 데이지의 속뜻을 알아차리지 못했다. "그렇군요." 그가 무심하게 대답했다. 영화 이야기는 그렇게 지나가고 말았다.

데이지는 에바에게 고개를 돌렸다. "잭 러셀 테리어는 어디 가야 살 수 있을지 궁금하네."

II

레프 페시코프는 남자가 가질 수 있는 최고의 아버지였다. 아니, 좀 더 함께 있어만 주었더라면 그랬으리라. 부자에다 너그럽고 누구보다 영리했으며 심지어 옷도 잘 입었다. 젊었을 때는 아마 잘생긴 얼굴이었을 테고 지금도 여자들이 달려들었다. 그레그 페시코프는 아버지를 아주 좋아했고, 유일한 불만은 자주 만나지 못한다는 점이었다.

"기회가 있었을 때 이 빌어먹을 주물공장을 팔았어야 해." 버려진 채 조용한 공장을 함께 걷다가 레프가 말했다. "빌어먹을 파업 전부터 적자를 보고 있었지. 극장과 술집에만 전념해야 했는데." 그는 설교하듯 손가락을 흔들었다. "사람들은 좋을 때나 나쁠 때나 늘 술을 사지. 그리고 돈이 없을 때조차 영화는 보러 간다고. 절대 잊으면 안 돼."

그레그는 아버지가 사업에서는 실수하는 일이 거의 없으리라 확신했다. "그런데 왜 안 파셨어요?" 그가 물었다.

"정 때문이지." 레프가 대답했다. "내가 네 나이였을 때 이런 곳에서 일했다. 레닌그라드에 있는 푸틸로프 기계공장이라는 곳이지." 그는 용광로와 거푸집, 기중기, 선반旋盤, 작업대를 둘러보았다. "사실 여기보다 훨씬 열악했어."

'버펄로 금속공업'은 선박에 사용하는 거대한 프로펠러를 포함해 온갖 크기의 팬을 제작했다. 그레그는 프로펠러의 휜 날개와 관련된 수학에 매료되었다. 그는 반에서 수학 일등이었다. "아버지는 엔지니어였나요?" 그가 물었다.

레프는 씩 웃었다. "멋져 보여야 할 때는 그렇게 말하지. 하지만 사실 말을 돌봤어. 마구간지기였다. 기계를 능숙하게 다룬 적은 한 번도 없어. 그쪽은 우리 형 그리고리가 뛰어났지. 너는 삼촌을 닮았어. 그래도 주물공장은 사지 마라."

"안 살게요."

그레그는 여름 동안 아버지를 그림자처럼 따라다니며 사업을 배울 예정이었다. 레프는 막 로스앤젤레스에서 돌아왔고, 오늘이 그레그의 경영수업 첫날이었다. 하지만 그레그가 알고 싶은 건 주물공장에 대해서가 아니었다. 수학을 잘했지만 관심 있는 것은 권력이었다. 그는 아버지가 영화산업과 관련한 로비를 위해 자주 방문하는 워싱턴에 데려가주었으면 했다. 워싱턴이야말로 진짜 결정이 내려지는 곳이었다.

그레그는 점심을 고대하고 있었다. 아버지와 함께 거스 듀어 상원의원을 만나기로 되어 있었다. 그는 듀어 의원에게 부탁이 있었다. 하지만 아버지에게도 아직 말하지 않았다. 막상 물어보려니 긴장돼서 대신 다른 걸 물었다. "레닌그라드에 있는 삼촌 소식은 들으셨어요?"

레프는 고개를 저었다. "전쟁 이후로는 못 들었다. 죽었다고 해도 놀랍지 않아. 예전 볼셰비키들이 엄청 많이 사라졌으니까."

"가족 얘기가 나왔으니 말인데, 토요일에 누나 만났어요. 호숫가로 소풍 갔다가요."

"재밌게 놀았니?"

"아버지 때문에 화가 났던데요. 아세요?"

"이번에는 내가 뭘 잘못했다던?"

"백악관에 데려간다고 약속해놓고 글래디스 앤절러스와 갔다고요."

"그랬지. 잊어버렸군. 하지만 〈열정〉을 홍보하고 싶었다."

키 큰 남자가 최신 유행을 고려해도 지나치게 야단스러운 줄무늬 양복을 입고 다가왔다. 그는 페도라 챙에 손을 대며 인사를 했다. "안녕하십니까, 사장님."

레프가 그레그에게 말했다. "여기 경비 책임자 조 브레커노프야. 조,

이쪽은 내 아들 그레그일세."

"만나서 반갑다." 브레커노프가 말했다.

그레그는 악수를 나눴다. 대부분 공장이 그렇듯 이 주물공장도 자체 경비 인력을 두고 있었다. 하지만 브레커노프는 경비라기보다는 깡패처럼 보였다.

"별일 없어?" 레프가 물었다.

"밤에 작은 사고가 있었습니다." 브레커노프가 말했다. "기계공 둘이 길이 40센티미터의 항공기용 철근을 빼내려고 했죠. 담장 너머로 넘기려는 현장을 잡았습니다."

그레그가 물었다. "경찰을 불렀나요?"

"그럴 필요는 없었어." 브레커노프는 씩 웃었다. "사유재산이라는 게 뭔지 잠깐 알려주고, 생각 좀 해보라고 병원으로 보냈지."

그레그는 아버지 밑에서 일하는 경비원들이 도둑을 병원에 갈 정도로 흠씬 두들겨팼다는 걸 알고도 놀라지 않았다. 그레그나 어머니가 레프에게 맞은 적은 한 번도 없지만, 그는 아버지의 매력적인 겉모습 안쪽 그리 깊지 않은 곳에 도사린 폭력성을 느낄 수 있었다. 어린 시절을 레닌그라드의 빈민가에서 보냈기 때문이리라.

파란 양복에 노동자 모자를 쓴 약간 뚱뚱한 남자가 용광로 뒤에서 모습을 드러냈다. "노조 지도자 브라이언 홀이야." 레프가 말했다. "잘 있었나, 홀."

"안녕하십니까, 페시코프."

그레그는 눈썹을 치켜세웠다. 사람들은 대개 아버지를 페시코프 씨라고 불렀다.

레프는 다리를 벌리고 서서 양손을 허리에 올렸다. "그래, 대답은 준비했나?"

홀의 얼굴에 고집스러운 표정이 떠올랐다. "그 얘기라면, 직원들이 삭감된 임금으로 일하겠다고 돌아오지는 않을 겁니다."

"하지만 조건을 좋게 바꿨잖아!"

"그래도 삭감은 삭감이죠."

그레그는 불안해지기 시작했다. 아버지는 반대 의견을 싫어했고 폭발할지도 몰랐다.

"매니저가 그러는데 수주가 안 된다는 거야. 지금 임금 수준으로는 제대로 된 단가를 맞출 수 없으니까."

"그건 기계들이 모두 낡아서예요, 페시코프. 여기 선반들 일부는 전쟁 전부터 썼다고요! 장비를 새로 마련해야 합니다."

"한창 불황에? 제정신이야? 돈을 더 허비하진 않겠어."

"직원들 마음도 똑같습니다." 홀은 비장의 무기라도 꺼내는 투였다. "제대로 월급도 못 받는 상황에서 당신에게 돈을 벌어주지 않겠다는 거라고요."

그레그의 눈에는 불황에 파업을 하겠다는 노동자들이 멍청해 보였고 홀의 뻔뻔함에 화가 났다. 그는 피고용인이 아니라 레프와 대등한 사람이라도 되는 양 말했다.

레프가 말했다. "자, 현재로서는 우리 모두 돈을 잃고 있군. 그게 무슨 의미가 있어?"

"이제 내 손을 떠났습니다." 홀이 말했다. 아주 의기양양한 목소리였다. "조합 본부에서 상황을 정리할 팀을 보냈어요." 그리고 조끼 주머니에서 커다란 강철 시계를 꺼냈다. "이제 한 시간이면 그들이 탄 기차가 도착합니다."

레프의 얼굴이 어두워졌다. "문제를 더 크게 만들 외부인은 필요 없어."

"문제를 원치 않았으면 시작을 말았어야죠."

레프가 주먹을 쥐었지만 홀은 어디론가 가버렸다.

레프는 브레커노프에게 고개를 돌렸다. "본부에서 온다는 작자들에 대해 알아?" 그가 화를 내며 물었다.

브레커노프는 긴장한 듯했다. "바로 알아보겠습니다, 사장님."

"어떤 놈들인지, 어디 묵는지 알아내."

"어렵지 않을 겁니다."

"그리고 놈들을 빌어먹을 구급차에 태워서 뉴욕으로 돌려보내."

"맡겨주십시오, 사장님."

그레그는 발길을 돌리는 레프를 뒤따랐다. 이게 권력이야. 그레그는 경외감을 느꼈다. 아버지 말 한마디면 조합 간부들도 얻어맞는 것이다.

두 사람은 밖으로 나와 레프의 차에 올라탔다. 5인승 캐딜락 신형 세단이었다. 유선형 차체의 길게 굴곡진 펜더를 보니 그레그는 여자의 엉덩이가 떠올랐다.

레프는 포터 애비뉴를 따라 부둣가로 가서 버펄로 요트 클럽에 차를 세웠다. 정박장에 매인 보트들 위로 햇빛이 곱게 아른거렸다. 그레그는 아버지가 이런 최상류층 클럽의 회원이 아니라는 사실을 확실히 알고 있었다. 틀림없이 거스 듀어가 회원이겠지.

두 사람은 잔교 위를 걸었다. 클럽하우스는 물속에 박힌 기둥 위에 지은 건물이었다. 레프와 그레그는 안으로 들어가 모자를 맡겼다. 자기를 회원으로 받아줄 리 없는 클럽에 와 있다고 생각하니 그레그는 금세 불편해졌다. 이곳 사람들은 그레그가 방문 허가를 받아서 틀림없이 영광스러워하리라고 여길 수도 있다. 그는 양손을 주머니에 찔러넣고 구부정하게 섰다. 그러면 사람들도 그가 딱히 감흥이 없다는 사실을 알 터였다.

"나도 이 클럽 회원이었지." 레프가 말했다. "하지만 1921년에 회장이 나더러 밀주업자니까 나가야 한다더군. 그래놓고 내게 스카치 한 상자를 팔라는 거야."

"듀어 의원이 왜 아버지와 점심을 먹자는 거죠?" 그레그가 물었다.

"이제 알게 되겠지."

"제가 그분에게 부탁을 하나 해도 될까요?"

레프는 얼굴을 찌푸렸다. "괜찮겠지. 뭔데?"

하지만 그레그가 대답을 하기도 전에 레프는 예순 살가량의 남자와 인사를 나누었다. "이쪽은 데이브 로즈로크 씨야." 그가 그레그에게 소개했다. "가장 주요한 경쟁 상대지."

"과찬의 말씀이군요." 남자가 말했다.

뉴욕 주의 낡아빠진 체인 극장인 로즈로크 극장 주인인 그는 결코 만만한 늙은이가 아니었다. 귀족적인 분위기를 풍겼으며 키가 크고 백발에 코는 곡선을 그리는 칼날 같았다. 파란색 캐시미어 블레이저의 가슴 주머니에는 클럽 배지가 달려 있었다. 그레그가 말했다. "토요일에 테니스를 치러 온 따님 조앤 양을 보았습니다."

데이브는 기분이 좋아 보였다. "꽤 잘 치지 않던가?"

"아주 잘 치더군요."

레프가 말했다. "이렇게 우연히 마주쳐 다행이군요, 데이브. 전화하려고 했습니다."

"왜죠?"

"그쪽 극장들을 새로 싹 고쳐야 해요. 너무 구식이란 말입니다."

데이브는 재미있어하는 듯했다. "그 말을 하겠다고 전화하려 했다는 거요?"

"왜 뭔가 조치를 취하지 않는 겁니까?"

그는 우아하게 어깨를 으쓱했다. "뭐하러 고생합니까? 돈이야 충분히 버는데. 이 나이에 일 만들고 싶지 않소."

"수익을 두 배로 올릴 수 있어요."

"입장권 가격을 올리면 되지. 고맙지만 사양하겠소."

"미쳤군요."

"누구나 돈에 눈멀지는 않았소." 데이브는 약간 업신여기듯 말했다.

"그럼 내게 팔아요." 레프가 말했다.

그레그는 깜짝 놀랐다. 대화가 그런 식으로 흘러갈 줄은 몰랐다.

"값은 아주 후하게 쳐드리죠." 레프는 덧붙였다.

데이브는 고개를 저었다. "극장을 갖고 있는 게 좋습니다. 사람들에게 즐거움을 주니까."

"팔백만 달러 드리죠." 레프가 말했다.

그레그는 어안이 벙벙했다. 그는 생각했다. 방금 아버지가 데이브에게 팔백만 달러를 제안한 거야?

"좋은 가격이로군." 데이브도 인정했다. "하지만 팔지 않겠소."

"아무도 이렇게 많이는 안 줄 겁니다." 레프는 발끈해서 말했다.

"압니다." 데이브는 이만하면 위협을 더 견딜 필요가 없다고 판단한 듯 보였다. 그가 남은 음료를 마저 마셨다. "두 분 모두 만나서 반가웠소." 말을 마친 그는 바에서 나가 식당으로 향했다.

레프는 넌더리를 냈다. "누구나 돈에 눈멀진 않았다고?" 그는 데이브의 말을 반복했다. "데이브의 증조부는 백 년 전에 가진 것이라고는 입은 옷과 양탄자 여섯 장뿐인 채로 페르시아에서 건너왔다. 그였다면 팔백만 달러를 거절하지 않았겠지."

"아버지가 그렇게 돈이 많은 줄은 몰랐어요." 그레그가 말했다.

"없어. 현금으로 준비하진 않았다. 그래서 은행이 필요한 거야."

"그럼 은행에서 대출을 받아 데이브에게 값을 치르려 한 거예요?"

레프는 다시 검지를 들어 보였다. "남의 돈을 쓸 수 있을 땐 절대로 네 돈을 쓰지 마."

거스 듀어가 걸어들어왔다. 키가 크고 머리도 컸다. 사십대 중반으로 연한 갈색 머리에 듬성듬성 흰머리가 섞여 있었다. 그는 두 사람과 정중하지만 냉담한 태도로 인사와 악수를 나누고 음료를 권했다. 그레그는 즉시 거스와 레프가 서로 좋아하지 않는다는 사실을 알아차렸다. 그렇다면 거스가 부탁을 들어주지 않을지도 모른다는 생각에 두려웠다. 어쩌면 애초에 포기해야 할 수도 있었다.

거스는 거물이었다. 그의 아버지도 과거 상원의원이었는데, 왕조를 물려받는 식의 그런 세습은 그레그에게 미국적으로 보이지 않았다. 거스는 프랭클린 루스벨트가 뉴욕 주지사를 거쳐 대통령이 되는 걸 도왔다. 현재는 막강한 힘을 가진 상원 외교위원회 소속이었다.

그의 아들 우디와 척은 그레그와 같은 학교를 다녔다. 우디는 똑똑했고 척은 운동선수였다.

레프가 말했다. "대통령이 우리 회사 파업을 해결하라고 했소, 의원님?"

거스는 웃었다. "아뇨. 어쨌거나 아직은 아니오."

레프는 그레그에게 고개를 돌렸다. "이십 년 전 주물공장 파업 때 윌슨 대통령이 거스를 보내서 나를 협박해 임금을 올리게 했지."

"나는 당신 돈을 아껴준 거요." 거스가 부드럽게 말했다. "조합원들은 1달러 인상을 원했소. 내가 그걸 절반으로 깎아준 거지."

"그건 내가 주려던 돈보다 정확히 50센트 더 많은 금액이었소."

거스는 웃으며 어깨를 으쓱했다. "점심식사 하러 가지요."

그들은 식당으로 향했다. 주문을 마치자 거스가 말했다. "대통령께서 당신이 백악관 파티에 와줘서 기뻐하셨소."

"글래디스를 데려간 게 잘못인지도 모르겠소." 레프가 말했다. "루스벨트 부인이 그녀를 조금 차갑게 대하더군. 인기 영화배우는 마음에 들지 않는 것 같더란 말이야."

아마도 유부남과 잠자리를 하는 영화배우가 싫은 거겠죠. 그레그는 속으로 생각했지만 입 밖에 꺼내지는 않았다.

식사하는 동안 거스가 소소한 이야기를 했다. 그레그는 부탁할 기회를 엿보고 있었다. 그는 여름에 워싱턴에서 일하며 사람도 사귀고 일도 배우고 싶었다. 인턴 자리야 아버지도 구해줄 수 있을지 모르지만, 공화당 사람 밑에서 일하게 될 텐데 그들은 정권을 뺏긴 상태였다. 그레그는 대통령과 개인적으로도 친분이 있고 그의 정치적 조력자로서 영향력 있고 존경받는 듀어 상원의원 사무실에서 일하고 싶었다.

부탁을 하기가 왜 이렇게 긴장되는지 그레그는 스스로에게 물었다. 최악의 결과라야 듀어가 거절하는 것뿐이다.

디저트까지 다 먹고 나자 거스는 용건을 꺼냈다. "대통령께서 당신과 '자유연맹' 이야기를 해보라고 하셨소."

뉴딜정책을 반대하는 그 우익조직에 대해서는 그레그도 들어본 적이 있었다.

레프는 담배를 피워물고는 연기를 내뿜었다. "우리는 은밀하게 움직이는 사회주의에 대항해야 하오."

"뉴딜은 독일에서 벌어지는 악몽 같은 사태로부터 우리를 지키자는 거요."

"자유연맹은 나치가 아니오."

"아니라고? 그들은 무장봉기해서 대통령을 몰아내려는 계획을 갖고 있소. 물론 현실성은 없지만. 아직은 그렇단 말이오."

"내가 알기로는 나도 개인적 의견을 가질 권리가 있소."

"그렇다면 잘못된 사람들을 지지하고 있는 거요. 그 연맹은 자유하고는 전혀 관계가 없어요, 알잖소."

"내 앞에서 자유에 대해 떠들지 마시오." 레프는 다소 화를 내며 말했다. "나는 부모가 파업했다는 이유로 열두 살 때 레닌그라드 경찰에게 얻어맞은 사람이오."

그레그는 아버지가 왜 이런 말을 하는지 알 수 없었다. 차르의 야만성은 사회주의를 찬성하는 논거이지 반대하는 쪽이 아닌 것 같았다.

거스가 말했다. "대통령은 당신이 연맹에 돈을 대는 걸 알고 있고, 중단하길 원하고 있소."

"내가 누구한테 돈을 주는지 그가 어떻게 알지?"

"FBI가 보고했소. 그런 걸 조사하라고 있는 기관이니까."

"우린 경찰국가에 살고 있었군! 당신은 자유주의자여야 할 텐데."

그레그는 아버지의 주장에 논리가 없다는 걸 깨달았다. 거스를 곤경에 빠뜨리기 위해서 자기모순에 빠지는 것조차 아랑곳 않고 떠올릴 수 있는 모든 걸 동원하는 데 불과했다.

거스는 태연했다. "나는 이번 일이 경찰이 관여할 문제가 되지 않도록 해두려는 것뿐이오."

레프는 씩 웃었다. "내가 당신 약혼녀를 뺏은 걸 대통령이 아나?"

그레그는 금시초문인 이야기였다. 하지만 사실인 게 분명했다. 레프의 그 말이 마침내 거스의 평정심을 무너뜨리는 데 성공했기 때문이다. 거스는 충격을 받은 듯 고개를 옆으로 돌리더니 얼굴이 벌게졌다. 우리 팀이 한 점 땄군. 그레그는 생각했다.

레프가 그레그에게 설명했다. "1915년에 거스는 올가하고 약혼했어. 그런데 그녀가 마음을 바꿔 나랑 결혼했지."

거스는 평정을 되찾았다. "우리 모두 너무 어렸지."

레프가 말했다. "당신은 올가를 빨리도 잊은 게 분명하군."

거스는 차갑게 레프를 보더니 말했다. "그건 당신도 마찬가지요."

그레그는 이번에는 아버지가 당황하는 걸 보았다. 거스의 공격이 정곡을 찔렀다.

순간 기묘한 침묵이 흘렀고 거스가 입을 열었다. "당신과 나는 전쟁에서 싸웠지, 레프. 나는 동창이자 친구인 척 딕슨과 함께 기관총 대대에 있었소. 프랑스의 작은 마을 샤토티에리에서 척은 내 눈앞에서 산산조각났소." 거스는 아무렇지도 않은 듯 말했지만, 그레그는 자신이 숨을 죽이고 있음을 깨달았다. 거스가 말을 이었다. "내가 바라는 건 우리가 겪은 일을 아들들은 절대로 다시 겪지 않는 거요. 자유연맹 같은 조직의 싹을 없애야 하는 건 바로 그런 이유 때문이오."

그레그는 기회를 포착했다. "저도 정치에 관심이 있습니다, 의원님. 그리고 더 배우고 싶습니다. 한 해 여름 동안 인턴으로 받아주실 수 있을까요?" 그는 숨을 죽였다.

거스는 놀란 듯했지만 대답했다. "함께 일할 의지가 있는 똑똑한 젊은이라면 언제든 쓸 수 있지."

그 말은 승낙도 거부도 아니었다. "저는 수학이 일등이고 아이스하키 팀의 주장입니다." 그레그는 물러서지 않고 자기선전을 했다. "우디에게 물어보면 아실 거예요."

"그러지." 거스는 레프에게 고개를 돌렸다. "대통령의 요청을 생각해 보겠소? 정말 중요한 사안이오."

거스는 마치 서로 한 가지씩을 부탁한 듯한 태도였다. 하지만 레프가 받아들일까?

레프는 한참을 망설이더니 담배를 비벼 끄고는 대답했다. "거래가 성사된 것 같군."

거스는 일어섰다. “좋소. 대통령께서 기뻐하실 거요.”

그레그는 생각했다. 성공했어!

두 사람은 클럽을 나와 차로 향했다.

주차장을 빠져나오며 그레그가 말했다. “고마워요, 아버지. 정말이지 고맙습니다.”

“아주 적당한 때를 골랐더구나.” 레프가 말했다. “네가 똑똑한 걸 알게 돼서 기쁘다.”

그레그는 칭찬에 신이 났다. 어떤 면에서 그는 아버지보다 더 똑똑했다. 과학과 수학은 확실히 더 잘 이해했다. 하지만 아버지만큼 약삭빠르거나 교활하지는 못해 걱정이었다.

“현명한 사람이 돼야 해.” 레프가 말을 이었다. “이런 멍청이 같은 녀석들과는 달라야 한다고.” 그레그는 멍청이가 누구를 가리키는지 알 수 없었다. “늘 시대를 앞서가야 한다. 그게 성공하는 방법이야.”

레프는 시내로 차를 몰아 현대적으로 개발된 지구에 위치한 자기 사무실로 갔다. 대리석이 깔린 로비를 지나며 그가 말했다. “이제 멍청한 데이브 로즈로크에게 한수 가르쳐줘야지.”

엘리베이터를 타고 올라가면서 그레그는 아버지가 어떻게 나올지 궁금했다.

‘페시코프 픽처스’는 꼭대기층을 사용했다. 그레그는 레프를 따라 넓은 복도를 지나서 두 명의 매력적이고 젊은 비서가 있는 비서실로 들어섰다. “솔 스타에게 전화 연결해주겠나?” 레프는 안쪽의 자기 사무실로 들어가며 말했다.

레프는 책상 앞에 앉았다. “솔리는 할리우드에서 가장 큰 영화사를 갖고 있지.” 그가 설명했다.

책상 위 전화기가 울렸고 레프가 수화기를 들었다. “솔!” 그가 말했다. "거시기 간수는 잘하고 있나?" 그레그는 한참 이어지는 남자들끼리나 하는 농담을 들었다. 그러고 나서야 레프는 용건을 말했다. "작은 조언 하나 하지. 여기 뉴욕 주에 로즈로크 극장이라고 쓰레기 같은 싸구려 극장 체인이 있는데…… 그래. 바로 그거…… 내 알려주지. 이번 여름에 개봉하는 최고의 영화들은 그쪽에 보내지 마. 돈을 못 받을 수도 있어." 그레그는 데이브가 큰 타격을 입으리란 사실을 깨달았다. 흥미진진한 새 영화들을 상영하지 못하면 매출이 급락할 것이다. "현명한 조언 아니야? 솔리, 고마워할 것 없어. 자네도 나한테 이렇게 해줄 거잖나…… 잘 있게."

그레그는 다시 한번 아버지의 힘에 경외심을 느꼈다. 아버지는 사람을 시켜 누군가를 흠씬 팰 수 있었다. 팔백만 달러나 되는 다른 사람의 돈을 제안하기도 했다. 대통령에게는 위협적인 존재였다. 다른 남자의 약혼녀를 유혹할 줄도 알았다. 그리고 전화 한 통으로 사업 하나를 망칠 수도 있었다.

"기다려봐." 그의 아버지가 말했다. "한 달쯤 지나면 데이브 로즈로크는 극장을 사달라고 나한테 애원할 거야. 오늘 내가 제안한 금액의 절반으로 말이야."

III

"강아지가 왜 이 모양인지 모르겠어요." 데이지가 말했다. "내 말을 전혀 안 들어서 미치겠어요." 떨리는 목소리에 눈물까지 글썽이며 그녀는 살짝 과장하고 있었다.

찰리 파커슨이 개를 자세히 살폈다. "아무 이상도 없는데요. 아주 예쁜 강아지네요. 이름이 뭐죠?"

"잭이요."

"흠."

두 사람은 8000제곱미터에 이르는 잘 가꾼 데이지네 정원 잔디밭 의자에 앉아 있었다. 에바는 찰리와 인사한 다음 집에 편지를 쓴다며 눈치껏 사라졌다. 멀찌감치 떨어진 곳에서는 정원사 헨리가 보라색과 노란색 팬지 꽃밭에 괭이질을 하고 있었다. 그의 아내이자 가정부인 엘라가 레모네이드 한 병과 잔을 몇 개 가져와 접이식 탁자에 내려놓았다.

강아지는 조그마한 잭 러셀 테리어로 덩치는 작지만 튼튼했고 흰 바탕에 갈색 반점이 있었다. 똑똑해서 사람 말을 알아듣기는 하는 것 같았지만 명령에 따를 마음이 없어 보였다. 데이지는 개를 무릎에 올려놓고 가냘픈 손가락으로 콧잔등을 어루만졌다. 그 모습을 찰리가 보고 이상하게 마음이 불편해지기를 바라면서. "이름이 마음에 안 들어요?"

"너무 뻔하지 않나요?" 찰리는 강아지의 코를 쓰다듬는 데이지의 흰 손을 바라보다 거북한 듯 자세를 고쳐 앉았다.

데이지는 지나치게 나설 생각은 아니었다. 너무 자극하면 찰리는 그냥 집으로 가버릴 것이다. 그가 스물다섯 살에도 여전히 미혼인 이유다. 도트 렌쇼와 머피 딕슨을 포함한 버펄로의 몇몇 아가씨는 그를 붙들어놓는 데 실패했다. 하지만 데이지는 달랐다. "그럼 이름을 지어주세요." 그녀가 말했다.

"'본조'처럼 두 음절이 좋아요. 강아지가 자기 이름을 인식하는 데 좋거든요."

데이지는 개 이름을 어떻게 지으면 좋은지 전혀 몰랐다. "로버는 어때요?"

"너무 흔해요. 러스티가 더 낫겠네요."

"완벽해요!" 데이지가 말했다. "러스티로 해야겠어요."

강아지는 꿈틀거리더니 별 어려움 없이 그녀의 손을 벗어나 땅으로 뛰어내렸다.

찰리가 강아지를 안아들었다. 데이지는 찰리의 큰 손을 보았다. "러스티에게 당신이 주인이라는 걸 보여줘야 해요." 찰리가 말했다. "단단히 붙잡고 허락하기 전에는 못 뛰어내리게 해봐요." 그는 강아지를 다시 데이지의 무릎 위에 올려놓았다.

"하지만 너무 힘이 세요! 혹시 다치게 할까봐 겁도 나고요."

찰리는 다 안다는 듯한 미소를 지었다. "마음먹고 그러려고 해도 안 다칠 거예요. 목줄을 꼭 잡아요. 필요하면 조금 비틀어도 돼요. 다른 손은 등에 올려서 꾹 힘을 주고요." 데이지는 찰리가 시키는 대로 했다. 강아지는 데이지의 손에 힘이 들어가는 걸 느끼고 다음에 벌어질 일을 기다리는 것처럼 얌전해졌다.

"앉으라고 말한 다음, 엉덩이 쪽을 눌러요."

"앉아." 그녀가 말했다.

"더 큰 소리로 하고 말끝을 아주 명확하게 발음해요. 그리고 세게 눌러요."

"앉아, 러스티!" 그렇게 말하고 데이지는 강아지를 눌렀다. 강아지가 앉았다.

"자, 보세요." 찰리가 말했다.

"정말 똑똑하구나!" 데이지는 신이 나서 말했다.

찰리는 기분이 좋아 보였다. "방법만 알면 돼요." 그가 겸손하게 말했다. "개한테는 항상 단호하고 과감해야 해요. 거의 짖는 느낌으로 말이죠." 그리고 만족스러운 표정으로 의자에 등을 기대고 편히 앉았다. 상당히 뚱뚱한 몸이 의자를 꽉 채웠다. 자신 있는 주제로 이야기를 나누다보니 긴장이 풀린 모양이었다. 데이지가 바라던 바였다.

데이지는 그날 아침 찰리에게 전화를 했었다. "절망적이에요!" 그녀는 말했다. "새로 강아지가 생겼는데 도저히 어떻게 할 수가 없어요. 조언 좀 해주실 수 있나요?"

"무슨 종이죠?"

"잭 러셀이에요."

"이런, 내가 제일 좋아하는 종이군요. 나도 세 마리나 키워요!"

"정말 우연이네요."

데이지의 바람대로 찰리는 자진해서 집으로 와 개 훈련을 도와주겠다고 했다.

에바는 미심쩍어했다. "진짜 찰리가 네게 맞을 거라고 생각해?"

"농담하는 거야?" 데이지가 대답했다. "그는 버펄로에서 가장 훌륭한 신랑감 중 한 명이야!"

지금 데이지는 찰리에게 말했다. "당신은 아이들도 잘 다룰 것 같아요."

"아, 그건 잘 모르겠네요."

"개를 사랑하지만 엄하게 대하잖아요. 아이들에게도 틀림없이 통할 거예요."

"글쎄요." 그는 다른 이야기를 꺼냈다. "9월에 대학에 갈 건가요?"

"오크데일에 갈 것 같아요. 이 년제 여학교죠. 아니면……"

"아니면요?"

아니면 결혼하든지요. 속마음은 그랬지만 데이지는 다른 말을 했다. "모르겠어요. 아니면 다른 일이 생길 수도 있죠."

"이를테면?"

"영국에 가보고 싶어요. 아버지는 런던에 가서 왕세자를 만났대요. 당신은요? 계획 있어요?"

"항상 아버지의 은행을 물려받아야 한다고 생각했는데 이제 은행이 사라졌죠. 어머니가 외가 쪽으로 물려받은 재산이 좀 있어서 그걸 관리하고 있지만, 그것 말고는 크게 할 일이 없어요."

"말을 기르면 좋겠어요." 데이지가 말했다. "그런 데 소질이 있잖아요." 그녀는 승마를 잘해서 어릴 때 상을 받기도 했다. 찰리와 함께 공원에서 서로 어울리는 회색 말을 타고 그뒤를 아이 둘이 조랑말을 타고 따라오는 모습을 떠올려보았다. 그런 상상을 하자 얼굴이 뜨겁게 달아올랐다.

"말도 아주 좋아해요." 찰리가 말했다.

"저도요! 경주마를 키워보고 싶어요." 데이지는 말에 관해서라면 열정을 꾸며낼 필요가 없었다. 챔피언을 여럿 배출하는 것이 그녀의 꿈이었고, 경주마의 마주들이 최고의 국제적 엘리트라고 생각했다.

"순종 말은 정말 비싸요." 찰리가 애처롭게 말했다.

데이지는 돈이 많았다. 그녀와 결혼한다면 찰리는 두 번 다시 돈 걱정은 하지 않아도 될 것이다. 물론 그런 생각을 입 밖에 내지 않았지만 찰리의 생각도 같으리라는 것은 짐작할 수 있었다. 그녀는 그가 그런 마음을 속에 간직한 채 되도록 오래 곱씹도록 그냥 두었다.

마침내 찰리가 말했다. "당신 아버님이 정말로 조합 간부 두 명을 폭행했나요?"

"정말 이상한 소리네요!" 레프 페시코프가 그런 짓을 했는지는 모르지만 사실이라 해도 데이지는 놀라지 않을 터였다.

"파업을 지휘하려고 뉴욕에서 온 사람들이요." 찰리는 물러서지 않았다. "병원에 입원했습니다. 〈센티널〉에 따르면 지역 노조 지도자들하고 다퉜다지만, 모두 당신 아버지 짓이라고 생각해요."

"정치 얘기는 안 할래요." 데이지는 쾌활하게 말했다. "처음 개를 기른 게 언제죠?"

찰리는 긴 옛이야기를 시작했다. 데이지는 다음 단계를 고민했다. 집으로 오게 했고, 편안하게 만들었어. 그녀는 생각했다. 이제 흥분하게 만들어야 해. 하지만 개를 만지는 암시적인 행동을 찰리는 불편해했다. 두 사람에게 필요한 것은 자연스러운 스킨십이었다.

"러스티를 데리고 다음에는 뭘 해야 할까요?" 데이지는 찰리가 이야기를 마치자 물었다.

"뒤를 따라오며 걷는 법을 가르쳐요." 찰리는 지체 없이 대답했다.

"어떻게요?"

"개 비스킷 있나요?"

"그럼요." 열린 부엌 창문 너머로 가정부가 들을 수 있도록 데이지는 큰 소리로 말했다. "엘라, 미안한데 밀크본스 상자 좀 갖다줄래요?"

찰리는 비스킷 하나를 잘라 손에 들고 러스티를 무릎 위에 앉혔다. 비스킷 조각을 손에 쥔 채로 냄새를 맡게 한 다음 손을 펴서 먹게 했다. 또 한 조각을 떼어내 그가 비스킷을 가지고 있다는 사실을 확실히 알게 했다. 그리고 일어서서 러스티를 발치에 내려놓았다. 강아지는 찰리의 꼭 쥔 손에서 초롱초롱한 눈을 떼지 못했다. "따라와!" 찰리는 몇 걸음 걸었다.

강아지는 그를 따라갔다.

"착하구나!" 찰리는 러스티에게 비스킷을 주었다.

"놀랍군요!" 데이지가 말했다.

"시간이 지나면 비스킷도 필요 없습니다. 쓰다듬어주기만 하면 돼요. 그러다 결국에는 자연히 따라오게 됩니다."

"찰리, 당신은 천재예요!"

찰리는 기분이 좋아 보였다. 그녀는 그의 눈동자가 강아지와 똑같이 멋진 갈색이라는 걸 깨달았다. "자, 직접 해봐요." 그가 말했다.

데이지는 찰리가 한 대로 해서 같은 결과를 얻어냈다.

"봤죠?" 찰리가 말했다. "크게 어렵지 않아요."

데이지는 즐거운 웃음을 터뜨렸다. "함께 사업을 해야겠어요. 파커슨 페시코프 개 훈련소."

"정말 멋진 생각이군요." 찰리의 그 말은 진심 같았다.

술술 잘 풀리고 있군. 데이지는 생각했다.

그녀는 탁자로 다가가 레모네이드 두 잔을 따랐다.

그 옆에 서서 찰리가 말했다. "난 대개 여자들 앞에서는 부끄러움을 타요."

정말 그렇죠. 데이지는 그렇게 생각했지만 입은 꾹 다물고 있었다.

"하지만 당신하고는 편하게 이야기할 수 있네요." 그가 계속 말했다. 그는 이 상황이 우연히 찾아든 행복이라고 생각했다.

데이지는 유리잔을 건네다가 놓친 척하며 레모네이드를 찰리에게 쏟았다. "어머, 이런 실수를!" 그녀가 큰 소리로 말했다.

"괜찮아요." 그가 말했다. 하지만 음료는 이미 그의 리넨 블레이저와 하얀색 면바지를 적셨다. 그는 손수건을 꺼내 닦기 시작했다.

"주세요, 제가 할게요." 데이지는 찰리의 커다란 손에서 손수건을 건네받았다.

그녀는 친밀하게 몸을 붙여 그의 옷깃을 토닥였다. 찰리는 꼼짝도 하지 않았고, 그녀는 자기의 장 나테 향수 냄새를 그가 맡으리라는 사실을 알았다. 머스크향이 깔리고 라벤더향이 살짝 가미된 향수였다. 그녀는 음료가 묻지도 않은 블레이저 앞쪽을 손수건으로 애무하듯이 문질렀다. "거의 다 됐어요." 곧 멈춰야 하는 것이 아쉽다는 투로 데이지가 말했다.

그리고 마치 그를 경배하듯 한쪽 무릎을 꿇고서 바지에 젖은 얼룩을 나비처럼 가벼운 손길로 닦아내기 시작했다. 매혹적이고 순진한 표정을 지으며 허벅지를 어루만진 뒤 고개를 들었다. 넋이 나간 찰리는 입을 헤벌리고 거친 숨을 몰아쉬며 그녀를 내려다보고 있었다.

IV

우디 듀어는 스프린터 호를 초조하게 살피며 아이들이 모든 일을 깔끔하게 처리했는지 점검했다. 스프린터 호는 선체가 15미터에 가까운 경주용 케치*로 칼처럼 길고 날렵했다. 데이브 로즈로크가 우디가 속한 클럽 '선원들'에 배를 빌려주었고, 클럽에서는 버펄로 지역 실직자의 아들들을 데리고 이리 호에 나가 항해의 기본을 가르쳤다. 잔교의 밧줄과 방현재가 잘 정리돼 있고, 돛이 접혀 있고, 용총줄이 매어져 있고, 다른 밧줄들도 깔끔하게 감겨 있어서 우디는 기분이 좋았다.

한 살 아래 열네 살인 동생 척은 이미 선착장에 내려와 흑인 아이 둘과 농담을 주고받는 중이었다. 척은 성격이 느긋해서 누구와도 잘 어울렸다. 아버지처럼 정계에서 일하고 싶은 우디는 척의 타고난 매력이 부러웠다.

아이들은 반바지에 샌들만 신은 차림이었고, 선착장의 세 명은 젊음의 힘과 생기가 넘쳐 아주 멋져 보였다. 카메라를 가져왔다면 사진을 한 장 찍고 싶었다. 우디는 사진에 대단히 관심이 많았고, 집에 암실을 꾸며 사진을 직접 인화하고 현상했다.

* 마스트가 둘인 요트.

스프린터 호가 아침에 출발할 때 상태 그대로라는 사실에 만족한 우디는 선착장으로 뛰어내렸다. 그리고 십여 명의 소년과 함께 정박장을 빠져나와 강한 바람에 시달리고, 햇볕에 타고, 고된 활동에 기분좋게 뻐근해진 몸으로 그날 하루의 크고 작은 실수와 농담을 되짚으며 웃었다.

호수에 나가 함께 요트를 다룰 때는 부잣집 두 형제와 가난한 아이들의 차이가 보이지 않았지만, 버펄로 요트 클럽의 주차장에 들어온 지금 다시 나타났다. 두 대의 차량이 나란히 서 있었다. 듀어 상원의원의 크라이슬러 에어플로에서는 제복을 입은 운전기사가 우디와 척을 기다렸다. 짐칸에 나무 벤치 두 개가 놓인 셰보레 픽업트럭은 나머지 아이들을 위한 것이었다. 운전기사가 문을 열어 붙잡고 있는 동안 우디는 민망해하며 잘 가라는 인사를 건넸지만, 다들 별로 신경쓰지 않는 기색으로 그에게 고마워하며 말했다. "다음 토요일에 봐!"

차가 델라웨어 애비뉴를 달리는 동안 우디가 말했다. "재미는 있었는데 얼마나 잘하는 짓인지는 잘 모르겠어."

척은 깜짝 놀랐다. "왜?"

"글쎄, 우린 걔들 아버지들이 일자리 찾는 건 돕지 않잖아. 그게 진짜 중요한 일인데."

"몇 년 지나 걔들이 취직하는 데 도움이 될 수도 있지." 버펄로는 항구도시였다. 평상시 오대호와 이리 운하를 정기적으로 오가는 상선들에 수천 개의 일자리가 있었다. 유람선도 빼놓을 수 없었다.

"대통령이 경제를 다시 살릴 수만 있다면 말이지."

척은 어깨를 으쓱했다. "그럼 가서 루스벨트를 위해 일해."

"못할 것도 없지. 아버지도 우드로 윌슨을 위해 일했으니까."

"난 그냥 요트나 탈래."

우디는 손목시계를 확인했다. "무도회 가려면 옷을 갈아입어야 해.

지금 당장." 두 사람은 라켓 클럽에서 열리는 만찬 무도회에 참석할 예정이었다. 우디는 기대감에 가슴이 더 빨리 뛰었다. "피부가 부드럽고 목소리가 높고 분홍색 드레스를 입은 인간들과 있고 싶단 말씀이야."

"뭐?" 척이 비웃으며 말했다. "조앤 로즈로크는 평생 분홍색 옷을 입어본 적이 없네요."

우디는 깜짝 놀랐다. 지난 몇 주 동안 하루종일, 밤에도 잠 못 이루고 조앤을 꿈꾸긴 했지만 그 사실을 동생이 어떻게 알지? "왜 그런 생각을—"

"아, 왜 이래." 척이 깔보듯 말했다. "조앤이 테니스 스커트를 입고 호숫가 소풍에 왔을 때 거의 기절해놓고. 형이 조앤한테 미쳐 있다는 건 누구나 알아. 다행히 정작 조앤은 눈치채지 못한 것 같지만."

"왜 그게 다행인데?"

"이런, 세상에. 형은 열다섯이고 조앤은 열여덟이야. 곤란하지! 조앤은 어린 학생이 아니라 남편감을 찾고 있다고."

"아, 이런. 고맙다. 네가 여자 전문가라는 걸 잊었네."

척은 얼굴을 붉혔다. 그는 여자를 사귀어본 적이 한 번도 없었다. "눈앞에 닥친 일은 꼭 전문가가 아니더라도 알 수 있는 법이지."

두 사람의 대화는 늘 이런 식이었다. 악의는 없었다. 그저 서로 잔인할 정도로 솔직한 것뿐이다. 둘은 형제였고 서로 친절하게 굴 필요가 없었다.

두 사람은 돌아가신 할아버지인 캠 듀어가 지은 고딕풍 저택에 도착했다. 그들은 안으로 뛰어들어가 샤워를 하고 옷을 갈아입었다.

이제 아버지만큼 키가 큰 우디는 아버지의 오래된 정장 가운데 한 벌을 입었다. 조금 낡았지만 그래도 괜찮았다. 어린 소년들은 교복이나 블레이저를 입지만 대학생들은 턱시도를 입고 올 테고, 우디는 어떻게든 나이들어 보이고 싶었다. 오늘 저녁에는 그녀와 춤을 춰야지. 우디는 머릿기름을 매끄럽게 바르며 생각했다. 그녀를 품에 안을 수 있을 것이다. 양 손바닥으로 따뜻한 그녀의 살갗을 느낄 수 있을 것이다. 미소짓는 그녀의 눈을 들여다볼 수 있을 것이다. 춤추는 동안 그녀의 가슴이 그의 재킷에 닿으며 스칠 것이다.

아래로 내려가자 어머니와 아버지는 이미 거실에서 기다리고 있었다. 아버지는 칵테일을 마시고 어머니는 담배를 피우고 있었다. 키 크고 마른 몸에 더블브레스트 턱시도를 입은 아버지의 모습은 마치 옷걸이 같았다. 어머니는 눈이 하나뿐으로 다른 쪽 눈은 아예 감긴 채 태어났지만 아름다웠다. 오늘밤 검은 레이스로 장식한, 바닥까지 내려오는 빨간 실크 드레스와 짧은 검은 벨벳 이브닝재킷을 차려입은 그녀는 굉장히 근사했다.

할머니가 마지막으로 도착했다. 예순여덟 살인 그녀는 자신만만하고 우아했으며 아들만큼 말랐지만 키는 작았다. 할머니는 어머니의 드레스를 자세히 보더니 말했다. "얘야, 로사. 멋지구나." 그녀는 늘 며느리에게 친절했다. 하지만 다른 모든 사람에게 심술궂었다.

거스는 그녀가 청하지도 않았는데 칵테일 한 잔을 만들어 건넸다. 우디는 할머니가 여유 있게 마시는 동안 조바심을 감췄다. 할머니는 서두르는 법이 없었다. 자기가 도착하기 전에는 어떤 사교 행사도 시작할 수 없다고 여겼다. 버펄로 사회의 원로인 그녀는 고인이 된 상원의원의 아내이고 아들도 상원의원이며, 시에서 가장 유서 깊고 성공한 가문의 위엄 있는 큰어른이었다.

우디는 언제 조앤에게 빠졌는지 스스로에게 물었다. 그녀를 어릴 적부터 알긴 했어도, 우디는 늘 여자애들이란 남자애들의 흥미진진한 모험을 구경이나 하는 재미없는 존재라고 생각했다. 그러다 이삼년 전부터 갑자기 여자애들이 자동차나 고속 모터보트보다 훨씬 흥미로워졌다. 그때만 해도 동갑이나 조금 더 어린 쪽에 더 관심이 갔다. 조앤 역시 늘 그를 아이로 대했다. 똑똑해서 가끔 이야기 상대는 될 수 있어도 남자친구로 사귈 가능성은 전혀 없는 아이. 하지만 올여름, 딱히 이유를 꼽을 수는 없지만 문득 그녀가 세상에서 가장 매혹적인 여자로 보이기 시작했다. 슬프게도 우디를 향한 그녀의 감정은 비슷한 변화를 겪지 않았다.

아직은.

할머니가 동생에게 질문을 던졌다. "학교는 어떠니, 척?"

"끔찍해요, 할머니. 너무나 잘 알고 계시잖아요. 저는 가문의 멍청이예요. 우리 선조인 침팬지로 퇴화했다고요."

"'우리 선조인 침팬지' 같은 말을 하는 멍청이는 본 적이 없다. 게으름 탓이 아닌 건 확실하니?"

로사가 끼어들었다. "그애 선생님이 그러는데 학교에서 상당히 열심이래요, 어머님."

거스도 거들었다. "게다가 체스로는 절 이겨요."

"그럼 뭐가 문제인지 모르겠구나." 할머니는 물러서지 않았다. "만일 이런 상태가 계속된다면 하버드에 못 들어갈 거야."

척이 말했다. "읽는 게 느려서 그래요. 그뿐이에요."

"이상하네." 할머니가 말했다. "네 친가 쪽 증조부인 내 시아버님은 겨우 읽고 쓰는 정도였지만 당대의 가장 성공한 은행가셨다."

척이 말했다. "몰랐어요."

"정말이야." 할머니가 말했다. "하지만 그걸 핑계삼지 마라. 더 열심히 공부해."

거스가 손목시계를 보았다. "어머니, 준비되셨으면 출발하는 게 좋겠어요."

마침내 그들은 차에 올라타 클럽으로 향했다. 아버지는 저녁식사를 위해 테이블을 예약해두었고 렌쇼 부부와 그 자녀인 도트와 조지도 초대했다. 우디는 주위를 둘러봤지만 실망스럽게도 조앤은 보이지 않았다. 로비의 이젤에 놓인 테이블 예약 현황판을 확인해봐도 로즈로크라는 이름은 없었다. 안 오나? 그렇다면 오늘 저녁은 망했다.

바닷가재와 스테이크를 먹으며 오간 이야기는 독일의 상황에 관한 것이었다. 필립 렌쇼는 히틀러가 잘하고 있다고 생각했다. 우디의 아버지가 말했다. "오늘 〈센티널〉을 보니 나치를 비판했다고 가톨릭 신부를 감옥에 가두었더군요."

"당신, 가톨릭이었어요?" 렌쇼 씨가 놀라 물었다.

"아뇨, 성공회입니다."

"종교 이야기가 아니에요, 필립." 로사가 단호하게 말했다. "자유에 관한 거죠." 젊었을 때 아나키스트였던 우디의 어머니는 마음은 여전히 자유주의자였다.

저녁식사는 생략하고 이후 열리는 무도회부터 참석하는 사람들도 있어서, 듀어 가족이 디저트를 먹는 동안 왁자지껄하게 도착했다. 우디는 눈길을 떼지 않고 조앤을 찾아보았다. 옆방에서 밴드가 작년 히트곡인 〈콘티넨털〉을 연주하기 시작했다.

우디는 조앤의 어떤 점이 그를 사로잡는지 알 수가 없었다. 확실히 눈에 띄긴 하지만 대부분 그녀를 대단한 미녀로 여기지 않았다. 그녀는 광대뼈가 높고 아버지 데이브를 닮아 콧대가 칼날 같아서 아즈텍 여왕처럼 보였다. 숱 많은 검은색 머리에 피부는 황갈색의 올리브빛으로, 페르시아인 조상의 피가 섞여서 그런 게 틀림없었다. 생각에 잠긴 듯한 강렬한 인상은 우디로 하여금 더 많은 걸 알고 싶게 했고, 그녀를 편안하게 안심시킨 뒤 무슨 말이든 부드럽게 속삭이는 그녀의 목소리를 듣고 싶게 했다. 만만치 않아 보이는 그 모습 뒤에 틀림없이 깊은 열정이 숨어 있을 것이다. 그때 이런 생각이 들었다. 내가 무슨 여자 전문가라고 이러고 있나?

"누굴 찾니, 우디?" 뭐든 별로 놓치는 법이 없는 할머니가 물었다.

척은 다 안다는 듯이 킥킥거렸다.

"그냥 무도회에 누가 오는지 궁금해서요." 우디는 무심히 대답했지만 얼굴이 붉어지는 걸 막을 수는 없었다.

아직 조앤을 찾지도 못했는데 어머니가 일어서고 모두 식사를 마쳤다. 우디는 암담한 심정으로 베니 굿맨의 〈문글로〉 선율에 맞춰 터덜터덜 무도장으로 들어갔다. 그곳에 조앤이 있었다. 잠시 눈을 뗐을 때 들어온 모양이었다. 우디는 기운이 되살아났다.

오늘 저녁 그녀는 가슴이 깊게 파여 몸매가 잘 드러나는, 극적으로 단순한 은회색 실크 드레스를 입었다. 갈색 다리를 드러낸 테니스 스커트도 놀라웠지만 이번 옷은 훨씬 더 자극적이었다. 그녀가 우아하고 자신감 넘치는 모습으로 실내를 미끄러지듯 가로지르자 우디는 목이 타들어갔다.

그녀를 향해 다가갔지만 실내는 사람이 가득했고, 우디는 난데없이 귀찮을 정도로 인기가 높아졌다. 모두가 그와 이야기를 나누고 싶어했다. 사람들 사이를 헤치고 지나던 그는 둔하고 나이 많은 찰리 파커슨이 쾌활한 데이지 페시코프와 춤추는 걸 보고 깜짝 놀랐다. 찰리가 데이지처럼 노는 여자애는 고사하고 어느 누구와도 춤추는 모습을 본 기억이 없었다. 데이지가 어떻게 했기에 찰리가 껍데기를 깨고 나왔을까?

마침내 밴드와 가장 멀리 떨어진 실내 한구석의 조앤과 가까워졌을 무렵, 그녀는 분하게도 그보다 네다섯 살 많은 남자 여럿과 열띤 토론

중이었다. 다행히 우디가 그들 무리 대부분보다 키가 커서 나이 차가 그리 도드라져 보이지는 않았다. 모두 콜라가 담긴 잔을 들고 있는데 스카치 냄새가 풍겼다. 그중 한 명의 주머니에 술병이 있는 게 분명했다.

무리에 끼어드는 순간 빅터 딕슨의 목소리가 들렸다. "린치를 좋아하는 사람이야 없겠지. 하지만 남부가 안고 있는 문제들은 이해해야 해."

우디는 와그너 상원의원이 린치를 용인한 보안관들을 처벌하는 법안을 제출한 사실을 알고 있었다. 하지만 루스벨트 대통령이 서명을 거부했다.

조앤은 불같이 화를 냈다. "어떻게 그런 말을 하죠, 빅터? 린치는 살인이에요! 그들 문제를 우리가 이해해줄 필요는 없어요. 사람을 죽이는 걸 막아야 한다고요!"

우디는 조앤이 자기와 정치적 견해가 같다는 사실에 기뻤다. 하지만 명백히 지금은 춤을 청할 때가 아니었다. 재수가 없었다.

"잘 몰라서 그래요, 조앤." 빅터가 말했다. "남부 깜둥이들은 진짜 못 배워먹었다고요."

어리고 경험은 없을지 몰라도 나라면 조앤에게 저런 식으로 거들먹거리는 실수를 범하진 않겠어. 우디는 생각했다.

"린치를 가하는 자들이야말로 못 배운 자들이죠!" 그녀가 말했다.

우디는 지금이 바로 논쟁에 한몫 끼어들 순간이라고 생각했다. "조앤이 옳아요." 그가 말했다. 나이가 많아 보이려고 일부러 목소리를 낮췄다. "나와 내 동생을 아기 때부터 돌봐준 우리집 가정부 조와 베티의 고향에서 린치 사건이 있었어요. 사람들이 지켜보는 가운데 베티의 사촌을 발가벗기고 불로 지지는 만행이 벌어졌죠. 그리고 그 사촌은 목이 매달렸어요." 빅터는 어린 녀석이 조앤의 관심을 빼앗아가다니 분하다는 듯 그를 노려보았다. 하지만 다른 사람들은 충격을 받고 관심 있게 귀를 기울였다. "그 사촌이 무슨 잘못을 했는지는 내 알 바 아닙니다." 우디가 말했다. "그런 짓을 저지른 백인들은 야만인입니다."

빅터가 말했다. "그런데 그쪽이 사모하는 루스벨트 대통령은 린치 금지 법안에 서명하지 않았잖아?"

"안 했죠. 그 점은 매우 실망스럽습니다." 우디가 말했다. "왜 그런 결정을 내렸는지는 알아요. 분노한 남부 하원의원들이 뉴딜정책을 방해하는 식으로 앙갚음할까봐 그런 거죠. 그래도 나는 대통령이 그자들에게 지옥으로 꺼지라고 말해줬으면 좋겠어요."

빅터가 말했다. "네가 뭘 알겠어? 아직 애송이가." 그는 재킷 주머니에서 납작한 은색 술병을 꺼내더니 뚜껑을 열었다.

조앤이 말했다. "우디의 정치적 식견이 당신보다 훨씬 어른스럽네요, 빅터."

우디의 얼굴이 발개졌다. "우리집에서 정치는 일종의 가업이거든요." 그가 말했다. 순간 누군가 팔꿈치를 당겨서 우디는 짜증이 났다. 무시해버리기에는 너무 예의바른 그가 고개를 돌리고 보니 플로어에서 힘을 쓰느라 땀범벅인 찰리 파커슨이었다.

"잠시 이야기 좀 할 수 있을까?" 찰리가 말했다.

우디는 꺼지라고 내뱉고 싶은 유혹을 간신히 억눌렀다. 찰리는 누구에게도 해를 끼치지 않는 호감 가는 사람이었다. 게다가 그런 어머니를 뒀으니 누구라도 불쌍히 여길 만했다. "뭔데요, 찰리?" 그는 낼 수 있는 최대한 흔쾌한 목소리로 말했다.

"데이지 때문에."

"같이 춤추는 거 봤어요."

"데이지 정말 춤 잘 추지 않아?"

우디는 그런 느낌은 받지 못했지만 친절하게 대하기 위해 대답했다.

"당연하죠!"

"뭐든 대단한 사람인 것 같아."

"찰리." 우디는 못 믿겠다는 기색을 애써 감추며 물었다. "데이지랑 사귀는 거예요?"

찰리는 수줍어했다. "공원에서 함께 말을 몇 번 탔고, 뭐 그랬지."

"그럼 정말 사귀는 거네요." 우디는 놀랐다. 어울리지 않는 한 쌍으로 보였다. 찰리는 상당히 둔했고 데이지는 귀염성이 넘쳤다.

찰리가 덧붙였다. "다른 여자들이랑 달라. 이야기하기가 얼마나 편한지 몰라! 게다가 개랑 말을 아주 좋아해. 하지만 사람들은 그녀의 아버지가 깡패라고 생각하지."

"깡패 맞을걸요, 찰리. 금주법 시대에 모두가 그 사람에게 술을 샀잖아요."

"우리 어머니도 그러시더군."

"제 생각엔 어머니께서 데이지를 좋아하지 않을 것 같네요." 별로 놀랄 일도 아니었다.

"데이지는 괜찮다고 하셔. 그녀의 가족이 마음에 안 드는 거지."

우디는 훨씬 더 놀라운 생각이 퍼뜩 들었다. "데이지랑 설마 결혼을 생각하는 거예요?"

"맙소사, 당연하지." 찰리가 말했다. "청혼하면 그녀가 승낙할지도 몰라."

그래, 찰리는 집안이 좋지만 돈이 없고 데이지는 정반대야. 우디는 생각했다. 그러니 어쩌면 서로 보완이 될 수도 있겠군. "놀라운 일들은 늘 벌어지는 법이죠." 대단히 흥미로운 사건이었지만 그보다는 자기 연애사업에 집중하고 싶었다. 우디는 조앤이 아직 있는지 보려고 주위를 둘러보았다. "왜 나한테 그런 얘기를 하는 거죠?" 그가 찰리에게 물었다. 두 사람이 절친한 사이는 아니었다.

"페시코프 부인이 버펄로 여성회의 가입 초청을 받으면 혹시 우리 어머니 마음이 바뀔 수도 있어."

우디로서는 전혀 예상치 못한 내용이었다. "이런, 이 도시에서 가장 거만 떠는 모임이잖아요!"

"바로 그렇지. 올가 페시코프가 회원이라면 어머니가 어떻게 데이지를 반대할 수 있겠어?"

우디는 이 작전이 통할지는 알 수 없었지만 찰리가 온 마음을 다해 데이지를 좋아한다는 것만은 의심의 여지가 없었다. "그럴 수도 있겠네요." 우디가 대답했다.

"날 위해서 할머니께 말씀 좀 드려줄 수 있어?"

"이런! 잠시만요. 우리 할머니는 엄청 무서운 분이에요. 당신을 위해서는 물론, 내 부탁도 드리고 싶은 생각이 없어요."

"우디, 들어봐. 너희 할머니가 그 소규모 패거리의 진정한 우두머리라는 거 알잖아. 그분이 원하면 누구든 들어갈 수 있지. 원치 않으면 쫓겨나는 거고."

사실이었다. 여성회에는 회장과 간사, 총무가 따로 있지만 어슐러 듀어는 마치 자기 소유 모임인 양 운영했다. 어쨌거나 우디는 부탁을 하기가 꺼려졌다. 할머니가 벌컥 화를 낼 수도 있다. "모르겠어요." 그는 미안하다는 듯 말했다.

"자, 우디. 부탁 좀 할게. 넌 이해 못하겠지." 찰리는 목소리를 낮추었다. "누군가를 이렇게 깊이 사랑하는 게 뭔지 넌 모를 거야."

아니, 알아요. 우디는 생각했다. 그러자 마음을 고쳐먹게 되었다. 만일 찰리도 나처럼 심각하다면 어떻게 거절할 수 있겠어. 나도 조앤과 잘될 가능성만 있다면 누군가 나를 위해 똑같이 도와주기를 바라잖아.

"좋아요, 찰리. 할머니께 말씀드려볼게요."

"고마워! 저, 여기 함께 오셨지? 오늘밤에 할 수 있을까?"

"이런, 안 돼요. 제가 신경쓸 일들이 또 있어서요."

"좋아, 알겠어…… 그럼 언제?"

우디는 어깨를 으쓱했다. "내일 할게요."

"넌 진짜 친구야!"

"고마워하기는 일러요. 할머니가 거절하실 수도 있으니까."

우디는 조앤에게 말을 걸려고 돌아섰지만 그녀는 사라진 뒤였다.

그녀를 찾기 시작했다가 이내 그만두었다. 너무 절박하게 보이면 안 된다. 매달리는 남자는 섹시하지 않은 법. 우디도 그 정도는 알았다.

그는 의무감으로 몇몇 여자와 춤을 추었다. 도트 렌쇼, 데이지 페시코프, 그리고 데이지의 독일 친구 에바까지. 콜라 한 잔을 들고 밖으로 나가보니 젊은 남자 몇몇이 담배를 피우고 있었다. 조지 렌쇼가 우디의 콜라에 스카치를 조금 부어주었다. 콜라 맛은 좋아졌지만 우디는 취하고 싶지 않았다. 전에도 취해본 적이 있는데 기분이 좋지 않았다.

조앤은 지적인 관심사를 공유할 수 있는 남자를 찾으리라 우디는 짐작했다. 그렇다면 빅터 딕슨은 제외였다. 한번은 조앤이 카를 마르크스와 지그문트 프로이트를 언급하는 걸 들은 적이 있었다. 공공도서관에서 읽어보니 『공산당 선언』은 그저 정치적 호언장담에 불과했다. 프로이트의 『히스테리 연구』가 정신병에서 뽑아낸 탐정소설 같아서 훨씬 더 재미있었다. 우디는 이런 책들을 읽었다는 사실을 자연스레 조앤에게 일러줄 순간이 기다려졌다.

그는 오늘밤 최소한 한 번은 조앤과 춤을 춰야겠다고 마음먹고 잠시 후 그녀를 찾아나섰다. 무도장이나 바에는 없었다. 기회를 놓친 건가? 매달리는 것처럼 보이지 않으려고 너무 소극적이었나? 그녀의 어깨에 손을 대보지도 못한 채 무도회가 끝날 수도 있다고 생각하니 참을 수가 없었다.

다시 밖으로 나가보았다. 어두웠지만 거의 즉시 조앤을 알아볼 수 있었다. 그녀는 말다툼이라도 한 듯 약간 얼굴을 붉힌 채 그레그 페시코프로부터 멀어지고 있었다. "이곳에서 빌어먹을 보수파가 아닌 사람은 너 한 사람뿐일 거야." 그녀가 우디에게 말했다. 약간 취한 것 같았다.

우디는 웃었다. "칭찬인 것 같은데 고마워요."

"내일 가두행진 있는 거 알아?" 그녀가 불쑥 물었다.

알고 있었다. 버펄로 금속공업의 파업 노동자들은 뉴욕에서 온 조합 간부들이 폭행당한 일에 항의하기 위한 시위를 계획했다. 우디는 그녀가 그레그와 무슨 일로 다퉜는지 알 것 같았다. 그의 아버지가 그 공장 사장이었다. "가보려고요." 우디가 말했다. "사진을 좀 찍을까 싶네요."

"조심해." 그리고 그녀는 키스했다.

너무 놀란 나머지 우디는 거의 아무런 반응도 보이지 못했다. 그녀가 입술을 비비는 동안 잠시 멍하니 서서 그녀의 입술에 묻은 위스키의 맛을 느낄 뿐이었다.

그러다 마음의 평정을 되찾았다. 양팔로 힘껏 그녀를 껴안으며 기꺼이 그의 몸에 기대오는 젖가슴과 허벅지를 느꼈다. 한편으로는 그녀가 불쾌해하며 그를 밀쳐내고는 이게 무슨 무례냐고 화를 낼까봐 조마조마하기도 했지만, 더 깊은 본능은 아직 안전하다고 말했다.

우디는 여자와 키스해본 경험이 거의 없었다. 더구나 열여덟 살 먹은 성숙한 여인과는 전혀. 하지만 그녀의 부드러운 입술 느낌이 좋아 살짝 오물거리듯 비비며 입술을 움직이자 날카로운 쾌감이 느껴졌다. 그리고 보상처럼 상대의 조용한 신음소리가 들려왔다.

우디는 혹시 어른이 근처를 지나가기라도 하면 난감한 상황이 펼쳐질 수도 있겠다고 어렴풋이 생각했지만 너무 흥분해 주체할 수가 없었다.

조앤의 입이 열렸고, 그는 그녀의 혀를 느꼈다. 새로운 경험이었다. 이제껏 키스해본 몇 안 되는 여자애들은 이런 적이 없었다. 하지만 우디는 조앤이 경험이 있어 잘 알 거라 짐작했고, 어쨌든 날아갈 듯 기분이 좋았다. 그는 그녀의 혀놀림을 흉내내 같이 움직였다. 놀라울 정도로 친밀감이 싹텄고 무척 흥분되었다. 조앤이 다시 신음하는 걸 보면 제대로 해낸 게 틀림없었다.

우디는 용기를 내 오른손을 그녀의 왼쪽 가슴에 얹었다. 실크 드레스 안쪽에서 감탄할 만큼 부드럽고 묵직한 느낌이 전해졌다. 부드럽게 어루만지던 그는 무언가 조그맣게 튀어나온 것에 손이 닿자 새로운 발견이 주는 전율을 느꼈다. 젖꼭지가 틀림없었다. 그는 그곳을 엄지손가락으로 문질렀다.

느닷없이 조앤이 그에게서 몸을 뗐다. "어머나 세상에. 내가 뭘 하는 거야?"

"나랑 키스하잖아요." 우디는 행복에 겨워 말했다. 그리고 양손을 그녀의 동그란 엉덩이에 올렸다. 실크 드레스 속 그녀의 살갗에서 열기가 느껴졌다. "좀더 해요."

그녀는 우디의 손을 밀어냈다. "내가 정신이 나갔나봐. 세상에, 라켓 클럽에서 이러다니."

우디는 마법이 풀렸음을 깨달았다. 슬프게도 오늘밤 키스는 이것으로 끝이었다. 그는 주위를 둘러보았다. "걱정 마요. 아무도 안 봤어요." 함께 음모라도 꾸미는 듯 즐거웠다.

"더 멍청한 짓을 저지르기 전에 집에 가야겠어."

우디는 기분 나빠하지 않으려 애썼다. "자동차 있는 곳까지 함께 가도 될까요?"

"미쳤니? 함께 들어가면 우리가 뭘 하고 있었는지 모두 알아챌 거야. 특히 그렇게 만면에 바보 같은 미소를 띠고 있으면 말이야."

우디는 웃음을 멈추려 애썼다. "그럼 먼저 들어가요. 나는 여기 좀 있을 테니까."

"좋은 생각이야." 조앤이 멀어졌다.

"내일 봐요." 우디는 그녀의 뒤에 대고 말했다.

그녀는 돌아보지 않았다.

V

어슐러 듀어는 델라웨어 애비뉴의 오래된 빅토리아풍 저택에 자기만의 공간이 따로 있었다. 침실과 욕실, 옷방으로 이루어진 곳이었다. 남편이 죽은 뒤 그의 옷방도 작은 응접실로 바뀌었다. 하지만 대부분의 시간 동안은 저택 전체를 독차지했다. 거스와 로사는 워싱턴에서 보내는 시간이 많았고, 우디와 척은 기숙학교에 다녔기 때문이다. 그러다 네 사람이 집에 오면 그녀는 오랜 시간을 자기 공간에서 보냈다.

우디는 일요일 아침에 할머니와 이야기를 하러 갔다. 조앤과 키스한 뒤 그는 여전히 구름 위를 걷는 기분이었지만, 그 사건이 의미하는 바를 알아내려 새벽까지 고민했다. 진정한 사랑일 수도 있고, 술김에 저지른 짓일 수도 있다. 알 수 있는 것이라고는 조앤을 다시 만나고 싶어서 기다릴 수가 없다는 사실뿐이었다.

그는 아침식사 쟁반을 든 가정부 베티를 따라 할머니 방으로 들어갔다. 남부에 사는 베티의 친척이 당한 일을 듣고 조앤이 화를 내서 좋았다. 그가 느끼기에 정치에서는 감정을 배제한 논쟁이 과대평가받고 있었다. 사람들은 잔인함과 불의에 대해 마땅히 화를 내야 했다.

할머니는 이미 일어나 버섯 색깔 실크 잠옷 위에 레이스 달린 숄을 걸치고 침대에 앉아 있었다. "잘 잤니, 우드로!" 할머니가 놀라 인사했다.

"괜찮으시면 함께 커피 한잔 하려고 왔어요." 그는 베티에게 커피를 두 잔 준비해달라고 미리 부탁해두었다.

"영광이구나." 어슐러가 말했다.

베티는 머리가 허옇게 센 쉰 살쯤 된 여자로, 종종 편안하다고들 표현하는 몸매였다. 그녀가 쟁반을 할머니 앞에 내려놓자 우디는 마이센 잔에 커피를 따랐다.

우디는 해야 할 말을 생각해보고 요점을 정리해두었다. 금주법은 철폐되었으니 이제 레프 페시코프는 합법적인 사업가라고 주장할 생각이었다. 더 나아가 아버지가 예전에 범죄자였다는 이유로 딸인 데이지를 벌주는 것은 공정치 못하다. 심지어 버펄로의 명망 높은 가문 대부분이 그에게 밀주를 샀다.

"찰리 파커슨이라고 아세요?" 그는 말을 꺼냈다.

"알지."

당연히 알 터였다. 할머니는 『버펄로 명사 인명록』에 적힌 가문이라면 다 알았다.

"이 토스트 한 조각 먹겠니?"

"아니에요, 감사합니다. 전 아침 먹었어요."

"너만할 때는 아무리 먹어도 양이 차지 않는 법이야." 할머니는 예리한 눈길을 던졌다. "사랑에 빠진 게 아니라면 말이다."

오늘 아침 할머니는 컨디션이 상당히 좋았다.

우디가 말했다. "찰리는 어머니에게 꽉 쥐여 사는 것 같아요."

"그 여자 남편도 그렇게 잡혀 살았지." 어슐러가 냉담하게 말했다.

"자유로워지려면 죽는 수밖에 없었어." 그녀는 커피를 조금 마시고 포크로 그레이프프루트를 먹기 시작했다.

"어젯밤 찰리가 저한테 와서는 할머니께 부탁 좀 드려달라고 했어요."

할머니는 눈썹을 치켜세웠지만 잠자코 있었다.

우디는 숨을 깊게 들이마셨다. "페시코프 부인을 버펄로 여성회에 가입시켜주셨으면 하더라고요."

어슐러는 포크를 떨어뜨렸다. 은제 포크가 고급 도자기에 부딪히는 소리가 낭랑하게 울렸다. 마음의 동요를 숨기려는 듯 그녀가 말했다. "커피 좀더 따라주렴, 우디."

우디는 아무 말도 하지 않고 시키는 대로 했다. 할머니가 이렇게 당황하는 모습은 본 적이 없었다.

그녀는 커피를 한 모금 마시더니 말했다. "대관절 왜 찰리 파커슨이, 아니 누가 되었든 간에, 올가 페시코프를 여성회에 가입시키기를 원한다는 거냐?"

"데이지와 결혼하고 싶대요."

"그래?"

"그리고 자기 어머니가 반대할까봐 겁내고 있고요."

"그건 제대로 된 판단이구나."

"하지만 어머니와 얘기가 잘될 수도 있을 거라 생각하나본데……"

"내가 올가를 여성회에 받아준다면 말이지."

"그러면 다들 그녀의 아버지가 깡패였다는 사실을 잊을 수도 있죠."

"깡패?"

"아, 최소한 밀주업자는 되죠."

"아, 그거." 어슐러는 무시하듯 말했다. "그게 문제가 아니야."

"정말요?" 이번에는 우디가 놀랄 차례였다. "그럼 뭐죠?"

어슐러는 깊은 생각에 잠긴 눈치였다. 얼마나 오랫동안 말이 없던지 우디가 거기 있다는 사실을 잊은 게 아닌가 의심스러울 정도였다. 그때 그녀가 입을 열었다. "네 아버지가 올가 페시코프를 사랑했다."

"젠장!"

"그런 말 쓰지 마라."

"죄송해요, 할머니. 놀랐어요."

"두 사람은 약혼을 했었지."

"약혼이요?" 우디는 경악했다. 한참을 생각한 다음 말했다. "버펄로에서 이 일을 모르고 있던 사람은 저뿐이겠군요."

할머니는 그를 향해 웃었다. "젊은이에게서만 보이는, 지혜와 순진함이 뒤섞인 특별한 뭔가가 있지. 네 아비에게서 그걸 본 게 생생히 기억나는데 네게서도 보는구나. 그래, 버펄로의 모든 사람이 알지. 하지만 네 세대라면 분명히 옛날 옛적의 지루한 이야기라고 여길 거야."

"저, 그래서 어떻게 됐나요?" 우디가 물었다. "그러니까 누가 약혼을 깬 거죠?"

"여자 쪽이었지. 임신을 했거든."

우디의 입이 딱 벌어졌다. "아버지 아이를요?"

"아니, 그 여자 집의 운전기사였다. 레프 페시코프."

"그 사람이 운전기사였어요?" 또다른 충격이었다. 우디는 방금 들은 이야기를 받아들이느라 아무 말도 못했다. "이런, 세상에. 아버지는 정말 바보가 된 느낌이었겠군요."

"네 아버지는 절대로 바보가 아니었어." 어슐러가 날카롭게 말했다. "평생 유일하게 저지른 바보짓이 올가에게 청혼한 일이었지."

우디는 처음에 하려던 부탁을 떠올렸다. "어쨌거나 그건 까마득한 오래전 일이었잖아요, 할머니."

"까마득하다. 형용사가 아니라 부사를 써야지. 하지만 네 판단력이 네 문법 실력보다는 낫구나. 정말이지 오래전 일이야."

희망이 보였다. "그럼 부탁 들어주실래요?"

"네 아버지 기분이 어떻겠니?"

우디는 고민했다. 할머니를 속일 수는 없었다. 당장에 꿰뚫어볼 터였다. "신경쓰실까요? 올가가 주변에서 젊은 날의 굴욕적인 사건을 계속 떠올리게 한다면 창피할 수도 있겠네요."

"옳은 추측이야."

"달리 생각하면, 아버지는 주위 사람들에게 이상적으로 공정하게 대하려고 온 힘을 다하잖아요. 불의를 증오하니까. 자기 어머니가 한 짓 때문에 데이지가 벌받는 건 보고 싶지 않을 거예요. 찰리는 말할 것도 없고요. 아버지는 정말 마음이 넓거든요."

"할미보다 넓다는 뜻이구나." 어슐러가 말했다.

"그런 뜻은 아니에요, 할머니. 하지만 아버지한테 물어보시면 올가가 여성회에 가입하는 걸 분명 반대하진 않을 거예요."

어슐러는 고개를 끄덕였다. "내 생각도 그렇다. 그런데 할미는 이 부탁을 맨 처음 생각해낸 사람이 누군지 너도 알까 궁금하구나."

우디는 할머니가 무슨 말을 하려는지 알았다. "아, 데이지가 찰리를 부추겼다는 건가요? 놀랄 일도 아니죠. 그렇다고 이번 일의 옳고 그름이 달라질까요?"

"그렇지 않겠지."

"그럼 그렇게 해주시겠어요?"

"손자가 가슴이 따뜻한 사람이라 행복하구나. 교활하고 야심찬 여자애한테 이용당하는 걸로 매우 의심이 가긴 해도 말이다."

우디는 웃었다. "해주시겠다는 거죠, 할머니?"

"너도 알다시피 확답은 못해. 위원회에 제안을 해보마."

어슐러의 제안이라면 모두 왕명처럼 받들 터였지만, 우디는 그렇게 말하지 않았다. "고맙습니다. 할머니는 정말 친절한 분이세요."

"자, 이제 키스해주고 성당 갈 준비를 하렴."

우디는 도망을 나왔다.

그는 금세 찰리와 데이지를 잊었다. 셸턴 광장의 세인트폴 성당에 앉아 노아와 대홍수에 관한 설교를 귓등으로 흘리며 조앤 로즈로크를 생각했다. 그녀의 부모는 성당에 왔지만 그녀는 오지 않았다. 진짜 시위 현장에 나타날까? 만일 그렇다면 데이트 신청을 할 생각이었다. 하지만 그녀가 받아줄까?

우디는 조앤이 나이 차이 따위 신경쓰지 않을 만큼 똑똑하다고 생각했다. 자기는 빅터 딕슨 같은 멍청이들보다는 우디와 공통점이 더 많다는 사실을 분명히 알 터였다. 그리고 그 키스까지! 그는 키스 때문에 여전히 얼얼했다. 혀로 어떻게 한 거지? 다른 여자애들도 그러나? 최대한 빨리 다시 해보고 싶었다.

앞날을 미리 생각해, 만일 그녀가 데이트에 응한다면 9월에는 어떻게 될까? 그녀가 포킵시에 있는 바사 대학에 갈 예정임을 모르진 않았다. 그는 학교로 돌아갈 테고 크리스마스 때까지 그녀를 보지 못할 터였다. 바사 대학은 여학교지만 포킵시에는 남자들이 분명히 있다. 그녀가 다른 남자들과도 데이트할까? 벌써부터 질투가 났다.

성당을 나와 그는 점심을 먹으러 집으로 가지 않고 시위행진 현장에 가겠다고 부모님에게 말했다.

"잘 생각했구나." 어머니가 말했다. 젊었을 때 어머니는 〈버펄로 아나키스트〉의 편집장이었다. 그녀가 남편에게 고개를 돌렸다. "당신도 가야죠, 거스."

"조합이 고소를 했어요." 아버지가 말했다. "진행중인 재판의 결과를 내가 미리 정할 수는 없는 거 알잖아요."

그녀는 다시 우디에게 고개를 돌렸다. "레프 페시코프의 깡패들에게 맞지만 마라."

우디는 아버지의 자동차 트렁크에서 카메라를 꺼냈다. 라이카 III 카메라는 끈을 달아 목에 멜 수 있을 만큼 작으면서도 500분의 1초까지 셔터속도를 올릴 수 있었다.

우디는 행진이 시작하는 나이아가라 광장까지 두 블록을 걸었다. 레프 페시코프는 폭력사태로 이어질 가능성을 들어 시위를 금지하도록 시 당국을 설득하려 했지만, 조합은 폭력은 없을 거라며 물러서지 않았다. 시청 밖에서 수백 명이 서성거리는 광경을 보니 조합이 이긴 듯했다. 많은 사람이 아름답게 꾸민 현수막과 빨간 깃발, '깡패 사장 물러가라'라고 쓴 플래카드를 들고 있었다. 우디는 두리번거리며 조앤을 찾았지만 보이지 않았다.

날씨가 맑고 화창해 우디는 사진을 몇 장 찍었다. 모자까지 갖춰쓴 정장 차림의 노동자들. 깃발로 장식한 자동차. 손톱을 깨물고 있는 젊은 경찰관. 조앤은 여전히 나타날 기미가 보이지 않았고, 슬슬 그녀가 오지 않으려나보다는 예감이 들기 시작했다. 오늘 아침에 두통이라도 생겼나봐. 우디는 생각했다.

정오로 예정되어 있던 행진이 마침내 시작된 것은 한시가 조금 못 된 시각이었다. 우디는 행진 경로를 따라 경찰 병력이 잔뜩 깔린 것을 보았다. 그가 있는 곳은 대열 한가운데쯤이었다.

워싱턴 가를 따라 도시의 산업 중심지를 향해 남쪽으로 걷던 중, 몇 미터 앞에서 대열에 끼어드는 조앤의 모습을 발견하고 우디는 가슴이 뛰었다. 체형에 잘 어울리는 딱 맞는 바지 차림이었다. 그는 서둘러 그녀를 따라잡았다. "안녕하세요!" 그는 행복하게 인사했다.

"맙소사, 너 기운이 넘치는구나." 그녀가 대답했다.

그건 꽤 절제된 표현이었다. 그는 행복해서 정신이 나갈 정도였다. "숙취가 심해요?"

"숙취인지 흑사병인지 모르겠어. 어느 쪽인 것 같니?"

"뾰루지가 나면 흑사병이죠. 났어요?" 우디는 자기가 무슨 말을 늘어놓는지조차 알지 못했다. "의사는 아니지만 내가 봐줄게요."

"기운 좀 억눌러봐. 매력적이긴 하지만 맞춰줄 기분이 아니야."

우디는 애써 마음을 가라앉혔다. "성당에서 다들 당신을 기다렸어요. 노아의 방주에 관한 설교였거든요."

놀랍게도 조앤은 웃음을 터뜨렸다. "이런, 우디. 네가 재밌게 말할 때 너무 좋아. 하지만 오늘은 웃지 않게 해줘."

그 말은 호감의 표현일지도 모르지만 확실하지는 않았다.

우디는 골목에서 문을 연 식료품점을 발견했다. "마실 게 필요할걸요. 금방 돌아올게요." 그는 가게 안으로 달려들어가 냉장고에 있던 얼음처럼 찬 콜라 두 병을 샀다. 그리고 점원에게 병을 따달라고 해서 행렬로 돌아왔다. 병을 건네자 조앤이 말했다. "세상에. 넌 생명의 은인이야." 그녀는 병을 입으로 가져가 쭉 한 모금 마셨다.

우디는 상황이 자기에게 유리하다고 느꼈다. 아직까지는.

우울한 사건에 대한 항의임에도 행진은 유쾌하게 진행되었다. 나이 든 남자들 무리가 정치색을 띤 노래와 전통 노래를 불렀다. 아이들을 데려온 가족도 보였다. 하늘에는 구름 한 점 없었다.

"『히스테리 연구』 읽어봤어요?" 우디는 나란히 걸으며 물었다.

"못 들어본 거야."

"이런! 지그문트 프로이트가 쓴 책이에요. 그 사람 팬인 줄 알았는데."

"그 사람 주장에 관심이 있는 거야. 책은 읽어본 적 없어."

"읽어봐야 해요. 그 책 끝내줘요."

조앤은 이상하다는 듯 우디를 보았다. "그런 책은 왜 읽었니? 내 생각에 비싸고 구식인 너희 학교에서는 심리학을 가르치지 않을 텐데."

"아, 모르겠어요. 전에 당신이 정신분석에 관해 말하는 걸 듣고서 진짜 특이하다고 생각했던가봐요. 정말 그렇더군요."

"어떻게?"

우디는 그가 정말로 책을 이해했는지 아니면 그런 척하는지 보려고 조앤이 테스트한다는 느낌을 받았다. "망상에 사로잡혀서 테이블보에 잉크를 엎는다든지 하는 비정상적인 행동에 어떤 논리 같은 게 숨어 있을 수도 있다면서요."

그녀는 고개를 끄덕이며 대답했다. "그래. 그렇지."

우디는 직감적으로 자기 말을 그녀가 이해하지 못했다는 걸 알았다. 그는 이미 프로이트에 대한 지식으로 그녀를 능가했지만, 그녀는 부끄러워서 인정하지 않고 있었다.

"뭐 좋아해요?" 그는 물었다. "연극? 클래식? 아버지가 영화관 백 개를 가진 사람에게 영화 보여주는 건 별로겠고."

"왜 물어보는데?"

"그게……" 그는 솔직해지기로 했다. "데이트 신청 하고 싶은데, 당신이 정말 좋아하는 걸로 유혹하고 싶거든요. 그러니까 말해봐요. 같이 하게."

조앤은 웃어 보였지만 우디가 기대하던 웃음은 아니었다. 상냥하지만 동정이 섞인, 좋지 않은 소식을 예고하는 웃음이었다. "우디, 고맙지만 넌 열다섯 살이야."

"어젯밤 당신이 말한 것처럼 나는 빅터 딕슨보다 더 어른스러워요."

"그 사람하고도 데이트 안 할 건데."

우디는 목구멍이 조이는 듯했고 새된 목소리가 났다. "거절인가요?"

"그래, 아주 단호한 거절이야. 세 살이나 어린 아이와 데이트하고 싶지 않아."

"삼 년 뒤에 다시 물어봐도 돼요? 그때는 동갑인데."

조앤이 웃더니 말했다. "웃기는 소리 좀 하지 마. 머리 아파."

우디는 아픔을 숨기지 않기로 마음먹었다. 잃을 게 뭐람? 괴로움을 느끼며 그가 물었다. "그럼 키스는 뭐였어요?"

"아무것도 아니야."

그는 괴롭게 고개를 흔들었다. "내겐 그렇지 않았어요. 내가 해본 키스 중에 최고였다고요."

"이런, 맙소사. 실수였다는 거 알아. 봐, 그건 그냥 장난이었어. 그래, 나도 좋았어. 기분이 으쓱했지. 네가 그런 말을 할 만해. 너는 귀여운 애고 놀랄 만큼 똑똑하지만, 그렇다고 키스가 사랑한다는 선언은 아니야, 우디. 너는 그때 아무리 좋았다고 해도 말이지."

두 사람은 대열 선두에 가까웠고, 저 앞에 그들의 목적지가 보였다. 버펄로 금속공업을 둘러싼 높은 담장이었다. 닫힌 출입문을 수십 명도 더 돼 보이는 공장 경비원이 지키고 있었다. 폭력배처럼 생긴 남자들은 경찰 제복을 흉내낸 옅은 파란색 셔츠를 입고 있었다.

"게다가 난 취해 있었어." 조앤이 덧붙였다.

"그래요, 나도 취했었어요." 우디가 대답했다.

품위를 회복하려는 시도는 애처로웠지만 조앤은 그의 말을 믿는 척하는 친절을 베풀었다. "그럼 우리 두 사람 다 약간 바보짓을 한 거니까 그냥 잊으면 되겠다." 그녀가 말했다.

"그래요." 우디는 고개를 돌리며 말했다.

이제 그들은 공장 앞에 도착했다. 행렬 선두가 출입문 앞에 멈춰 섰고 누군가 휴대용 확성기에 대고 연설을 했다. 더 자세히 살펴보니 지역 노조 간부인 브라이언 홀이었다. 우디의 아버지가 그 사람을 알고 지냈으며 좋아했다. 오래전 두 사람이 파업을 해결하기 위해 협력했던 적이 있었다.

대열 뒤쪽에서 행진을 멈추지 않은 탓에 사람들이 밀려 도로를 가로막게 되었다. 공장 출입문이 닫혀 있는데도 경비원들은 접근을 막았다. 이제 보니 그들은 경찰과 비슷한 곤봉으로 무장하고 있었다. 그중 하나가 소리쳤다. "출입문에서 떨어져! 이곳은 사유지야!" 우디는 카메라를 들고 사진을 한 장 찍었다.

하지만 대열 앞쪽은 뒷사람들 때문에 계속 앞으로 밀리고 있었다. 우디는 조앤의 팔을 잡고 그녀를 긴장의 중심에서 빼내려 했다. 하지만 쉽지 않았다. 사람들이 빽빽이 들어찬 상태였고 아무도 길을 터주려 하지 않았다. 우디는 자기가 의지와는 반대로 점점 더 공장 출입문과 곤봉을 든 경비원들 쪽으로 다가가고 있다는 사실을 깨달았다. "상황이 좋지 않네요." 그는 조앤에게 말했다.

하지만 그녀는 잔뜩 들떠 얼굴이 붉었다. "저 나쁜 놈들은 우릴 물러서게 하지 못해!" 그녀가 소리질렀다.

조앤 옆의 남자가 소리쳤다. "옳소! 옳고말고!"

시위대가 여전히 출입문에서 10여 미터는 떨어져 있는데도 경비원들은 불필요하게 그들을 밀어내기 시작했다. 우디는 사진을 한 장 찍었다.

지금까지 브라이언 홀은 확성기에 대고 깡패 사장에 대해 큰 소리로 외치며 경비원들을 향해 비난의 손가락질을 했다. 하지만 이제는 목소리를 바꿔 사람들을 진정시키기 시작했다. "형제들, 출입문에서 물러납시다. 물러서요. 폭력은 안 됩니다."

우디는 한 여자가 경비원에게 밀려 비틀거리는 모습을 보았다. 넘어지지는 않았지만 여자는 비명을 질렀고 함께 있던 남자가 경비원에게 말했다. "어이, 친구. 진정하라고, 알겠어?"

"한번 해보겠다는 거야?" 경비원이 도전적으로 말했다.

여자가 소리질렀다. "떠밀지 마요!"

"물러서, 물러서라고!" 경비원이 고함을 쳤다. 그리고 곤봉을 치켜들었다. 여자가 비명을 질렀다.

곤봉이 떨어지는 순간 우디는 사진을 찍었다.

조앤이 외쳤다. "저 개자식이 여자를 때렸다!" 그녀는 앞으로 나섰다.

하지만 사람들 대부분은 거꾸로 공장에서 멀리 물러났다. 경비원들은 돌아서는 그들을 뒤쫓아가 떠밀고 발로 차고 곤봉을 휘둘렀다.

브라이언 홀이 외쳤다. "폭력을 행사할 필요가 없습니다! 경비원들, 물러서요! 몽둥이 휘두르지 말라고!" 그 순간 경비원 하나가 그의 손에서 확성기를 빼앗았다.

젊은이 몇 명이 맞서 싸웠다. 진짜 경관 대여섯이 군중 속으로 들어갔다. 그들은 경비원들을 제지하려는 시도는 전혀 하지 않고 오히려 맞서 싸우는 이들을 모두 체포했다.

싸움을 시작한 경비원이 쓰러지자 시위대 둘이 그를 발로 차기 시작했다.

우디는 사진을 찍었다.

조앤은 길길이 날뛰며 비명을 질렀다. 그리고 한 경비원에게 달려들어 그의 얼굴을 할퀴었다. 상대는 손을 뻗어 그녀를 떠밀었다. 우연인지 그의 손바닥 아래쪽이 날카롭게 그녀의 코에 부딪혔다. 그녀는 코피를 뿜으며 뒷걸음쳤다. 경비원이 곤봉을 치켜들었다. 우디는 조앤의 허리를 붙들어 뒤로 잡아끌었다. 곤봉은 빗맞았다. "이리 와요!" 우디는 그녀에게 소리질렀다. "여기서 벗어나야 해요!"

얼굴을 얻어맞고 분노가 꺾인 조앤은 저항하지 않았고, 우디는 목에 멘 카메라를 덜렁거리며 그녀를 반쯤 끌고 반쯤 들다시피 해서 최대한 빨리 출입문 앞을 벗어났다. 시위대는 공황상태에 빠졌고, 모두가 달아나려 애쓰는 가운데 누군가는 쓰러지고 누군가는 쓰러진 이들을 밟고 지나갔다.

대부분의 사람들보다 키가 큰 우디는 조앤을 부축하면서도 가까스로 넘어지지 않았다. 군중 사이를 뚫고 지나가는 두 사람 뒤로 곤봉이 바짝 따라붙었다. 마침내 인파가 줄었다. 조앤이 우디의 부축에서 벗어났고 두 사람은 달리기 시작했다.

시끄럽게 싸우는 소음이 뒤로 멀어졌다. 모퉁이 몇 개를 돌아간 두 사람은 잠시 후 일요일이라 모든 공장과 창고가 문을 닫아 한적한 골목에 도착했다. 그들은 걸음을 늦추고 숨을 돌렸다. 조앤이 웃음을 터뜨렸다. "정말 흥미진진했어!"

우디는 그녀의 열정에 공감할 수 없었다. "끔찍했어요. 훨씬 심각한 상황이 벌어질 수도 있었죠." 그는 자기가 조앤을 구했으니 데이트에 대한 그녀의 마음이 바뀔 수도 있지 않을까 반쯤 기대했다.

하지만 그녀는 우디에게 빚졌다는 생각은 없는 듯했다. "에이, 그럴 것 없어." 그녀가 얕보는 투로 말했다. "아무도 안 죽었잖아."

"저자들이 일부러 폭동을 조장했어요!"

"그야 당연하지! 페시코프는 노조가 나쁘게 비치길 원하니까."

"어쨌든 우리는 진실을 알아요." 우디는 카메라를 두드렸다. "그리고 난 증명도 할 수 있어요."

두 사람이 1킬로미터 가까이 걸었을 때 지나가는 택시를 보고 우디가 손을 흔들었다. 그는 운전수에게 로즈로크 저택의 주소를 일러주었다.

택시 뒷좌석에 앉은 우디는 주머니에서 손수건을 꺼냈다. "아버지가 보실 텐데 이런 모습으로 집에 데려다주고 싶지 않아요." 그는 흰 면 손수건을 펼쳐서 조앤의 피 묻은 윗입술을 부드럽게 두드렸다.

친밀한 행동이었고 우디는 야릇함을 느꼈지만 조앤은 그가 오래 즐기도록 내버려두지 않았다. 잠시 후 그녀가 말했다. "내가 할게." 그녀는 우디가 쥔 손수건을 가져가 스스로 입술을 닦기 시작했다. "어때?"

"조금 남았어요." 그는 거짓말을 했다. 다시 손수건을 넘겨받았다. 그녀의 입은 큼직했고 치아가 희고 입술은 황홀할 정도로 도톰했다. 그는 그녀의 아랫입술 쪽에 뭔가 묻은 척했다. 부드럽게 그곳을 손수건으로 문지른 다음 말했다. "좀 낫네요."

"고마워." 조앤은 절반은 좋고 절반은 짜증스러운 묘한 표정으로 그를 바라보았다. 턱 쪽에 피가 묻었다는 게 거짓임을 알아차리고 화를 낼지 말지 망설이는 모양이었다.

택시가 그녀의 집 앞에서 멈췄다. "들어오지 마. 어디 있었는지 부모님께 거짓말을 해야 하는데, 네가 사실을 말해버릴까봐 싫어."

우디는 두 사람 중 자기가 더 비밀을 잘 지킬 거라고 생각했지만 그 말은 하지 않았다. "나중에 전화할게요."

"좋아." 그녀는 택시에서 내려 형식적으로 손을 흔들며 진입로를 걸어갔다.

"인형 같은 아가씨구먼." 운전수가 말했다. "하지만 손님한테는 나이가 너무 많아."

"델라웨어 애비뉴로 가주세요." 우디가 말했다. 그리고 구체적인 주소를 일러주었다. 빌어먹을 택시기사와 조앤 이야기를 하고 싶지는 않았다.

그는 거절당한 일을 곰곰이 생각했다. 놀랍지도 않았다. 동생부터 택시기사까지 모두 그가 그녀에 비해 너무 어리다고 했다. 이제 앞으로 뭘 하고 살아야 할지 알 수 없는 기분이었다. 남은 하루는 어떻게 견디나.

집으로 돌아오니 부모님은 일요일의 의식으로 굳어진 낮잠을 자고 있었다. 척은 두 사람이 그때 잠자리를 갖는 거라고 믿었다. 베티에게 들으니 척은 친구들과 수영을 하러 갔다고 했다.

우디는 암실로 가 카메라에서 꺼낸 필름을 현상했다. 화학약품을 최적의 온도로 맞추기 위해 대야에 따뜻한 물을 받은 다음 필름을 깜깜상자에 넣어 현상탱크로 옮겼다.

인내심이 필요한 긴 작업이지만 그는 어둠 속에 앉아 조앤을 생각할 수 있어 행복했다. 큰 소란을 함께 겪었다고 해서 그녀가 사랑에 빠지진 않았어도 두 사람이 가까워진 것만은 틀림없었다. 적어도 조앤이 조금씩 더 자기를 좋아하게 되리라는 확신이 들었다. 어쩌면 그녀의 거절은 최종 결정이 아닐 수도 있다. 아마 계속 애써봐야 할 것이다. 단언하건대 그는 다른 어떤 여자에게도 관심이 없었다.

타이머가 울리자 그는 필름을 정지액에 담가 화학반응을 멈추고 다시 정착액에 넣어 화상을 영구적으로 안정시켰다. 마지막으로 필름을 수세하고 말린 다음, 릴에 감긴 흑백 네거티브필름을 살펴보았다.

보기에 상당히 훌륭했다.

필름을 프레임별로 나눠 자르고 첫 장을 확대기에 넣었다. 가로 10인치 세로 8인치 인화지를 확대기 아래 넣고 불을 켠 다음, 네거티브필름을 인화지에 비추며 시간을 쟀다. 그러고 나서 인화지를 현상액이 든 용기에 집어넣었다.

이 단계가 모든 과정 가운데 최고였다. 하얀 인화지 위에 천천히 회색 반점이 나타나고, 촬영한 장면이 드러나기 시작했다. 그에게는 언제나 기적 같은 순간이었다. 첫번째 사진에는 모자를 쓴 나들이옷 차림의 흑인 하나와 백인 하나가 커다란 글씨로 '조합'이라고 쓴 깃발을 붙든 모습이 나타났다. 상이 선명해졌을 때 인화지를 정착액 용기에 담갔다가 물로 씻고 말렸다.

우디는 그날 찍은 사진을 모두 인화한 다음 밖으로 가지고 나와 부엌 테이블 위에 늘어놓았다. 기분이 좋았다. 생생하고 역동적인 사진들이 상황을 순서대로 잘 보여주었다. 위층에서 어머니와 아버지의 기척이 들려 그는 어머니를 불렀다. 그녀는 결혼 전에 기자였고 지금도 책이나 잡지 기사를 쓰고 있었다. "어떠세요?" 그는 어머니에게 의견을 구했다.

어머니는 하나뿐인 눈으로 생각에 잠겨 사진들을 살폈다. 그리고 잠시 후 말했다. "좋은 것 같네. 신문사에 가져가봐."

"정말요?" 그는 흥분되기 시작했다. "어떤 신문사요?"

"불행히도 하나같이 보수적이지. 〈버펄로 센티널〉이 좋을까? 편집장이 피터 호일이야. 그 사람은 아주 옛날부터 일했거든. 네 아버지도 잘 아니까 아마 만나줄 거다."

"언제 보여줘야 할까요?"

"당장. 시위가 지금 뜨거운 뉴스야. 내일 모든 신문에 나겠지. 오늘밤에 사진이 필요해."

우디는 힘이 났다. "좋아요." 그는 반질거리는 사진들을 챙겨서 잘 정리했다. 어머니가 아버지 서재에서 빳빳한 종이파일을 챙겨주었다. 우디는 어머니에게 키스하고 집을 나섰다.

그는 시내로 가는 버스를 탔다.

〈센티널〉 사무실의 정문이 잠겨 있어서 잠시 실망했지만 월요일 조간신문을 만들려면 분명 오늘도 기자들이 드나들 거라는 추측을 했고, 아니나 다를까 옆문을 찾아낼 수 있었다. "호일 씨에게 드릴 사진을 가져왔습니다." 그는 출입구 안쪽에 앉아 있는 남자에게 말하고 위층으로 안내를 받았다.

우디가 편집장실로 찾아가자 비서가 그의 이름을 적었고, 잠시 후 그는 피터 호일과 악수를 나눴다. 편집장은 키가 큰 당당한 체격에 머리는 백발이고 검은 콧수염을 기르고 있었다. 젊은 기자와 회의를 마무리하는 중인 것 같았다. 그가 인쇄기 소음을 이기려는 듯 큰 소리로 말했다. "뺑소니 기사, 사건은 좋은데 도입부는 형편없어, 잭." 그리고 기자의 어깨에 오만하게 한 손을 올린 채 출입문으로 이끌었다. "새롭게 바꿔봐. 시장 성명은 뒤로 보내고 불구가 된 아이들로 시작하라고." 잭이라는 남자가 떠나자 호일은 우디에게 고개를 돌렸다. "뭘 가져왔니, 얘야?" 그가 다짜고짜 물었다.

"오늘 가두행진을 하는 현장에 갔었습니다."

"폭동 말이군."

"공장 경비원이 몽둥이로 여자들을 때리기 전까지는 아니었어요."

"시위대가 공장 안으로 침입하려고 해서 경비원들이 쫓아냈다고 들었는데."

"사실이 아닙니다. 이 사진들이 증거고요."

"보자꾸나."

우디는 버스를 타고 오면서 시간순으로 사진을 정리해두었다. 그중 첫번째를 편집장의 책상에 내려놓았다. "행진은 평화롭게 시작했어요."

호일은 사진을 옆으로 밀어내며 말했다. "이건 아무것도 아니고."

우디는 공장에서 찍은 사진을 꺼냈다. "경비원들이 출입문 앞에서 기다리고 있습니다. 곤봉 든 거 보이시죠." 다음 사진은 떠밀기가 시작되는 순간이었다. "행진에 참여한 사람들은 적어도 출입문에서 10미터는 떨어져 있어서, 경비원들이 뒤로 물러나게 할 필요가 없었습니다. 고의로 자극한 겁니다."

"좋아." 호일은 사진들을 옆으로 치우지 않았다.

우디는 가장 중요한 사진을 꺼냈다. 경비원 한 명이 여자를 때리려고 곤봉을 휘두르고 있었다. "이 사건 앞뒤를 전부 목격했습니다." 우디가 말했다. "여자는 밀지 말라고 했을 뿐인데 경비원이 이렇게 여자를 때렸습니다."

"좋은 사진이군." 호일이 말했다. "더 있나?"

"한 장이요." 우디가 말했다. "싸움이 벌어지자마자 행진에 참여한 사람들 대부분은 달아났고 소수가 맞서 싸웠습니다." 그는 호일에게 시위대 둘이 땅에 쓰러진 한 경비원을 발로 차는 사진을 보여주었다. "이 두 사람은 여자를 때린 경비원에게 응수하는 겁니다."

"훌륭한 일을 했군, 듀어 젊은이." 호일이 말했다. 그는 책상에 앉더니 상자에서 서류 한 장을 꺼냈다. "20달러면 되겠지?"

"그럼 제 사진을 신문에 내주시겠다는 건가요?"

"그러려고 가져온 거 아니야?"

"그렇죠, 감사합니다. 20달러면 됩니다. 아니, 좋습니다. 많다고요."

호일은 서류에 뭐라고 갈겨쓰더니 서명을 했다. "이걸 출납계에 가져가. 비서가 어디로 가면 되는지 일러줄 거야."

책상 위 전화기가 울렸다. 편집장은 수화기를 들더니 소리를 질렀다. "호일입니다." 우디는 가보라는 뜻으로 알고 사무실을 나왔다.

마냥 신이 났다. 대가로 받은 금액도 엄청났지만 그보다는 신문에 자기가 찍은 사진이 쓰인다는 게 더 설렜다. 비서가 일러준 대로 카운터에 출납 창구가 있는 작은 방으로 가서 20달러를 받았다. 그리고 택시를 타고 집으로 돌아왔다.

부모는 그의 대성공에 기뻐했고 심지어 동생도 즐거워하는 것 같았다. 저녁을 먹으면서 할머니가 말했다. "진로를 언론 쪽으로 생각하지만 않는다면야. 그러면 품위가 떨어질 거다."

사실 정치를 하는 대신 보도사진을 찍어볼까 생각중이던 우디는 할머니가 못마땅해한다는 사실에 깜짝 놀랐다.

우디의 어머니가 웃으면서 말했다. "하지만 어머니, 저도 기자였는걸요."

"그건 달라, 넌 여자잖니." 할머니가 대답했다. "우드로는 제 아버지나 앞서간 할아버지처럼 훌륭한 사람이 돼야 해."

어머니는 불쾌해하지 않았다. 어머니는 할머니를 좋아했고, 할머니의 인습적인 의견에도 놀라울 정도의 아량으로 귀를 기울였다.

하지만 척은 장남을 향한 전통적인 관심에 분개했다. "그럼 저는 뭐가 돼야 하나요? 그냥 찌그러져 있어야 하나?"

"그런 말 쓰지 마라, 찰스." 할머니는 늘 하던 말로 마무리했다.

그날 밤 우디는 늦게까지 잠을 이루지 못했다. 신문에 난 자기 사진을 보고 싶어 견딜 수가 없었다. 마치 크리스마스이브의 어린애가 된 것 같은 느낌이었다. 아침이 기다려져 잠이 오지 않았다.

조앤에 대해서도 생각했다. 그를 너무 어리게 보는 건 그녀의 잘못이었다. 그는 그녀에게 딱 어울렸다. 그녀도 그를 좋아했고 둘은 공통점이 많았으며 키스를 할 때 그녀도 좋아했다. 우디는 여전히 그녀의 마음을 가질 수 있을 거라고 생각했다.

겨우 잠이 들었다가 환하게 날이 밝은 뒤에야 일어났다. 잠옷 위에 가운을 걸치고 아래층으로 뛰어내려갔다. 집사인 조가 늘 일찍 나가서 신문들을 사왔고, 오늘도 이미 부엌 곁탁자 위에 놓여 있었다. 부모님은 벌써 내려와서 아버지는 스크램블드에그를 먹고 있고 어머니는 커피를 마시는 중이었다.

우디는 〈센티널〉을 집었다. 그의 사진은 1면에 실려 있었다.

하지만 그의 기대와는 달랐다.

신문에는 그의 사진 가운데 단 한 장만 실려 있었다. 마지막 사진. 쓰러진 공장 경비원이 두 노동자에게 발길질을 당하는 모습이었다. 헤드라인은 '금속조합 폭동'이었다.

"이런, 안 돼!" 그가 말했다.

그는 믿을 수 없는 심정으로 기사를 읽었다. 시위대가 공장에 침입하려다가 경비원들의 용감한 방어에 막혔고, 일부가 경미한 부상을 당했다고 했다. 시장과 경찰청장, 레프 페시코프는 노동자들을 비난했다. 말미에는 뒤늦게 덧붙인 듯 조합 대변인 브라이언 홀은 위의 내용을 부인했으며, 폭력의 원인을 경비원들에게 돌렸다고 나와 있었다.

우디는 어머니 앞에 신문을 들어 보였다. "저는 호일에게 경비원들이 폭동을 일으켰다고 말했어요. 그리고 그걸 증명하려고 사진들을 준 거라고요!" 그는 화를 냈다. "왜 사실과 반대로 기사를 낸 거죠?"

"그 사람이 보수주의자이기 때문이야." 어머니가 말했다.

"신문이라면 진실을 말해야죠!" 맹렬한 분노에 우디의 목소리가 높아졌다. "거짓을 지어낼 순 없어요!"

"아니, 그럴 수 있어."

"하지만 그건 부당한 일이라고요!"

"현실세계에 온 걸 환영한다." 어머니가 말했다.

VI

그레그 페시코프와 그의 아버지는 워싱턴의 리츠칼튼 호텔 로비에서 우연히 데이브 로즈로크를 마주쳤다.

데이브는 흰 정장에 맥고모자 차림이었다. 그는 두 사람을 증오의 눈으로 노려보았다. 레프가 인사를 건네도 아무 대답 없이 거만하게 돌아섰다.

그레그는 이유를 알았다. 로즈로크 극장들이 인기 개봉작을 받지 못해 데이브는 여름 내내 손해를 봤다. 그리고 그는 레프가 어떻게든 손을 썼을 거라 추측하고 있는 게 틀림없었다.

지난주 레프는 데이브에게 사백만 달러—원래의 절반 가격—에 극장들을 넘기라고 제안했고, 데이브는 이번에도 거절했다. "가격이 떨어지고 있어요, 데이브." 레프는 경고했다.

그레그가 물었다. "저 사람 여기서 뭘 하는 거죠?"

"솔 스타와 만나려는 거야. 왜 좋은 영화들을 주지 않느냐고 묻겠지." 레프는 돌아가는 상황을 분명히 파악하고 있었다.

"스타 씨가 어떻게 나올까요?"

"적당히 둘러대겠지."

그레그는 모든 상황을 알고 변화의 꼭대기에 앉아 있는 아버지의 능력에 감탄했다. 그는 늘 게임에서 앞서가고 있었다.

두 사람은 엘리베이터를 타고 올라갔다. 그레그는 아버지가 이 호텔에 영구적으로 임대한 스위트룸을 처음 가보는 길이었다. 어머니 마르가는 한 번도 와보지 못한 곳이었다.

정부가 영화산업에 끝없이 간섭했기 때문에 레프는 많은 시간을 워싱턴에서 보냈다. 스스로 도덕적인 지도자라 생각하는 남자들은 커다란 스크린에 무슨 내용이 비춰질지 불안해했고, 영화를 검열하라고 정부에 압력을 가했다. 레프는 이것을 협상으로 보았다. 그에게는 인생 자체가 협상이었다. 그리고 그의 한결같은 목표는 자진해서 규약을 충실히 지켜 공식 검열을 피하는 것으로, 이런 전략은 솔 스타를 비롯한 다른 할리우드 거물 대부분이 지지했다.

그들은 더할 나위 없이 화려한 거실로 들어섰다. 그레그와 어머니가 사는 버펄로의 넓은 아파트보다, 그레그가 늘 호화롭다고 생각하는 그곳보다 훨씬 더 고급스러웠다. 다리가 가느다란 가구들은 아무래도 프랑스제 같았고, 창문에는 짙은 밤색 벨벳 커튼이 드리웠고, 커다란 전축도 있었다.

거실 한가운데 놓인 노란색 실크 소파에는 놀랍게도 스타 영화배우 글래디스 앤절러스가 앉아 있었다.

사람들은 그녀가 세계에서 가장 아름다운 여자라고 했다.

지금 그레그는 그 이유를 알 수 있었다. 그녀는 짙고 파란 유혹적인 눈에서부터 딱 달라붙는 치마 아래로 꼰 긴 다리까지 온몸으로 성적 매력을 뿜어냈다. 악수를 위해 손을 내미는 그녀의 붉은 입술이 웃었고, 부드러운 스웨터 안에서 둥그런 젖가슴이 매혹적으로 움직였다.

그레그는 악수를 하기 전에 아주 잠깐 망설였다. 어머니 마르가를 배신하는 것 같았다. 어머니가 절대로 글래디스 앤절러스의 이름을 입에 담지 않는다는 건, 글래디스와 레프에 관해 어떤 말이 돌아다니는지 알고 있다는 확실한 신호였다. 그레그는 어머니의 적과 친구가 되는 느낌이었다. 어머니가 이 사실을 안다면 눈물을 흘릴 거라는 생각이 들었다.

하지만 급작스러운 상황에 크게 당황했다. 미리 언질을 받았더라면, 어떻게 행동할지 생각할 시간이 있었더라면 마음의 준비와 품위 있게 물러서는 연습을 해뒀을 것이다. 하지만 이렇게 압도적으로 사랑스러운 여인에게 쭈뼛거리며 무례를 범하는 짓은 스스로 용납할 수 없었다.

그래서 그는 그녀의 손을 잡고 그 경이로운 눈을 바라보면서 사람들이 흔히 말하는 뭐 씹은 미소를 지었다.

그녀는 손을 마주잡고서 말했다. “드디어 만나다니 정말 기뻐요. 아버지가 아드님에 대해 모든 걸 말해줬지요. 하지만 이렇게 잘생겼다는 얘기는 안 했는데!"

어머니에게서 아버지를 가로챈 창녀라기보다 가족의 일원처럼 구는 모습이 뭔가의 소유권을 주장하는 듯해 불쾌했다. 그럼에도 그레그는 그녀의 마법에 무너진 자신을 발견했다. "출연하신 영화 정말 좋아해요." 그는 어색하게 말했다.

"이런, 그만둬요. 그런 말 할 필요 없어요." 말은 그렇게 해도 그녀는 칭찬이 싫지 않은 모양이었다. "이리 와서 옆에 앉아요. 잘 알고 지내고 싶어요."

그레그는 시키는 대로 했다. 별도리가 없었다. 어느 학교에 다니느냐는 글래디스의 물음에 대답을 하는데 전화기가 울렸다. 그는 아버지가 수화기에 대고 하는 말을 어렴풋이 들었다. "그건 내일이고…… 좋아, 해야 한다면 서둘러야지. 맡겨둬, 내가 처리하지."

레프는 전화를 끊고 글래디스의 말을 잘랐다. "네 방은 복도 저쪽이야, 그레그." 그는 열쇠를 건넸다. "그리고 내 선물이 있을 거야. 적응하면서 즐겨라. 일곱시 저녁식사 때 보자."

느닷없는 그 말에 글래디스는 실망하는 눈치였지만 레프는 가끔 독단적이었고 그럴 때는 그냥 복종하는 게 최고였다. 그레그는 열쇠를 받아 방을 나왔다.

복도에는 어깨가 떡 벌어지고 싸구려 양복을 입은 남자가 서 있었다. 버펄로 금속공업의 경비 책임자인 조 브레커노프가 떠올랐다. 그레그가 고개를 끄덕이자 그가 말했다. "안녕하십니까, 손님." 아마도 호텔 직원인 모양이었다.

그레그는 자기 방으로 들어갔다. 아버지의 스위트룸처럼 호화롭지는 않아도 충분히 쾌적했다. 아버지가 말한 선물은 보이지 않았지만 그의 여행가방이 놓여 있었고, 그레그는 글래디스를 생각하며 짐을 풀기 시작했다. 아버지의 정부와 악수하는 건 어머니를 배신하는 일일까? 물론 글래디스가 하는 짓을 마르가 자신도 똑같이 했었다. 유부남과 잠자리를 갖는 것. 그럼에도 그레그는 고통스러울 만큼 불편했다. 글래디스를 만났다고 어머니에게 말해야 하나? 젠장, 아니지.

셔츠를 꺼내 걸고 있는데 노크 소리가 들렸다. 옆방으로 연결된 문에서 들리는 것 같았다. 그 순간 문이 열리고 한 여자가 걸어들어왔다.

그레그보다는 나이가 많아 보였지만 그리 많이 차이가 나는 것 같지는 않았다. 진한 초콜릿색 피부에 물방울무늬 드레스를 입고 작은 백을 들고 있었다. 그녀는 흰 치아를 드러내며 활짝 웃더니 말했다. "안녕, 나는 옆방에 묵고 있어."

"그런 것 같네요. 누구시죠?"

"재키 제이크스라고 해." 그녀가 손을 내밀었다. "영화배우지."

그레그는 한 시간도 안 되어 두번째로 만난 아름다운 영화배우와 악수를 했다. 그에게는 강력하게 사람을 끌어들이는 글래디스보다 장난스러운 표정의 재키가 더 매력적으로 보였다. 짙은 분홍색 입술이 곡선을 그리고 있었다. 그레그가 말했다. "아버지가 선물이 있다던데, 당신인가요?"

그녀는 킥킥 웃었다. "그런 것 같네. 내가 너를 좋아할 거랬거든. 날 영화에 출연시켜준다고 했어."

이제 상황 파악이 되었다. 아버지는 그레그가 글래디스와 알게 되어 기분이 나쁠 수도 있다고 예상한 듯했다. 재키는 그가 소란을 떨지 않은 것에 대한 상이었다. 아무래도 이런 식의 뇌물은 거부하는 게 맞다고 생각했지만 뿌리칠 수가 없었다. "아주 훌륭한 선물이네요." 그는 말했다.

"네 아버지는 네게 정말 잘해주시는구나."

"멋진 분이죠." 그레그가 말했다. "당신도 그렇고요."

"정말 귀엽네." 그녀는 백을 화장대에 내려놓더니 그레그에게 다가와 까치발을 하고서 그의 입술에 입을 맞췄다. 그녀의 입술은 부드럽고 따뜻했다. "네가 좋아." 그녀가 말했다. 그리고 그레그의 어깨를 어루만졌다. "탄탄하구나."

"아이스하키를 해요."

"같이 있으면 여자들이 안심하겠네." 그녀는 양손으로 그의 뺨을 잡고는 다시 길게 키스하고 한숨을 내쉬더니 말했다. "이런. 우리 재밌는 시간을 좀 가져야겠어."

"우리가요?" 워싱턴은 남부에 속한 도시로 여전히 인종차별이 심했다. 버펄로에서는 보통 백인과 흑인이 같은 식당에서 밥을 먹고 같은 바에서 술을 마실 수 있지만, 이곳은 달랐다. 법률이 어떤지는 몰라도 백인 남자가 흑인 여자와 함께 있으면 실제로 문제가 생길 게 분명했다. 생각해보면 재키가 이런 호텔에 방을 잡은 것도 놀라웠다. 레프가 해결한 게 틀림없었다. 하지만 그레그와 재키가 레프, 글래디스와 함께 시내를 돌아다닌다는 건 있을 수 없는 일이었다. 그럼 재키는 무슨 생각으로 함께 재밌는 시간을 보낸다는 걸까? 어쩌면 잠자리를 갖겠다는 뜻일지도 모른다는 놀라운 생각이 머릿속을 스쳤다.

그는 다시 키스하려고 양손으로 그녀의 허리를 잡아 끌어당겼지만 그녀는 뒤로 물러났다. "샤워해야겠어." 그녀가 말했다. "시간 좀 줘." 그리고 돌아서서 옆방으로 사라지며 방 사이의 문을 닫았다.

그레그는 침대에 앉아 모든 상황을 이해하려 애썼다. 재키는 영화 출연을 원하고, 출세하기 위해 몸을 이용하려는 듯했다. 물론 흑인이든 백인이든 그녀가 그런 전략을 동원하는 첫번째 여배우는 아닐 터이다.

글래디스도 같은 목적으로 레프와 잠자리를 했다. 그레그와 그의 아버지는 운 좋게 그 수혜자가 된 것이다.

그는 그녀가 백을 두고 간 것을 깨달았다. 백을 집어들고 문을 열어보았다. 잠겨 있지 않았다. 그는 안으로 들어섰다.

그녀는 분홍색 목욕가운을 입고 통화중이었다. 그녀가 말했다. "네, 끝내줘요. 문제없어요." 방금 전과 달리 더 어른스러운 목소리였다. 그와 함께 있을 때 내던 섹시한 어린 여자의 목소리는 지금 생각하니 좀 부자연스러웠다. 그녀는 순간 그를 보고 웃더니 다시 여자애 같은 목소리로 수화기에 대고 말했다. "전화 돌리지 마세요. 방해받고 싶지 않아요. 고마워요. 안녕."

"이걸 두고 갔어요." 그레그는 그녀의 백을 내밀었다.

"넌 그저 내가 목욕가운 입은 걸 보고 싶었던 거야." 그녀가 요염하게 말했다. 가운의 앞섶이 가슴을 완전히 가리지 않아서 나무랄 데 없는 갈색 피부의 매혹적인 곡선이 엿보였다.

그는 씩 웃었다. "그건 아니지만 보게 되어 기쁘네요."

"네 방으로 가. 난 샤워해야 해. 나중에 더 보여줄지도 모르지."

"세상에." 그는 대답했다.

그는 방으로 돌아왔다. 놀랄 일이었다. "나중에 더 보여줄지도 모르지." 그는 혼잣말을 했다. 여자가 그런 말을 하다니!

아랫도리가 부풀어올랐지만 실제 상황이 코앞에 닥친 이때 자위를 할 마음은 없었다. 다른 데 정신을 돌리려고 계속 짐을 풀었다. 면도기와 진주 장식 손잡이가 달린 솔로 이뤄진 비싼 세트는 어머니의 선물이었다. 그는 면도기와 솔을 욕실에 놓으면서 재키가 보고 깊은 인상을 받지 않을까 생각했다.

벽이 그리 두껍지 않아 옆방에서 물줄기 흐르는 소리가 들렸다. 벌거벗은 채 젖은 그녀의 모습이 머릿속에 가득찼다. 그는 속옷과 양말을 서랍 안에 정리하는 데만 집중하려고 애썼다.

그때 비명소리가 들렸다.

그레그는 얼어붙었다. 순간 너무 놀라 꼼짝할 수 없었다. 무슨 뜻이지? 왜 저렇게 소리를 지르는 걸까? 그때 다시 그녀가 비명을 질렀고, 그는 놀라 몸을 움직였다. 방 사이 문을 열고 그녀의 방으로 들어섰다.

그녀는 벌거벗고 있었다. 여자의 알몸을 실제로 본 적은 이제껏 단 한 번도 없었다. 위로 솟은 젖가슴에 짙은 갈색 젖꼭지가 보였다. 사타구니에는 빽빽한 검은 털이 무성했다. 그녀는 잔뜩 웅크린 채 벽에 기대서서 양손으로 벗은 몸을 가려보려 애썼지만 별 소용이 없었다.

그녀 앞에는 데이브 로즈로크가 서 있었다. 귀공자 같은 뺨에 난 두 줄의 할퀸 상처는 아마도 분홍색 매니큐어를 바른 재키의 손톱이 그어놓은 것인 듯했다. 그가 입은 흰 더블재킷의 넓은 옷깃에 피가 떨어져 있었다.

재키가 비명을 질렀다. "이 사람 좀 쫓아줘!"

그레그는 주먹을 날렸다. 키는 데이브가 반 뼘쯤 더 컸지만 그는 노인이었고, 그레그는 운동을 하는 십대였다. 주먹이 데이브의 턱에 꽂혔고—판단이 좋았다기보다는 운이 좋아서—데이브는 뒤로 비틀거리다 바닥에 쓰러졌다.

방문이 열렸다.

자기 방에 들어가기 전 보았던 떡 벌어진 어깨의 남자가 들어왔다. 마스터키를 갖고 있었겠지. 그레그는 생각했다. "저는 경비원 톰 크랜머입니다." 그가 말했다. "어떻게 된 일입니까?"

그레그가 말했다. "비명이 들려서 들어왔더니 이자가 있었어요."

재키가 말했다. "이 사람이 나를 강간하려고 했어요!"

데이브는 간신히 일어섰다. "거짓말이오. 솔 스타가 이 방에서 만나자고 해서 온 거요."

재키는 훌쩍이기 시작했다. "아, 이제 거짓말까지 하네!"

크랜머가 말했다. "뭘 좀 입으시죠, 아가씨."

재키는 분홍색 목욕가운을 걸쳤다.

경비원은 방에 놓인 전화의 수화기를 들더니 다이얼을 돌리고는 말했다. "보통 모퉁이에 경찰이 서 있습니다. 즉시 로비로 들어오라고 하세요."

데이브가 그레그를 노려보았다. "너 페시코프의 사생아 맞지, 아냐?"

그레그는 다시 주먹을 들어 그를 치려고 했다.

데이브가 말했다. "이런, 맙소사. 짜고 벌인 짓이군."

그레그는 그 말에 충격을 받았다. 직감적으로 그것이 진실임을 알 수 있었다. 들었던 주먹을 내렸다. 이 모든 상황은 레프가 쓴 대본이었다. 데이브 로즈로크는 강간범이 아니고, 재키는 거짓말을 하고 있었다. 그리고 그레그 자신도 그저 영화 속 배우에 지나지 않았다. 정신이 아찔했다.

"저랑 가시죠, 손님." 크랜머는 데이브의 팔을 단단히 붙잡고 말했다. "두 분도 같이요."

"당신은 날 체포할 수 없소." 데이브가 말했다.

"아뇨, 할 수 있습니다." 크랜머가 말했다. "그리고 당신을 경찰에 인계할 겁니다."

그레그가 재키에게 말했다. "옷을 입어야 하지 않아요?"

그녀는 재빨리 단호하게 고개를 저었다. 그레그는 그녀가 가운만 입은 모습을 보여주려는 것도 계획의 일부라는 걸 깨달았다.

그레그는 재키의 팔을 잡고 크랜머와 데이브를 뒤따라 복도를 걸어

엘리베이터로 향했다. 경관 한 명이 로비에서 기다리고 있었다. 그나 호텔 경비원도 대본에 등장하는 게 틀림없다고 그레그는 짐작했다.

크랜머가 말했다. "여자분 방에서 비명이 들렸는데 이 노인이 방안에 있었습니다. 여자분 말로는 강간당할 뻔했다고 합니다. 어린 손님은 목격자입니다."

데이브는 마치 악몽이라도 꾸는 듯 당황한 모습이었다. 그레그는 자신이 데이브를 동정하고 있음을 깨달았다. 데이브는 잔인한 덫에 걸렸다. 레프는 그레그가 생각한 것보다 훨씬 인정사정없었다. 그레그는 절반은 아버지가 존경스러웠지만, 다른 절반은 이렇게까지 무자비할 필요가 있는지 의문이었다.

경관은 데이브에게 수갑을 채우더니 말했다. "좋아, 갑시다."

"어디로 간단 말이오?" 데이브가 물었다.

"시내지." 경관이 대답했다.

그레그가 물었다. "우리 모두 가야 하나요?"

"그래."

크랜머가 그레그에게 나지막한 목소리로 속삭였다. "걱정 마라. 아주 잘했다. 경찰서에 가서 진술하고 나면 크리스마스 때까지 저 여자랑 잘 수 있어."

경찰관은 데이브를 문 쪽으로 데려갔고, 나머지는 뒤를 따랐다.

그들이 밖으로 나서자 사진기자 한 명이 플래시를 터뜨렸다.

VII

우디 듀어는 뉴욕의 한 서적상으로부터 우편으로 프로이트의 『히스테리 연구』 한 권을 구했다. 요트 클럽 무도회—버펄로의 여름철 가장 중요한 사교 모임이다—가 열리는 날 밤, 그는 책을 갈색 종이로 깔끔하게 포장한 다음 붉은 리본으로 묶었다. "초콜릿을 받을 행운의 여자는 누구니?" 복도에서 어머니가 그를 지나며 물었다. 어머니는 눈이 하나뿐이었지만 놓치는 게 없었다.

"책이에요. 조앤 로즈로크에게 주려고요." 그가 말했다.

"무도회에 안 올걸."

"알아요."

어머니는 멈춰 서서 호기심에 찬 눈길로 그를 바라보다가 잠시 후 말했다. "그애를 진지하게 생각하는구나."

"그런 것 같아요. 하지만 그쪽에서는 제가 너무 어리대요."

"아마 자존심 문제겠지. 친구들이 왜 또래 남자를 못 만나느냐고 물을 테니까. 여자들은 그런 식으로 잔인하단다."

"그녀가 좀더 철이 들 때까지 물러서지 않으려고요."

어머니는 웃었다. "네 말을 들으면 걔가 웃겠구나."

"정말이에요. 그게 제가 가진 최고의 패니까요."

"하긴, 젠장, 나도 네 아버지를 꽤나 오래 기다렸으니까."

"그랬어요?"

"처음 만났을 때부터 사랑했단다. 오랫동안 애타게 그리워했어. 그이가 올가 발로프라는 천박한 암소에게 빠지는 것도 지켜봐야 했지. 네 아버지에게는 어림없는 수준이지만 어쨌든 눈이 두 개 달린 여자였으니까. 그 여자가 운전기사에게 넘어가다니, 하느님이 보살피셨지." 어머니는 말투가 좀 거칠기도 했는데, 할머니가 안 계실 때 특히 그랬다. 신문사에서 일하던 시절 생긴 나쁜 버릇이었다. "그리고 네 아버지는 전쟁에 나갔다. 꼭 붙드느라 내가 프랑스까지 가야 했어."

우디가 보기에 어머니의 추억에는 그리움과 고통이 뒤섞여 있었다. "하지만 어머니가 꼭 맞는 상대라는 걸 알게 되셨군요."

"결국에는."

"제게도 그런 일이 일어날 거예요."

어머니는 우디에게 키스했다. "행운을 빈다, 아들." 그녀가 말했다.

로즈로크 가족의 집까지는 1킬로미터가 조금 더 되는 거리였고, 우디는 걸어서 그곳에 갔다. 오늘밤 요트 클럽 무도회에 로즈로크 가족은 아무도 오지 않을 것이다. 워싱턴 리츠칼튼 호텔에서 벌어진 기이한 사건으로 데이브는 온갖 신문지상에 오르내렸다. 대표적인 헤드라인은 이런 식이었다. 영화계 거물, 신인 여배우에 피소. 최근 우디는 신문은 믿을 수 없다는 교훈을 얻었다. 하지만 잘 속아넘어가는 사람들은 분명 뭔가 있을 거라고, 그렇지 않다면 왜 경찰이 데이브를 체포했겠느냐고 했다.

그 이후 로즈로크 가족은 누구도 사교 모임에 나타나지 않았다.

집 밖에서 무장한 경비원이 우디를 멈춰 세웠다. "가족 모두 방문객은 사절이야." 그가 퉁명스레 말했다.

우디는 경비원이 기자들을 쫓아내느라 적잖은 시간을 보냈을 거라 짐작하고 무례한 말투를 용서했다. 그는 로즈로크 집안에서 일하는 가정부의 이름을 기억해냈다. "에스텔라 양에게 부탁해서 우디 듀어가 조앤에게 책을 가져왔다는 말을 전해주세요."

"내게 주면 된다." 경비원이 손을 내밀었다.

우디는 책을 꼭 붙잡은 채 말했다. "고맙지만 안 돼요."

경비원은 짜증스러운 듯했지만 우디를 진입로로 들이고 초인종을 눌렀다. 에스텔라가 문을 열자마자 말했다. "안녕, 우디 군. 들어와요. 조앤이 아주 반가워할 거예요!" 우디는 안으로 들어서며 경비원을 향해 승리의 눈길을 보냈다.

에스텔라는 우디를 빈 거실로 안내했다. 그녀는 우디가 여전히 어린 애인 양 우유와 쿠키를 먹겠느냐고 물었지만 그는 정중히 거절했다. 잠시 후 조앤이 들어왔다. 핼쑥한 얼굴에 올리브빛 피부는 꼭 색이 바랜 듯했지만 즐겁게 웃어 보이며 앉아서 이야기를 나누었다.

그녀는 책 선물에 기뻐했다. "이제 프로이트 박사에 대해 말로만 떠들어대지 말고 책을 읽어야겠네. 넌 내게 좋은 영향을 주네, 우디."

"나쁜 영향을 줬으면 했는데."

그녀는 못 알아들은 척했다. "무도회는 갈 거야?"

"표는 있지만 당신이 안 오면 별로 흥미 없어요. 대신 영화라도 보러 갈래요?"

"아니야. 고맙지만 괜찮아."

"아니면 둘이서 저녁이라도 할까요? 정말 조용한 곳에서. 버스 타는 것만 괜찮다면 말이죠."

"아, 우디. 물론 버스는 괜찮지만 넌 너무 어려. 어쨌거나 여름도 다 끝나가잖아. 넌 금방 학교로 돌아갈 테고 난 바사로 가야지."

"그곳에서 당신은 데이트를 하겠죠."

"정말 그러면 좋겠어!"

우디는 일어섰다. "좋아요. 난 독신 서약을 하고 수도원에 가야겠어요. 부탁이니 찾아오진 마요. 내 동료 수도승들이 흔들릴 테니까."

그녀는 웃었다. "고마워, 집안의 곤란한 일 때문에 힘든데 한숨 돌리게 해줘서."

조앤이 처음으로 아버지에게 닥친 일에 대해 언급했다. 원래 우디는 그 이야기를 꺼낼 생각이 없었지만, 그녀가 시작한 김에 말했다. "우리 모두 당신 편이라는 것 알죠? 아무도 그 배우 말 안 믿어요. 이곳 사람들은 그 사건이 레프 페시코프 자식이 꾸민 짓이라는 걸 알고 모두 분개하고 있죠."

"알아." 그녀가 말했다. "하지만 고발당한 것만 해도 아버지에게는 견디기 힘든 수치지. 내 생각에 부모님은 플로리다로 이사 가실 거야."

"정말 유감이에요."

"고마워. 이제 무도회 가야지."

"가게 되면 가죠."

그녀는 우디를 문까지 배웅했다.

"작별키스 해도 되나요?" 그가 말했다.

그녀는 앞으로 몸을 기울여 그의 입술에 키스했다. 지난번 키스와는 달랐고, 우디는 그녀를 안고 힘껏 입을 맞추어서는 안 된다는 걸 본능적으로 알았다. 점잖은 키스였다. 그녀의 입술이 그의 입술 위에 머문 달콤한 시간은 단숨에 지나갔다. 조앤은 그에게서 떨어져 현관문을 열었다.

"잘 자요." 우디는 밖으로 나가며 말했다.

"안녕." 조앤이 대답했다.

VIII

그레그 페시코프는 사랑에 빠졌다.

재키 제이크스는 아버지가 그를 위해 돈으로 산 존재, 데이브 로즈로크를 함정에 빠뜨리는 것을 돕는 대가로 주어진 보상임을 알았지만 그럼에도 그녀를 진심으로 사랑했다.

그들이 경찰서에서 돌아온 뒤 몇 분 만에 그는 동정을 잃었고, 이후 일주일 가까이 그녀와 리츠칼튼의 침대에서 지냈다. 재키는 자기가 이미 '정리'를 해두었기 때문에 피임에 신경쓸 필요가 없다고 했다. 그레그는 그 뜻을 아주 막연하게밖에 알 수 없었지만 어쨌거나 그녀의 말을 믿기로 했다.

평생 그렇게 행복한 적이 없었다. 그녀가 너무 좋았다. 특히 어린 여자애처럼 굴 때나 머리가 팽팽 돌아갈 때, 날카로운 유머감각이 드러날 때. 그녀는 그레그의 아버지가 시켜서 그를 유혹한 것을 인정했다. 하지만 애당초 생각과 달리 사랑에 빠졌다고도 고백했다. 그녀의 진짜 이름은 메이블 제이크스였고 열아홉 살인 척하지만 사실은 열여섯 살로 그레그보다 겨우 몇 달 먼저 태어났다.

재키를 영화에 출연시켜주겠다던 레프는 여전히 제대로 맞는 역할을 찾는 중이라고만 했다. 레프의 말투에 남아 있는 러시아 악센트를 똑같이 흉내내며 그녀가 말했다. "하지만 내 생각엔 그 사람이 열나게 알아보고 있지는 않은 것 같아."

"대본에 흑인 배우 등장 부분이 많지 않아서겠지." 그레그가 말했다.

"알아. 하녀 역이나 맡아서 눈알을 굴리며 마님 소리나 하겠지. 연극이나 영화에도 아프리카 사람이 나와. 클레오파트라, 한니발, 오셀로처럼. 하지만 그런 역할도 대개 백인 배우가 한다고." 세상을 떠난 아버지가 흑인 대학의 교수인 재키는 그레그보다 문학에 대해 더 많이 알았다. "어쨌든 왜 흑인들은 흑인 역할만 맡아야 하지? 클레오파트라를 백인 여배우가 연기한다면 줄리엣을 흑인이 못할 이유는 뭐야?"

"사람들이 이상하게 생각할 테니까."

"그러다 익숙해지겠지. 사람들은 뭐든 익숙해져. 예수 역할은 유대인만 해야 하나? 아무도 신경쓰지 않아."

그레그는 그녀의 말이 옳다고 생각했지만 그럼에도 그런 일은 일어나지 않을 것이다.

이제 버펄로로 돌아가야 한다고 레프가 말했을 때—늘 그러듯이 직전에야 알려주었다—그레그는 엄청난 충격을 받았다. 그는 아버지에게 재키도 갈 수 없느냐고 물었지만 레프는 웃더니 말했다. "아들아, 먹는 곳에서는 싸는 법이 아니야. 다음에 워싱턴에 오면 또 만날 수 있다."

그럼에도 재키는 하루 뒤 그를 따라 버펄로로 왔고 캐널 가 근처의 싼 방으로 이사했다.

레프와 그레그는 이후 몇 주 동안 로즈로크 극장들을 접수하느라 바쁘게 지냈다. 데이브는 결국 처음 제시한 가격의 4분의 1인 이백만 달러에 극장을 팔았고, 아버지에 대한 그레그의 존경심은 한 계단 더 올라갔다. 재키는 고소를 취하했고 언론에는 돈으로 합의를 본 것처럼 흘렸다. 그레그는 아버지의 냉담한 기질에 경외심을 느꼈다.

그리고 그는 재키를 가졌다. 어머니에게는 매일 밤 친구들과 놀러간다고 말했지만 사실은 시간만 나면 재키와 함께 보냈다. 그녀에게 시내 구경을 시켜주고, 호숫가로 소풍도 갔고, 심지어 고속 모터보트를 빌려서 태워주기도 했다. 아무도 그녀를 리츠칼튼 호텔에서 목욕가운 차림으로 걸어나오던 신문 속 흐릿한 사진의 여자와 연결시키지 못했다. 하지만 두 사람은 뜨거운 여름 저녁 대부분을 그녀의 작은 방 좁은 침대 위에서 낡은 시트와 뒤엉킨 채 땀범벅이 되어 혼이 나갈 만큼 행복한 섹스를 나누며 보냈다. 그들은 나이가 차는 대로 결혼하기로 마음먹었다.

오늘밤 그레그는 그녀를 요트 클럽 무도회에 데려갈 예정이었다.

표를 구하기는 엄청나게 어렵지만 학교 친구에게 뇌물을 먹였다.

그는 재키에게 분홍색 새틴 드레스를 새로 사주었다. 마르가로부터 용돈을 두둑이 받고 있었고 레프도 이따금 기꺼운 마음으로 50달러씩 줬기 때문에 돈은 늘 필요 이상으로 많았다.

마음 한편에서는 경고음이 울렸다. 무도회에서 재키를 제외한 흑인은 모두 음료수를 나르고 있을 것이다. 그녀는 그다지 내키지 않아했지만 그레그가 설득했다. 젊은이들은 그를 부러워해도 나이든 사람들은 거부감을 드러낼지 몰랐다. 수군거리는 사람들도 있을 터였다. 그는 재키의 아름다움과 매력이 대부분의 편견을 덮을 거라고 생각했다. 어느 누가 그녀에게 끌리지 않겠는가? 하지만 만일 어떤 바보가 술에 취해 그녀를 모욕한다면 양 주먹으로 녀석에게 가르침을 줄 작정이었다.

이런 생각을 하고 있는 동안에도, 사랑에 눈먼 바보는 되지 말라는 어머니의 목소리가 들려왔다. 하지만 남자가 엄마 말만 들으며 인생을 살아갈 수는 없는 법이었다.

흰 넥타이에 연미복 차림으로 캐널 가를 따라 걸으며 그레그는 새 드레스를 입은 재키를 빨리 보고 싶었다. 어쩌면 무릎을 꿇고 팬티와 가터벨트가 보일 때까지 드레스 자락을 걷어올릴지도 모른다.

그는 그녀가 사는 건물로 들어섰다. 여러 가구가 나누어 사는 오래된 주택이었다. 계단에는 낡아서 해진 빨간 카펫이 깔렸고 음식 양념 냄새가 풍겼다. 그는 자기 열쇠를 꺼내 문을 열고 그녀의 방에 들어갔다.

비어 있었다.

이상했다. 그도 없이 그녀가 어디를 간 걸까?

마음속에 두려움을 품고 그는 벽장을 열었다. 분홍색 새틴 무도회 드레스만 덜렁 걸려 있었다. 나머지 옷들은 보이지 않았다.

"안 돼!" 그는 큰 소리로 외쳤다. 어떻게 이런 일이 벌어진단 말인가.

곧 부서질 것 같은 소나무 탁자 위에 봉투 하나가 보였다. 봉투를 집어들고 겉면을 보니 재키의 학생 같은 깔끔한 필체로 그의 이름이 쓰여 있었다. 두려움이 엄습했다.

떨리는 손으로 봉투를 뜯고 짧은 편지를 읽었다.

내 사랑 그레그,

지난 삼 주는 내 평생 가장 행복했어.

마음속으로는 우리가 결혼할 수 없으리라는 걸 알았지만 아닌 척하는 편이 좋았지.

사랑스러운 넌 멋진 남자로 자랄 거야. 아버지를 너무 닮지만 않는다면.

재키가 여기 사는 걸 아버지가 알아내고 어떻게든 떠나게 만든 건가? 그럴 리가 없어. 아닌가?

안녕. 그리고 날 잊지 마.

네 선물이었던 재키

그레그는 편지를 구겨 쥐고 눈물을 흘렸다.

IX

"정말 멋져." 에바 로트만이 데이지 페시코프에게 말했다. "내가 남자라면 금방 너와 사랑에 빠질 거야."

데이지는 미소지었다. 에바는 이미 조금은 사랑에 빠진 것 같았다. 데이지는 정말 아름다웠고, 오건디 소재의 연푸른 무도회 드레스가 그녀의 파란 눈을 더욱 깊어 보이게 했다. 드레스는 밑단을 프릴로 장식했는데 앞쪽은 복사뼈까지 내려왔다가 뒤쪽은 종아리 중간까지 깡총하게 올라가는 재치 있는 디자인이라 스타킹을 신어 속이 훤히 비치는 다리가 감질나게 살짝살짝 드러났다.

그녀는 어머니의 사파이어 목걸이를 걸었다. "네 아버지가 사준 거야. 그나마 가끔이라도 내게 잘해주던 시절에 말이야." 올가가 말했다. "그래도 서둘러라, 데이지. 너 때문에 모두 늦겠어."

올가는 점잖은 네이비블루 옷을, 에바는 어두운 피부에 어울리는 붉은색 옷을 입었다.

데이지는 행복한 기운에 잠겨 계단을 내려갔다.

그들은 집을 나섰다. 오늘밤 운전기사 역할까지 맡은 정원사 헨리가 검게 반짝이는 오래된 스터츠의 문을 열어주었다.

데이지에게 중요한 날이었다. 오늘밤 찰리 파커슨이 정식으로 그녀에게 청혼할 예정이었다. 그는 집안의 가보인 다이아몬드 반지를 그녀에게 선물할 것이다. 그녀도 이미 그 반지를 봤고, 마음에 들어서 자기 손가락에 맞게 크기를 줄여놓았다. 그녀는 청혼을 받아들일 것이고 이어서 무도회에 온 모든 참석자 앞에서 공식적으로 약혼을 발표할 예정이었다.

그녀는 신데렐라가 된 기분으로 차에 올랐다.

오직 에바만이 의구심을 보였다. "너와 더 어울리는 다른 누군가를 찾아야 하지 않을까?" 그녀는 말했다.

"내가 자기한테 이래라저래라 못하게 하는 사람?" 데이지가 말했다.

"아니, 너만큼 잘생기고 매력적이고 섹시한 사람."

평상시 에바답지 않게 날카로운 말이었다. 그것은 찰리가 못생기고 매력 없고 평범하다는 뜻이었다. 깜짝 놀란 데이지는 어떻게 대꾸해야 할지 알 수 없었다.

어머니가 그녀를 구해주었다. 올가가 말했다. "난 잘생기고 매력적이고 섹시한 사람과 결혼했지만 그 사람 때문에 말도 못하게 비참했어."

에바는 더는 아무 말도 하지 않았다.

자동차가 요트 클럽에 가까워지며 데이지는 스스로 자제하겠다고 다짐했다. 그녀가 느끼는 승리감을 드러내선 안 되었다. 버펄로 여성회가 어머니에게 가입 초청을 한 사실이 놀랍지도 않다는 듯 행동해야 했다. 다른 여자들에게 커다란 다이아몬드를 보여주면서, 찰리는 그녀의 분에 넘치는 멋진 상대라고 품위 있게 말할 작정이었다.

찰리를 더욱 멋진 사람으로 만들 계획도 있었다. 신혼이 지나는 대로 찰리와 함께 경주마 조련시설을 짓기 시작할 터였다. 오 년 안에 그들은 세계에서 가장 명망 있는 새러토가스프링스나 롱샹, 로열 애스콧 경주에 참가할 것이다.

여름이 가을로 넘어가는 그날 황혼 무렵 자동차가 선착장에 도착했다. "오늘밤엔 꽤 늦게 돌아갈 것 같아요, 헨리." 데이지가 쾌활하게 말했다.

"아무 걱정 마세요, 데이지 양." 헨리가 대답했다. 그는 그녀를 아주 귀여워했다. "즐거운 시간 보내시고요."

출입구에서 데이지는 빅터 딕슨이 뒤따라 들어오는 모습을 보았다. 누구에게나 호의를 베풀고 싶은 마음에 그녀가 말했다. "어머, 빅터. 여동생이 영국 왕을 배알했다고 들었어요. 축하해요!"

"흠, 그래요." 그는 당황한 눈치였다.

그들은 클럽에 들어섰다. 처음으로 본 사람은 올가가 그 거만 떠는 클럽에 가입할 수 있도록 허락한 어슐러 듀어였다. 데이지는 그녀를 향해 따뜻하게 웃으며 인사했다. "안녕하세요, 듀어 부인."

어슐러는 딴 데 정신이 팔린 듯했다. "미안해요, 잠시만요." 그러고는 로비를 가로질러갔다. 자기가 여왕인 줄 알지. 데이지는 생각했다.

하지만 그렇다고 예절조차 필요 없다는 건가? 데이지는 언젠가 자기가 버펄로 사교계를 지배하게 되었을 때 누구에게나 변함없이 정중하게 대하겠다고 다짐했다.

세 여자는 화장실로 가서 집을 떠난 뒤 이십 분 동안 혹시라도 뭔가 잘못되었을까봐 거울에 비친 외모를 점검했다. 도트 렌쇼가 들어와 그들을 보더니 다시 밖으로 나갔다. "멍청한 것." 데이지가 말했다.

하지만 어머니는 걱정스러운 모양이었다. "무슨 일이지? 도착한 지 이제 겨우 오 분 지났을 뿐인데 벌써 세 사람에게 무시당했잖아!"

"질투하는 거야." 데이지가 말했다. "도트는 자기가 찰리랑 결혼하고 싶어했거든."

올가가 말했다. "지금이라면 도트 렌쇼는 거의 아무하고나 결혼하고 싶겠네."

"신경쓰지 마. 우리끼리 즐기면 돼." 데이지는 말을 마치고 앞장서서 밖으로 나갔다.

무도회장으로 들어서자 우디 듀어가 그녀에게 인사를 건넸다. "이제야 제대로 된 신사를 만났군." 데이지가 말했다.

우디는 목소리를 낮추고 말했다. "저는 그저 아버지가 했을지도 모르는 일 때문에 사람들이 당신을 비난하는 건 잘못이라고 생각한다는 말을 하고 싶어요."

"그들 모두 아버지한테서 술을 산 적이 있다면 더욱 그렇지!" 그녀가 대답했다.

그 순간 미래의 시어머니가 보였다. 주름 장식이 들어간 분홍색 드레스는 앙상한 몸매를 전혀 보완해주지 못했다. 노라 파커슨은 아들이 정한 신붓감을 두 팔 벌려 환영하지는 않았지만 받아들였고, 서로의 집을 방문했을 때도 올가에게 다정하게 대했다. "파커슨 부인! 정말 예쁜 드레스네요!" 데이지가 말했다.

노라 파커슨은 돌아서서 다른 곳으로 가버렸다.

에바는 헉하고 놀랐다.

불현듯 공포감이 데이지를 엄습했다. 그는 우디를 향해 돌아섰다. "이건 술 밀매 때문이 아니지?"

"아니에요."

"그럼 뭐지?"

"찰리에게 물어봐야 해요. 저기 오네요."

찰리는 덥지도 않은데 땀을 흘리고 있었다. "어떻게 된 일이에요?" 데이지가 그에게 물었다. "모두가 나를 무시하고 있어요!"

그는 지독히 긴장한 상태였다. "다들 당신 가족에게 몹시 화가 나 있어요." 그가 말했다.

"왜요?" 그녀는 언성을 높였다.

근처에 있던 여러 사람이 그 큰 목소리에 주위를 둘러보았다. 데이지는 신경쓰지 않았다.

찰리가 말했다. "당신 아버지가 데이브 로즈로크를 망가뜨렸어요."

"리츠칼튼에서 있었던 사건 말하는 거예요? 그 일이 나랑 무슨 상관이라는 거죠?"

"데이브가 페르시아 사람이든 뭐든, 다들 그 사람을 좋아했어요. 누굴 강간할 사람이 아니라고 믿는다고요."

"난 그가 그랬다고 말한 적 절대 없어요!"

"알아요." 찰리가 말했다. 괴로운 기색이 역력했다.

이제 사람들은 대놓고 두 사람을 구경했다. 빅터 딕슨, 도트 렌쇼, 척 듀어.

데이지는 찰리에게 말했다. "하지만 내가 욕을 먹게 되네요. 그런 거예요?"

"당신 아버지는 끔찍한 짓을 저질렀어요."

데이지는 두려움에 얼어붙었다. 마지막 순간에 승리를 잃을 수는 없지 않은가. "찰리, 지금 무슨 말을 하는 거예요? 좀 솔직하게 말해봐요, 제발."

에바는 친구를 부축하겠다는 뜻으로 데이지의 허리에 팔을 감았다.

찰리가 대답했다. "어머니가 도저히 용서할 수 없다고 하셨어요."

"그게 무슨 뜻이죠? 용서할 수 없다니?"

찰리는 괴로운 시선으로 그녀를 바라보았다. 차마 제 입으로 말하지 못했다.

하지만 그럴 필요가 없었다. 데이지는 그가 무슨 말을 하려는지 알았다. "끝났군요. 그렇죠? 나를 차버리는 거야."

그는 고개를 끄덕였다.

올가가 말했다. "데이지, 돌아가야겠다." 그녀는 눈물을 흘리고 있었다.

데이지는 주위를 둘러보았다. 턱을 든 채 다른 모두를 내려다보았다. 도트 렌쇼는 심술궂게 기뻐했고, 빅터 딕슨은 감탄했고, 아직 어린 척 듀어는 놀라서 입을 떡 벌렸고, 그의 형 우디는 동정 어린 표정이었다.

"모두 지옥에나 가버려!" 데이지는 큰 소리로 말했다. "나는 런던에 가서 왕과 춤출 거라고!"

3장
1936년

I

화창한 1936년 5월의 토요일 오후였다. 로이드 윌리엄스가 케임브리지에서 2학년을 마쳐가던 그때, 역사가 오랜 대학교의 흰 석조 회랑 사이로 파시즘이 비열한 머리를 들이밀고 있었다.

로이드는 이매뉴얼 칼리지—'에마'로 알려졌다—에서 현대 언어를 전공하고 있었다. 프랑스어와 독일어를 공부했는데 독일어가 더 마음에 들었다. 독일 문화의 영광에 몰두하며 괴테와 실러, 하이네, 토마스 만을 읽다가도 가끔 조용한 도서관의 책상에서 고개를 들고 오늘날 야만에 빠진 독일의 모습을 슬프게 되새겨보았다.

그러던 중 영국 파시스트 연합의 지역 지부가 그들의 지도자인 오즈월드 모즐리 경이 케임브리지 모임에서 연설을 한다고 발표했다. 그 소식을 들은 로이드는 삼 년 전 베를린으로 돌아갔다. 갈색셔츠 깡패들이 모드 폰 울리히의 잡지사 사무실을 엉망으로 만들던 모습이 다시 떠올랐다. 의회에 선 히틀러가 증오를 가득 담아 민주주의를 모독하던 목소리가 다시 들렸다. 머리에 양동이를 뒤집어쓴 외르크를 맹렬히 공격하던 개들의 피에 젖은 주둥이가 떠올라 다시금 몸서리가 쳐졌다.

지금 로이드는 케임브리지 역 플랫폼에 서서 런던발 기차에서 내릴 어머니를 기다리고 있었다. 지역 노동당 동료 운동가인 루비 카터도 함께였다. 루비는 그를 도와 '파시즘의 진실'이라는 주제로 오늘의 집회를 준비했다. 로이드의 어머니 에스 레크위드는 집회에서 연설을 할 예정이었다. 그녀가 독일에 관해 쓴 책은 큰 성공을 거두었다. 그녀는 1935년 다시 의회 선거에 나섰고, 다시 한번 올드게이트의 지역 의원이 되었다.

로이드는 집회를 앞두고 긴장되었다. 모즐리의 새 정당은 수천 명의 당원을 모았다. 일부는 〈데일리 메일〉의 열성적인 지원 덕분이었는데, 이 신문은 검은셔츠* 만세!라는 악명 높은 헤드라인을 동원하기도 했다. 모즐리는 카리스마 넘치는 연설가였고, 오늘도 분명 새 당원을 만들어낼 터였다. 그의 매력적인 거짓과 대조를 이룰 이성의 밝은 불빛이 반드시 필요했다.

하지만 루비는 수다스러웠다. 그녀는 케임브리지에서의 사교생활에 대해 불만을 늘어놓았다. "여기 남자들은 정말이지 지루해요." 그녀가 말했다. "원하는 건 오로지 술집에 가서 취하는 것뿐이잖아요."

로이드는 깜짝 놀랐다. 그는 루비가 순조로운 사교생활을 하고 있다고 생각했다. 그녀는 언제나 몸에 약간 끼는 비싸지 않은 옷으로 통통한 몸매를 드러냈다. 남자라면 대부분 그녀에게 매력을 느낄 줄 알았다. "당신은 뭐 좋아하는데요?" 그가 물었다. "노동당 집회 준비하는

* 일반적으로 파시스트 신봉자를 가리킨다.

거 말고."

"춤추는 걸 아주 좋아해요."

"파트너가 모자랄 일은 없겠군요. 대학 성비는 여자 한 명당 남자 열두 명이니까요."

"기분 나쁘라고 하는 소리는 아니지만, 그 학교 남자들은 대부분 동성애자예요."

케임브리지 대학에 남자 동성애자가 상당히 많다는 사실은 로이드도 알았지만 그녀가 이런 주제를 언급하다니 놀라웠다. 아무리 둘러말하는 법이 없기로 유명한 루비라 해도 놀랄 일이었다. 로이드는 어떻게 대꾸해야 할지 몰라 잠자코 있었다.

루비가 말했다. "당신은 그런 사람 아니죠?"

"아닙니다! 말도 안 되죠."

"모욕이라고 생각하진 마요. 동성애자로 여길 만큼 잘생겼으니까요. 찌부러진 코만 빼고."

로이드는 웃었다. "욕인지 칭찬인지 모르겠다더니."

"사실인걸요. 당신 더글러스 페어뱅크스 주니어* 닮았어요."

"어쨌든 고마워요. 하지만 동성애자는 아닙니다."

"여자친구 있어요?"

난처한 상황이 전개되고 있었다. "아뇨, 지금은 없어요." 그는 손목시계를 들여다보고 기차가 오는지 살피는 척했다.

"왜 없어요?"

"이상적인 여자를 아직 못 만났으니까요."

"아, 아주 고맙네요. 정말로요."

---

* 미국의 영화배우이자 제작자.

로이드는 그녀를 보았다. 그녀의 말은 농담 반 진담 반이었다. 자기 말을 그녀가 기분나쁘게 받아들였다는 사실에 로이드는 당황스러웠다. "그런 뜻이 아니고……"

"아뇨, 그런 뜻이었죠. 하지만 신경쓰지 마세요. 기차가 오네요."

기관차가 역사로 들어서더니 김을 잔뜩 내뿜으며 멈춰 섰다. 문이 열리고 승객들이 플랫폼에 내려섰다. 트위드 재킷을 입은 학생, 장을 보러 나선 농가 아낙네, 납작한 모자를 쓴 노동자. 로이드는 사람들을 살피며 어머니를 찾았다. "어머니는 3등칸에 탔을 거예요. 그게 원칙이시죠."

루비가 물었다. "내 스물한번째 생일 파티에 올래요?"

"물론이죠."

"내 친구가 마켓 가에 있는 작은 공동주택에 사는데, 집주인 아주머니가 귀가 어두워요."

로이드는 그런 불편한 초대에 어떻게 대답해야 좋을지 몰라 우물쭈물했다. 그 순간 어머니가 모습을 드러냈다. 지저귀는 새처럼 예쁜 그녀는 빨간색 여름코트와 멋진 모자 차림이었다. 그녀는 로이드를 안고 키스했다. "아주 좋아 보이는구나, 사랑하는 아들. 하지만 다음 학기에는 새 양복 한 벌 사줘야겠다."

"이 옷도 괜찮아요, 어머니." 장학금으로 등록금과 기본적인 생활비는 해결할 수 있었지만 양복을 살 정도는 못 되었다. 로이드가 케임브리지에 입학할 때 어머니는 저축을 털어서 낮에 입을 트위드 양복과 격식을 차린 만찬에 입고 갈 야회복을 사주었다. 트위드 양복은 이 년 동안 매일 입었더니 겉으로도 그 사실이 드러났다. 차림새에 까다로운 그는 늘 깨끗한 흰 셔츠에 완벽한 매듭으로 넥타이를 매고 가슴 주머니에는 흰 손수건을 접어넣고 다녔다. 조상 가운데 누군가 멋쟁이였던 게 틀림없었다. 양복은 신경써서 다렸지만 슬슬 허름해졌고, 사실 그도 새 옷을 원했지만 어머니가 모은 돈을 써버리는 건 바라지 않았다.

"생각해보자." 어머니가 말했다. 그리고 루비를 향해 따뜻하게 미소 지으며 손을 내밀었다. "에스 레크위드라고 해요." 마치 그곳을 방문중인 공작부인인 양 느긋하고 우아한 태도였다.

"만나서 반갑습니다. 저는 루비 카터입니다."

"당신도 학생인가요, 루비?"

"아뇨, 침블레이라는 큰 지방 영지 저택에서 하녀로 일해요." 사실을 고백하는 루비는 조금 부끄러운 기색이었다. "시내에서 8킬로미터쯤 떨어진 곳인데, 그래도 대개 자전거를 빌려 탈 수 있습니다."

"놀랍네!" 에설이 말했다. "자네 나이였을 때 나도 웨일스 지방 영지 저택의 하녀였지."

루비는 깜짝 놀랐다. "하녀요? 그런데 지금은 의회 의원이시잖아요!"

"민주주의가 바로 그런 거지."

로이드가 말했다. "루비하고 제가 오늘 집회를 함께 준비했어요."

어머니가 말했다. "그래, 어떻게 돼가고 있지?"

"표는 다 팔렸어요. 사실 장소를 더 큰 곳으로 옮겨야 했죠."

"내가 잘될 거라고 했잖아."

집회는 에설의 아이디어였다. 루비 카터를 비롯한 다른 많은 노동당원은 시내를 가로질러 행진하는 항의시위를 원했다. 로이드도 처음에는 동의했다. "기회가 있을 때마다 공개적으로 파시즘에 반대해야 해요." 그가 말했다.

에설의 조언은 달랐다. "행진을 하고 구호를 외치면 그들과 똑같아 보일 거야." 그녀가 말했다. "다른 걸 보여줘. 조용하고 지적인 집회를 열어서 파시즘의 실체를 논하는 거야." 로이드는 확신이 서지 않았다. "원한다면 내가 가서 연설을 하지." 그녀가 말했다.

로이드는 어머니의 의견을 케임브리지 지구당에 전했다. 열띤 토론이 벌어졌고, 루비가 에설의 계획에 반대하는 의견을 이끌었다. 하지만 결국에는 의회 의원이자 유명한 여성운동가가 연설을 하러 오는 쪽으로 결론이 났다.

로이드는 그것이 올바른 결정인지 여전히 미심쩍었다. 베를린에서 모드 폰 울리히가 했던 말이 떠올랐다. "폭력에 폭력으로 맞서선 안 돼." 그것이 독일 사민당의 정책이었고, 울리히 가족과 독일에 재앙을 불러왔다.

세 사람은 기차역의 노란 벽돌로 만든 로마네스크 양식 아치를 지나 녹음이 우거진 스테이션 로드에 서둘러 접어들었다. 역시 노란색 벽돌로 지은 중산층 주택이 들어선 거리였다. 에설은 로이드와 팔짱을 꼈다. "우리 아기 대학생은 잘 지내?" 그녀가 물었다.

로이드는 아기라는 말에 웃음을 지었다. 그는 어머니보다 키가 10센티미터는 더 컸고 대학 복싱팀에서 훈련을 해서 몸도 근육질이었다. 한 손으로 어머니를 들 수도 있었다. 어머니가 뿌듯함에 겨워 그런다는 것을 그도 알았다. 어머니 평생 로이드가 이 대학에 진학한 것만큼 기쁜 일은 거의 없었다. 양복을 사주고 싶어하는 것도 어쩌면 그래서인지 모른다.

"여기 정말 좋아요. 아시잖아요." 그가 말했다. "노동자 집안 아들들로 가득하면 더 좋겠지만."

"딸도요." 루비가 끼어들었다.

그들은 시내 중심으로 통하는 주요 도로인 힐스 로드에 접어들었다. 철도가 들어서면서 기차역이 있는 남쪽으로 시내가 확장되었고, 새로 조성된 근교의 필요에 부응하기 위해 힐스 로드를 따라 교회들이 들어섰다. 그들의 목적지는 좌익 성향의 목사가 무료로 장소를 제공하겠다고 나선 침례교 교회였다.

"파시스트들과 협상을 했어요." 로이드가 말했다. "행진을 하지 않겠다고 약속하면 우리도 안 하겠다고요."

"그들이 동의했다니 놀랍네." 에설이 말했다. "파시스트는 행진을 정말 좋아하는데."

"주저하더라고요. 하지만 내가 무슨 제안을 했는지 대학 당국과 경찰에도 알렸고, 파시스트들은 거의 어쩔 수 없이 받아들인 거죠."

"수완이 좋구나."

"그런데 엄마, 이 지역에서 그들을 이끄는 지도자가 누군지 알아요? 보이 피츠허버트라는 애버로언 자작, 엄마의 예전 고용인이던 피츠허버트 백작의 아들이에요!" 그는 로이드와 동갑인 스물한 살이었고, 귀족적인 트리니티 칼리지에서 공부하고 있었다.

"뭐야? 맙소사!"

어머니가 예상보다 크게 놀라 로이드는 그녀를 바라보았다. 얼굴이 창백했다. "놀랐어요?"

"그래!" 그녀는 다시 평정을 되찾았다. "걔 아버지가 외무부 정무차관이잖아." 현정부는 보수당이 주축인 연립정부였다. "피츠가 틀림없이 거북해하겠군."

"보수당원들은 대부분 파시즘에 관대할 거라고 봐요. 공산주의자를 죽이거나 유대인을 박해하는 걸 잘못이라고 생각하지 않으니까요."

"일부가 그럴 수도 있지만 네 말은 과장이야." 그녀는 로이드를 곁눈으로 힐끔 보았다. "그래서 만나러 갔니?"

"네." 이것이 어머니에게 각별히 중요해 보이기는 했지만 로이드는 이유를 알 수 없었다. "정말이지 끔찍했어요. 트리니티에 있는 그의 방에 스카치위스키가 상자째 있더라고요. 열두 병이나 말이에요!"

"너 전에도 개를 한 번 만난 적이 있어. 기억하니?"

"아뇨, 언제요?"

"아홉 살 때였지. 내가 의원이 된 지 얼마 되지 않아서 널 의사당에 데려갔었어. 피츠와 그 아들을 계단에서 마주쳤지."

희미하게 기억이 떠올랐다. 어머니는 그때나 지금이나 이상하리만큼 그 일을 중요하게 여기는 듯했다. "그게 개였어요? 정말 재미있군요."

루비가 끼어들었다. "그 사람 알아요. 돼지 같은 놈. 하녀들에게 집적대요."

로이드는 충격을 받았지만 어머니는 놀랍지도 않다는 눈치였다. "불쾌하지만 늘 있는 일이지." 그런 걸 용인하는 어머니의 모습에 그는 한층 더 소름이 끼쳤다.

교회에 도착한 그들은 뒷문으로 들어갔다. 제의실 비슷한 방에 로베르트 폰 울리히가 와 있었다. 줄무늬 넥타이에 대담한 녹색과 갈색 체크무늬 양복 차림인 그는 놀라울 정도로 영국인처럼 보였다. 일어서는 그를 에설이 안았다. 로베르트는 흠잡을 데 없는 영어로 말했다. "내 친구 에설, 완벽하게 예쁜 모자군요."

로이드는 집회가 끝나면 내갈 차와 비스킷을 티포트와 접시에 준비하는 지역 노동당의 여성 당원들을 어머니에게 소개했다. 정치 집회를 준비하는 사람들은 의회 의원들이 화장실에 갈 필요가 없다고 믿는 것 같다는 에설의 불평을 여러 번 들은 로이드가 말했다. "루비, 시작하기 전에 우리 어머니에게 화장실이 어디 있는지 알려드릴래요?" 두 여자는 사라졌다.

로이드는 로베르트 옆에 앉아 친근하게 말했다. "사업은 어떠세요?"

로베르트는 루비가 불평하던 동성애자들이 좋아하는 레스토랑을 운영하고 있었다. 어찌된 일인지 그는 1930년대의 케임브리지가 1920년

대의 베를린과 마찬가지로 그런 남자들에게 잘 맞는다는 사실을 알아차렸다. 새로 차린 레스토랑 이름도 예전과 똑같이 '비스트로 로베르트'였다. "사업은 좋아." 그가 대답했다. 얼굴에 그늘이 스쳤다. 찰나이지만 진정한 두려움이 엿보이는 진지한 표정이었다. "이번에는 내가 세운 걸 지킬 수 있었으면 한다."

"우리는 파시스트들과 싸워 이길 수 있도록 최선을 다할 겁니다. 이런 집회들이 그 수단이죠." 로이드가 말했다. "아저씨 이야기가 큰 도움이 될 겁니다. 사람들이 눈을 뜨도록 해줄 거예요." 로베르트는 파시즘 치하의 삶에 대해 개인적인 경험을 말하기로 되어 있었다. "많은 사람이 여기서는 그런 일이 벌어질 수 없다고 하지만, 그 생각은 틀렸어요."

로베르트는 동의한다는 듯 암울한 표정으로 고개를 끄덕였다. "파시즘은 거짓이지만 매혹적이지."

로이드는 삼 년 전 베를린을 방문했던 일이 머릿속에 생생했다. "가끔 그때 그 비스트로 로베르트는 어떻게 되었을까 궁금해요." 그가 말했다.

"친구한테서 편지 한 장을 받았어." 로베르트는 슬픔이 가득한 목소리로 말했다. "예전 단골들은 이제 아무도 그곳에 가지 않는대. 와인저장고는 마케 형제가 경매로 넘겨버렸고. 요새 손님들은 대부분 중간계급의 경찰과 관료라더구나." 그리고 더욱 괴로운 표정으로 덧붙였다. "테이블보도 안 깐대." 그러더니 느닷없이 다른 이야기를 꺼냈다. "트리니티 무도회 가고 싶니?"

대부분 칼리지는 시험이 끝나는 걸 축하하기 위해 여름 무도회를 열었다. 관련된 파티와 야유회까지 묶어 메이 위크May Week라고 불렀는데 이름과 달리 6월에 열렸다. 트리니티 무도회는 호화롭기로 유명했다. "가고 싶은데 돈이 없어요." 로이드가 말했다. "표 한 장에 2기니죠?"

"내게 한 장이 왔더라. 네가 가져도 돼. 술 취한 학생 수백 명이 재즈 밴드에 맞춰 춤을 춘다니 생각만으로도 난 끔찍해."

로이드는 가고 싶었다. "하지만 연미복이 없어요." 칼리지 무도회에 참석하려면 연미복에 흰 넥타이를 갖춰야 했다.

"내 걸 빌려주지. 허리가 크겠지만 키는 비슷하니까."

"그럼 그럴게요. 감사합니다!"

루비가 다시 나타났다. "당신 어머니 멋진 분이에요." 그녀는 로이드에게 말했다. "그분이 하녀였던 사실은 전혀 몰랐어요!"

로베르트가 말했다. "나는 에설을 이십 년 넘게 알고 지냈지. 진정 비범한 사람이야."

"당신이 왜 이상적인 여자를 못 만났는지 알겠어요." 루비가 로이드에게 말했다. "어머니 같은 사람을 찾고 있지만, 그런 여자는 많지 않으니까."

"어쨌거나 뒷부분은 맞는 말이네요." 로이드가 대답했다. "어머니 같은 여자는 없어요."

루비는 고통스러운 듯 얼굴을 찡그렸다.

로이드가 말했다. "왜 그래요?"

"치통이에요."

"치과에 가야죠."

그녀는 무슨 바보 같은 소리냐는 표정으로 그를 보았다. 하녀의 임금으로는 치과에 갈 수 없다는 사실을 깨닫고 로이드도 자신이 어리석었다고 생각했다.

그는 문으로 다가가 틈 사이로 예배당을 살펴보였다. 다른 많은 비국교도 교회처럼 벽을 희게 칠한 평범한 사각형 공간이었다. 날씨가 따뜻해서 투명한 유리창을 열어두었다. 청중이 줄지어 놓인 의자를 가득 메우고 기대감에 차 기다리고 있었다.

에설이 돌아오자 로이드가 말했다. "모두 괜찮으시다면 제가 집회를 시작하겠습니다. 그러면 로베르트 씨가 개인적인 이야기를 해주시고, 저희 어머니가 정치적 교훈을 짚어주시겠습니다."

모두 동의했다.

"루비, 파시스트들을 지켜봐주겠어요? 혹시 무슨 일이 생기면 내게 알려주고요."

에설이 얼굴을 찌푸렸다. "정말 그렇게까지 해야 해?"

"그들이 약속을 지키리라 믿지 않는 게 나을 수도 있어요."

루비가 말했다. "그들 모임은 도로를 따라 400미터쯤 떨어진 곳에서 열려요. 뛰어서 오가며 살펴볼 수 있어요."

그녀는 뒷문으로 나갔고, 로이드는 다른 두 사람을 교회 안으로 안내했다. 무대는 없지만 끝 쪽에 탁자 한 개와 의자 세 개가 놓여 있고 한편에는 설교대가 있었다. 에설과 로베르트가 자리를 잡고 앉자 로이드는 설교대로 다가갔다. 잠시 작은 박수소리가 났다.

"파시즘이 진군중입니다." 로이드가 시작했다. "그리고 그것은 위험하리만큼 매력적입니다. 실직자들에게 헛된 희망을 주고 있습니다. 파시즘은 파시스트 스스로 가짜 군복을 입듯이 거짓 애국심을 걸치고 있습니다."

영국 정부는 실망스럽게도 파시스트 정권들을 어떻게든 달래려 애쓰고 있었다. 연립정부는 보수당이 지배적이고 소수의 자유당 인사, 노동당 소속이었지만 당과 결별한 장관이 드문드문 섞여 있었다. 연립정부는 지난 11월 재선된 지 며칠 되지도 않아 외무장관을 통해 에티오피아 지역 대부분을 침공자인 이탈리아와 그 파시스트 지도자 베니토 무솔리니에 양보하겠다고 제안했다.

더 심각한 건 독일이 재무장에 나섰고 공격적이라는 사실이었다. 불과 몇 달 전에도 히틀러는 베르사유조약을 위반하고 비무장지대인 라인 강 서쪽 지역에 군대를 보냈다. 어느 나라도 그를 저지하려 하지 않아 로이드는 충격을 받았다.

파시즘이 한때의 일탈일 수도 있다는 일말의 희망은 이제 사라졌다. 로이드는 프랑스나 영국 같은 민주주의국가들이 싸울 준비를 해야 한다고 믿었다. 하지만 오늘 연설에서는 그런 말을 하지 않았다. 그의 어머니와 노동당 대부분이 영국의 군비 증강에 반대하는 동시에, 독재자들은 국제연맹에서 처리해주길 바라기 때문이었다. 그들은 어떤 대가를 치르더라도 대전쟁의 끔찍한 학살이 되풀이되는 것만은 피하고 싶어했다. 로이드는 그런 희망에 공감하면서도 비현실적이라는 생각이 들어서 두려웠다.

그는 스스로 전쟁을 준비하고 있었다. 고등학교에서는 사관후보생이었고 케임브리지에 와서는 학생군사교육단에 들어갔다. 그곳에 입단한 것은 노동계층의 자제이면서 노동당원인 학생들뿐이었다.

그는 박수를 잠재우기 위해 자리에 앉았다. 분명하고 논리적인 연설이었지만 어머니처럼 마음을 움직이는 힘은 없었다. 아직은.

로베르트가 설교대로 다가섰다. "저는 오스트리아인입니다." 그는 말했다. "전쟁중 부상을 입고 러시아군에 붙잡혀서 시베리아 수용소로 갔습니다. 볼셰비키가 동맹국들과 평화협정을 맺자 경비병들이 수용소 문을 열고 이제 너희는 자유라고 했습니다. 집에 돌아가는 건 우리 문제지 그들이 알 바 아니었습니다. 시베리아부터 오스트리아까지는 멀었습니다. 5000킬로미터 가까이 되었죠. 버스가 없어서 저는 걸었습니다."

깜짝 놀란 웃음이 실내에 퍼졌고 몇몇은 감탄했다는 듯 손뼉을 쳤다. 로베르트가 이미 청중을 휘어잡았다고 로이드는 생각했다.

루비가 화난 표정으로 다가오더니 로이드의 귀에 대고 말했다. "파시스트들이 방금 지나갔어요. 보이 피츠허버트가 모즐리를 차에 태워 기차역으로 가는 중이고, 흥분한 검은셔츠 무리가 환호하면서 뒤따라 뛰어가고 있어요."

로이드는 얼굴을 찌푸렸다. "행진하지 않겠다고 약속했는데. 아마 자동차 뒤를 따라 뛰는 건 행진이 아니라고 하겠죠."

"뭐가 다른 건지 궁금한데요?"

"폭력은 없었나요?"

"없었어요."

"계속 지켜봐줘요."

루비가 밖으로 나갔다. 로이드는 마음이 언짢았다. 아무리 문서화하지 않았다 해도 분명 파시스트들은 합의의 정신을 깨뜨렸다. 그들은 제복을 입고 길거리에 모습을 드러냈다. 그리고 그에 맞서는 반대시위는 없었다. 사회주의자들은 여기 교회 안의 보이지 않는 곳에 있었다. 그들의 존재를 알리는 것이라고는 파시즘의 진실이라고 크게 붉은 글씨로 써서 교회 밖에 걸어둔 현수막뿐이었다.

로베르트가 말했다. "이곳에 초대받아 여러분께 한말씀드릴 수 있게 되어 기쁘고, 또 청중 가운데 비스트로 로베르트의 단골손님도 몇 분 보여 기분좋습니다. 하지만 여러분께 들려드릴 이야기는 더할 나위 없이 불쾌하고 진정 섬뜩하리라는 말씀을 미리 드리지 않을 수 없습니다."

그는 베를린에서 자기 레스토랑을 나치당원에게 팔지 않았다가 외르크와 함께 체포당한 이야기를 했다. 외르크를 소속 주방장이자 오랜 동업자로 설명하고 성적관계는 언급하지 않았지만, 교회에 모인 사람들 가운데 눈치가 좀 빠른 이라면 추측할 수 있을 터였다.

로베르트가 강제수용소에서 벌어진 사건을 묘사하기 시작하자 좌중은 쥐죽은듯이 조용해졌다. 굶주린 개들이 등장하는 대목에서 로이드는 공포에 질려 숨을 내뱉는 소리를 들었다. 로베르트는 외르크가 당한 고문을 낮고 분명한 목소리로 실내 전체에 전했다. 이야기가 외르크의 죽음에 이르자 몇몇 사람은 눈물을 흘리기도 했다.

로이드는 그 순간의 잔인함과 괴로움을 다시 맛보는 듯했다. 그리고 보이 피츠허버트처럼 행진곡과 멋진 제복에 취해 영국에 같은 고통을 가하고자 위협을 일삼는 멍청이들에 대한 분노에 사로잡혔다.

로베르트가 자리에 앉고 에설이 설교대로 다가섰다. 그녀가 연설을 시작하자 루비가 몹시 화가 난 모습으로 다시 나타났다. "이걸로는 안 된다고 내가 얘기했잖아요!" 그녀는 로이드의 귀에 대고 날카롭게 말했다. "모즐리는 갔어요. 하지만 젊은이들이 기차역 밖에서 〈브리타니아여 지배하라〉를 부르고 있어요."

그런 행동은 명백한 합의 위반이라며 로이드는 속으로 화를 냈다. 보이는 자기가 한 약속을 어겼다. 영국 신사의 약속이 이런 것이었나.

에설은 파시즘이 어떻게 실업이나 범죄와 같은 복잡한 문제에 관한 해법으로 그저 유대인이나 공산주의자 같은 무리를 비난하는 그릇된 길을 제시하는지 설명하고 있었다. 그녀는 이탈리아와 독일의 총통을 놀이터 깡패와 비교하며 '의지의 승리'라는 개념을 가차없이 비웃었다. 그들은 대중의 지지를 받는다고 주장했지만, 그들에 대한 모든 반대를 금지했다.

파시스트들이 기차역에서 시내로 돌아가는 길에 이 교회를 지나야 한다는 사실이 떠올랐다. 로이드는 열린 창문으로 들려오는 소리에 귀를 기울이기 시작했다. 승용차와 트럭이 힐스 로드를 달리며 으르렁거렸고, 가끔씩 자전거 벨이나 아이 울음소리가 뒤섞여 들려왔다. 멀리서 고함이 들리는 것 같았다. 갓 변성기가 지난 낮은 목소리를 아직 자랑스러워할 만큼 어리고 거친 소년들이 내는 듯 불길한 소리였다. 그는 긴장한 채 귀를 쫑긋 세웠고, 몇 번 더 고함소리가 들렸다. 파시스트들이 행진하고 있었다.

바깥의 우렁찬 외침이 커질수록 에설도 목소리를 더욱 높였다. 그녀는 모든 분야의 노동자가 노조와 노동당으로 단결해, 공산 러시아와 나치 독일에서 끔찍한 실패를 맛본 폭력적 봉기가 아닌 민주적 단계를 하나씩 밟아가며 더 평등한 사회를 건설해야 한다고 주장했다.

루비가 다시 들어왔다. "그들이 지금 힐스 로드를 따라 행진하고 있어요." 그녀는 다급하게 낮은 목소리로 속삭였다. "그리로 나가서 맞서야 해요!"

"안 돼요!" 로이드가 작게 말했다. "당에서 함께 내린 결정입니다. 시위는 없다. 결정대로 해야 해요. 규정에 따라 움직여야 합니다!" 그는 당의 규율을 언급해야 그녀에게 먹힌다는 걸 알았다.

파시스트들이 외치는 구호 소리는 이제 귀에 거슬리도록 가까워졌다. 로이드의 추측으로는 오륙십 명 되는 것 같았다. 밖으로 나가 그들과 맞서고 싶어 몸이 근질근질했다. 뒤쪽의 젊은 남자 둘이 일어서서 창밖을 내다보았다. 에설은 거듭 경고했다. "무질서에 무질서로 대응해서는 안 됩니다. 그러면 언론에 양쪽이 다를 바 없다고 말할 구실을 줄 뿐입니다."

와장창 유리창 깨지는 소리가 나더니 돌멩이 하나가 안으로 날아들었다. 여자 하나가 비명을 지르고 몇 명이 자리에서 일어섰다. "제발 그대로 앉아 계십시오." 에설이 말했다. "저들은 조금만 있으면 가버릴 겁니다." 그녀가 차분하고 믿음직스러운 목소리로 말을 이었지만, 경청하는 사람은 거의 없었다. 다들 뒤쪽으로 고개를 돌리고 교회 출입문을 보면서 밖에 모인 깡패들의 야유와 조롱에 귀기울이고 있었다. 로이드는 참고 자리를 지키느라 안간힘을 써야 했다. 가면이라도 쓴 것처럼 아무렇지 않은 표정을 지은 채 어머니 쪽을 보고 있었다. 온몸의 모든 뼈가 밖으로 달려나가 놈들에게 주먹을 날리고 싶어했다.

잠시 시간이 흐르자 장내가 어느 정도 잠잠해졌다. 청중은 여전히 꼼지락거리고 어깨 너머로 돌아보기는 했지만 다시 에설에게 관심을 보였다. 루비가 중얼거렸다. "여우가 밖에서 캥캥거린다고 굴속에서 떠는 토끼떼 같군요." 경멸적인 투였고, 로이드는 그 말이 옳다고 느꼈다.

하지만 어머니의 예측이 사실로 굳어지고 이제 돌멩이는 날아들지 않았다. 구호 소리가 멀어졌다.

"왜 파시스트는 폭력을 원할까요?" 에설은 수사적 질문을 했다. "바깥 힐스 로드에 있는 저들은 그저 소동꾼에 불과할 수도 있지만, 저들을 조종하는 자가 있습니다. 그리고 저들의 전략에는 목표가 있습니다. 길거리에서 싸움이 일어날 경우 그들은 공공질서가 무너졌다고 주장할 수 있으며, 법률에 의한 지배를 회복하기 위해 극단적인 조치가 필요하다고 할 겁니다. 그들이 말하는 비상조치에는 노동당 같은 민주적인 정당을 금하고, 노조활동을 금지하고, 재판 없이 사람을 구금하는 내용이 포함됩니다. 바로 우리처럼 죄라고는 정부와 뜻을 달리하는 것 말고는 없는 평화적인 남녀를 말입니다. 제 말이 터무니없이, 절대로 벌어질 수 없는 것으로 들리십니까? 자, 독일에서 저들이 사용한 전략이 바로 그런 것입니다. 그리고 성공했어요."

그녀는 이어서 어떻게 파시즘에 맞서야 하는지 말했다. 토론 모임, 지금과 같은 집회, 신문사에 편지 보내기 등 모든 기회를 활용해 다른 사람들에게 위험을 경고해야 한다고 했다. 하지만 에설조차 자신이 하는 말을 용감하고 확고하게 표현하기가 쉽지 않았다.

로이드는 루비의 토끼 이야기에 깊은 상처를 받았다. 겁쟁이가 된 기분이었다. 낙담한 나머지 가만 앉아 있는 것조차 쉽지 않았다.

서서히 실내 분위기가 정상으로 돌아왔다. 로이드는 루비에게 고개를 돌렸다. "어쨌든 토끼들은 안전하군요." 그가 말했다.

"당장은요." 그녀가 말했다. "하지만 여우는 다시 올 거예요."

II

"남자가 마음에 들면 입술에 키스하게 해도 돼." 린디 웨스트햄프턴이 햇볕 아래 잔디밭에 앉아 말했다.

"그리고 진짜 좋으면 가슴을 만지게 할 수도 있지." 그녀의 쌍둥이 자매인 리지가 말했다.

"하지만 허리 아래는 안 돼."

"약혼할 때까진 안 되지."

데이지는 호기심이 생겼다. 영국 아가씨들은 감정을 억제하며 사는 줄 알았지만 틀린 생각이었다. 웨스트햄프턴 쌍둥이 자매는 온통 섹스에 관심이 쏠려 있었다.

데이지는 바살러뮤 '빙' 웨스트햄프턴 경의 지방 영지 저택인 침블레이를 방문하게 되어 아주 신이 났다. 영국 사교계가 자신을 받아들인 느낌이었다. 하지만 국왕은 여전히 만나지 못했다.

그녀는 버펄로 요트 클럽에서 겪은 치욕을 기억했다. 그때의 수치는 피부에 입은 화상처럼 여전히 남아 불꽃이 사그라진 뒤에도 오래도록 그녀를 괴롭히고 있었다. 하지만 그런 고통이 느껴질 때마다 어떻게 해서 영국 왕과 춤을 출지 생각했고, 그들—도트 렌쇼, 노라 파커슨, 어슐러 듀어—이 〈버펄로 센티널〉에 실린 그녀의 사진을 자세히 살피고, 기사의 모든 내용을 읽으며 그녀를 부러워하고, 그들이 그녀와 늘 친하게 지냈다고 진실로 말할 수 있기를 바라는 모습을 상상했다.

처음에는 모든 게 힘들었다. 데이지는 석 달 전 어머니와 친구 에바와 함께 이곳에 도착했다. 아버지가 몇몇 사람을 소개해줬지만 알고 보니 런던 사교계에서 잘나가는 축은 아니었다. 지나치게 자신에 차서 요트 클럽 무도회를 박차고 나온 일이 후회되기 시작했다. 모든 게 수포로 돌아가면 어쩌지?

하지만 데이지는 결연했고, 수완이 좋아서 한 발만 들여놓을 수 있다면 그것으로 충분했다. 거의 모두에게 공개된 것이나 다름없는 경마장이나 오페라 관람석 같은 곳에서 그녀는 상류층을 만났다. 남자들에게는 추파를 던졌고, 자기가 부자에 미혼임을 밝혀서 귀부인들의 호기심을 끌었다. 영국의 많은 귀족 집안이 대공황으로 망가진 상황이라 상속재산이 많은 미국 처녀라면 예쁘거나 매력적이지 않아도 환영받을 터였다. 사람들은 그녀의 악센트를 좋아했고, 그녀가 오른손으로 포크를 쥐는 것도 참아줬고, 그녀가 운전을 할 줄 안다는 사실에 놀라기도 했다. 영국에서는 남자들이 운전을 했다. 데이지만큼 말을 잘 타는 처녀는 영국에도 많았지만 안장 위에서 건방져 보일 만큼 자신감 넘치는 경우는 거의 없었다. 일부 나이 많은 여자들은 여전히 의심스러운 눈초리를 보냈지만 데이지는 결국 그들도 설득할 수 있으리라 확신했다.

빙 웨스트햄프턴은 추파를 던지기 쉬운 상대였다. 애교 넘치는 웃음을 짓는 장난꾸러기 같은 그는 예쁜 여자에게나 어울릴 법한 눈을 갖고 있었다. 그가 어두워진 정원에서 손을 놀릴 기회를 잡는다면 그저 눈이 예쁜 남자에 그치지 않으리라는 걸 데이지는 본능적으로 알았다. 딸들도 아버지를 닮은 게 틀림없었다.

웨스트햄프턴 저택의 파티는 메이 위크와 시기가 겹치는 케임브리지

셔의 여러 파티 가운데 하나였다. 손님 중에는 피츠로 알려진 피츠허버트 백작과 그의 부인 비Bea도 있었다. 그녀는 물론 피츠허버트 백작부인이지만 러시아 작위인 공주로 불리길 더 좋아했다. 장남인 보이는 트리니티 칼리지에 다녔다.

비 공주는 데이지에게 의심을 품는 사교계 여자 거물 중 하나였다. 대놓고 거짓말을 하진 않았지만 데이지는 사람들로 하여금 아버지가 경찰에 쫓겨 미국으로 달아난 공장 노동자가 아니라 혁명으로 모든 걸 잃은 러시아 귀족이라고 짐작하게끔 행동했다. 하지만 비는 속아넘어가지 않았다. "상트페테르부르크나 모스크바에 있던 페시코프라는 가문은 기억나지 않아요." 공주는 어리둥절하다는 시늉조차 하지 않았다. 데이지는 그녀가 기억하든 못하든 그리 중요치 않다는 듯 미소지을 수밖에 없었다.

데이지, 에바와 동갑인 여자는 셋이었다. 웨스트햄프턴 가의 쌍둥이와 장군의 딸인 메이 머리였다. 무도회들이 밤새도록 이어진 터라 모두 한낮에야 일어났지만 오후는 따분했다. 다섯 여자는 정원에서 게으름을 피우거나 숲속을 산책했다. 해먹에서 몸을 일으켜 앉은 데이지가 말했다. "그럼 약혼한 다음에는 뭘 할 수 있지?"

린디가 말했다. "그 남자 물건을 문질러댈 수 있지."

"쌀 때까지." 쌍둥이 자매가 말했다.

쌍둥이만큼 대범하지 못한 메이 머리가 말했다. "으, 역겨워!"

그런 반응에 쌍둥이는 더 신이 났다. "아니면 입으로 빠는 거야." 린디가 말했다. "남자들이 최고로 좋아해."

"그만해!" 메이가 항의했다. "괜히 하는 얘기잖아."

메이를 너무 괴롭히는 것 같아 그들은 그만두었다. "심심해." 린디가 말했다. "뭘 하지?"

장난꾸러기 악마에게 사로잡힌 데이지가 말했다. "만찬에 남자옷을 입고 가자."

그녀는 즉시 후회했다. 그런 아슬아슬한 짓을 벌이면 이제 막 발을 들인 사교계의 경력을 망칠 것이다.

에바의 예의범절을 중시하는 독일인 기질이 터져나왔다. "데이지, 설마 진심은 아니겠지!"

"아니지." 데이지가 말했다. "바보 같은 생각이야."

쌍둥이는 검은 곱슬머리인 아버지가 아니라 어머니를 닮아 연한 금발이었지만, 아버지의 개구쟁이 기질을 물려받은 둘은 데이지의 생각을 마음에 들어했다. "남자들은 오늘밤 모두 연미복을 입을 테니까 그들의 야회복 재킷을 훔칠 수 있어." 린디가 말했다.

"그래!" 쌍둥이 자매가 말했다. "남자들이 차 마실 때 훔치자."

데이지는 물러서기에는 너무 늦었다는 걸 깨달았다.

메이 머리가 말했다. "무도회에 그런 복장으로 갈 순 없어!" 저택의 모든 사람이 만찬이 끝나면 트리니티 무도회에 갈 예정이었다.

"떠나기 전에 다시 갈아입으면 돼." 리지가 말했다.

군인 아버지 밑에서 주눅들어 자라 소심한 메이는 늘 다른 친구들이 결정하는 대로 무엇이든 따랐다. 유일하게 다른 에바의 의견은 묵살당했고, 계획은 진행되었다.

만찬을 위해 옷 갈아입을 시간이 되자 데이지와 에바의 침실로 하녀가 남자옷을 두 벌 가져왔다. 하녀의 이름은 루비였다. 어제 치통으로 괴로워하던 차에 데이지가 치과에 가라고 돈을 줘서 이를 뽑았다. 이제 루비는 치통은 잊고 흥분으로 눈을 반짝였다. "여기 있어요, 아가씨들!" 그녀가 말했다. "바살러뮤 경의 옷은 작아서 페시코프 양에게 충분히 맞을 거예요. 앤드루 피츠허버트 씨 옷은 로트만 양께 맞을 거고요."

데이지는 드레스를 벗고 셔츠를 입었다. 익숙지 않은 단추들과 커프스단추들은 루비의 도움을 받아 채웠다. 그리고 빙 웨스트햄프턴의 새틴 줄무늬가 들어간 검은 바지를 입었다. 슬립은 바지 안으로 넣고 어깨에 멜빵을 걸쳤다. 바지 앞에 달린 지퍼를 채우자 약간 대담해진 느낌이었다.

넥타이를 맬 줄 아는 사람이 없어서 결과적으로 볼품없는 모양새가 되고 말았다. 하지만 데이지가 매력적인 솜씨로 마무리했다. 눈썹연필로 코밑에 수염을 그려넣은 것이다. "멋져!" 에바가 말했다. "심지어 예뻐 보이네!" 데이지는 에바의 뺨에 구레나룻을 그려주었다.

다섯 처녀는 쌍둥이의 침실에 모였다. 데이지가 남자처럼 으스대며 걸어들어가자 나머지가 미친듯이 킥킥거렸다.

메이가 데이지의 마음 한편에 여전히 남은 걱정거리를 입 밖으로 꺼냈다. "이번 일로 문제가 생기지 않았으면 좋겠는데."

린디가 말했다. "문제 생긴다고 누가 신경이나 쓰겠어?"

데이지는 불안 따위 떨쳐버리고 즐기기로 작정하고 앞장서서 아래층 응접실로 내려갔다.

그들은 아무도 없는 응접실에 가장 먼저 도착했다. 데이지는 보이 피츠허버트가 집사에게 하던 말을 기억해내고 남자 목소리를 흉내내 느릿느릿 말했다. "위스키 좀 부어주게, 그림쇼. 고맙군. 이 샴페인은 오줌 맛이야." 다른 여자들이 깜짝 놀라 높은 소리로 웃어댔다.

빙과 피츠가 함께 응접실로 들어왔다. 흰색 조끼를 입은 빙을 보자 데이지는 검은색과 흰색이 뒤섞인 까불대는 백할미새가 떠올랐다. 피츠는 검은 머리가 살짝 희끗해진 잘생긴 중년 남자였다. 전쟁 때 입은 상처로 약간 다리를 절었고 한쪽 눈꺼풀이 축 늘어졌지만, 전투에서 용감하게 싸웠다는 증거라 오히려 더 늠름해 보였다.

여자들을 본 피츠는 다시 한번 살피더니 말했다. "이런 맙소사!" 심각하게 못마땅한 투였다.

순간 데이지는 정말로 두려워졌다. 모든 걸 망친 걸까? 영국인들이 무섭도록 예의범절에 엄격하다는 사실은 누구나 알았다. 저택에서 떠나달라는 말을 듣게 될까? 그렇다면 얼마나 끔찍할까. 수치를 당하고 집으로 돌아가면 도트 렌쇼와 노라 파커슨이 신이 나서 떠들어댈 것이다. 그러느니 죽는 편이 나았다.

하지만 빙은 웃음을 터뜨렸다. "정말 끝내주는구먼. 이걸 좀 보게, 그림쇼."

나이 지긋한 집사가 은제 얼음통에 샴페인 한 병을 넣어 들어오며 음침한 표정으로 여자들을 보았다. 상대가 위축될 만큼 무성의한 투로 그는 말했다. "정말이지 재밌습니다, 바살러뮤 경."

빙은 즐거움과 음탕함이 섞인 표정으로 여자들을 보았고, 그제야 데이지는 깨달았다. 여자가 남자처럼 차려입는 일이 어떤 남자들에게는 약간의 성적 자유와 실험에 대한 의지를 암시하는 것으로 여겨질 수 있고, 그런 그릇된 암시는 분명 곤란한 상황으로 이어질 가능성이 있었다.

만찬 참석자들이 모이면서 손님 대부분은 집주인과 마찬가지로 어린 여자들의 장난을 실없지만 재미난 행동 정도로 여겼다. 하지만 데이지는 모두가 똑같이 재미있어하는 건 아니라는 사실을 눈치챘다. 데이지의 어머니는 그들을 보고는 놀라 얼굴이 창백해졌고 현기증이 나는지 얼른 자리에 앉았다. 코르셋을 바짝 조여맨, 한때는 예뻤을 사십대의 비 공주는 분 바른 이마를 찡그리며 못마땅한 표정을 지었다. 하지만 웨스트햄프턴 부인은 제멋대로인 남편과 인생에 관대한 웃음으로 유쾌하게 반응하는 명랑한 여자였다. 그녀는 실컷 웃더니 데이지에게 콧수염이 멋지다고 말했다.

마지막으로 온 젊은 남자들 역시 즐거워했다. 머리 장군의 아들인 지미 머리 중위는 그의 아버지만큼 예의에 엄격하지 않아 큰 소리로 만족스럽게 웃었다. 피츠허버트 가의 두 아들 보이와 앤디가 함께 들어왔는데, 보이의 반응이 모두를 통틀어 가장 흥미로웠다. 그는 넋이 나갈 정도로 매혹되어 멍하니 여자들을 보았다. 다른 남자들처럼 소리내 웃으며 유쾌한 척했지만, 희한하리만큼 사로잡힌 게 틀림없었다.

만찬 도중에 쌍둥이가 데이지를 따라 남자들처럼 낮고 힘이 넘치는 목소리로 말해 모두를 웃겼다. 린디가 와인 잔을 들며 말했다. "이 와인 어때, 리즈?"

리지가 대답했다. "조금 묽군, 친구. 빙이 물을 타지 않았나 싶네, 알잖나."

만찬 내내 데이지는 자기를 멍하니 바라보는 보이의 시선을 놓치지 않았다. 그는 잘생긴 아버지를 닮지는 않았지만 그래도 괜찮게 생겼고 어머니를 닮아 눈이 파랬다. 데이지는 그가 자기 가슴을 힐끔거리기라도 하는 듯 부끄러웠다. 정신을 차리게 하려고 물었다. "시험은 봤나요, 보이?"

"맙소사, 아니요." 그가 대답했다.

그의 아버지가 말했다. "공부를 하기엔 비행기를 모느라 너무 바빴지." 혼내는 말 같아도 실제로는 장남이 자랑스러운 기색이었다.

보이는 짐짓 벌컥 화를 내는 척했다. "터무니없는 비방이에요!"

에바는 어리둥절한 눈치였다. "공부하고 싶지 않다면 왜 대학에 갔죠?"

린디가 설명했다. "어떤 남자들은 졸업하려고 애써 고생하지 않아. 공부랑 안 맞으면 특히 그렇지."

리지가 덧붙였다. "부자에다 게으르면 더 그렇고."

"공부야 물론 하죠!" 보이가 항의했다. "하지만 앉아서 시험을 볼 생각은 없어요. 의사나 뭐가 돼서 먹고살 것도 아니니까." 보이는 피츠가 죽으면 영국에서 손에 꼽는 막대한 유산을 받게 될 터였다.

그리고 그의 운 좋은 아내는 피츠허버트 백작부인이 되는 것이다.

데이지가 말했다. "잠시만요. 진짜로 개인 비행기가 있어요?"

"그래요. 호닛 모스 기종이죠. 대학 비행 클럽 소속이에요. 시내 외곽에 클럽에서 사용하는 작은 비행장이 있어요."

"그거 정말 대단하네요! 저 좀 꼭 태워주셔야 해요!"

데이지의 어머니가 말렸다. "원, 세상에. 안 돼!"

보이가 데이지에게 물었다. "겁나지 않아요?"

"전혀요!"

"그럼 데려갈게요." 그는 올가에게 고개를 돌렸다. "완벽하게 안전합니다, 페시코프 부인. 따님을 상한 곳 없이 데려오겠다고 약속하죠."

데이지는 황홀했다.

대화는 이번 여름의 가장 인기 높은 주제로 옮겨갔다. 영국의 멋진 새 국왕 에드워드 8세와, 두번째 남편과 별거중인 미국인 여성 월리스 심프슨 사이의 로맨스였다. 런던의 신문들은 심프슨 부인이 왕가 행사에 손님으로 초대된다는 내용 말고는 아무 기사도 싣지 않았지만 데이지의 어머니는 미국에서 보내온 신문을 보고 있었고, 다들 월리스가 남편 심프슨과 이혼하고 왕과 결혼할지에 대해 온갖 추측을 해댔다.

"완전히 말도 안 되는 소리지." 피츠가 격하게 말했다. "국왕은 영국 국교회의 수장이야. 이혼녀와 결혼할 순 없다고."

남자들이 포트와인과 시가를 즐길 수 있도록 여자들이 만찬장을 떠났고 처녀들은 서둘러 옷을 갈아입었다. 데이지는 자기가 실은 매우 여성스럽다는 점을 강조하기로 마음먹고 분홍색 실크에 작은 꽃을 수놓은 무도회 드레스와 그에 어울리는 짧은 퍼프소매 재킷을 골랐다.

에바는 극적으로 소박한 검은 민소매 실크 드레스를 입었다. 몇 년 사이 몸무게가 줄어든 그녀는 머리 모양도 바꿨고, 몸에 딱 맞는 단순한 옷이 자기에게 잘 어울린다는 점을 데이지에게서 배웠다. 가족의 일원이 된 에바에게 올가는 기꺼이 옷을 사주었고, 데이지는 그녀를 자기가 한 번도 가진 적 없는 자매처럼 여겼다.

모두 차에 올라 8킬로미터가량 떨어진 시내로 이동할 때도 날은 여전히 환했다.

데이지는 좁은 길이 구불거리고 우아한 대학 건물이 있는 케임브리지가 이제껏 가본 곳들 중 가장 고풍스럽다고 생각했다. 모두 트리니티 칼리지에서 내렸고, 데이지는 그곳 창립자인 영국 왕 헨리 8세의 동상을 올려다보았다. 16세기에 벽돌로 지은 문루를 통과할 때는 눈앞의 광경에 기쁨으로 숨이 턱 막혔다. 커다란 사각형 안뜰에 잘 가꾼 잔디밭을 가로질러 자갈길이 나 있고 중앙에는 건축학적으로 정교한 분수가 보였다. 세월이 느껴지는 사면의 금빛 석조 건물을 배경으로 연미복 차림의 젊은 남자들이 화려한 여자들과 춤을 추었고, 예복을 갖춰입은 십여 명의 웨이터가 돌아다니며 쟁반 위에 가득한 샴페인 잔을 권했다. 데이지는 손뼉을 치며 기뻐했다. 바로 그녀가 좋아하는 광경이었다.

그녀는 보이와 지미 머리에 이어 빙과 춤을 추었다. 빙은 그녀를 바짝 당겨 안았고 그의 오른손이 그녀의 잘록한 허리와 볼록 나온 엉덩이를 오르내렸다. 그녀는 저항하지 않기로 했다. 영국 밴드는 미국 재즈풍의 음악을 크고 빠르게 연주했다. 그들은 최신 히트곡을 모두 꿰고 있었다.

밤이 깊어지고 빛나는 횃불들이 안뜰을 밝혔다. 데이지는 잠시 쉬면서 에바가 어쩌고 있는지 확인했다. 에바는 자신감이 부족해서 가끔 사람들을 소개해줘야 했다. 하지만 괜한 걱정이었다. 에바는 깜짝 놀랄 만큼 잘생기고 몸에 비해 큰 옷을 입은 남자와 이야기를 나누고 있었다. 에바가 그를 로이드 윌리엄스라고 소개했다. "독일 파시즘에 대해 이야기하고 있었죠." 로이드가 말했다. 데이지도 토론에 끼길 원한다고 생각하는 눈치였다.

"엄청 따분한 주제네요." 데이지가 말했다.

로이드는 그 말을 듣지 못한 듯했다. "저는 삼 년 전 히틀러가 권력을 잡을 때 베를린에 있었어요. 그때는 에바를 보지 못했지만, 알고 보니 우리가 서로 아는 사람도 몇 있더군요."

그때 지미 머리가 나타나 에바에게 춤을 청했다. 그녀가 떠나가자 로이드는 눈에 띄게 실망했지만 예의를 잃지 않고 정중하게 데이지에게 춤을 청했고, 두 사람은 밴드 가까이 다가갔다. "당신 친구 에바는 정말 흥미로운 분이군요." 그가 말했다.

"이런, 윌리엄스 씨. 어떤 여자든 함께 춤추는 파트너에게 무척 듣고 싶어할 말이네요." 데이지가 대답했다. 입 밖으로 꺼내자마자 그렇게 성질 더러운 소리를 한 것이 후회되었다.

하지만 로이드는 즐거워했다. 그가 씩 웃더니 말했다. "이런 세상에, 당신 말이 맞아요. 저는 좀 혼나야 돼요. 좀더 정중해지려고 노력해야겠군요."

데이지는 그가 스스로를 두고 농담할 수 있는 사람이라 금세 좋아졌다. 자신감이 보였기 때문이다.

그가 말했다. "에바처럼 침블레이에 머물고 계시죠?"

"네."

"그럼 당신이 루비 카터에게 치과 갈 돈을 준 미국인이 분명하군요."

"세상에, 어떻게 그걸 알죠?"

"루비가 제 친구거든요."

데이지는 깜짝 놀랐다. "대학생이 하녀와 친구인 경우가 흔한가요?"

"이런 세상에. 그런 말을 하다니 정말 속물이군요! 제 어머니도 하녀였지만 의회 의원이 되었어요."

데이지는 얼굴이 화끈거렸다. 그녀는 속물근성을 혐오했고 그런 사람들을 자주 비난했다. 특히 버펄로에서. 자기는 그런 비열한 태도와 완전히 무관하다고 생각했다. "제가 첫 만남부터 실수를 했네요." 춤추기를 멈추며 데이지가 말했다.

"그렇지 않아요." 그가 말했다. "당신은 파시즘 이야기가 따분하다고 했지만 집안에 독일인 난민을 받아들였고, 심지어 영국에 함께 데리고 여행까지 왔죠. 하녀는 대학생과 친구가 될 수 없다고 생각하지만 루비에게 치과 갈 돈을 줬고요. 아마 오늘밤 당신의 절반만큼도 흥미로운 여자는 못 만날 거예요."

"칭찬으로 받아들일게요."

"여기 당신의 파시스트 친구 보이 피츠허버트가 오는군요. 겁을 줘 쫓아버릴까요?"

데이지는 로이드가 보이와 싸울 기회를 잡아 즐거워한다는 걸 알아차렸다. "당연히 안 되죠!" 그녀는 보이를 보며 웃었다.

보이는 로이드에게 퉁명스럽게 고개를 끄덕여 보였다. "안녕하신가, 윌리엄스."

"좋은 저녁이야." 로이드가 말했다. "지난 토요일 힐스 로드를 따라 행진한 자네 파시스트들에게 실망했어."

"아, 그래." 보이가 말했다. "좀 지나치게 흥분해서."

"그런 일은 없을 거라고 자네가 약속까지 했는데, 놀랐지." 데이지는 로이드의 차분하고 정중한 얼굴 뒤의 분노를 느꼈다.

보이는 진지하게 받아들이기를 거부했다. "그건 미안해." 그가 가볍게 말하고 데이지에게 고개를 돌렸다. "도서관 구경을 가죠. "크리스토퍼 렌의 작품입니다."

"기꺼이 갈게요!" 데이지가 말했다. 그녀는 로이드에게 손을 흔들어 인사하고는 보이에게 팔을 맡겼다. 자기가 떠나는 모습에 로이드가 실망한 기색이라 데이지는 기분이 좋았다.

사각형 안뜰의 서쪽 통로를 따라 걸어가니, 한쪽 끝에 우아한 건물 하나가 서 있는 마당이 나왔다. 데이지는 1층 회랑들에 감탄했다. 캠 강이 범람할 경우를 대비해 책들은 위층에 있다고 보이가 설명했다. "가서 강 구경을 하죠. 밤에 예쁘거든요." 그가 말했다.

스무 살인 데이지는 경험은 적지만, 그 말이 진짜 강을 구경하러 가자는 뜻은 아님을 알았다. 하지만 남자옷 차림의 그녀에게 보인 반응 이후로, 그가 실은 여자보다 남자를 좋아하는 게 아닐까 궁금했다. 이제 곧 알 수 있을 것이다.

"국왕을 실제로 아세요? 그녀는 또다른 마당을 가로지르며 그에게 물었다.

"네. 사실은 아버지하고 친구시죠. 어쨌든 가끔 우리집에도 오시고요. 제 정치적 관점의 어떤 면을 아주 흡족해하신다고 할 수 있죠."

"정말 만나뵙고 싶어요." 데이지는 그 말이 순진해빠진 소리로 들릴 것을 알았지만, 지금이 기회였고 그 기회를 놓칠 생각이 없었다.

두 사람은 출입구를 지나 부드러운 잔디밭 위로 나섰다. 경사진 저편으로 제방 너머 폭이 좁은 강이 흐르고 있었다. "여기는 백스라고 부르는 곳이죠." 보이가 말했다. "오래된 칼리지 대부분은 강 건너편에 운동장이 있어요." 작은 다리로 향하며 그는 그녀의 허리에 팔을 둘렀다. 그의 손이 우연인 듯 위로 올라와 검지가 그녀의 가슴 밑에 머물렀다.

작은 다리 반대편 끝에는 대학 고용인 두 명이 제복 차림으로 지키고 서 있었는데, 아마도 초대받지 않은 손님을 막는 중인 것 같았다. 그중 한 명이 작은 소리로 인사했다. "안녕하십니까, 애버로언 자작님." 다른 한 명은 웃음을 꾹 참고 있었다. 보이는 보일락 말락 고개를 끄덕였다. 데이지는 그가 얼마나 많은 여자를 이 다리 너머로 데려왔을지 궁금했다.

보이가 데이지를 이곳으로 데려온 이유는 뻔했다. 그는 어둠 속에서 멈춰 서더니 두 손을 그녀의 어깨에 올렸다. "저, 만찬 때 그 옷을 입으니까 아주 멋졌어요." 그의 목소리가 흥분으로 갈라졌다.

"그렇게 생각하셨다니 기뻐요." 그녀는 키스가 기다리고 있다는 것을 알았고 그 기대로 흥분했지만, 아직 충분히 준비가 되지 않았다. 손바닥을 그의 옷가슴에 얹어 그가 더 다가오는 것을 막았다. "정말로 왕이 계신 곳에 가보고 싶어요. 자리를 마련해주시는 게 어려울까요?"

"전혀." 그가 말했다. "최소한 우리 집안에서는 그렇죠. 그리고 당신처럼 예쁜 여자는 어렵지 않아요." 그는 애가 타서 그녀 쪽으로 얼굴을 숙였다.

데이지는 몸을 뒤로 젖혔다. "저를 위해 해주시겠어요? 왕을 알현할 수 있게 해주시겠어요?"

"물론이죠."

그녀는 그에게 가까이 다가갔다. 발기해 단단해진 그의 물건이 바지 앞쪽에 느껴졌다. 아니야. 그녀는 생각했다. 남자를 좋아하는 게 아니군. "약속해요?" 그녀가 물었다.

"약속하죠." 그가 헐떡거리며 말했다.

"고마워요." 그녀는 그렇게 대답하고 그가 키스하도록 내버려두었다.

III

토요일 오후 한시, 사우스 웨일스 애버로언에 있는 웰링턴 로Row의 작은 집은 사람들로 붐볐다. 부엌 식탁에 앉은 로이드의 외할아버지는 뿌듯해 보였다. 한쪽 옆에는 의회 의원으로 선출된 광부이자 그의 아들 빌리 윌리엄스가, 다른 쪽 옆에는 케임브리지 학생인 손자 로이드가 있었다. 마찬가지로 의회 의원인 딸은 자리에 없었다. 윌리엄스 왕가. 아무도 그런 말을 하지는 않았다. 왕가를 들먹이는 건 반민주적이고, 여기 사람들은 교황이 하느님을 믿듯이 민주주의를 믿었다. 하지만 로이드는 할아버지가 그런 생각을 하는 건 아닌가 의심스러웠다.

식탁에는 빌리 삼촌의 평생 친구이자 선거 사무장인 톰 그리피스도 있었다. 로이드는 그런 사람들과 한자리에 앉아 있다는 사실이 영광스러웠다. 할아버지는 광부 노조의 베테랑이었다. 빌리 삼촌은 1919년 볼셰비키에 대한 영국의 비밀 전쟁을 폭로했다는 죄로 군사재판을 받았다. 톰은 솜 강 전투에서 빌리와 함께 싸웠다. 왕족과 함께하는 것보다 더 인상적인 식사였다.

외할머니 카라 윌리엄스가 비프스튜와 집에서 만든 빵을 식사로 냈고, 지금 그들은 함께 앉아 차를 마시고 담배를 피웠다. 빌리가 와 있으면 늘 그러듯 친구와 이웃이 찾아왔고 대여섯 명이 벽에 기대서서 파이프나 손으로 만 담배를 피우며 좁은 부엌을 남자와 담배 냄새로 채웠다.

빌리는 대부분의 광부들처럼 키가 작고 어깨가 벌어졌지만 그들과 달리 옷을 잘 차려입었다. 군청색 양복에 깨끗한 흰 셔츠, 빨간 넥타이 차림이었다. 로이드는 사람들이 다들 가끔 빌리 삼촌을 성이 아닌 이름으로 부른다는 사실을 알아차렸다. 그가 자기들과 같은 부류의 인간이며 자기들의 표로 힘을 갖게 되었다는 점을 강조하는 듯했다. 로이드에게는 '녀석'이라고 부르며 대학생 따위에 깊은 인상을 받지 않았음을 확실히 해두었다. 하지만 할아버지에게는 '윌리엄스 씨'라고 했다. 그들이 진정으로 존경하는 사람은 할아버지였다.

로이드는 열린 뒷문으로 광산의 슬래그 더미를 바라보았다. 끝없이 높아지는 슬래그 산은 이제 집 뒷길까지 접근하고 있었다.

로이드는 여름방학 동안 얼마 안 되는 돈을 받으며 해직 광부들을 위한 캠프에서 일하고 있었다. 그들은 광부 협회 도서관을 새로 단장하는 일을 진행중이었다. 로이드는 사포질을 하고 페인트를 칠하고 책장을 설치하는 육체노동이 독일어로 실러를 읽거나 프랑스어로 몰리에르를 읽는 일과는 다른 신선함을 준다는 사실을 알게 되었다. 남자들끼리 농을 주고받는 것도 좋았다. 어머니에게서 웨일스식 유머에 대한 사랑을 물려받았기 때문이다.

그 일도 대단히 좋았지만 파시즘에 맞서 싸우는 것은 아니었다. 보이 피츠허버트와 다른 깡패들이 길거리에서 구호를 외치고 창문으로 돌을 던질 때 침례교회 안에 숨어 있던 자신을 떠올리면 언제나 몸이 움츠러들었다. 그때 밖으로 뛰쳐나가 누군가를 주먹으로 패주면 좋았을걸. 바보 같은 짓이지만 기분은 더 나았을 것이다. 로이드는 매일 밤 잠들기 전에 그런 생각을 했다.

그리고 분홍색 실크 퍼프소매 재킷을 입은 데이지 페시코프도.

그는 메이 위크 때 데이지를 두번째로 보았다. 이매뉴얼 칼리지 옆방 학생이 첼로를 연주한다고 해서 킹스 칼리지에서 열리는 연주회에 갔을 때였다. 데이지가 웨스트햄프턴 가족과 함께 청중 속에 있었다. 밀짚모자의 챙을 젖혀 쓴 모습이 장난꾸러기 여학생처럼 보였다. 연주회가 끝나고 그녀를 찾아가 이제껏 자신이 한 번도 가보지 못한 미국에 대해 물었다. 그는 루스벨트 대통령 정부에 대해 알고 싶었고, 영국이 배워야 할 교훈이 있는지 궁금했다. 하지만 데이지는 테니스 파티와 폴로 경기, 요트 클럽 이야기만 했다. 그럼에도 로이드는 이번에도 그녀에게 사로잡히고 말았다. 유쾌하게 수다를 떠는 그녀가 더 좋았다. 가끔 빈정거리는 투의 날카로운 재치가 허를 찔렀기 때문이다. 그는 말했다. "일행도 있는데 너무 오래 붙잡고 있으면 안 되겠네요. 그저 뉴딜정책에 대해 묻고 싶었을 뿐이에요." 그러자 그녀가 대답했다. "세상에, 정말이지 여자 기분을 잘 맞추는 분이세요." 하지만 헤어지며 그녀가 말했다. "런던에 오면 연락하세요. 메이페어 2434번이에요."

오늘은 기차역에 가는 길에 점심을 먹으러 할아버지 댁에 들른 것이었다. 캠프 일을 며칠 내려놓고 기차로 런던에 가서 잠시 쉴 생각이었다. 그는 런던이 애버로언처럼 작은 마을이라도 되는 듯 데이지를 우연히 만날 수 있다는 막연한 기대를 품고 있었다.

캠프에서 정치 교육을 맡은 그는 할아버지에게 케임브리지 좌파 교수들이 참여하는 일련의 강의를 기획했다고 말했다. "상아탑에서 벗어나 노동자를 만날 수 있는 기회라고 말씀드리니까 교수님들도 쉽게 거절 못하더라고요."

할아버지는 연한 파란색 눈으로 자신의 길고 날카로운 코를 내려다보며 말했다. "우리 아이들이 그 친구들에게 진짜 세상에 대해 한두 가지 가르쳐주면 좋겠구나."

로이드는 열린 뒷문에 서서 듣고 있는 톰 그리피스의 아들을 가리켰다. 열여섯 살인 레니는 벌써 그리피스 가족의 특징인 검은 수염이 자라기 시작했는데, 깔끔하게 면도해도 거뭇거뭇한 흔적이 좀처럼 사라지지 않았다. "레니가 마르크스주의자 교수와 논쟁을 했어요."

"잘했구나, 렌." 할아버지가 말했다. 마르크스주의의 인기가 높은 사우스 웨일스는 가끔 농담처럼 작은 모스크바라 불렸지만 할아버지는 늘 공산주의를 열렬히 반대했다.

로이드가 말했다. "뭐라고 했는지 할아버지께 말씀드려봐, 레니."

레니는 씩 웃더니 말했다. "1872년에 아나키스트 지도자인 미하일 바쿠닌이 카를 마르크스에게 경고했죠. 공산주의자들이 권력을 잡으면 그들이 쫓아낸 귀족들처럼 사람들을 억압할 거다. 러시아에서 일어난 일을 보면, 정말로 바쿠닌이 틀렸다고 말할 수 있나요?"

할아버지는 손뼉을 쳤다. 할아버지의 부엌 식탁에서는 늘 훌륭한 주제로 논쟁이 벌어졌다.

할머니가 로이드에게 새로 차를 따라주었다. 머리가 하얗게 센 카라 윌리엄스는 애버로언에 사는 여느 동년배 여자들처럼 주름지고 허리가 굽었다. 그녀가 로이드에게 물었다. "아직 연애는 안 하냐, 얘야?"

사람들이 웃으며 윙크를 했다.

로이드는 얼굴을 붉혔다. "공부하느라 바빠요, 할머니." 하지만 데이지 페시코프의 모습과 함께 전화번호가 떠올랐다. 메이페어 2434.

할머니가 물었다. "그럼 그 루비 카터라는 애는 누구냐?"

사람들이 웃음을 터뜨렸고 빌리 삼촌이 말했다. "요놈, 들켰군!"

어머니가 말한 게 틀림없었다. "루비는 제가 소속된 케임브리지 노동당 지부에서 당원 관리를 하는 사람이고, 그게 다예요." 로이드는 항의하듯 말했다.

빌리가 빈정거렸다. "아, 그래. 아주 설득력 있네." 그러자 또다시 모든 남자가 웃음을 터뜨렸다.

"할머니는 제가 루비와 사귀지 않았으면 하실걸요." 로이드가 말했다. "할머니 기준으로 보면 옷을 너무 딱 붙게 입거든요."

"네게 아주 잘 어울릴 것 같지는 않구나." 카라가 말했다. "넌 이제 대학생이야. 눈을 더 높은 곳에 둬야 해."

로이드는 할머니 역시 데이지처럼 속물이라는 걸 알아차렸다. "루비 카터에게는 아무 문제도 없어요. 하지만 그녀를 좋아하진 않아요."

"너는 선생님이나 학교를 마친 간호사처럼 제대로 배운 여자랑 결혼해야 한다."

문제는 할머니 말이 옳다는 것이었다. 로이드는 루비를 좋아했지만 절대로 사랑에 빠질 일은 없었다. 그녀는 충분히 예쁘고 똑똑하기까지 했다. 그리고 로이드 역시 여느 남자들처럼 굴곡이 진 몸매에 약했지만, 그래도 그녀가 그에게 어울리지 않는다는 사실은 잘 알고 있었다. 더 나쁜 점은 할머니가 주름진 손가락으로 정확히 그 이유를 짚어냈다는 것이다. 루비는 견해가 제한적이고 시야가 좁았다. 그녀는 그를 흥분하게 하지 못했다. 데이지와는 달랐다.

"여자들 수다는 그만." 할아버지가 말했다. "빌리, 에스파냐 소식 좀 말해보렴."

"나빠요." 빌리가 말했다.

온 유럽의 눈이 에스파냐를 향해 있었다. 지난 2월 선출된 좌익 정부는 파시스트와 보수파가 지원하는 군부의 쿠데타 시도로 고통을 겪고 있었다. 반란을 일으킨 프랑코 장군은 가톨릭교회의 지지를 얻어냈다. 이 소식은 나머지 유럽 대륙 전체에 지진과도 같은 충격을 주었다. 독일과 이탈리아에 이어 에스파냐마저 파시즘의 저주에 떨어질 것인가?

"모두 아시겠지만, 어설프게 계획된 반란은 실패로 돌아갈 뻔했습니다." 빌리가 말을 이었다. "하지만 히틀러와 무솔리니가 구제에 나섰고, 북아프리카에서 수천 명의 반군 병력을 비행기로 증원하면서 또다시 내란 상황을 만들었어요."

레니가 끼어들었다. "그리고 노조들이 정부를 살렸지!"

"그건 사실이야." 빌리가 말했다. "늑장 대응이던 정부와 다르게 노동조합들은 앞장서서 노동자를 조직하고, 군 무기고와 전함, 총포점 등 모든 곳을 뒤져 찾아낸 무기로 그들을 무장시켰지."

할아버지가 말했다. "최소한 누군가 저항하고는 있군. 지금까지는 전부 파시스트 마음대로 해왔거든. 라인 강 서쪽 연안과 에티오피아에서는 그냥 걸어들어가서 원하는 걸 취했지. 정말이지 에스파냐 사람들은 대단하군. 아니라고 말할 배짱이 있으니."

벽에 기대선 남자들에게서 동조하듯 중얼거리는 소리가 들렸다.

로이드는 케임브리지에서의 토요일 오후를 다시 떠올렸다. 그 역시 파시스트들이 마음대로 하게 내버려두었다. 불만으로 속이 부글거렸다.

"하지만 이길 수 있을까?" 할아버지가 말했다. "이제 무기가 중요해진 것 같지 않아?"

"그렇죠." 빌리가 말했다. "독일과 이탈리아가 반란군에 총과 탄약 말고도 전투기와 조종사까지 제공하고 있어요. 하지만 선거로 뽑힌 에스파냐 정부는 어디서도 도움을 못 받고 있죠."

"빌어먹을, 왜 그런 거지?" 레니가 화를 냈다.

조리용 레인지 앞에 서 있던 카라가 고개를 들었다. 지중해 사람 특유의 짙은 눈에 불쾌감이 번쩍였고, 로이드는 할머니의 아름다웠던 소싯적 모습을 언뜻 본 듯했다. "내 부엌에서 그런 말은 안 돼!" 그녀가 말했다.

"죄송합니다, 윌리엄스 부인."

"내가 내막을 들려줄 수 있어요." 빌리가 입을 열자 모두 조용히 귀를 기울였다. "프랑스 총리 레옹 블룸은 에스파냐를 도울 만반의 준비를 마쳤습니다. 모두 알겠지만 그 사람 사회주의자죠. 이미 독일이라는 파시스트 이웃이 하나 있으니, 남쪽 국경에 또다른 파시스트 국가가 생기는 걸 절대로 원치 않을 겁니다. 에스파냐 정부에 무기를 보내면 프랑스의 우익 진영은 물론 가톨릭 사회주의자들까지 격분할 테지만, 그 정도는 견딜 수 있어요. 특히 영국의 지지를 받는다면 에스파냐 정부를 무장시키는 건 국제적 합의라고 할 수 있죠."

할아버지가 말했다. "그럼 뭐가 문제냐?"

"우리 정부가 막았어요. 블룸이 런던에 왔는데 외무장관 앤서니 이든이 우리는 지지하지 않을 거라고 했죠."

할아버지는 화를 냈다. "지지가 왜 필요해? 사회주의자 총리가 어떻게 다른 나라 보수당 정권의 협박이나 받고 가만있지?"

"프랑스도 군사 쿠데타의 가능성이 있으니까요." 빌리가 말했다. "광적 우파인 그곳 언론도 자국 파시스트들이 광분하도록 채찍질하고 있어요. 블룸은 영국의 지지가 있어야 그들을 물리칠 수 있어요. 하지만 지지가 없으면 그러지 못하겠죠."

"그럼 파시즘에 대한 우리 보수 정부의 물렁한 태도가 또다시 문제군!"

"모든 보수당원이 에스파냐에 투자하고 있거든요. 와인, 섬유, 석탄, 철강. 좌익 정부에 사업체를 몰수당할까봐 두려운 거예요."

"미국은 어때? 민주주의를 신봉하잖아. 그들이라면 당연히 에스파냐에 총을 팔지 않을까?"

"그럴 것 같죠? 하지만 조지프 케네디라는 백만장자가 이끄는 재정적으로 탄탄한 가톨릭계가 에스파냐 정부에 어떤 도움도 줘선 안 된다고 로비중이에요. 민주당 대통령은 가톨릭의 지지가 필요하고요. 루스벨트는 그의 뉴딜정책을 위태롭게 하는 어떤 행동도 하지 않을 거예요."

"그래도 우린 뭔가 할 수 있겠죠." 레니 그리피스가 말했다. 얼굴에서 어린 나이다운 도전적 표정이 보였다.

"그게 뭐냐, 레니?" 빌리가 말했다.

"우리가 에스파냐에 가서 싸울 수 있어요."

그의 아버지가 말했다. "어리석은 소리 하지 마, 레니."

"많은 사람이 그곳에 가자고 얘기해요. 전 세계에서, 심지어 미국에서도요. 그들은 의용군 부대를 조직해 정규군과 함께 싸우고 싶어해요."

로이드는 허리를 세우고 앉았다. "정말이야?" 처음 듣는 이야기였다. "어떻게 알아?"

"〈데일리 헤럴드〉에서 읽었지."

로이드는 충격을 받았다. 의용병으로 에스파냐에 가서 파시스트와 싸운다니!

톰 그리피스가 레니에게 말했다. "자자, 넌 못 간다. 말도 꺼내지 마."

빌리가 말했다. "나이를 속이고 대전쟁에서 싸웠던 아이들 기억해? 수천 명이나 되었지."

"그 아이들 대부분 전혀 도움이 안 됐어." 톰이 말했다. "솜 강 전투 직전에 울음을 터뜨렸던 녀석이 기억나는군. 걔 이름이 뭐였지, 빌리?"

"오언 베빈. 달아나지 않았던가?"

"그래. 사형장으로 가고 말았지. 그 나쁜 놈들이, 탈영했다고 총살했잖아. 열다섯이었어. 불쌍한 녀석."

레니가 말했다. "전 열여섯이에요."

"그래." 그의 아버지가 말했다. "아주 큰 차이구나."

할아버지가 말했다. "한 십 분 더 있다간 여기 로이드가 런던으로 가는 기차를 놓치겠구나."

로이드는 레니가 말한 뜻밖의 사실에 너무 놀라 시계를 볼 생각도 못하고 있었다. 그는 벌떡 일어나 할머니에게 키스하고 작은 여행가방을 들었다.

레니가 말했다. "역까지 같이 갈게."

로이드는 작별인사를 하고 서둘러 언덕길을 내려갔다. 레니는 뭔가에 사로잡힌 것처럼 말이 없었다. 이야기를 하지 않아도 되어서 로이드는 기뻤다. 그의 머릿속도 혼란스러웠다.

기차는 역에 들어와 있었다. 로이드는 런던으로 가는 3등칸 표를 샀다. 열차에 올라타려는데 레니가 물었다. "로이드 형, 말해봐. 여권은 어떻게 만들었어?"

"너 거기 가는 거 심각하게 생각하고 있구나?"

"다른 소리 하지 말고. 궁금해서 그래."

호루라기 소리가 울렸다. 로이드는 열차에 올라 문을 닫고 창문을 내렸다. "우체국에 가서 양식을 달라고 해."

레니는 실망했다. "애버로언 우체국에 가서 여권 양식을 달라 하고 삼십 초만 지나면 어머니가 알게 될걸."

"그럼 카디프로 가." 로이드가 말했다. 기차가 출발했다.

로이드는 자리에 앉아 주머니에서 프랑스어로 된 스탕달의 『적과 흑』을 꺼냈다. 책을 들여다보고는 있었지만 머릿속에 아무것도 들어오지 않았다. 한 가지밖에 생각할 수 없었다. 에스파냐에 가는 것.

겁이 나야 마땅했지만 외르크에게 개를 풀었던 놈들과 같은 부류에 맞서는 전투—그저 집회가 아니라 진짜 싸움이었다—에 참가한다는 생각만으로도 흥분되었다. 틀림없이 나중에 두려움이 찾아오겠지. 권투 시합을 앞둔 탈의실에서 그는 두렵지 않았다. 하지만 링에 올라 자기를 인사불성이 될 때까지 때리고 싶어하는 상대와 마주해, 그의 근육질 어깨와 단단한 주먹, 사악한 얼굴을 보면 그제야 입이 마르고 가슴이 뛰었고 돌아서서 달아나고 싶은 충동을 억눌러야 했다.

지금 당장 가장 걱정되는 것은 부모님이었다. 버니는 의붓아들이 케임브리지에 간 걸 무척 자랑스러워했다. 이스트엔드 주민 절반에게는 자랑한 것 같았다. 만일 로이드가 학위를 받지 못한 채 전장으로 떠난다면 엄청난 충격을 받을 터였다. 에설은 아들이 다치거나 죽을까봐 공포에 질릴 것이다. 두 사람 모두 끔찍이도 속이 상할 터였다.

다른 문제들도 있었다. 에스파냐에는 어떻게 간단 말인가? 어느 도시로 가야 할까? 무슨 돈으로 그곳까지 갈 것인가? 하지만 그를 머뭇거리게 하는 진짜 요인은 단 하나였다.

데이지 페시코프.

그 스스로도 어처구니없었다. 이제 고작 두 번 만났을 뿐이다. 그녀가 그에게 깊은 관심을 보이는 것도 아니었다. 두 사람은 어울리지 않으니 그녀의 선택은 현명했다. 그녀는 백만장자의 딸이고, 정치 이야기는 따분하다고 생각하는 천박한 사교계 명사였다. 그녀는 보이 피츠허버트 같은 남자를 좋아했다. 그 사실만으로도 로이드와는 어울리지 않는다는 것이 증명되었다. 그럼에도 그녀를 가슴속에서 지울 수가 없었고, 에스파냐로 떠나 그녀와 다시 만날 기회를 영영 잃게 된다고 생각하니 마음이 슬픔으로 가득찼다.

메이페어 2434.

망설이는 자신이 부끄러웠다. 특히 레니의 단순한 결심을 떠올리면 더욱 그랬다. 로이드는 몇 년 동안 파시즘에 맞서 싸우는 일에 대해 이야기해왔다. 이제 행동에 옮길 기회가 온 것이다. 어떻게 가지 않을 수 있단 말인가.

그는 런던 패딩턴 역에 도착해 지하철을 타고 올드게이트까지 간 다음, 자신이 태어난 너틀리 가의 연립주택을 향해 걸었다. 가지고 있던 열쇠로 문을 열고 들어갔다. 집은 어렸을 때와 비교해 크게 달라지지 않았다. 단 한 가지 혁신은 모자걸이 옆 작은 탁자 위에 놓인 전화기였다. 동네에서 유일한 이 전화기를 이웃들은 마치 공공재산처럼 취급했다. 전화기 옆에는 사람들이 전화를 걸고 돈을 넣어두는 상자가 있었다.

어머니는 부엌에 있었다. 노동당 집회에 연설을 하러 가는지—달리 무슨 일이 있겠는가—모자를 쓰고 있었지만, 주전자를 불에 올려 차를 준비해주었다. "애버로언에선 다들 잘 지내지?" 그녀가 물었다.

"이번 주말에는 빌리 삼촌이 왔어요." 그가 말했다. "모든 이웃이 할아버지 부엌에 모였죠. 중세 왕궁처럼요."

"할머니 할아버지도 잘 계시고?"

"할아버지는 똑같으세요. 할머니는 그새 늙으셨더라고요." 그는 잠시 말을 멈췄다. "레니 그리피스가 에스파냐에 가서 파시스트와 싸우고 싶대요."

어머니는 못마땅해 입술을 오므렸다. "이런 상황에?"

"저도 함께 갈까 고민중이에요. 어떻게 생각하세요?"

반대를 예상하기는 했지만 그럼에도 어머니의 반응에 그는 깜짝 놀랐다. "빌어먹을, 감히 어떻게!" 어머니는 사납게 으르렁거렸다. 욕설을 혐오하는 할머니와는 다른 사람이었다. "그런 소리 입에 담지도 마!" 어머니는 찻주전자를 탕 식탁에 내려놓았다. "고통과 괴로움 속에서 널 낳아 키웠고, 네 발에 신발을 신겨 학교에 보냈어. 빌어먹을 전쟁에 나가서 목숨을 버리라고 그 모든 걸 견딘 게 아니야!"

로이드는 깜짝 놀랐다. "목숨을 버리려는 게 아니에요. 하지만 어머니가 저를 키우면서 믿으라 했던 이상을 위해서라면 목숨을 걸 수도 있어요."

놀랍게도 어머니는 흐느끼기 시작했다. 어머니는 우는 법이 거의 없었다. 사실 언제 울었는지 기억도 나지 않았다.

"어머니, 울지 마세요." 로이드는 떨리는 어머니의 어깨에 팔을 둘렀다. "아직 벌어진 일도 아니잖아요."

버니가 부엌으로 들어왔다. 머리가 벗어지고 다부진 체격의 중년 남자였다. "도대체 무슨 일이야?" 그가 말했다. 약간 겁먹은 기색이었다.

로이드가 말했다. "죄송해요, 아버지. 저 때문에 화가 나셨어요." 그는 버니가 에설을 안을 수 있도록 뒤로 물러났다.

그녀는 울부짖었다. "에스파냐에 간대요! 죽을 거라고요!"

"모두 진정하고 합리적으로 상의해보자고." 버니가 말했다. 그는 합리적으로 짙은 색 양복을 입고 여기저기 고쳐 합리적으로 두툼한 창을 댄 신발을 신은 합리적인 사람이었다. 이 점이 사람들이 그에게 표를 던진 진정한 이유였다. 그는 지역 정치인으로 런던 시의회 올드게이트 지역 의원이었다. 로이드는 진짜 아버지가 누군지는 몰라도 버니보다 더 사랑한다는 건 상상도 할 수 없었다. 의붓아버지 버니는 점잖은 사람으로 달래거나 충고를 해줄 때는 빨랐고, 명령을 하거나 벌을 내릴 때는 느렸다. 친딸 밀리와 로이드를 차별하는 법도 없었다.

버니가 에설을 설득해 식탁에 앉혔고, 로이드는 그녀에게 차를 한 잔 따라주었다.

"전에 내 동생이 죽은 줄로만 알았던 적이 있어." 에설이 말했다. 여전히 눈물을 흘리고 있었다. "웰링턴 로에 전보들이 도착했고, 우체국에서 온 가엾은 소년이 집집마다 돌아다니며 아들과 남편이 죽었다는 내용의 전보를 나눠주었어. 불쌍한 녀석, 이름이 뭐였더라? 아마 게라인트일 거야. 하지만 우리집에 온 전보는 없었어. 내가 못된 년이지. 다른 사람들이 죽고 우리 빌리는 죽지 않은 걸 하느님께 감사드렸어!"

"당신은 못되지 않았어." 버니가 그녀를 토닥이며 말했다.

로이드의 이부동생 밀리가 위층에서 내려왔다. 열여섯 살이지만 그보다 성숙해 보였고, 특히 오늘 저녁처럼 검은 옷을 멋지게 차려입고 작은 금귀고리까지 달면 더 그랬다. 그녀는 이 년 동안 올드게이트의 여성복 상점에서 일했지만 똑똑하고 꿈이 있었다. 지난 며칠은 웨스트엔드에 있는 한 호화로운 백화점에서 자리를 얻어 일했다. 그녀가 에설을 보고 코크니* 악센트로 물었다. "엄마, 왜 그래요?"

"네 오빠가 에스파냐에 가서 죽겠다는 거야!" 에설이 큰 소리로 외쳤다.

밀리는 비난하는 눈빛으로 로이드를 보았다. "엄마한테 무슨 말을 한 거야?" 밀리는 늘 오빠의 잘못을 재빠르게 찾아냈다. 그녀는 모두가 오빠를 필요 이상으로 떠받들고 있다고 생각했다.

로이드는 꾹 참고 애정을 담아 대답했다. "애버로언의 레니 그리피스가 파시스트와 싸우러 간다기에 어머니에게 나도 함께 갈까 생각중이라고 했어."

"보나마나 가겠지." 밀리가 넌더리를 쳤다.

"그곳에 도착할 수나 있을지 모르겠구나." 늘 현실적인 버니가 말했다. "어쨌든 한창 내전중인 나라잖니."

"마르세유까지는 기차를 탈 수 있어요. 바르셀로나는 프랑스 국경에서 멀지 않아요."

"130에서 140킬로미터 정도 되지. 그리고 추위를 견디며 걸어서 피레네산맥을 넘어야 해."

"마르세유에서 바르셀로나로 가는 배편이 분명히 있을 거예요. 바다로는 그리 멀지 않아요."

"그렇지."

"그만해요, 버니!" 에설이 외쳤다. "무슨 피커딜리 광장으로 가는 가장 빠른 길을 의논하는 것처럼. 애는 전쟁에 나가겠다는 거예요! 절대 허락 못해요."

---

* 런던 이스트엔드의 노동자계급.

"로이드는 스물한 살이야." 버니가 말했다. "우리 마음대로 할 순 없어."

"얘가 빌어먹을 나이를 얼마나 먹었는지는 나도 알아요."

버니는 손목시계를 들여다보았다. "우린 집회에 가야 해. 당신이 주요 연사잖아. 그리고 로이드가 오늘밤 당장 에스파냐에 가겠다는 것도 아니고."

"어떻게 알아요?" 에설이 말했다. "집에 돌아와보면 얘가 파리로 가려고 연락 열차를 탔다는 편지만 남아 있을지도 모르잖아요!"

"이렇게 하지." 버니가 말했다. "로이드, 네 어머니에게 최소한 한 달 동안은 떠나지 않겠다고 약속해라. 어쨌든 나쁜 생각은 아니야. 급히 떠나기 전에 형세를 파악할 필요가 있을 테니까. 당분간이라도 어머니 마음을 편하게 해줘. 그러고 나서 다시 이야기해보자."

전형적인 버니의 방식으로, 어느 쪽도 패하지 않고 뒤로 물러설 수 있도록 계산한 절충안이었다. 하지만 로이드는 약속하기가 망설여졌다. 한편으로 생각하면 그리 쉽게 열차에 올라탈 수도 없을 듯했다. 에스파냐 정부가 어떤 식으로 의용병을 받아들이는지 알아봐야 했다. 가장 좋은 방법은 레니를 비롯한 다른 사람들과 함께 가는 것이었다. 필요한 것들도 있었다. 비자, 외국 돈, 부츠…… "좋아요. 한 달 동안은 가지 않겠어요."

"약속해." 어머니가 말했다.

"약속할게요."

에설은 진정했다. 잠시 후 분까지 바르자 아무 일도 없었던 듯 보였다. 그녀는 차를 마셨다.

그리고 코트를 입고 버니와 함께 집을 나섰다.

"좋아, 나도 나갈래." 밀리가 말했다.

"어디 가는데?" 로이드가 물었다.

"게이어티."

게이어티는 이스트엔드에 있는 뮤직홀이었다. "열여섯 살짜리도 거기 들어갈 수 있어?"

밀리는 짓궂은 표정을 지어 보였다. "누가 열여섯이래? 난 아닌데. 어쨌든 겨우 열다섯 살인 데이브도 같이 가." 그녀는 빌리 삼촌과 밀드러드 숙모의 아들이자 사촌인 데이비드 윌리엄스의 이름을 꺼냈다.

"그래, 재밌게 놀아."

밀리는 문까지 갔다가 되돌아왔다. "에스파냐에서 죽지만 마, 이 재수없는 놈아." 그녀는 로이드를 양팔로 힘껏 껴안아주고는 말없이 집을 나섰다.

현관문이 쾅 닫히자 로이드는 전화기로 갔다.

번호를 기억해내려 애쓸 필요도 없었다. 마음의 눈으로 데이지를 볼 수 있었다. 그와 헤어져 돌아서던 그녀가 밀짚모자 아래 애교 넘치는 웃음을 지으며 말했다. "메이페어 2434번이에요."

그는 수화기를 들고 다이얼을 돌렸다.

뭐라고 해야 하나? "전화하래서 전화했어요." 시시했다. 사실대로 말해? "당신을 전혀 좋아하지 않는데 머릿속에서 떠나질 않아요." 그녀를 어디론가 초대해야 했다. 하지만 어디? 노동당 집회에?

남자가 전화를 받았다. "페시코프 부인 댁입니다. 안녕하십니까." 공손한 말투로 판단하건대 집사 같았다. 데이지의 어머니는 런던에서 아랫사람까지 딸린 집을 빌린 게 틀림없었다.

"전 로이드 윌리엄스라고……" 전화한 이유를 설명, 혹은 정당화하고 싶어 머릿속에 맨 먼저 떠오른 말을 덧붙였다. "……이매뉴얼 칼리지에 있습니다." 의미는 없지만 듣는 사람에게 인상적이었으면 하는 바람이었다. "데이지 페시코프 양과 통화할 수 있을까요?"

"죄송합니다, 윌리엄스 교수님." 로이드가 교수일 거라 착각한 게 분명한 집사가 말했다. "모두 오페라를 보러 가셨습니다."

그랬겠지. 로이드는 실망했다. 사교계 명사가 이런 저녁 시간에, 게다가 토요일에 집에 있을 리 없었다. "기억납니다." 그는 거짓말을 했다. "오페라를 보러 간다고 했는데 깜빡했네요. 코번트가든이었죠?" 그는 숨을 멈췄다.

하지만 집사는 의심하지 않았다. "네, 교수님. 〈마술피리〉일 겁니다."

"고맙습니다." 로이드는 전화를 끊었다.

그는 방으로 가서 옷을 갈아입었다. 웨스트엔드에서는 영화를 보러 갈 때도 대개 야회복을 입었다. 그런데 거기 가서는 어쩔 셈인가? 오페라 표를 살 돈도 없을뿐더러 이제 곧 공연이 끝날 터였다.

그는 지하철을 탔다. 로열 오페라하우스는 어울리지 않게 런던의 과일 및 채소 도매시장인 코번트가든 옆에 있었다. 두 시설은 서로 다른 시간에 문을 열기 때문에 탈 없이 잘 지냈다. 작정하고 흥청거리는 사람들 대부분이 집으로 돌아가기 시작하는 새벽 서너시에 문을 여는 시장은 낮 공연이 시작되기 전 문을 닫았다.

로이드는 문 닫힌 가게들 앞을 지나 환히 불 밝힌 오페라 극장의 출입문 안쪽을 들여다보았다. 환하게 밝은 로비는 텅 비었고 모차르트의 음악이 작게 들려왔다. 안으로 들어가 상류층처럼 무람없이 직원에게 물었다. "공연이 언제쯤 끝납니까?"

만일 그가 트위드 양복을 입고 있었다면 관계없는 일에 신경쓰지 말라는 대답이 돌아왔을지도 모르지만, 야회복은 권위를 상징하는 제복이었다. 직원이 말했다. "오 분 정도 남았습니다, 선생님."

로이드는 퉁명스레 고개를 끄덕였다. "감사합니다"라고 대답했더라면 정체가 탄로났을 것이다.

그는 밖으로 나와 건물 주변을 한 바퀴 돌았다. 조용한 순간이었다. 레스토랑에서는 사람들이 커피를 주문했고 영화관에서는 대작 멜로드라마가 클라이맥스를 향해가고 있었다. 모든 상황은 곧 바뀔 테고, 택시를 소리쳐 부르거나 나이트클럽으로 향하거나 버스 정류장에서 작별 키스를 나누고 마지막 교외행 열차를 타려고 서두르는 사람들로 거리가 붐빌 터였다.

그는 오페라하우스로 돌아와 안으로 들어갔다. 오케스트라 소리는 들리지 않았고 이제 막 관객들이 빠져나오는 중이었다. 좌석에 오래 갇혔다가 풀려난 사람들은 활기차게 이야기를 나누며 가수들을 칭찬하고 의상을 비평하고 늦은 저녁식사 계획을 잡았다.

그는 거의 즉시 데이지를 찾아냈다.

연보라색 드레스를 입고 맨어깨에 샴페인색 작은 밍크 망토를 두른 모습이 매우 아름다웠다. 그녀는 또래 무리의 맨 앞에서 객석을 빠져나오고 있었다. 그녀의 곁에서 보이 피츠허버트를 보고 로이드는 실망했다. 빨간 카펫이 깔린 계단을 내려오며 보이가 뭐라고 중얼거리자 데이지가 환하게 웃었다. 그 뒤에 재미난 독일 처녀 에바 로트만이 만찬복이라 불리는 군인용 야회복 차림의 키 크고 젊은 남자에게 에스코트를 받으며 따라왔다.

로이드를 알아보고 웃는 에바에게 그는 독일어로 인사했다. "안녕하세요, 로트만 양. 오페라를 즐기셨길 바랍니다."

"아주 즐거웠어요, 감사합니다." 그녀 역시 독일어로 대답했다. "객석에 와 계셨는지 몰랐어요."

보이가 상냥하게 말했다. "자, 여러분. 영어로 합시다." 살짝 취한 목소리였다. 그는 방탕해 보이지만 잘생긴 타입으로 인물 좋지만 부루퉁한 소년, 혹은 남은 음식을 지나치게 먹인 혈통 좋은 개 같은 인상이었다. 붙임성 있는 태도 때문에 마음만 먹으면 대단히 매력적으로 보일 수도 있을 것 같았다.

에바가 영어로 말했다. "애버로언 자작님, 이쪽은 윌리엄스 씨예요."

"아는 사이입니다." 보이가 말했다. "이 친구는 에마에서 공부하죠."

데이지가 말했다. "안녕하세요, 로이드. 우리는 빈민가로 구경 가려고요."

로이드도 들어본 적이 있었다. 이스트엔드의 싸구려 술집에 가서 노동자들의 오락거리를 지켜본다는 뜻이었다. 예를 들면 투견이라든지.

보이가 말했다. "윌리엄스라면 괜찮은 곳을 분명히 알 겁니다."

로이드는 아주 잠깐 망설였다. 데이지와 함께 있기 위해 보이를 참고 견딜 것인가? 물론 기꺼이 그럴 마음이 있었다. "사실 잘 압니다. 구경시켜드릴까요?"

"멋져요!"

나이든 여자 하나가 나타나더니 보이에게 손가락을 흔들어 보였다. "반드시 여자들을 자정까지 집에 보내야 해요." 그녀는 미국 악센트로 말했다. "일 초도 늦으면 안 됩니다, 부탁해요." 분명 데이지의 어머니이리라.

군복을 입은 키 큰 남자가 대답했다. "군에 맡겨주십시오, 페시코프 부인. 시간 맞추겠습니다."

페시코프 부인 뒤로 피츠허버트 백작과 그의 아내로 보이는 뚱뚱한 여인이 나타났다. 로이드는 백작에게 그가 속한 정부의 에스파냐 정책은 뭐냐고 묻고 싶었다.

그들을 태울 차량 두 대가 밖에서 대기중이었다. 백작과 부인, 데이지의 어머니는 검은색과 크림색이 섞인 롤스로이스 팬텀 III에 올라탔다. 보이와 다른 사람들은 왕가에서 가장 선호한다는 짙은 파란색 다임러 E20 리무진에 탔다. 로이드를 포함해서 일곱 명의 젊은이였다. 로이드에게 자신이 지미 머리 중위라고 소개한 군인이 에바와 짝인 듯했다. 세번째 여자는 머리의 여동생 메이였고, 또다른 남자—보이가 더 마르고 조용하다면 그럴 것 같았다—는 알고 보니 앤디 피츠허버트였다.

로이드는 운전기사에게 게이어티로 가는 길을 일러주었다.

그는 지미 머리가 조심스럽게 에바의 허리에 팔을 두르는 걸 눈치챘다. 그녀의 반응은 그에게 살짝 다가앉는 것이었다. 두 사람은 분명 사귀는 사이였다. 로이드는 그녀가 잘된 것 같아 기뻤다. 에바는 예쁘지는 않지만 똑똑하고 매력적인 여자였다. 로이드는 그녀를 좋아했고, 그녀가 키 큰 군인을 찾게 되어 흐뭇했다. 하지만 지미가 유대인의 피가 절반 섞인 독일 여자와 결혼하겠다고 선언하면 이런 상류층 사교계 사람들은 어떻게 나올까.

다른 사람들도 둘씩 짝을 이루고 있다는 생각이 불현듯 들었다. 앤디와 메이, 그리고 짜증나지만 보이와 데이지가 짝이었다. 로이드만 겉돌고 있었다. 그들을 보고 싶지 않아 매끈한 마호가니 창틀만 물끄러미 들여다보았다.

자동차는 세인트폴 성당으로 통하는 러드게이트 힐을 올라갔다. "치프사이드 거리로 가세요." 로이드가 운전기사에게 말했다.

보이는 납작한 휴대용 은제 술병을 입에 대고 한참 마시더니 입을 닦고 말했다. "이 주변은 잘 아네, 윌리엄스."

"난 여기 살아." 로이드가 말했다. "이스트엔드에서 태어났어."

"정말 멋지군." 보이가 말했다. 별생각 없이 예의상 한 대답인지 비꼬는 말인지 로이드는 정확히 알 수가 없었다.

게이어티의 자리는 다 찼지만 입석은 여유가 있었다. 관객들이 끊임없이 돌아다니며 친구들과 인사를 하고 바에 갔다. 여자들은 밝은색 드레스를, 남자들은 가장 좋은 옷을 차려입은 모습이었다. 후끈한 실내에 연기가 자욱했고, 맥주를 엎지른 자리에서 강한 냄새가 풍겼다. 로이드는 일행이 있을 만한 안쪽 자리를 찾아냈다. 옷차림에서 웨스트엔드에서 온 방문객 티가 났지만 그들만 그런 복장인 것은 아니었다. 뮤직홀은 계층을 불문하고 인기가 좋았다.

무대 위에서는 붉은 드레스 차림에 금발 가발을 쓴 중년 연기자가 판에 박힌 야한 만담을 늘어놓고 있었다. "내가 그 사람한테 그랬지. '내 구멍에 당신 들일 생각은 없어요.'" 관객들은 크게 웃음을 터뜨렸다. "그가 그러더라고. '그게 여기서도 다 들여다보여요, 내 사랑.' 내가 말했지. '쓸데없는 참견 마요.'" 여자는 짐짓 분한 척했다. "그 남자가 그러더군. '내가 보기엔 한번 세게 뚫어줘야 할 것 같은데.' 아이고! 제발 좀."

로이드는 데이지가 활짝 웃는 모습을 보았다. 몸을 기울여 그녀의 귀에 대고 속삭였다. "저 사람, 남자라는 거 알겠어요?"

"아뇨!" 그녀가 말했다.

"손을 봐요."

"이런, 맙소사!" 그녀가 말했다. "저 여자, 남자네요!"

로이드의 사촌 데이비드가 옆을 지나가다 로이드를 발견하고 돌아섰다. "무슨 일로 차려입었어?" 그가 코크니 악센트로 물었다. 그는 스카프를 매듭지어 두르고 클로스캡*을 쓴 모습이었다.

"안녕, 데이브. 어떻게 지내?"

"형이랑 레니 그리피스랑 에스파냐에 가려고." 데이브가 대답했다.

"아니, 못 가." 로이드가 말했다. "넌 열다섯이잖아."

"대전쟁 때는 내 나이 애들도 싸웠어."

* 전통적으로 노동자가 즐겨 썼던 납작한 천 모자.

"하지만 별 도움이 안 됐어. 네 아버지께 물어봐. 그건 그렇고 내가 간다고 누가 그래?"

"형 동생 밀리." 그러고 나서 데이브는 가버렸다.

보이가 물었다. "이런 곳에서는 대개 뭘 마시지, 윌리엄스?"

보이 넌 더 마시지 않아도 될 텐데. 하지만 생각과는 다른 대답이 나왔다. "남자들은 쓴 맥주를 큰 잔으로 마시고 여자들은 포트 레몬을 마시지."

"포트 레몬?"

"포트와인에 레모네이드를 섞은 거."

"더할 나위 없이 끔찍하군." 보이는 어디론가 사라졌다.

코미디언은 연기의 클라이맥스에 다다랐다. "그 사람한테 그랬지. '바보야, 그 구멍이 아냐!'" 그녀, 아니 그는 쏟아지는 박수갈채 속에 무대를 내려왔다.

밀리가 로이드 앞에 나타났다. "안녕." 그녀가 인사했다. 그리고 데이지를 보았다. "오빠 친구는 누구야?"

로이드는 세련된 검은색 드레스 차림에 가짜 진주목걸이를 걸고 얌전하게 화장한 밀리가 무척 예뻐 보여서 기분이 좋았다. 그가 말했다. "페시코프 양, 제 동생 레크위드 양을 소개하겠습니다. 밀리, 이쪽은 데이지야."

두 사람은 악수를 나누었다. 데이지가 말했다. "로이드의 동생을 만나서 매우 기뻐요."

"정확히 말하면 이부동생이죠." 밀리가 말했다.

로이드가 설명했다. "제 아버지는 대전쟁중에 돌아가셨습니다. 저는 한 번도 뵙지 못했죠. 어머니는 제가 아직 아기였을 때 재혼했어요."

"재밌게 구경해." 밀리는 돌아섰다. 그러고는 떠나면서 로이드의 귀에 대고 속삭였다. "어째서 루비 카터에게 기회가 없었던 건지 이제야 알겠네."

로이드는 속으로 신음했다. 어머니가 가족 모두에게 그가 루비와 사귄다고 말한 게 분명했다.

데이지가 말했다. "루비 카터가 누군데요?"

"침블레이에서 일하는 하녀요. 당신이 치과에 갈 돈을 줬죠."

"기억나요. 그러니까, 그녀의 이름이 당신과 낭만적으로 엮이는 거군요."

"어머니 상상 속에서는, 그래요."

로이드가 쩔쩔매자 데이지가 웃었다. "그러니까 하녀와는 결혼하지 않겠다는 거네요."

"루비와 결혼 안 하는 거죠."

"그녀가 당신과 아주 잘 어울릴 수도 있잖아요."

로이드는 데이지를 똑바로 바라보았다. "가장 잘 어울리는 사람하고만 사랑에 빠지란 법은 없잖아요?"

그녀는 무대로 시선을 돌렸다. 쇼는 막바지에 이르러 모든 출연자가 나와서 귀에 익은 노래를 부르기 시작했다. 관객들도 열성적으로 따라 불렀다. 뒤쪽에 서서 보던 사람들도 서로 팔짱을 끼고 박자에 맞춰 몸을 흔들었고, 보이 일행도 똑같이 따라 했다.

커튼이 내려왔는데도 보이는 다시 나타나지 않았다. "제가 찾아볼게요." 로이드가 말했다. "이 친구 어디 있는지 알 것 같네요." 게이어티에는 여자 화장실이 따로 마련되어 있었지만 남자 화장실은 뒷마당의 노천 변소 한 칸과 절반으로 자른 드럼통 몇 개를 이용해야 했다. 로이드는 한 드럼통에 토하고 있는 보이를 찾아냈다.

그는 보이가 입을 닦도록 손수건을 건네준 다음, 그의 팔을 붙잡고 사람들이 빠져나가는 뮤직홀을 지나 밖에서 대기중인 다임러 리무진으로 데려갔다. 다른 이들이 기다리고 있었다. 모두 차에 올라탔고 보이는 타자마자 잠들었다.

웨스트엔드에 도착하자 앤디 피츠허버트는 운전기사에게 가장 먼저 트래펄가 광장 근처의 수수한 거리에 있는 머리 가족의 집으로 가자고 했다. 그는 메이와 함께 차에서 내리며 말했다. "여러분 먼저 가세요. 저는 메이를 문 앞까지 데려다주고 집까지 걸어가겠습니다." 앤디는 현관 앞 계단에서 메이와 로맨틱한 밤 인사를 나눌 모양이었다.

그들을 태운 차는 메이페어로 향했다. 데이지와 에바가 사는 그로브너 광장 근처에 다다르자 지미가 운전기사에게 말했다. "모퉁이에서 그냥 세워주세요." 그러고는 로이드에게 조용히 말했다. "저, 윌리엄스. 페시코프 양을 집 앞까지 좀 데려다주시겠습니까? 나는 로트만 양과 잠시 뒤에 따라갈 테니까요."

"물론이죠." 지미는 자동차 안에서 에바와 작별키스를 하려는 게 분명했다. 보이는 전혀 눈치채지 못할 터였다. 그는 코를 골고 있었다. 운전기사는 팁을 바라는 마음에 못 본 척할 것이다.

로이드는 차에서 내리는 데이지의 손을 잡아주었다. 그녀가 손을 맞잡을 때 약한 전기라도 통하듯 전율이 느껴졌다. 그는 데이지의 팔을 잡았고, 두 사람은 보도 위를 천천히 걸었다. 두 가로등 사이의 불빛이 가장 약한 곳에서 데이지가 멈춰 섰다. "두 사람에게 시간 좀 주자고요." 그녀가 말했다.

"에바에게 연인이 있다니 기쁘군요."

"저도요."

로이드는 한번 숨을 들이쉬었다. "당신과 보이 피츠허버트에 대해서는 같은 말을 못하겠습니다."

"그가 왕께 인사드릴 기회를 만들어줬어요!" 데이지가 말했다. "저는 나이트클럽에서 왕과 춤도 췄어요. 모두 미국 신문에 실렸죠."

"그럼 그 이유 때문에 교제한다는 겁니까?" 로이드는 믿을 수 없어 말했다.

"그것만은 아니죠. 그는 제가 좋아하는 건 뭐든 좋아해요. 파티와 경마, 아름다운 옷까지. 그리고 무척 재밌어요! 자기 소유 비행기도 있는 걸요."

"그런 것들은 아무 의미 없어요." 로이드가 말했다. "그를 포기하고 대신 내 여자친구가 돼줘요."

데이지는 기뻐 보였지만 웃음을 터뜨렸다. "제정신이 아니군요. 하지만 당신이 좋아요."

"진심입니다." 로이드는 필사적으로 말했다. "당신 생각을 멈출 수가 없어요. 내게는 이 세상에서 가장 어울리지 않는 결혼 상대라 해도 말입니다."

그녀는 다시 웃었다. "진짜 무례한 말을 하시네요! 왜 당신이랑 이러고 있는지도 모르겠어요. 아마 그 어설픈 태도 속에 좋은 면이 있다고 생각하기 때문이겠죠."

"나는 사실 어설픈 사람이 아니에요. 당신 앞에서만 그렇죠."

"당신 말 믿어요. 하지만 나는 돈 한푼 없는 사회주의자와 결혼하진 않겠어요."

로이드는 멋지게 거절당할 마음의 준비를 해뒀지만, 막상 당해보니 비참한 기분이었다. 그는 고개를 돌려 다임러 자동차를 보았다. "얼마나 더 오래 걸릴지 모르겠군요." 그가 울적하게 말했다.

데이지가 말했다. "하지만 그냥 어떤가 궁금해서 사회주의자와 키스해볼 순 있겠죠."

잠시 그는 아무 반응도 보이지 못했다. 그저 말이 그렇다는 것으로 받아들였다. 하지만 여자라면 그런 말을 그냥 던지지는 않는 법이다. 유혹이었다. 하마터면 멍청하게 눈치채지 못하고 지나칠 뻔했다.

그는 더 가까이 다가서서 양손으로 그녀의 잘록한 허리를 잡았다. 고개를 살짝 드는 그녀의 아름다운 모습에 로이드는 숨이 멎을 것만 같았다. 그는 고개를 숙이고 부드럽게 키스했다. 그녀는 눈을 감지 않았고, 그도 마찬가지였다. 그녀의 입술에 입술을 문지르며 파란 눈을 바라보고 있자니 엄청나게 흥분됐다. 그녀가 입을 살짝 열었고 그는 벌어진 입술 사이를 혀끝으로 건드렸다. 잠시 후 그녀의 입술이 응하는 느낌이 전해졌다. 그녀는 여전히 그를 바라보고 있었다. 천국에 있는 기분이었고, 이렇게 껴안은 채 영원히 머물고 싶었다. 그녀가 몸을 밀착해왔다. 물건이 단단해진 로이드는 혹시 그녀가 눈치챌까봐 몸을 살짝 뒤로 뺐다. 하지만 다시 몸을 앞으로 내미는 그녀의 눈을 보고 부드러운 몸에 닿은 그의 물건을 느끼고 싶어한다는 걸 알아챘다. 순간 참을 수 없을 만큼 몸이 달아올랐다. 금방이라도 사정할 것 같았지만, 어쩌면 데이지가 그걸 원하는지도 모른다는 생각마저 들었다.

그 순간 다임러 문이 열리는 소리와 함께 지미 머리가 약간 부자연스럽게, 마치 경고하듯 크게 말하는 소리가 들렸다. 로이드는 데이지와 떨어졌다.

"와." 데이지는 놀랐다는 듯 중얼거렸다. "예상치 못했던 즐거움이네요."

로이드는 쉰 목소리로 말했다. "즐거움 이상이죠."

그때 지미와 에바가 옆으로 다가왔고, 네 사람은 페시코프 부인 집의 현관 앞까지 함께 걸었다. 지붕이 덮인 포치까지 계단이 이어진 으리으리한 건물이었다. 로이드는 포치 아래라면 사람들 눈을 피해 다시 한번 키스할 수 있겠다고 생각했지만, 계단을 올라가자 예복을 입은 남자가 안쪽에서 문을 열었다. 아마도 아까 통화했던 집사인 모양이었다. 그때 전화를 건 게 얼마나 다행이었던지!

두 여자는 방금 전까지만 해도 격정적인 포옹에 사로잡혀 있었다는 기색을 완벽히 감추고 점잖게 작별인사를 했다. 문이 닫히고 그들은 사라졌다.

로이드와 지미는 계단을 되돌아 내려왔다.

"난 여기서 걸어가죠." 지미가 말했다. "운전기사에게 이스트엔드까지 다시 모셔다드리라고 할까요? 댁까지 5킬로미터 가까이 될 것 같은데요. 보이는 신경쓰지 않을 겁니다. 어차피 아침 먹을 때까지 잔다고 봐야죠."

"배려가 깊으시군요. 정말 감사합니다. 믿으실지는 모르겠지만 걷고 싶네요. 생각할 게 많아서요."

"편할 대로 하시죠. 그럼, 안녕히."

"안녕히 가세요." 로이드가 말했다. 심란하기 짝이 없었다. 힘이 들어갔던 아랫도리가 서서히 풀리자 집이 있는 동쪽을 향해 걷기 시작했다.

IV

런던의 사교 시즌은 8월 중순에 막을 내렸지만, 보이 피츠허버트는 여전히 데이지 페시코프에게 청혼을 하지 않았다.

데이지는 상처받았고 혼란스러웠다. 두 사람이 교제한다는 사실은 모두가 알았다. 그들은 거의 매일 만났다. 피츠허버트 백작은 데이지에게 딸처럼 말을 걸었고, 미심쩍어하던 비 공주마저 따뜻했다. 보이는 기회만 있으면 그녀에게 키스했지만 미래에 대해서는 아무 말도 하지 않았다.

런던의 사교 시즌 내내 끝없이 이어지던 호화로운 점심과 만찬, 화려한 파티와 무도회, 전통 스포츠 행사와 샴페인 소풍이 뚝 그쳤다. 데이지가 새로 사귄 친구들 가운데 많은 수가 갑자기 도시를 떠났다. 알아본 바로는 대부분 지방 영지 저택에서 여우를 사냥하고 사슴을 쫓고 총으로 새를 쏘며 시간을 보낼 거라고 했다.

데이지와 올가는 에바 로트만의 결혼식을 위해 남아 있었다. 보이와 달리 지미 머리는 사랑하는 여인과의 결혼을 서둘렀다. 결혼식은 그의 부모가 다니는 첼시의 성당에서 올리기로 했다.

에바를 생각하면 데이지는 큰일을 해낸 것 같았다. 그녀는 친구에게 잘 어울리는 옷, 프릴 없이도 멋진 스타일, 검은 머리색과 갈색 눈을 돋보이게 하는 단순하고 강렬한 색상을 선택하는 방법을 가르쳤다. 자신감을 얻은 에바는 자신의 자연스러운 포근함과 회전이 빠른 머리를 이용해 남자와 여자 모두를 매료시키는 법을 배웠다. 그리고 지미는 그녀와 사랑에 빠졌다. 그는 영화배우는 아니었지만 키가 컸고 선이 굵은 매력이 있었다. 군인 집안 출신에 재산도 제법 되었으니 에바는 부자는 아니더라도 편하게 살 수 있었다.

영국인들은 누구보다 편견이 많아서 머리 장군과 그 부인도 처음에는 아들이 유대인 피가 절반 섞인 독일인 난민과 결혼할 수도 있다는 사실을 아주 달가워하지는 않았다. 에바는 금세 그들의 마음을 얻었지만 시부모의 많은 친구는 여전히 에둘러 의구심을 드러냈다. 결혼식에서 데이지는 에바가 "이국적"이고, 지미는 "용감"하며, 머리 가문은 "놀라울 정도로 마음이 넓다"는 소리를 들었다. 서로 어울리지 않는 결혼을 최대한 좋게 포장한 말들이었다.

지미는 베를린에 있는 로트만 박사에게 정식으로 편지를 보냈고, 에바에게 청혼해도 좋다는 승낙을 받았다. 하지만 독일 정부는 로트만 가족의 결혼식 참석을 허가하지 않았다. 에바는 눈물을 흘리며 말했다. "유대인을 그렇게 미워하면서, 그곳을 떠나겠다면 좋아할 것이지!"

보이의 아버지 피츠는 그 말을 전해듣고 나중에 데이지에게 말했다. "네 친구 에바에게 되도록 유대인 이야기는 하지 말라고 해." 친구로서 충고한다는 투였다. "유대인 피가 섞인 아내를 맞이하는 건 지미의 군 경력에 보탬이 안 돼. 알겠지만." 데이지는 그 불쾌한 충고를 전하지 않았다.

행복한 커플은 니스로 신혼여행을 떠났다. 데이지는 이제 에바를 보살피는 일에서 해방이구나 생각하면서도 죄책감을 느꼈다. 보이와 그의 정치적 친구들이 유대인을 몹시 싫어해서 에바는 문제가 되어가고 있었다. 보이와 지미 사이의 우정은 이미 끝났다. 보이는 지미의 결혼식 들러리 역할을 거절했다.

결혼식 후 데이지와 올가는 웨일스에 있는 피츠허버트 가문의 지방 영지 저택에서 열리는 사냥 파티에 초대받았다. 데이지는 희망이 솟았다. 이제 에바가 사라졌으니 보이의 청혼을 막을 걸림돌은 없었다. 분명 백작과 공주는 아들이 청혼을 앞두고 있다는 사실을 짐작할 터였다. 어쩌면 이번 주말 파티 계획도 아들을 위한 것인지 모른다.

금요일 아침 데이지와 올가는 패딩턴 역으로 가서 서쪽으로 가는 열차에 올랐다. 기차는 영국의 심장부인 비옥한 구릉지대를 가로질렀다. 군데군데 흩어진 마을마다 돌로 지은 성당 첨탑이 고목나무 숲 위로 솟아 있었다. 1등석 객차 하나를 독차지하고서 올가는 데이지에게 보이가 어떻게 나올 것 같으냐고 물었다. "내가 좋아하는 걸 모를 리는 없어." 데이지가 말했다. "키스하는 걸 여러 번 가만두었으니까."

"혹시 너 다른 사람에게 관심 보인 적 있니?" 데이지의 어머니가 날카로운 질문을 했다.

데이지는 로이드 윌리엄스와의 어리석고 짧은 순간의 기억에 대한 죄책감을 억눌렀다. 보이가 그 사실을 알 리도 없거니와 어차피 로이드와는 다시 만날 수 없었다. 그가 보내온 세 통의 편지에 그녀는 답장을 보내지 않았다. "아니." 그녀는 대답했다.

"그럼 에바 때문이구나." 올가가 말했다. "그리고 이제 그애는 없지."

기차는 세번 강 어귀의 긴 터널을 빠져나와 웨일스로 들어섰다. 진흙투성이 양들이 언덕에서 풀을 뜯었고 골짜기마다 작은 탄광촌이 보였는데, 여기저기 흩어진 흉한 산업용 건물 위로 갱구 권양기들이 솟아 있었다.

검은색과 크림색이 섞인 피츠허버트 백작의 롤스로이스가 애버로언역 앞에서 그들을 기다리고 있었다. 가파른 산허리를 따라 잿빛 돌로 지은 작은 집들이 줄지어 선 이곳이 데이지에게는 음울해 보였다. 그들은 마을을 벗어나 티 귄 저택을 향해 1.5킬로미터 정도 달렸다.

데이지는 저택 정문을 지날 때 숨이 턱 막힐 만큼 기뻤다. 완벽하게 고전적인 전면을 따라 높은 창문이 줄지어 난 티 귄은 거대하고 우아했다. 공들여 가꾼 정원에는 꽃과 관목, 표본목이 가득했는데 백작 스스로도 자랑스레 여기는 게 틀림없었다. 이런 집의 안주인이 된다면 얼마나 기쁠까. 그녀는 생각했다. 영국 귀족은 이제 세상을 지배하지 않지만 완벽하게 예술적인 삶을 누렸고, 데이지는 무슨 일이 있어도 그 일원이 되고 싶었다.

티 귄은 흰 집이라는 뜻이지만 실제로는 잿빛이었다. 건물의 석재를 만져보니 손끝에 석탄가루가 묻어나 데이지는 그 이유를 알게 되었다.

그녀는 치자나무 방이라는 곳을 침실로 배정받았다.

그리고 그날 저녁식사 전 보이와 단둘이서 테라스에 앉아 보라색 산꼭대기 너머로 지는 태양을 바라보았다. 보이는 시가를 피우고 데이지는 샴페인을 마셨다. 꽤 오랜 시간이 흘렀지만 보이는 결혼에 대해 아무 말도 하지 않았다.

주말이 지나면서 데이지의 불안감이 커졌다. 분명 보이는 그녀와 단둘이 이야기를 나눌 기회가 더 많았다. 토요일에는 남자들끼리 사냥을 나갔지만 데이지가 오후 늦게 밖으로 마중나갔고, 보이와 함께 집까지 숲길을 걸어왔다. 일요일 아침에는 피츠허버트 가족과 손님 대부분이 마을에 있는 성공회 교회를 찾았다. 예배가 끝나고 보이는 데이지를 '투 크라운스'라는 술집에 데려갔는데, 작달막하고 어깨가 벌어진 몸에 납작한 모자를 쓴 그곳 광부들은 연보라색 캐시미어 코트 차림의 그녀를 마치 보이가 가죽끈에 묶어 데려온 표범처럼 바라보았다.

그녀가 어머니와 함께 곧 버펄로로 돌아가야 한다고 말해도 보이는 속뜻을 알아차리지 못했다.

그녀를 좋아하긴 하지만 결혼할 정도는 아닌 것일까?

일요일 점심이 되자 데이지는 절망적인 심정이었다. 내일이면 어머니와 함께 런던으로 돌아갈 예정이었다. 그때까지 보이가 청혼을 하지 않으면 그의 부모는 그가 진지한 감정은 아니라고 생각할 테고 데이지를 티 귄에 초대하는 일도 더는 없을 것이다.

그런 예상에 데이지는 두려웠다. 그녀는 보이와 결혼하기로 마음먹었다. 애버로언 자작부인이 되고 싶었고, 언젠가는 피츠허버트 백작부인이 되고 싶었다. 돈은 항상 많았지만 사회적 지위와 존중, 존경을 간절히 원했다. "귀부인"이라는 소리를 꼭 듣고 싶었다. 비 공주의 다이아몬드 티아러가 탐났다. 친구들 사이에 왕족이 몇이나 되는지 헤아려 보고 싶었다.

보이가 자기를 좋아한다는 것도 알았다. 키스할 때 보여준 열정에는 의심의 여지가 없었다. "개를 채찍질할 뭔가가 필요해." 점심식사를 마치고 응접실에서 다른 여자들과 커피를 마시던 올가가 데이지에게 속삭였다.

"어떤 거?"

"남자를 상대로 절대 실패하지 않는 방법이 한 가지 있지."

데이지는 눈썹을 치켜세웠다. "섹스?" 그녀는 어머니와 거의 모든 걸 터놓고 이야기했지만 이 주제는 예외였다.

"임신도 좋지." 올가가 말했다. "하지만 꼭 원하지 않을 때만 확실하게 되더라고."

"그럼 뭐?"

"남자에게 약속의 땅을 슬쩍 보여주되, 들어오진 못하게 하는 거야."

데이지는 고개를 저었다. "확실하진 않지만, 내 생각에 그는 이미 다른 사람하고 거기 가봤어."

"누구?"

"몰라. 하녀거나 영화배우, 과부…… 추측이지만 왠지 숫총각 같은 분위기가 없어."

"네 말이 맞아, 그렇게는 안 보여. 그렇다면 다른 여자들에게서는 얻을 수 없는 뭔가를 네가 줘야 한다는 뜻이지. 그걸 위해서라면 그가 뭐든 할 수 있는 무언가로."

데이지는 평생을 사랑 없는 결혼생활로 보낸 어머니가 어디서 이런 지혜를 얻었나 잠깐 궁금했다. 어쩌다 정부 마르가에게 남편을 빼앗겼는지 오래 고민하지 않았을까. 어쨌든, 보이가 다른 여자들에게서 얻지 못하는 무언가를 과연 그녀라고 줄 수 있을지 알 수 없었다.

슬슬 커피를 다 마신 여자들은 낮잠을 자려고 각자 침실로 향했다.

남자들은 여전히 식당에서 시가를 피우는 중이었지만 십오 분 후면 방으로 갈 것이다. 데이지는 일어섰다.

올가가 물었다. "어쩌려고?"

"확실히는 모르겠어." 데이지가 말했다. "방법을 생각해봐야지."

그녀는 응접실을 나왔다. 이미 보이의 방으로 가기로 마음먹었지만 어머니가 반대할지도 몰라 말하지 않았다. 낮잠을 자러 들어올 보이를 기다리고 있을 작정이었다. 그 시간에는 하인들도 휴식을 취하니 누구도 들어오지 않을 것 같았다.

그때라면 혼자인 보이와 만날 수 있을 것이다. 하지만 무슨 말을, 어떤 행동을 해야 할까? 알 수 없었다. 즉흥적으로 생각해내야 했다.

그녀는 치자나무 방으로 가서 이를 닦고, 장 나테 향수를 목에 바르고, 복도를 따라 조용히 보이의 방으로 향했다.

방에 들어가는 그녀를 아무도 보지 못했다.

보이의 침실은 안개 낀 산마루가 보이는 넓은 방이었다. 그가 오랫동안 사용한 방 같았다. 남성적인 가죽의자들이 놓여 있고, 벽에는 비행기와 경주마 사진이 걸렸고, 향긋한 시가로 가득한 삼나무 상자가 보이고, 한편의 탁자 위에는 위스키와 브랜디가 담긴 디캔터와 접시에 놓인 크리스털 잔들이 보였다.

서랍을 하나 열자 티 권의 편지지와 잉크 한 병, 펜과 연필이 나왔다. 파란색 편지지에는 피츠허버트 가문의 문양이 새겨져 있었다. 그 문양이 언젠가는 그녀의 것이 될 수 있을까?

보이가 자기 방에 와 있는 그녀를 보면 뭐라고 할지 궁금했다. 기뻐하며 끌어안고 키스할까? 아니면 사생활을 침해했다며 화를 내고 멋대로 기웃거린 데이지를 책망할까? 위험을 감수하는 수밖에 없었다.

침실에 딸린 옷방에 들어갔다. 작은 세면대가 있고 그 위에 거울이 달려 있었다. 가장자리의 대리석 위에는 보이의 면도 기구들이 놓여 있었다. 데이지는 남편을 면도해주는 법을 배우면 좋을 거라는 생각을 했다. 무척 친밀감이 들 것이다.

옷장을 열고 보이의 옷들을 살펴보았다. 주간 예복, 트위드 양복, 승마복, 모피로 안감을 댄 비행용 가죽재킷, 그리고 야회복 두 벌.

옷들을 보니 아이디어가 떠올랐다.

지난 6월 빙 웨스트햄프턴의 집에서 다른 여자들과 함께 남장을 했을 때 보이가 흥분했던 일이 기억났다. 그가 처음으로 그녀에게 키스한 것이 그날 저녁이었다. 왜 그렇게까지 흥분했는지는 알 수 없었다. 그런 일들은 대개 설명하기 어렵다. 리지 웨스트햄프턴의 말에 따르면 여자들에게 엉덩이 맞기를 좋아하는 남자들도 있었다. 그런 것들을 어떻게 설명할 수 있겠는가.

어쩌면 지금 보이의 옷을 입고 있어야 할지 모른다.

그걸 위해서라면 그가 뭐든 할 수 있는 무언가라고 어머니는 말했다. 이게 그걸까?

데이지는 옷걸이에 줄지어 걸린 옷과 개어서 쌓아둔 흰 셔츠, 잘 닦아 나무골을 넣어놓은 가죽구두를 살펴보았다. 이게 먹힐까? 시간이 될까?

잃을 게 있나?

필요한 옷을 챙겨 치자나무 방으로 가서 갈아입은 다음, 아무도 보지 못하길 바라며 서둘러 다시 올 수도 있다.

아니. 그럴 여유는 없었다. 그의 시가는 그렇게 길지 않았다. 여기서 재빨리 갈아입어야 했다. 아니면 포기하거나.

그녀는 결심했다.

드레스를 벗었다.

이제 위험한 상태였다. 지금까지는 여기 있는 그럴싸한 이유를 댈 수 있었다. 티 권의 기나긴 복도에서 방향을 잃고 엉뚱한 방에 잘못 들어온 척하면 된다. 하지만 남자의 방에서 속옷 바람으로 발견된다면 여자로서의 명예는 끝이다.

그녀는 쌓인 셔츠들 가운데 맨 위의 것을 꺼냈다. 칼라를 단추로 달아야 하는 옷임을 깨닫고 끙 신음했다. 서랍에서 풀 먹인 칼라 십여 개와 단추 한 상자를 찾아내 하나를 단 다음 셔츠를 머리 위로 뒤집어썼다.

바깥쪽 복도에서 남자의 묵직한 발소리가 들리자 몸이 그대로 굳어버렸고 심장은 커다란 북처럼 뛰었다. 하지만 발소리는 곧 멀어졌다.

그녀는 주간 예복을 입기로 했다. 줄무늬바지에는 멜빵이 달려 있지 않았지만 또다른 서랍에서 몇 개를 찾아냈다. 단추를 채워서 멜빵 다는 방법을 알아내 바지를 입었다. 허리가 그녀의 두 배는 되는 것 같았다.

스타킹 신은 발을 반짝거리는 검은색 구두에 넣고 끈을 맸다.

셔츠 단추를 채우고 은색 넥타이도 맸다. 매듭이 엉망이었지만 큰 문제는 아니고 어차피 제대로 매는 방법도 몰라서 그냥 두었다.

엷은 황갈색 더블브레스트 조끼와 검은색 연미복을 입고 옷장 문 안쪽에 붙은 전신거울에 비춰보았다.

옷이 헐렁하긴 했지만 어쨌든 귀여워 보였다.

느긋하게 금 커프스단추로 셔츠 소매를 채우고 흰 손수건을 연미복 가슴 주머니에 꽂았다.

뭔가 부족했다. 그녀는 필요한 게 뭔지 알아낼 때까지 거울 속 자신의 모습을 들여다보았다.

모자였다.

다른 벽장을 여니 높은 선반 위에 모자 상자가 줄지어 놓여 있었다. 회색 실크해트를 하나 골라 뒤통수에 얹었다.

콧수염도 기억났다.

눈썹연필은 갖고 있지 않았다. 다시 보이의 침실로 나가 벽난로 앞에서 허리를 굽혔다. 여름이라 불기운은 없었다. 손가락에 숯을 조금 찍어바른 다음 거울 앞으로 돌아와 입술 위에 조심스레 콧수염을 그렸다.

이제 준비는 끝났다.

가죽 팔걸이의자 중 하나에 앉아 보이를 기다렸다.

본능은 잘하고 있다고 말했지만 이성적으로 생각하면 괴상한 짓이었다. 하지만 성적 자극이란 설명이 불가능한 것이다. 그녀는 보이가 비행기에 태워줬을 때 속옷이 젖었었다. 보이가 경비행기 조종에 집중하느라 두 사람은 애무를 할 수 없었지만 그래서 차라리 다행이었다. 하늘 높이 날아오르는 건 무척 자극적인 일이었고, 그대로라면 그가 원하는 건 뭐든 하게 내버려뒀을 것 같았기 때문이다.

하지만 남자들이란 예측할 수 없는 존재이고, 데이지는 보이가 화를 낼까봐 두려웠다. 화가 날 때면 그는 잘생긴 얼굴을 볼썽사납게 찡그리고 한 발을 빠르게 구르며 더없이 잔인하게 굴었다. 한번은 다리를 저는 웨이터가 엉뚱한 술을 가져오자 그가 말했다. "절름절름 바로 가서 내가 주문한 스카치를 가져와. 절름발이라고 귀가 먹은 건 아니잖아?" 비참해진 웨이터는 수치심에 얼굴을 붉혔다.

방에서 그녀를 보고 화가 나면 뭐라고 할까.

보이는 오 분 뒤 도착했다.

밖에서 들리는 발소리만 듣고도 알 만큼 데이지는 자기가 그에 대해 잘 알고 있음을 깨달았다.

문이 열리고 그는 그녀를 보지 못한 채 안으로 들어섰다.

그녀는 목소리를 낮게 깔고 말했다. "이보시게, 잘 있었는가?"

깜짝 놀란 보이가 말했다. "세상에!" 그러고는 다시 그녀를 바라보았다. "데이지?"

그녀는 일어서서 원래 목소리로 말했다. "맞아요." 그는 여전히 놀라 그녀를 바라보고 있었다. 그녀는 모자를 들고 살짝 고개 숙여 인사했다. "뭐든 분부만 하시지요." 그리고 다시 모자를 삐딱하게 머리에 얹었다.

한참 후 충격에서 벗어난 보이는 웃음을 터뜨렸다.

하느님, 감사합니다. 데이지는 생각했다.

그가 말했다. "저, 그 모자 정말 잘 어울리는군요."

그녀는 보이에게 가까이 다가갔다. "당신을 기쁘게 해주려고 쓴 거예요."

"정말이지 고맙기 그지없군요."

데이지는 유혹하듯 고개를 들었다. 그녀는 보이와 키스하는 게 좋았다. 사실은 대부분 남자들과의 키스가 좋았다. 얼마나 좋은지 남몰래 부끄럽기도 했다. 심지어 여자와 키스하는 것도 즐겼다. 몇 주가 되도록 남자 하나 찾을 수 없는 기숙학교에 있을 때였다.

보이는 고개를 숙여 그녀의 입술에 입을 맞췄다. 데이지가 쓰고 있던 모자가 떨어지자 두 사람은 킥킥대며 웃었다. 보이는 재빨리 혀를 그녀의 입에 넣었다. 그녀는 느긋하게 키스를 즐겼다. 그는 모든 감각적 쾌락에 열성적이었고, 그런 열정이 데이지를 흥분시켰다.

그녀는 자신에게 목적이 있음을 떠올렸다. 상황은 멋지게 진전되고 있었지만, 그녀가 원하는 건 그의 청혼이었다. 그는 그냥 키스만으로도 만족하는 걸까? 더 많은 것을 원하게 해야 한다. 가끔 아주 서둘지 않아도 될 때면 그녀의 가슴을 애무하기도 했다.

그가 점심때 와인을 얼마나 마셨는지에 많은 것이 달려 있었다. 보이는 술이 셌지만 별로 마시고 싶어하지 않을 때도 있었다.

데이지는 그에게 다가서서 몸을 바짝 붙였다. 가슴에 손을 올렸지만 모직 천으로 만든 큼직한 조끼 안의 작은 가슴을 찾기가 수월치 않은지 그는 짜증을 내며 툴툴거렸다.

그러더니 그의 손이 그녀의 배를 지나쳐 헐렁하게 걸친 바지의 허리띠 안으로 들어왔다.

그에게 아랫도리까지 허락한 적은 한 번도 없었다.

실크 페티코트와 튼튼한 면 속옷 때문에 분명 아직은 별 느낌이 없을 테지만 그는 그녀의 넓적다리 사이 갈라진 곳에 손을 대고 힘껏 눌렀다. 데이지는 찌릿한 아픔과도 같은 쾌감을 느꼈다.

그녀는 그에게서 몸을 뗐다.

그가 숨을 헐떡이며 물었다. “너무 지나쳤나요?”

“문을 잠가요.”

“아, 그렇지.” 그는 문으로 가서 자물쇠를 잠그고 돌아왔다. 두 사람은 끌어안았고 그는 좀 전의 일에 다시 열중했다. 그녀는 그의 바지 앞쪽을 더듬어 발기한 물건을 찾아내서 옷 위로 단단히 쥐었다. 그는 쾌감에 신음소리를 냈다.

데이지는 다시 몸을 뗐다.

그의 얼굴에 분노의 그림자가 스쳤다. 그녀는 불쾌한 기억이 되살아났다. 예전에 테오 코프먼이라는 남자애는 가슴을 만지던 도중에 밀어냈더니 돌변해서 몸만 달아오르게 하는 년이라고 욕을 했다. 그를 다시는 만나지 않았지만, 그런 모욕을 당하자 이유를 알 수 없이 수치스러웠다. 순간적으로 보이가 비슷한 비난을 하지 않을까 두려웠다.

그때 표정이 부드러워지더니 그가 말했다. “당신이 정말 좋아요, 알죠?”

바로 지금이다. 그녀는 속으로 말했다. 되든 안 되든 해보자. “우리 이러면 안 돼요.” 그녀는 지나치지 않은 선에서 유감을 담아 말했다.

"왜요?"

"약혼도 안 했잖아요."

보이는 한참 대답이 없었다. 여자의 그런 말은 청혼이나 마찬가지다. 데이지는 그의 얼굴을 살폈다. 그가 겁을 먹고 돌아서서 웅얼웅얼 미안하다면서 나가달라고 할까봐 두려웠다.

그는 조용했다.

"전 당신을 행복하게 해주고 싶어요." 그녀는 말했다. "하지만……"

"정말 사랑해요, 데이지."

그것으로는 충분치 않았다. 그녀는 웃어 보인 다음 말했다. "정말요?"

"말로 못다 할 정도로."

데이지는 말없이 기대에 찬 표정으로 그를 바라보았다.

마침내 보이가 말했다. "나랑 결혼해줄래요?"

"아, 그럼요." 데이지는 다시 보이에게 키스했다. 입술을 그의 입에 대고 누르면서 보이의 바지 앞을 열고 속옷 안으로 손을 넣어서 그의 물건을 찾아 꺼냈다. 부드러운 살갗이 뜨거웠다. 그의 물건을 건드리며 웨스트햄프턴 쌍둥이 자매와 했던 이야기를 떠올렸다. "그 남자 물건을 문질러댈 수 있지." 린디가 말하자 리지가 덧붙였다. "쌀 때까지." 남자를 그 상태로 만들 수 있다고 생각하니 호기심이 일며 흥분됐다. 그녀는 손에 더 힘을 주었다.

그 순간 린디의 다음 말이 떠올랐다. "아니면 입으로 빠는 거야. 남자들이 최고로 좋아해."

데이지는 보이의 입에서 입술을 떼고 귓가에 속삭였다. "내 남편을 위해서라면 뭐든 할 수 있어요."

그리고 무릎을 꿇었다.

V

그해 최고로 이목이 집중된 결혼식이었다. 데이지와 보이는 1936년 10월 3일 토요일 웨스트민스터의 세인트마거릿 성당에서 결혼했다. 데이지는 웨스트민스터 성당이 아니라 실망했지만 그곳에서는 왕가 사람들만 결혼할 수 있다고 했다.

코코 샤넬이 웨딩드레스를 만들었다. 불황기의 패션은 선이 단순하고 화려함을 최소화한 스타일이 유행이었다. 딱 바닥까지 오는 길이의 바이어스 커팅 새틴 드레스에는 예쁜 버터플라이 슬리브가 달렸고 옷자락이 길지 않아 시동 한 명이 감당할 수 있었다.

그녀의 아버지 레프 페시코프도 결혼식 참석을 위해 대서양을 건너왔다. 어머니 올가는 체면상 성당에서 레프 옆자리에 앉는 데 동의했고 행복한 부부 행세를 그럭저럭 잘해냈다. 데이지가 상상했던 악몽 같은 상황은 중간에 마르가가 레프의 서자인 그레그의 팔짱을 끼고 나타나는 것이었지만 그런 일은 없었다.

웨스트햄프턴 쌍둥이와 메이 머리가 신부 들러리를 맡았고, 에바 머리가 들러리 대표가 되었다. 보이는 에바가 절반은 유대인이라는 사실을 언짢아했다. 아예 초대도 하지 않았으면 했지만 데이지가 받아들이지 않았다.

유서 깊은 성당에 선 데이지는 지금 자기 모습이 가슴이 터질 듯 아름답다는 사실을 의식하며 몸과 마음을 모두 기꺼이 보이 피츠허버트에게 바쳤다.

그녀는 등록부에 '데이지 피츠허버트, 애버로언 자작부인'이라고 서명했다. 몇 주 동안이나 서명을 연습했고, 그때 쓴 종이는 나중에 알아볼 수 없도록 조심스럽게 찢어서 버렸다. 이제 그 이름을 쓸 자격을 얻었다. 그것이 그녀의 이름이었다.

성당 밖으로 줄지어 나오며 피츠는 올가의 팔을 상냥하게 잡아주었지만, 비 공주는 레프와 두 걸음 정도 거리를 두었다.

비 공주는 친절한 사람이 아니었다. 그래도 데이지의 어머니에게는 충분히 친근했고, 말투에 은혜를 베푼다는 태도가 잔뜩 배어 있을지언정 올가가 눈치채지 못했기 때문에 둘의 관계는 우호적이었다. 하지만 레프를 좋아하지는 않았다.

데이지는 레프가 사회적 체면을 위한 겉치장이라고는 못하는 사람이라는 사실을 이제 알았다. 그는 깡패처럼 걷고 말하고 먹고 마시고 담배를 피우고 웃고 몸을 긁었고, 사람들이 어떻게 생각하든 신경쓰지 않았다. 미국인 백만장자였기 때문에 제멋대로 행동했다. 피츠가 영국 백작이라는 이유로 제멋대로 행동하는 것과 마찬가지였다. 이런 사실은 전부터 알고 있었지만, 도체스터 호텔의 대연회장에서 열린 결혼 피로연에 많은 영국 상류층 사람들과 앉아 있는 아버지를 보니 새삼 충격이었다.

하지만 이제 그것은 별문제가 아니었다. 그녀는 애버로언의 안주인이고, 아무도 그걸 빼앗아갈 수는 없었다.

그럼에도 레프를 향한 비의 그치지 않는 적대감은 희미하게 풍기는 악취나 멀리서 웅웅대는 소음처럼 신경이 쓰였고, 그것이 데이지는 불만이었다. 주빈석에서 레프 옆에 앉은 비 공주는 내내 살짝 몸을 돌리고 있었다. 레프가 말을 걸면 눈도 마주치지 않고 짧게 대답했다. 레프는 딱히 눈치채지 못한 것처럼 웃으며 샴페인을 마셨지만, 맞은편에 앉은 데이지는 아버지가 비의 그런 태도를 놓치지 않았음을 알 수 있었다. 레프는 상스러웠지만 멍청하지는 않았다.

건배가 끝나고 남자들이 담배를 피우기 시작하자, 식사를 대접하는 입장인 신부 아버지 레프는 테이블을 좌우로 보며 말했다. "자, 피츠. 식사를 즐기셨길 바랍니다. 와인은 수준에 맞으셨나요?"

"아주 좋았습니다, 감사합니다."

"우라지게 끝내주는 연회였다고 말하지 않을 수 없군요."

비가 혀를 차는 소리가 들렸다. 남자들이 그녀가 듣는 곳에서 우라지게 같은 말을 해서는 안 될 일이었다.

레프가 그녀에게로 고개를 돌렸다. 데이지는 웃고 있는 아버지의 눈에 어린 위험한 빛을 알아보았다. "이런, 공주님. 저 때문에 불편하세요?"

비는 대답하기 싫은 눈치였지만 레프는 눈길을 다른 곳으로 돌리지 않고 기다리듯 그녀를 보았다. 결국 비가 대답했다. "천한 말은 듣고 싶지 않아서요."

레프는 케이스에서 시가를 꺼냈다. 곧바로 불을 붙이지 않고 냄새를 맡으며 손가락 사이로 시가를 굴렸다. "이야기 하나 들려드리죠." 레프는 테이블을 이리저리 살피며 모든 사람이 듣고 있는지 확인했다. 피츠, 올가, 보이, 데이지, 그리고 비까지. "내가 어렸을 때 아버지가 다른 사람 땅에 난 풀을 가축에게 먹였다는 죄로 고발당했습니다. 여러분은 그게 잘못이라 한들 큰 죄겠느냐 생각할 수도 있겠죠. 하지만 아버지는 체포되었고, 토지 관리인이 북쪽 들판에 교수대를 세웠습니다. 그리고 군인들이 와서 나와 형, 어머니를 붙잡아 그리로 끌고 갔습니다. 아버지는 목에 올가미를 건 채 교수대에 서 있었어요. 그때 지주가 도착했죠."

데이지는 처음 듣는 이야기였다. 어머니를 바라보았다. 올가도 마찬가지로 놀란 듯했다.

테이블에 앉은 몇 안 되는 모두가 숨을 죽였다.

"우리는 아버지가 목매달리는 모습을 강제로 지켜봐야 했습니다."

레프는 그렇게 말하고 나서 비를 향해 고개를 돌렸다. "그런데 이상한 게 뭔지 압니까? 지주의 여동생도 그 자리에 있었다는 거죠." 그는 시가를 물고 침을 묻히더니 다시 입에서 뗐다.

데이지는 창백해진 비의 얼굴을 보았다. 그녀 이야기인가?

"아홉 살 정도였고 공주였어요." 레프는 시가를 들여다보며 말했다. 비가 작게 탄식하는 소리가 들려 데이지는 이것이 정말 그녀 이야기임을 알아차렸다. "그녀는 그 자리에 서서 얼음처럼 차갑게 교수형을 지켜보았습니다." 레프가 말했다.

그리고 바로 그때, 비를 똑바로 바라보았다. "내가 생각하는 천한 건 그런 겁니다."

한참 침묵이 흘렀다.

레프는 시가를 다시 입에 물더니 말했다. "누구 불 없어요?"

VI

로이드 윌리엄스는 올드게이트에 있는 어머니의 집 부엌 식탁에 앉아 걱정스럽게 지도를 들여다보고 있었다.

1936년 10월 4일 일요일인 오늘은 폭동이 일어날 예정이었다.

오래전 로마시대 때 런던 템스 강 옆 언덕 위에 형성된 시내 구역은 이제 금융가가 되어 '시티'라고 불렸다. 이 언덕 서쪽에는 부자들의 으리으리한 대저택과 그들의 요구를 채워줄 극장과 상점, 성당이 자리했다. 로이드가 앉아 있는 집은 언덕 동쪽으로 부두, 빈민가와 가까웠다. 수백 년에 걸쳐 몰려든 이민자들이 그곳에 자리를 잡고서 훗날 손자들은 이스트엔드에서 웨스트엔드로 이사 시킬 각오로 몸이 부서져라 일을 했다.

로이드가 열심히 들여다보는 지도는 공산당 기관지인 〈데일리 워커〉 특별판에 실린 것으로, 오늘 영국 파시스트 연합이 행진을 벌일 경로를 보여주고 있었다. 그들은 시티와 이스트엔드의 경계인 런던 타워 밖에서 모여 동쪽으로 행진할 예정이었다.

유대인 인구수가 압도적으로 높은 스테프니 지역으로 곧장—

로이드, 그리고 그처럼 그들을 막을 수 있으리라 생각하는 사람들이 없다면 말이다.

신문에 따르면 영국의 유대인은 삼십삼만 명이고 그중 절반이 이스트엔드에 살았다. 러시아와 폴란드, 독일 출신 난민이 대부분으로, 경찰이나 군대, 카자크*가 언제든 마을로 몰려와 재산을 강탈하고, 노인을 구타하고, 젊은 여자를 유린하고, 아버지와 형제를 벽 앞에 줄세워 총살할지도 모른다는 두려움 속에 살던 사람들이었다.

그들 유대인들은 이곳 런던 빈민가에서 다른 사람과 동등하게 살아갈 권리를 찾았다. 그런데 모조리 쓸어내버리겠다며 자기들이 사는 거리를 행진하는 제복 차림의 깡패 무리를 창밖으로 내다본다면 심정이 어떨 것인가. 로이드는 그런 일이 벌어지도록 둬선 절대 안 된다는 생각뿐이었다.

〈워커〉는 런던 타워에서 행진할 수 있는 경로는 사실상 두 개뿐이라고 지적했다. 하나는 이스트엔드로 가는 관문으로 알려진 가디너스 코너 오거리를 통하는 것이고, 다른 하나는 로열 민트 가와 좁은 케이블 가를 거치는 경로였다. 혼자라면 골목길을 이용해 십여 개의 다른 경로를 택할 수 있지만 행진에는 적합지 않았다. 세인트조지 가는 유대인이

* 기병 중심의 군사 공동체로, 러시아 각지의 치안 유지나 국경 수비를 맡았다.

모여 사는 스테프니보다 가톨릭교도 밀집지인 와핑으로 더 가깝게 이어져 파시스트들에게는 소용이 없었다.

〈워커〉의 주장은 가디너스 코너와 케이블 가에 인간 장벽을 쳐서 행진을 막자는 것이었다.

이 신문은 가끔 실현 가능성이 없는 일을 주장했다. 파업, 혁명, 최근에는 모든 좌익 세력이 연합해 인민전선을 결성하자고도 했다. 인간 장벽은 또다른 헛된 꿈일지 몰랐다. 실질적으로 이스트엔드를 봉쇄하려면 수천 명은 필요했다. 로이드는 그 정도로 많은 사람이 나올지 알 수 없었다.

확실히 아는 것은 조용히 넘어가지 않으리라는 사실뿐이었다.

식탁에는 부모님 버니와 에설, 여동생 밀리, 그리고 애버로언에서 온 외출복 차림의 열여섯 살 레니 그리피스가 함께 앉아 있었다. 레니는 반대시위에 참가하기 위해 소규모의 웨일스 광부 무리와 함께 런던에 왔다.

버니가 신문에서 눈을 들어 레니에게 말했다. "파시스트들은 런던에 온 너희 웨일스 사람들의 기차 요금을 유대인 거물들이 대줬다고 주장하더구나."

레니는 달걀 프라이를 한입 가득 삼켰다. "유대인 거물은 한 사람도 몰라요." 그가 말했다. "레비 스위트숍 부인이 덩치가 크니까 거물이라면 거물이겠네요. 어쨌든 저는 웨일스 양 육십 마리를 싣고 스미스필드 고기 시장으로 가는 대형 트럭 짐칸에 타고 왔어요."

밀리가 대꾸했다. "그래서 냄새가 나는군."

에설이 말했다. "밀리! 무례하게."

레니는 로이드의 침실에서 함께 지냈는데, 시위가 끝난 뒤에도 애버로언으로 돌아가지 않을 작정이라고 털어놓았다. 그와 데이브 윌리엄스는 에스파냐로 가서 파시스트 반란에 맞서 싸우기 위해 조직된 국제 여단에 합류할 예정이라고 했다.

"여권은 만들었어?" 로이드가 물었다. 어려운 일은 아니었지만 성직자나 의사, 변호사, 또는 자격을 갖춘 사람의 추천서를 반드시 제출해야 했고, 따라서 젊은 사람은 여권 발급을 비밀에 부치기 어려웠다.

"필요 없어." 레니가 대답했다. "우린 빅토리아 역으로 가서 파리로 가는 주말 왕복표를 살 거야. 그건 여권 없어도 괜찮아."

로이드도 그 방법을 대충 알고는 있었다. 잘사는 중산층의 편의를 위해 마련된 구멍이었는데, 이제 반파시스트가 그 덕을 보고 있었다. "표값이 얼마인데?"

"3파운드 15실링."

로이드는 눈썹을 치켜세웠다. 그 정도면 일자리도 없는 광부가 가진 돈치고는 많은 금액이었다.

레니가 덧붙였다. "하지만 독립노동당에서 대줬어. 데이브는 공산당에서 받았고."

두 사람은 나이를 속인 게 분명했다. "그럼 파리에 가서는 어떻게 되는데?" 로이드가 물었다.

"파리 북역에 프랑스 공산당원이 마중나올 거야." 그는 북역Gare du Nord을 게어 두 노드라고 영어식으로 발음했다. 프랑스어는 한마디도 못 했기 때문이다. "그곳에서 안내를 받아 에스파냐 국경까지 가는 거야."

로이드 자신은 출발을 늦추고 있었다. 사람들에게는 걱정하는 부모님을 달래드리고 싶어서라고 했지만 실은 데이지를 포기하지 못해서였다. 그녀가 보이를 버리기를 여전히 꿈꾸고 있었다. 희망은 없었지만—그녀는 편지에 답장조차 보내오지 않았다—포기할 수 없었다.

그동안 영국, 프랑스, 미국과 독일, 이탈리아는 에스파냐에 개입하지 않는 정책을 채택하기로 합의했는데, 그 말은 그들 가운데 누구도 양측에 무기를 제공할 수 없다는 뜻이었다. 이 합의만으로도 로이드는 극도로 분노했다. 민주주의국가라면 선거로 선출된 정부를 지지해야 마땅한 것 아닌가. 하지만 설상가상으로 독일과 이탈리아가 매일 협정을 위반했고, 로이드의 어머니와 빌리 삼촌도 그해 가을 에스파냐 문제를 논의하기 위해 열린 많은 영국의 대중 집회에서 그 점을 지적했다. 해당 분야의 책임을 맡은 정부 당국 차관 피츠허버트 백작은 완강하게 현 정책을 옹호했다. 에스파냐 정부가 공산화될 우려가 있으니 무장하게 둬선 안 된다는 것이 이유였다.

그것은 에설도 통렬한 연설을 통해 주장한 바대로 자기완결적 예언이 되었다. 에스파냐 정부를 지원하겠다고 나선 단 하나의 국가는 소련이었고, 에스파냐 사람들은 세계에서 그들에게 도움을 준 유일한 국가에 자연스레 끌렸다.

진실을 말하자면, 보수당은 에스파냐가 위험천만한 좌파 인사들을 선출했음을 감지했다. 피츠허버트 같은 사람들은 에스파냐 정부가 폭력적으로 전복되어 극우주의자들로 대체된다 해도 그다지 불만이 없을 터였다. 로이드는 절망으로 속이 끓었다.

그런 순간 영국에서 파시즘과 싸울 기회가 찾아온 것이다.

"말도 안 돼." 일주일 전 행진 발표가 났을 때 버니는 말했다. "런던 경찰청이 나서서 그들의 행진 경로를 바꿔야 해. 물론 그들도 행진할 권리가 있지. 하지만 스테프니는 안 돼." 그러나 경찰은 완벽하게 적법한 시위를 방해할 권한이 없다고 했다.

버니와 에설, 그리고 런던의 여덟 개 자치구 단체장은 대표단을 구성해 내무장관 존 사이먼 경에게 행진을 금지하거나 최소한 우회하게 해달라고 간청했지만, 그 역시 그럴 권한이 없다고 주장했다.

다음 단계의 조치를 두고 노동당과 유대인 사회는 둘로 갈라졌고, 윌리엄스 가족도 마찬가지였다.

버니가 다른 사람들과 삼 개월 전 결성한 '파시즘과 반유대주의에 반대하는 유대인 인민위원회'는 대규모 반대시위를 벌여서 파시스트들이 유대인 거주지에 들어오는 것을 막기로 했다. 구호는 '그들은 통과하지 못한다'라는 뜻의 에스파냐어 'No pasarán'으로, 마드리드를 방어하는 반파시스트들의 외침이었다. 위원회는 이름만 거창했지 작은 조직이었다. 커머셜 로드에 있는 건물 2층의 방 두 개를 사용했고 게스테트너 복사기 한 대와 오래된 타자기 두 대를 갖고 있었다. 하지만 그들은 이스트엔드 지역에서 엄청난 지지를 받았다. 행진 금지 탄원서에 48시간 만에 십만 명의 서명을 받아내는 믿을 수 없는 성과를 거뒀다. 하지만 여전히 정부 조치는 없었다.

주요 정당 가운데 단 하나, 공산당만이 반대시위를 지지했다. 또한 레니가 소속된 소수 정당인 독립노동당도 지지를 보냈다. 다른 모든 정당은 반대였다.

에설이 말했다. "〈주이시 크로니클〉은 독자들에게 오늘 길거리에 나가지 말라고 썼더군요."

로이드가 보기에는 이런 점이 문제였다. 많은 사람이 골치 아픈 상황에는 엮이지 않는 게 최선이라고 생각했다. 하지만 그러면 파시스트들이 제멋대로 행동하게 된다.

유대인이지만 신앙은 없는 버니가 에설에게 말했다. "어떻게 내 앞에서 〈주이시 크로니클〉을 인용할 수 있어? 그 신문은 유대인들이 파시즘이 아니라 반유대주의에만 맞서야 한다고 주장해. 정치적 감각이 어떻기에 그럴 수 있지?"

"영국 유대인 대표자 위원회도 〈크로니클〉과 같은 의견이라더군요."

에설은 물러서지 않았다. "듣자니 어제 모든 유대교회당에서 발표를 했더라고요."

"그 대표자라는 치들은 모두 골더스 그린에 사는 벼락부자야." 버니는 경멸조로 말했다. "길거리에서 파시스트 깡패들에게 모욕 한번 당해 보지 않았겠지."

"당신은 노동당 소속이에요." 에설은 비난을 담아 말했다. "우리 방침은 거리에서 파시스트와 맞서지 않는 거라고요. 당신의 연대의식은 어디로 간 거죠?"

버니가 말했다. "유대인 동포에 대한 연대의식은 어쩌고?"

"당신은 필요할 때만 유대인이 되는군요. 게다가 당신도 거리에서 모욕당한 적은 없잖아요."

"어쨌거나 노동당은 정치적 실책을 저질렀어."

"만일 당신들이 파시스트의 폭력을 유발한다면, 누가 시작했든 언론은 좌익을 비난할 거라는 점만은 잊지 마요."

레니가 앞뒤 생각 없이 말했다. "만일 모즐리의 졸개들이 싸움을 시작한다면 마땅한 벌을 받겠죠."

에설은 한숨을 내쉬었다. "레니, 생각해봐. 이 나라에서 누가 총을 가장 많이 가졌겠느냐고. 너와 로이드, 노동당이겠니? 아니면 군대와 경찰을 같은 편으로 둔 보수당이겠니?"

"이런." 레니가 말했다. 거기까지는 미처 생각하지 못했다.

로이드는 어머니에게 화를 냈다. "어떻게 그렇게 말할 수 있어요? 삼 년 전 베를린에 있었고, 거기서 다 보셨잖아요. 독일 좌파는 파시즘에 평화적으로 맞서려 애썼어요. 근데 그들에게 무슨 일이 생겼냐고요."

버니가 끼어들었다. "독일 사민당은 공산주의자들과 인민전선을 결성하는 데 실패했어. 그래서 각각 제거당하는 상황을 허락한 거지. 함께했다면 이겼을지도 모른다고." 버니는 연합해서 행진을 저지하자는 공산당의 제안을 노동당 지부가 거부한 일에 분노했다.

에설이 말했다. "공산당과 동맹을 맺는 건 위험해요."

이 문제에 관한 한 그녀는 버니와 의견이 달랐다. 실제로 이 사안이 노동당을 갈라놓고 있었다. 로이드는 버니가 옳고 에설이 틀렸다고 생각했다. "파시즘을 물리치기 위해서라면 모든 방법을 동원해야죠." 그가 말했다. 그리고 눈치껏 덧붙였다. "하지만 어머니도 옳아요. 오늘 폭력사태가 벌어지지 않도록 할 수만 있다면 가장 좋겠죠."

"모두 집에 있는 게 가장 좋겠지. 그리고 민주정치의 정상적인 경로를 통해 파시스트에 반대하는 거야." 에설이 대답했다.

"어머니는 같은 경로를 통해 여자도 남자와 동등한 임금을 받을 수 있게 하려고 애썼잖아요." 로이드가 말했다. "그리고 실패했죠." 바로 지난 4월 노동당 여성 의원들은 남성 동료와 동일한 업무를 하는 여성 공무원들에게 동등한 임금을 보장하는 의회 법안을 통과시키고자 했다. 법안은 남성 의원이 압도적으로 많은 하원에서 부결되었다.

"투표에서 질 때마다 민주주의를 포기해선 안 돼." 에설은 단호하게 말했다.

로이드는 이런 분열이 독일에서 그랬듯 반파시스트 진영을 치명적으로 약화시킨다는 사실을 익히 알고 있었다. 오늘이 가혹한 시험대가 될 것이다. 각각의 정당이 주도권을 잡으려 애쓸 테지만 사람들은 그중 누구를 따를지 선택할 것이다. 다들 소심한 노동당과 〈주이시 크로니클〉이 충고한 대로 집에 머물까? 아니면 수천 명이 거리로 몰려나와 파시즘 반대를 외칠까? 오늘이 지나면 답을 알게 될 것이다.

뒷문에서 노크 소리가 나더니 이웃인 숀 돌런이 외출복을 차려입고 들어섰다. "예배가 끝나면 합류하죠." 그가 버니에게 말했다. "어디서 만나요?"

"가디너스 코너요. 두시 전에는 와야 합니다." 버니가 대답했다. "사람이 많이 모여 아예 거기서 파시스트들을 막을 수 있었으면 좋겠어요."

"이스트엔드의 부두 노동자는 모두 갈 겁니다." 숀이 열정적으로 말했다.

밀리가 물었다. "왜죠? 파시스트들이 부두 노동자들을 증오하는 것도 아닌데."

"애야, 넌 너무 어려서 기억이 안 나겠지만 유대인들은 늘 우리를 지지했단다." 숀이 설명했다. "1912년 부두 파업 때 나는 아홉 살이었는데, 아버지가 먹을 걸 살 돈이 없었어. 뉴 로드에서 빵집을 하는 아이작스 부인이 나하고 남동생을 거두어주었지. 그분의 크고 넓은 마음씨에 주님의 축복이 함께하길. 그때 부두 노동자의 자식 수백 명을 유대인 가족들이 보살폈어. 1926년에도 그랬고. 빌어먹을 파시스트들이 우리 거리에서 활개치다니 두고볼 수는 없지. 험한 말을 써서 죄송합니다, 레크위드 부인."

로이드는 용기가 생겼다. 이스트엔드에는 수천 명의 부두 노동자가 살았다. 그들이 대거 나온다면 참석자 수는 엄청나게 늘어날 것이다.

집밖에서 확성기 소리가 들렸다. "스테프니에서 모즐리를 몰아내자." 남자의 목소리였다. "가디너스 코너에서 두시에 모입시다."

로이드는 차를 마시고 일어섰다. 오늘 정보원 역할을 맡은 그는 파시스트들의 위치를 확인해 버니가 있는 유대인 인민위원회 사무실로 계속 보고할 예정이었다. 공중전화에 쓸 갈색 동전이 잔뜩 든 주머니가 무거웠다. "전 출발하는 게 좋겠어요." 그가 말했다. "파시스트들이 이미 모이기 시작했을지 몰라요."

어머니가 일어나 문까지 배웅했다. "싸움에 말려들지 마. 베를린에서 벌어진 일을 기억해라."

"조심할게요." 로이드가 말했다.

그녀는 애써 가볍게 말했다. "이가 몽땅 빠지면, 네가 좋아하는 부자 미국인 여자는 안 좋아할 거야."

"어차피 안 좋아해요."

"믿을 수 없구나. 어떤 여자가 널 마다할 수 있니?"

"전 괜찮을 거예요, 어머니." 로이드가 말했다. "정말이에요."

"네가 빌어먹을 에스파냐에 가지 않으면 정말 좋을 것 같은데."

"어쨌든 오늘은 안 가요." 로이드는 어머니에게 키스하고 집을 나섰다.

눈부신 가을 아침이었고, 햇살은 계절에 어울리지 않게 따스했다. 한 무리의 남자가 너틀리 가 한가운데 가설무대를 설치해놓고 그중 한 명이 확성기로 외치고 있었다. "이스트엔드 주민 여러분, 반유대주의자들이 무리지어 활보하며 우리를 모욕하는 동안 입다물고 있을 필요가 없습니다!" 로이드가 보니 그는 '전국 실업자운동'의 지역 임원이었다. 대공황으로 일자리를 잃은 유대인 재단사가 수천 명이었다. 그들은 매일같이 세틀 가의 직업 안정국에 나가 실업수당을 신청했다.

로이드가 채 열 걸음도 떼지 않았을 때 버니가 따라나와 아이들이 구슬이라고 부르는 작은 유리알 한 봉지를 건넸다. "나는 시위에 참가해본 경험이 아주 많지." 그가 말했다. "기마경찰이 사람들에게 달려들면 말발굽 아래 이걸 뿌려."

로이드는 웃었다. 의붓아버지는 거의 늘 중재자 역할을 했지만, 그렇다고 나약한 사람은 아니었다.

그래도 좋은 마음으로 구슬을 선뜻 받아들 수는 없었다. 이제껏 딱히 인연은 없었지만 그가 보기에 말은 참을성 있고 해를 끼치지 않는 동물이었고, 그런 짐승을 길바닥에 쓰러뜨린다는 것이 내키지 않았다.

버니는 그의 얼굴에 떠오른 표정을 읽더니 말했다. "우리 아들이 짓밟히는 것보다는 말이 쓰러지는 편이 낫지."

로이드는 꼭 쓰겠다는 건 아니라고 생각하며 구슬을 주머니에 챙겨 넣었다.

벌써 거리에 사람이 많아 로이드는 기분이 좋았다. 또다른 고무적인 조짐들도 눈에 띄었다. 보이는 벽마다 '그들은 통과하지 못한다' 구호가 영어와 에스파냐어로 쓰여 있었다. 공산당원이 대거 나와 유인물을 나눠주고 있었다. 창턱마다 붉은 현수막이 내걸렸다. 대전쟁에 참전해 받은 훈장을 단 한 무리의 남자가 유대인 퇴역군인협회라고 쓴 깃발을 들고 있었다. 파시스트들은 얼마나 많은 유대인이 영국을 위해 싸웠는지 떠올리는 걸 질색했다. 유대인 병사 다섯이 영국 최고의 무공훈장인 빅토리아 십자훈장을 받았다.

로이드는 결국 행진을 저지할 만큼 많은 사람이 모일 수도 있겠다는 생각이 슬슬 들었다.

가디너스 코너는 넓은 오거리로, 독특한 시계탑이 있는 모퉁이 건물을 차지한 스코틀랜드 의류점 가디너 앤드 컴퍼니에서 이름을 따왔다. 그곳에 도착해서 보니 다들 소요사태를 예상하는지, 응급치료소가 몇 군데 차려졌고 세인트존 구급협회에서 나온 제복 차림의 자원봉사자가 수백 명이었다. 골목길마다 구급차가 서 있었다. 로이드는 싸움이 벌어지지 않길 바랐지만, 파시스트들이 거리낄 것 없이 행진하는 것보다는 폭력을 감수하는 편이 나았다.

그는 우회도로를 이용해 북서쪽에서 런던 타워로 접근했다. 이스트엔드에서 오는 것으로 보이지 않기 위해서였다. 도착하기 전부터 브라스밴드 소리가 들렸다.

런던 타워는 팔백 년 동안의 권력과 탄압을 상징하는 강가의 성채다.

타워를 둘러싼 긴 벽의 오래된 돌들은 수백 년간 런던에 내린 빗물에 씻겨 바랜 듯 흐릿한 색이었다. 성벽 밖 육지 쪽에 자리한 공원인 타워 가든에 파시스트들이 모여들고 있었다. 로이드가 추산하기로 이미 이천 명은 되어 보였고 서쪽 금융가 지역에서부터 길게 줄이 늘어서 있었다. 그들은 이따금 장단을 맞춰 구호를 외쳐댔다.

하나, 둘, 셋, 넷,
유대놈들 몰아내자!
유대놈들! 유대놈들!
유대놈들 몰아내자!

그들은 영국 국기를 들고 있었다. 로이드는 궁금했다. 조국의 좋은 것을 모조리 파괴하고 싶어하는 자들은 왜 가장 먼저 국기부터 흔들어대는가.

폭이 넓은 검은 가죽벨트와 검은 셔츠 차림으로 풀밭 위에 나란히 열을 맞춰 선 그들은 군인처럼 당당해 보였다. 지휘하는 자들은 멋진 제복을 입고 있었다. 군복 같은 검은색 재킷, 회색 승마바지, 목이 긴 부츠, 챙이 번쩍거리는 검은 모자에 빨간색과 흰색이 섞인 완장까지. 제복을 입은 몇몇은 오토바이를 타고 여봐란듯이 요란스레 돌아다니며 말을 전하고 파시스트식으로 경례를 했다. 더 많은 참가자가 속속 도착했고 그중 일부는 창문에 철망을 친 무장 승합차를 타고 왔다.

정치 정당이 아니었다. 군대였다.

로이드가 보기에 이런 과시의 목적은 그들이 갖지 못한 권한을 스스로에게 부여하려는 것이었다. 집회를 중단시키고, 건물을 비우고, 가정집과 사무실에 쳐들어가 사람들을 체포해 감옥이나 수용소에 가두고,

구타하고, 심문과 고문을 자행할 권리를 가진 것으로 보이길 원하는 것이다. 나치 정권 아래 독일에서 갈색셔츠단이 그랬고, 모즐리와 〈데일리 메일〉의 소유주인 로더미어 경은 그들을 찬양했다.

그들은 이스트엔드 사람들, 부모와 조부모가 탄압과 집단 학살을 피해 아일랜드와 폴란드, 러시아에서 도망쳐온 이들을 겁먹게 할 것이다.

이스트엔드 사람들이 거리로 나와 이들과 싸울 것인가? 만일 그러지 않는다면, 오늘 행진이 계획대로 진행된다면, 내일은 파시스트들이 어떻게 나올 것인가?

로이드는 백여 명의 구경꾼 가운데 하나인 척 공원 둘레를 따라 걸었다. 공원 중심에서 방사상으로 뻗어나온 여러 길 중 한 골목길에 검은색과 크림색이 섞인, 눈에 익은 롤스로이스 한 대가 다가와 섰다. 운전사가 열어준 뒷문에서 내리는 데이지 페시코프를 보자 충격인 동시에 실망이었다.

데이지가 이곳에 온 이유는 의심할 여지가 없었다. 그녀는 아름답게 맞춘 여성용 제복 차림이었다. 승마 바지 대신 긴 회색 치마를 입었고, 웨이브 진 금발이 검은색 모자 아래로 조금 빠져나왔다. 차림새는 언짢았지만 유혹적인 그 모습을 거부할 수 없다는 사실에 로이드는 어쩔 줄 몰랐다.

멈춰 서서 그녀를 바라보았다. 놀랄 일도 아니었다. 데이지는 보이 피츠허버트를 좋아한다고 했었는데, 보이의 정치적 성향에도 불구하고 그를 좋아하는 마음은 변함없는 것이 명백했다. 하지만 런던의 유대인들을 공격하는 파시스트들에게 분명한 지지를 표하는 그녀의 모습을 목격하니, 그의 인생에서 중요한 모든 것이 그녀와 완벽하게 다르다는 사실이 더욱 뼈저리게 와 닿았다.

그냥 돌아서야 했지만 그럴 수 없었다. 로이드는 서둘러 보도를 걷는 그녀 앞을 막아섰다. "도대체 여기서 뭘 하는 겁니까?" 그가 퉁명스럽게 말했다.

그녀는 냉정했다. "똑같은 질문을 하고 싶군요, 윌리엄스 씨." 그녀가 말했다. "우리와 함께 행진하려는 건 아닐 테고."

"이들이 어떤 자들인지 모르는 겁니까? 평화적인 정치 집회를 완력으로 무산시키고, 언론인을 괴롭히고, 정적을 감금합니다. 당신은 미국인인데 어떻게 민주주의에 맞설 수 있습니까?"

"민주주의가 모든 시대, 모든 나라에 가장 적절한 정치제도라는 법은 없죠." 모즐리의 주장을 그대로 옮기는 것이리라. 로이드는 추측했다.

그리고 말했다. "하지만 이자들은 반대편이라면 누구나 고문하고 죽인단 말입니다!" 그는 외르크를 떠올렸다. "제가 베를린에서 직접 목격했습니다. 잠깐이지만 그들이 만든 수용소에도 있었어요. 벌거벗은 남자가 굶주린 개들에게 잔인하게 죽임을 당하는 모습을 억지로 지켜봐야 했습니다. 당신의 파시스트 친구들은 그런 짓을 저지릅니다."

데이지는 위축되지 않았다. "그렇다면 최근 이곳 영국에서 파시스트들에게 살해당한 사람은 정확히 누구죠?"

"영국 파시스트는 아직 힘이 없어요. 하지만 당신네 모즐리는 히틀러를 존경합니다. 기회만 생긴다면 나치와 똑같이 나올 겁니다."

"실업을 없애고 사람들에게 자부심과 희망을 준다는 거군요."

누구보다 끌리는 그녀가 그런 쓰레기 같은 말을 쏟아내다니 가슴이 찢어지는 것 같았다. "나치가 당신 친구 에바의 가족에게 무슨 짓을 했는지 알잖아요."

"에바가 결혼한 건 알죠?" 데이지는 만찬에서 좀더 산뜻한 주제로 이야기를 돌리는 것처럼 작정하고 쾌활한 투로 말했다. "멋진 지미 머리하고요. 걔는 이제 영국인의 아내예요."

"그럼 그녀의 부모는요?"

데이지는 고개를 돌렸다. "난 모르는 사람들이에요."

"하지만 나치가 그들에게 한 짓은 알죠." 로이드도 트리니티 무도회에서 에바에게 모두 들었다. "그녀의 아버지는 이제 의사 일을 못합니다. 약국 조수로 있죠. 공원이나 공공도서관에도 못 가요. 고향에서는 전쟁기념비에 새겨진 그분 아버지의 이름조차 파내버렸습니다!" 그는 목소리가 높아지고 있음을 깨달았다. 조금 작게 말을 이었다. "어떻게 그런 짓을 한 사람들과 같은 편에 설 수 있습니까?"

데이지는 난처해하다 질문에 대답하는 대신 이렇게 말했다. "전 이미 늦었어요. 실례할게요."

"당신이 하는 짓은 실례 정도로 넘길 수 없습니다."

운전기사가 말했다. "좋아. 자네, 이제 그만하게."

뚱뚱한 중년인 그 기사는 한눈에 봐도 운동과는 담쌓은 사람이라 전혀 주눅이 들지 않았지만, 그렇다고 싸움을 시작하고 싶지는 않았다. "갑니다." 로이드는 차분히 대답했다. "그런데 자네라고는 부르지 마시죠."

운전기사가 그의 팔을 붙잡았다.

로이드가 말했다. "이 손 떼는 게 좋을 거야. 아니면 가기 전에 때려눕혀주겠어." 그는 운전기사의 얼굴을 똑바로 바라보았다.

기사는 망설였다. 로이드는 복싱링에서처럼 긴장한 채 반격할 준비를 하고 낌새를 살폈다. 만일 기사가 그를 치려고 한다면 크게 팔을 휘두를 테니 쉽게 피할 수 있었다.

하지만 남자는 로이드의 준비태세를 알아차렸거나, 자기가 붙잡은 팔의 잘 다져진 근육을 느낀 듯했다. 무슨 이유에선지 물러서며 팔을 놓고 말했다. "위협할 필요까진 없잖아."

데이지는 자리를 떴다.

로이드는 줄지어 선 파시스트들 사이를 몸에 꼭 맞는 제복 차림으로 서둘러 걸어가는 그녀의 뒷모습을 바라보았다. 그리고 절망감에 깊은 한숨을 내쉬며 돌아서서 반대 방향으로 걸었다.

눈앞의 임무에 집중하려고 애썼다. 운전기사를 위협하다니 정말 멍청한 짓이었다. 싸움으로 번졌다면 아마 체포됐을 테고 온종일 경찰서 유치장에 있어야 했을 것이다. 그래서야 파시즘을 물리치는 데 무슨 도움이 되겠는가.

열두시 삼십분이었다. 타워 힐을 벗어나 공중전화를 찾아낸 그는 유대인 인민위원회로 전화를 걸어 버니와 통화했다. 보고를 하자 버니는 런던 타워와 가디너스 코너 사이 도로에 나와 있는 경관 수를 헤아려달라고 지시했다.

로이드는 공원 동쪽으로 건너가 방사상으로 뻗은 골목들을 돌아다녀보았다. 눈에 들어오는 광경에 깜짝 놀랐다.

경찰은 백 명쯤 나오리라 예상했었다. 실제로는 수천이었다.

그들은 인도 위에 줄지어 서 있고, 주차된 수십 대의 버스 안에서 대기하고, 커다란 말에 올라타 놀랍도록 깔끔한 대열을 이루고 있었다. 행인들은 경관들 사이의 좁은 통로로 움직일 수밖에 없었다. 파시스트보다 경찰이 더 많았다.

버스 안에 있던 제복 차림의 경관 하나가 로이드를 향해 히틀러식 경례를 했다.

로이드는 충격을 받았다. 만일 이 모든 경찰이 파시스트 편이라면, 반대시위 참가자들이 어떻게 그들과 맞선단 말인가.

이건 단순한 파시스트 행진보다 더 나쁜 상황이었다. 경찰권력이 뒤를 받쳐주는 파시스트 행진이라니. 이런 모습이 이스트엔드의 유대인들에게는 어떤 의미로 다가갈까.

맨셀 가에서 평소 알고 지내는 순찰경관 헨리 클라크와 마주쳤다. "안녕하세요, 노비." 그가 인사했다. 무슨 이유인지 클라크 성을 가진 이들은 모두 노비Nobby라는 별명으로 불렸다. "경관 하나가 나한테 히틀러식 경례를 했어요."

"그런 자들은 이 근처에서 온 게 아니야." 노비가 비밀을 일러주듯 조용히 말했다. "나와 달리 유대인들과 섞여 살지 않는다고. 유대인도 다른 사람들과 똑같이 대부분 예의바르고 법을 준수하고, 악당과 골칫덩이는 소수라고 말하긴 하는데, 그래도 그들은 안 믿어."

"아무리 그래도…… 히틀러식 경례를 하다니요?"

"장난이었을 거야."

로이드는 그렇게 생각하지 않았다.

노비와 헤어져 계속 움직였다. 경찰이 가디너스 코너 근처로 이어지는 골목길마다 저지선을 치는 모습이 보였다.

전화가 있는 술집으로 들어갔다. 전날 근처에서 쓸 수 있는 모든 전화기를 파악해둔 터였다. 버니에게 연락해 주변에 경찰이 최소한 오천은 와 있다고 알렸다. "이렇게 많은 경찰은 못 당해내요." 그는 울적하게 말했다.

"확신하지는 마." 버니가 말했다. "가디너스 코너를 살펴봐."

로이드는 경찰 저지선을 피해 반대시위에 합류했다. 가디너스 코너 바깥쪽 도로 한가운데 이르러서야 사람이 얼마나 모였는지 제대로 파악할 수 있었다.

지금까지 본 것 중 가장 많은 인원이 모인 시위였다.

오거리를 가득 채운 사람들은 극히 일부에 불과했다. 시위 인파는 화이트채플 대로를 따라 동쪽으로 끝도 없이 이어졌다. 남동쪽으로 뻗은 커머셜 로드 역시 마찬가지로 시위대가 점령했다. 경찰서가 있는 리먼 가에도 비집고 들어갈 자리가 없었다.

틀림없이 수만 명은 되겠군. 로이드는 생각했다. 공중으로 모자를 집어던지고 환호성을 올리고 싶었다. 이스트엔드 사람들이 파시스트를 물리치기 위해 대거 몰려나온 것이다. 지금 그들의 기분이 어떨지는 의심할 여지가 없었다.

교차로 한가운데 운전사와 승객이 버리고 떠난 전차 한 대가 멈춰 서 있었다.

이렇게 많은 사람을 뚫고 지나갈 수 있는 건 없어. 희망이 점점 커져갔다.

가로등에 기어올라가 꼭대기에 붉은 깃발을 묶는 숀 돌런이 보였다. 유대인 청년단의 브라스밴드가 음악을 연주하고 있었다. 밴드를 창설한 고상한 보수파는 아마 이 사실을 알지도 못할 터였다. 오토자이로* 종류로 보이는 경찰 비행기 한 대가 머리 위를 날고 있었다.

가디너스 코너의 건물 창문 근처에서 친구 네이어미 에이버리와 함께인 여동생 밀리와 우연히 마주쳤다. 로이드는 밀리가 어떤 종류든 험한 일에 얽히는 걸 원치 않았다. 생각만 해도 가슴이 서늘했다. "아버지가 너 여기 온 거 아셔?" 그는 나무라는 투로 물었다.

밀리는 태평했다. "바보 같은 소리 마." 그녀가 대답했다.

로이드는 동생이 이곳에 왔다는 사실만으로도 놀랐다. "평소엔 정치에 별로 관심없었잖아. 돈 버는 일에 더 흥미가 있는 줄 알았어."

"맞아." 그녀가 말했다. "하지만 이건 특별해."

로이드는 밀리가 다친다면 버니가 얼마나 화를 낼지 상상이 갔다. "넌 집에 가야겠는데."

---

* 헬리콥터와 비슷한 비행기.

"왜?"

로이드는 주변을 둘러보았다. 시위대는 다들 친근하고 평화로웠다. 경찰은 꽤 멀리 떨어져 있고 파시스트도 보이지 않았다. 오늘 행진이 없으리라는 건 확실했다. 모즐리의 사람들은 그들을 막아내기로 결심한 수만 명의 군중을 강제로 뚫고 움직일 수 없고, 그런 시도가 있다 한들 경찰이 제정신이라면 가만히 두고보지는 않을 것이다. 밀리는 분명 안전하다.

그렇게 생각하는 순간, 모든 게 변했다.

여기저기서 날카로운 호루라기 소리가 울렸다. 그쪽을 보니 기마경찰이 불길하게 줄을 맞춰 서고 있었다. 말들이 불안한 듯 발을 구르고 콧김을 뿜어댔다. 경찰들은 칼처럼 생긴 기다란 곤봉을 뽑아들고 있었다.

공격 준비를 하는 것 같았다. 하지만 그럴 리가.

다음 순간 그들이 돌진했다.

사람들은 분노의 고함을 외치고 겁에 질려 비명을 질렀다. 다들 거대한 말을 피해 허둥지둥 움직였다. 시위대는 양쪽으로 갈라졌지만 달려드는 말발굽 아래 맨 앞에 있던 사람들이 쓰러졌다. 경찰들이 긴 곤봉을 좌우로 휘둘렀다. 로이드는 손써보지도 못하고 뒤로 밀려났다.

그는 격분했다. 경찰이 도대체 무슨 짓을 하는 거지? 자기들이 모즐리의 행진을 위해 길을 틀 수 있다고 믿을 만큼 멍청한가? 이삼천 명가량의 파시스트가 모욕적인 구호를 외치며 그 대상이 되는 수만 명 사이로 지나가는데 폭동이 일어나지 않으리라 진심으로 믿는 걸까? 경찰 수뇌부는 다 바보인가? 아니면 통제가 안 되나? 어느 편이 더 나쁜지조차 로이드는 알 수 없었다.

경찰은 뒤로 물러나 헐떡이는 말들을 돌려 다시 모인 다음 들쭉날쭉 줄을 섰다. 그리고 호루라기 소리가 울리자 말 옆구리를 발로 차서 다시 난폭하게 돌진했다.

밀리는 겁에 질렸다. 이제 겨우 열여섯인 그녀의 허세는 사라지고 없었다. 가디너 앤드 컴퍼니의 통유리창에서 사람들에게 떠밀리자 겁이 나서 비명을 질렀다. 싸구려 정장과 겨울코트를 걸친 양복점 마네킹들이 전쟁이라도 난 듯 날뛰는 기마경찰과 겁에 질린 군중을 창밖으로 물끄러미 내다보고 있었다. 공포에 사로잡힌 수천 명이 항의하며 지르는 엄청난 소리에 로이드는 귀가 먹먹했다. 앞을 가로막고 서서 온 힘을 다해 사람들을 밀어내 밀리를 보호하려 했지만 소용없었다. 아무리 애써도 그 역시 뒤로 밀려 밀리를 짓눌렀다. 사오십 명이 등을 창에 댄 채 비명을 질러댔고, 압력은 점점 더 위험하게 높아져갔다.

로이드는 경찰이 어떤 대가를 치르더라도 군중 사이로 길을 낼 작정임을 깨닫고 분노했다.

잠시 후 유리가 깨지는 끔찍한 소리와 함께 창문이 무너져내렸다. 로이드는 밀리 위로 넘어졌고 그 위로 네이어미가 쓰러졌다. 수십 명이 고통과 공포로 비명을 질렀다.

로이드는 일어서려고 발버둥쳤다. 기적적으로 다친 곳은 없었다. 주위를 미친듯이 둘러보며 동생을 찾았다. 마네킹들 사이에서 사람을 찾으려니 진짜 환장할 노릇이었다. 그때 부서진 창문 유리조각 더미 아래 깔린 밀리가 보였다. 그는 동생의 양팔을 잡아당겨 일으켰다. 밀리가 비명을 질렀다. "등이 아파!"

로이드는 밀리를 돌려세웠다. 코트는 갈기갈기 찢겼고 온몸이 피투성이였다. 괴로워 속이 뒤집힐 지경이었다. 감싸안듯 밀리의 어깨에 팔을 둘렀다. "모퉁이만 돌아가면 구급차가 있어. 걸을 수 있겠니?"

두 사람이 몇 걸음 움직였을 때 다시 경찰 호루라기가 울렸다. 로이드는 여동생과 함께 또다시 가디너스 건물 창문으로 밀릴까봐 두려웠다. 그때 버니가 준 물건이 기억났다. 주머니에서 구슬이 든 종이봉지를 꺼냈다.

경찰이 달려들었다.

로이드가 팔을 뒤로 당겼다가 사람들 머리 위로 봉지를 던지자 말들 앞쪽에 구슬이 쏟아졌다. 그런 준비를 해온 것은 로이드만이 아니라, 여러 사람이 구슬을 던졌다. 말들이 가까이 다가오자 폭죽 터지는 소리도 났다. 말 한 마리가 구슬에 미끄러져 쓰러졌다. 다른 말들은 폭죽 소리에 놀라 앞다리를 들어올리며 멈춰 섰다. 돌격하던 경찰은 혼란에 빠졌다. 네이어미 에이버리는 어떻게 한 건지 사람들을 뚫고 맨 앞까지 나가더니, 말 코 아래서 후추 주머니를 터뜨렸다. 말은 방향을 홱 돌리며 미친듯이 머리를 흔들었다.

혼잡이 덜해지고 로이드는 밀리를 데리고 모퉁이를 돌았다. 밀리는 여전히 아파했지만 울음은 멈추었다.

세인트존 구급협회의 자원봉사자에게 치료를 받으려고 사람들이 줄을 서 있었다. 손이 으스러진 듯한 여자아이가 울고 있었다. 젊은 남자 여럿이 머리와 얼굴에서 피를 흘렸다. 중년 여자는 바닥에 주저앉아 부어오른 무릎을 어루만지고 있었다. 로이드와 밀리가 도착했을 때 숀 돌런이 머리에 붕대를 감고 군중 속으로 향했다.

간호사가 밀리의 등을 봐주었다. "이건 심하네요. 런던 병원으로 가야겠어요. 구급차로 데려다줄게요." 그녀는 로이드를 보았다. "환자와 함께 가시겠어요?"

그러고 싶었지만 전화 보고 임무 때문에 망설여졌다.

밀리가 특유의 배짱을 보이며 딜레마를 해결해주었다. "감히 따라오려는 건 아니겠지. 오빠는 내 옆에 있어봤자 도움 안 돼. 여기 남아서 해야 할 중요한 일도 있잖아."

그 말이 옳았다. 그는 밀리를 부축해 구급차에 태웠다. "너 정말—?"

"그래, 괜찮아. 오빠나 병원으로 실려오지 않게 조심해."

동생은 전문가들에게 맡기자. 로이드는 밀리의 뺨에 키스하고 싸움판으로 돌아왔다.

경찰은 전략을 바꾸었다. 말들의 돌진은 저지당했지만 군중 사이로 길을 내겠다는 목표는 아직 확고했다. 앞쪽으로 뚫고 나가보니 경찰은 곤봉을 휘두르며 도보로 전진중이었다. 무장하지 않은 시위대는 바람에 낙엽이 날리듯 몸을 웅크린 채 경찰 앞에서 물러나 다른 대열로 밀려들었다.

체포가 시작되었다. 지도자들을 제거해 시위대의 투지를 꺾을 속셈인 듯했다. 이스트엔드에서 체포란 적법한 절차와 거리가 멀었다. 눈 주위가 시커멓게 멍들거나 이가 몇 개 빠지지 않고 돌아오는 사람이 없을 정도였다. 리먼 가의 경찰서는 특히 악명 높았다.

로이드는 붉은 깃발을 들고 큰 소리로 외쳐대는 젊은 여자 뒤에 섰다. 너틀리 가 이웃 올리브 비숍이었다. 경관이 경찰봉으로 그녀의 머리를 내리치며 소리질렀다. "유대인 창녀야!" 그녀는 유대인도, 분명 창녀도 아니었다. 사실 그녀는 갈보리 복음교회의 피아노 연주자였지만, 뺨을 맞으면 다른 쪽 뺨도 내어주라는 예수의 가르침은 잊었는지 경관의 얼굴을 할퀴어 붉은 줄을 여럿 그어놓았다. 다른 경관 둘이 그녀의 팔을 붙잡았고, 그사이 얼굴을 긁힌 경관이 머리를 다시 내리쳤다.

건장한 남자 셋이서 여자를 괴롭히는 모습에 로이드는 미치도록 화가 났다. 그는 앞으로 나서며 여자를 공격하는 남자에게 모든 분노를 실어 라이트훅을 날렸다. 주먹은 경관의 관자놀이에 꽂혔다. 정신이 멍해진 경관은 비틀거리다 쓰러졌다.

더 많은 경찰이 현장으로 몰려들어 마구잡이로 몽둥이를 휘둘러대며 팔다리와 머리, 손 할 것 없이 시위대를 두들겨팼다. 그중 넷이 올리브의 팔다리를 붙잡았다. 그녀는 필사적으로 비명을 지르며 버둥거렸지만 빠져나오지 못했다.

하지만 주변 사람들도 보고만 있지 않았다. 그들은 여자를 끌고 가는 경찰을 공격해 떼어내려고 안간힘을 썼다. 경찰은 그들에게 소리를 지르며 달려들었다. "유대인 새끼들!" 그들 모두가 유대인은 아니었고, 심지어 그중 하나는 피부가 검은 소말리아 뱃사람이었다.

경찰은 올리브를 길에 내팽개치고 방어를 시작했다. 올리브는 사람들 틈새로 사라졌다. 경관들은 후퇴하면서 닥치는 대로 폭행했다.

로이드는 경찰의 작전이 제대로 통하지 않는 걸 보고 승리의 흥분을 느꼈다. 인정사정 봐주지 않았는데도 군중 사이로 길을 내려던 공격은 완전히 실패했다. 다시 몽둥이 공격이 시작되었지만, 이제 분노에 차 싸우고 싶어 안달이 난 군중도 달려들어 맞붙었다.

지금이 또다시 보고할 때였다. 로이드는 인파가 움직이는 방향을 힘겹게 거슬러 공중전화를 찾아냈다. "그들이 성공할 것 같진 않아요, 아버지." 그는 신이 나서 버니에게 말했다. "경찰이 우리 사이로 길을 내려고 하는데 전혀 진전이 없어요. 우리 쪽이 수가 많아서요."

"우리는 사람들을 케이블 가 쪽으로 돌리고 있어." 버니가 대답했다. "경찰이 그쪽 가능성이 더 높겠다 판단하고 공격 위치를 바꿀 수도 있어서 보강하기로 한 거야. 그리로 따라가서 상황을 보고 알려줘."

"알았어요." 로이드는 전화를 끊고 나서야 의붓아버지에게 밀리가 병원에 실려갔다는 소식을 전하지 않았다는 걸 깨달았다. 하지만 지금 당장은 걱정을 안겨주지 않는 편이 나을지도 몰랐다.

케이블 가로 이동하는 일은 만만치 않을 터였다. 가디너스 코너에서 리먼 가를 따라 남쪽으로 가면 케이블 가 거의 끄트머리로 곧장 이어졌고 거리도 1킬로미터가 채 되지 않았지만, 경찰과 맞서 싸우는 시위대 때문에 발 디딜 틈이 없었다. 돌아가는 길을 택해야 했다. 로이드는 사람들 사이를 힘겹게 뚫고 동쪽으로 움직여 커머셜 로드로 향했다. 일단 커머셜 로드에 이르자 더는 움직이기가 쉽지 않았다. 그곳에는 경찰이 없어 폭력사태도 없었지만 마찬가지로 시위대가 길을 빽빽이 메우고 있었다. 조바심이 났지만 경찰도 이렇게 많은 사람을 뚫고 들어오긴 무리일 거라는 생각에 힘들어도 안심이 되었다.

데이지 페시코프는 뭘 하고 있을지 궁금했다. 어쩌면 자동차 안에 앉아 행진이 시작되기를 기다리며 값비싼 구두 앞코로 롤스로이스 바닥에 깔린 카펫을 초조하게 두드리고 있을지도 모른다. 그녀의 목적을 좌절시키는 데 일조하고 있다고 생각하니 묘하게도 심술궂은 만족감이 들었다.

로이드는 앞을 막고 선 사람들을 꾸준히, 그리고 약간은 매정하게 밀치고 나아갔다. 케이블 가의 북쪽을 따라 달리는 철로가 이동 경로를 막고 있어서 그 아래 터널로 이어지는 샛길로 약간 돌아가야 했다. 그는 기찻길 아래를 지나 케이블 가로 들어섰다.

사람들이 크게 밀집해 있지는 않지만 길이 좁아서 그곳을 지나기는 여전히 힘들었다. 나쁜 것만은 아니다. 경찰이 뚫고 지나가기 훨씬 더 어려울 테니까. 하지만 장애물은 또 있었다. 대형 화물차 한 대가 길을 가로질러 서 있었다. 차량 앞뒤로 낡은 테이블과 의자, 다양한 길이의 목재, 갖가지 쓰레기를 높이 쌓아올린 바리케이드가 길 전체를 가로막고 있었다.

바리케이드라니! 프랑스 대혁명이 떠올랐다. 하지만 이건 혁명이 아니다. 이스트엔드 주민들은 영국 정부를 전복하고 싶은 게 아니었다. 오히려 그들의 투표권과 자치구, 하원의회에 애착이 있었다. 현 정치체제에 애정을 지녔기에 정부가 스스로를 방어하려 애쓰지 않는 마당에도 파시즘에 맞서 정부를 보호하고자 마음먹은 것이다.

로이드는 바리케이드 뒤쪽으로 나와 가까이 다가가서 상황을 살폈다. 좀더 잘 보려고 어느 담장 위로 올라섰다. 현장이 훤히 보였다. 멀리 반대편에서는 경찰이 부서진 가구를 들어내고 낡은 매트리스를 끌어내며 장애물을 제거하려고 애쓰고 있었다. 하지만 쉽지 않았다. 그들이 쓴 헬멧 위로 온갖 것이 우박처럼 쏟아져내렸는데, 바리케이드 뒤에서 날아오는 게 있는가 하면 거리 양쪽에 빽빽이 들어선 집들의 위층 창문에서도 날아들었다. 돌멩이, 우유병, 부서진 항아리에 근처 건축업자의 야적장에서 가져온 벽돌까지 있었다. 대담한 젊은이 몇몇은 바리케이드 꼭대기에 서서 경찰을 향해 몽둥이를 휘둘렀고, 간혹 경찰이 그 가운데 하나를 끌어내려서 발길질하려고 덤비다가 싸움이 벌어지기도 했다. 로이드는 바리케이드 위에 선 사람들 사이에서 사촌 데이브 윌리엄스와 애버로언에서 온 레니 그리피스를 발견하고 깜짝 놀랐다. 그들은 나란히 서서 삽을 휘두르며 경관들과 싸우고 있었다.

하지만 로이드는 시간이 지날수록 경찰이 유리해지고 있다는 사실을 깨달았다. 그들은 조직적으로 움직이며 바리케이드를 치우고 있었다. 이쪽 진영에서도 몇 명이 경찰이 치운 자리를 다시 채워 벽을 보강했지만 조직적이지 못한데다 물건을 끝도 없이 가져올 수도 없는 노릇이었다. 로이드가 보기에는 얼마 지나지 않아 경찰이 이길 것 같았다. 그리고 그들이 케이블 가를 정리한다면 그 덕분에 파시스트들 역시 유대인 상점을 하나씩 지나 이곳까지 행진할 수 있을 터이다.

순간 뒤를 돌아본 로이드는 케이블 가 방어를 지휘하는 사람이 누군지는 몰라도 무슨 생각이었던 건지 깨달았다. 경찰이 바리케이드를 해체하는 사이, 도로를 따라 수백 미터 떨어진 곳에서 다른 바리케이드가 올라가고 있었다.

로이드는 뒤로 물러나서 사람들을 열심히 도와 두번째 벽을 세우기 시작했다. 부두 노동자들이 곡괭이로 도로에 덮인 포석을 파냈고, 주부들은 자기 집 마당에서 대형 쓰레기통을 끌고 나왔고, 상점 주인들은 빈 상자들을 날라왔다. 로이드는 공원 벤치를 옮기는 일을 거든 다음 지방 관청 밖에 걸린 게시판을 뜯어냈다. 이미 경험으로 요령을 터득한 그들은 재료를 경제적으로 사용하고 구조가 견고한지 확인해가며 앞서보다 더 잘 쌓아올리고 있었다.

다시 뒤돌아보니 멀리 동쪽에서 세번째 바리케이드가 올라가고 있었다.

사람들은 슬슬 첫번째 바리케이드에서 물러나 두번째 바리케이드 뒤에서 다시 모였다. 잠시 후 경찰이 마침내 첫번째 바리케이드에 구멍을 내고 쏟아져들어왔다. 그중 선두가 아직 남아 있던 몇 안 되는 젊은이를 뒤쫓았고, 로이드는 골목으로 달아나는 데이브와 레니를 보았다. 길 양쪽 집들은 재빨리 문과 창문을 닫아걸었다.

이쯤 되니 경찰은 이제 어찌할 바를 모르는 듯했다. 간신히 바리케이드를 뚫고 들어왔는데 더 튼튼한 바리케이드와 또다시 맞닥뜨렸다. 두번째 바리케이드를 해체할 엄두가 나지 않는지 경찰은 케이블 가 한가운데서 서성거리며 두서없이 이야기를 나누거나 위층 창문에서 내려다보는 주민들을 분한 표정으로 쳐다보았다.

승리를 선언하기는 아직 일렀지만, 그럼에도 로이드는 성공했다는 뿌듯함을 주체할 수 없었다. 반파시스트 진영의 승리가 보이기 시작했다.

십오 분 동안 머물며 지켜봤지만 새로운 움직임은 보이지 않았다. 로이드는 현장을 떠나 전화를 걸었다.

버니는 신중했다. "무슨 일이 벌어지려는지 모르겠구나." 그가 말했다. “모든 곳이 소강상태이긴 하지만, 파시스트들이 어떻게 나올지 알아내야 해. 런던 타워로 다시 돌아갈 수 있니?”

잔뜩 몰려 있는 경찰을 뚫고 나갈 방법은 없지만 어쩌면 다른 길이 있을지도 몰랐다. “세인트조지 가를 통해서 한번 나가볼게요.” 그는 긴가민가하며 말했다.

“어떻게 잘 좀 해봐. 그들의 다음 움직임을 알아야 하니까.”

로이드는 미로처럼 얽힌 골목을 통해 남쪽으로 움직였다. 세인트조지 가를 택한 자신의 판단이 옳았길 바랐다. 그곳은 대치가 벌어진 지역 밖이었지만, 거기까지 사람들이 흘러들었을 가능성도 있었다.

하지만 그곳은 반대시위대의 목소리와 경찰의 외침, 호루라기 소리가 들릴 만큼 현장과 가깝기는 해도 그의 바람대로 사람들이 몰려 있진 않았다. 여자들이 서서 이야기를 나눴고 어린 여자아이들이 도로 한가운데서 줄넘기를 하고 있었다. 서쪽을 향해 천천히 뛰기 시작한 로이드는 모퉁이를 하나씩 돌 때마다 시위 참가자나 경찰과 마주치지 않을까 걱정스러웠다. 싸움판을 빠져나온 몇몇 사람—머리에 붕대를 감은 남자 둘, 찢어진 코트 차림의 여자, 가슴에 훈장을 달고 팔을 삼각건으로 감싼 참전용사—과 마주쳤지만, 대규모 군중은 없었다. 그는 도로 끝 런던 타워까지 계속 뛰었다. 그리고 아무 방해도 받지 않고 타워 가든으로 걸어들어갈 수 있었다.

파시스트들은 여전히 이곳에 남아 있었다.

그것만으로도 로이드는 성취감을 느꼈다. 이제 시간은 오후 세시 반. 그들은 행진을 시작도 못한 채 이곳에서 몇 시간을 기다렸다. 드높았던 그들의 사기는 증발해버렸다. 노래를 하거나 구호를 외치지도 않고 그저 흐트러진 줄에 대강 선 채 조용히 깃발을 아래로 늘어뜨린 무기력한 모습이었고, 밴드도 침묵을 지켰다. 그들은 이미 패색이 짙었다.

하지만 잠시 후 상황이 변했다. 오픈카 한 대가 골목길에서 나타나 줄지어 선 파시스트 앞을 지났다. 환호성이 울렸다. 다시 대열이 정비되고, 경관들은 경례를 하고, 파시스트들은 차려 자세를 취했다. 자동차 뒷좌석에는 그들의 지도자, 잘생긴 얼굴에 콧수염을 기른 오즈월드 모즐리 경이 제복에 모자까지 쓴 차림으로 앉아 있었다. 걷는 속도로 움직이는 차에 앉아 등을 꼿꼿이 세운 그는 마치 군대를 사열하는 군주처럼 경례를 반복했다.

그의 등장이 파시스트들에게 다시 활기를 불어넣자 로이드는 걱정이 들었다. 어쩌면 계획대로 행진이 시작될 수도 있었다. 아니라면 모즐리가 왜 나타났겠는가. 자동차는 파시스트들이 줄지어 선 골목을 따라 금융가 지역으로 향했다. 로이드는 기다렸다. 삼십 분 뒤 모즐리가 다시 나타났다. 이번에는 걸어서 돌아오며 다시 환호성에 답하고 경례했다.

대열 선두에 도착한 모즐리는 간부급 사내와 함께 어느 골목길로 들어섰다.

로이드도 뒤따라갔다.

모즐리는 보도 위에 옹기종기 모여 있는 나이든 남자들 쪽으로 다가갔다. 로이드는 보타이와 중절모 차림의 수도 경찰청장 필립 게임 경을 알아보고 깜짝 놀랐다. 두 사람 사이에 격렬한 대화가 오갔다. 필립 경이 오즈월드 경에게 반대시위대 규모가 너무 커서 해산시킬 수 없다고 하는 게 틀림없었다. 하지만 그렇다면 파시스트들에게 그가 할 충고는 무엇일까? 가까이 다가가서 얘기를 엿듣고 싶었지만 체포의 위협을 무릅쓰지 않고 신중하게 거리를 유지하기로 했다.

말하는 쪽은 대부분 경찰청장이었다. 파시스트 지도자는 힘차게 고개를 몇 번 끄덕이고는 몇 가지 질문을 했다. 그러더니 두 남자는 악수를 나누었고 모즐리는 다른 곳으로 향했다.

모즐리는 공원으로 돌아와 간부들과 회의를 했다. 그 가운데 모즐리와 똑같은 제복을 입은 보이 피츠허버트가 보였다. 제복 차림이 썩 잘 어울리지는 않았다. 말끔한 군복은 그의 물렁한 몸과 게으르고 색을 밝히는 성격과는 맞지 않았다.

모즐리가 지시를 내리는 듯했다. 다들 경례를 하고 흩어지는 모습을 보니 명령을 이행하려는 게 틀림없었다. 뭐라고 한 걸까? 합리적인 선택은 행진을 포기하고 집으로 돌아가는 것뿐이다. 하지만 합리적인 사고방식의 소유자라면 애초에 파시스트가 되지도 않았을 것이다.

호루라기가 울리고 명령이 큰 소리로 전달되고 밴드가 연주를 시작하자 모두 차려 자세를 취했다. 로이드는 그들이 행진에 나서리라는 걸 알아차렸다. 경찰청장이 경로를 일러준 게 틀림없다. 하지만 어디로?

바로 그때 행진이 시작되었다. 그들은 반대 방향으로 움직였다. 이스트엔드 대신, 일요일 오후의 텅 빈 서쪽 금융가 지역으로 향했다.

로이드는 믿기지 않았다. "저들이 포기했어!" 소리내 말하는 그에게 근처의 한 남자가 대꾸했다. "그런 것 같지?"

그는 천천히 움직이는 행렬을 오 분 동안 지켜보았다. 현상황에 더는 의심할 여지가 없다는 판단이 들자 전화부스로 달려가 버니에게 전화를 걸었다. "행진을 시작했어요!" 그가 말했다.

"뭐? 이스트엔드로?"

"아뇨, 반대쪽으로요! 그들은 서쪽의 시티로 향하고 있어요. 우리가 이겼어요!"

"세상에!" 버니가 함께 있는 다른 사람들에게 말했다. "모두 들어요! 파시스트들이 서쪽으로 행진한답니다. 포기한 거예요!"

로이드는 실내에 시끌벅적한 환호성이 터지는 소리를 들었다.

잠시 후 버니가 말했다. "그들에게서 눈을 떼지 마. 패거리 전체가 타워 가든을 떠나면 알려줘."

"당연하죠." 로이드는 전화를 끊었다.

그는 기분이 좋아져서 공원 주위를 걸었다. 시간이 갈수록 파시스트들의 패배는 더욱 명확해졌다. 밴드의 연주에 맞춰 행진했지만 발걸음은 활력이 없었고 유대놈들을 몰아내자는 노래도 더는 부르지 않았다. 유대인들이 놈들을 몰아낸 것이다.

바이워드 가 끝에 이른 그는 데이지와 다시 마주쳤다.

독특한 생김새의 검은색과 크림색 롤스로이스로 향하던 그녀는 로이드 앞을 지나야만 했다. 그는 웃어주고 싶은 유혹을 참을 수 없었다. "이스트엔드 사람들이 당신네와 당신네의 그 추악한 생각을 물리쳤군요."

그녀는 멈춰 서서 더없이 냉담한 표정으로 그를 보았다. "깡패 무리가 방해한 거죠." 경멸이 담긴 말이었다.

"어쨌거나 지금 당신들은 다른 방향으로 행진하고 있어요."

"전쟁은 한 번의 전투로 끝나지 않아요."

그것도 사실이지. 로이드는 생각했다. 하지만 이건 꽤 큰 전투였다. "집까지 남자친구와 행진하지 않을 겁니까?"

"차를 타는 편이 더 좋아서." 그녀가 말했다. "그리고 그이는 남자친구가 아니에요."

로이드의 심장이 희망으로 뛰었다.

바로 그때 그녀가 덧붙였다. "남편이죠."

로이드는 그녀를 멍하니 보았다. 그녀가 이 정도로 멍청할 줄은 절대 몰랐다. 아무 말도 할 수가 없었다.

"사실이에요." 못 믿겠다는 로이드의 표정을 읽었는지 그녀가 말했다. "신문에서 우리가 약혼했다는 기사, 못 봤나요?"

"나는 사교계 기사는 안 봅니다."

그녀는 왼손에 낀 다이아몬드 약혼반지와 순금 결혼반지를 보여주었다. "어제 결혼했어요. 오늘 행진에 참가하려고 신혼여행을 연기했죠. 내일 보이의 비행기를 타고 함께 도빌로 갈 거예요."

그녀가 자동차 쪽으로 몇 걸음 다가가자 운전기사가 문을 열었다. "집으로 가요." 그녀가 말했다.

"네, 마님."

로이드는 어찌나 화가 나던지 아무나 붙잡고 한 대 치고 싶을 정도였다.

데이지가 어깨 너머로 돌아보았다. "안녕히 가세요, 윌리엄스 씨."

그는 간신히 목소리를 내 대답했다. "안녕히 가세요, 페시코프 양."

"아, 아니죠." 그녀가 말했다. "난 이제 애버로언 자작부인이에요."

그 말을 하는 데이지의 기쁨이 로이드에게도 전해졌다. 그녀는 이제 작위가 있는 여자였고, 그 사실은 그녀에게 무엇과도 바꿀 수 없는 것이었다.

데이지가 차에 올라타자 운전기사가 문을 닫았다.

로이드는 돌아섰다. 눈에 눈물이 고인 걸 깨닫고 부끄러워졌다. "젠장." 그는 소리내어 말했다.

그는 코를 훌쩍이고 눈물을 삼켰다. 어깨를 쫙 펴고 바쁜 걸음으로 이스트엔드로 돌아갔다. 오늘의 승리는 씁쓸했다. 데이지 같은 여자를 좋아하다니, 바보 같았다. 심지어 그녀는 아무 감정이 없는 게 너무나 분명한데도. 하지만 그녀가 보이 피츠허버트에게 몸을 던졌다는 사실은 가슴이 아팠다.

로이드는 데이지를 마음속에서 몰아내려 애썼다.

경찰은 타고 온 버스에 다시 올라 현장을 떠나고 있었다. 평생을 이스트엔드, 이 거친 동네에서 산 로이드는 경찰의 잔인함이 놀랍지 않았다. 하지만 유대인을 향한 그들의 반감은 충격적이었다. 그들은 여자라면 죄다 유대인 창녀, 남자는 유대인 새끼라고 욕했다. 독일에서는 경찰이 나치를 지원하고 갈색셔츠와 한편이 되었다. 이곳 경찰도 같은 짓을 할 셈인가? 절대 안 될 일이지!

가디너스 코너에 모인 군중은 기쁨을 표하기 시작했다. 유대인 청년단 밴드가 재즈를 연주하자 그에 맞춰 남녀가 춤을 추었고 위스키와 진술병이 손에서 손으로 옮겨졌다. 로이드는 런던 병원으로 가서 밀리를 살펴보기로 했다. 그러고 나면 유대인 위원회 본부로 가서 밀리가 다쳤다는 사실을 버니에게 알려야 할 터였다.

미처 발걸음을 옮기기도 전에 레니 그리피스와 마주쳤다. "우리가 그 자식들을 쫓아냈어!" 레니가 신이 나서 말했다.

"그랬지." 로이드가 웃으며 대답했다.

레니는 목소리를 낮췄다. "여기서 파시스트들을 물리쳤으니, 에스파냐에서도 그럴 거라고."

"언제 떠나니?"

"내일. 아침에 데이브와 함께 파리행 기차를 탈 거야."

로이드는 레니의 어깨에 팔을 두르며 말했다. "나도 같이 가자."

4장
1937년

I

모스크바 강 위 다리를 건넌 볼로댜 페시코프는 휘몰아치는 눈보라에 고개를 숙였다. 무거운 방한코트와 모피모자, 튼튼한 가죽부츠 차림이었다. 모스크바 사람 가운데 이렇게 잘 차려입은 사람은 거의 없었다. 볼로댜는 운이 좋았다.

그는 늘 좋은 부츠를 신었다. 아버지 그리고리는 군 사령관이었다. 야심에 불타는 사람은 아니었다. 볼셰비키 혁명의 영웅이고 스탈린과도 개인적으로 친분이 있었지만, 1920년대의 어느 순간부터 진급이 멈춘 상태였다. 그럼에도 가족은 모두 늘 안락하게 살았다.

볼로댜 자신은 야심가였다. 대학을 마친 후 이름 높은 군 정보학교에 들어갔고 일 년 뒤에는 붉은 군대의 정보본부에 배치되었다.

그의 가장 큰 행운은 아버지가 베를린 주재 소련 대사관에서 무관으로 근무할 때 그곳에서 베르너 프랑크를 만난 일이었다. 베르너는 같은 학교 하급생이었다. 어린 베르너가 파시즘을 증오한다는 사실을 알게 된 볼로댜는 그에게 러시아를 위해 스파이 노릇을 하는 것이 나치에 맞서는 가장 좋은 방법이라고 제안했다.

그때 겨우 열네 살이었던 베르너가 지금은 열여덟 살이 되어 독일 항공부에서 일했다. 그사이 나치에 대한 증오심은 더 커졌다. 용감한 그는 고성능 무선송신기와 암호해독용 책자를 가지고서 기지를 발휘하며 무시무시한 위험을 무릅쓰고 가치를 헤아릴 수 없는 정보를 수집했다. 볼로댜는 그의 연락책이었다.

베르너를 못 본 지 사 년이었지만 그의 모습은 또렷이 기억했다. 선명한 붉은 금발에 키가 훤칠한 베르너는 나이보다 조숙한 인상이었고 행동거지 역시 마찬가지였으며, 심지어 고작 열네 살인데도 부러울 정도로 여자들과 잘 지냈다.

최근 베르너를 통해 모스크바 주재 독일 대사관의 외교관인 마르쿠스가 공개적으로 밝힌 적은 없지만 공산주의자라는 정보를 전달받았다. 볼로댜는 마르쿠스를 찾아내 스파이로 포섭했고, 최근 몇 달 동안 그가 쏟아내는 일련의 정보를 러시아어로 번역해 상관에게 보고했다. 가장 최근 정보는 친나치 미국인 사업가들이 에스파냐 우익 반군에게 트럭과 타이어, 기름을 어떻게 제공하고 있는지에 관한 흥미로운 내용이었다. 텍사코 회장이자 히틀러 찬양자인 토르킬 리베르는 루스벨트 대통령의 구체적인 요청을 무시한 채 회사 유조선을 이용해 반군에게 기름을 밀반출하고 있었다.

지금 볼로댜는 마르쿠스를 만나러 가는 길이었다.

그는 쿠투좁스키 대로를 따라 걷다가 방향을 틀어 키예프 역으로 향했다. 오늘 두 사람의 접선 장소는 역 근처 노동자들이 가는 술집이었다. 두 사람은 절대 한곳을 두 번 방문하지 않았고, 용건이 끝나면 그때 그때 다음 장소를 정했다. 볼로댜는 첩보 원칙을 매우 꼼꼼히 지켰다. 그들은 늘 마르쿠스의 외교관 동료들이 가볼 생각조차 하지 않을 싸구려 카페나 바를 이용했다. 만일 마르쿠스가 어떻게든 의심을 사서 독일 방첩요원의 미행을 받는다면 당장 알아볼 수 있었다. 그런 사람이라면 손님들 사이에서 두드러져 보일 게 뻔했기 때문이다.

그가 향한 곳은 '우크라이나 바'라는 술집이었다. 모스크바에서는 대부분이 그렇듯 목조 건물이었다. 유리창에 김이 서린 걸 보니 실내가 따뜻하기는 한 모양이었다. 하지만 볼로댜는 곧장 안으로 들어가지 않았다. 추가로 취해야 할 예방 조치가 남아 있었다. 그는 길 건너편 아파트 입구에 몸을 숨겼다. 추운 현관에 서서 작은 창문으로 내다보며 술집을 지켜보았다.

마르쿠스가 오늘 나타날지 궁금했다. 지금까지 약속을 어긴 적은 없어도 확신할 수는 없었다. 만일 나타난다면 어떤 정보를 가져올까? 국제정치에서 가장 뜨거운 논란거리는 에스파냐였지만 붉은 군대의 정보부는 독일의 군비 확충에도 열렬한 관심을 쏟고 있었다. 한 달에 탱크를 몇 대씩 생산하는가? 마우저 M34 기관총을 하루에 몇 정이나 만들어내는가? 신기종 폭격기 하인켈 He 111은 성능이 얼마나 좋은가? 볼로댜는 그런 정보들을 상관인 레미토프 소령에게 보고할 수 있기를 간절히 바랐다.

삼십 분이 지나도 마르쿠스는 오지 않았다.

볼로댜는 슬슬 걱정되기 시작했다. 발각된 걸까? 대사 보좌관인 마르쿠스는 대사의 책상을 거치는 모든 문서를 볼 수 있었다. 하지만 볼로댜는 다른 문서, 특히 무관들의 연락 문서에도 접근할 것을 강력히 요구했다. 그것이 실수였을까? 볼 필요도 없는 문서를 그가 몰래 들여다보는 걸 누군가 알아차렸나?

그 순간 안경을 걸친 교수 같은 모습으로 거리를 따라 다가오는 마르쿠스가 보였다. 흰 눈송이가 오스트리아 스타일 방수코트의 녹색 펠트 옷감을 적시고 있었다. 그는 우크라이나 바로 들어갔다. 볼로댜는 기다리며 지켜보았다. 다른 남자 하나가 뒤따라 들어가는 모습에 걱정스레 얼굴을 찡그렸지만, 독일 방첩요원이 아니라 러시아 노동자가 틀림없었다. 키가 작고 교활하게 생긴 남자는 닳아빠진 코트를 입고 부츠는 천으로 감쌌으며 뾰족한 코끝을 소매로 닦고 있었다.

볼로댜는 길을 건너 술집으로 들어갔다.

담배연기가 자욱한 그곳은 청결과는 거리가 멀어 안 씻는 사내들 냄새가 났다. 벽마다 걸린 싸구려 액자 속 우크라이나 풍경 수채화는 색이 바래 있었다. 한창 오후시간이라 손님이 많았다. 술집 안의 여자는 숙취에서 회복중인 창녀 하나뿐인 듯했다.

마르쿠스는 술집 안쪽에서 입도 대지 않은 맥주잔 위로 몸을 숙이고 있었다. 삼십대이지만 깔끔한 금발 콧수염과 턱수염 때문에 더 나이들어 보였다. 코트 단추를 풀고 있어서 모피안감이 드러났다. 교활한 얼굴의 러시아인은 두 테이블 떨어진 곳에 앉아 담배를 말고 있었다.

볼로댜가 다가가자 마르쿠스는 일어서더니 주먹을 날렸다.

"이 나쁜 새끼!" 그가 독일어로 소리질렀다. "비열한 놈!"

너무 놀란 볼로댜는 잠시 아무것도 하지 못했다. 입술이 쓰리고 피맛이 느껴졌다. 반사적으로 반격을 위해 팔을 들었지만 곧 자제했다.

마르쿠스가 다시 주먹을 날렸지만 이번에는 볼로댜도 대비하고 있던 터라 거친 공격을 가뿐히 피했다.

"왜 그랬어?" 마르쿠스가 소리질렀다. "왜?"

그는 갑작스레 얼굴을 일그러뜨리더니 다시 의자에 털썩 앉아 양손으로 얼굴을 가리고 흐느껴 울기 시작했다.

볼로댜는 입술에서 피를 흘리며 대꾸했다. "닥쳐, 바보 같으니." 그는 말했다. 그리고 주위를 돌아보며 두 사람을 바라보는 다른 손님들에게 말했다. "아무것도 아닙니다. 화가 좀 났나보네요."

모두 고개를 돌렸고 한 사람은 자리를 떴다. 모스크바 사람들은 골치아픈 일에 나서서 끼어드는 법이 없었다. 심지어 술에 취해 다투는 두 사람을 떼어놓는 일조차 꺼렸다. 그중 한 명이 당의 유력자일 수도 있으니까. 그리고 사람들은 볼로댜가 그런 부류임을 알았다. 그의 질 좋은 코트만 봐도 알 수 있는 사실이었다.

볼로댜는 다시 마르쿠스에게 고개를 돌렸다. 낮은 목소리로 화를 내며 독일어로 물었다. 마르쿠스는 러시아어 실력이 좋지 않았다. "도대체 왜 이러는 겁니까?"

"당신들이 이리나를 체포했소." 그가 눈물을 흘리며 말했다. "빌어먹을 놈들, 그녀의 젖꼭지를 담뱃불로 지졌다고."

볼로댜는 얼굴을 찌푸렸다. 이리나는 마르쿠스의 러시아인 여자친구였다. 서서히 감이 잡혀 기분이 나빠졌다. 그는 마르쿠스의 맞은편에 앉았다. "이리나를 체포한 건 내가 아니에요." 그가 말했다. "그리고 그녀가 다쳤다니 유감입니다. 무슨 일이 있었는지 말해봐요."

"한밤중에 그자들이 그녀를 잡으러 왔소. 그녀의 어머니가 말해주더군. 정체를 밝히지 않았지만 일반 형사는 아니었소. 더 좋은 옷을 입고 있었다니까. 딸이 어디로 끌려갔는지 어머니도 몰라요. 그들은 나에 대해 심문했고 그녀에게 스파이 혐의를 씌웠소. 그녀를 고문하고 강간한 다음 내다 버렸지."

"빌어먹을." 볼로댜가 말했다. "정말로 유감이군요."

"유감이라고? 당신네가 저지른 짓이잖아. 아님 누구겠소?"

"맹세코 군 정보부와는 상관없는 일입니다."

"그렇다고 달라질 건 없소." 마르쿠스가 말했다. "당신과는 끝이야. 공산주의와도 끝났어."

"자본주의와의 전쟁에서는 가끔 희생자가 나오기도 하는 법이죠." 볼로댜는 아무리 자기가 한 말이지만 허울좋은 소리라고 생각했다.

"멍청한 애송이놈." 마르쿠스는 매정하게 내뱉었다. "사회주의란 이런 끔찍한 상황으로부터 자유로워지는 걸 뜻하는 거야. 그것도 몰라?"

시선을 든 볼로댜는 가죽코트 차림의 건장한 남자가 출입문으로 들어오는 걸 보았다. 술을 마시러 온 손님이 아니라는 걸 본능적으로 알아차렸다.

뭔가 일이 벌어지는 중이었지만 정확히 파악이 되지 않았다. 이런 경우는 처음이었고 바로 지금 그 경험 부족 때문에 사지를 잃어버린 느낌이었다. 위험에 처했는지 모른다고 생각하면서도 어떻게 행동해야 할지 알 수 없었다.

술집에 방금 막 들어온 남자는 볼로댜와 마르쿠스의 테이블로 다가왔다.

그때 교활한 얼굴의 남자가 일어섰다. 볼로댜 또래로 보이는 그는 놀랍게도 제대로 교육받은 말씨로 말했다. "너희 둘을 체포한다."

볼로댜는 욕을 내뱉었다.

마르쿠스가 벌떡 일어섰다. "나는 독일 대사관 상무관이오!" 그는 문법도 맞지 않는 러시아어로 비명을 지르듯 말했다. "날 체포하진 못해! 외교관 면책특권이 있어!"

다른 손님들이 서로 밀치며 출입문을 힘겹게 뚫고 몰려나갔다. 남은 사람은 둘뿐이었다. 긴장한 채 더러운 걸레로 카운터를 닦는 바텐더, 그리고 담배를 피우며 텅 빈 보드카 잔을 노려보는 창녀.

"나 역시 체포할 수 없소." 볼로댜는 차분하게 말하고 주머니에서 신분증을 꺼냈다. "군 정보부 페시코프 중위요. 대체 당신 뭐요?"

"NKVD*의 드보르킨이요."

가죽코트를 입은 남자가 말했다. "NKVD의 베레좁스키요."

비밀경찰이었다. 볼로댜는 끙 신음했다. 미리 알아차릴 수도 있었는데. NKVD는 군 정보부와 영역이 겹쳤다. 두 조직이 서로 발을 밟을 수도 있다는 경고를 수차례 들었지만, 실제로 경험한 건 이번이 처음이었다. 그는 드보르킨에게 말했다. "이 사람 여자친구를 고문한 게 당신인가보군."

드보르킨이 소매로 코를 훔쳤다. 그런 불쾌한 버릇은 그저 위장을 위한 행동이 아닌 게 분명했다. "그 여자는 아무 정보도 없더군."

"그러니까 공연히 그녀의 젖꼭지를 태웠다는 거군."

"운이 좋은 거지. 스파이였다면 더 끔찍한 짓을 당했을걸."

"우리 쪽에 먼저 확인해볼 생각은 안 들던가?"

"그쪽은 우리에게 먼저 확인한 적 있나?"

마르쿠스가 말했다. "난 가겠어."

볼로댜는 절박한 심정이었다. 소중한 정보 제공자를 잃을 판이었다. "가지 마요." 그가 애원하듯 말했다. "어떻게든 이리나에게 보상하겠습니다. 최고의 병원에서 치료를 받게 하고—"

"지랄하지 마." 마르쿠스가 말했다. "다시는 날 못 볼 줄 알아." 그는 바를 빠져나갔다.

한눈에도 드보르킨은 어찌할 바를 몰라했다. 마르쿠스를 그대로 보내고 싶진 않지만 그렇다고 그를 체포하자니 분명 망신을 당할 것이다. 그는 결국 볼로댜에게 말했다. "그런 식으로 말하게 두면 안 돼. 얕보인

* 소련의 비밀경찰기관. KGB의 전신이다.

다고. 당신을 존중하게 만들어야지."

"이 멍청한 자야." 볼로댜는 말했다. "당신이 무슨 짓을 저질렀는지 모르겠어? 저자는 믿을 만한 정보를 제공하는 훌륭한 소식통이었다고. 하지만 당신들 실수 탓에 다시는 우릴 위해 일하지 않겠다잖아."

드보르킨은 어깨를 으쓱했다. "저자에게 당신이 말했듯이 희생자는 가끔 나오는 법이니까."

"맙소사, 됐어." 볼로댜는 대꾸하고 걸어나갔다.

강을 건너 돌아오는 길에 그는 희미한 메스꺼움을 느꼈다. NKVD가 아무 죄 없는 여자에게 저지른 짓에 속이 울렁거렸고, 정보원을 잃었다는 사실에 풀이 죽었다. 전차를 탔다. 자동차를 갖기에는 아직 어렸다. 쌓인 눈 사이로 전차가 사무실을 향해 덜컹덜컹 굴러가는 동안 곰곰이 생각에 잠겼다. 레미토프 소령에게 어떻게 보고를 해야 할지 망설여졌다. 자신은 잘못이 없다는 점을 확실히 해두면서도 변명하는 것으로 비쳐서는 안 되었다.

군 정보부 본부는 호딘카 비행장 한쪽 끄트머리에 위치했다. 제설차 한 대가 부지런히 돌아다니며 한창 활주로를 치우는 중이었다. 외벽에 창이 없는 2층 건물로 둘러싸인 안마당에 우뚝 솟은 9층짜리 본부 건물은 마치 벽돌 주먹이 손가락 한 개를 내뻗은 것 같은 특이한 모습이었다. 출입구에 설치된 금속 탐지기가 울어댈 우려 때문에 라이터와 만년필은 가지고 들어갈 수 없고, 건물 내부에서 직원들에게 따로 군용을 지급했다. 허리띠 버클도 문제가 될 수 있어 대부분 멜빵을 착용했다. 경비는 불필요했다. 모스크바 사람들은 이런 건물이라면 어떻게든 피하고 싶을 터이다. 미치지 않고서야 이곳에 잠입하려는 자는 없었다.

볼로댜는 다른 위관급 장교 셋과 사무실을 함께 썼다. 그들이 사용하는 철제 책상이 양쪽 벽에 두 개씩 붙어 있었다. 워낙 좁은 공간이라 볼로댜의 책상에 걸려 문이 완전히 열리지 않았다. 사무실의 재담가 카멘이 그의 부어오른 입술을 보고 말했다. "어디 보자, 여자 남편이 집에 일찍 돌아왔나보군."

"묻지 마." 볼로댜가 말했다.

책상 위에는 무선통신부서에서 온 암호해독문이 놓여 있었다. 각각의 암호문 아래 연필로 독일어가 쓰여 있었다.

베르너로부터 온 메시지였다.

볼로댜의 첫번째 반응은 두려움이었다. 마르쿠스가 이리나에게 생긴 일을 벌써 베르너에게 알리고 그를 설득해 스파이 활동을 그만두게 한 걸까? 오늘 치 재앙은 이미 충분히 겪은 것 같은데.

하지만 메시지 내용은 재앙과는 정반대였다.

읽어내려가는 사이 놀라움이 커져갔다. 베르너는 독일군이 내전중인 에스파냐에 스파이들을 잠입시키기로 결정했다고 설명했다. 정부군을 위해 싸우길 원하는 반파시즘 의용군으로 위장해 적진에 숨어서, 반군 진영에서 운영하는 독일의 감청기지로 비밀리에 정보를 전달할 예정이라는 것이다.

이것만으로도 대단한 정보다.

하지만 그게 전부가 아니었다.

베르너는 스파이들의 명부까지 갖고 있었다.

볼로댜는 기쁨에 소리를 지르고 싶은 마음을 억눌렀다. 정보계통에서 일하는 사람에게는 평생 한 번 있을까 말까 한 성공이다. 마르쿠스를 잃은 것을 벌충하고도 남는다. 베르너는 순금 같은 존재였다. 그가 스파이 명부를 훔쳐내 베를린의 항공부 본부 밖으로 빼돌리기 위해 어떤 위험을 무릅썼을까 생각하니 등골이 오싹했다.

당장 위층에 있는 레미토프의 사무실로 달려가고 싶은 유혹을 꾹 눌러 참았다.

사무실의 네 장교는 타자기 한 대를 함께 사용했다. 볼로댜는 카멘의 책상에 있던 낡고 무거운 타자기를 자기 책상으로 옮겼다. 그리고 베르너에게서 온 메시지를 러시아어로 번역해 양손 검지로 타이핑했다. 그 사이 해가 졌고, 건물 밖에는 강한 보안등이 불을 밝혔다.

볼로댜는 카본지 복사본을 자기 책상 서랍에 넣어두고 원본을 들고 위층으로 올라갔다. 레미토프는 자리에 있었다. 마흔 살 정도의 잘생긴 그는 검은 머리를 머릿기름으로 깔끔하게 발라 넘겼다. 상황 판단이 빨랐고 볼로댜보다 한 걸음 앞서 생각하는 재주가 있었다. 본받고 싶은 통찰력이었다. 조직이 제대로 돌아가려면 소리를 지르고 부하를 괴롭혀야 한다는 군의 정통적인 시각에는 동의하지 않았으나, 무능한 자들에게는 인정사정없었다. 볼로댜는 그를 존경하는 동시에 두려워했다.

"어마어마하게 유용한 정보일 가능성도 있겠군." 레미토프가 번역문을 읽더니 말했다.

"'가능성'요?" 볼로댜는 그가 의심을 품는 이유를 알 수 없었다.

"역정보일 수도 있다고." 레미토프가 지적했다.

볼로댜는 그 말을 믿고 싶지 않았지만, 베르너가 체포당해 이중 스파이가 되었을 가능성을 인정하지 않을 수 없음을 깨닫고 크게 실망했다. "어떤 종류의 역정보일까요?" 그는 의기소침해 물었다. "가짜 명단을 보고 추적해 헛수고를 하게 만들 심산일까요?"

"아니면 진짜 의용군일지도 모르지. 나치 치하에서 탈출해 자유를 위해 싸우려고 에스파냐로 간 공산주의자나 사회주의자. 자칫하면 진짜 반파시스트들을 체포하는 걸로 끝날 수도 있다고."

"세상에."

레미토프는 웃었다. "너무 절망하진 말게! 이 정보는 여전히 아주 훌륭하니까. 우리 스파이가 그곳 에스파냐에 있어. '자진해서' 국제여단에 합류한 러시아의 젊은 병사들과 장교들 말이야. 그 친구들이 조사해 볼 수 있네." 그는 붉은 연필을 집어들더니 문서에 작고 깔끔한 글씨로 뭐라고 썼다. "잘했네." 그는 말했다.

볼로댜는 물러가라는 뜻으로 알아듣고 출입문으로 향했다.

레미토프가 물었다. "오늘 마르쿠스를 만났나?"

볼로댜는 돌아섰다. "문제가 있었습니다."

"자네 입을 보고 그럴 줄 알았지."

볼로댜는 벌어진 일을 털어놓았다. "그래서 좋은 정보원을 잃었습니다." 그는 말을 마쳤다. "하지만 달리 어떻게 해야 좋았을지 모르겠습니다. 마르쿠스에 대해 NKVD에 알리고 접근하지 말라고 해뒀어야 했을까요?"

"젠장, 아니지." 레미토프가 말했다. "그자들은 전혀 신뢰할 수 없어. 한마디도 하지 마. 그리고 걱정 말게. 아직 마르쿠스를 잃지 않았어. 쉽게 되찾을 수 있네."

"어떻게 말입니까?" 볼로댜는 이해할 수 없었다. "그는 이제 우리 모두를 증오하고 있습니다."

"이리나를 다시 체포해."

"네?" 볼로댜는 충격을 받았다. 그 여자의 고통이 아직 끝난 게 아니란 말인가? "그럼 그는 우리를 더욱 증오할 겁니다."

"만일 우리에게 계속 협조하지 않으면 그녀를 처음부터 다시 심문할 거라고 해."

볼로댜는 역겨움을 감추려고 필사적으로 애썼다. 비위가 상한 것을 절대 내색해서는 안 되었다. 레미토프의 계획이 통하리라는 생각도 들었다. "네." 그는 간신히 대답했다.

"이렇게만 말하면 돼." 레미토프가 말을 이었다. "이번에는 불붙은 담배를 여자 가랑이 사이에 쑤셔넣을 거라고."

볼로댜는 토할 것 같았다. 침을 꿀꺽 삼키고는 말했다. "좋은 생각입니다. 즉시 여자를 체포하겠습니다."

"내일 해도 충분해." 레미토프가 말했다. "새벽 네시쯤이 좋겠군. 충격이 최대치겠지."

"네, 알겠습니다." 볼로댜는 밖으로 나와 문을 닫았다.

몸이 떨려 잠시 복도에 서 있었다. 지나가던 직원이 이상하게 보는 바람에 마지못해 걸음을 뗐다.

피할 수 없는 일이었다. 물론 그는 이리나를 고문하지 않을 것이다. 위협만으로도 충분하다. 하지만 여자는 또다시 고문당할 거라고 예상할 테고 그것만으로도 이성을 잃을 것이다. 그 입장이라면 충분히 미치고도 남겠다는 생각이 들었다. 붉은 군대에 입대할 때는 이런 짓을 하게 되리라고는 상상조차 못했다. 물론 군대는 사람을 죽이는 조직이다. 하지만 여자를 고문한다고?

사람들이 하나둘 건물을 나섰다. 사무실마다 불이 꺼지고 모자를 눌러쓴 사람들이 복도를 채웠다. 집으로 갈 시간이었다. 사무실로 돌아온 볼로댜는 이리나의 체포를 위해 헌병대에 연락해서 새벽 세시 삼십분에 1개 분대를 대기시키도록 요청했다. 그리고 코트를 입고 전차를 타고 집으로 향했다.

볼로댜는 부모인 그리고리와 카테리나, 그리고 아직 대학생인 열아홉 살 여동생 아냐와 함께 살았다. 전차 안에서 그는 오늘 일을 아버지에게 이야기할 수 있을까 의문이 들었다. 이렇게 묻는 자신의 모습을 상상해보았다. "공산주의 사회에서 꼭 사람들을 고문해야 하나요?" 하지만 어떤 대답이 돌아올지는 짐작이 갔다. 자본주의적 제국주의자들의 돈을 받는 스파이와 체제전복을 꾀하는 자들로부터 혁명을 수호하려면, 일시적으로는 반드시 필요한 일이다. 만약 이렇게 묻는다면? "이런 끔찍한 방식을 버리게 될 때까지 시간이 얼마나 걸릴까요?" 그 대답은 아버지는 물론 누구도 알 수 없다.

베를린에서 돌아온 페시코프 가족은 간혹 '제방 위의 집'으로 불리는 정부 주택단지로 이사했다. 크렘린을 강 건너편에 둔 이 아파트 단지는 구성주의 양식으로 지은 하나의 거대한 건물로 소련 엘리트층이 오백 가구도 넘게 거주했다.

볼로댜는 출입문을 지키는 헌병에게 고개를 까딱해 보이고 웅장한 로비를 지나—어찌나 넓은지 저녁이면 가끔 재즈밴드가 연주하는 무도회가 열리기도 했다—엘리베이터를 타고 올라갔다. 아파트는 늘 뜨거운 물이 나오고 전화도 있어 소련의 기준으로 보자면 호화로웠지만, 베를린에서 지내던 집만큼 쾌적하지는 않았다.

어머니는 부엌에 있었다. 카테리나는 요리나 살림에 영 시큰둥했지만 볼로댜의 아버지는 그녀를 사랑했다. 1914년 상트페테르부르크에서 달갑지 않은 관심을 보내며 괴롭히던 경관에게서 그녀를 구해낸 후로 계속. 어머니는 마흔세 살이었지만 볼로댜가 보기에도 여전히 매력적이었고, 가족이 외교관 부임지를 따라 이곳저곳 돌아다니며 살면서부터 대부분 러시아 여인들과는 달리 유행에 따라 옷 입는 법도 배우게 되었다. 하지만 서방 사람처럼 보이지 않도록 주의했는데, 모스크바에서 그것은 심각한 범죄였다.

"입가를 다쳤네?" 어머니가 키스와 인사를 건네더니 물었다.

"별일 아니에요." 볼로댜는 닭고기 냄새를 맡았다. "특별 메뉴예요?"

"아냐가 남자친구를 데려온다는구나."

"이런! 같은 학생이래요?"

"아닌 것 같아. 무슨 일을 하는지는 잘 모르겠다."

볼로댜는 기분이 좋았다. 여동생을 아꼈지만 사실 예쁘지는 않았다. 키가 작고 통통한데다 칙칙한 색의 따분한 옷을 입었다. 남자친구를 사귄 적이 많지도 않은데 집까지 찾아올 만큼 좋아하는 사람이 생겼다는 건 좋은 소식이었다.

그는 방으로 가서 재킷을 벗고 손과 얼굴을 씻었다. 입술의 부기는 거의 다 가라앉았다. 마르쿠스가 아주 세게 때리지는 않은 모양이었다. 손의 물기를 닦는데 사람들 목소리가 들렸다. 아냐와 남자친구가 도착한 것이다.

그는 편한 니트 카디건 차림으로 방을 나와 부엌으로 갔다. 식탁에 앉은 아냐 옆에는 키가 작고 교활한, 볼로댜가 아는 얼굴이 있었다. "이런, 안 돼!" 그가 말했다. "너!"

남자는 이리나를 체포했던 NKVD 요원 일리야 드보르킨이었다. 위장했던 모습은 사라지고 평범한 검은 정장에 단정한 부츠 차림이었다. 그는 깜짝 놀라 볼로댜를 쳐다보았다. "페시코프라니! 당연히 알았어야 했는데."

볼로댜는 동생에게 고개를 돌렸다. "이자가 네 남자친구는 아니겠지."

아냐는 불만에 차서 물었다. "뭐가 문제야?"

볼로댜가 말했다. "우린 오늘 이미 만난 사이야. 이놈이 쓸데없이 참견하고 나서는 바람에 중요한 군사작전을 그르쳤지."

"내 할 일을 하고 있었을 뿐이야." 드보르킨이 말했다. 그는 소맷부리로 코끝을 훔쳤다.

"무슨 대단한 일이라고!"

카테리나가 난처한 상황을 수습하러 나섰다. "바깥일을 집까지 끌고 들어오지 마." 그녀가 말했다. "볼로댜, 손님께 보드카 좀 따라드리렴."

볼로댜가 말했다. "진짜요?"

어머니의 눈빛이 분노로 번쩍였다. "당연하지!"

"알았어요." 볼로댜는 마지못해 선반에서 술병을 꺼냈다. 아냐가 찬장에서 꺼내준 잔에 술을 따랐다.

카테리나는 술잔을 가져가더니 말했다. "자, 다시 시작하지. 일리야, 이쪽은 내 아들 블라디미르예요. 우린 늘 볼로댜라고 불러요. 볼로댜, 이쪽은 아냐의 친구 일리야다. 같이 저녁 먹으러 왔어. 악수라도 나누는 게 좋겠구나."

볼로댜는 어쩔 수 없이 그자의 손을 잡고 흔들었다.

카테리나는 음식을 식탁에 올렸다. 훈제 생선, 절인 오이, 얇게 썬 소시지였다. "여름철에는 다차*에서 키운 것들로 샐러드를 만드는데, 요새는 아무것도 없어요." 그녀는 미안하다는 듯 말했다. 어머니는 어떻게든 일리야에게 좋은 인상을 주고 싶은 모양이었다. 정말 아냐가 이 소름끼치는 녀석과 결혼하길 바라는 걸까? 분명 그랬다.

군복 차림의 그리고리가 만면에 미소를 띠고서 닭고기 냄새에 코를 킁킁거리면서 양손을 비비며 들어왔다. 마흔여덟 살인 그는 불그스레한 얼굴에 뚱뚱했다. 1917년 겨울궁전을 향해 휘몰아쳐갔다던 모습은 쉽게 상상이 되지 않았다. 물론 당시에는 더 말랐겠지만.

그는 멋지게 아내에게 키스했다. 어머니는 부끄러움을 모르는 아버지의 사랑 표현에 고마워하는 것 같았지만 실제로 화답하는 일은 없었다. 볼로댜가 보기에는 그랬다. 아버지가 엉덩이를 두드리면 웃음지었고, 껴안으면 마주 안았고, 아버지가 원할 때마다 키스해주었지만 어머니가 먼저 하는 법은 없었다. 어머니는 아버지를 좋아하고 존경했고,

* 러시아의 시골 별장.

결혼생활의 행복도 느끼는 듯했다. 하지만 남편을 향한 사랑이 활활 불타오르지 않는 것은 분명했다. 볼로댜는 결혼하면 아내에게 그보다는 많은 걸 원할 것 같았다.

하지만 이것도 순 가정에 지나지 않았다. 지금껏 잠깐씩 사귄 여자는 열 명도 넘었지만 결혼하고 싶은 상대는 아직 만나지 못했다.

볼로댜는 아버지에게 보드카를 한 잔 따라주었다. 그리고리는 흡족하게 술을 마시고는 훈제 생선을 조금 먹었다. "그래, 일리야. 자네 무슨 일을 하나?"

"NKVD에 있습니다." 일리야가 자랑스레 대답했다.

"그래? 아주 좋은 조직이지!"

진심은 아닐 거라고 그리고리는 짐작했다. 그저 친근하게 대하려 애쓰는 것뿐이다. 볼로댜는 가족들이 쌀쌀맞게 나와야 한다고 생각했다. 그래야 일리야를 쫓아버릴 희망이 있었다. 볼로댜가 말했다. "아버지, 제 생각엔 세계의 나머지가 소비에트연방을 따라 공산주의를 채택한다면 더는 비밀경찰도 필요 없을 테고 NKVD도 폐쇄될 것 같아요."

그리고리는 아들의 질문을 가볍게 넘기는 길을 선택했다. "그럼 경찰이 아예 없겠지!" 그는 유쾌하게 말했다. "범죄자 재판도 없고, 교도소도 없고. 스파이가 없으니 대간첩 부서도 없겠지. 적이 없을 테니 군대도 없고! 그럼 우린 무슨 일을 해서 먹고살지?" 그가 신나게 웃었다. "하지만 그것도 한참 먼 미래의 일이겠지."

일리야는 뭔가 체제전복적인 말을 들은 것 같은데 딱 꼬집어내지 못해 꺼림칙한 눈치였다.

카테리나가 접시에 담은 검은 빵과 뜨거운 보르시* 다섯 그릇을 식

* 러시아식 수프.

탁으로 가져와 모두 식사를 시작했다. "시골에 살던 어린 시절엔 말이야." 그리고리가 말했다. "우리 어머니가 겨우내 채소 껍질과 먹고 남은 사과 속, 버려진 양배추 껍질, 양파 뿌리 같은 온갖 걸 집밖에 있는 커다랗고 낡은 통에 모아서 얼렸지. 그러다가 봄이 와서 눈이 녹으면 끓여서 보르시를 만들곤 했어. 그게 진정한 보르시지. 껍질로 만든 수프 말이야. 너희 젊은이들은 지금 얼마나 부유한 생활을 누리는지 전혀 몰라."

문을 두드리는 소리가 났다. 다른 손님을 예상치 못한 그리고리는 얼굴을 찌푸렸다. 그러자 카테리나가 말했다. "이런, 잊고 있었네! 콘스탄틴의 딸이 온다고 했는데."

그리고리가 말했다. "조야 보로친체프 말이야? 산파 마그다의 딸?"

"조야 기억나요." 볼로댜가 말했다. "금발 곱슬머리에 비쩍 마른 아이였죠."

"이제 아이가 아니야." 카테리나가 말했다. "스물네 살의 과학자란다." 그녀는 일어서서 문으로 향했다.

그리고리는 얼굴을 찌푸렸다. "걔 엄마가 죽은 뒤로 못 봤잖아. 느닷없이 왜 연락을 해온 거지?"

"당신한테 하고 싶은 말이 있대요." 카테리나가 대답했다.

"내게? 무슨?"

"물리학 얘기라는데요." 카테리나가 밖으로 나갔다.

그리고리는 자랑스레 말했다. "조야 아버지인 콘스탄틴과 난 1917년 페트로그라드 소비에트에 대표로 참석했지. 우리가 그 유명한 제1호 명령을 만들었어." 그러더니 얼굴이 어두워졌다. "슬프게도 그 친구는 내전 후에 죽었지."

볼로댜가 말했다. "젊은 나이였네요. 어쩌다 돌아가셨어요?"

그리고리는 일리야를 흘깃 보고는 재빨리 눈길을 돌렸다. "폐렴이었어." 거짓말이라는 걸 볼로댜는 눈치챘다.

돌아오는 카테리나를 뒤따라 들어오는 여자를 보고 볼로댜는 숨이 멎는 듯했다.

전통적인 러시아 미인인 그녀는 키가 크고 날씬했고, 옅은 금발에 색이 거의 없어 보일 만큼 연한 파란 눈동자와 티 없이 흰 피부의 소유자였다. 평범한 엷은 청록색 원피스 차림이었는데 그 단순함 덕분에 늘씬한 몸매가 더 두드러졌다.

모두 인사를 주고받은 뒤 그녀는 식탁에 앉아 보르시 한 그릇을 받아 들었다. 그리고리가 말했다. "그래, 조야. 과학자라고 들었다."

"대학원에서 박사과정을 밟고 있어요. 학부생들에게 강의도 하고요." 그녀가 말했다.

"여기 볼로댜는 붉은 군대 정보부에서 일한다." 그리고리는 뿌듯한 듯 말했다.

"정말 흥미로운 일이네요." 그녀가 말했다. 하지만 속마음은 정반대인 것이 분명했다.

볼로댜는 그리고리가 조야를 며느릿감으로 점찍었다는 사실을 알아차렸다. 그런 본심을 지나치게 내색하지 않으면 좋을 텐데. 그는 식사를 마치기 전에 조야에게 데이트 신청을 해야겠다고 이미 마음먹은 참이었다. 하지만 혼자서도 가능한 일이다. 아버지의 도움은 필요 없다. 오히려 노골적인 자식 자랑에 그녀의 의욕이 싹 사라질 수도 있다.

"수프는 어때?" 카테리나가 조야에게 물었다.

"맛있어요, 감사합니다."

볼로댜는 훌륭한 외모 이면의 무미건조한 성격에 이미 깊은 인상을 받았다. 매우 흥미로운 조합이었다. 굳이 매력을 과시하지 않는 아름다운 여인.

아냐가 수프 그릇을 치우자 카테리나는 주요리인 닭고기와 감자를 냄비에 담아서 내왔다. 조야는 한입 가득 씹고 삼키면서 먹고 또 먹었다. 대부분 러시아인들처럼 그녀 역시 이렇게 좋은 음식을 자주 접하지 못한 것이다.

볼로댜가 물었다. "무슨 과학을 공부하죠, 조야?"

대답하느라 먹기를 멈춰야 한다니 유감스럽다는 기색이 역력한 표정이었다. "물리학요." 그녀가 말했다. "원자를 이해하려고 애쓰는 중이죠. 무엇으로 이루어졌는지, 무엇이 결합을 가능하게 하는지 등등이요."

"그런 게 흥미로워요?"

"정말이지 매력적이죠." 그녀는 포크를 내려놓았다. "우리는 우주가 진정 무엇으로 이루어졌는지 알아내고 있어요. 이보다 더 흥미로운 건 없죠." 그녀의 눈빛이 반짝였다. 물리학은 멋진 저녁식사에서 그녀의 관심을 돌릴 수 있는 유일한 소재임이 분명했다.

일리야가 처음으로 입을 열었다. "하지만 이론에 불과한 그런 것들이 어떻게 혁명에 도움이 되겠습니까?"

조야의 눈빛이 분노로 타올랐고, 볼로댜는 그녀가 더욱 좋아졌다. "일부 동지들은 순수과학을 과소평가하고 실용적인 연구를 선호하는 과오를 저지르죠." 그녀가 말했다. "하지만 비행기 개량 같은 기술 개발도 결국 이론의 발전에 근거를 두고 있어요."

볼로댜는 웃음을 감추었다. 그녀의 무심한 한마디 대답에 일리야가 박살나고 있었다.

하지만 조야의 말은 아직 끝난 게 아니었다. "그래서 아저씨께 할말이 있어 온 겁니다." 그녀는 그리고리에게 말했다. "우리 물리학자들은 서방에서 발행하는 모든 학술지를 읽고 있어요. 그들은 어리석게도 본인들이 거둔 성과를 전 세계에 대고 떠들어대죠. 그리고 우리는 최근 그들이 원자물리학에 대한 이해에서 놀라운 진전을 이뤄냈다는 사실을 알게 됐어요. 소련의 과학이 뒤처질 수도 있는 무서운 위기죠. 혹시 스탈린 동지도 이런 사정을 알고 있는지 궁금합니다."

실내가 조용해졌다. 아무리 미묘한 암시라 해도 스탈린을 비판하는 것은 위험천만한 일이었다. "그분은 모든 걸 알고 있지." 그리고리가 말했다.

"물론이죠." 조야는 기계적으로 대답했다. "하지만 아저씨처럼 충직한 동지들이 그런 중요한 사안에 그분의 관심을 끌 필요가 있을 듯해요."

"그래, 맞는 말이다."

일리야가 말했다. "의심할 바 없이 스탈린 동지께서는 과학이 마르크스레닌주의와 일관되어야 한다고 믿으실 겁니다."

순간 조야의 눈이 경멸의 빛으로 번쩍였다. 하지만 곧 시선을 깔고 겸손하게 대답했다. "그분이 옳다는 데는 의문이 있을 수 없죠. 우리 과학자들이 더 노력해야 합니다."

말 같지도 않은 소리였고, 방안에 있는 모두가 그것을 알았지만 아무도 입 밖에 내지 않았다. 예의범절은 지켜야 하니까.

"그렇지." 그리고리가 말했다. "하지만 다음에 당 서기장 동지와 이야기 나눌 기회가 생기면 말해두지. 어쩌면 좀더 조사해보고 싶어할지도 몰라."

"그랬으면 좋겠네요." 조야가 말했다. "우리는 서방보다 앞서나가기를 원하니까요."

"그럼 일이 끝나면 뭘 하니, 조야?" 그리고리는 기분좋게 물었다. "남자친구나 약혼자는 없어?"

아냐가 불만스럽게 말했다. "아빠! 아빠가 상관할 일이 아니에요."

조야는 그리 신경쓰지 않는 눈치였다. "약혼자는 없어요." 그녀는 가볍게 말했다. "남자친구도 없고요."

"우리 아들 볼로댜만큼이나 안됐구나! 이 녀석도 혼자야. 스물세 살이나 먹었고 교육도 잘 받았지, 키고 크고 잘생겼는데 아직도 약혼자가 없단다."

볼로댜는 의도가 너무 빤히 드러나는 아버지의 말에 민망해서 몸을 움찔거렸다.

"믿기 어렵네요." 조야가 말했다. 볼로댜를 보는 그녀의 눈에 어렴풋한 웃음기가 어려 있었다.

카테리나가 남편의 어깨에 손을 얹었다. "그만해요." 그녀가 말했다. "불쌍한 손님 좀 그만 괴롭히라고요."

초인종이 울렸다.

"또?" 그리고리가 말했다.

"이번에는 누군지 나도 모르겠네." 카테리나가 말하면서 부엌을 나섰다.

그녀는 볼로댜의 상관인 레미토프 소령과 함께 나타났다.

깜짝 놀란 볼로댜는 벌떡 일어섰다. "안녕하십니까, 소령님." 그가 말했다. "이분은 제 아버지 그리고리 페시코프입니다. 아버지, 레미토프 소령님을 소개합니다."

레미토프는 멋지게 경례했다.

그리고리가 말했다. "쉬게, 레미토프. 앉아서 닭고기 좀 들지. 내 아들이 무슨 잘못이라도 저질렀나?"

바로 그런 걱정에 볼로댜도 손이 덜덜 떨렸다.

"아닙니다. 그 반대죠. 그런데…… 아드님과 셋이서 따로 이야기를 나눴으면 합니다."

볼로댜는 약간 마음이 놓였다. 어쩌면 곤경에 빠진 것과는 거리가 멀 수도 있었다.

"그래, 막 저녁을 마친 참이니." 그리고리는 말하며 일어섰다. "내 서재로 가지."

레미토프가 일리야를 보았다. "자네는 NKVD 소속 아닌가?"

"그 사실을 자랑스럽게 여기고 있습니다. 드보르킨이라고 합니다."

"아! 오늘 오후에 볼로댜를 체포하려 했다지."

"스파이 행위를 한다고 생각했습니다. 어쨌든 제가 옳지 않았습니까?"

"자넨 우리 편이 아니라 적국 스파이를 잡는 법을 배워야겠군." 레미토프는 부엌 밖으로 사라졌다.

볼로댜는 씩 웃었다. 드보르킨이 두번째로 망신을 당했다.

볼로댜와 그리고리, 레미토프는 복도를 건너갔다. 서재는 가구가 거의 없는 작은 방이었다. 하나뿐인 편한 의자에 그리고리가 앉고 레미토프는 작은 탁자에 걸터앉았다. 볼로댜는 문을 닫고 서 있었다.

레미토프가 볼로댜에게 물었다. "아버님께서 오늘 오후 베를린에서 온 메시지에 관해 알고 계신가?"

"아닙니다."

"말씀드리는 편이 좋겠네."

볼로댜는 에스파냐의 스파이 이야기를 설명했다. 아버지는 기뻐했다. "잘됐군!" 그가 말했다. "물론 역정보일 수도 있지만 난 아닌 것 같아. 나치가 그 정도로 상상력이 풍부하지는 않거든. 하지만 우리는 다르지. 스파이들을 체포해서 그들의 무전기로 우익 반군에 엉뚱한 정보를 보낼 수 있다고."

볼로댜는 거기까진 미처 생각하지 못했다. 조야를 대할 때는 어리숙했는지 몰라도 아버지는 정보 분야에 여전히 날카로운 구석이 있었다.

"바로 그렇습니다." 레미토프가 말했다.

그리고리는 볼로댜에게 말했다. "네 동창 베르너는 용감한 녀석이야." 그리고 레미토프에게 고개를 돌렸다. "이 건을 어떻게 처리할 생각인가?"

"에스파냐에서 이 독일인들을 조사할 뛰어난 정보요원들이 필요합니다. 그리 어려운 일은 아닙니다. 그들이 정말 스파이라면 증거가 있을 겁니다. 암호해독용 책자나 무전기, 그런 것들 말입니다." 레미토프는 잠시 망설이더니 말했다. "저는 아드님을 그리로 보내자고 말씀드리러 왔습니다."

볼로댜는 깜짝 놀랐다. 전혀 예상치 못한 일이었다.

그리고리는 고개를 떨구었다. "이런." 그가 깊은 생각에 잠겨 말했다. "생각만으로도 당혹스럽다는 말을 하지 않을 수 없군. 우린 이 아이가 무척 그리울 거야." 뒤이어 다른 선택은 없다는 것을 깨달은 듯 얼굴에 체념의 빛이 떠올랐다. "혁명을 사수하는 게 당연히 우선이지."

"정보요원으로 일하려면 현장 경험이 필요합니다." 레미토프가 말했다. "장군님과 저는 전쟁을 목격했지만 젊은 세대는 전장에 나가본 경험이 전혀 없지요."

"그래, 그렇지. 얼마나 빨리 가야 할까?"

"사흘 후입니다."

볼로댜는 알 수 있었다. 아버지는 지금 어떻게든 아들을 잡아둘 핑계를 이리저리 궁리하고 있었지만 뾰족한 수를 찾지 못했다. 에스파냐! 선홍색 와인, 검은 머리칼에 탄탄한 갈색 다리를 지닌 여자들, 그리고 모스크바의 눈 대신 뜨거운 햇살이 떠올랐다. 물론 위험하겠지만 안전을 누리려고 군에 들어간 게 아니었다.

그리고리가 물었다. "자, 볼로댜. 네 생각은 어떠냐?"

볼로댜는 아버지가 반대 의견을 원한다는 걸 알았다. 머릿속에 떠오르는 유일한 걸림돌은 멋진 조야를 좀더 알아갈 시간이 부족하다는 것뿐이었다. "굉장한 기회네요." 그는 말했다. "뽑히게 되어 영광입니다."

"잘됐구나." 아버지가 말했다.

"작은 문제가 하나 있습니다." 레미토프가 말했다. "군 정보부에서는 조사를 진행하지만 실제 체포는 하지 않습니다. 그건 NKVD의 권한입니다." 그리고 건조하게 웃었다. "자네, 저 드보르킨이라는 친구와 함께 일해야 할 것 같군."

II

이렇게 빨리 어떤 곳이 좋아질 수 있다니 놀라운 일이라고 로이드 윌리엄스는 생각했다. 에스파냐에 온 지 겨우 열 달이었지만 이 나라에 대한 그의 열정은 웨일스에 대한 애착만큼이나 강했다. 햇빛 쏟아지는 경치 속에서 피어나는 희귀한 꽃을 보는 게 좋았고, 오후에 즐기는 낮잠이 좋았고, 아무리 먹을 것이 없어도 와인은 떨어지지 않는 게 좋았다. 전에는 단 한 번도 경험하지 못했던 맛들도 느껴보았다. 올리브, 파프리카, 초리소와 현지인들이 '오루호'라고 부르는 타는 듯 독한 술까지.

그는 높은 언덕 위에 서서 지도를 손에 든 채 아지랑이가 피어오르는 주변을 내려다보았다. 강 옆에 목초지가 군데군데 보이고 멀리 산비탈에 나무도 몇 그루 있었지만, 나머지는 황량하고 특징 없이 흙과 돌만 깔린 칙칙한 불모지대였다. "전진하면서 숨을 곳이라고는 없군." 그는 걱정스레 말했다.

옆에 선 레니 그리피스가 말했다. "징글징글하게 힘든 전투가 되겠어."

로이드는 손에 든 지도를 보았다. 사라고사는 에브로 강이 지중해와 만나는 지점으로부터 약 180킬로미터 올라가는 지역에 자리한 도시로, 아라곤 지방 교통의 중심지였다. 여러 도로가 만나고 철도가 교차하며 세 줄기의 강이 모였다. 바로 이곳에서 에스파냐 정부군과 반민주적인 반군이 척박한 무인지대를 사이에 두고 대치중이었다.

정부군을 공화파로, 반란군을 민족파로 부르는 사람들도 있었지만 이런 명칭은 오해의 소지가 있었다. 양측에 속한 많은 이가 왕의 지배를 원하지 않는 공화주의자였다. 동시에 모두가 민족주의자로 조국을 사랑하고 조국을 위해 기꺼이 목숨을 바칠 수 있었다. 로이드는 그들을 정부군과 반군으로 나누어 생각했다.

지금 사라고사는 프랑코가 이끄는 반군이 장악했고, 로이드는 남쪽으로 60킬로미터 떨어진 전망이 탁 트인 곳에서 그 도시를 바라보고 있었다. "그래도 도시만 점령하면 적은 북쪽에서 봉쇄된 채 겨울 한철을 나야 할 거야." 그가 말했다.

"점령한다면야 그렇지." 레니가 말했다.

최선의 상황이 반군의 전진을 막는 정도라니 암울한 전망이다. 로이드는 침울했지만, 올해 안에는 정부군의 승리를 기대하기 어려웠다.

그럼에도 한편으로는 전투가 약간은 기다려졌다. 에스파냐에 온 지도 열 달인데 이번이 처음으로 전투를 몸소 경험할 기회였다. 지금까지 로이드는 베이스캠프에서 교관으로 일했다. 그가 영국에서 학생군사교육단 소속이었다는 사실을 알자마자 에스파냐인들은 서둘러 받아들여 중위 계급장을 달아주고 신병을 맞게 했다. 그는 신병들이 반사적으로 명령에 복종할 때까지 훈련을 시키고, 까진 발에서 피가 멈추고 물집이 굳은살로 바뀔 때까지 행진을 시키고, 얼마 없는 성한 소총으로 분해하고 청소하는 법을 가르쳐야 했다.

하지만 밀려들던 의용군의 지원이 이제는 거의 멈추다시피 해서 교관들도 전투부대로 자리를 옮겨야 했다.

로이드는 베레모를 쓰고 지퍼가 달린 블루종에 코르덴 반바지 차림이었고, 블루종 소매에는 손으로 대충 꿰맨 계급장이 붙어 있었다. 7밀리미터 탄환이 들어가는 짧은 에스파냐제 마우저 소총을 갖고 있었는데, 아마도 어딘가의 경찰서 무기고에서 탈취한 것인 듯했다.

잠시 떨어져 지내던 로이드와 레니, 데이브는 다가오는 전투를 위해 편성된 제15국제여단의 영국 대대에서 다시 뭉쳤다. 레니는 이제 검은 수염을 길러 실제 나이인 열일곱보다 열 살은 더 들어 보였다. 하사관이 되었지만 제복이 없어 그냥 푸른색 작업복에 줄무늬 두건을 두른 차림이었다. 군인이라기보다 해적처럼 보였다.

레니가 말했다. "어쨌거나 이번 공격은 반군 봉쇄와는 전혀 상관없어. 정치적 목적이지. 이 지역은 늘 아나키스트들이 지배했으니까."

로이드는 바르셀로나에서 지내는 짧은 기간 동안 현실의 아나키즘이 어떤 것인지 목격했다. 공산주의의 근본원리가 유쾌하게 실현된 모습이었다. 장교와 병사가 같은 봉급을 받았다. 웅장한 호텔 식당은 노동자를 위한 매점으로 바뀌었다. 웨이터는 팁을 받는 것이 모욕적인 행위라고 상냥히 설명하며 받은 돈을 돌려주었다. 여성 동지를 착취하는 매춘을 비난하는 포스터가 여기저기 나붙었다. 해방감과 동지애가 넘치는 놀라운 분위기였다. 러시아인들은 그런 분위기를 질색했다.

레니가 계속 말했다. "이제 정부가 마드리드에서 공산주의 부대를 데려왔고, 우리를 다 동군東軍으로 새롭게 편성했잖아. 전체 지휘권은 당연히 공산주의자에게 있고."

이런 이야기를 하다보면 진저리가 날 수밖에 없었다. 유일한 승리의 길은 좌익 모두가 케이블 가 전투에서 그랬듯—최소한 마지막에는—

힘을 합치는 것뿐이었다. 하지만 바르셀로나 거리에서는 아나키스트와 공산주의자가 서로 싸웠다. 로이드가 말했다. "네그린 수상은 공산주의자가 아니야."

"차라리 그랬으면 나았을지도 모르지."

"그는 소련의 지원이 없다면 우리가 끝장이라는 사실을 아는 거야."

"그렇다고 민주주의를 버리고 공산주의자들이 모든 걸 차지하게 내버려둬야 하나?"

로이드는 고개를 끄덕였다. 정부에 대한 토론은 모두 같은 방식으로 끝났다. 우리에게 무기를 파는 나라가 소련뿐이라는 이유로 그들의 모든 지시를 따라야 하나?

두 사람은 언덕을 걸어내려왔다. 레니가 말했다. "자, 이제 좋은 차 한잔 해야지?"

"좋지. 나는 설탕을 두 덩어리 넣어줘."

항상 하는 농담이었다. 두 사람 모두 몇 달째 차를 마시지 못했다.

그들은 강가의 야영지로 향했다. 레니의 소대는 전쟁이 농부들을 몰아내기 전까지는 소 축사였던 것으로 보이는 허름한 석조 건물 몇 채를 차지하고 있었다. 강 상류 쪽으로 몇 걸음 떨어진 곳의 보트 창고는 제11국제여단 소속의 독일인들이 썼다.

로이드의 사촌 데이브 윌리엄스가 두 사람을 마중나왔다. 레니와 마찬가지로 데이브도 일 년 사이 열 살은 더 먹은 듯 보였다. 마르고 강인해졌고 볕에 그을린 피부는 먼지투성이였으며 햇빛에 얼굴을 찡그린 채 지내다보니 눈가에 주름이 졌다. 카키색 튜닉과 바지, 가죽벨트 파우치, 발목에 버클이 달린 부츠 차림이었다. 이것이 표준 제복이긴 했지만 이렇게 완벽하게 갖춰입은 병사는 거의 찾아볼 수 없었다. 목에는 빨간색 면 스카프를 둘렀다. 러시아제 모신나강 소총은 들고 다니기 편하도록 뾰족한 구식 총검을 거꾸로 꽂아두었고, 벨트에는 분명 죽은 반군 장교로부터 습득했을 독일제 9밀리미터 루거 권총을 차고 있었다. 보아하니 소총과 권총 모두 능숙한 모양이었다.

"손님이 왔어." 그는 흥분해서 말했다.

"어떤 놈이야?"

"여자야!" 데이브가 손으로 가리키며 말했다.

흉하게 생긴 검은 포플러 그늘 아래 영국인과 독일인 병사 십여 명이 놀랍도록 아름다운 여인과 이야기를 나누고 있었다.

"이런, 디우Duw." 레니는 웨일스어로 하느님을 찾았다. "보기만 해도 즐겁군."

로이드는 여자가 스물다섯 살쯤일 거라 짐작했다. 몸집이 아담하고 눈이 큰 그녀는 풍성한 검은 머리를 말아올려 핀으로 고정하고 앞뒤가 뾰족 솟은 군모를 썼다. 넉넉한 군복이 어찌된 일인지 몸에 딱 맞는 이브닝드레스처럼 보였다.

로이드가 독일어를 한다는 사실을 아는 하인츠라는 한 의용병이 독일어로 소개했다. "이쪽은 테레사입니다. 저희에게 읽기를 가르치러 왔습니다."

로이드는 알았다는 뜻으로 고개를 끄덕였다. 국제여단에는 해외에서 온 의용병과 에스파냐 병사가 섞여 있었는데, 에스파냐 병사들은 글을 읽는 데 문제가 있었다. 그들은 가톨릭교회가 운영하는 마을 학교에서 교리문답서를 암송하며 어린 시절을 보냈다. 많은 성직자가 아이들에게 읽기를 가르치지 않았다. 나중에 사회주의 서적을 손에 넣을까봐 두려워했기 때문이다. 그 결과 왕정하에서 글을 읽고 쓸 줄 아는 사람은 인구의 절반 정도에 불과했다. 1931년에 선출된 공화정부가 교육제도를 개선했지만 여전히 수백만의 에스파냐인이 읽거나 쓰지 못했고, 병사들을 위한 수업은 전선에서도 계속 이어졌다.

“나도 글을 몰라요.” 데이브가 거짓말을 했다.

“나도요.” 뉴욕의 컬럼비아대학에서 에스파냐 문학을 가르치는 조 엘리가 말했다.

테레사가 에스파냐어로 대답했다. 낮고 차분한 그녀의 목소리는 무척 섹시했다. “이런 농담을 제가 한두 번 들었겠어요?” 그렇게 말은 했지만 크게 짜증난 기색은 아니었다.

레니는 더 가까이 다가갔다. “저는 그리피스 하사입니다. 당신을 돕는 일이라면 뭐든 하겠습니다.” 말 그대로의 의미였지만, 목소리와 말투 때문에 호색적인 유혹으로 들렸다.

테레사가 레니를 향해 눈부신 미소를 지었다. “그래주시면 아주 큰 도움이 되겠어요.”

로이드는 공을 들여 에스파냐어로 정중하게 말했다. “와주셔서 정말 기쁩니다, 선생님.” 그는 지난 열 달 동안 대부분 시간을 에스파냐어를 공부하며 보냈다. “저는 윌리엄스 중위입니다. 저희 부대 소속 병사들 중 누가 교육이 필요하고 누가 그렇지 않은지 정확히 알려드릴 수 있습니다.”

그러자 레니가 그 말을 무시하고 나섰다. “하지만 중위님은 우리 부대에 내려오는 명령을 받으러 부하랄로스에 가셔야죠.” 부하랄로스는 정부군이 본부를 두고 있는 작은 마을이었다. “아무래도 저하고 이곳을 둘러보면서 마땅한 수업 장소를 찾아보셔야겠네요.” 달빛 아래 산책이라도 하자는 권유 같았다.

로이드는 그렇게 하라는 뜻으로 웃으며 고개를 끄덕였다. 그는 레니가 테레사에게 구애하는 것을 기꺼이 허락하고 싶은 마음이었다. 그 자신은 여자와 시시덕거릴 기분이 아니었으나 레니는 이미 사랑에 빠진 듯했다. 로이드가 생각하기에 레니의 성공 가능성은 제로에 가까웠다. 스물다섯 살의 배운 여자인 테레사는 아마 수작을 거는 사내가 하루에도 열 명은 있을 테고, 레니는 열일곱 살의 광부로 한 달 동안 목욕도 못한 신세였다. 하지만 로이드는 아무 말 하지 않았다. 테레사는 자기 앞가림을 잘할 사람으로 보였다.

새 인물이 또 나타났다. 로이드 또래의 남자로, 어딘가 낯이 익었다. 울 반바지에 면 셔츠를 입은 그는 그곳 군인들보다 차림새가 나아 보였고 단추 달린 가죽집에 권총을 차고 있었다. 수염처럼 짧게 깎은 머리는 러시아인들이 좋아하는 스타일이었다. 아직 중위지만 그에 걸맞은 권한 정도가 아니라 권력 자체를 지닌 분위기였다. 그가 유창한 독일어로 말했다. "가르시아 중위를 찾고 있소."

"여기 없소." 로이드 역시 독일어로 말했다. "우리 어디서 만난 적 있소?"

마치 침낭 속에서 뱀이라도 튀어나온 듯 러시아 남자는 놀란 동시에 짜증이 난 눈치였다. "한 번도 없소." 그가 단호하게 대답했다. "착각한 거요."

로이드는 손가락을 튕겼다. "베를린." 그가 말했다. "1933년. 함께 갈색셔츠단의 공격을 받았지."

그러자 남자는 뭔가 더 나쁜 것을 예상하고 있던 사람처럼 안심하는 표정을 지었다. "맞아, 거기 있었지. 내 이름은 블라디미르 페시코프요."

"하지만 우리는 볼로댜라 불렀고."

"맞아."

"베를린에서 싸움이 벌어졌을 때 베르너 프랑크라는 아이와 함께 있었지."

볼로댜는 잠시 당황하더니 가까스로 감정을 감추었다. 누구나 제 나라 비밀경찰을 두려워하듯 러시아인들도 에스파냐에서 활동중이며 잔인하기로 악명 높은 NKVD를 두려워했다. 누구든 외국인과 친하게 지내는 러시아인은 반역자로 비칠 수 있었다. "난 로이드 윌리엄스야."

"기억나네." 볼로댜는 속을 꿰뚫는 듯한 파란 눈으로 그를 보았다. "여기서 다시 만나다니 정말 묘하군."

"그렇게 묘할 것도 없지." 로이드가 말했다. "우린 할 수 있다면 어디서든 파시스트와 맞서 싸우니까."

"조용히 이야기 좀 할 수 있을까?"

"물론이지."

두 사람은 다른 사람들에게서 몇 걸음 떨어진 곳으로 갔다. 페시코프가 말했다. "가르시아의 소대에 스파이가 있어."

로이드는 깜짝 놀랐다. "스파이? 누구?"

"하인츠 바우어라는 독일인."

"이런, 저기 빨간 셔츠 입은 녀석인데. 스파이라고? 확실해?"

페시코프는 굳이 대답하지 않았다. "그쪽 참호나, 다른 조용한 공간이 있으면 그리로 녀석을 데려왔으면 좋겠는데." 페시코프는 손목시계를 들여다보았다. "한 시간 뒤에 체포조가 녀석을 잡으러 올 거야."

"난 저 작은 오두막을 사무실로 쓰고 있어." 로이드가 손으로 가리키며 말했다. "하지만 이런 일은 상관에게 보고해야 해." 공산주의자인 부대장이 반대할 것 같진 않았지만, 로이드는 생각할 시간이 필요했다.

"좋을 대로." 볼로댜는 로이드의 상관이 어떻게 생각하든 상관없는 게 분명했다. "아무 소동 없이 조용히 스파이를 데려갔으면 하는데. 체포를 맡은 쪽에도 조심스레 행동하는 게 중요하다고 이미 설명해놨어." 자신이 원하는 대로 일이 진행되지 않을 수도 있다는 투였다. "아는 사람이 적을수록 좋지."

"왜?" 대답을 듣기도 전에 로이드는 스스로 깨달았다. "그를 이중 스파이로 만들어서 적에게 잘못된 정보를 흘리려는 거군. 하지만 그가 붙잡힌 걸 너무 많은 사람이 알면 다른 스파이가 반군에게 경고할 수도 있고, 반군은 그가 보낸 허위정보를 믿지 않겠지."

"그런 일들에 대해선 추측하지 않는 편이 나아." 페시코프는 날카롭게 말했다. "이제 그쪽 오두막으로 가자고."

"잠시 기다려봐." 로이드가 말했다. "그가 스파이라는 걸 어떻게 알지?"

"그걸 알려주면 보안에 문제가 생기지."

"별로 만족스럽지 못한 대답인데."

페시코프는 화가 치미는 눈치였다. 자신의 설명이 불만족스럽다는 반응에 익숙지 않은 게 분명했다. 하달된 명령을 둘러싸고 설왕설래하는 에스파냐 내전의 특징을 러시아인들은 특히나 싫어했다.

페시코프가 무슨 말을 더 하기도 전에 또다른 두 명이 나타나 나무 아래 있는 사람들에게 다가갔다. 새로 등장한 남자 하나는 더위에도 불구하고 가죽재킷 차림이었다. 책임자로 보이는 다른 하나는 야윈 몸에 코가 길고 뺨이 움푹 들어간 얼굴이었다.

페시코프가 화가 나서 고함을 쳤다. "너무 빨리 왔잖아!" 그러고는 분노에 차 러시아어로 뭐라고 말했다.

야윈 남자는 무시하는 몸짓을 했다. 그가 엉성한 에스파냐어로 물었다. "하인츠 바우어가 누구요?"

아무도 대답하지 않았다. 야윈 남자가 소매로 코끝을 문질렀다.

그때 하인츠가 움직였다. 먼저 가죽재킷에게 달려들어 쓰러뜨린 뒤 달아나려 했다. 하지만 야윈 남자가 발을 걸어 넘어뜨렸다.

하인츠는 마른 땅바닥에서 미끄러지며 크게 넘어졌다. 그리고 쓰러진 채 멍하니 있었는데, 아주 잠시였지만 잡히기에는 충분한 시간이었다. 그가 무릎을 짚고 몸을 일으킨 순간 두 사람이 달려들어 다시 때려 눕혔다.

두 남자는 쓰러져서 꼼짝도 하지 않는 그를 두들겨팼다. 나무 몽둥이를 뽑아들고 양쪽에 서서 머리와 몸을 번갈아 때렸는데, 팔을 머리 위로 쳐들었다가 잔인하게 내려치는 그 모습이 꼭 춤을 추는 듯했다. 몇 초 만에 하인츠의 얼굴은 피범벅이 되었다. 필사적으로 몸을 피해 무릎을 짚고 일어서는 그를 남자들이 다시 쓰러뜨렸다. 그는 공처럼 몸을 말고 흐느껴 울었다. 그는 명백히 끝을 봤지만 남자들은 아니었다. 그들은 속수무책인 그를 몽둥이로 때리고 또 때렸다.

로이드는 자기도 모르게 그러지 말라고 소리를 지르고는 야윈 남자를 떼어냈다. 레니가 다른 남자를 맡았다. 로이드는 야윈 남자를 힘껏 껴안아 들어올렸고, 레니는 다른 남자를 땅바닥에 쓰러뜨렸다. 그 순간 볼로댜가 영어로 외쳤다. "움직이지 마, 안 그러면 쏜다!"

로이드는 남자를 놓고 믿을 수 없다는 표정으로 돌아섰다. 볼로댜는 러시아제 나강 M1895 권총을 뽑아들고 공이치기를 뒤로 당겼다. "무기로 장교를 위협하는 건 세계 모든 군대에서 군법회의 회부감이야." 로이드가 말했다. "넌 아주 심각한 곤경에 처했어, 볼로댜."

"바보 같은 소리 마." 볼로댜가 말했다. "이곳 군대에서 러시아인이 곤경에 처한 적이 있기나 했나?" 하지만 그는 총구를 내렸다.

가죽재킷의 남자가 레니를 때리려는 듯 몽둥이를 치켜들자 볼로댜가 큰 소리로 외쳤다. "물러서, 베레좁스키!" 그러자 남자가 물러섰다.

사내를 싸움으로 이끄는 신비한 자력에 끌려 다른 병사들이 나타났고 그 수는 금세 스무 명까지 불어났다.

야윈 남자가 로이드를 손가락으로 가리키더니 악센트가 강한 영어로 말했다. "넌 상관도 없는 일에 끼어들어 방해했어!"

하인츠는 로이드의 도움을 받아 일어났다. 그는 피투성이가 된 채 고통 속에서 신음했다.

"당신네는 무작정 쳐들어와서 사람들을 패선 안 되지!" 로이드가 야윈 남자에게 따졌다. "어디서 허락을 받은 거야?"

"이 독일놈은 트로츠키주의 파시스트 스파이라고!" 그가 소리를 질렀다.

볼로댜가 말했다. "입다물어, 일리야."

일리야가 볼로댜의 말을 무시하고 말했다. "그놈은 문서를 사진으로 찍었어!"

"증거는 어디 있지?" 로이드가 차분하게 물었다.

일리야는 증거 따위 알지 못하고 안중에도 없는 게 분명했다. 하지만 볼로댜가 한숨을 내쉬더니 말했다. "그자의 배낭 안을 봐."

로이드는 상병인 마리오 리베라에게 고갯짓을 했다. "가서 확인해봐."

리베라 상병은 보트 창고로 달려가 안으로 모습을 감추었다.

하지만 로이드는 볼로댜의 말이 진실이라는 섬뜩한 예감이 들었다. 그는 말했다. "그 말이 옳다고 해도, 일리야, 조금은 정중하게 나올 수도 있었을 텐데."

일리야가 말했다. "정중하게? 이건 전쟁이야. 영국식 다과회가 아니라고."

"그랬더라면 불필요한 싸움에 휘말리는 일도 없었을 거요."

일리야가 러시아어로 경멸을 담아 뭐라고 말했다.

보트 창고에서 나오는 리베라의 손에는 작고 비싸 보이는 카메라와 서류 한 뭉치가 들려 있었다. 그는 그것들을 로이드에게 보여주었다. 맨 위의 서류는 다음 공격을 앞둔 상황에서 부대 배치를 다룬 어제 자일반명령서였다. 문서에 묻은 와인 자국이 눈에 익었다. 로이드는 그것이 자기 문서임을 깨닫고 충격받았다. 그의 오두막에서 훔쳐낸 게 분명했다.

그가 바라보자 하인츠는 몸을 똑바로 세우더니 파시스트 경례를 붙이며 외쳤다. "하일 히틀러!"

일리야는 의기양양한 표정이었다.

볼로댜가 말했다. "자, 일리야. 당신은 이제 이중 스파이로서 이 포로의 가치를 망쳐버렸어. NKVD가 거둔 또다른 대성공이군. 축하하네." 그러고는 어디론가 가버렸다.

III

8월 24일 화요일 로이드는 처음으로 전투에 참여했다.

그가 속한, 선거로 선출된 정부의 군사는 모두 팔만 명이었다. 반민주주의 반군은 그 절반도 되지 않았다. 또한 반군이 보유한 비행기는 열다섯 대뿐이지만 정부군 항공기는 이백 대였다.

이런 우위를 최대한 활용하기 위해 정부군은 남북으로 100여 킬로미터에 달하는 널찍한 전선을 형성해 전진했고, 제한된 수의 반군은 이 때문에 한곳에 집결할 수가 없었다.

좋은 작전이었다. 그런데 왜 먹히질 않는 거지? 이틀 뒤 로이드는 스스로에게 물었다.

시작은 훌륭했다. 첫날 정부군은 사라고사 북쪽과 남쪽에서 각각 두 마을씩을 차지했다. 남쪽에 있던 로이드의 부대는 치열한 저항을 이겨내고 코도라는 마을을 점령했다. 강이 흐르는 골짜기를 거슬러 밀어붙이던 중앙의 공격만 유일하게 실패로, 푸엔테스 데 에브로에서 교착상태에 빠졌다.

전투가 벌어지기 전 겁을 먹은 로이드는 권투 시합을 앞두고 가끔 그랬듯 벌어질 일을 상상하면서 뜬눈으로 밤을 보냈다. 하지만 일단 전투가 시작되자 걱정하고 있을 새가 없었다. 최악의 순간은 수비하는 적들이 건물에 숨어 총을 쏘는 가운데 낮은 덤불 말고는 몸 숨길 데가 없는 황량한 관목지대를 가로질러 전진할 때였다. 그때도 그는 두렵지 않았다. 그저 필사적으로 재빠르게 지그재그로 달리고, 총알이 너무 가까이 날아올 때는 기어가거나 구른 다음 다시 일어나 허리를 잔뜩 구부리고 몇 걸음 더 뛰어갈 뿐이었다. 가장 큰 문제는 탄약 부족이었다. 그들은 총을 쏠 때마다 수를 세야 했다. 결국 우세한 병력을 바탕으로 코도를 점령했고, 로이드와 레니, 데이브는 다치지 않고 하루를 마쳤다.

반군은 거칠고 용감했지만 정부군 역시 마찬가지였다. 외국인 여단은 목숨도 내놔야 한다는 걸 알고 에스파냐에 온 이상주의적 자원자들로 구성되었다. 용감하다는 명성 때문에 그들은 자주 공격의 선봉으로 뽑혔다.

공격이 잘못되기 시작한 것은 이틀째 되는 날이었다. 반군의 방어 태세에 대한 정보 부족을 이유로 북쪽 병력이 제자리에 멈춰 선 채 전진하기를 주저했다. 로이드는 말도 안 되는 핑계라고 생각했다. 중앙 세력은 사흘째 되던 날 병력을 보강하고도 여전히 푸엔테스 데 에브로를 점령하지 못했다. 그들이 무시무시한 방어 사격에 탱크 거의 전부를 잃었다는 소식에 로이드는 간담이 서늘했다. 그가 속한 남쪽 부대는 전진하는 대신 킨토라는 강가 마을로 우회하라는 지시를 받았다. 그들은 또다시 집집마다 뒤지며 완강한 수비 세력을 제압해야 했다. 적이 항복했을 때 로이드의 부대는 천 명에 달하는 포로를 잡았다.

저녁빛이 어스름한 지금, 로이드는 포격으로 무너진 성당 밖에서 연기나는 집들의 잔해와 죽은 지 얼마 되지 않는 시체들에 둘러싸여 앉아 있었다. 진이 빠진 병사들이 주위로 모여들었다. 레니, 데이브, 조 엘리, 리베라 상병, 머그시 모건이라는 웨일스 남자였다. 에스파냐에는 웨일스 출신이 무척 많아서 누군가 그들의 이름이 비슷비슷하다고 놀리는 다섯 행짜리 노래를 짓기도 했다.

젊은 친구가 있었네, 이름은 프라이스
또다른 젊은 친구 이름도 프라이스
또 한 친구는 이름이 로버츠
또다른 친구 이름도 로버츠
그리고 또다른 젊은 친구는 프라이스.

병사들은 조용히 담배를 피우며 혹시 저녁식사가 나올지 기다릴 뿐, 어찌나 지쳤는지 테레사와 농담도 주고받지 못했다. 후방으로 가는 이송편이 준비되지 못한 탓에 그녀는 놀랍게도 여전히 그들과 함께 지내는 중이었다. 몇 골목 떨어진 곳에서 계속되는 소탕전 때문에 이따금 총성이 들려왔다.

"우리가 얻은 게 뭐지?" 로이드가 데이브에게 말했다. "부족한 탄약으로 싸웠고, 병사를 많이 잃었고, 전진도 못했어. 더 나쁜 건 파시스트들에게 병력을 증원할 시간을 준 거야."

"그 빌어먹을 이유가 뭔지 난 알아." 데이브가 이스트엔드 악센트로 대꾸했다. 이제 그의 정신은 몸보다 더 단단했고 냉소와 경멸이 깃들어 있었다. "우리 장교들은 빌어먹을 적보다 자기들을 감시하는 정치위원을 더 두려워해. 아무리 작은 구실로도 트로츠키주의 파시스트 스파이라는 누명을 뒤집어쓰고 고문당하다 죽을 판이니, 위험을 자초하기가 끔찍이도 싫은 거지. 움직이기보단 가만있는 걸 택하고, 자발적으로는 무엇 하나 하려고 들지 않고, 절대 위험을 감수하려고 하질 않아. 문서로 받은 명령 없이는 똥도 안 쌀걸."

로이드는 데이브의 냉소적인 분석이 맞을지도 모른다고 생각했다. 공산주의자들은 명확한 명령체계를 지닌 규율 잡힌 군대의 필요성을 끊임없이 주장했다. 그들이 뜻하는 바는 러시아의 명령을 따르는 군대였지만, 그럼에도 주장의 요점은 이해할 수 있었다. 하지만 지나친 규율은 사고를 억제한다. 일이 잘못돼가고 있는 게 그 때문인가?

로이드는 그렇게 믿고 싶지 않았다. 사민주의자와 공산주의자, 아나키스트는 분명 어느 한쪽이 다른 쪽을 억압하지 않고도 공동의 목적을 위해 싸울 수 있다. 그들 모두 파시즘을 증오했고 누구에게나 공정한 미래 사회에 대한 믿음이 있었다.

로이드는 레니의 생각이 궁금했지만 레니는 테레사 곁에 앉아서 나지막하게 이야기를 하고 있었다. 레니의 말에 킥킥대며 웃는 그녀를 보고 로이드는 분명 관계에 진전이 있나보다고 추측했다. 여자를 웃게 만든다는 건 좋은 조짐이다. 그때 테레사가 레니의 팔을 만지더니 몇 마디 건네고 일어섰다. 레니가 말했다. "얼른 돌아와요." 그녀는 돌아보며 웃었다.

레니는 행운아라고 생각했지만 부럽지는 않았다. 스쳐가는 로맨스는 로이드와 맞지 않았다. 무슨 의미가 있단 말인가. 아무래도 그는 전부가 아니면 포기하고 마는 사람인가보았다. 그가 진정으로 원했던 단 한 여자는 데이지였다. 그녀는 이제 보이 피츠허버트의 아내였고, 가슴속 그녀의 자리를 대신할 여자를 아직은 만나지 못했다. 언젠가는 만나리라 확신했지만, 그때가 오기 전까지 일시적으로 대신할 만한 사람에게는 그다지 끌리지 않았다. 심지어 테레사처럼 매력적인 여자라 해도 마찬가지였다.

누군가 말했다. "러시아인들이 오는군." 재스퍼 존슨이라는 시카고 출신 흑인 전기 기술자였다. 고개를 들어보니 십여 명의 군사고문단이 마치 정복자인 양 마을을 누비고 있었다. 러시아인은 특유의 가죽재킷과 단추 달린 권총집 때문에 한눈에 티가 났다. "이상도 하지. 전투가 벌어질 때는 코빼기도 보이지 않더니." 재스퍼는 비꼬듯 말했다. "틀림없이 전장의 다른 쪽에 있었나보지."

로이드는 혹시라도 이 체제전복적인 언행을 근처에서 듣고 있는 정치위원은 없는지 확인하려고 주위를 둘러보았다.

무너진 성당의 묘역을 지나는 러시아인들 사이에서 일주일 전 로이드와 충돌했던 족제비 같은 비밀경찰 일리야 드보르킨이 보였다. 테레사와 마주친 러시아인들이 멈춰 서서 그녀에게 말을 건넸다. 로이드는 일리야가 서툰 에스파냐어로 저녁식사 어쩌고 하는 걸 들었다.

그녀가 대답하자 일리야가 다시 뭐라 말했다. 그녀가 고개를 흔드는 걸 보면 거절하는 게 분명했다. 돌아서서 자리를 뜨려는 그녀의 팔을 일리야가 붙잡았다.

로이드가 살펴보니 몸을 똑바로 세워 앉은 레니가 지금은 막혀버린 석조 아치형 입구 아래 선 두 사람을 조심스레 주시하고 있었다.

"이런, 젠장." 로이드가 말했다.

테레사는 다시 몸을 빼내려 했지만 일리야가 손아귀에 힘을 더 주는 듯했다.

레니가 일어서려 움직였지만 로이드는 그의 어깨에 한 손을 얹어 주저앉혔다. "내가 처리하지." 로이드가 말했다.

데이브는 나지막이 경고의 말을 중얼거렸다. "조심해, 형. 저 자식은 비밀경찰이라고. 저 빌어먹을 놈들하곤 얽히지 않는 게 상책이야."

로이드는 테레사와 일리야에게 다가갔다.

러시아 남자는 그를 보더니 에스파냐어로 말했다. "꺼져."

로이드가 말했다. "안녕하세요, 테레사."

테레사가 말했다. "내가 처리할 수 있어요. 걱정 마요."

일리야는 로이드를 좀더 자세히 보았다. "아는 놈이군." 그가 말했다. "지난주에 위험한 트로츠키주의 파시스트를 체포할 때 나를 막으려고 했지."

로이드가 말했다. "그래서, 여기 젊은 여성도 위험한 트로츠키주의 파시스트인가? 방금 내가 듣기로는 저녁을 같이 먹자는 이야기인 줄 알았는데."

일리야의 수하 베레좁스키가 나서더니 위협적으로 로이드에게 다가섰다.

곁눈으로 보니 데이브가 허리띠에서 루거 권총을 뽑는 중이었다.

상황이 걷잡을 수 없이 흘러가고 있었다.

로이드가 말했다. "저도 드릴 말씀이 있어 왔습니다, 선생님. 보브로프 대령께서 본부에서 즉시 만나기를 원하십니다. 따라오시면 그분께 안내하죠." 보브로프는 러시아군의 고위급 '고문'이었다. 그가 테레사를 만나겠다고 하지는 않았지만 충분히 가능성이 있는 일이었고, 일리야는 그것이 거짓인지 아닌지 알 길이 없었다.

순간 시간이 멈춘 듯했고, 로이드는 일이 어떻게 돌아갈지 알 수 없었다. 그때 가까운 곳에서 총성이 울렸다. 아무래도 바로 옆 골목 같았다. 그 소리가 러시아인들을 현실로 돌려놓았다. 테레사는 다시 일리야에게서 몸을 빼냈고 이번에는 그도 놓아주었다.

일리야는 공격적으로 손가락을 들어 로이드의 얼굴을 가리켰다. "너

두고보겠어." 그 말을 던지더니 과장된 동작으로 자리를 떴고, 그뒤를 베레좁스키가 개처럼 따라갔다.

데이브가 말했다. "멍청한 새끼."

일리야는 못 들은 척했다.

모두 자리를 잡고 앉았다. 데이브가 말했다. "나쁜 놈을 적으로 돌렸네, 형."

"달리 선택이 없었어."

"어쨌거나 앞으로는 뒤를 조심해."

"여자를 두고 다투는 거야 하루에도 천 번은 일어나는 일이지." 로이드는 무시하듯 내뱉었다.

어둠이 깔리면서 종이 울리자 병사들은 야전 식당으로 모였다. 로이드는 멀건 스튜 한 그릇과 마른 빵 한 조각, 커다란 잔에 담긴 레드와인을 받았다. 와인은 맛이 어찌나 강한지 치아의 법랑질이 벗겨지는 느낌이었다. 빵을 담가보았더니 둘 다 그나마 나아졌다.

늘 그랬듯이 음식을 다 먹고도 여전히 배가 고팠다. 로이드는 말했다. "자, 이제 좋은 차 한잔 해야지?"

"좋지." 레니가 말했다. "설탕은 두 덩어리 넣어줘."

두 사람은 얇은 담요를 깔고 잘 준비를 했다. 로이드는 화장실을 찾다가 포기하고 마을 끄트머리에 있는 작은 과수원에서 소변을 봤다. 반달보다 좀더 차오른 달이 떠 있어서 포격에도 살아남은 올리브나무의 먼지투성이 이파리가 보였다.

단추를 채우는데 발소리가 들렸다. 그는 느리게 몸을 돌렸다. 너무 느리게. 일리야의 얼굴을 알아보았을 때는 이미 몽둥이가 머리로 날아들고 있었다. 로이드는 끔찍한 고통을 느끼며 땅에 쓰러졌다. 멍한 상태로 그는 위를 올려다보았다. 베레좁스키가 총신이 짧은 리볼버 권총으로 머리를 겨누고 있었다. 옆에 선 일리야가 말했다. "움직이면 죽어."

로이드는 겁이 났다. 정신을 차리려고 필사적으로 머리를 흔들었다. 이건 미친 짓이다. "죽어?" 그는 믿을 수 없다는 듯 말했다. "그럼 장교를 살해하고 어떻게 설명하려는 거지?"

"살해?" 일리야가 말하고 미소지었다. "여긴 전선이야. 넌 유탄에 맞은 거고." 그리고 영어로 바꾸어 말했다. "억세게 운이 나쁜 거지."

로이드는 일리야의 말이 옳다는 걸 깨닫고 절망했다. 그의 시체가 발견된다 해도 전투에서 죽음을 당한 것처럼 보일 터였다.

이렇게 죽는 법도 있군.

일리야가 베레좁스키에게 지시했다. "끝내버려."

총성이 울렸다.

로이드는 아무 느낌도 없었다. 이런 게 죽음인가? 그때 베레좁스키가 얼굴을 찡그리더니 땅에 쓰러졌다. 동시에 로이드는 총탄이 그의 뒤에서 날아왔다는 사실을 깨달았다. 설마 하고 뒤돌아보았다. 달빛 아래 데이브가 훔친 루거 권총을 들고 있는 모습이 보였다. 안도감이 파도처럼 밀려왔다. 살았다!

일리야는 데이브를 보고 깜짝 놀란 토끼처럼 달아났다.

잠시 데이브가 권총을 든 채 그뒤를 쫓았고, 로이드는 총성이 울리기를 기다렸지만 일리야는 미로 속 생쥐처럼 올리브나무들 사이로 미친 듯이 몸을 피해 결국 어둠 속으로 사라졌다.

데이브는 총을 내렸다.

로이드는 베레좁스키를 내려다보았다. 이미 숨이 끊어진 상태였다. 로이드가 말했다. "고마워, 데이브."

"뒤를 조심하라고 했잖아."

"내 뒤를 대신 봐줬네. 하지만 일리야를 못 잡아서 큰일이군. 이제 넌

NKVD와 문제가 생길지도 몰라."

"아닐걸." 데이브가 말했다. "여자 문제로 다투다 자기 부하가 죽었는데, 그 사실을 알리고 싶겠어? NKVD 사람들조차 NKVD를 무서워하는데. 아마 일리야는 입다물 거야."

로이드는 다시 시체를 내려다보았다. "이건 어떻게 설명하지?"

"놈이 하는 말 들었잖아." 데이브가 말했다. "여기는 전선이야. 설명은 필요 없어."

로이드는 고개를 끄덕였다. 데이브와 일리야의 말이 모두 옳았다. 아무도 베레좁스키가 어떻게 죽었는지 묻지 않을 것이다. 그는 그저 유탄에 맞았을 뿐이다.

두 사람은 시체를 그 자리에 두고 떠났다.

"억세게 운이 나빴던 거지." 데이브가 말했다.

IV

로이드와 레니는 보브로프 대령과 이야기를 나누고 사라고사 공격이 교착상태에 빠진 데 대해 항의했다.

보브로프는 흰머리를 짧게 깎은 나이든 러시아인으로 퇴역할 때가 가까웠고 융통성이라고는 없는 보수적인 인물이었다. 원칙적으로 따지면 그의 역할은 단지 에스파냐 지휘관들을 지원하고 조언하는 것이었다. 하지만 실제로는 러시아인들이 지휘자 노릇을 했다.

"우린 이런 작은 마을에서 시간과 힘을 허비하고 있습니다." 로이드는 레니를 비롯한 경험 많은 모든 병사의 의견을 독일어로 통역해 말했다. "탱크가 갑옷을 두른 주먹이 되어 적진 깊숙이 침투해 타격을 입혀야 합니다. 그뒤를 따라 보병이 전진해 남은 적군을 쓸어버리고 그들이 흩어진 지역을 단단히 사수해야 합니다."

볼로댜는 가까이 서서 들으며 동의하는 표정을 지었지만, 아무 말도 하지 않았다.

"이렇게 말도 안 되게 작은 마을 같은 소규모 거점으로 인해 전진이 지체돼선 안 됩니다. 나중에 올 제2선에 맡기고 그냥 지나쳐버려야죠." 로이드가 말을 마쳤다.

보브로프는 충격을 받은 기색이었다. "그건 불명예스러운 투하쳅스키 원수의 이론이잖나!" 그가 나직한 목소리로 말했다. 로이드가 주교더러 부처에게 기도하라고 말하기라도 한 듯한 태도였다.

"그게 어떻다는 겁니까?" 로이드가 물었다.

"반역과 간첩 행위를 시인하고 처형당한 자야."

로이드는 귀를 의심하며 그를 보았다. "지금 제게 모스크바에서 어느 장군이 숙청당했다는 이유로 에스파냐 정부가 현대적인 탱크 전술을 사용할 수 없다고 하시는 겁니까?"

"윌리엄스 중위, 점점 무례해지는군."

로이드가 말했다. "설령 투하쳅스키에 대한 단죄가 옳았을지언정 그게 그의 전술이 틀렸다는 뜻은 아닙니다."

"그만 됐어!" 보브로프가 소리를 질렀다. "이야기는 끝났네."

로이드에게 혹시나 남아 있었을지도 모를 희망은 킨토에 있던 그의 대대가 그들이 이미 지나온 방향, 즉 또다시 옆으로 이동하면서 무너져버렸다. 9월 1일, 그들은 방어가 잘되고 있지만 전략적으로 무의미한데다 목표지점에서 40킬로미터나 떨어진 작은 마을 벨치테 공격에 참여하고 있었다.

또다른 괴로운 전투였다.

칠천여 명에 달하는 방어 병력이 마을의 가장 큰 성당 산아구스틴과 근처 언덕 꼭대기의 참호 안이나 둑 뒤에 자리잡고 있었다. 로이드와 그의 소대는 사상자 없이 마을 외곽에 도착했지만 그곳에서 창문과 지붕 위에서 쏟아지는 공격에 움츠러들었다.

엿새가 지난 뒤에도 그들은 같은 위치였다.

시체들이 더위에 악취를 풍겼다. 사람뿐만이 아니었다. 마을로 연결된 물길이 끊기는 바람에 가축들도 말라 죽어가고 있었다. 틈만 나면 공병들이 시체를 쌓은 다음 휘발유를 붓고 불을 질렀다. 하지만 사람의 몸이 타는 냄새는 썩는 냄새보다 더 끔찍했다. 숨을 쉬기 어려울 지경이라 일부 병사는 방독면을 뒤집어썼다.

성당 주변의 좁은 도로는 대학살의 현장이었지만 로이드는 밖으로 나가지 않고도 전진할 방법을 고안해냈다. 레니가 한 공장에서 찾아낸 몇 가지 공구로 지금 두 병사가 그들이 몸을 숨긴 집 벽에 구멍을 내고 있었다. 곡괭이를 휘두르는 조 엘리의 벗어진 머리가 땀으로 반들거렸다. 리베라 상병은 아나키스트의 상징인 빨강과 검정 줄무늬 셔츠 차림으로 커다란 망치를 휘둘렀다. 이 지역에서 만든 노랗고 납작한 벽돌을 모르타르로 대충 발라 세운 벽이었다. 레니는 집 전체가 무너지는 일이 없도록 작업을 감독했다. 광부인 그는 본능적으로 지붕이 얼마나 버틸 수 있는지 알았다.

사람이 빠져나갈 수 있을 만큼 구멍이 커지자, 레니는 마찬가지로 상병인 재스퍼에게 고갯짓을 했다. 재스퍼는 허리띠에서 몇 남지 않은 수류탄을 하나 뽑아 핀을 제거하고 혹시 모를 매복에 대비해 옆집 안으로 던져넣었다. 수류탄이 터지자마자 로이드는 소총을 앞세우고 재빨리 기어서 구멍을 통과했다.

옆집 역시 벽에 회반죽을 바르고 흙바닥이 그대로 드러난 가난한 에스파냐식 집이었다. 죽었든 살았든 사람이라고는 보이지 않았다.

그를 따라 구멍을 통과한 소대 병사 서른다섯 명은 혹시라도 숨어 있을 적군을 찾아 집안을 샅샅이 수색했다. 작은 집은 텅 비어 있었다.

이런 식으로 그들은 성당을 향해 나란히 서 있는 집들을 통과해 느리지만 안전하게 이동했다.

다음 구멍을 뚫기 시작했을 때 그들이 지나온 구멍을 따라온 마르케스라는 소령이 작업 중지를 명령했다. "전부 그만둬." 그가 에스파냐 악센트가 섞인 영어로 말했다. "성당으로 돌진한다."

로이드는 얼어붙었다. 그것은 자살행위였다. 그가 물었다. "보브로프 대령의 생각입니까?"

"그래." 마르케스 소령은 애매하게 대답하고 말을 이었다. "신호를 기다려. 호루라기를 세게 세 번 불겠다."

"탄약을 더 받을 순 없습니까?" 로이드가 말했다. "탄약이 부족합니다. 특히나 이런 식의 작전에서는요."

"시간이 없어." 소령은 말을 마치고 가버렸다.

로이드는 근심에 사로잡혔다. 그는 며칠 동안의 전투를 통해 많은 깨달음을 얻었다. 방어가 튼튼한 지역에서 돌진할 방법은 지원사격을 퍼붓는 길뿐이었다. 안 그랬다가는 방어군에게 살육당할 수밖에 없었다.

병사들은 고분고분 따를 마음이 없어 보였다. 리베라 상병이 입을 열었다. "불가능합니다."

로이드는 병사들의 사기를 유지할 책임이 있었다. "다들 불평은 그쳐." 그는 기분좋게 말했다. "여러분은 모두 자원병이다. 전쟁이 위험하지 않으리라 생각했나? 그렇게 안전한 일이었다면 여동생들이 대신 싸웠겠지." 병사들은 웃음을 터뜨렸고 위험한 순간은 일단 지나갔다.

로이드는 집 앞쪽으로 다가가 빼꼼히 문을 열고 밖을 내다보았다. 양쪽으로 주택과 상점이 늘어선 좁은 길을 이글거리는 태양이 비추고 있었다. 건물과 지면 모두 덜 구워진 빵처럼 옅은 갈색에, 포탄이 떨어져 파인 자리만 붉은 흙이 드러나 있었다. 문 바로 바깥에 의용군 시체 하나가 널브러져 있고 가슴에 뚫린 구멍으로 파리떼가 시커멓게 몰려들어 만찬을 벌이는 중이었다. 광장 쪽을 바라보니 길은 성당을 향해 넓어지고 있었다. 높은 쌍둥이 탑에 저격수가 있다면 시야가 탁 트여 누가 접근하든 쉽게 맞힐 수 있었다. 몸을 숨길 만한 지형지물은 매우 제한적이었다. 약간의 돌무더기와 죽은 말 한 마리, 손수레 하나뿐.

몽땅 죽게 생겼군. 그는 생각했다.

하지만 달리 무슨 이유로 여기 왔단 말인가.

그는 부하들을 돌아봤지만 딱히 할말이 없었다. 병사들이 긍정적으로 생각하도록 해야 했다. "최대한 길 양쪽 집에 바짝 붙어." 그는 말했다. "기억해. 천천히 움직일수록 노출되는 시간은 길다. 그러니 호루라기 소리를 기다렸다가 뒈지게 달려라."

마르케스 소령이 말한 세 번의 날카로운 호루라기 소리는 예상보다 일찍 들려왔다.

"레니, 마지막에 나와." 그가 말했다.

"누가 선두야?" 레니가 물었다.

"물론 나지."

세상아, 안녕. 로이드는 생각했다. 적어도 나는 파시스트와 싸우다가 죽는다.

문을 활짝 열었다. "가자!" 그는 소리를 지르면서 뛰쳐나갔다.

기습적으로 튀어나간 덕분에 몇 초는 괜찮았다. 그는 성당으로 향하는 길을 따라 막힘없이 달렸다. 한낮의 태양에 얼굴이 타는 듯했고, 뒤에서는 쿵쿵거리는 부하들의 발소리가 들렸다. 그런 감각들이 자기가 아직 살아 있다는 걸 의미함을 깨닫자 묘하게 감사하는 마음이 찾아왔다. 바로 그때 총탄이 우박처럼 쏟아지기 시작했다. 심장이 몇 번 더 뛰는 사이, 그는 총알이 핑핑 날아 지면에 떨어지는 소리를 들으며 뛰었고, 그 순간 왼팔에 뭔가 쾅 부딪힌 느낌과 함께 상황을 납득할 새도 없이 쓰러지고 말았다.

그는 총에 맞았다는 사실을 알아차렸다. 고통은 없었지만 팔이 감각 없이 축 늘어진 채 덜렁거렸다. 가장 가까운 건물 벽에 닿을 때까지 간신히 옆으로 몸을 굴렸다. 총알이 계속 날아드는 위험천만한 상황이었다. 몇 걸음 앞에 시체 한 구가 보였다. 주택 건물에 기대 있는 반군 병사의 시체였다. 목에 보이는 총상만 아니라면 땅바닥에 앉아 등을 벽에 기대고 휴식을 취하다가 잠이 든 것처럼 보였다.

로이드는 서툰 동작으로 오른손으로 소총을 들고 왼팔은 바닥에 질질 끌며 꿈틀꿈틀 앞으로 움직인 다음, 시체 뒤에서 몸을 작게 웅크려 노출 면적을 최소화했다.

로이드는 소총 총신을 시체의 어깨에 얹고 성당 탑의 높은 창을 겨누었다. 그리고 탄창에 든 다섯 발의 총알을 빠른 속도로 연사했다. 누군가를 맞히기나 했는지는 확인할 수 없었다.

뒤를 돌아보니 끔찍했다. 길바닥에 부하 소대원들의 시체가 나뒹굴고 있었다. 붉고 검은 셔츠 차림으로 꼼짝도 하지 않는 마리오 리베라의 시체는 마치 구겨진 아나키스트의 깃발 같았다. 곁에는 검은 곱슬머리가 피로 물든 재스퍼 존슨이 보였다. 로이드는 생각했다. 머나먼 시카고의 공장에서 이곳 에스파냐의 작은 마을까지 와서 길 위에서 죽어버렸군. 좀더 나은 세상을 믿었기 때문에.

더 끔찍한 것은 아직 죽지 않고 땅바닥에서 끙끙거리며 울부짖는 사람들이었다. 어디선가 고통에 찬 남자의 비명소리가 들렸지만 로이드는 그게 누군지, 어디서 들려오는지 알 수 없었다. 여전히 달리는 부하도 있었지만 그가 지켜보는 가운데 몇몇이 더 쓰러졌고 일부는 바닥에 몸을 던졌다. 잠시 후 고통에 겨워 몸을 비트는 부상병들을 제외하면 아무 움직임이 없었다.

이건 학살이야. 그는 생각했다. 목구멍에서 분노와 슬픔이 쓴 물처럼 울컥 솟아 목이 메었다.

다른 부대는 어디 있지? 이번 공격에 우리 소대만 참여한 건 설마 아니겠지? 어쩌면 다른 부대도 광장을 향해 나란히 뻗은 길을 따라 전진하고 있을지 모른다. 하지만 돌격에는 압도적인 병력이 필요하다. 로이드와 그의 부하 서른다섯은 분명 말도 안 되는 수였다. 방어군은 소대원 거의 전부를 죽이거나 부상을 입힐 수 있었고, 살아남은 소수는 어쩔 수 없이 성당에 도착하기도 전 몸을 숨겨야 했다.

로이드는 말의 시체 뒤에서 이쪽을 보는 레니와 눈이 마주쳤다. 그래도 그는 아직 살아 있었다. 레니는 소총을 들어 보이며 어쩔 수 없다는 몸짓을 해 보였다. '탄약이 없다'는 뜻이었다. 로이드 역시 마찬가지였다. 곧이어 다른 병사들의 탄약도 떨어지면서 도로에서 들리던 총소리가 잦아들었다.

그것이 성당 공격의 끝이었다. 어차피 불가능한 일이었다. 탄약도 없는 공격은 아무 의미 없는 자살행위다.

쉬운 목표물이 모두 제거되자 성당에서 우박처럼 쏟아지던 총격은 잦아들었지만, 엄폐물 뒤에 숨은 병사들을 향한 저격은 간헐적으로나마 계속 이어졌다. 로이드는 결국 부하들을 모두 잃게 되리라는 사실을 깨달았다. 후퇴해야 했다.

어쩌면 퇴각하는 과정에서 전멸할 수도 있었다.

그는 다시 레니와 눈길을 맞추고 성당 반대쪽인 후방을 향해 힘차게 손짓을 해 보였다. 레니는 주위를 둘러보며 몇 남지 않은 생존자들에게 같은 동작을 했다. 모두 동시에 움직인다면 살아남을 가능성이 더 많을 것이다.

최대한 많은 병사에게 알린 다음 로이드는 가까스로 몸을 일으켰다.

"후퇴!" 그는 목청껏 소리질렀다.

그리고 뛰기 시작했다.

채 200미터가 안 되는 거리였지만 그의 인생에서 가장 긴 여정이었다.

정부군 병사들이 움직이는 모습을 보자마자 성당 안의 반군들이 총격을 퍼부었다. 곁눈질로 보니 달아나는 부하는 대여섯쯤 되는 듯했다. 그는 다친 팔 때문에 균형을 잡지 못해 비틀거리며 뛰었다. 앞서 달리는 레니는 말짱한 게 분명했다. 로이드가 휘청거리며 지나치는 건물의 석조 부분에 총탄이 맞고 튀었다. 그들이 뛰쳐나온 집에 도착해 뛰어든 레니가 문을 열고 기다렸다. 로이드는 요란하게 헐떡거리며 안으로 달려들어가 바닥에 쓰러졌다. 뒤이어 세 명이 더 들어왔다.

로이드는 생존자들을 바라보았다. 레니, 데이브, 머그시 모건, 그리고 조 엘리였다. "이게 전부야?" 그가 물었다.

레니가 대답했다. "그래."

"맙소사. 서른여섯 중 다섯만 남았군."

"군사고문 보브로프 대령님, 정말 위대하시군."

그들은 선 채로 헐떡거리며 숨을 골랐다. 감각이 돌아오자 로이드는 팔이 미치도록 아팠다. 고통스럽긴 하지만 움직여지는 걸 보면 부러지지는 않은 모양이었다. 내려다보니 소매가 피에 흠뻑 젖어 있었다. 데이브가 붉은 스카프를 벗어 임시로 어깨에 팔을 고정시켜주었다.

레니는 머리에 상처를 입었다. 얼굴에 피가 흘렀지만 본인 말로는 긁힌 정도였고, 보기에도 괜찮았다.

데이브와 머그시, 조는 기적적으로 다치지 않았다.

"돌아가서 새로운 명령을 받는 편이 좋겠어." 모두 잠시 쉰 다음 로이드가 말했다. "어차피 탄약 없이는 아무것도 못하니까."

"우선 좋은 차부터 한잔 마시자, 어때?" 레니가 말했다.

로이드가 대답했다. "안 돼. 찻숟가락이 없잖아."

"아, 그렇담 할 수 없지."

데이브가 물었다. "여기서 조금 더 쉬면 안 돼?"

"후방으로 빠져서 쉬자." 로이드가 말했다. "그편이 더 안전해."

그들은 벽에 만든 구멍을 통해 줄지어 선 집들을 따라서 후퇴했다. 로이드는 여러 번 몸을 구부리다보니 어지러웠다. 출혈이 심해 힘이 하나도 없는 것 같았다.

산아구스틴 성당에서 보이지 않는 곳에 이른 그들은 밖으로 나와 골목길을 따라 서둘러 움직였다. 아직 살아 있다는 로이드의 안도감은 부하들의 목숨을 헛되이 잃었다는 분노의 감정으로 빠르게 바뀌었다.

그들은 정부군이 본부로 사용하는 외곽의 헛간에 도착했다. 쌓인 상자 뒤에서 탄약을 나눠주는 마르케스 소령이 눈에 들어왔다. "우리는 왜 그걸 못 받은 겁니까?" 로이드는 미친 사람처럼 화를 냈다.

마르케스는 그저 어깨를 으쓱할 뿐이었다.

"보브로프에게 보고할 겁니다." 로이드가 말했다.

보브로프 대령은 헛간 바깥 탁자 앞에 놓인 의자에 앉아 있었다. 탁자도 의자도 농가에서 꺼내온 듯했다. 그는 햇볕에 그을려 벌게진 얼굴로 볼로댜 페시코프와 이야기를 나누는 중이었다. 로이드는 곧장 그에게 향했다. "저희는 성당으로 돌진했는데, 아무 지원도 받지 못했습니다." 그는 말했다. "그리고 마르케스 소령이 보급을 거절해서 탄약도 떨어졌습니다!"

보브로프는 로이드를 차갑게 바라보았다. "여기서 뭘 하나?" 그가 물었다.

로이드는 어리둥절했다. 보브로프가 용감한 노력을 치하하고 최소한 지원 부족에 대해 위로의 뜻을 표할 거라 기대했다. "방금 말씀드렸죠." 로이드가 말했다. "지원이 없었습니다. 요새화된 건물에 1개 소대로 돌진하는 법은 없습니다. 저희는 최선을 다했음에도 학살당했습니다. 서른여섯 명 중 서른하나를 잃었습니다." 그리고 네 명의 동료를 가리켰다. "제 소대에서 살아남은 건 이들이 전부란 말입니다!"

"누가 후퇴하라고 명령했지?"

로이드는 현기증과 싸우고 있었다. 금방이라도 쓰러질 것 같았지만 부하들이 얼마나 용감하게 싸웠는지 보브로프에게 설명해야 했다. "새로운 명령을 받으러 돌아온 겁니다. 달리 어쩌겠습니까?"

"최후의 한 사람까지 싸웠어야지."

"뭘 가지고 싸웁니까? 총알도 없는데!"

"입다물어!" 보브로프가 날카롭게 말했다. "차렷!"

그들 모두 반사적으로 차려 자세를 취했다. 로이드와 레니, 데이브, 머그시, 조는 한 줄로 섰다. 로이드는 금방이라도 정신을 잃을 것 같아 두려웠다.

"뒤로 돌아!"

그들은 등을 돌리고 섰다. 로이드는 생각했다. 뭘 하려는 거지?

"부상자는 빠져."

로이드와 레니는 뒤로 물러섰다.

대령이 말했다. "걸을 수 있는 부상자는 포로 호송 임무를 맡는다."

아마 바르셀로나행 기차를 타는 포로의 호송을 뜻하는 것이리라고 로이드는 어렴풋이 짐작했다. 그의 몸이 선 채로 흔들렸다. 지금 당장은 양떼도 못 지키겠군. 그는 생각했다.

보브로프가 말했다. "전투중 명령 없이 후퇴하는 건 탈영이야."

로이드는 돌아서서 보브로프를 보았다. 단추 달린 권총집에서 총을 뽑는 보브로프의 행동에 그는 깜짝 놀라는 동시에 공포에 질렸다.

보브로프는 앞으로 나서서 차려 자세로 선 세 사람 바로 뒤로 다가섰다. "너희 셋은 유죄로 사형에 처한다." 그는 데이브의 뒤통수에서 8센티미터 정도 떨어진 곳으로 총구를 들었다.

그리고 발사했다.

탕 소리가 울렸다. 데이브의 머리에 총알구멍이 났고, 이마에서 피와 뇌수가 터져나왔다.

로이드는 눈앞의 광경을 보고도 믿을 수가 없었다.

데이브 옆에 서 있던 머그시가 소리를 지르려고 입을 벌린 채 몸을 돌리는 참이었다. 하지만 보브로프가 더 빨랐다. 머그시의 목을 향해 다시 발사했다. 총알은 오른쪽 귀 뒤로 들어가 왼쪽 눈으로 나왔고, 그는 쓰러졌다.

마침내 목소리를 되찾은 로이드는 소리를 질렀다. "안 돼!"

조 엘리가 충격과 분노에 사로잡혀 소리를 지르며 돌아서서 보브로프를 붙잡으려고 양손을 들었다. 다시 총소리가 탕 울렸고 조는 목에 총을 맞았다. 분수처럼 솟구친 피가 붉은 군대 군복에 튀자 보브로프 대령은 욕설을 퍼부으며 뒤로 한 걸음 펄쩍 뛰었다. 조는 바닥에 쓰러졌지만 즉시 숨이 끊어지지는 않았다. 경동맥에서 뿜어져나온 피가 바싹 마른 에스파냐의 땅에 스며드는 광경을 로이드는 속수무책으로 바라보았다. 조는 뭐라 말을 하려고 애썼지만 아무 소리도 나오지 않았다. 그 순간 눈이 감기고 그는 축 늘어졌다.

"겁쟁이들에게 자비는 없다." 보브로프는 말을 마치고 가버렸다.

로이드는 땅에 쓰러진 데이브를 보았다. 마르고 지저분한 몸에 사자처럼 용맹한 열여섯 살 소년은 죽었다. 파시스트가 아닌 멍청하고 잔인한 소련군 장교의 손에 죽임을 당했다. 이런 헛된 죽음이라니. 로이드는 생각했다. 눈물이 흘렀다.

헛간 안에서 하사관 하나가 뛰쳐나왔다. "저들이 항복했어!" 그가 기뻐하며 소리질렀다. "시청을 포위했어. 놈들이 백기를 내걸었어. 우리가 벨치테를 점령했다고!"

마침내 현기증이 로이드를 무너뜨렸고, 그는 정신을 잃었다.

V

런던은 춥고 축축했다. 로이드는 내리는 빗속에 너틀리 가를 따라 어머니의 집으로 향했다. 여전히 지퍼가 달린 에스파냐 군용 블루종과 코듀로이 반바지를 입고 맨발에 부츠를 신은 차림이었다. 여벌 속옷과 셔츠 한 벌, 양철컵이 든 작은 배낭도 메고 있었다. 목에는 데이브가 다친 팔을 임시로 고정해줬던 빨간 스카프를 둘렀다. 팔은 여전히 아팠지만 이제 고정할 필요는 없었다.

10월의 늦은 오후였다.

예상했던 대로 그는 반군 포로로 가득한 바르셀로나행 보급열차를 타게 되었다. 겨우 160킬로미터가 조금 넘는 여정이었지만 사흘이나 걸렸다. 레니와는 바르셀로나에서 헤어져 연락이 끊겼다. 그곳에서 로이드는 북쪽으로 향하는 화물차를 얻어 탔다. 운전사가 내려준 다음에는 걷거나 또다른 차를 얻어 타거나 석탄이나 자갈, 또는 와인 상자가 가득 실린—딱 한 번 운이 좋은 경우였다—화물열차를 타기도 했다.

그리고 야음을 틈타 국경을 넘어서 프랑스로 들어갔다. 아무데서나 자고, 음식을 얻어먹고, 돈 몇 푼을 위해 잡일을 했고, 해협을 건널 뱃삯을 벌기 위해 보르도의 포도밭에서 포도를 따며 지독한 이 주를 보냈다. 이제 집이었다.

그는 그을음 냄새가 풍기는 올드게이트의 습한 공기를 마치 향수라도 되는 듯 들이마셨다. 마당으로 통하는 문에서 멈춰 서서 이십이 년도 더 전에 자신이 태어난 테라스 딸린 집을 올려다보았다. 빗물이 주룩주룩 흘러내리는 창 안쪽에서 불빛이 반짝거렸다. 누군가 집에 있었다. 그는 현관으로 걸어갔다. 열쇠를 아직 갖고 있었다. 여권 속에 보관해뒀었다. 그는 집안으로 들어갔다.

현관 안쪽으로 들어선 그는 모자걸이 옆 바닥에 배낭을 내려놓았다.

부엌에서 말소리가 들렸다. "누구야?" 의붓아버지 버니였다.

로이드는 목소리가 나오지 않았다.

버니가 현관으로 나왔다. "누구……?" 그 순간 그는 로이드를 알아보았다. "세상에!" 그가 외쳤다. "너구나."

로이드가 말했다. "안녕하셨어요, 아버지."

"우리 아들." 버니가 말했다. 그는 두 팔로 로이드를 끌어안았다. "살아 있었구나." 버니가 말했다. 로이드는 흐느끼는 아버지의 몸이 떨리는 걸 느꼈다.

잠시 후 버니는 카디건 소매로 눈가를 문질러 닦더니 계단 아래로 갔다. "에스!" 그가 소리쳐 불렀다.

"왜요?"

"누가 당신 만나러 왔어."

"잠시만요."

잠시 후 그녀가 계단을 내려왔다. 파란 원피스를 입은 모습이 그 어느 때보다 예뻤다. 계단을 절반쯤 내려와 로이드의 얼굴을 본 그녀는 낯빛이 창백해졌다. "아, 하느님." 그녀가 말했다. "로이드구나." 그녀는 한달음에 계단을 마저 뛰어내려와 아들을 얼싸안았다. "살았구나." 그녀가 말했다.

"바르셀로나에서 편지 썼는데—"

"받은 적이 없어."

"그럼 모르시겠군요……"

"뭘?"

"데이브 윌리엄스가 죽었어요."

"이런, 안 돼!"

"벨치테 전투에서 죽임을 당했어요." 데이브가 어떻게 죽었는지는 진실을 말하지 않기로 결심한 터였다.

"레니 그리피스는 어떻게 됐니?"

"몰라요. 연락이 끊겼어요. 나보다 먼저 집에 돌아갔을지도 모른다고 생각했는데."

"아니야, 소식이 없어."

버니가 물었다. "그쪽은 상황이 어떠냐?"

"파시스트가 이기고 있어요. 대체로 공산주의자들 잘못이에요. 다른 좌파를 공격하는 데만 관심이 있거든요."

버니는 충격을 받았다. "그럴 리가 없어."

"사실이에요. 에스파냐에서 한 가지 깨달은 게 있다면, 우리는 파시스트와 마찬가지로 공산주의자와도 싸워야 한다는 점이에요. 어느 쪽이든 사악해요."

어머니가 냉소적으로 웃었다. "뭐, 놀라운 일이구나." 이미 오래전 그녀가 똑같은 사실을 간파했음을 로이드는 깨달았다.

"정치 이야기는 그만두죠." 로이드가 말했다. "어떻게 지냈어요, 어머니?"

"아, 나야 똑같지. 하지만 널 보렴. 이렇게 마르다니!"

"거긴 별로 먹을 게 없었어요."

"뭘 좀 만들어줘야겠구나."

"서두르실 것 없어요. 열두 달도 굶주렸는데 몇 분 정도는 더 버틸 수 있어요. 그래도 뭘 먹고 싶은지는 말씀드릴게요."

"그래? 뭐든!"

"좋은 차를 한잔 마시고 싶어요."

5장
1939년

I

토마스 마케가 베를린 주재 소련 대사관을 지켜보고 있을 때, 그곳에서 볼로댜 페시코프가 나왔다.

프로이센 비밀경찰은 육 년 전 새롭고 더 효율적인 조직인 게슈타포로 바뀌었지만 마케 경위는 여전히 베를린의 반역자와 불온분자를 감시하는 부서의 책임을 맡고 있었다. 그 가운데 가장 위험인물은 당연히 이곳 운터 덴 린덴 63~65번지의 건물에서 지령을 받는 자들이었다. 그래서 마케와 부하들은 이 건물에 드나드는 사람을 빠짐없이 감시했다.

요새를 방불케 하는 아르데코풍 대사관 건물의 흰 돌이 반짝이는 8월의 햇살을 눈이 시리도록 반사하고 있었다. 중앙부 위쪽에는 기둥으로 꾸민 탑이 주위를 굽어보았고, 양쪽으로는 높고 좁은 창문이 차려 자세를 취한 경비병들처럼 늘어서 있었다.

마케는 길 건너 카페 노천석에 앉아 있었다. 베를린에서 가장 멋진

이 대로는 자동차와 오토바이로 붐볐다. 여자들은 여름 드레스와 모자 차림으로 쇼핑을 했고 정장이나 깔끔한 제복을 입은 남자들이 거리를 활보했다. 독일에 아직도 공산주의자가 있다는 사실이 믿기지 않았다. 어떻게 나치에 반대할 수 있단 말인가? 독일은 변했다. 히틀러는 실업을 일소했다. 유럽의 다른 어떤 지도자도 해내지 못한 일이다. 파업과 시위는 끔찍했던 먼 과거의 기억으로만 남았다. 경찰은 범죄를 근절할 수 있는 실질적인 힘을 가졌다. 국가는 번창하고 있다. 많은 가족이 라디오를 가졌고, 머지않아 국민차로 새 아우토반을 달릴 것이다.

그게 전부가 아니었다. 독일은 다시 강해졌다. 제대로 무장한 군대는 강력했다. 지난 이 년 사이 오스트리아와 체코슬로바키아가 '대大독일'에 흡수되었고, 독일은 유럽을 휘어잡는 강국이 되었다. 무솔리니의 이탈리아는 강철동맹을 통해 독일과 연합했다. 올해 초 마드리드가 마침내 프랑코 반군의 손에 떨어져 에스파냐는 이제 파시스트에 우호적인 정부를 갖게 되었다. 어느 독일인이 이 모든 걸 되돌리고 나라를 볼셰비키의 뒤꿈치 아래 끌고 가길 원하겠는가.

마케의 눈에 그런 자들은 가차없이 색출해 완전히 박멸해야 할 찌꺼기, 해충, 쓰레기로 보였다. 공산주의자를 떠올리는 것만으로도 얼굴이 분노로 뒤틀려 그중 하나를 짓밟아줄 기세로 보도에서 발을 굴렀다.

그때 페시코프가 보였다.

푸른색 서지 정장을 차려입은 젊은이는 날씨 변화를 예상하는지 팔에 가벼운 코트를 걸치고 있었다. 사복 차림이지만 짧게 자른 머리와 재빠른 발걸음을 보면 분명 군인이었고, 무심한 듯 빈틈없이 거리를 훑어보는 품새는 붉은 군대의 정보부나 러시아 비밀경찰 NKVD 소속임을 암시했다.

마케의 맥박이 빨라졌다. 당연히 그와 부하들은 대사관 소속 인물이라면 모두 얼굴을 알고 있었다. 여권 사진이 자료에 붙어 있고, 여러 요원이 그들을 늘 감시했다. 하지만 페시코프에 대해서는 아는 게 많지 않았다. 그는 젊었고—마케가 기억하기로 자료상으로는 스물다섯 살이었다—따라서 별로 중요하지 않은 하급 간부일 것이다. 아니면 중요하지 않은 사람인 체하는 재주가 좋은 것일 수도 있고.

페시코프는 운터 덴 린덴을 건너 프리드리히 가와 만나는 모퉁이 근처 마케가 앉은 곳을 향해 다가왔다. 가까이 오는 페시코프를 보니 그 러시아인은 상당히 키가 크고 운동선수 같은 체격이었다. 조심스러운 표정에 시선은 강렬했다.

마케는 불현듯 불안해져 고개를 돌렸다. 잔을 집어들고 바닥에 조금 남은 식은 커피를 마시며 얼굴을 조금이라도 가렸다. 상대방의 파란 눈을 마주보고 싶지 않았다.

페시코프는 모퉁이를 돌아 프리드리히 가로 향했다. 마케가 반대편 모퉁이에 서 있는 라인홀트 바그너에게 고개를 끄덕이자 그가 페시코프의 뒤를 밟기 시작했다. 그제야 마케는 탁자에서 일어나 바그너를 따라갔다.

물론 붉은 군대 정보부 소속이라고 모두가 첩보활동을 하는 스파이는 아니다. 그들은 대부분의 정보를 적법한 방식으로 얻었는데, 가장 주된 통로는 독일의 신문이었다. 신문에 실린 정보를 다 믿을 수는 없겠지만 총기 제조공장에서 숙련된 선반공 열 명을 뽑는다는 구인광고 등이 단서가 될 수도 있다. 더 나아가 러시아인들은 독일에서 자유롭게 돌아다니며 둘러볼 수 있었다. 관계자 동행 없이는 모스크바를 벗어날 수도 없는 소련 주재 외교관들과는 달랐다. 지금 마케와 바그너가 뒤쫓는 젊은 남자는 신문을 보며 정보를 수집하는 평범한 요원일 수도 있다. 그런 일을 하기 위해 필요한 것은 유창한 독일어 실력과 내용을 요약하는 능력뿐이다.

페시코프를 미행하는 두 사람은 마케의 동생이 운영하는 레스토랑을 지나쳤다. 레스토랑 이름은 여전히 비스트로 로베르트였지만 그때와는 손님들이 달랐다. 부유한 동성애자와 정부를 거느린 유대인, 너무 많은 출연료를 받아 분홍색 샴페인을 찾는 여배우는 이제 없었다. 그런 부류 중 강제수용소에 갇히지 않은 이들은 이제 고개를 숙이고 지내야 했다. 일부는 독일을 떠났다. 유감스럽게도 레스토랑이 더는 큰돈을 벌지 못하는 상황이지만 마케는 속이 시원했다.

전 주인 로베르트 폰 울리히는 어떻게 됐을지 괜히 궁금해졌다. 그자는 영국으로 떠났다는 게 어렴풋이 기억났다. 어쩌면 그곳에서 변태들을 위한 레스토랑을 열었을지도 모른다.

페시코프는 어느 술집으로 들어갔다.

일이 분 뒤에 바그너가 그를 따라 안으로 들어갔고, 마케는 바깥에서 지켜보고 있었다. 사람이 많은 곳이었다. 페시코프가 다시 나타나기를 기다리는 사이 군인 하나가 여자와 함께 술집 안으로 들어갔고, 여자 둘, 지저분한 코트 차림의 늙은이가 나와서 사라졌다. 그때 바그너가 밖으로 나와 마케를 똑바로 보고 당황스럽다는 뜻으로 양팔을 벌렸다.

마케는 길을 건너갔다. 바그너는 난처해했다. "안에 없습니다!"

"다 찾아봤어?"

"네, 화장실과 주방까지요."

"뒤쪽으로 빠져나간 사람 없는지 물어봤나?"

"없답니다."

바그너가 두려워하는 데는 그만한 이유가 있었다. 이곳은 새로운 독일이고, 이제 실수는 가벼운 책망으로 넘어가지 않았다. 혹독한 처벌이 따를 수도 있었다.

하지만 이번은 아니다. "괜찮아." 마케가 말했다.

바그너는 안도감을 감추지 못했다. "그렇습니까?"

"우린 뭔가 중요한 걸 알아냈다." 마케가 말했다. "우리를 이렇게 훌륭하게 따돌렸다는 건, 그자가 스파이라는 뜻이야. 그것도 매우 훌륭한 스파이."

II

프리드리히 가 역에 들어선 볼로댜는 지하철에 올라탔다. 변장용 모자와 안경을 벗고, 늙은이처럼 보이는 지저분한 레인코트도 벗었다. 자리에 앉아 손수건을 꺼내서는 허름해 보이도록 신발에 일부러 묻혀둔 먼지도 닦아냈다.

레인코트에 관해서는 자신이 없었다. 화창한 날 코트를 들고 다니는 데 주목하고 게슈타포가 그의 속셈을 눈치챌 수도 있었다. 하지만 그들은 그 정도로 영리하지 않았고, 술집 남자 화장실에서 옷을 재빨리 갈아입은 후로는 아무도 그를 따라오지 않았다.

지금부터 그는 대단히 위험한 행동을 하려는 참이었다. 독일 반체제 인사와 접촉하다가 붙잡힐 경우 그나마 기대할 수 있는 최선의 결과는 경력에 먹칠한 채 모스크바로 추방당하는 것이다. 만일 그보다 운이 없다면, 그와 독일 반체제 인사 모두 프린츠 알브레히트 가의 게슈타포 본부 지하실로 사라져 영영 자취를 감출 것이다. 소련은 그들의 외교관 한 명이 사라졌다고 항의할 테고, 독일 경찰은 실종자 수색을 하는 척하다가 유감스럽게도 찾아내지 못했다고 할 것이다.

게슈타포 본부에 가본 적은 물론 없지만 어떤 곳일지 알 만했다.

NKVD도 리첸부르거 가 11번지의 소련 무역대표부에 비슷한 시설을 갖추고 있었다. 철문, 피를 쉽게 닦아낼 수 있도록 타일을 붙인 취조실, 사람 몸을 토막낼 때 쓰는 커다란 통과 토막들을 태우는 전기 용광로.

볼로댜가 이곳에 온 것은 베를린의 소련 스파이망 확장을 위해서였다. 유럽에서 파시즘이 승리를 거두고 있는 지금, 독일은 소련에게 그 어느 때보다 더 큰 위협이었다. 스탈린은 외무장관 리트비노프를 경질하고 뱌체슬라프 몰로토프를 그 자리에 앉혔다. 하지만 몰로토프가 뭘 할 수 있겠는가. 파시스트들을 막을 길은 없어 보였다. 크렘린은 육백만의 병력으로 독일군에 패했던 대전쟁의 수치스러운 기억에서 헤어나지 못했다. 스탈린은 독일을 견제하기 위해 프랑스 및 영국과 조약 체결 절차를 밟았지만 세 강대국은 합의를 보지 못했고, 지난 며칠 사이 회담은 결렬돼버렸다.

머지않아 독일과 소련 사이에 전쟁이 벌어질 거라 예상되었고, 소련의 승리에 도움이 될 군사정보를 수집하는 것이 볼로댜의 임무였다.

베를린 시내 북쪽 가난한 노동자들이 사는 베딩 지역에서 그는 열차를 내렸다. 역사 밖으로 나와 그대로 서서 기다렸다. 벽에 걸린 열차 시간표를 자세히 보는 척하며 다른 승객들이 떠나는 모습을 지켜보았다. 이곳까지 따라온 사람이 없다는 사실이 확실해질 때까지 움직이지 않았다.

그리고 그가 접선 장소로 정한 싸구려 식당으로 향했다. 늘 그랬듯 바로 들어가지 않고 길 건너편 버스 정류장에서 입구를 지켜보며 서 있었다. 자신의 뒤를 밟았던 사람은 분명히 따돌렸지만 이제 베르너에게 미행이 붙지 않았는지 확인해야 했다.

열네 살 때 마지막으로 만나 이제 스무 살이 된 베르너 프랑크를 알아볼 수 있을지 확신이 없었다. 베르너 역시 같은 생각이었고, 두 사람은 오늘 자 〈베를리너 모르겐포스트〉 한 부씩을 들고 오기로 약속했다. 기다리는 동안 볼로댜는 새로운 축구 시즌 안내 기사를 읽으며 때때로 고개를 들어 베르너가 오는지 확인했다. 베를린에서 학교를 다니던 시절부터 볼로댜는 베를린의 최강팀 헤르타를 응원했다. 그때는 "하! 호! 헤! 헤르타 B. S. C!" 하고 구호를 외친 적도 많았다. 이 팀의 올해 전망이 궁금했지만, 불안해서 집중이 되지 않아 같은 기사를 읽고 또 읽어도 머릿속에 아무 내용이 들어오지 않았다.

에스파냐에서 보낸 이 년은 기대와 달리 경력 신장에 별 도움이 되지 않았다. 오히려 반대였다. 볼로댜는 독일인 '자원병'으로 잠입한 하인츠 바우어 같은 나치 스파이를 다수 적발했다. 하지만 그때부터 NKVD는 그걸 구실 삼아 순수한 자원병이 공산당과 조금 다른 의견만 표해도 체포했다. 수백 명에 달하는 이상주의자 젊은이가 NKVD의 감옥에서 고문을 당하고 죽었다. 가끔 보면 공산주의자들은 그들의 적 파시스트보다 우군인 아나키스트들과 싸우는 데 더 관심이 있는 듯했다.

게다가 모든 일이 허사로 돌아갔다. 스탈린의 정책은 재앙에 가까운 실패였다. 결과는 우익 독재정권의 출현이었고, 소련의 입장에서 이는 상상할 수 있는 최악의 결과였다. 하지만 그에 대한 비난은 에스파냐에서 크렘린의 지시를 충실하게 이행한 러시아인들에게 쏟아졌다. 그 가운데 일부는 모스크바로 돌아온 지 얼마 되지 않아 행방을 감췄다.

볼로댜는 마드리드가 함락당한 뒤 두려움을 안고 집으로 돌아왔다. 그새 많은 변화가 있었다. 1937년과 1938년 스탈린은 붉은 군대에 대한 숙청을 진행했다. 수천 명에 이르는 지휘관이 사라졌고, 그중에는 볼로댜의 부모님이 사는 정부 주택단지 주민도 다수 포함돼 있었다. 하지만 그리고리 페시코프처럼 그전까지 무시당하던 이들은 진급해 숙청당한 사람들의 자리를 대신 채웠고, 그리고리의 경력도 새롭게 탄력을 받았다. 이제 공습에 대비해 모스크바 방어를 책임지는 그리고리는 미친듯이 바빴다. 어쩌면 볼로댜가 스탈린이 계획한 에스파냐 정책 실패의 희생양 신세를 피할 수 있었던 것도 그리고리의 지위가 높아진 덕분일지 몰랐다.

마음에 안 드는 드보르킨도 어찌된 일인지 처벌을 면했다. 그가 모스크바로 돌아와 볼로댜의 여동생 아냐와 결혼한 일은 무척 유감이었다. 그런 문제에서 여자의 선택은 설명할 수 없는 법이다. 그녀는 벌써 임신중이었고, 볼로댜는 아무리 억누르려 해도 동생이 쥐새끼 머리를 단 아기를 보살피는 악몽 같은 광경이 자꾸 떠올랐다.

잠시 휴식을 취한 뒤 볼로댜는 베를린에 배치되었고, 이곳에서 자신의 가치를 처음부터 다시 증명해야 했다.

신문에서 고개를 든 볼로댜는 길을 따라 걸어오는 베르너를 보았다.

베르너는 많이 변하지 않았다. 키가 조금 더 크고 가슴이 넓어졌지만 이마에 불그스름한 금발이 드리운, 젊은 여자라면 거부할 수 없는 그 모습은 여전했다. 파란 눈에서는 예전처럼 아량과 즐거움이 보였다. 그는 우아한 옅은 파란색 여름 정장 차림이었고 소맷부리에는 금으로 만든 커프스단추가 반짝거렸다.

미행하는 사람은 없었다.

볼로댜는 베르너가 카페에 도착하기 전에 길을 건너 그를 불러세웠다. 베르너는 흰 치아를 드러내며 활짝 웃었다. "군인처럼 머리를 깎아서 못 알아봤어." 그가 말했다. "오랜만에 다시 만나니 반갑네."

그의 온화함과 매력이 전혀 사라지지 않았다는 걸 알 수 있었다. "안으로 들어가자."

"이런 쓰레기장에 진짜 들어가고 싶은 건 아니지?" 베르너가 말했다. "머스터드에 소시지를 찍어 먹는 배관공이 우글거릴 텐데."

“큰길에서는 벗어나야지. 여기 있다간 지나가는 사람들 눈에 띌 거야.”

“가게 세 개만 더 지나면 골목이 있어.”

“좋아.”

두 사람은 조금 걸어서 석탄 야적장과 식료품점 사이 좁은 골목으로 접어들었다. “뭐하면서 지냈어?” 베르너가 물었다.

“너처럼 파시스트와 싸웠지.” 볼로댜는 더 자세히 말할까 말까 망설였다. “에스파냐에 있었어.” 이것은 비밀이 아니었다.

“그곳도 여기 독일만큼이나 성공을 거두지 못했지.”

“하지만 아직 끝나지 않았어.”

“뭐 좀 물어볼게.” 베르너가 벽에 기대서며 물었다. “만일 볼셰비즘을 나쁘게 생각한다면, 소련에 해를 입히는 스파이로 일할 수 있겠어?”

볼로댜의 본능은 아니, 절대 안 되지!라고 했다. 하지만 말이 미처 밖으로 튀어나오기도 전에 그것이 얼마나 눈치 없는 대답일지 깨달았다. 이 불쾌감은 베르너가 더 높은 대의를 위해 조국을 배반하는 자기 행동에 느끼는 바로 그 감정일 것이다. “모르겠어.” 그는 말했다. “아무리 나치를 증오한다 해도 독일에 해가 되는 일을 하는 넌 정말 힘들겠지.”

“맞아.” 베르너가 말했다. “게다가 전쟁이 터지면? 소련이 우리 군인들을 죽이고 도시를 폭격하도록 내가 도와야 하나?”

볼로댜는 걱정스러웠다. 베르너가 약해지고 있는 듯 보였다. “그래야만 나치를 물리칠 수 있어.” 그는 말했다. “너도 알잖아.”

“알아. 난 오래전에 결심했어. 그리고 나치는 내가 마음을 바꿔먹을 만한 행동을 아무것도 하지 않았지. 그냥 좀 힘든 것뿐이야.”

“이해해.” 볼로댜는 공감하며 말했다.

베르너가 말했다. “나처럼 일할 수 있는 사람을 추천해보라고 했지?”

볼로댜는 고개를 끄덕였다. “빌리 프룬체 같은 사람. 그 친구 기억해? 학교에서 가장 명석했지. 진지한 사회주의자였고. 갈색셔츠단이 망쳐놓은 그 행사 주최자였잖아."

베르너는 고개를 흔들었다. "그는 영국으로 갔어."

볼로디는 가슴이 내려앉았다. "왜?"

"훌륭한 물리학자가 되어 런던에서 공부하고 있어."

"젠장."

"하지만 다른 사람을 생각해뒀어."

"좋아!"

"하인리히 폰 케셀이라고, 혹시 알아?"

"모르겠는데. 우리 학교 출신인가?"

"아니, 그 친구는 가톨릭 학교에 다녔어. 그리고 예전에는 우리와 정치 성향이 달랐지. 그 친구 아버지가 중앙당 거물이어서—"

"그놈들이 1933년에 히틀러에게 권력을 줬어!"

"맞아. 하인리히는 그때 아버지 밑에서 일하고 있었어. 아버지는 나치와 손을 잡았지만 아들은 죄책감으로 괴로워하고 있지."

"그걸 어떻게 알아?"

"술에 취해서 내 여동생 프리다에게 말했거든. 프리다는 열일곱 살인데 내 생각엔 하인리히가 개를 좋아하는 것 같아."

조짐이 좋았다. 볼로디는 기운이 되살아났다. "그 친구 공산주의자야?"

"아니."

"그럼 왜 우리를 위해 일할 거라고 생각해?"

"터놓고 물어봤어. '소련 스파이가 되어 나치에 맞서 싸울 수 있다면 하겠어?' 하겠다더군."

"무슨 일을 하는데?"

"군대에 들어갔는데 가슴이 안 좋아서 사무직을 맡았지. 우리에겐 잘됐어. 지금은 경제계획과 조달을 맡은 부서의 최고사령부에서 일하거든."

볼로댜는 크게 감탄했다. 그런 자리에 있다면 독일 군대가 매달 얼마나 많은 트럭과 탱크, 기관총, 잠수함을 손에 넣을지, 그리고 그것들을 어디 배치할지 정확히 알 수 있을 터였다. 흥분이 되기 시작했다. "언제 그 친구를 만날 수 있지?"

"당장. 일 마치고 아들론 호텔에서 한잔하기로 약속을 해뒀어."

볼로댜는 투덜거렸다. 아들론은 베를린에서 가장 호화로운 호텔이고, 운터 덴 린덴에 있었다. 행정과 외교의 중심지에 자리한 그곳 바는 소문을 들으려는 기자들이 즐겨 찾았다. 볼로댜라면 그런 곳을 접선 장소로 삼지 않을 터였다. 하지만 이런 기회를 놓칠 수는 없었다. "좋아." 그가 말했다. "하지만 그런 곳에서 너희와 이야기하는 모습을 보일 순 없어. 너 따라들어가서 하인리히가 누군지 봐두었다가 나중에 밖에서 말을 걸지."

"좋아. 내가 차로 태워다줄게. 모퉁이 너머에 세워뒀어."

골목 끝까지 걸으며 베르너가 하인리히의 업무와 집주소, 전화번호를 알려주었고, 볼로댜는 그 내용을 모두 머릿속에 새겨두었다.

"자, 여기야." 베르너가 말했다. "얼른 타."

자동차는 메르세데스 540K 아우토반쿠리어였다. 감각적으로 굴곡진 펜더에 보닛은 포드의 T모델 차체보다 길고 뒤쪽은 범퍼까지 유선형을 그려 누구나 뒤돌아볼 만큼 아름다웠다. 얼마나 비싼지 지금까지 팔린 대수가 몇 없을 정도였다.

볼로댜는 기겁을 하고 차를 바라보았다. "좀 덜 비싼 차를 타면 안 되는 거야?" 그는 믿기지 않아 말했다.

"이중 속임수야." 베르너가 말했다. "진짜 스파이가 이렇게 대담하리라고는 생각지 않거든."

볼로댜는 어떻게 이렇게 비싼 차를 샀느냐고 물으려다가 베르너의 아버지가 부유한 사업가라는 사실을 떠올렸다.

"이걸 타고 가진 않겠어." 볼로댜가 말했다. "나는 열차로 가지."

"마음대로 해."

"아들론에서 만나자. 하지만 나를 알은체하면 안 돼."

"물론이지."

삼십 분 뒤 볼로댜는 경솔하게도 호텔 앞에 세워둔 베르너의 차를 보았다. 이렇게 무신경한 태도가 어리석어 보이기도 했지만, 이제는 베르너가 용기를 내는 데 이런 게 반드시 필요하겠다는 생각도 들었다. 어쩌면 그는 나치를 상대하는 스파이가 짊어져야 하는 끔찍한 위험을 감당하기 위해 그냥 태평한 척하는 건지도 모른다. 만일 스스로 처한 위험을 인정한다면 계속해나가기 어려울 수도 있었다.

아들론의 바는 사교계 여자들과 잘 차려입은 남자들로 가득했다. 깔끔하게 맞춘 제복을 입은 사람이 많았다. 볼로댜는 즉시 베르너를 찾아냈다. 같은 테이블에 앉아 있는 남자가 아마 하인리히 폰 케셀일 것이다. 두 사람 곁을 지나면서 볼로댜는 하인리히가 따지듯 하는 말을 들었다. "벅 클레이턴이 핫 립스 페이지보다 훨씬 나은 트럼펫 연주자지." 그는 카운터에 끼어 앉아 맥주를 주문하고 새로운 스파이가 될지도 모르는 상대를 유심히 관찰했다.

하인리히는 피부가 창백했고 숱이 많은 검은 머리는 군인치고 길었다. 재즈라는 그리 중요치 않은 주제로 이야기중인데도 매우 열정적이었고 연방 머리를 쓸어넘기고 갖가지 제스처를 섞어가며 논쟁에 임했다. 군복 재킷 주머니에 책이 한 권 들어 있었는데 장담컨대 시집이었다.

볼로댜는 맥주 두 잔을 천천히 마시고 〈모르겐포스트〉를 처음부터 끝까지 찬찬히 읽는 척했다. 지나치게 하인리히에게 집중하지 않으려고 애썼다. 몸이 떨릴 정도로 유망한 인물이었지만, 그가 반드시 협조하리라는 보장은 없었다.

정보원을 새로 발굴하는 일은 볼로댜의 임무 가운데 가장 어려웠다. 상대가 아직 같은 편이 아니기 때문에 미리미리 조심하기가 쉽지 않았다. 가끔은 부적절한 곳, 대부분의 경우 어딘가 공공장소에서 제안을 하게 될 때도 있다. 상대방이 어떤 반응을 보일지 사전에 파악하는 것은 불가능하다. 화를 내고 소리를 지르며 거부할 수도 있고, 겁을 집어먹고 말 그대로 달아나버릴 수도 있다. 하지만 제안하는 입장에서는 상황을 통제할 길이 없다. 언젠가부터 그는 간단하고 직설적으로 그냥 물었다. "스파이가 되고 싶나?"

그는 하인리히에게 어떻게 접근할지 궁리했다. 어쩌면 종교가 그의 성향에서 가장 중요한 요소일 수도 있다. 볼로댜는 상관 레미토프의 말을 떠올렸다. "과거 가톨릭 신자였던 사람은 훌륭한 요원이 될 수 있다. 그들은 오로지 당의 절대적인 권위를 받아들이기 위해 교회의 절대 권위를 뿌리친 사람들이야." 어쩌면 하인리히는 자신이 저지른 짓에 대해 용서를 구하고 있을지도 모른다. 하지만 목숨까지 걸 수 있을까?

마침내 베르너가 계산을 하더니 두 사람이 자리를 떴다. 볼로댜는 뒤를 따라갔다. 호텔 밖에서 헤어진 뒤, 베르너는 타이어 긁히는 소리를 남기며 차를 타고 떠났고 하인리히는 걸어서 공원을 가로질렀다. 볼로댜는 하인리히의 뒤를 쫓았다.

밤이 내려앉고 있었지만 하늘이 맑아서 주위가 훤했다. 따뜻한 저녁 공기 속을 걷는 사람이 많았고 대부분은 쌍쌍이었다. 볼로댜는 자신이나 하인리히를 아들론 호텔부터 뒤따라온 자가 없는지 확인하느라 여러 번 뒤를 돌아보았다. 그만하면 만족스럽다고 판단되자 깊이 숨을 들이마시고 마음을 단단히 먹은 다음, 하인리히를 따라잡았다.

그의 옆에 붙어 걸으며 볼로다가 말했다. "죄악엔 속죄가 따르지요."

하인리히는 미친 사람을 대하듯 경계하는 눈초리로 그를 보았다. "신부님이십니까?"

"당신은 당신의 도움으로 탄생한 사악한 정권에 반격을 가할 수 있습니다."

하인리히는 걸음을 멈추지 않았지만 겁을 먹은 듯했다. "누굽니까? 나에 대해 뭘 알죠?"

볼로다는 하인리히의 질문을 재차 무시했다. "나치는 언젠가 망할 겁니다. 당신이 돕는다면 그날은 더 빨리 오겠죠."

"나를 함정에 빠뜨리려는 게슈타포 요원이라면 고생할 것 없어요. 나는 충직한 독일인입니다."

"내 악센트가 느껴집니까?"

"네. 러시아인처럼 들리는군요."

"게슈타포 요원 중 러시아 악센트가 섞인 독일어를 하는 자가 몇이나, 아니, 그런 흉내를 내겠다는 상상력을 가진 자가 있기나 하겠습니까?"

하인리히는 불안한 표정으로 웃었다. "게슈타포 요원에 관해서는 아는 게 전혀 없습니다." 그가 말했다. "그런 말은 아예 꺼내지도 말았어야 했는데. 바보짓이었군요."

"당신이 일하는 곳에서는 군에서 주문한 무기와 여타 보급품의 물량에 대해 보고서를 작성하죠. 나치의 적에게 그런 보고서 사본의 이용가치는 이루 다 헤아릴 수 없습니다."

"붉은 군대를 말하는 거군요."

"이 정권을 다른 누가 무너뜨릴 수 있겠습니까."

"우리는 그런 보고서 사본의 행방을 모두 꼼꼼하게 추적합니다."

볼로댜는 밀려오는 승리감을 억눌렀다. 하인리히는 실질적인 고충을 고려하고 있었다. 그 말은 원칙적으로는 동의하는 쪽으로 기울었다는 뜻이다. "사본을 추가로 만들어요." 볼로댜가 말했다. "아니면 손으로 베껴 쓰든. 다른 사람 걸 슬쩍해도 되고. 방법은 있습니다."

"물론 있겠죠. 그리고 그 때문에 내가 죽을 수도 있고."

"만일 이 정권이 저지르는 범죄를 그저 보고만 있는다면…… 그 삶은 가치가 있을까요?"

하인리히는 멈춰 서서 볼로댜를 빤히 보았다. 볼로댜는 상대가 무슨 생각을 하는지 가늠할 수 없었지만 본능은 잠자코 있으라고 시켰다. 한참 조용하던 하인리히가 한숨을 내쉬더니 말했다. "생각해보겠습니다."

넘어왔군. 볼로댜는 크게 기뻤다.

하인리히가 물었다. "어떻게 접촉하면 됩니까?"

"아무것도 하지 마십시오." 볼로댜가 말했다. "내가 접촉할 테니." 그는 모자챙에 손을 대 보이고 오던 길을 되돌아갔다.

볼로댜는 기뻐서 어쩔 줄 몰랐다. 제안을 받아들일 마음이 아예 없었다면 하인리히는 강하게 거부했을 것이다. 생각해보겠다는 약속은 수락과 맞먹는 좋은 결과였다. 그는 하루 동안 신중하게 생각해볼 것이다. 위험성에 대해서도 고려하리라. 하지만 결국엔 하게 될 것이다. 볼로댜는 거의 확신했다.

지나치게 자신하지는 말자고 스스로를 타일렀다. 잘못될 일은 많고 많았다.

그럼에도 공원을 벗어나 운터 덴 린덴의 상점과 레스토랑의 밝은 불빛 앞을 지나는 그는 희망으로 가득했다. 아직 식사 전이었지만 저녁을 먹기에 이 거리는 물가가 너무 비쌌다.

그는 동쪽으로 가는 전차를 타고 프리드리히스하인이라는 가난한 동네로 접어들어 한 다세대주택의 작은 집으로 향했다. 금발에 키가 작고 예쁘장한 열여덟 살 여자가 문을 열었다. 그녀는 분홍색 스웨터에 짙은 색 바지를 입었고 맨발이었다. 몸이 날씬했지만 가슴만은 기분좋게 풍만했다.

"갑자기 찾아와 미안해." 볼로댜가 말했다. "곤란한가?"

여자는 웃었다. "전혀." 그녀가 말했다. "들어와요."

그는 안으로 들어섰다. 여자는 문을 닫은 다음 양팔로 볼로댜를 안았다. "당신을 만나면 언제든 행복하죠." 그리고 열정적으로 그에게 키스했다.

릴리 마르크그라프는 사랑이 넘치는 여자였다. 볼로댜는 베를린으로 돌아온 뒤 일주일에 한 번 정도 그녀와 데이트를 했다. 그는 그녀를 사랑하지 않았고 그녀가 베르너를 포함해 다른 남자들과도 만난다는 사실도 알았다. 하지만 함께 있을 때면 그녀는 열정이 넘쳤다.

잠시 후 그녀가 물었다. "소식 들었어요? 그래서 온 거예요?"

"무슨 소식?" 통신사에서 일하는 릴리는 모든 소식을 맨 먼저 들었다.

"소련이 독일과 조약을 체결했어요!" 그녀가 말했다.

말도 안 된다. "영국, 프랑스와 맺었겠지. 독일에 맞서서 말이야."

"아니에요! 그래서 놀랍다는 거죠. 스탈린과 히틀러가 친구가 됐다고요."

"하지만……" 볼로댜는 당황해 말꼬리를 흐렸다. 히틀러와 친구라고? 미친 소리다. 소련의 새 외무장관 몰로토프가 쥐어짜낸 해결책이 이것인가? 우리는 세계적으로 밀려오는 파시즘의 파도를 막는 데 실패했다, 그러니 노력을 포기하자?

아버지는 이런 걸 위해 혁명에서 싸웠단 말인가?

III

우디 듀어는 사 년 후 조앤 로즈로크를 다시 만났다.

그녀의 아버지를 실제로 아는 사람들 가운데 그가 리츠칼튼 호텔에서 신인 여배우를 겁탈하려 했다고 믿는 이는 없었다. 하지만 여배우가 고소를 취하했어도 그것은 따분한 뉴스였고 그 소식을 중요하게 다루는 신문은 거의 없었다. 그 결과 버펄로 사람들 눈에 데이브는 여전히 강간범이었다. 그래서 조앤의 부모는 팜비치로 이사했고, 우디와도 연락이 끊겼다.

그다음 우디가 그녀를 만난 곳은 백악관이었다.

우디는 상원의원인 아버지 거스 듀어와 함께였고 대통령을 만날 예정이었다. 프랭클린 D. 루스벨트는 여러 번 만나보았다. 대통령은 그의 아버지와 오랜 친구였다. 하지만 지금까지 본 것은 모두 공식 파티에서였고, 그때마다 그는 우디와 악수를 나누며 학교는 잘 다니느냐고 물었다. 대통령과 함께 진짜 정치를 논하는 자리는 이번이 처음이었다.

두 사람은 웨스트윙으로 통하는 중앙 현관으로 들어가 로비를 지난 다음 커다란 대기실로 들어섰다. 그곳에 그녀가 있었다.

우디는 기쁨에 젖어 그녀를 바라보았다. 거의 변하지 않은 모습이었다. 거만해 보이는 좁은 얼굴과 휜 코 덕분에 여전히 고대 종교의 지위 높은 여사제처럼 보였다. 극적인 효과를 내는 간결한 차림새도 여전했다. 오늘은 뭔가 시원한 재질의 천으로 만든 검푸른색 정장에 챙이 넓은 같은 색 밀짚모자를 쓰고 있었다. 오늘 아침 깨끗한 흰 셔츠를 입고 새로 산 줄무늬 타이를 매길 잘했다고 우디는 생각했다.

조앤도 그를 만나 기쁜 듯했다. "아주 멋지구나!" 그녀가 말했다. "이제 워싱턴에서 일해?"

"여름 동안만 아버지 사무실에서 일을 돕고 있어요." 그는 대답했다. "아직 하버드에 다녀요."

그녀는 우디의 아버지를 향해 몸을 돌리고 공손하게 인사했다. "안녕하십니까, 상원의원님."

"안녕, 조앤."

우디는 우연히 그녀와 마주치게 되어 황홀한 기분이었다. 그녀는 그 어느 때보다도 매혹적이었다. 계속 이야기를 이어가고 싶었다. "여기서 뭘 하는 거죠?" 우디가 물었다.

"국무부에서 일해."

우디는 고개를 끄덕였다. 아버지를 향한 그 깍듯한 태도가 이해되었다. 그녀도 다들 듀어 상원의원에게 굽실거리는 세계에 합류한 것이다. 우디가 말했다. "어떤 업무를 해요?"

"보좌관을 보좌하지. 내 상관은 지금 대통령과 있지만 나는 지위가 너무 낮아서 같이 들어가지 못했어."

"당신은 언제나 정치에 관심이 있었죠. 린치에 관해 논쟁했던 거 기억나요."

"버펄로가 그리워. 우리 정말 재미있었잖아!"

라켓 클럽 무도회에서 그녀와 키스한 일이 떠올라 우디는 얼굴이 화끈거렸다.

우디의 아버지가 말했다. "아버지에게 인사 전해다오." 이제 자리를 떠야 한다는 뜻이었다.

우디는 전화번호를 물을까 고민했지만 선수를 빼앗겼다. "널 꼭 다시 만나고 싶어, 우디." 그녀가 말했다.

그는 기뻤다. "그래야죠!"

"오늘 저녁 괜찮아? 친구 몇 명이랑 칵테일을 마실 거야."

"아주 좋아요!"

그녀가 그리 멀지 않은 아파트 주소를 일러주자, 우디의 아버지는 그를 데리고 서둘러 대기실 반대편으로 향했다.

한 경호원이 거스에게 친근하게 고개를 끄덕였고 두 사람은 다른 대기실로 들어섰다.

거스가 말했다. "자, 우디. 대통령께서 네게 직접 말을 거는 경우가 아니라면 입다물고 있어라."

우디는 눈앞에 닥친 만남에 집중하려고 애썼다. 유럽에서 정치적 지진이 발생했다. 소련이 모두의 예상을 뒤엎고 나치 독일과 평화조약을 체결한 것이다. 대통령은 상원 외교위원회의 중요한 구성원인 우디 아버지의 의견을 듣고 싶어했다.

거스 듀어는 논의해야 할 다른 사안도 있었다. 루스벨트가 국제연맹을 되살리도록 설득하고 싶었다.

힘든 설득일 것이다. 미국은 연맹에 가입조차 하지 않았고, 미국인들도 별로 달가워하지 않았다. 암울하지만 연맹은 1930년대에 닥친 여러 차례의 위기를 처리하는 데 실패하고 말았다. 일본의 극동 침략, 아프리카를 짓밟은 이탈리아의 제국주의, 유럽에서는 나치의 정권 탈취, 에스파냐의 민주주의 붕괴까지. 하지만 거스는 노력해보기로 했다. 그것이 늘 그의 꿈이었음을 우디는 잘 알았다. 분쟁을 해결하고 전쟁을 막는 국제적 협의체.

우디는 전적으로 아버지를 지지했다. 하버드에서 열린 토론회에서 국제연맹에 관한 연설을 하기도 했다. 두 국가간 분쟁이 생겼을 때 벌어질 수 있는 가장 끔찍한 사태는 서로 상대국 국민을 죽이는 것이다. 우디에게 그 점은 무척이나 명백했다. "물론 왜 그런 일이 벌어지는지는 이해합니다." 그는 토론회에서 말했다. "술 취한 사람들이 왜 주먹다짐을 하는지 이해되는 것처럼요. 하지만 그렇다고 주먹다짐이 비이성적인 행위가 아니라고 할 수는 없습니다."

하지만 지금은 유럽의 전쟁 위기에 대해 생각하는 게 쉽지 않았다. 조앤을 향한 오래전 감정이 물밀듯 되살아났다. 그녀가 다시 키스해줄지 궁금했다. 오늘밤일 수도 있다. 그녀는 늘 그를 좋아했고 그 마음은 지금도 변함없는 것 같았다. 아니라면 왜 그를 파티에 초대했겠는가. 1935년 그녀는 그가 열다섯 살이고 자기는 열여덟 살이라는 이유로 데이트를 거절했다. 당시에는 이해할 수 없었지만 납득할 만한 이유다. 하지만 두 사람 다 네 살씩 더 먹은 지금은 나이 차이가 그리 뚜렷하지 않았다. 아닌가? 우디는 아니길 바랐다. 버펄로와 하버드에서 여자들과 데이트를 해봤지만, 누구에게서도 조앤을 향해 품었던 압도적인 열정을 느낄 수 없었다.

"알았지?" 아버지가 말했다.

우디는 바보가 된 느낌이었다. 아버지가 대통령에게 세계 평화를 이룰 제안을 하려는 참인데, 조앤과의 키스만 생각하고 있었다. "그럼요." 그가 말했다. "대통령께서 먼저 말을 걸지 않으면 조용히 있죠."

사십대 초반의 키가 크고 늘씬한 여성이 마치 이곳의 주인이라도 되는 듯 느긋하고 자신감 넘치는 태도로 들어왔다. 우디는 그녀가 '미시'라는 별명으로 불리며 루스벨트의 집무실 비서로 일하는 마거릿 르핸드임을 알아보았다. 그녀는 남자 같은 긴 얼굴에 코가 컸고 검은 머리칼에는 군데군데 회색이 섞여 있었다. 그녀는 거스를 향해 따뜻한 미소를 지었다. "다시 뵙게 되어 정말 반갑습니다, 상원의원님."

"잘 지냈습니까, 미시? 내 아들 우드로는 기억하겠죠."

"그럼요. 대통령께서 두 분을 만날 준비가 되었습니다."

대통령에 대한 미시의 헌신은 유명했다. 워싱턴에 도는 소문에 따르면 루스벨트는 유부남에게 허락된 것 이상으로 그녀를 아꼈다. 우디는 부모님의 조심스럽지만 의미심장한 대화를 통해 영부인 엘리너가 여섯째 아이를 낳은 뒤로는 남편과의 잠자리를 거부한다는 사실을 알고 있었다. 그로부터 오 년 뒤 루스벨트는 마비를 얻었지만 성적 기능은 문제가 없었다. 이십 년 동안 아내를 안지 못한 대통령이라면 어쩌면 애정 넘치는 비서를 둘 자격이 있는지도 모른다.

그녀는 두 사람을 다른 문으로 안내했고, 좁은 통로를 가로지르자 대통령 집무실이 나왔다.

대통령은 바깥을 향해 볼록하게 구부러진 벽면의 높은 창문 세 개를 등지고 책상에 앉아 있었다. 남향 유리창으로 들어오는 8월의 햇빛을 블라인드가 걸러냈다. 그는 휠체어가 아닌 평범한 사무용 의자에 앉아서, 흰 양복 차림으로 담배를 물부리에 끼워 피우고 있었다.

아주 잘생긴 얼굴은 아니었다. 머리도 벗어지는 중이고 턱은 튀어나왔고 코안경을 끼고 있어 눈이 너무 붙어 보였다. 그럼에도 호감 가는 미소와 악수를 청하는 손, 쾌활한 목소리에서 즉각적으로 느껴지는 매력이 있었다. "만나서 반갑네, 거스. 어서 와."

"각하, 제 큰아들 우드로 기억하실 겁니다."

"물론이지. 하버드는 어떤가, 우디?"

"아주 좋습니다, 각하. 감사합니다. 토론 팀에 있습니다." 그는 정치인들이 모든 사람에 관해 상세히 아는 듯 보이는 비결을 갖고 있는 게 아닐까 생각했다. 기억력이 뛰어난 건지, 비서들이 요령 좋게 일러주는 건지는 모르지만.

"나도 하버드를 다녔지. 앉게, 앉아." 루스벨트는 꽁초만 남은 담배를 뽑아 이미 가득찬 재떨이에 비벼 껐다. "거스, 도대체 유럽에서 무슨 일이 일어나고 있는 건가?"

물론 대통령은 유럽에서 무슨 일이 벌어지는지 잘 알 것이다. 국무부 전체가 그런 일을 보고하는 기관이다. 하지만 그는 거스 듀어의 분석을 원했다.

거스가 말했다. "제 의견으로 독일과 러시아는 여전히 불구대천의 적입니다."

"우리 모두 그렇게 생각해. 하지만 그렇다면 어째서 평화조약에 서명한 거지?"

"양측의 단기적인 편의 때문이죠. 스탈린은 시간이 필요합니다. 붉은 군대를 키우고 싶어하죠. 그래야 때가 오면 독일을 무찌를 수 있으니까요."

"그럼 상대방은?"

"히틀러는 폴란드에 무슨 짓을 하기 직전인 게 분명합니다. 폴란드에서 독일어 사용자가 어떤 학대를 받고 있는지, 말도 안 되는 이야기가 온통 독일 언론을 채우고 있어요. 히틀러는 아무런 목적 없이 증오를 불러일으키지 않습니다. 어떤 계획을 갖고 있든 그는 소련이 자신의 앞길을 막는 걸 원치 않습니다. 그래서 조약을 맺은 거죠."

"헐이 한 얘기와 거의 같군." 코델 헐은 국무장관이었다. "하지만 그는 다음에 무슨 일이 벌어질지는 모르더군. 스탈린은 히틀러가 원하는 대로 하게 둘까?"

"제 예상은 앞으로 몇 주 안에 그들이 폴란드를 분할할 것 같습니다."

"그래서?"

"몇 시간 전 영국과 폴란드가 서로 침공을 받을 경우 돕기로 약속하는 새 조약에 서명했습니다."

"하지만 그들이 뭘 할 수 있겠나?"

"아무것도 없습니다, 각하. 영국의 육해공군은 폴란드를 침공하는 독일을 막을 힘이 전혀 없습니다."

"우리가 뭘 해야 한다고 생각하나, 거스?" 대통령이 물었다.

우디는 지금이 아버지에게 온 기회임을 알았다. 몇 분 동안 대통령의 관심을 끌게 된 것이다. 뭔가 일을 벌일 수 있는 매우 귀한 기회였다. 우디는 조심스럽게 손가락을 겹쳐 행운을 빌었다.

거스는 몸을 앞으로 기울였다. "우리는 아들들이 우리처럼 전쟁터에 나가길 원치 않습니다." 루스벨트에게는 이삼십대의 아들 넷이 있었다. 우디는 자기가 이곳에 온 이유를 불현듯 깨달았다. 대통령으로 하여금 자식들을 떠올리게 하는 역할로 불려온 것이다. 거스는 조용히 말했다. "미국 아이들을 또다시 유럽에 보내 학살당하게 할 수 없습니다. 세계는 경찰력을 필요로 합니다."

"어떤 생각을 갖고 있나?" 루스벨트는 자신의 입장을 밝히지 않은 채 물었다.

"국제연맹은 사람들의 생각과 달리 실패작이 아닙니다. 1920년대에는 핀란드와 스웨덴, 터키와 이라크 사이의 국경분쟁을 해결했죠." 거스는 손가락으로 하나씩 짚어가며 말했다. "또 그리스와 유고슬라비아의 알바니아 침공을 막았고, 그리스를 설득해 불가리아에서 철군하게 했습니다. 콜롬비아와 페루 사이의 적대 행위를 막기 위해 평화유지군을 보내기도 했죠."

"모두 사실이야. 하지만 1930년대에는……"

"파시스트의 공격에 대응할 정도로는 강하지 않았죠. 놀라울 것도 없습니다. 의회가 조약 비준을 거부하면서 미국은 회원국이 돼보지도 못하는 바람에 연맹은 시작부터 절름발이였으니까요. 우리는 미국이 이끄는, 무력을 갖춘 새 회의체가 필요합니다." 거스는 말을 멈췄다. "각하, 평화로운 세상을 포기하기엔 너무 이릅니다."

우디는 숨을 참았다. 루스벨트는 고개를 끄덕였다. 하지만 우디는 대통령이 늘 고개를 끄덕인다는 걸 알고 있었다. 대놓고 반대를 표하는 일은 매우 드물었다. 그는 대립을 증오했다. 아버지는 대통령의 침묵을 찬성으로 받아들이지 않도록 조심하라고도 했다. 옆에 앉은 아버지의 얼굴까지 볼 순 없지만 긴장이 느껴졌다.

마침내 대통령이 말했다. "자네 말이 옳다고 믿네."

우디는 크게 환호하고 싶은 마음을 꾹 억눌렀다. 대통령이 찬성했다! 아버지를 보았다. 웬만해서는 쉽게 동요하지 않는 거스 역시 놀라움을 감추지 못하고 있었다. 그만큼 빠른 승리였다.

거스는 쐐기를 박기 위해 재빨리 움직였다. "그렇다면 제가 코델 헐과 함께 제안서를 작성할 테니 보고 고려해보시면 어떻겠습니까?"

"헐은 할 일이 산적해 있네. 웰스에게 말하게."

섬너 웰스는 국무부 차관이었다. 야심차고 대담한 그가 아버지의 첫 번째 선택지는 아님을 우디는 알았다. 하지만 그는 오랫동안 루스벨트 가문과 친구였고, 대통령의 결혼식에서 시동 역할을 하기도 했다.

어쨌든 거스가 이런 상황에서 이의를 제기하지는 않을 터였다. "기꺼이 그렇게 하겠습니다." 그는 말했다.

"다른 건 없나?"

분명 그만 물러가라는 말이었다. 거스는 일어섰고 우디도 따라 일어섰다. 거스가 말했다. "어머니 루스벨트 여사는 어떠십니까, 각하? 지난번에 듣기로는 프랑스에 계신다죠."

"어제 배가 출발했다는군. 다행이지 뭔가."

"기쁜 소식이네요."

"와줘서 고맙네." 루스벨트가 말했다. "자네와의 우정은 정말 소중해, 거스."

거스가 말했다. "더할 나위 없이 기쁜 말씀입니다, 각하." 그는 대통령과 악수를 했고 우디도 뒤이어 악수를 했다.

그리고 두 사람은 집무실을 나왔다.

우디는 조앤이 여전히 주위에 남아 있었으면 하는 마음도 없지 않았지만 그녀는 가고 없었다.

백악관을 나오는 길에 거스가 말했다. "축하주 한잔 하자."

우디는 시계를 보았다. 다섯시였다. "그래야죠." 그가 말했다.

둘은 F가의 올드 이빗으로 향했다. 스테인드글라스에 녹색 벨벳, 놋쇠 램프, 헌팅 트로피로 장식한 레스토랑이었다. 실내는 하원의원, 상원의원과 그들을 따르는 보좌관, 로비스트, 기자로 가득했다. 거스는 장식을 곁들인 드라이 마티니 스트레이트를 주문하고 우디에게는 맥주를 시켜주었다. 우디는 웃음이 나왔다. 자기도 마티니를 마셨으면 했다. 사실 마티니는 그저 차가운 진 맛밖에 나지 않는 것 같아 썩 좋아하지 않았지만 아버지가 의견을 물어주었다면 기분이 좋았을 것이다. 그래도 우디는 잔을 들고 말했다. "축하드려요. 원하시던 대로 됐군요."

"세계가 필요로 하는 거지."

"아주 멋지게 주장을 펼치셨어요."

"설득할 필요도 거의 없었어. 그분은 진보적이지만 실용주의자야. 모든 걸 할 수 없으니 이길 만한 전투를 택해야 한다는 사실을 안다고. 그에게 최우선은 뉴딜정책이야. 실업자에게 일자리를 주는 거지. 중요한 사업에 방해가 되는 건 아무것도 하지 않을 거야. 만일 내 계획도 지지자들을 화나게 할 정도로 논란이 된다면 포기하겠지."

"그렇다면 아직은 아무것도 얻어내지 못한 거네요."

거스는 웃음을 지었다. "중요한 첫걸음을 뗐지. 하지만 맞아. 우리는 아무것도 못 얻어냈어."

"웰스와 하라고 한 건 유감이에요."

"꼭 그렇지는 않아. 섬너가 프로젝트에 힘을 실어줄 거다. 그는 나보다 대통령과 더 가까운 사이야. 하지만 예측하기 어려운 사람이지. 프로젝트를 붙들고 엉뚱한 방향으로 틸 수도 있어."

우디는 실내 건너편에서 눈에 익은 얼굴을 발견했다. "누가 있는지 맞혀보세요. 진작 알 수도 있었는데."

그의 아버지가 같은 방향으로 고개를 돌렸다.

"바에 서 있어요." 우디가 말했다. "모자 쓴 나이든 사람 둘, 금발 여자랑 있는 사람이요. 그레그 페시코프네요." 늘 그랬듯이 그레그는 비싼 옷을 엉망으로 입었다. 실크 넥타이는 비뚤어졌고, 셔츠는 허리띠 밖으로 삐져나왔고, 아이스크림색 바지에는 담뱃재가 묻어 있었다. 그럼에도 금발 여자는 홀딱 빠진 듯 그를 보고 있었다.

"그렇군." 거스가 말했다. "저애 하버드에서 자주 보냐?"

"걔는 물리학 전공이지만 과학도들하고는 어울리지 않아요. 아마 너무 따분해서겠죠. 가끔 〈크림슨〉 일 때문에 마주치는 정도예요." 〈하버드 크림슨〉은 학생 신문이었다. 우디는 신문에 실을 사진을 찍고 그레그는 기사를 썼다. "저 친구 이번 여름 국무부에서 인턴을 하는데, 그래서 여기 있나봐요."

"공보실에서 일하나보군." 거스가 말했다. "함께 있는 두 남자는 기자인데, 갈색 양복을 입은 사람은 〈시카고 트리뷴〉 소속이고, 파이프 담배를 피우는 사람은 클리블랜드의 〈플레인 딜러〉에 있지."

우디는 기자들과 오랜 친구처럼 이야기를 나누는 그레그를 보았다. 그는 한 기자의 팔을 붙잡고 몸을 앞으로 기울인 채 뭔가 낮은 목소리로 말하면서 짐짓 축하한다는 듯 다른 기자의 등을 두드렸다. 그레그의 말에 두 기자가 웃음을 터뜨리는 모습을 보고 우디는 생각했다. 저들이 그레그를 좋아하나보군. 우디는 그런 재능이 부러웠다. 정치인에게 유용한 재능이었다. 하지만 반드시 필요한 것은 아닌지도 몰랐다. 그의 아버지는 그런 식의 겉치레에 강하지 못했지만, 미국에서 가장 경험 많은 정치인 가운데 한 명이었다.

우디가 말했다. "걔 이복동생 데이지가 전쟁의 위협을 어떻게 느끼고 있는지 궁금하네요. 런던에 건너가 있거든요. 어느 영국 귀족하고 결혼했대요."

"정확히 말해서, 나도 잘 알고 지낸 피츠허버트 백작의 큰아들과 결혼했지."

"모든 버펄로 처녀의 부러움의 대상이죠. 결혼식에 영국 왕까지 왔으니까요."

"나는 피츠허버트의 여동생 모드도 잘 알지. 훌륭한 여자야. 그녀는 독일인인 발터 폰 울리히와 결혼했다. 발터가 먼저 결혼하지 않았더라면 내가 했을 거야."

우디는 눈썹을 치켜세웠다. 아버지답지 않은 말이었다.

"물론 그것도 네 엄마와 사랑에 빠지기 전 일이다."

"물론이죠." 우디는 웃음을 삼켰다.

"발터와 모드는 히틀러가 사회민주당 활동을 금지한 뒤 자취를 감췄어. 두 사람이 안전했으면 좋겠구나. 만일 전쟁이 벌어지면……"

우디는 전쟁 이야기가 나오자 아버지가 회상에 잠겼다는 걸 알았다. "최소한 미국은 상관없죠."

"지난번에 우리도 그렇게 생각했었지." 거스는 화제를 바꾸었다. "동생한테서는 무슨 소식 있었니?"

우디는 한숨을 내쉬었다. "걔는 생각 안 바꿀 거예요, 아버지. 하버드고 다른 대학이고, 안 가겠답니다."

이것은 가문의 위기였다. 척은 열여덟 살이 되는 대로 해군에 입대하겠다고 선언했다. 대학을 졸업하지 않았으니 일반 사병이 될 테고, 앞으로도 장교가 될 가능성은 없었다. 많은 걸 이룬 부모는 그 점이 두려웠다.

"대학에 충분히 갈 만큼 똑똑한데, 젠장." 거스가 말했다.

"걔는 저한테 체스도 이겨요."

"나도 이기더라. 그래, 문제가 뭐라더냐?"

"공부가 끔찍이도 싫대요. 그리고 배가 좋대요. 배 타는 일에만 온 신경을 쓰고 있어요." 우디는 손목시계를 들여다보았다.

"너 파티에 가야 하잖아." 아버지가 말했다.

"서둘 필요는—"

"서둘러야지. 아주 매력적인 여자애더구나. 얼른 나가봐라."

우디는 씩 웃었다. 아버지는 놀라우리만큼 재치가 넘쳤다. "고마워요, 아버지." 그는 일어섰다.

그레그 페시코프도 동시에 레스토랑을 나서서 두 사람은 함께 밖으로 나왔다. "안녕, 우디. 잘 지내?" 그레그는 같은 방향으로 돌아서며 상냥하게 인사했다.

한때 우디는 데이브 로즈로크 사건에서 한몫 거든 그레그를 한 대 패주고 싶기도 했다. 세월이 흐르면서 그런 감정은 사그라졌고, 사실 그 사건을 책임져야 할 사람은 레프 페시코프이지 겨우 열다섯 살이던 그의 아들은 아니었다. 그럼에도 우디는 그냥 정중한 태도로만 그를 대했다. "워싱턴을 즐기고 있지." 그는 워싱턴의 넓은 파리식 대로를 따라 걸으며 말했다. "넌 어때?"

"좋아. 이제 곧 사람들이 내 이름을 듣고도 놀라지 않겠지." 무슨 말인지 잘 모르겠다는 우디의 표정을 보고 그레그가 설명했다. "국무부는 온통 스미스, 페이버, 젠슨, 매캘리스터 천지야. 코진스키나 코언, 파파도풀로스 같은 이름은 전혀 없지."

우디는 그 말이 사실이라는 걸 알아차렸다. 정부는 몇 안 되는 민족에 의해 상당히 배타적으로 운영되고 있었다. 예전에는 왜 이런 생각을 못했을까? 어쩌면 학교에서나 교회, 하버드에서도 같은 상황이었기 때문인지 모른다.

그레그는 말을 이었다. "하지만 그들은 속이 좁진 않아. 러시아어를 유창하게 하는 부잣집 아들은 예외로 쳐주거든."

그레그는 건방지게 말했지만 밑바닥에 진정한 억울함이 깔려 있었고, 우디는 그레그가 심각한 불만을 품고 있다는 걸 알아챘다.

"다들 우리 아버지가 깡패라고 생각해." 그레그가 말했다. "하지만 딱히 개의치 않아. 부자들도 대부분 조상 중 깡패 한 명쯤은 있으니까."

"워싱턴을 증오하는 것 같네."

"반대야! 다른 곳으로는 절대 안 가. 권력이 여기 있거든."

우디는 자기는 좀더 고결하다고 생각했다. "난 내가 하고 싶은 일들, 만들고 싶은 변화 때문에 여기 있는 거야."

그레그는 씩 웃었다. "피차 마찬가지야. 권력 때문이니."

"흠." 우디는 그런 식으로 생각해본 적이 없었다.

그레그가 말했다. "유럽에서 전쟁이 벌어질 거라고 생각해?"

"네가 알아야지. 국무부에서 일하잖아!"

"그래, 하지만 나는 공보실에 있어. 내가 아는 거라곤 기자들에게 나가는 동화들뿐이야. 진실이 뭔지는 전혀 모른다고."

"이런, 나도 몰라. 방금 전 대통령과 함께 있었는데 내가 보기엔 그분도 모르는 것 같더군."

"내 누이 데이지가 유럽에 있어."

그레그의 목소리가 바뀌었다. 진심으로 걱정하는 기색이라 우디는 딱한 마음이 들었다. "알아."

"폭격이 시작되면 여자들과 아이들도 무사하지 못할 거야. 독일이 런던에 폭격을 할까?"

우디가 할 수 있는 솔직한 대답은 하나였다. "하겠지."

"누이가 집으로 왔으면 좋겠어."

"어쩌면 전쟁이 벌어지지 않을지도 몰라. 지난해 영국 수상 체임벌린이 히틀러와 체코슬로바키아를 두고 막판에 협상을 벌여서—"

"막판에 퍼준 거지."

"맞아. 그러니 어쩌면 폴란드에 같은 짓을 할 수도 있지. 지금은 그러기에도 시간이 촉박하지만."

그레그는 침울하게 고개를 끄덕이더니 화제를 바꾸었다. "어디 가는 거야?"

"조앤 로즈로크가 사는 아파트. 파티를 연대."

"들었어. 걔 룸메이트 하나를 알거든. 하지만 나는 초대를 못 받았지. 짐작했겠지만. 아파트 건물이—이런, 세상에!" 그레그는 말을 하다 멈춰 섰다.

우디도 따라서 멈췄다. 그레그는 멍하니 앞을 보고 있었다. 시선을 따라가보니 그는 E가를 따라 두 사람에게 다가오는 아름다운 흑인 여자를 보고 있었다. 여자는 그들 또래로 예뻤고, 분홍색이 도는 큼직한 갈색 입술은 키스를 떠올리게 했다. 웨이트리스 복장의 일부인 듯 평범한 검은색 원피스를 입었지만 귀여운 모자에 유행하는 신발까지 신어 멋들어진 모습이었다.

두 사람을 본 그녀는 그레그의 시선을 알아차리고 고개를 돌렸다.

그레그가 말했다. "재키? 재키 제이크스?"

여자는 그레그를 무시하고 계속 걸었지만, 우디가 보기에 그녀는 난처한 표정이었다.

그레그가 말했다. "재키, 나야. 그레그 페시코프."

재키—그 사람이 맞는지 몰라도—는 대꾸하지 않았지만 금방이라도 눈물을 터뜨릴 듯했다.

"재키, 본명은 메이블. 나 알잖아!" 그레그는 인도 한복판에서 항의하듯 양팔을 벌렸다.

그녀는 말없이 시선을 피한 채 조심스럽게 그레그를 옆으로 돌아서 계속 걸었다.

그레그가 돌아섰다. "잠깐 기다려!" 그는 여자를 불렀다. "사 년 전 나를 버리고 떠났잖아. 설명은 해줘야지!"

우디는 그레그답지 않다고 생각했다. 그는 고등학교에서나 하버드에서나 여자들과 늘 문제없이 잘 지냈다. 지금은 정말로 화가 난 것 같았다. 당혹스럽고 마음이 아프다 못해 절망에 빠진 듯했다.

사 년 전이라. 우디는 기억을 되돌렸다. 그 현장에 있던 여자일까? 사건은 이곳 워싱턴에서 벌어졌다. 그 여자라면 여기 사는 게 당연했다.

그레그는 여자를 따라 뛰어갔다. 마침 모퉁이에 멈춰 선 택시에서 턱시도 차림의 남자 승객이 인도에 내려 기사에게 돈을 내던 참이었다. 재키는 택시에 올라타 문을 쾅 닫았다.

그레그는 창문에 대고 소리를 질렀다. "제발 좀 말해줘!"

턱시도 사내가 말했다. "잔돈은 가져요." 그러고는 가버렸다.

택시는 노려보는 그레그를 뒤로한 채 출발했다.

그는 호기심에 차 서서 기다리는 우디에게 천천히 돌아왔다. "이해가 안 돼." 그레그가 말했다.

우디가 말했다. "무서워하는 것 같던데."

"뭘? 그녀에게 아무 해도 입힌 적 없어. 미치도록 사랑했지."

"글쎄, 겁에 질린 눈치였어."

그레그는 몸이 부들부들 떨리는 듯했다. "미안." 그가 말했다. "어쨌든 너랑 상관없는 일이야. 사과하지."

"괜찮아."

그레그는 몇 걸음 떨어진 아파트 건물을 가리켰다. "저기가 조앤이 사는 곳이야." 그가 말했다. "좋은 시간 보내." 그러고는 걸어가버렸다.

우디는 약간 어리둥절한 채 현관에 들어섰다. 하지만 그레그의 일은 금세 잊고 자기 연애에 대해 생각했다. 조앤이 정말 그를 좋아할까? 오늘 저녁 키스는 무리라 해도 어쩌면 데이트 신청은 할 수 있을지도 모른다.

도어맨이나 짐을 들어주는 사람이 따로 없는 깔끔한 건물이었다. 로비에 비치된 거주자 명단을 보니 로즈로크는 스튜어트, 피셔라는 여자들과 집을 나눠 쓰는 모양이었다. 우디는 엘리베이터를 타고 올라갔다. 그제야 빈손이라는 것을 깨달았다. 사탕이나 꽃을 가져왔어야 했는데. 다시 가서 뭐라도 사올까 생각했지만, 그러면 지나치게 격식을 차리는 것 같았다. 그는 벨을 눌렀다.

이십대 초반의 여자가 문을 열었다.

우디가 말했다. "안녕하세요, 저는—"

"들어와요." 여자는 우디가 이름을 밝힐 때까지 기다리지도 않고 말했다. "음료는 부엌에 있고 거실 테이블 위에 음식이 있어요. 아직 남았는지는 모르지만." 그리고 여자는 돌아섰다. 그 정도면 충분히 환영해줬다고 생각하는 게 분명했다.

작은 아파트는 술을 마시거나 담배를 피우고 전축에서 흘러나오는 소음보다 더 크게 떠드는 사람들로 가득했다. "친구 몇 명"이라는 조앤의 말에 우디는 여덟에서 열 명 정도 되는 젊은이가 커피 탁자에 둘러 앉아 유럽의 위기에 대해 토론하는 자리를 상상했다. 실망이었다. 이렇게 붐비는 파티라면 자기가 얼마나 많이 자랐는지 조앤에게 입증할 기회를 얻기 힘들 터였다.

우디는 주변을 둘러보며 그녀를 찾았다. 그는 대부분의 사람들보다 키가 커서 머리들을 내려다볼 수 있었다. 그녀는 보이지 않았다. 사람들 사이로 돌아다니며 그녀를 찾았다. 좁은 틈을 비집고 앞으로 움직이는데 가슴이 풍만하고 갈색 눈이 예쁜 여자가 그를 쳐다보았다. "안녕, 키다리 씨. 난 다이애나 태버너라고 해요. 이름이 뭐죠?"

"조앤을 찾고 있어요." 그가 말했다.

그녀는 어깨를 으쓱했다. "행운을 빌어요." 그리고 돌아섰다.

그는 부엌으로 향했다. 소음이 조금 작아졌다. 조앤은 어디에도 없었지만 이왕 부엌에 온 김에 술을 한잔 마시기로 했다. 어깨가 벌어진 서른 살 정도의 남자가 칵테일 셰이커를 흔들고 있었다. 갈색 정장을 빼입고 연한 파란색 셔츠에 짙푸른 넥타이를 맨 그는 분명 바텐더는 아니었지만 파티 주최자처럼 굴었다. "스카치는 저기 있어요." 그가 다른 손님에게 말했다. "마음대로 드세요. 제가 만드는 건 마티니예요. 혹시 누구라도 마실까봐."

우디가 물었다. "버번 있나요?"

"여기요." 남자는 병을 내밀었다. "나는 벡스포스 로스라고 합니다."

"우디 듀어입니다." 우디는 잔을 찾아 버번을 따랐다.

"얼음은 저 통에 있어요." 벡스포스가 말했다. "어디서 왔나요, 우디?"

"상원에 인턴으로 있어요. 당신은요?"

"나는 국무부에서 일해요. 이탈리아 담당이죠." 그는 주위 사람들에게 마티니를 나눠주었다.

보나마나 유망주인가보군. 우디는 생각했다. 남자의 넘치는 자신감이 비위에 거슬렸다. "조앤을 찾고 있어요."

"여기 어디 있을 겁니다. 어떻게 조앤을 알죠?"

우디는 이 대목에서 확실한 우위를 보여줄 수 있었다. "아, 우린 오랜 친구예요." 그는 대수롭지 않다는 듯 말했다. "사실 평생 알고 지낸 사이죠. 어렸을 때 버펄로에서 함께 자랐거든요. 당신은요?"

벡스포스는 마티니를 한 모금 쭉 들이켜더니 만족스러운 듯 숨을 내쉬었다. 그러고는 뭔가를 가늠하듯 우디를 보았다. "당신처럼 오래 알고 지낸 사이는 아닙니다." 그는 말했다. "하지만 내가 그녀를 더 잘 알 것 같군요."

"어째서죠?"

"그녀랑 결혼할 계획이거든요."

우디는 뺨을 얻어맞은 기분이었다. "결혼을 해요?"

"네. 멋지지 않나요?"

우디는 실망감을 감출 수 없었다. "그녀도 아는 일인가요?"

벡스포스는 소리내 웃더니 거들먹거리며 우디의 어깨를 두드렸다. "당연히 알죠. 그녀도 전적으로 찬성이고요. 나는 세상에서 가장 운 좋은 남자죠."

벡스포스는 우디가 조앤에게 빠졌다는 사실을 눈치챈 게 틀림없었다. 바보가 된 기분이었다. "축하합니다." 우디는 낙담해 말했다.

"고마워요. 자, 이제 나는 한 바퀴 돌아봐야겠어요. 얘기 즐거웠어요, 우디."

"즐거웠습니다."

벡스포스는 다른 곳으로 갔다.

우디는 입도 대지 않은 술잔을 내려놓았다. "빌어먹을." 조용히 그렇게 말한 뒤 아파트를 떠났다.

IV

베를린의 9월 첫날은 후텁지근했다. 카를라 폰 울리히는 땀에 젖어 개운치 못한 기분으로 잠에서 깼다. 침대 시트는 더운 밤 사이 내팽개쳐져 있었다. 침실 창밖을 내다보니 도시 위로 낮게 드리운 회색 구름이 냄비 뚜껑처럼 열기를 가둬놓고 있었다.

오늘은 그녀에게 매우 중요한 날이었다. 사실상 인생의 향방이 결정될 날이었다.

거울 앞에 섰다. 그녀는 어머니를 닮아 피츠허버트 가의 검은 머리와 녹색 눈을 물려받았다. 어머니의 각진 얼굴은 아름답다기보다 매력적이라면, 그녀는 보다 예쁘장한 인상이었다. 하지만 더 큰 차이가 있었다. 어머니는 만나는 남자마다 주목을 끌었다. 반대로 카를라는 이성을 유혹하는 재주가 없었다. 그녀는 다른 열여덟 살 여자애들이 그러는 모습을 지켜보기만 했다. 멍청하게 웃거나, 스웨터를 가슴께에서 바짝 당기거나, 머리칼을 넘기거나, 눈을 깜박거리는 짓은 부끄럽기만 했다. 물론 어머니는 더 교묘해서 남자들은 자기가 마법에 걸려들고 있다는 것조차 몰랐지만 본질적으로는 같은 수법이었다.

하지만 오늘 카를라는 섹시하게 보이고 싶지 않았다. 반대로 현실적이고 합리적이고 능력 있어 보여야 했다. 그녀는 종아리 중간까지 내려오는 평범한 돌멩이 색깔의 면 원피스를 입고, 밋밋하고 납작한 학생용 샌들을 신고, 독일 처녀들이 보통 하는 식으로 머리를 양쪽으로 땋았다. 거울 속 그녀는 이상적인 여학생이었다. 보수적이고 따분하고 성적 매력이 없었다.

카를라는 가족들보다 먼저 일어나서 옷을 입었다. 주방에 가정부 아다가 있어서 그녀를 도와 아침상을 준비했다.

다음으로 오빠가 나타났다. 열아홉 살 에리크는 짧게 깎은 검은 콧수염을 자랑스러워했고 나치를 지지해서 나머지 가족을 격분케 했다. 그는 가장 친한 친구이자 나치 동료인 헤르만 브라운과 함께 베를린 대학교 의과대학인 샤리테의 학생이었다. 물론 울리히 가족은 학비를 댈 수 없었지만 에리크는 장학금을 따냈다.

카를라도 그 학교에서 공부하기 위해 같은 장학금을 신청했다. 그리고 바로 오늘이 그 면접이었다. 만일 성공한다면 그녀는 공부를 해 의사가 될 것이다. 만일 실패하면……

달리 무슨 일을 해야 할지 알 수 없었다.

나치가 정권을 잡으면서 부모님의 삶은 엉망이 되었다. 아버지는 이제 더는 제국의회 의원이 아니었다. 나치를 제외한 다른 모든 정당과 함께 사민당도 불법단체가 되면서 일자리를 잃었다. 정치인이자 외교관으로서 아버지의 전문 지식을 활용할 수 있는 직장은 없었다. 아직 몇몇 친구가 남아 있는 영국 대사관에 독일 신문을 번역해주며 근근이 생계를 이어갔다. 어머니는 한때 유명한 좌익 저널리스트였지만 신문사들은 더는 그녀의 기사를 실을 수 없었다.

카를라는 그런 상황이 가슴 아팠다. 그녀는 아다를 포함한 가족 모두를 무척 사랑했다. 그녀가 어릴 때는 열심히 일하고 정치적으로 강력했던 아버지가 지금은 몰락해 그야말로 패배자가 되다니 슬펐다. 더 나쁜 것은 전쟁 전 영국에서 유명한 여성참정권 운동가였지만 이제는 몇 마르크를 받고 피아노를 가르치면서도 용감한 어머니의 표정이었다.

그러나 두 사람은 자식들이 자라서 행복하고 만족스러운 삶을 살 수 있다면 무엇이든 참을 수 있다고 했다.

카를라는 부모님이 그랬던 것처럼 자기도 더 나은 세상을 만들며 살아갈 거라는 사실을 늘 당연하게 생각했다. 아버지를 따라 정치를 할지, 어머니처럼 언론인의 길을 걸을지 알 수 없었지만 지금은 모두 불가능한 일이 되었다.

무자비와 잔인함을 다른 무엇보다 훌륭한 가치로 여기는 정부 치하에서 달리 무슨 일을 할 수 있겠는가. 그녀는 오빠에게서 실마리를 얻을 수 있었다. 의사는 정부에 관계없이 세상을 더 나은 곳으로 만든다. 그래서 카를라는 의대를 지망하게 되었다. 반에서 누구보다 열심히 공부해 시험만 보면 아주 좋은 점수로 통과했고 특히 과학 성적이 좋았다. 장학금을 받을 자격이 오빠보다 충분했다.

"우리 학년에는 여자가 아예 없어." 에리크가 말했다. 그는 언짢은 투였다. 동생이 자기 뒤를 따르는 게 못마땅한 모양이었다. 부모님은 아들의 역겨운 정치 성향에도 불구하고 그가 이뤄낸 성과를 자랑스러워했다. 어쩌면 그는 자신의 성공이 빛바랠까봐 두려운 건지도 몰랐다.

카를라가 말했다. "내가 전 과목에서 오빠보다 성적이 좋아. 생물학, 화학, 수학—"

"알았어, 알았다고."

"그리고 원칙적으로 장학금은 여학생에게도 나와. 확인해봤지."

이런 대화 끝에 어머니가 들어왔다. 회색 물결무늬 실크 목욕가운에 가느다란 허리를 두 줄 끈으로 묶은 모습이었다. "그들도 자기네가 정한 규칙을 따라야지." 그녀가 말했다. "어쨌거나 여긴 독일이니까." 어머니는 제2의 조국을 사랑한다 했고 아마 진심이겠지만 나치가 등장한 뒤로는 진력이 난다는 듯 빈정거리곤 했다.

카를라는 우유를 섞은 커피에 빵을 적셨다. "엄마, 만일 영국이 독일을 공격하면 기분이 어떻겠어요?"

"비참하고 불행하겠지. 지난번처럼." 그녀는 대답했다. "대전쟁 내내 너희 아버지와 부부로 지냈고, 사 년 넘게 하루도 빼놓지 않고 그이가 죽을까봐 두려웠어."

에리크가 도전적인 목소리로 물었다. "그런데 어머니는 어느 편에 설 거죠?"

"나는 독일인이야." 그녀가 말했다. "좋든 싫든 결혼했어. 물론 사악하고 탄압을 일삼는 나치 정권 같은 건 전혀 예측하지 못했지만. 우리뿐 아니라 아무도." 에리크가 불만스럽게 툴툴거렸지만 그녀는 무시했다. "하지만 맹세는 맹세. 어쨌든 나는 너희 아버지를 사랑한단다."

카를라가 말했다. "아직 전쟁이 난 건 아니에요."

"전혀 아니지." 어머니가 말했다. "만일 폴란드가 조금이라도 생각이 있으면 포기하고 히틀러가 원하는 걸 내줄 거야."

"그래야죠." 에리크가 말했다. "독일은 이제 강해요. 우리가 원하는 건 상대가 좋아하든 아니든 취할 수 있다고요."

어머니는 눈을 치떴다. "저희를 용서하소서."

밖에서 자동차 경적이 울렸다. 카를라는 미소지었다. 잠시 후 친구 프리다 프랑크가 주방에 들어섰다. 응원차 면접에 같이 가주기로 했다. 그녀 역시 수수한 여학생 옷차림이었지만 카를라와는 달리 그녀의 옷장에는 멋진 옷이 가득했다.

그뒤를 따라 그녀의 오빠가 들어섰다. 카를라는 베르너 프랑크가 멋지다고 생각했다. 다른 많은 잘생긴 남자들과 달리 그는 친절하고 생각이 깊고 재미있었다. 한때는 극렬한 좌익이었지만 그것도 옛날 일인지 지금은 정치에 관심이 없었다. 그에게는 아름답고 멋진 여자친구가 끊이지 않았다. 만일 카를라가 이성을 유혹하는 법을 안다면 가장 먼저 그에게 시도해봤을 것이다.

어머니가 말했다. "커피를 대접하고 싶지만, 베르너, 우리집 건 맛을 흉내낸 가짜란다. 너희는 집에서 진짜를 마실 텐데."

"우리 부엌에서 조금 훔쳐올까요, 울리히 부인?" 그가 말했다. "제 생각엔 그걸 드실 자격이 있어요."

살짝 얼굴을 붉히는 어머니를 보자 마흔여덟의 나이에도 베르너의 매력에 민감하게 반응하는구나 싶은 생각이 들어 카를라는 좀 언짢았다.

베르너는 금시계를 들여다보았다. "가야겠네요." 그가 말했다. "요즘 항공부에서 완전히 정신없거든요."

프리다가 말했다. "태워다줘서 고마워."

카를라가 프리다에게 말했다. "잠깐. 너 오빠 차로 왔으면 네 자전거는 어디 있어?"

"밖에. 차 뒤에 묶어서 왔지."

두 소녀는 머큐리 사이클링클럽 소속으로 어디든 자전거로 다녔다.

베르너가 말했다. "면접 잘 봐, 카를라. 모두 안녕히 계세요."

카를라는 마지막 남은 빵을 삼켰다. 막 떠나려는데 아버지가 내려왔다. 면도를 하지 않고 넥타이도 매지 않은 모습이었다. 카를라가 어렸을 때는 제법 살집이 있었지만 이제 말랐다. 그는 카를라에게 애정 어린 키스를 했다.

어머니가 말했다. "아직 뉴스를 안 들었네!" 그녀는 선반 위에 놓인 라디오를 켰다.

카를라와 프리다는 라디오가 예열되는 사이 집을 나서는 바람에 뉴스를 듣지 못했다.

대학병원은 울리히 가족이 살고 있는 베를린의 중심지 미테에 있어서 자전거로 조금만 가면 되었다. 카를라는 긴장되기 시작했다. 자동차 배기구가 내뿜는 매연에 속이 메스꺼웠고, 아침을 괜히 먹었다는 후회가 들었다. 두 사람은 1920년대에 세워진 새 병원 건물에 도착해 장학생 추천을 담당하는 바이어 교수의 연구실로 향했다. 거만한 비서가 두 사람에게 너무 일찍 왔다며 기다리라고 했다.

카를라는 모자를 쓰고 장갑도 끼고 왔으면 좋았을걸 후회했다. 그랬으면 환자들이 신뢰할 만한 더 성숙하고 권위 있는 사람으로 보였을 텐데. 어쩌면 저 비서도 모자를 쓴 여자에게는 더 공손했을지 모른다.

오래 기다렸지만, 마침내 교수의 준비가 끝났다는 말을 비서가 전하자 카를라는 아쉬운 마음이었다.

프리다가 속삭였다. "행운을 빌어!"

카를라는 안으로 들어갔다.

바이어는 마른 몸매의 사십대 남자로 회색 콧수염을 짧게 길렀다. 회색 양복 조끼 위에 갈색 리넨 재킷을 입고 책상 너머에 앉아 있었다. 벽에는 히틀러와 악수하는 사진이 걸려 있었다.

그는 인사도 없이 대뜸 큰 소리로 물었다. "허수가 뭐지?"

갑작스러운 질문에 깜짝 놀랐지만 그래도 쉬운 문제였다. "음의 실수의 제곱근입니다. 마이너스 1의 제곱근을 예로 들 수 있습니다." 카를라는 떨리는 목소리로 말했다. "실제 수치는 없지만, 그래도 계산에서 활용할 수 있습니다."

교수는 조금 놀란 눈치였다. 어쩌면 카를라가 완전히 궁지에 몰리기를 바랐는지도 모른다. "맞아." 그는 잠시 머뭇거리다 말했다.

카를라는 주위를 둘러보았다. 그녀가 앉을 의자는 없었다. 서서 면접을 보라는 걸까?

교수는 화학과 생물학에 관해 몇 가지 질문을 했고, 그녀는 모두 쉽게 대답했다. 긴장이 조금씩 풀리는 느낌이었다. 그때 교수가 별안간

물었다. "피를 보면 기절하나?"

"아닙니다, 교수님."

"아하!" 그는 의기양양하게 말했다. "어떻게 알지?"

"열한 살 때 아기를 받은 적이 있습니다." 그녀가 말했다. "피가 많이 났죠."

"의사를 불러왔어야지!"

"불렀습니다." 그녀는 발끈해서 말했다. "하지만 아이는 의사를 기다리지 않습니다."

"흠." 바이어가 일어섰다. "거기서 기다려." 그러고는 밖으로 나가버렸다.

카를라는 그 자리에 서 있었다. 혹독한 시험을 당하는 중이지만 아직까지는 제대로 해낸 것 같았다. 다행히 그녀는 남녀노소 상대를 가리지 않고 협상 논쟁에 익숙했다. 울리히 집안에서 전투적인 토론은 흔했고 스스로 기억하기에 부모나 오빠에게 져본 적도 없었다.

바이어는 몇 분이 지나도 돌아오지 않았다. 뭘 하는 거지? 전례 없이 똑똑한 여학생 지원자를 한번 보라고 동료를 부르러 간 걸까? 그건 지나친 희망일 것이다.

카를라는 책장에서 책을 한 권 꺼내 읽고 싶은 유혹을 느꼈지만, 교수를 불쾌하게 할까봐 겁이 나서 아무것도 하지 않고 가만히 서 있었다.

교수는 십 분 뒤 담배 한 갑을 가지고 돌아왔다. 설마 나를 방 한가운데 세워놓고 담뱃가게에 다녀온 건가? 아니면 이것도 다른 시험일까? 카를라는 슬슬 화가 났다.

교수는 마치 생각을 정리할 시간이라도 갖는 듯 천천히 불을 붙였다. 그가 연기를 내뿜고 물었다. "음경에 감염이 있는 남자를 여자인 자네는 어떻게 처치할 텐가?"

카를라는 당황해서 얼굴이 붉게 달아올랐다. 이제까지 음경에 대해 남자와 이야기해본 적은 없었다. 하지만 의사가 되고 싶다면 그런 문제 앞에서도 강해야 한다는 것을 알았다. "남성인 교수님께서 질의 감염을 다루는 것과 같은 방식으로 처치해야 합니다." 그녀가 말했다. 교수는 충격을 받은 기색이었고, 카를라는 대답이 무례하게 들렸나 겁이 났다. 서둘러 말을 이었다. "해당 부위를 꼼꼼히 확인하고 감염의 특징을 파악합니다. 아마 설폰아마이드로 치료하겠지만, 사실을 말씀드리면 그런 것까지는 생물학 시간에 배우지 않았습니다."

교수는 회의적으로 물었다. "벌거벗은 남자는 본 적 있나?"

"네."

그는 화가 난 것처럼 말했다. "하지만 자네는 미혼 여성이야!"

"저희 할아버지가 돌아가시기 전에 몸져누우시는 통에 용변을 가리지 못했습니다. 저는 어머니를 도와 할아버지를 깨끗하게 해드려야 했습니다. 할아버지가 너무 무거워서 어머니 혼자서는 못했거든요." 카를라는 웃음을 지으려 애썼다. "여자들은 늘 이런 일을 합니다, 교수님. 아주 어린 아기와 아주 늙은 노인, 아프고 도움이 필요한 사람들을 위해서요. 저희는 그런 일에 익숙합니다. 부끄러운 일이라고 생각하는 것은 남자들뿐입니다."

카를라가 대답을 잘하고 있는데도 교수는 점점 더 짜증이 나는 눈치였다. 뭐가 잘못돼가고 있는 거지? 그녀가 겁을 집어먹고 바보 같은 대답을 했더라면 훨씬 더 좋아했으리라는 생각마저 들었다.

그는 생각에 잠긴 듯 책상 위 재떨이에 담배를 비벼 껐다. "유감이지만 아무래도 자네는 장학금 대상자로 적당하지 않은 것 같군." 그는 말했다.

카를라는 깜짝 놀랐다. 어떻게 그럴 수가 있지? 모든 질문에 대답을 해냈는데! "왜죠?" 그녀가 말했다. "성적도 나무랄 데 없는데요."

"자네는 여자답지 않아. 질이나 음경이란 말을 대놓고 입에 담잖아."

"그 이야기를 꺼낸 건 교수님이에요! 저는 그저 질문에 대답했을 뿐입니다."

"분명 남성 친척의 알몸을 볼 수 있는 거친 환경에서 자랐고."

"그럼 노인의 기저귀를 남자가 갈아야 한다고 생각하십니까? 교수님이 하시는 모습을 보고 싶군요!"

"가장 나쁜 점은 자네가 버릇없고 무례하다는 거야."

"교수님이 도발적인 질문들을 하셨어요. 소심한 답을 했다면 교수님은 제가 의사가 될 만큼 강인하지 못하다고 했을 겁니다. 아닌가요?"

교수는 잠시 아무 말도 하지 않았고, 카를라는 바로 이것이 그가 하려던 행동임을 깨달았다.

"당신 때문에 시간만 허비했네요." 카를라는 그렇게 말하고 문으로 향했다.

"결혼을 해." 교수가 말했다. "총통을 위해 아이들을 낳으라고. 그것이 자네 삶의 역할이야. 할 일을 해!"

카를라는 밖으로 나와 부서져라 문을 닫았다.

프리다가 깜짝 놀라 쳐다보았다. "무슨 일이야?"

카를라는 대답하지 않고 출구로 향했다. 즐거워 보이는 비서와 눈길이 마주쳤다. 무슨 일이 벌어졌는지 분명 아는 것이다. 카를라는 그녀에게 말했다. "그 능글거리는 웃음 걷어치워, 말라비틀어진 늙은 년아." 충격과 공포에 찬 여자의 얼굴을 보자 만족스러웠다.

건물 밖으로 나와 카를라는 프리다에게 말했다. "그자는 날 장학생으로 추천할 마음이 없어. 내가 여자라서. 성적은 상관없어. 그토록 열심히 한 게 모두 헛수고야." 그러고는 울음을 터뜨렸다.

프리다가 그녀를 안아주었다.

잠시 후 기분이 나아졌다. "빌어먹을 총통을 위해 아이를 키우진 않겠어." 그녀는 중얼거렸다.

"뭐?"

"집에 가자. 가서 말해줄게." 두 사람은 자전거에 올랐다.

길거리에 이상한 기운이 흘렀지만, 카를라는 자기 고민에 빠져 궁금해할 마음의 여유가 없었다. 불타버린 제국의회 건물 대신 사용하는 크롤 오페라하우스에서 히틀러의 연설을 가끔 틀어주는 확성기 주위로 사람들이 몰려들었다. 히틀러의 연설이 있을 모양이었다.

두 사람이 울리히 가족의 집으로 돌아온 그때까지도 어머니와 아버지는 부엌에 있었다. 아버지는 얼굴을 찌푸리고 집중한 채 라디오 옆에 앉아 있었다.

"떨어졌어요." 카를라가 말했다. "규칙이 어떻든 장학금을 여자에게는 주고 싶지 않대요."

"이런, 카를라. 안됐구나." 어머니가 말했다.

"라디오에서 뭐래요?"

"못 들었니?" 어머니가 말했다. "우리가 오늘 아침 폴란드를 침공했대. 전쟁이 났어."

V

런던의 사교 시즌은 지나갔지만 대부분의 사람들은 시국 때문에 여전히 도시에 남아 있었다. 매년 이맘때면 보통 휴회중인 의회도 이례적으로 다시 소집되었다. 하지만 파티나 왕실 연회, 무도회는 열리지 않았다. 마치 2월의 바닷가 휴양지 같다고 데이지는 생각했다. 오늘은 토요일이었고 그녀는 시아버지 피츠허버트 백작의 저택에 저녁식사를 하러 갈 준비를 하고 있었다. 이보다 더 지루한 일이 뭐가 있을까.

그녀는 브이넥에 플리츠스커트로 된 담녹색 실크 야회복 차림으로 화장대에 앉아 있었다. 머리에는 실크로 만든 꽃을 달고 목에는 고가의 다이아몬드 목걸이를 둘렀다.

남편 보이는 그의 옷방에서 준비중이었다. 그녀는 남편이 집에 있어 기뻤다. 그는 많은 밤을 다른 곳에서 보냈다. 두 사람은 메이페어 저택에 함께 살면서도 이따금 며칠이고 마주치는 일 없이 지나가기도 했다. 하지만 오늘밤은 남편이 집에 있었다.

그녀는 버펄로의 어머니에게서 온 편지를 손에 들고 있었다. 올가는 데이지가 결혼생활에 불만을 품고 있을 거라 짐작했다. 데이지가 고향으로 보낸 편지에 힌트가 있었던 게 틀림없었다. 어머니는 직감이 뛰어났다. '나는 네가 행복하기만을 바란다.' 어머니는 그렇게 썼다. '그러니 너무 일찍 포기하지 말라는 내 말을 귀담아들어라. 너는 언젠가 피츠허버트 백작부인이 될 테고, 아들을 낳는다면 그 아이가 백작이 될 거야. 그저 남편이 네게 충분히 신경쓰지 않는다는 이유만으로 그 모든 걸 버린다면 아마 후회할 거다.'

어머니가 옳을지 모른다. 지난 삼 년 가까이 데이지는 "마님"이라 불렸고, 지금도 그 소리를 들을 때마다 담배 한 모금을 들이마신 듯 문득 기분이 좋아졌다.

하지만 보이는 결혼을 했다고 인생에 큰 변화를 꾀할 필요는 없다고 생각하는 듯했다. 저녁마다 남자 친구들과 시간을 보냈고, 전국을 돌아다니며 경마를 즐겼고, 그러면서도 아내에게 미리 일러주는 법은 거의 없었다. 데이지는 파티에서 남편을 마주치고 깜짝 놀라는 게 부끄러웠다. 하지만 남편이 어디로 갈지 알고 싶으면 그의 하인에게 물어야 하는데, 그건 격이 떨어지는 일이었다.

차츰 철이 들어서 제대로 남편 노릇을 하게 될까? 아니면 언제까지나 이런 식일까?

보이가 문가에서 고개를 내밀었다. "서둘러, 데이지. 늦었어."

그녀는 어머니의 편지를 서랍에 넣고 잠근 뒤 나갔다. 보이는 턱시도 차림으로 홀에서 기다리고 있었다. 피츠는 마침내 유행에 굴복해 집에서 갖는 가족 만찬에는 편하고 짧은 야회복 재킷을 입도록 허락했다.

피츠의 집까지는 걸어서 갈 수 있었지만 비가 내리고 있어서 보이는 자동차를 가져오라 지시했다. 차는 크림색의 벤틀리 에어라인 세단으로 타이어 측면에 흰 테가 들어갔다. 보이는 아버지처럼 아름다운 자동차를 사랑했다.

보이가 운전을 했다. 데이지는 돌아올 때는 자기에게 운전을 맡겨주길 바랐다. 그녀는 운전을 좋아했고, 어쨌든 저녁식사 후에는 남편을 믿을 수가 없었다. 젖은 도로에서는 특히 더.

런던은 전쟁을 대비중이었다. 폭격기를 방해하기 위한 방공용 풍선들이 도시 위 600미터 상공에 떠 있었다. 그것으로 충분치 않을 경우를 대비해 중요한 건물 밖에는 모래주머니를 쌓았다. 어제부터는 정전이 되어도 운전자들이 알아볼 수 있도록 도로 연석을 하나 걸러 하나씩 흰색으로 칠하는 작업이 시작되었다. 사고의 원인이 될 수 있는 커다란 나무나 길거리 동상을 비롯해 여타 장애물에도 흰 줄무늬를 칠했다.

비 공주가 보이와 데이지를 반가이 맞았다. 오십대인 그녀는 상당히 뚱뚱했지만 여전히 소녀처럼 차려입었다. 오늘 저녁에는 구슬과 스팽글로 장식한 분홍색 드레스 차림이었다. 그녀는 데이지의 아버지가 결혼식에서 한 이야기를 단 한 번도 입에 올리지 않았지만 데이지의 사회적 지위가 낮다는 사실을 넌지시 암시하는 일은 이제 없었고, 넘치도록 살갑지는 않아도 늘 예의바르게 말을 건넸다. 데이지는 신중하고 상냥하게 굴었고 비를 살짝 모자란 친척 아주머니처럼 대했다.

보이의 동생 앤디도 와 있었다. 그와 메이 사이에는 아이가 둘이었고 데이지가 유심히 지켜보기로는 셋째를 가진 듯했다.

보이는 물론 피츠허버트 가문의 작위와 재산을 물려받을 아들을 원했지만 데이지는 아직까지 임신을 못했다. 안 그래도 속상한데 눈에 띄게 생산력이 좋은 앤디와 메이를 보니 더 심란해졌다. 보이가 집에서 밤을 더 많이 보낸다면 기회가 더 많을 텐데.

데이지는 그곳에서 친구 에바 머리를 만나게 되어 기뻤다. 하지만 그녀의 남편은 보이지 않았다. 이제 대위인 지미 머리는 부대에서 빠져나올 수 없었다. 거의 모든 부대가 주둔지에 집결한데다 장교들까지 함께 있었기 때문이다. 지미가 메이의 오빠이니 에바는 이제 결혼으로 맺어진 가족이었다. 그래서 보이는 어쩔 수 없이 유대인에 대한 편견을 억누르고 에바에게 친절하게 대했다.

에바는 지금도 삼 년 전 결혼할 때만큼이나 지미를 좋아했다. 그들 역시 삼 년 사이 아이를 둘 낳았다. 하지만 에바는 오늘 저녁 걱정스러운 눈치였고, 데이지는 이유가 짐작이 갔다. "부모님은 어떠셔?" 데이지가 물었다.

"독일을 빠져나올 수가 없대." 에바는 비참하게 말했다. "정부가 출국 비자를 내주지 않아서."

"우리 아버님이 도울 수 없나?"

"시도해보셨어."

"네 부모님이 무슨 짓을 했다고 그런대?"

"특별히 우리 부모님만 그런 게 아니야. 수천 명의 독일 유대인이 같은 입장이지. 비자를 받은 건 극소수야."

"정말 안됐어." 데이지는 연민 이상의 감정이었다. 그녀와 보이가 지난날 어떻게 파시스트를 지지했는지 돌이켜 생각하면 부끄러워 몸이 뒤틀렸다. 영국 안팎으로 파시즘의 잔혹성이 점점 더 확연해지자 그녀의 의문은 빠르게 커졌고, 결국 피츠가 두 사람 때문에 창피하다고 불평하며 제발 모즐리의 정당에서 나오라고 간청했을 때는 안도감마저 들었다. 이제는 애초에 그런 정당에 발을 들인 것이 완전히 바보짓이었다고 생각했다.

보이는 그렇게까지 뉘우치지 않았다. 여전히 상류계급에 속한 유럽 백인이 우월한 인종이고, 세계를 지배하기 위해 신의 선택을 받았다고 생각했다. 하지만 그것이 현실적 정치철학이라고는 더이상 믿지 않았다. 가끔 영국 민주주의에 격노해도 그것을 폐지해야 한다는 주장에는 동조하지 않았다.

그들은 식사를 위해 일찌감치 자리에 앉았다. "네빌이 일곱시 삼십분에 하원에서 연설을 해." 피츠가 말했다. 네빌 체임벌린은 수상이었다. "보고 싶군. 귀족 관람석에서 봐야겠어. 디저트 나오기 전에 나 혼자 먼저 일어날 수도 있겠다."

앤디가 물었다. "무슨 일이 생길 것 같으세요, 아버지?"

"전혀 모르겠어." 피츠는 잔뜩 화가 나 있었다. "물론 우리 모두 전쟁을 피하고 싶지만, 망설인다는 인상을 줘서는 안 되지."

데이지는 깜짝 놀랐다. 충성심이 대단한 피츠는 이렇게 간접적으로라도 정부 동료를 비난하는 일이 거의 없었다.

비 공주가 말했다. "만일 전쟁이 터지면 나는 티 귄에 가서 지내야겠어요."

피츠는 고개를 저었다. "전쟁이 터지면 정부는 그 기간 동안 지방 영지의 대저택들을 군대에 넘기라고 요청할 거야. 정부에 속한 사람으로서 난 모범을 보여야 해. 웨일스 소총연대의 훈련장이나 가능하다면 병원으로 쓰라고 티 귄을 빌려줄 생각이야."

비는 격분했다. "하지만 그건 내 집이에요!"

"부지 내 일부를 개인적인 용도로 따로 빼두면 돼."

"부지 내 일부에서 사는 짓은 안 하겠어요. 나는 공주라고요!"

"아늑할 수도 있어. 집사의 식료품 저장고를 부엌으로, 응접실을 식당으로 사용하고 작은 침실도 서너 개 쓸 수 있으니까."

"아늑하다니!" 누군가 불쾌한 뭔가를 들이밀기라도 한 듯 비는 역겨워했지만 더는 아무 말도 하지 않았다.

앤디가 말했다. "형하고 저는 웨일스 소총연대에 입대해야겠군요."

메이의 목에서 흐느낌 비슷한 소리가 났다.

보이가 말했다. "나는 공군에 들어갈 거야."

피츠는 충격을 받았다. "그럴 수야 없지. 애버로언 자작은 늘 웨일스 소총연대 소속이었다."

"거기는 비행기가 없잖아요. 다음 전쟁은 공중전이 될 겁니다. 영국 공군은 조종사가 절실히 필요하겠죠. 저는 몇 년 동안 비행을 해왔고요."

피츠는 다른 주장을 펼치려 했지만 집사가 들어와 말했다. "자동차가 준비되었습니다, 백작님."

피츠는 벽난로 위 시계를 보았다. "제기랄, 가야겠군. 고맙네, 그라우트." 그리고 보이를 바라보았다. "좀더 상의해보기 전에는 최종 결정을 내리지 마라. 이건 옳지 않아."

"잘 알겠습니다, 아버지."

피츠는 비를 바라보았다. "식사중에 떠나서 미안해, 여보."

"괜찮아요." 그녀가 말했다.

피츠는 테이블에서 일어나 문으로 갔다. 데이지는 절룩거리는 그를 바라보았다. 지난 전쟁이 저지른 만행을 일깨우는 우울한 모습이었다.

나머지 식사 시간은 침울했다. 모두 수상이 전쟁을 선언했을지 궁금해했다.

여자들이 먼저 나가려고 일어설 때 메이가 앤디에게 부축해달라고 부탁했다. 그는 홀로 남게 되는 보이에게 양해를 구했다. "집사람이 몸이 한창 민감할 때라 그래." 대개 임신을 완곡하게 표현할 때 쓰는 말이었다.

보이가 말했다. "우리 집사람도 얼른 민감해졌으면 좋겠군."

그 치사한 말에 데이지는 얼굴이 선홍색으로 붉어졌다. 한마디 쏘아붙이고 싶은 걸 꾹 참았지만, 그러다 왜 가만있어야 하나 스스로에게 묻지 않을 수 없었다. "축구선수들이 뭐라고 하는 줄 알아요, 보이?" 그녀는 큰 소리로 말했다. "골을 넣으려면 공을 차야지."

이번에는 보이의 얼굴이 붉어질 차례였다. "감히 어떻게!" 그는 불같이 화를 냈다.

앤디가 소리내 웃었다. "형이 자초한 일이야."

비가 말했다. "두 사람 모두 그만해. 내 아들들은 그런 역겨운 이야기를 나누려면 숙녀들이 안 들리는 곳으로 멀어질 때까지 기다렸으면 좋겠구나." 그녀는 미끄러지듯 밖으로 사라졌다.

데이지도 그뒤를 따랐지만 여전히 분이 풀리지 않아 혼자 있고 싶었다. 계단 아래서 다른 여자들과 떨어져 위층으로 올라갔다. 어떻게 그런 말을 할 수 있지? 임신을 못한 게 정말 그녀 탓이라고 믿는 걸까? 그의 탓일 가능성도 높지 않은가! 어쩌면 그걸 알면서도 사람들이 자기를 불능이라고 생각하는 게 두려워 그녀의 책임으로 돌리려는 건지 모른다. 혹시 그렇다고 해도 그녀를 공공연히 모욕할 핑계는 될 수 없었다.

그녀는 전에 자신이 쓰던 방으로 향했다. 두 사람은 결혼 직후 그들이 살 집을 새롭게 꾸미는 석 달 동안 이곳에서 지냈다. 보이의 옛 침실과 그 옆방까지 사용했지만 그때만 해도 매일 밤 함께 잠을 잤다.

방으로 들어가 불을 켰다. 놀랍게도 보이는 완전히 이 방을 떠나지 않은 모양이었다. 세면대에는 면도기가, 침대 옆 탁자에는 『플라이트』 잡지가 한 부 놓여 있었다. 서랍을 열어보니 그가 매일 아침식사 전 먹는 레너드 간장약 깡통이 보였다. 아내를 볼 낯이 없을 만큼 말도 안 되게 취할 때면 여기서 잤던 걸까?

아래 서랍은 잠겨 있었지만, 데이지는 남편이 벽난로 위 단지에 열쇠를 보관한다는 걸 알았다. 몰래 물건을 뒤진다는 양심의 가책은 없었다. 그녀 관점에서 남편은 아내에게 아무런 비밀이 없어야 했다. 그녀는 서랍을 열었다.

처음으로 발견한 것은 벌거벗은 여인들의 사진집 한 권이었다. 예술가의 그림이나 사진 속에서 여자들은 대개 은밀한 부위를 절반쯤 가리는 포즈를 취하지만 이 책은 정반대였다. 다리를 쫙 벌리거나 엉덩이를 들어올린 채 벌리기도 했고 심지어 성기를 양쪽으로 벌려 안을 보여주기도 했다. 이 상황을 남에게 들킨다면 놀라는 척하겠지만 사실 데이지는 흥미가 끌렸다. 처음부터 끝까지 책 전체를 아주 주의깊게 들여다보며 여자들을 자기와 비교해보았다. 가슴의 크기와 모양, 털의 양, 성기까지. 여자의 몸이 이렇게 다양하다니 얼마나 멋진가!

어떤 여자들은 자위를 하거나 하는 흉내를 냈고 일부는 카메라 앞에서 둘씩 짝지어 서로를 자극했다. 남자들이 이런 걸 좋아한다는 사실이 그다지 놀랍지는 않았다.

문득 남의 말을 엿듣는 사람이 된 것 같았다. 결혼하기 전 티 귄에서 남편의 방에 갔던 일이 떠올랐다. 그때 그녀는 어떻게든 그에 대해 더 알고 싶었고, 사랑하는 남자에 대해 속속들이 알아내서 그를 자기 것으로 만들 방법을 찾고 싶었다. 지금은 무엇을 하고 있나. 더는 그녀를 사랑하지 않는 듯한 남편을 뒷조사해 자기가 뭘 실패했는지 이해하려고 애쓰는 중이었다.

책 아래 갈색 종이봉지가 있었다. 안에는 작은 정사각형의 흰 봉투가 여러 개 들었는데 붉은 글씨로 이렇게 쓰여 있었다.

'프렌티프' 등록상표

서비스파크

주의
포장지나 내용물을
공공장소에 버리지 말 것.
불쾌감을 유발할 수 있음.

영국제
라텍스 고무
모든 기후에 내구성 있음

대체 뭔지 알 수 없었다. 내용물을 짐작할 수 있는 말은 아무데도 없어서 봉투를 열었다.

안에는 고무조각이 하나 들어 있었다. 그녀는 그것을 펼쳐보았다. 튜브처럼 생겼는데 한쪽이 막혀 있었다. 그 정체를 알아내는 데는 약간의 시간이 걸렸다.

실제로 본 적은 없지만 사람들이 이야기하는 걸 들었다. 미국인들은 트로이의 목마라고 부르고 영국인들은 고무 화장실이라고 하는 것. 올바른 용어는 콘돔으로, 임신을 막는 물건이었다.

왜 남편이 이런 걸 잔뜩 갖고 있을까? 대답은 하나뿐이었다. 다른 여자들과 사용하려는 것이다.

데이지는 울고 싶었다. 그녀는 남편이 원하는 모든 걸 주었다. 너무 피곤해서 잠자리를 못하겠다고 한 적은 단 한 번도 없었고—실제로 피곤할 때조차—침대에서 그가 원하는 건 무엇이든 거절하지 않았다. 그가 원할 때면 사진 속 여자들처럼 포즈를 취하기도 했다.

내가 뭘 잘못했단 말인가?

그녀는 남편에게 물어보기로 했다.

슬픔은 분노로 바뀌었다. 그녀는 일어섰다. 콘돔 봉지들을 들고 아래층 식당으로 내려가 들이밀 작정이었다. 그의 감정을 지켜줘야 할 이유가 뭔가.

바로 그때 보이가 방으로 들어왔다.

"복도에서 보니 불이 켜져 있더군." 그가 말했다. "여기서 뭘 하는 거야?" 그는 침대 옆 서랍장이 열린 것을 보았다. "감히 어떻게 내 물건을 뒤져?"

"당신이 바람을 피우는 것 같더군요." 그녀는 말했다. 그리고 콘돔을 들어 보였다. "그리고 내가 옳았어요."

"빌어먹을, 어떻게 방을 뒤져."

"빌어먹을, 어떻게 간통을 저지르죠."

그는 손을 들어올렸다. "빅토리아시대 남편처럼 때려줘야겠군."

그녀는 벽난로의 묵직한 촛대를 집어들었다. "때려봐요. 그러면 20세기의 아내답게 패줄 테니까."

"바보짓이야." 그는 싸움에 진 사람처럼 문가의 의자에 털썩 앉았다.

비참해하는 기색이 역력한 그의 모습에 분노는 꺾이고 그저 슬픔만 남았다. 데이지는 침대에 앉았다. 하지만 궁금증은 사라지지 않았다.

"누구예요?"

그는 고개를 흔들었다. "신경쓰지 마."

"알고 싶단 말이에요!"

그는 불편한 듯 자세를 고쳐 앉았다. "그게 중요해?"

"당연하죠." 그녀는 남편이 결국 사실대로 털어놓으리란 걸 알았다.

그는 눈을 마주치려 하지 않았다. "당신이 아는 사람이 아니야. 앞으로도 알 일 없을 거고."

"창녀예요?"

그는 아내의 말에 펄쩍 뛰었다. "아니야!"

그녀는 좀더 신경을 긁었다. "돈을 줬나요?"

"아니야. 그래." 그는 부정하고 싶을 만큼 부끄러웠던 게 틀림없었다. "글쎄, 용돈이지. 그건 다른 거니까."

"창녀도 아니라면 왜 돈을 준 거죠?"

"그래야 그 여자들이 다른 사람을 안 만나도 되니까."

"여자들? 정부가 여럿이에요?"

"아니야! 딱 두 명이야. 올드게이트에 살아. 모녀 사이이고."

"뭐요? 지금 농담해요?"

"그러니까 어느 날인가 조니가…… 프랑스에서는 '꽃이 피었다'고 하는 그 상태였어."

"미국 여자들은 마법에 걸렸다고 하죠."

"그래서 펄이 자기가 대신……"

"대신하겠다고 했단 말이에요? 상상할 수 있는 가장 추악한 짓이에요! 그래서 그 두 사람 모두와 잠자리를 한단 말이에요?"

"그래."

데이지는 책에서 본 사진들과 함께 충격적인 가능성이 머릿속에 떠올랐다. 묻지 않을 수 없었다. "셋이서 한 건 아니죠?"

"가끔은."

"정말 더럽군요."

"병에 걸릴 걱정은 안 해도 돼." 그는 그녀가 손에 든 콘돔을 가리켰다. "그게 감염을 막아주니까."

"어쩌나 생각이 깊으신지, 감동적이네요."

"이봐, 남자들은 다들 이런 짓을 하잖아. 최소한 우리 계급은 그래."

"아뇨, 그렇지 않아요." 그렇게 말했지만 그녀는 아내를 두고 오랫동안 정부와 살면서도 여전히 글래디스 앤절러스와의 연애를 원하는 아버지가 떠올랐다.

보이가 말했다. "우리 아버지도 충실한 남편은 아니야. 여기저기 서자를 두었거든."

"안 믿어요. 아버님은 어머님을 사랑하실걸요."

"서자가 한 명은 분명히 있어."

"어디에요?"

"몰라."

"그럼 당신도 정확히 아는 건 아니잖아요."

"언젠가 아버지가 빙 웨스트햄프턴에게 말하는 걸 들었어. 당신도 빙이 어떤지 알지."

"알아요." 데이지가 말했다. 진실을 말해야 할 순간인 것 같아 덧붙였다. "기회만 있으면 내 엉덩이를 만지죠."

"더러운 늙은이. 어쨌든 전부 약간 취했을 때 빙이 말했어. '우리 대부분 서자 한두 명은 어디엔가 숨겨두고 있잖아, 안 그래?' 아버지가 그러더군. '난 확실히 딱 한 명뿐이야.' 그러고는 자기가 무슨 소리를 했는지 알아차렸는지 기침을 하고 얼빠진 표정을 짓더니 화제를 바꿨지."

"글쎄요. 당신 아버지가 서자를 얼마나 뒀는지는 관심없어요. 난 현대식 미국 여자고, 바람피우는 남편과는 안 살겠어요."

"그래서 어쩔 건데?"

"헤어지겠어요." 그녀는 도전적인 표정을 지었지만 마치 남편에게 칼로 찔린 듯 고통스러웠다.

"그리고 꼬리를 다리 사이에 집어넣고 버펄로로 돌아가겠다?"

"그럴 수도 있죠. 아니면 다른 일을 할 수도 있고. 나 돈은 많아요." 그녀의 아버지가 고용한 변호사들은 두 사람이 결혼할 때 보이가 뱌로프-페시코프 가문의 재산에 손댈 수 없도록 확실히 해두었다. "캘리포니아로 갈 수도 있어요. 아버지가 만드는 영화에 출연하는 거죠. 영화배우가 되는 거예요. 난 분명히 할 수 있어요." 전부 거짓말이었다. 눈물이 왈칵 터질 것 같았다.

"그럼 그렇게 해." 그가 말했다. "지옥으로 가버려. 내 알 바 아니니까." 그 말이 진심인지 데이지는 궁금했다. 그의 얼굴을 보면 아닌 것 같았다.

자동차 소리가 났다. 등화관제용 커튼을 조금 들춰보니, 좁은 구멍만 남기고 전조등을 덮어씌운 피츠의 검은색과 크림색 롤스로이스가 밖에 보였다. "아버님이 돌아오셨어요." 그녀가 말했다. "진짜 전쟁이 날지 궁금하네요."

"내려가는 게 좋겠군."

"먼저 가요."

보이는 방을 나갔고 데이지는 거울을 들여다보았다. 삼십 분 전 이곳에 들어왔던 여자와 전혀 달라진 게 없는 모습이라 깜짝 놀랐다. 삶이

송두리째 뒤집어졌는데 얼굴에서는 흔적도 찾아볼 수 없었다. 스스로가 끔찍이도 불쌍했고 울고 싶었지만 북받치는 감정을 억눌렀다. 그녀는 마음을 단단히 먹고 아래층으로 내려갔다.

피츠는 식당에 있었다. 야회복 재킷 어깨에서 빗물이 뚝뚝 떨어졌다. 집사 그라우트가 피츠는 먹지 못한 치즈와 과일 디저트를 내왔다. 그라우트가 와인을 따라주는 사이 테이블에 가족들이 둘러앉았다. 피츠는 와인을 조금 마시더니 말했다. "정말이지 끔찍하더군."

앤디가 물었다. "대체 무슨 일이 생긴 거죠?"

피츠는 체더치즈 귀퉁이를 떼어먹고는 대답했다. "네빌은 사 분 동안 연설했어. 이제껏 본 수상 연설 중에 가장 못하더군. 독일이 폴란드에서 물러갈지도 모른다고 웅얼웅얼 얼버무렸지만 아무도 믿지 않았지. 전쟁에 관해서는 한마디도 없었어. 심지어 최후통첩에 대해서도."

앤디가 말했다. "하지만 왜죠?"

"개인적으로 네빌에게 들었는데, 그는 프랑스가 그만 머뭇거리고 우리와 동시에 전쟁을 선언하길 기다리는 거라더군. 하지만 많은 사람이 그건 겁쟁이의 핑계일 뿐이라고 의심하고 있지."

피츠는 다시 와인을 한 모금 마셨다. "아서 그린우드가 그다음으로 발언했지." 그린우드는 노동당 부대표였다. "그가 연단에 서자 리오 에이머리가—그러니까 보수당 의원이지—소리를 질렀어. '영국을 대변하라고, 아서!' 보수당 수상이 망쳐놓은 마당에 빌어먹을 사회주의자놈이 영국을 대변하다니! 네빌은 개처럼 아파 보이더군."

그라우트가 피츠의 잔을 다시 채웠다.

"그린우드는 상당히 부드러웠지만 이렇게 말했어. '궁금하군요. 이렇게 머뭇거리려고 얼마나 오래 준비를 한 겁니까?' 그 말에 의사당 양측에 앉은 의원들이 동감한다며 소리를 질렀지. 네빌은 땅속으로 꺼지고 싶었을걸." 피츠는 복숭아 한 개를 포크와 나이프로 얇게 썰었다.

앤디가 말했다. "그래서 어떻게 됐나요?"

"아무것도 결정 못했어! 네빌은 다우닝 가 10번지로 돌아갔지. 하지만 대부분의 각료가 의사당에 있는 사이먼의 방에 숨어버렸어." 존 사이먼 경은 재무장관이었다. "네빌이 독일에 최후통첩을 보낼 때까지 나오지 않겠다는군. 그러는 동안 노동당 전국 집행위원회가 열렸고, 불만에 찬 평의원들이 윈스턴 처칠의 아파트에서 모임을 갖고 있지."

전에는 늘 정치를 싫어한다고 말하던 데이지도 피츠 가족의 일원이 되어 모든 걸 내부에서 지켜보는 사이 관심이 생겼고, 이것이 흥미진진한 동시에 무시무시한 드라마임을 깨달았다. "그럼 수상이 행동에 나서야죠!" 그녀가 말했다.

"아, 물론이지." 피츠가 말했다. "다시 의회가 열리기 전—내일 정오가 되겠지—까지 네빌은 전쟁을 선언하든 사임을 하든 해야 해."

홀에서 전화가 울려 그라우트가 받으러 나갔다. 잠시 후 그가 돌아와 말했다. "외무부입니다, 백작님. 한 신사분이 백작님께서 전화를 받으러 오시는 것도 못 기다리겠다고, 극구 메시지를 남겼습니다." 꽤 날카로운 말을 들었는지 늙은 집사는 당황한 모습이었다. "수상께서 긴급 각료회의를 소집했답니다."

"움직이는군!" 피츠가 말했다. "좋아."

그라우트가 말을 이었다. "외무장관께서 시간이 되면 참석해주십사 하더랍니다." 피츠는 내각 구성원은 아니었지만 차관급도 각자의 전문 분야에 관한 회의에 참석하라는 요청을 받는 일이 가끔 있었고, 그럴 때면 한가운데 탁자가 아니라 회의실 한쪽에 앉아 있다가 상세한 질문에 답을 했다.

비는 시계를 쳐다보았다. "열한시가 다 되었네요. 가셔야겠어요."

"정말 가야겠군. '시간이 되면'이라는 것도 그냥 예의상 하는 말이야." 그는 새하얀 냅킨으로 입술을 두드리고는 다시 절룩거리며 나갔다.

비 공주가 말했다. "그라우트, 커피를 좀더 내려서 응접실로 가져와요. 우리 모두 오늘은 조금 늦게까지 깨어 있을지도 모르겠군."

"네, 공주님."

모두 활발하게 이야기를 나누며 응접실로 돌아갔다. 에바는 전쟁을 지지하는 편이었다. 그녀는 나치 정권이 무너지는 걸 보고 싶어했다. 물론 지미가 걱정되겠지만 군인과 결혼한 이상 남편이 전투에 목숨을 걸어야 한다는 사실은 늘 알고 있었다. 비 역시 전쟁에 찬성이었다. 독일이 그녀가 증오하는 볼셰비키와 동맹까지 맺은 터였다. 메이는 앤디가 죽을까봐 두려워 울음을 멈추지 못했다. 보이는 왜 영국이나 독일 같은 강대국이 폴란드처럼 야만국에 가까운 불모지를 두고 전쟁을 벌여야 하는지 납득하지 못했다.

데이지는 최대한 빨리 에바를 데리고 둘만 이야기할 수 있는 다른 방으로 갔다. "보이에게 정부가 생겼어." 그녀는 단도직입적으로 말하고 에바에게 콘돔을 보여주었다. "이걸 찾아냈어."

"이런, 데이지. 정말 안됐어." 에바가 말했다.

데이지는 소름끼치는 내용까지 시시콜콜 다 말해버릴까 생각했지만—에바와는 대개 서로 모든 걸 털어놓았다—이번만큼은 너무 창피해서 간단히 말했다. "증거를 들이댔더니 인정했어."

"미안해해?"

"딱히 그렇진 않아. 아버님을 포함해 상류층 남자는 다 그런다더군."

"지미는 안 그래." 에바가 단호하게 말했다.

"그럼, 네 말이 분명히 옳을 거야."

"어떻게 할 거야?"

"헤어지려고. 우리가 이혼하면 다른 누군가가 자작부인이 되겠지."

"하지만 전쟁이 터지면 못해!"

"왜?"

"보이가 전장에 나가 있을 텐데, 너무 잔인하잖아."

"올드게이트에 있는 창녀 둘과 자기 전에 그런 생각을 했었어야지."

"그리고 비겁한 짓이기도 해. 널 보호하려고 목숨을 바치는 남자를 차버리다니."

에바의 말이 마음에 들지는 않았지만 요점은 알 수 있었다. 전쟁은 보이를 버려 마땅한 야비한 바람둥이에서 아내와 어머니, 조국을 침략과 정복의 공포로부터 지키는 영웅으로 바꿔놓을 것이다. 그를 버린다면 런던과 버펄로의 모든 사람이 데이지를 비겁하다고 여기는 것으로 끝날 일이 아니었다. 그녀 스스로도 그렇게 느낄 터였다. 전쟁이 난다면 용감해지고 싶었다. 그러기 위해 무엇이 필요한지는 몰랐지만.

"네 말이 옳아." 그녀는 마지못해 말했다. "전쟁이 벌어지면 헤어지지 못해."

쾅, 천둥이 쳤다. 데이지는 시계를 보았다. 자정이었다. 폭우가 시작되면서 빗소리가 바뀌었다.

데이지와 에바는 응접실로 돌아왔다. 비는 소파에서 잠들었다. 앤디는 여전히 훌쩍거리는 메이를 감싸안고 있었다. 보이는 시가를 피우며 브랜디를 마셨다. 데이지는 집에 돌아갈 때는 반드시 자기가 운전을 해야겠다고 생각했다.

피츠는 자정을 삼십 분 넘긴 뒤에야 야회복이 흠뻑 젖은 모습으로 돌아왔다. "미적거리는 것도 이제 끝이야." 그가 말했다. "아침이면 네빌이 독일에 최후통첩을 보낼 거야. 정오까지 폴란드에서 철군을 시작하지 않으면—우리 시간으로 열한시지—전쟁이야."

그들은 모두 일어서서 떠날 채비를 했다. 홀에서 데이지가 말했다. "내가 운전할게요." 보이는 억지를 부리지 않았다. 그들은 크림색 벤틀리에 올랐고, 데이지가 시동을 걸었다. 그라우트가 피츠의 저택 출입문을 닫았다. 데이지는 앞유리 와이퍼를 작동시켰지만 출발하지는 않았다.

"여보." 그녀가 말했다. "다시 노력해봐요."

"무슨 말이야?"

"진짜로 당신과 헤어지기는 싫어요."

"나도 당연히 당신이 떠나는 건 원치 않아."

"올드게이트의 여자들을 포기해요. 나랑 매일 밤 같이 자요. 아기가 생기도록 정말로 애써봐요. 그게 당신이 원하는 거 아니에요?"

"맞아."

"그럼 내가 원하는 대로 해줄래요?"

보이는 한참 말이 없었다. 그러다 입을 열었다. "좋아."

"고마워요."

그녀는 키스를 바라고 남편을 보았지만, 그는 하염없이 내리는 비를 와이퍼가 주기적으로 닦아내는 동안 가만히 앉아 앞유리창만 똑바로 내다보고 있었다.

VI

일요일에 비가 그치고 해가 났다. 로이드 윌리엄스의 눈에는 마치 비가 런던을 깨끗이 씻어낸 듯 보였다.

윌리엄스 가족은 아침나절 올드게이트에 있는 에설의 집 부엌으로 모였다. 약속이라도 한 것처럼 자연스럽게. 전쟁이 선포되면 모두 함께 있고 싶은 마음이리라.

로이드는 정부가 파시스트에 맞서는 행동에 나서기를 고대했지만 동시에 전쟁이 벌어질 거라고 생각하니 두려웠다. 평생 볼 살육과 고통은 에스파냐에서 충분히 목격했다. 두 번 다시 다른 전투에 참여하고 싶지 않았다. 심지어 권투까지 그만두었다. 하지만 체임벌린이 물러서지 않기를 진심으로 바랐다. 파시즘의 의미를 독일에서 두 눈으로 똑똑히 보았고, 에스파냐도 같은 악몽을 겪고 있다는 소문이 흘러나오고 있었다. 선거로 뽑힌 이전 정부의 지지자들을 프랑코 정권이 수백수천 명씩 살해하고 학교는 다시 신부들의 손아귀에 들어가는 중이었다.

이번 여름 졸업한 그는 즉시 웨일스 소총연대에 입대했고 학생군사교육단 출신이라는 이유로 중위 계급을 받았다. 군은 전투 준비에 박차를 가했다. 이번 주말에 어머니를 방문하려고 24시간의 휴가를 얻어내는 것도 엄청난 노력이 필요했다. 만일 수상이 오늘 전쟁을 선포한다면 로이드는 맨 처음 떠나는 병력에 속할 것이다.

빌리 윌리엄스가 일요일의 아침식사를 마치고 너틀리 가의 집으로 왔다. 로이드와 버니는 부엌 식탁 위에 신문을 펼쳐둔 채 라디오 옆에 앉았고, 에설은 저녁에 먹을 돼지 다리 요리를 준비하던 중이었다. 빌리 삼촌은 제복을 입은 로이드를 보고는 울음을 터뜨릴 뻔했다. "널 보니 우리 데이브가 생각나서 그래, 그게 다야." 그가 말했다. "그애가 에스파냐에서 돌아왔더라면 지금쯤 징집됐겠지."

로이드는 데이브가 어떻게 죽었는지 빌리에게 절대 말하지 않았다. 자기도 자세한 사정은 모르지만 아마 벨치테 전투에서 전사해 그곳에 묻혔을 거라고만 했다. 대전쟁에 참전했던 빌리는 전장에서 시체를 얼마나 아무렇게나 취급하는지 잘 알았다. 그리고 어쩌면 그 때문에 슬픔이 더욱 깊어졌을지도 몰랐다. 그의 커다란 희망은 언젠가 에스파냐가 마침내 해방되면 벨치테를 방문해 대의를 위해 싸우다 죽은 아들에게 경의를 표하는 것이었다.

레니 그리피스 역시 에스파냐에서 돌아오지 않았다. 그가 어디 묻혔는지 작은 단서라도 아는 사람은 없었다. 프랑코의 포로수용소 어딘가에 아직 살아 있을 가능성조차 있었다.

지금 라디오에서는 전날 밤 체임벌린 수상이 하원에서 연설한 내용을 방송하고 있었고, 더이상의 다른 내용은 없었다.

"어제 저 연설 뒤에 무슨 소동이 있었는지 상상도 못할 거야." 빌리가 말했다.

"BBC는 소동은 보도하지 않아요." 로이드가 말했다. "든든한 척하는 걸 좋아하니까요."

빌리와 로이드 둘 다 노동당 전국 집행위원회 위원이었다. 로이드는 청년부 대표였다. 에스파냐에서 돌아와 겨우 케임브리지 복학 허가를 받은 그는 공부를 마치면서 전국의 노동당 모임을 돌며 선거로 뽑힌 에스파냐 정부가 파시스트에 우호적인 영국 정부에게 어떻게 배신당했는지 알렸다. 어쨌거나 프랑코의 반민주 반군이 승리했기 때문에 아무 소용이 없었지만 로이드는 유명인이 되어 좌파 젊은이들 사이에서는 영웅 비슷한 대접까지 받았고, 집행위원회에 참석하는 대표로 선출되었다.

그렇게 로이드는 빌리 삼촌과 전날 밤의 집행위원회 회의에 참석한 것이다. 그들은 체임벌린이 내각의 압력에 굴복해 히틀러에게 최후통첩을 보냈다는 소식을 들었다. 이제 무슨 일이 벌어질지 조바심을 내며 기다리고 있었다.

그들이 아는 한 아직까지 히틀러에게서 답은 없었다.

로이드의 머릿속에 베를린에 있는 어머니 친구 모드와 그녀의 가족이 떠올랐다. 나이를 계산해보면 그 어린아이들은 이제 각각 열여덟 살과 열아홉 살이었다. 그들도 라디오 주위에 앉아 자기 나라가 영국과 전쟁을 하게 될지 궁금해하고 있을까.

열시에 로이드의 이부동생 밀리가 도착했다. 그녀는 열아홉 살이었고, 친구 네이어미 에이버리의 오빠이자 가죽 도매상인 에이브와 결혼했다. 그녀는 고급 옷가게 점원으로 일하면서 수수료를 받아 꽤 많은 돈을 벌었다. 언젠가는 자기 가게를 열겠다는 포부가 있었고, 로이드는 그녀가 해낼 수 있으리라 믿어 의심치 않았다. 버니가 바라던 직업은 아니지만 로이드는 의붓아버지가 딸의 명석한 두뇌와 야망과 세련된 외모를 얼마나 자랑스러워하는지 알고 있었다.

하지만 오늘 그녀의 의기양양함은 무너지고 말았다. "오빠가 에스파냐에 있을 때는 끔찍했어." 그녀는 눈물을 글썽이며 로이드에게 말했다. "데이브와 레니는 아예 못 돌아왔지. 이제 오빠랑 내 남편이 어디론가 떠날 테고, 우리 여자들은 매일 두 사람이 살았는지 죽었는지 궁금해하며 뉴스를 기다리겠지."

에설이 끼어들었다. "그리고 네 사촌 키어도 있어. 그 아이도 이제 열여덟이야."

로이드는 어머니에게 물었다. "친아버지는 어느 부대에 있었죠?"

"이런, 그게 대수냐?" 그녀는 로이드의 친부에 관한 이야기를 철저히 꺼렸다. 어쩌면 버니를 생각해서 그러는 것일 수도 있었다.

하지만 로이드는 알고 싶었다. "난 중요해요." 그가 말했다.

그녀는 깎은 감자를 물이 담긴 냄비에 필요 이상으로 힘껏 던져넣었다. "웨일스 소총연대였지."

"나랑 같네요! 왜 이제까지 말해주지 않았어요?"

"과거는 과거야."

어머니가 자꾸 감추는 데는 아마 다른 이유가 있으리라는 것을 로이드는 알았다. 결혼할 때 이미 임신중이었는지도 모른다. 로이드는 아무렇지도 않았지만 어머니 세대에서는 부끄러운 일이었다. 그럼에도 그는 물러서지 않았다. "제 아버지는 웨일스 사람이었어요?"

"그래."

"애버로언 사람이요?"

"아니야."

"그럼 어디죠?"

그녀는 한숨을 내쉬었다. "그 사람 부모님은 여기저기 돌아다니며 살았어. 아버지 직업 때문이었을 거야. 하지만 고향은 스완지였던 것 같아. 이제 됐니?"

"네."

외숙모 밀드러드가 교회에서 돌아왔다. 튀어나온 앞니를 제외하면 예쁘고 멋진 중년 여인이었다. 화려한 모자를 쓰고 있었는데, 그녀는 모자를 만드는 작은 공장을 운영했다. 첫 남편에게서 얻은 두 딸 이니드와 릴리언은 둘 다 이십대 후반으로 각자 결혼해서 자녀를 두고 있었다. 큰아들은 에스파냐에서 죽은 데이브였다. 작은아들 키어가 그녀를 따라 부엌으로 들어왔다. 밀드러드는 남편인 빌리가 전혀 믿음이 없는데도 굳이 교회에 아이들을 데리고 갔다. "나는 어렸을 때 평생 믿을 만큼 믿었어." 그는 가끔 말했다. "내가 구원을 못 받는다면 구원받을 사람은 아무도 없지."

로이드는 실내를 둘러보았다. 이들은 그의 가족이었다. 어머니, 의붓아버지, 이부동생, 외삼촌, 외숙모, 사촌. 이들 곁을 떠나 어딘가에 죽으러 가고 싶지 않았다.

로이드는 손목시계를 들여다보았다. 문자판이 네모난 스테인리스스틸 시계는 버니에게 졸업선물로 받은 것이었다. 열한시였다. 라디오에서 아나운서 앨버 리들이 낭랑한 목소리로 수상이 곧 발표할 예정이라고 말했다. 그러더니 뭔가 엄숙한 클래식 음악이 흘러나왔다.

"쉬, 자 모두." 에설이 말했다. "끝나고 나서 모두에게 차를 내줄게."

부엌이 조용해졌다.

앨버 리들이 네빌 체임벌린 수상의 등장을 알렸다.

파시즘과 타협한 자. 로이드는 생각했다. 체코슬로바키아를 히틀러에게 넘긴 자. 독일과 이탈리아가 반군에게 무기를 제공하고 있다는 사실이 부인할 수 없이 명백해진 뒤에도 선거로 뽑힌 에스파냐 정부를 돕기를 완강히 거부한 자. 또다시 굴을 파고 숨을 것인가?

로이드는 그의 부모가 손을 맞잡는 모습을 보았다. 에설의 작은 손가락들이 버니의 손바닥으로 파고들었다.

다시 손목시계를 확인했다. 열한시 십오분이었다.

그때 수상의 말이 들렸다. "저는 지금 다우닝 가 10번지 각료회의실에서 국민 여러분께 말씀드립니다."

체임벌린의 목소리는 고음에 필요 이상으로 딱딱했다. 지나치게 규칙에 얽매이는 교사 같았다. 우리에게 필요한 건 전사야. 로이드는 생각했다.

"오늘 아침 베를린 주재 영국 대사는 독일 정부에 최후통첩을 전달했습니다. 영국 정부가 열한시까지 폴란드에서 독일군이 즉각적인 철수 준비를 하고 있다는 소식을 듣지 못한다면, 양국은 전시상태에 놓이리라는 내용입니다."

로이드는 체임벌린의 장황함을 참기 어려웠다. 양국은 전시상태에 놓인다. 괴상한 표현이군. 빨리빨리. 그는 생각했다. 요점만 말해. 이건 죽고 사는 문제라고.

체임벌린의 목소리는 점차 깊어지고 정치가답게 변해갔다. 아마 더는 마이크를 보고 있지 않을 것이다. 대신 집집마다 라디오 곁에 앉아 그의 운명적인 말을 기다리는 수백만의 국민이 눈앞에 보이리라. "지금이 시각까지 그에 대한 동의가 접수되지 않았음을 여러분께 말씀드려야 합니다……"

어머니의 목소리가 들렸다. "아, 하느님. 굽어살피소서." 로이드는 그녀를 바라보았다. 얼굴이 잿빛이었다.

체임벌린은 끔찍한 다음 말을 아주 천천히 이어갔다. "……그리하여 결과적으로, 우리나라는 독일과 전쟁중입니다."

에설은 울음을 터뜨렸다.

2부
피의 계절

6장
1940년(I)

I

애버로언은 변했다. 자동차와 트럭, 버스가 거리를 오갔다. 1920년대에 아이였던 로이드가 이곳 할아버지 댁에 왔을 때는 자동차 한 대가 서 있는 모습도 희귀해서 사람들이 몰려들곤 했다.

하지만 여전히 마을에서 가장 눈에 띄는 건 바퀴가 위풍당당하게 돌아가는 쌍쌍의 갱구 탑이었다. 다른 건 없었다. 공장도, 사무실 건물도, 석탄 외에는 아무런 산업도 존재하지 않았다. 이 소도시의 거의 모든 남자가 갱 속에서 일했다. 몇십 명의 예외는 있었다. 몇몇 가게 점원, 모든 교파의 여러 성직자, 시청 서기 한 명, 의사 한 명. 1930년대처럼 석탄 수요가 급감하면 남자들은 해고를 당했고, 그러면 달리 할 일이 없었다. 그렇기 때문에 노동당의 가장 열정적인 요구사항은 실업자를 도와 그들이 다시는 가족을 먹여 살리지 못하는 고통과 굴욕을 겪지 않게 하는 것이었다.

로이드 윌리엄스 중위는 1940년 4월의 어느 일요일, 카디프에서 기차로 이곳에 왔다. 작은 여행가방을 들고 그는 티 귄으로 가는 언덕을 올랐다. 그는 팔 개월 동안 신병을 교육하고—에스파냐에서도 했던 바로 그 일이었다—웨일스 소총연대 권투 팀을 지도했지만, 군은 마침내 그가 독일어를 유창하게 구사한다는 사실을 알고 정보 부서로 옮겨 훈련을 거치도록 했다.

지금까지 군은 훈련만 했다. 영국 부대가 제대로 적과 교전을 벌인 일은 아직 없었다. 독일과 소련은 폴란드를 침략해 나눠 가졌고, 영국과 프랑스가 연합해 폴란드의 독립을 보장하기로 한 약속도 결국 무용지물이었다.

영국인들은 이 상태를 '가짜 전쟁'이라고 부르며 진짜 전쟁이 시작되기를 초조하게 기다렸다. 로이드는 전투에 대한 감상적인 환상은 없었지만—이미 에스파냐의 전장에서 물을 애걸하며 죽어가던 병사들의 애처로운 목소리를 들었다—그럼에도 파시즘과의 최후 결전이 얼른 시작되기를 간절히 바랐다.

군은 독일의 침공이 예상되는 프랑스에 더 많은 병력을 보낼 예정이었다. 아직 침공 사태는 벌어지지 않아 대기상태였지만, 그사이 많은 훈련이 있었다.

미스터리한 군사정보의 세계에 첫발을 디디는 일은 그의 가족의 운명에 오랫동안 중요한 역할을 해온 한 대저택에서 시작되었다. 이런 성 같은 저택을 소유한 부유한 귀족들은 혹시라도 영구적으로 압수당할지 모른다는 두려움에 저택을 군대에 빌려주었다.

군은 티 귄을 전혀 다른 모습으로 바꿔놓았다. 정원에 주차된 십여 대의 진녹색 차량 타이어에 백작의 멋진 잔디는 엉망으로 짓밟혔다. 구부러진 화강암 계단이 있는 우아한 안마당 입구는 보급품 야적장이 되었고, 보석으로 치장한 여자들과 연미복 차림의 남자들이 마차에서 내리던 곳에는 이제 삶은 콩이나 조리용 돼지기름이 든 거대한 깡통이 위태롭게 쌓여 있었다. 로이드는 씩 웃었다. 전쟁의 평준화 효과가 마음에 들었다.

로이드는 저택 안으로 들어섰다. 구겨지고 지저분한 군복을 입은 통통한 장교가 맞아주었다. "정보 훈련을 받으러 왔나, 중위?"

"네. 제 이름은 로이드 윌리엄스입니다."

"나는 로더 소령이다."

들어본 이름이었다. 그는 로더 후작으로, 친구들 사이에서 '로디'라는 별명으로 불렸다.

로이드는 주위를 둘러보았다. 벽에 걸린 그림들은 커다란 먼지막이 천으로 덮여 있었다. 화려하게 조각된 대리석 벽난로는 불겅그레받이가 들어갈 조그만 공간만 남겨둔 채 거친 널빤지로 막아두었다. 그의 어머니가 가끔 애정을 담아 말했던 검은 고가구는 모두 사라지고 대신 철제 책상과 싸구려 의자가 자리잡고 있었다. "세상에, 전혀 다른 곳 같군요." 그가 말했다.

로더가 웃었다. "전에 와봤나보군. 여기 가족과 아나?"

"케임브리지에 보이 피츠허버트와 함께 있었습니다. 자작부인도 그곳에서 만났고요. 당시는 결혼 전이었습니다만. 하지만 전쟁중에는 여기서 지내지 않겠죠."

"완전히 나가는 건 아니야. 방 몇 개는 그들이 개인적으로 쓸 수 있게 빼두었지. 하지만 우리를 방해하는 일은 전혀 없어. 그래, 자네는 여기 손님으로 왔었나?"

"세상에, 아닙니다. 저는 그들을 잘 모릅니다. 어렸을 때 이 가족이 없는 날 구경을 왔었죠. 어머니가 한때 이곳에서 일하셨거든요."

"그래? 그럼 백작의 서재를 관리하거나 뭐 그런 일이었나?"

"아닙니다. 하녀였습니다." 로이드는 입에서 말이 나온 순간 실수임을 깨달았다.

로더의 얼굴이 불쾌한 표정으로 변했다. "그런가." 그는 말했다. "아주 흥미롭군."

로이드는 자기가 순식간에 건방진 프롤레타리아로 찍혔다는 걸 알았다. 이제 이곳에서 지내는 내내 이등시민 취급을 받을 것이다. 어머니의 과거에 대해서는 입을 다물었어야 했다. 그는 군대라는 조직이 얼마나 속물적인지 잘 알았다.

로디가 말했다. "중위가 쓸 방을 안내해, 하사. 다락층으로."

로이드는 과거 하인들이 쓰던 구역의 방을 배정받았다. 별로 개의치 않았다. 어머니도 그곳에서 잘 지내지 않았는가.

뒤쪽 계단을 올라가며 하사는 식당에서 저녁을 먹기 전까지는 일정이 없다고 알려주었다. 로이드는 피츠허버트 집안의 누군가가 지금 이 집에 있는지 물었지만 하사는 알지 못했다.

짐을 푸는 데는 이 분 정도 걸렸다. 로이드는 머리를 빗고 깨끗한 군복 셔츠를 입고 조부모를 찾아갔다.

이제는 부엌에서 뜨거운 물이 나오고 딴채에 수세식 화장실도 갖췄지만, 그래도 웰링턴 로의 집은 어느 때보다 작고 칙칙해 보였다. 로이드의 기억 속 모습에서 변한 건 없었다. 천조각으로 만든 바닥 깔개도, 빛바랜 페이즐리 무늬 커튼도, 거실이자 부엌으로 쓰는 1층의 유일한 공간에 놓인 오크나무 의자들도.

하지만 할아버지와 할머니는 변했다. 어림짐작으로는 두 분 다 일흔 가까이 되었고 노쇠해 보였다. 다리에 통증이 있는 할아버지는 마지못해 광부 조합 일에서 은퇴했다. 할머니는 심장이 약했다. 모티머 의사는 할머니에게 식후 십오 분씩 다리를 위쪽으로 올리고 쉬라고 했다.

그들은 군복을 입은 로이드를 보고 반색했다. "중위 아니냐?" 할머니가 물었다. 평생 계급에 반대해 싸운 그녀도 손자가 장교라는 자부심을 감추지는 못했다.

애버로언은 소식이 빨리 퍼지는 곳이었다. 노조원 다이의 손자가 왔다는 사실도 로이드가 할머니의 진한 차 첫 잔을 채 다 마시기도 전에 마을 절반에 알려진 듯했다. 그래서 토미 그리피스가 불쑥 들어왔을 때도 로이드는 그리 놀라지 않았다.

"에스파냐에서 돌아오기만 했으면 레니도 너처럼 중위가 되었을 텐데." 토미가 말했다.

"분명히 그랬을 거예요." 로이드가 말했다. 광부 출신의 장교는 한 번도 본 적이 없었지만 일단 전쟁이 제대로 진행되면 무슨 일이든 벌어질 수 있었다. "걔는 에스파냐에서 가장 훌륭한 하사관이었어요. 제가 장담해요."

"너희 둘은 많은 일을 함께 겪었겠구나."

"지옥을 겪었어요." 로이드가 말했다. "그리고 졌죠. 하지만 이번에는 파시스트가 이기지 못할 겁니다."

"동감이다." 토미는 말을 마치고 찻잔을 비웠다.

로이드는 조부모와 함께 베데스다 교회에 저녁 예배를 보러 갔다. 그의 인생에서 종교가 차지하는 부분은 그다지 크지 않았고, 할아버지의 교조주의에도 동의할 수 없었다. 우주는 불가사의한 거야. 로이드는 생각했다. 그걸 인정하면 좋을 텐데. 하지만 조부모는 그가 예배당에 함께 앉아 있다는 사실에 기뻐했다.

성경 말씀을 일상적인 언어로 매끈하게 엮어낸 즉흥 기도는 감동적이었다. 설교는 약간 따분했지만 찬송은 황홀했다. 웨일스의 이 비국교도들은 자동으로 네 파트로 화음을 넣었고, 기분만 좋으면 천장이 떠나가라 노래할 수 있었다.

하얗게 칠한 예배당에서 함께 예배를 보며 로이드는 이곳이야말로 영국의 고동치는 심장이라고 느꼈다. 주위 사람들은 초라한 옷차림에 제대로 교육받지 못했고, 남자들은 땅속에서 석탄을 캐고 여자들은 다음 세대 광부를 키워내며 끝나지 않을 고된 노동 속에 삶을 이어갔다. 하지만 그들은 강인한 몸과 명석한 두뇌를 지녔고 그들만의 힘으로 뜻있는 삶을 만들 문화를 창조했다. 그들은 비국교파 기독교와 좌파 정치에서 희망을 얻었고, 럭비와 남성 합창단에서 즐거움을 찾았으며, 좋은 시절에는 너그러움으로, 나쁜 시절에는 결속력으로 함께 뭉쳤다. 이 사람들, 이 마을이 그가 싸워서 지킬 대상이다. 그리고 만일 이들을 위해 목숨을 버려야 한다면 가치로운 죽음일 것이다.

할아버지가 마무리 기도를 했다. 그는 일어서서 지팡이에 몸을 기댄 채 눈을 감았다. "주여, 우리 가운데 주님의 어린 종 로이드 윌리엄스가 군복을 입고 여기 앉아 있습니다. 바라건대 주님의 지혜와 은총으로 다가올 싸움 속에서 그의 목숨을 지켜주소서. 주여, 제발 그를 무사히 온전하게 집으로 돌려보내주소서. 오, 주여, 주님 뜻대로 하소서."

신도들은 진심을 담아 아멘을 외쳤고 로이드는 눈물을 닦았다.

조부모를 집까지 모셔다드리는 사이 산 너머로 해가 지고 줄지어 선 회색 집들 뒤에 땅거미가 내렸다. 로이드는 저녁을 먹고 가라는 권유를 마다하고 티 귄 식당의 식사 시간에 맞춰 서둘러 돌아왔다.

푹 삶은 쇠고기와 삶은 감자, 양배추가 나왔다. 대부분 군대 음식보다 더 좋지도 나쁘지도 않았지만, 고깃기름 바른 빵으로 저녁을 때우는 조부모 같은 사람들의 주머니에서 나온 돈으로 마련한 셈이라는 것을 아는 로이드는 열심히 먹었다. 테이블 위에 위스키가 한 병 있어서 기분을 내려고 조금 마셨다. 함께 교육을 받는 동료들을 유심히 살피며 그들의 이름을 외우려 애썼다.

잠을 자러 올라가는 길에 로이드는 조각품 전시실을 지났다. 이제 예술품 대신 칠판과 싸구려 책상 열두 개가 놓여 있었다. 그곳에서 로더 소령이 한 여자와 이야기를 나누는 중이었다. 다시 보니 여자는 데이지 피츠허버트였다.

그는 놀라 멈춰 섰다. 로더는 불편한 기색을 비치며 주위를 둘러보았다. 그러다 로이드를 보더니 마지못해 말했다. "애버로언 자작부인, 윌리엄스 중위를 아신다고 들었습니다."

만일 모른 척한다면, 어두운 메이페어 거리에서 길고 진한 키스를 나눈 때를 기억나게 해주겠어. 로이드는 생각했다.

"다시 만나 정말 반가워요, 윌리엄스 씨." 그녀는 손을 내밀어 악수를 청했다.

손에 닿은 그녀의 피부는 따뜻하고 부드러웠다. 로이드는 심장이 거세게 뛰었다.

로더가 말했다. "윌리엄스 말이 어머니가 이 집 하녀로 일했다더군요."

"알아요." 데이지가 말했다. "트리니티 무도회에서 제게도 알려주었죠. 속물이라며 저를 꾸짖었고요. 유감스럽게도 전혀 틀린 말이 아니었어요."

"너그러우시군요, 애버로언 자작부인." 로이드는 당황해서 말했다. "무슨 일 때문에 그런 말을 했는지 모르겠습니다." 그녀는 그가 기억하는 것보다 덜 거슬리는 것 같았다. 어쩌면 철이 들었는지도 모른다.

데이지가 로더에게 말했다. "그래도 윌리엄스 씨 어머니는 현재 하원 의원이에요."

로더는 깜짝 놀랐다.

로이드가 데이지에게 물었다. "유대인 친구분 에바는 잘 지내나요? 지미 머리와 결혼한 것은 압니다."

"지금은 아이가 둘이에요."

"그분 부모님은 독일을 빠져나오셨나요?"

"기억해주다니 정말 친절하시네요. 하지만 안타깝게도 로트만 가족은 출국 비자를 못 받고 있어요."

"안됐군요. 친구분이 틀림없이 매우 괴롭겠네요."

"그래요."

하녀에 유대인까지 나오자 로더는 눈에 띄게 불편해했다. "하던 이야기로 돌아가면 말이죠, 자작부인……"

로이드가 말했다. "좋은 밤 보내십시오." 그는 전시실을 나와 위층으로 달려갔다.

잠자리에 들 준비를 하면서 로이드는 자기가 예배를 마치며 불렀던 찬송가를 부르고 있음을 깨달았다.

어떤 폭풍도 내 깊은 마음속 평온을 흔들지 못하네
내가 그 바위 꼭 붙잡고 있으면
사랑은 하늘과 땅의 주님이신데
어찌 노래하지 않을 수 있으리

II

사흘 뒤 데이지는 이복동생 그레그에게 보낼 편지를 마무리하고 있었다. 전쟁이 벌어지자 그는 다정하게도 그녀를 걱정하는 편지를 보내왔고, 그때부터 그들은 매달 한 번쯤 편지를 주고받았다. 그는 옛 애인 재키 제이크스를 워싱턴 E가에서 마주친 이야기를 하며 여자들은 왜 그런 식으로 달아나느냐고 물었다. 데이지도 알 수 없었다. 그런 대답과 함께 행운을 바란다고 쓰면서 편지를 끝맺었다.

시계를 보았다. 훈련중인 군인들이 저녁을 먹기 한 시간 전이니 교육은 끝났을 테고, 로이드와 그의 방에서 이야기를 나눌 좋은 기회였다.

그녀는 예전에 하인들이 사용하던 다락층으로 올라갔다. 젊은 장교들이 각자 침대에 앉거나 누워 책을 읽고 편지를 쓰고 있었다. 오래된 전신거울이 있는 좁은 방 창가에 앉아 삽화가 있는 책으로 공부중인 로이드를 찾아냈다. 그녀가 말을 건넸다. "뭔가 재미있는 걸 읽나보죠?"

그는 펄쩍 뛰며 일어섰다. "안녕하세요, 깜짝 놀랐네요."

그의 얼굴이 붉어졌다. 어쩌면 아직도 그녀를 좋아하고 있는지도 모른다. 관계를 더 발전시킬 마음도 없으면서 그에게 키스한 건 몹시 잔인한 짓이었다. 하지만 사 년 전 일이고 그때는 둘 다 어렸다. 지금이면 분명 극복했을 것이다.

그녀는 그가 손에 든 책을 들여다보았다. 독일어로 된 책에는 배지 사진들이 컬러로 실려 있었다.

"독일군 휘장을 알아야 하거든요." 그는 설명했다. "많은 군사정보가 전쟁포로를 잡은 직후의 심문을 통해 얻어지죠. 물론 어떤 자들은 입을 열지 않습니다. 그래서 심문을 맡은 사람은 포로의 군복만 보고도 계급이 뭔지, 어느 부대 소속인지, 보병인지 기병인지 포병인지, 아니면 수의사 같은 특별 부대 소속인지 알 수 있어야 하는 겁니다."

"여기서 배우는 게 그런 거예요?" 그녀는 회의적으로 물었다. "독일군 배지의 의미 같은 거요?"

그는 웃었다. "우리가 배우는 여러 가지 중 하나죠. 군사기밀을 누설

하지 않고 당신에게 말해줄 수 있는 것이기도 하고요."

"아, 그렇군요."

"왜 여기 웨일스에 계시는 거죠? 뭔가 전쟁지원활동을 하고 있지 않다니 놀라운데요."

"또 시작이군요." 그녀가 말했다. "도덕적으로 책망하는 것 말이에요. 그러면 여자들한테 인기 끌 거라고 누가 그러던가요?"

"죄송합니다." 그는 딱딱하게 말했다. "비난하려고 한 건 아닙니다."

"어쨌거나 전쟁지원활동 따윈 없어요. 오지도 않을 독일 비행기를 방해하려고 공중에 띄운 방공기구뿐이죠."

"적어도 런던에서는 사교생활을 할 수 있잖아요."

"세상에서 가장 중요했던 일이 이제 그렇지 않게 된 느낌 알아요?" 그녀는 말했다. "나도 나이를 먹나봐요."

런던을 떠난 데는 다른 이유가 있었지만 로이드에게는 말하지 않을 작정이었다.

"당신이 간호사 제복을 입고 있을 줄 알았습니다." 그가 말했다.

"어림없는 소리죠. 아픈 사람들이 얼마나 싫은데요. 하지만 그런 못마땅한 표정을 짓기 전에, 이것 좀 봐요." 그녀는 손에 들고 있던 액자를 그에게 건넸다.

그는 얼굴을 찌푸리며 자세히 들여다보았다. "어디서 났죠?"

"폐품을 쌓아둔 지하실에서 오래된 사진 상자를 살펴봤어요."

여름날 아침, 티 귄의 동편 잔디밭에서 여럿이 찍은 사진이었다. 가운데 선 사람은 젊은 피츠허버트 백작이고 발치에 커다란 흰 개가 있었다. 곁에 있는 여자는 데이지가 한 번도 만나본 적 없는 피츠의 여동생 모드인 듯했다. 좌우로 사오십 명쯤 되는 남녀가 다양한 하인 복장을 갖춰입고 줄을 맞춰 서 있었다.

"날짜를 봐요." 그녀가 말했다.

"1912년." 로이드는 소리내어 읽었다.

데이지는 로이드를 바라보며 손에 든 사진에 대한 그의 반응을 주의 깊게 살폈다. "사진 속에 당신 어머니가 있나요?"

"세상에! 그렇겠군요." 로이드는 더 가까이 들여다보았다. "있는 것 같네요." 그가 잠시 후에 말했다.

"어디 봐요."

로이드가 손가락으로 가리켰다. "이 사람 같아요."

데이지는 열아홉 살 정도의 날씬하고 예쁜 여자를 보았다. 흰 하녀 모자 아래 검은 머리칼이 곱슬곱슬했고 웃음에서는 장난기 이상의 뭔가가 보였다. "이런, 아주 아름다우시네요!" 그녀가 말했다.

"어쨌든 그때는 그랬죠." 로이드가 말했다. "요즘에는 무시무시하다는 말을 듣는 편이지만."

"레이디 모드는 만난 적 있어요? 피츠 옆에 있는 그분일까요?"

"제가 태어났을 때부터 쭉 알고 지내온 것 같아요. 물론 내내 연락이 닿았던 건 아니지만. 어머니가 그분과 함께 여성참정권 운동을 했죠. 마지막으로 본 건 1933년 베를린에 갔을 때고, 이분이 틀림없는 것 같습니다."

"그렇게 예쁘진 않네요."

"그럴 수도 있죠. 하지만 균형미가 대단하고 놀라울 정도로 옷을 잘 입으세요."

"어쨌든 당신이 이 사진을 좋아할 거라고 생각했어요."

"가지라고요?"

"물론이죠. 아무에게도 필요 없는 물건이에요. 그러니까 지하실 상자에 들어 있죠."

"감사합니다!"

"천만에요." 데이지는 문으로 향했다. "계속 공부하세요."

뒤쪽 계단으로 내려오며 데이지는 그를 유혹하는 것으로 보이지 않았길 바랐다. 어쩌면 아예 보러 가지 않는 편이 좋았을지도 몰랐다. 관대해지고 싶은 충동에 굴복하고 말았다. 그가 엉뚱하게 해석하는 일은 절대 없었으면 했다.

뱃속에서 날카로운 고통이 느껴져 계단 중간에 멈춰 섰다. 온종일 허리가 조금 아팠다. 싸구려 매트리스에서 자서 그런가보다 했는데, 이건 느낌이 달랐다. 오늘 뭘 먹었는지 떠올려봤지만 속을 버릴 만한 건 기억나지 않았다. 덜 익힌 닭고기나 설익은 과일은 없었다. 굴을 먹지도 않았다. 요즘 그런 행운이 있을 리가! 통증이 왔을 때처럼 빠르게 가시자, 그냥 잊어버리기로 했다.

그녀는 지하실에 있는 자기 방으로 돌아왔다. 그녀는 하녀장이 사용하던 거처에서 지내고 있었다. 작은 침실 하나와 거실 하나와 작은 부엌, 그리고 욕조가 딸린 괜찮은 욕실이 있었다. 모리슨이라는 늙은 하인이 저택 관리를 맡았고 애버로언에서 온 젊은 여자가 데이지의 하녀로 일했다. 여자는 덩치가 상당히 컸지만 '작은' 메이지 오언이라 불렸다. "어머니 이름도 메이지라 저는 늘 작은 메이지였어요. 지금은 제가 어머니보다 더 크지만요." 그녀는 설명했다.

데이지가 안에 들어서는데 전화가 울렸다. 수화기를 들자 남편의 목소리가 들렸다. "어떻게 지내?"

"잘 지내요. 여긴 언제 와요?" 그는 뭔가 임무를 맡아 카디프 외곽에 있는 세인트에이선 공군기지로 날아왔고, 그녀를 찾아와 하룻밤을 보내겠다고 약속한 터였다.

"못 갈 것 같아, 미안해."

"이런, 실망이에요!"

"기지에서 공식 만찬이 열리는데 나도 가야 해."

그의 목소리에는 아내를 만나지 못해 딱히 낙심하는 기색이 없어 데이지는 퇴짜를 맞은 기분이었다. "당신한테는 좋은 일이네요."

"지겨울 거야. 하지만 빠져나갈 수가 없어."

"여기서 혼자 지내는 내 생활의 절반도 안 지겨울걸요."

"따분하겠지. 하지만 당신 상태면 거기 있는 편이 나아."

전쟁이 선포된 후 수많은 사람이 런던을 떠났지만 예상했던 폭격 공습과 가스 공격이 시작되지 않아 대부분 다시 돌아갔다. 하지만 비와 메이, 심지어 에바까지도 데이지는 임신을 했으니 티 귄에서 지내야 한다고 입을 모았다. 수많은 여자가 매일 런던에서 안전하게 아기를 낳는다고 데이지가 지적했지만, 백작 지위를 이어받을 후계자는 달라야 했다.

사실 생각했던 것보다 언짢지는 않았다. 어쩌면 임신 때문에 그녀답지 않게 수동적으로 변했는지도 모른다. 하지만 전쟁이 선포된 뒤 런던 사교계는 마치 다들 스스로 즐길 자격이 없다는 듯 영 미지근한 분위기였다. 다들 술집에 온 교구 목사 같았다. 재밌을 거라는 사실을 알면서도 분위기에 푹 젖어들 수가 없었다.

"그래도 여기 내 오토바이가 있었으면 좋겠어요." 그녀가 말했다. "그러면 최소한 웨일스를 돌아다닐 수는 있으니까." 휘발유는 배급제였지만 규제가 그리 엄격하지는 않았다.

"정말, 데이지!" 그는 엄하게 말했다. "당신 오토바이 타면 안 돼. 의사가 절대 안 된다고 했잖아."

"그건 그렇고, 책들을 찾았어요." 그녀가 말했다. "여기 서재가 멋지네요. 희귀하고 가치 있는 몇 권은 포장해서 치워뒀지만 거의 대부분 책장에 남아 있어요. 학교 다닐 때는 어떻게든 피하려고 애쓰던 수업을 받는 중이에요."

"멋지군." 그가 말했다. "멋진 살인 추리물 하나 들고 웅크린 채로 저녁을 즐겁게 보내."

"아까 배가 살짝 아팠어요."

"소화불량이겠지."

"그러면 좋겠네요."

"게으름뱅이 로디한테도 인사 전해줘."

"만찬에서 와인 너무 많이 마시지 마요."

전화를 끊는 순간 데이지는 또다시 뱃속에서 경련을 느꼈다. 이번에는 더 오래 지속되었다. 메이지가 들어와 표정을 살피더니 물었다. "괜찮으세요, 마님?"

"그냥 쿡쿡 쑤셔."

"혹시 저녁 드실 준비가 되셨는지 여쭤보러 왔어요."

"배가 안 고프네. 오늘은 건너뛸까봐."

"멋진 코티지 파이를 만들었는데." 메이지는 원망 섞인 목소리로 말했다.

"덮어서 식료품 저장고에 둬. 내일 먹을게."

"좋은 차 한잔 만들어드릴까요?"

그냥 그녀를 내보내려고 데이지가 말했다. "그래, 부탁해." 영국에 온 지 사 년이나 지났지만 우유와 설탕을 넣은 이곳의 진한 차는 그다지 좋아지지 않았다.

통증은 사라졌고, 그녀는 앉아서 『플로스 강의 물방앗간』을 펼쳤다. 메이지가 내온 차를 억지로 마셨더니 기분도 조금 나아졌다. 차를 다 마신 다음, 찻잔과 접시 설거지를 마친 메이지를 집으로 돌려보냈다. 그녀는 2킬로미터 가까이 어두운 밤길을 걸어가야 했지만 손전등이 있으니 신경쓰지 말라고 했다.

한 시간 뒤 다시 통증이 찾아왔고 이번에는 사라지지 않았다. 혹시나 뱃속 압력을 줄일 수 있지 않을까 막연한 희망을 품고 화장실에 갔다. 속옷에 검붉은 피가 비쳐 데이지는 깜짝 놀라고 걱정이 되었다.

깨끗한 팬티로 갈아입은 그녀는 이제 심각하게 걱정스러워 전화기로 다가갔다. 에이선 공군기지 전화번호를 알고 있어서 그쪽으로 전화를 걸었다. "공군 대위 애버로언 자작과 통화해야겠어요." 그녀가 말했다.

"장교들에게 사적인 전화는 연결할 수 없습니다." 웨일스 사람이 빡빡하게 굴었다.

"비상 상황이에요. 꼭 남편과 통화해야 해요."

"방마다 전화가 있는 게 아닙니다. 여긴 도체스터 호텔이 아니라고요." 혼자만의 상상인지도 모르지만 남자는 그녀를 돕지 못해 무척이나 신이 난 듯했다.

"남편이 공식 만찬에 참석할 거예요. 전령을 보내 그이더러 전화를 받으라고 해주세요."

"전령도 없거니와 만찬도 열리지 않습니다."

"만찬이 없다고요?" 데이지는 순간 어안이 벙벙했다.

"식당에서 평범한 저녁식사가 있을 뿐입니다." 통신병이 말했다. "그리고 그나마 한 시간 전에 끝났고요."

데이지는 수화기를 쾅 내려놓았다. 만찬이 없어? 보이는 분명 기지에서 열리는 공식 만찬에 참석해야 한다고 했다. 거짓말이 틀림없다. 데이지는 울고 싶었다. 그는 동료들과 술을 마시러 가는 게 더 좋아서, 아니면 다른 여자를 만나러 가느라 그녀를 찾아오지 않기로 한 것이다. 이유는 중요하지 않았다. 그에게는 데이지가 최우선이 아니었다.

그녀는 깊게 숨을 쉬었다. 도움이 필요했다. 애버로언 지역 의사의 전화번호는 알지 못했다. 의사가 있는지조차 몰랐다. 어떻게 하나?

지난번 보이가 떠나면서 말했다. "필요하면 백 명도 넘는 육군장교가 당신을 도울 거야." 하지만 로더 후작에게 질에서 피가 나온다고 말할 수는 없었다.

통증은 점점 심해졌고 가랑이에서 뜨뜻하고 끈적거리는 뭔가가 느껴졌다. 욕실로 다시 가서 아래를 씻었다. 핏속에 엉겨붙은 덩어리가 보였다. 생리대는 갖고 있지 않았다. 임산부에게는 필요 없다고 생각했기 때문이었다. 그녀는 손수건을 길게 잘라 팬티 안에 댔다.

그러고는 로이드 윌리엄스를 떠올렸다.

그는 친절했다. 정신력 강한 여성운동가 여인의 손에서 자랐다. 데이지를 좋아했다. 그라면 그녀를 도울 수 있을 것이다.

그녀는 홀로 올라갔다. 어디 있지? 훈련생들은 지금쯤이면 저녁식사를 마쳤을 것이다. 아무래도 위층에 있을 것 같았다. 그녀는 배가 너무 아파서 다락층까지는 올라갈 수 없을 것 같았다.

어쩌면 서재에 있을지도 모른다. 훈련생들은 조용히 공부를 할 때면 그곳을 찾았다. 안으로 들어가보았다. 하사관 하나가 지도책을 열심히 들여다보고 있었다. "친절을 베풀어주실 수 있을까요?" 그녀가 말했다. "로이드 윌리엄스 중위를 찾아봐주세요."

"물론입니다, 부인." 하사관은 책을 덮으며 말했다. "전할 말씀은요?"

"잠시 지하층으로 내려와달라고 전해주세요."

"괜찮으십니까, 부인? 조금 창백해 보이네요."

"괜찮을 거예요. 그냥 최대한 빨리 윌리엄스를 찾아주세요."

"즉시 가죠."

데이지는 자기 방으로 돌아왔다. 아무렇지도 않은 척 행동하느라 진이 다 빠져서 침대에 누웠다. 얼마 지나지 않아 드레스가 피에 젖는 것이 느껴졌지만 너무 아파서 아무것도 할 수가 없었다. 그녀는 시계를 보았다. 왜 안 오는 거지? 어쩌면 하사가 그를 못 찾았는지도 모른다. 이곳은 그 정도로 큰 저택이었다. 어쩌면 그녀는 여기서 이대로 죽을 수도 있었다.

노크 소리가 나고 그의 목소리가 들려오자 데이지는 몹시 안심했다. "로이드 윌리엄스입니다."

"들어와요." 그녀가 말했다. 그는 끔찍한 상황에 처한 그녀의 모습을 맞닥뜨릴 것이다. 어쩌면 이 일로 그녀에 대한 흥미를 영원히 잃을 수도 있었다.

로이드가 옆방으로 들어오는 소리가 들렸다. "어느 방에서 지내는지 몰라 찾는 데 시간이 좀 걸렸습니다." 그가 말했다. "어디 있어요?"

"이리로 오세요."

그는 침실로 들어섰다. "이런 세상에!" 그가 소리를 질렀다. "이게 도대체 무슨 일입니까?"

"도움을 청해줘요." 그녀가 말했다. "이 마을에 의사가 있나요?"

"물론이죠. 모티머 박사요. 아주 오랫동안 이곳에서 의사로 일했죠. 하지만 불러올 여유가 없을지도 몰라요. 제가……" 그는 망설였다. "출혈이 있는 것 같은데, 보지 않으면 알 수 없어요."

그녀는 눈을 감았다. "보세요." 두려운 나머지 창피해할 정신도 없는 지경이었다.

로이드가 치맛자락을 들추는 것이 느껴졌다. "이런." 그가 말했다. "딱하게 됐어요." 그리고 그녀의 속옷을 찢었다. "미안합니다." 그는 말했다. "물이 좀 필요한데……"

"욕실이요." 그녀는 손으로 가리켰다.

그는 욕실로 들어가서 수도꼭지를 틀었다. 잠시 후 따뜻하게 젖은 천이 그녀의 몸을 닦는 느낌이 들었다.

그리고 그가 말했다. "조금 흐른 정도일 뿐입니다. 과다출혈로 죽는 사람들을 봤는데, 그 정도로 위험하진 않아요." 눈을 떠보니 그가 치맛자락을 내리고 있었다. "전화가 어딨죠?" 그가 물었다.

"거실에요."

로이드의 목소리가 들려왔다. "모티머 박사 연결해주세요, 최대한 빨리." 잠시 침묵이 흘렀다. "로이드 윌리엄스입니다. 티 귄에 있어요. 박사님과 통화할 수 있을까요? ……아, 여보세요. 모티머 부인, 박사님이 언제 돌아오실까요? ……복부에 통증이 있고 하혈을 하는 여자인데요…… 네, 대부분 여자가 매달 그런다는 건 잘 알지만요, 이건 분명히 비정상입니다…… 스물세 살이고요…… 네, 결혼했고…… 아이는 없어요…… 물어보죠." 그가 큰 목소리로 물었다. "임신 가능성이 있나요?"

"네." 데이지가 대답했다. "삼 개월 됐어요."

로이드가 그녀의 대답을 전했고 한참 침묵이 흘렀다. 마침내 그는 전화를 끊고 그녀에게 돌아왔다.

그는 침대 끄트머리에 앉았다. "의사가 가능한 한 빨리 오겠다는데, 지금은 폭주하는 광차에 치인 광부를 수술하고 있대요. 하지만 부인 말이 분명 유산일 거라고 하네요." 그는 그녀의 손을 잡았다. "유감이에요, 데이지."

"고마워요." 그녀는 속삭였다. 통증은 조금 덜했지만 무척 슬펐다. 백작의 지위를 이어받을 후계자는 이제 없었다. 보이가 몹시 속상해할 터였다.

로이드가 말했다. "모티머 부인 말로는 흔한 일이랍니다. 그리고 대부분의 여자들이 임신을 했다가도 한두 번은 유산을 겪는다고 해요. 출혈량이 많지만 않다면 위험하지 않대요."

"상태가 더 나빠지면요?"

"그러면 당신을 태우고 머서 병원까지 가야죠. 하지만 군용 화물차를 타고 15킬로미터도 넘는 길을 가는 건 당신에게 상당히 안 좋을 거예요. 그러니 생명이 위태롭지 않은 상황이면 피해야죠."

그녀는 이제 두렵지 않았다. "당신이 여기 있어서 정말 다행이에요."

"제안 하나 해도 될까요?"

"물론이에요."

"몇 걸음 걸을 수 있겠어요?"

"모르겠어요."

"내가 욕조에 물을 받아줄게요. 몸을 깨끗이 하면 기분이 나아질 거예요. 할 수 있겠어요?"

"네."

"그러고 나서 임시로 붕대 같은 걸 만들어보죠."

"그래요."

그가 다시 욕실로 갔고, 물 흐르는 소리가 들렸다. 그녀는 몸을 일으켜 앉았다. 어지러웠지만 잠시 쉬었더니 머리가 맑아졌다. 두 다리를 바닥으로 내렸다. 굳어가는 피 한가운데 앉아 있는 스스로가 역겨웠다.

수도꼭지 잠그는 소리가 났다. 그가 다시 돌아와 그녀의 팔을 잡았다. "어지러우면 말만 해요." 그가 말했다. "쓰러지게 두지 않을게요." 그는 놀라울 정도로 힘이 셌고 그녀를 거의 들쳐메다시피 욕실로 데려갔다. 어느 순간 그녀의 찢긴 속옷이 바닥으로 흘러내렸다. 그녀가 욕조 옆에 서서 기다리는 동안 그가 드레스 등뒤 단추를 풀어주었다. "나머지는 할 수 있겠어요?" 그가 말했다.

그녀가 고개를 끄덕이자 그는 밖으로 나갔다.

빨래 바구니에 몸을 의지한 채 그녀는 천천히 옷을 벗었고, 피로 더러워진 옷이 바닥에 쌓였다. 조심조심 욕조 안으로 들어갔다. 물은 충분히 따뜻했다. 뒤로 몸을 기대고 힘을 빼자 통증이 줄었다. 로이드에게 고마운 마음이 온몸을 휘감았다. 얼마나 친절한지 울음을 터뜨리고 싶은 지경이었다.

물이 식기 시작해서 일어섰다. 다시 어지러웠지만 잠시뿐이었다. 수건으로 몸을 닦고 로이드가 가져온 잠옷과 속옷을 입었다. 조금씩 배어나는 피를 흡수하기 위해 손수건을 팬티 안에 댔다.

침실로 돌아와보니 침대에는 깨끗한 시트와 담요가 깔려 있었다. 그녀는 침대에 올라가 똑바로 앉아서 시트를 목까지 끌어올렸다.

거실에서 로이드가 들어왔다. "좀 나아진 모양이군요." 그가 말했다. "창피한가봐요."

"창피란 말은 어울리지 않아요." 그녀가 말했다. "굴욕적이라고나 할까요. 그것도 많이 순화한 거지만." 사실은 그렇게 단순하지 않았다. 그에게 자기 모습이 어떻게 비쳤을지 생각하니 몸이 움찔거렸다. 하지만 한편으로 그는 그리 역겨워하지 않는 것 같기도 했다.

그는 욕실로 가서 그녀가 벗어놓은 옷가지를 집어들었다. 보아하니 생리혈 같은 게 그리 메스껍진 않은 모양이었다.

그녀가 물었다. "시트는 어디로 치웠어요?"

"온실에 보니까 커다란 싱크대가 있더군요. 거기 찬물을 받아 담가두었어요. 당신 옷도 그래도 되죠?"

그녀는 고개를 끄덕였다.

그는 다시 사라졌다. 어디서 저렇게 능숙하고 자신감 넘치는 태도를 배웠을까? 에스파냐 내전일 거야. 그녀는 속으로 생각했다.

부엌에서 로이드가 돌아다니는 기척이 났다. 그는 차 두 잔을 들고 다시 나타났다. "이게 맛은 없을지 몰라도 마시면 좀 나아질 겁니다."

그녀는 차를 받아들었다. 그는 손바닥을 펴 하얀 알약 두 개를 보여주었다. "아스피린 먹을래요? 배가 아픈 게 조금 덜해질 수 있어요."

그녀는 알약을 받아 뜨거운 차로 넘겼다. 로이드는 언제나 나이에 비해 어른스러운 모습으로 그녀를 놀라게 했다. 게이어티 극장에서 술 취한 보이를 자신만만하게 찾아나서던 그의 모습이 떠올랐다. "당신은 언제나 이런 식이었어요." 그녀는 말했다. "나머지 우리가 어른인 척할 때 혼자 진짜 어른이었죠."

차를 다 마시자 졸렸다. 로이드는 찻잔을 치웠다. "잠시 눈 좀 붙여야겠어요." 그녀가 말했다. "내가 잠들어도 여기 있어줄래요?"

"당신이 원하는 만큼 있겠어요." 그가 말했다. 그리고 무슨 말인가 했지만 그 목소리는 멀어지는 것 같았고, 그녀는 잠들었다.

III

그 일이 있은 후 로이드는 매일 저녁을 하녀장의 작은 거처에서 보냈다.

온종일 그 시간만 기다렸다.

여덟시가 조금 넘으면 아래층으로 내려갔다. 그때쯤이면 식당에서 저녁식사가 끝나고 데이지의 하녀도 돌아가고 없었다. 두 사람은 오래된 팔걸이의자에 서로 마주보고 앉았다. 로이드는 공부할 책을 한 권 가져갔다. 아침마다 시험을 보기 때문에 언제나 '숙제'가 있었다. 데이지는 소설을 읽었다. 하지만 대부분 두 사람은 이야기를 나누었다. 낮에 무슨 일이 있었는지 들려주고, 읽는 것에 관해 무엇이든 토론하고, 서로 살아온 이야기를 했다.

그는 케이블 가 전투의 경험을 들려줬다. "사람들이 평화롭게 서 있는데 기마경찰이 더러운 유대인이라고 소리지르며 달려들었어요." 그가 설명했다. "경찰봉으로 우리를 때리고 통유리창에 밀어붙였죠."

그녀는 파시스트들과 함께 타워 가든에 고립되어 있어서 싸움은 전혀 보지 못했다. "신문에 나온 내용과 다르네요." 그녀가 말했다. 그녀는 신문에 보도된 대로 그것은 불량배들이 조직한 길거리 폭동이라 믿고 있었다.

로이드는 놀라지 않았다. "우리 어머니가 일주일 뒤 올드게이트 에솔도 극장에서 뉴스영화를 보셨어요." 그는 기억을 떠올렸다. "해설자가 낭랑한 목소리로 그러더라는군요. '공정한 목격자들은 하나같이 경찰을 칭찬했습니다.' 어머니 말이 관객 모두가 웃음을 터뜨렸대요."

데이지는 뉴스에 대한 로이드의 회의적인 태도에 충격을 받았다. 그는 영국 신문 대부분이 에스파냐에서 프랑코 군대가 저지른 잔학 행위는 숨긴 채 정부군의 나쁜 행동은 어떻게든 과장했다고 말했다. 그녀는 반란군이 고결한 기독교인들이며 공산주의의 위협으로부터 에스파냐를 해방시켰다는 피츠허버트 백작의 견해를 그대로 믿어왔음을 인정했다. 프랑코의 부하들이 저지른 집단 처형과 강간, 약탈에 대해서는 전혀 알지 못했다.

자본가 소유 신문들이 보수당 정권이나 군대, 사업가에 대해 나쁜 인상을 주는 소식은 무시하고, 노동조합이나 좌파 정당들의 그릇된 행동으로 사고가 발생하면 어떻게든 물고 늘어진다는 점 역시 전혀 생각해 보지 않은 것 같았다.

로이드와 데이지는 전쟁에 관해서도 이야기를 나눴다. 마침내 실제 교전이 벌어졌다. 영국과 프랑스 군이 노르웨이에 상륙해 마찬가지로 그곳에 상륙한 독일군과 싸운 것이다. 신문들은 전황이 연합국에 불리하게 돌아간다는 사실을 완전히 감출 수 없었다.

로이드를 대하는 데이지의 태도는 전과 달랐다. 그녀는 더이상 그를 이성으로서 유혹하려 들지 않았다. 그를 마주치면 늘 즐거워했고, 저녁에 늦게 가면 투덜거렸고, 가끔은 애태우듯 장난도 쳤지만 교태를 부리는 일은 절대 없었다. 그녀는 자신의 유산으로 모두가 얼마나 실망했는지 말해주었다. 보이, 피츠, 비, 버펄로의 친정어머니에 심지어 아버지 레프까지. 뭔가 불명예스러운 짓을 저지른 것 같다는 어리석은 기분을 떨칠 수가 없다고, 그런 자기가 바보 같으냐고 로이드에게 물었다. 아니었다. 그녀의 행동 중 그가 바보 같다고 생각한 점은 없었다.

대화 내용은 개인적이었지만 그들은 서로 물리적인 거리를 유지했다. 그는 그녀가 유산한 날 밤의 예사롭지 않았던 친밀감을 부당하게 이용하지 않았다. 물론 그 광경은 가슴속에 영원히 살아 있을 것이다. 그녀의 허벅지와 배에서 피를 닦아내는 일은 전혀, 조금도 성적인 느낌을 주지 않았다. 저항하기 어려우리만큼 내밀한 행동이었지만. 그러나 그것은 응급 상황이었을 뿐, 그녀에게 나중에 스스럼없이 대해도 좋다는 허가가 될 수는 없었다. 이 점에 관해 잘못된 인상을 줄까봐 절대 그녀의 몸에 손이 닿지 않도록 조심했다.

열시가 되면 그녀는 코코아 두 잔을 만들었다. 로이드는 코코아를 매우 좋아했고 그녀도 맛있다고 했지만 혹시 그저 예의상 그러는 건 아닐까 의문이었다. 코코아를 다 마시면 그는 잘 자라는 인사를 하고 다락층에 있는 방으로 올라갔다.

그들은 오랜 친구 같았다. 그가 원했던 사이는 아니었지만 그녀는 유부녀였고, 이것이 그가 얻어낼 수 있는 최선이었다.

로이드는 데이지의 신분을 잊어버리기 일쑤였다. 어느 날 저녁도 깜짝 놀란 일이 있었다. 그녀가 백작의 집사로 일하다 은퇴해 저택 바로 밖의 오두막에 사는 필을 방문할 예정이라는 것이다. "여든 살이래요!" 그녀가 로이드에게 말했다. "아버님은 그 사람을 까맣게 잊은 게 분명해요. 잘 지내는지 확인해봐야겠어요."

놀란 로이드가 눈썹을 치켜세우자 그녀가 덧붙였다. "그 사람이 괜찮은지 확인해야 해요. 그건 피츠허버트 가문의 일원으로서 내가 할 일이에요. 오래 함께 지낸 하인들을 챙기는 건 부유한 가문의 의무죠. 몰랐어요?"

"깜박했네요."

"같이 갈래요?"

"물론이죠."

일요일인 다음날 두 사람은 로이드의 교육이 없는 오전에 함께 나갔다. 그들은 작은 집의 상태에 충격을 받았다. 페인트는 떨어지고 벽지는 벗겨지고 커튼은 석탄가루가 묻어 잿빛이었다. 장식품이라고는 잡지에서 오려내 벽에 붙여둔 사진들이 전부였다. 왕과 왕비, 피츠와 비, 또다른 여러 귀족의 사진들. 집은 몇 년 동안 제대로 청소를 하지 않아 오줌과 재, 그리고 뭔가 썩는 냄새가 났다. 하지만 로이드는 소액의 연금으로 연명하는 늙은이라면 드문 일도 아니라고 생각했다.

필은 눈썹이 하얬다. 그가 로이드를 보더니 말했다. "안녕하십니까, 백작님. 저는 백작님이 돌아가신 줄 알았습니다!"

로이드는 웃었다. "저는 그냥 손님이에요."

"아, 그러신가요? 이제 제 머릿속은 스크램블드에그나 다름없어서요. 선대 백작께서는 삼십오 년 전인가 사십 년 전에 돌아가셨던가요? 아니, 그럼 선생은 누구신가요?"

"로이드 윌리엄스입니다. 어르신은 오래전 저희 어머니 에설과 알고 지내셨죠."

"에설의 아들이라고요? 글쎄, 그렇다면야 당연히……"

데이지가 물었다. "그렇다면, 뭐요, 필?"

"아, 아닙니다. 제 머릿속은 스크램블드에그나 똑같답니다!"

필요한 건 없는지 묻자 필은 남자에게 필요한 건 다 있다고 주장했다. "저는 많이 먹지도 않고 맥주도 거의 안 마십니다. 파이프 담배와 신문 살 돈도 충분합니다. 히틀러가 우리를 침략할까, 로이드 젊은이? 살아서 그 꼴은 안 봤으면 좋겠는데."

데이지는 살림에 소질이 없지만 부엌을 조금 치웠다. "믿을 수가 없어요." 그녀가 낮은 목소리로 로이드에게 말했다. "여기서 이렇게 살면서도 모든 걸 가졌다네요. 그리고 자기가 운이 좋다고 생각하다니!"

"저 나이 남자들은 대개 더 군색하게 사니까요." 로이드가 말했다.

그들은 필과 한 시간가량 이야기를 나누었다. 두 사람이 떠나기 전 필은 갖고 싶은 걸 생각해냈다. 그는 벽에 줄 맞춰 걸어둔 사진들을 보았다. "선대 백작님 장례식 때 사진을 찍었습니다." 그가 말했다. "그때 저는 집사가 아니라 한낱 시종이었죠. 우리 모두 영구차 옆에 줄지어 섰어요. 검은색 천을 덮은 크고 낡은 카메라가 있었는데, 요즘 것처럼 작지 않았습니다. 1906년이었죠."

"그 사진이 어딨는지 분명히 알 것 같아요." 데이지가 말했다. "우리가 돌아가서 찾아보죠."

두 사람은 저택으로 돌아와 지하로 내려갔다. 와인저장고 옆에 있는 폐품 창고는 상당히 컸다. 그곳은 상자와 궤짝, 쓸모없는 장식품으로 가득했다. 유리병에 든 배 모형, 성냥으로 만든 티 귄 모형, 서랍장 미니어처, 칼집을 화려하게 장식한 칼도 보였다.

두 사람은 오래된 사진과 그림을 살펴보기 시작했다. 데이지는 먼지 때문에 재채기를 하면서도 계속하겠다고 고집을 부렸다.

그들은 필이 원하는 사진을 찾아냈다. 같은 상자 안에는 심지어 선대 백작이 한참 옛날에 찍은 사진도 있었다. 로이드는 조금 놀라 사진을 들여다보았다. 높이 10여 센티미터, 폭 7센티 정도의 적갈색 사진 속에 빅토리아시대 장교 제복을 입은 젊은이가 있었다.

그는 로이드와 똑같이 생겼다.

"이걸 봐요." 로이드는 사진을 데이지에게 내밀었다.

"구레나룻만 없으면 당신이라고 해도 믿겠어요." 그녀가 말했다.

"어쩌면 선대 백작이 우리 조상 중 누군가와 연애를 했는지도 모르죠." 로이드는 경박하게 말했다. "그분이 만일 유부녀였다면 백작의 자식을 남편의 아이인 것처럼 속였을지도 몰라요. 그다지 기분좋은 일은 아니네요. 내가 귀족 서자의 후손이라는 사실을 알게 되다니 말이죠. 나 같은 열렬한 사회주의자가!"

데이지가 말했다. "로이드, 바보 같은 소리를 하는군요."

로이드는 데이지가 진심인지 아닌지 알 수 없었다. 게다가 코에 먼지가 묻은 그녀의 모습이 어찌나 매혹적인지 키스를 하고 싶었다. "뭐, 내가 바보짓을 한두 번 한 건 아니지만 그래도—"

"내 말 들어봐요. 당신 어머니는 이 집 하녀였어요. 1914년 갑자기 런던으로 가서 테디라는 남자와 결혼했죠. 성이 같은 윌리엄스여서 어머니가 이름을 바꿀 필요가 없었다는 사실 말고는 그 남자에 대해 조금이라도 아는 사람이 없어요. 의문의 윌리엄스 씨는 아무도 만나보지 못하고 죽었고, 그의 생명보험금으로 어머니는 지금도 사는 그 집을 구입하셨죠."

"바로 그래요." 그가 말했다. "무슨 이야기를 하려는 겁니까?"

"그러고 나서 윌리엄스 씨가 죽은 뒤 당신 어머니는 우연히 선대 피츠허버트 백작과 놀랍도록 닮은 아들을 낳았어요."

이제 로이드는 데이지가 무슨 말을 하려는지 어렴풋이 짐작이 갔다.

"계속해요."

"이 모든 이야기에 전혀 다른 설명이 존재할지도 모른다는 생각, 단 한 번도 해본 적 없어요?"

"지금까지는 그랬지만……"

"귀족 가문의 딸들 중 하나가 임신하면 어떻게 하죠? 늘 일어나는 일이잖아요."

"그렇겠죠. 하지만 어떻게 처리하는지는 모릅니다. 들어본 적이 없으니까."

"바로 그래요. 임신한 여자는 몇 달 동안 사라져요. 스코틀랜드나 브르타뉴, 제네바 같은 곳에 하녀와 함께 가 있는 거죠. 그 두 사람이 다시 나타날 때 하녀는 쉬는 동안 낳았다면서 갓난아기를 데려오는 거예요. 귀족 가문 사람들은 하녀가 간음을 저질렀다고 인정했는데도 희한하게 그녀를 친절하게 대해주고 멀리 떨어진 안전한 곳에 보내 소액의 연금을 주는 거죠."

현실과는 동떨어진 동화 속 이야기 같았다. 하지만 그럼에도 로이드는 호기심에 마음이 복잡해졌다. "그러면 당신은 내가 그 비슷한 거짓말 속 아기였다고 생각하는 겁니까?"

"나는 레이디 모드 피츠허버트가 정원사나 광부, 또는 런던의 멋진 불량배와 사랑에 빠졌다고 생각해요. 그리고 어딘가로 비밀리에 아이를 낳으러 떠났겠죠. 당신 어머니는 아기가 자기 자식인 척하기로 동의하고 그 대가로 집을 받은 거예요."

로이드의 머릿속에 이를 뒷받침하는 생각이 떠올랐다. "어머니는 내가 친부에 대해서 물어보기만 하면 늘 얼버무리셨어요." 그것도 이제 의심스러웠다.

"그것 봐요! 테디 윌리엄스는 존재하지 않은 사람이었어요. 어머니는 본인의 체면을 위해 사별했다고 한 거죠. 이름을 바꾸는 불편함을 피하려고 죽은 가상의 남편 이름은 윌리엄스로 하고요."

로이드는 믿을 수 없어 고개를 흔들었다. "너무 터무니없는 소리 같네요."

"어머니와 모드는 계속 친구였고, 모드는 당신을 키우는 걸 도왔어요. 1933년 어머니는 당신을 베를린에 데려갔죠. 친모가 당신을 보고 싶어했기 때문이에요."

로이드는 꿈을 꾸고 있거나 막 잠에서 깬 듯했다. "내가 모드의 자식이라고요?" 그는 믿을 수 없어 물었다.

데이지는 여전히 손에 들고 있는 액자를 두드리며 말했다. "그리고 당신은 할아버지를 꼭 닮았다고요!"

로이드는 혼란스러웠다. 사실일 리 없었다. 하지만 앞뒤가 딱딱 맞았다. "버니가 친아버지가 아닌 건 잘 알아요." 그가 말했다. "하지만 어머니도 친어머니가 아니라고요?"

데이지는 그의 얼굴에 떠오른 난감한 표정을 본 모양이었다. 그녀가 앞으로 몸을 기울여 그의 몸에 손을 뻗었다. 좀처럼 하지 않던 행동이었다. 그리고 말했다. "미안해요, 내가 잔인했나요? 그저 당신 눈앞에 뭐가 있는지 보길 바랐던 것뿐이에요. 만일 필이 진실을 의심한다면 다른 사람들도 그러지 않겠어요? 그런 소식을 전해야 하는 사람은…… 그러니까 친구여야죠."

멀리서 종소리가 들렸다. 로이드는 기계적으로 말했다. "점심 먹으러 식당에 가야겠어요." 그리고 액자에서 사진을 빼내 군복 재킷 주머니에 밀어넣었다.

"마음이 상했군요." 데이지는 불안한 듯 말했다.

"아뇨, 아닙니다. 그냥…… 놀랐어요."

"남자들은 속상해도 항상 아니라고 하죠. 나중에 다시 얘기해요."

"좋아요."

"잠자리에 들기 전에 나랑 꼭 다시 이야기 나눠요."

"그러죠."

그는 폐품 창고를 나와 지금은 식당으로 사용하는 위층 대연회실로 향했다. 다진 쇠고기 통조림을 그저 입으로 옮기는 내내 머릿속이 혼란스러웠다. 테이블에서는 노르웨이에서의 맹렬한 전투에 관해 토론이 벌어졌지만 한마디도 끼어들지 않았다.

"백일몽이라도 꾸는 건가, 윌리엄스?" 로더 소령이 물었다.

"죄송합니다, 소령님." 로이드는 기계적으로 말했다. 그리고 즉석에서 핑계를 꾸며냈다. "독일군 계급 중 '게네랄로이트난트'와 '게네랄마요어' 중 어느 쪽이 더 높은지 기억해내려던 중이었습니다."

로더가 말했다. "'게네랄로이트난트'가 높지." 그러고는 조용히 덧붙였다. "'마이네 프라우'와 '다이네 프라우'의 차이도 잊지 말도록."*

로이드는 얼굴을 붉혔다. 데이지와의 우정이 생각했던 것만큼 용의주도하지는 못했다는 뜻이었다. 심지어 로더까지 알고 있었다. 로이드는 분한 마음이 들었다. 그와 데이지 사이에 부적절한 행위는 없었다. 하지만 항변하지 않았다. 죄가 없지만 죄책감이 들었다. 가슴에 손을 얹고 오로지 순수한 의도뿐이었다고 맹세할 수는 없었다. 할아버지라면 이렇게 말했으리라. "음욕을 품고 여자를 보는 자마다 마음에 이미 간음하였느니라."** 헛소리가 아닌 예수의 가르침이니 확실히 진리가 깃

* '게네랄로이트난트'는 중장, '게네랄마요어'는 소장이며 '마이네 프라우'는 자신의 아내를, '다이네 프라우'는 상대의 아내를 가리킨다.

** 마태복음 5장 28절.

들어 있을 터였다.

조부모 생각을 하다보니 혹시 그들은 그의 친부모를 알고 있지 않을까 궁금해졌다. 진짜 부모가 누굴까 하는 의문 때문에 그는 마치 높은 곳에서 떨어지는 꿈속에 갇힌 듯 옴짝달싹할 수 없는 느낌이었다. 그것이 거짓이라면 자신이 잘못 알고 있는 게 얼마나 더 많을지 알 수 없었다.

그는 할아버지와 할머니에게 묻기로 결심했다. 일요일이니 당장이라도 가능했다. 최대한 빨리 점잖게 식당을 빠져나와 내리막길을 따라 웰링턴 로로 향했다. 만일 자기가 모드의 아들이냐고 단도직입적으로 묻는다면 할아버지 할머니는 간단히 딱 잘라 부정할 수도 있었다. 서서히 접근해야 정보를 알아낼 수 있을 것이다.

두 사람은 부엌에 앉아 있었다. 주님의 날인 일요일은 종교에 바쳐야 하기 때문에 신문을 읽거나 라디오를 듣지 않았다. 하지만 그들은 로이드를 보고 반가워했고, 늘 그랬듯 할머니가 차를 끓였다.

로이드가 말을 꺼냈다. "제 친부에 대해 더 많이 알고 싶어요. 어머니는 테디 윌리엄스가 웨일스 소총연대 소속이었다는데, 그거 아셨어요?"

할머니가 말했다. "이런, 옛날 일을 뭐하러 들추려는 거니? 네 아버지는 버니야."

로이드는 할머니의 말을 부정하지 않았다. "버니 레크위드는 아버지로서 해야 할 모든 걸 해주었어요."

할아버지가 고개를 끄덕였다. "유대인이지만 좋은 사람이지. 그건 틀림없다." 할아버지는 스스로 너그러이 아량을 베푼다고 믿는 듯했다.

할아버지의 말은 그냥 지나쳤다. "그래도 궁금해요. 두 분은 테디 윌리엄스를 만나보신 적 있어요?"

할아버지는 화가 난 기색이었다. "아니. 그건 우리에게 슬픈 일이었어."

할머니가 말했다. "그 사람은 티 귄에 왔던 손님의 하인이었어. 우리는 네 엄마가 결혼하겠다고 런던에 가기 전까지는 그 사람에게 반했다는 걸 몰랐다."

"왜 결혼식에 안 가셨어요?"

두 사람 다 말이 없었다. 그러더니 할아버지가 말했다. "카라, 사실대로 말해줘. 거짓말해서 잘되는 일은 없어."

"네 엄마는 유혹에 지고 말았어." 할머니가 말했다. "그 하인이 티 귄을 떠난 뒤 아기를 가진 걸 알았다." 로이드도 그런 상황을 의심했고, 그래서 어머니가 그 이야기를 피하나보다고 생각했다. "할아버지는 펄펄 뛰었어." 할머니가 덧붙였다.

"내가 너무 지나쳤지." 할아버지가 말했다. "'비판을 받지 아니하려거든 비판하지 말라'고 하신 예수님 말씀을 잊은 거야. 네 어미의 죄는 욕정이지만 할아비의 죄는 교만이었어." 로이드는 할아버지의 연한 파란색 눈에 고인 눈물을 보고 깜짝 놀랐다. "하느님께서 네 어미를 용서했는데도 나는 오랫동안 그러지 못했다. 그러던 중 사위가 프랑스에서 죽임을 당한 거야."

오히려 전보다 더 갈피를 잡을 수가 없었다. 할아버지 할머니가 들려준 또다른 자세한 이야기는 어머니에게서 들은 이야기와도 조금 달랐고, 데이지의 추측과는 전혀 달랐다. 할아버지가 아예 존재하지도 않았던 사위를 위해 눈물을 흘린다?

로이드는 물러서지 않았다. "그럼 테디 윌리엄스의 가족은요? 어머니는 그분이 스완지 출신이라고 했어요. 부모와 형제자매가 있을 테고……"

할머니가 말했다. "네 엄마는 그 사람 가족 얘기는 한 번도 하지 않았어. 부끄러워서 그랬겠지. 이유가 뭐든 네 엄마는 그들에 대해 알고 싶어하지 않았어. 그리고 우리는 그 부분에서 네 엄마의 뜻을 반대할 입장이 아니었다."

"하지만 스완지에 제 조부모가 두 분 더 계실 수도 있잖아요. 아직 못 만나본 친척 아저씨, 아주머니, 조카도요."

"그래." 할아버지가 말했다. "하지만 우리도 몰라."

"그래도 어머니는 알겠죠."

"아마 그럴 거다."

"그럼 어머니한테 물어볼게요." 로이드가 말했다.

IV

데이지는 사랑에 빠졌다.

이제야 자기가 로이드 이전에는 아무도 사랑한 적이 없다는 것을 깨달았다. 보이로 인해 들뜨기는 했어도 그를 진심으로 사랑한 적은 없었다. 불쌍한 찰리 파커슨으로 말하자면 기껏해야 호감이 가는 정도였다. 그녀에게 사랑이란 누구든 자기가 좋아하는 사람에게 바쳐야 하는 것이었고, 그래서 가장 중요한 책무는 현명한 선택이었다. 이제야 그녀는 깨달았다. 그게 다 착각이었음을. 현명함은 사랑과 아무 상관도 없었고, 다른 선택이란 존재하지 않았다. 사랑은 지진이었다.

매일 저녁 로이드와 보내는 두 시간을 제외하면 삶은 공허했다. 나머지 낮시간은 기대였고 밤은 회상이었다.

로이드는 그녀가 뺨을 대고 자는 베개였다. 욕조에서 나와 가슴 위를 토닥이는 수건이었다. 깊은 생각에 잠겨 입에 넣고 빠는 손가락 관절이었다.

어떻게 그를 사 년 동안이나 무시했을까? 트리니티 무도회에서 평생의 사랑을 만났는데, 그에게서 알아본 것이 고작 다른 사람 옷을 입은 것 같다는 정도라니! 왜 그를 끌어안고 키스하고 당장 결혼하자고 매달리지 않았던가?

짐작건대 그는 지금까지 줄곧 알고 있었을 것이다. 분명 첫눈에 그녀를 사랑하게 되었을 것이다. 그는 보이와 헤어지라고 애원했었다. "그를 포기해요." 게이어티 뮤직홀에 갔던 날 밤 그가 말했다. "대신 내 여자친구가 돼줘요." 그때 그녀는 그를 비웃었다. 하지만 그는 그녀가 보지 못하는 진실을 보고 있었다.

그런데 메이페어 인도 위 두 가로등 사이 어둠 속에서 그녀의 깊은 곳 직감이 그에게 키스하라고 말했다. 당시에는 그것이 제멋대로 구는 변덕스러운 행동인 줄 알았다. 하지만 사실은 그녀가 했던 가장 현명한 행동이었다. 아마 그 사건이 그의 헌신적인 사랑을 굳게 다졌을 것이기 때문이다.

지금 티 귄에서 그녀는 다음에 무슨 일이 벌어질지 생각하기를 거부하고 있었다. 들뜬 기분으로 하루하루 살아가며 아무것도 아닌 일에 웃었다. 버펄로의 어머니에게서 그녀의 건강과 유산 후의 심경을 걱정하는 내용이 담긴 편지를 받았고, 안심하라는 답장도 보냈다. 올가는 소소한 소식들도 전해주었다. 데이브 로즈로크는 팜비치에서 세상을 떠났다. 머피 딕슨은 필립 렌쇼와 결혼했다. 듀어 상원의원의 부인 로사가 우디의 사진을 곁들여 『백악관의 뒷이야기』라는 책을 출간해 베스트셀러가 되었다. 한 달 전만 해도 이런 이야기들은 그녀를 향수에 젖게 했을 터였다. 지금은 그저 조금 흥미로운 정도였다.

슬퍼지는 순간은 잃은 아기를 떠올릴 때뿐이었다. 통증은 금세 사라졌고 일주일이 지나자 하혈도 멈췄지만 아이를 잃었다는 상실감은 비통했다. 더는 소리내어 울지 않았지만 가끔 멍하니 허공을 보며 죽은 아기가 남자였을까 여자였을까, 어떻게 생겼을까 궁금해하는 자신을 발견했다. 그러다 한 시간 동안 꼼짝도 안 했다는 사실을 깨닫고 깜짝 놀랐다.

봄이 왔고 그녀는 바람 부는 산기슭을 방수 부츠와 비옷 차림으로 돌아다녔다. 이따금 주변에 양들 말고는 듣는 귀가 없는 것이 확실할 때면 목청껏 소리를 질렀다. "그 사람을 사랑해!"

친부모에 관해 그녀가 의문을 제기했을 때 그가 보인 반응이 걱정이었다. 어쩌면 그 문제를 거론한 것이 잘못이었는지도 몰랐다. 하지만 그녀의 근거는 타당했다. 언젠가 진실은 드러날 것이고, 그런 이야기는 사랑하는 사람이 해주는 편이 나았다. 그가 고통 속에서 당혹해하는 모습이 마음에 걸렸고, 그로 인해 그를 더욱 사랑하게 되었다.

그럴 때 그가 휴가를 신청해놓았다고 말했다. 5월의 두번째 주말, 영국 축일인 성령강림절에 남부 해안의 본머스라는 휴양지에서 열리는 노동당 연례회의에 참석할 예정이라는 것이다.

로이드는 어머니 역시 본머스에 올 테니 출생에 관해 물어볼 기회가 있을 거라고 했다. 데이지가 보기에 그는 진실을 간절히 바라는 동시에 겁을 내는 것 같았다.

로더는 당연히 허락하지 않았겠지만 로이드는 지난 3월 훈련 때 엘리스존스 대령에게 말을 해두었고, 대령은 로이드가 마음에 들었는지 노동당 지지자였는지 아니면 둘 다였는지 로더가 취소할 수 없는 허가를 내주었다. 물론 독일이 프랑스를 침공한다면 아무도 떠날 수 없을 터였다.

데이지가 자기를 사랑한다는 사실을 모른 채 로이드가 애버로언을 떠난다고 생각하니 그녀는 이상하게 두려웠다. 왜인지는 알 수 없지만 그가 떠나기 전에 반드시 말해야 했다.

로이드는 수요일에 떠나 엿새 후 돌아올 예정이었다. 우연의 일치로 보이는 수요일 저녁 이곳에 도착할 계획이라고 연락해왔다. 데이지는 두 남자가 함께 이곳에 있지 않는다는 사실이 괜히 기뻤다.

로이드가 떠나기 전날인 화요일에 고백을 하기로 결심했다. 하루 뒤 남편에게 뭐라고 할지는 아무 생각도 해두지 않았다.

로이드와 나눌 대화를 생각하다 그녀는 그가 분명히 키스를 해올 테고, 그러다보면 감정에 휩쓸려 잠자리를 갖게 되리라는 사실을 깨달았다. 그렇게 되면 두 사람은 밤새 서로 안고 누워 있을 터였다.

거기까지 생각이 미치자 데이지는 백일몽에 신중을 더하게 되었다. 로이드가 아침에 그녀의 거처에서 나오는 모습은 서로를 위해 남에게 들켜서는 절대 안 되었다. 로디는 이미 둘 사이를 의심하고 있었다. 그녀를 대하는 못마땅해하면서도 짓궂은 태도를 보면 알 수 있었다. 거의 그녀가 빠질 상대라면 로이드보다 차라리 자기가 낫다고 생각하는 것처럼 보였다.

중대한 대화를 나눌 만한 다른 곳에서 만난다면 훨씬 더 좋을 터였다. 서편에 있는 사용하지 않는 침실이 떠올라 그녀는 숨이 가빠졌다. 로이드는 새벽에 빠져나가면 되고, 만의 하나 누군가 그를 본다고 해도 그녀와 함께 있었다는 사실은 알 수 없을 것이다. 그녀는 나중에 옷을 모두 갖춰입은 채 가족의 물건 가운데 그림 같은 것을 잃어버려 찾는 척하며 빠져나오면 되었다. 그녀는 실제로 필요한 경우 둘러댈 거짓말을 정교하게 다듬었다. 구체적인 증거로 사용할 뭔가를 미리 폐품 창고에서 그 침실에 갖다둘 수도 있었다.

화요일 아홉시, 훈련생들이 모두 수업을 듣고 있을 때 데이지는 색바랜 은 뚜껑이 달린 향수병 한 세트와 그에 어울리는 손거울을 들고 위층 복도를 걷고 있었다. 벌써부터 죄책감이 들었다. 카펫을 치운 터라 그녀의 발소리가 마치 부정한 여자가 다가오는 것을 알리듯 바닥을 울렸다. 다행히 침실에는 아무도 없었다.

그녀는 치자나무 방으로 향했다. 희미한 기억에 그 방은 침대 시트와 베갯잇을 보관하는 창고처럼 쓰이는 공간이었다. 안으로 들어설 때 복도에는 아무도 보이지 않았다. 재빨리 문을 닫았다. 땀이 흘렀다. 아직 아무 짓도 안 했어. 그녀는 스스로에게 말했다.

기억이 옳았다. 온 방안에 침대 시트와 담요, 베개를 거친 면으로 감싸 끈으로 묶은 커다란 덩어리들이 치자나무 무늬 벽지에 기대어 쌓여 있었다.

퀴퀴한 냄새가 풍겨 창문을 열었다. 방에는 원래 있던 가구들이 그대로 있었다. 침대, 옷장, 서랍장, 글 쓰는 책상, 거울 세 개가 달린 강낭콩 모양의 화장대. 그녀는 향수병들을 화장대 위에 놓고 방에 쌓인 시트와 베개로 잠자리를 마련했다. 손에 닿는 시트가 차가웠다.

이제 뭔가를 한 거야. 그녀는 생각했다. 애인과 내가 잘 잠자리를 만들었어.

그녀는 하얀 베개와 가장자리에 새틴을 댄 분홍색 담요를 보았다. 그녀와 로이드가 꽉 끌어안은 채 미친듯이 필사적으로 키스하는 모습이 보였다. 생각만으로도 너무 흥분되어 정신을 잃을 것 같았다.

밖에서 그녀의 발소리가 그랬듯 마룻바닥을 울리는 소리가 들렸다. 누구지? 어쩌면 늙은 하인 모리슨이 물이 새는 홈통이나 금이 간 유리창을 찾으러 돌아다니는지도 몰랐다. 잠시 가만히 기다렸다. 죄책감으로 가슴이 방망이질했고, 그사이 발소리는 가까워졌다가 다시 멀어졌다.

두려움이 흥분을 가라앉히고 몸속 열기를 식혔다. 그녀는 마지막으로 주위를 둘러보고 방을 나왔다.

복도에는 아무도 없었다.

그녀는 계속 걸었고, 발소리가 그녀의 존재를 미리 알렸지만 이제는 완벽하게 결백했다. 원하는 곳은 어디든 갈 수 있었다. 그녀만큼 이 집 안을 돌아다닐 권리가 있는 사람은 없었다. 이곳은 그녀의 집이었다. 그녀의 남편이 이 집 전체를 물려받을 후계자였다.

그런 남편을 배신하려 조심스럽게 계획을 세우는 것이다.

죄책감으로 몸이 굳어버릴 줄 알았지만 실제로는 열망에 사로잡혀 어떻게든 꼭 해내고 싶었다.

다음으로 할 일은 로이드에게 알리는 것이었다. 전날 밤에도 그는 늘 그러듯 그녀의 방으로 왔다. 하지만 오늘의 밀회를 하루 일찍 일러줄 수는 없었다. 그랬다간 로이드가 무슨 일인지 설명해달라고 할 테고, 자기가 모든 것을 털어놓고 그를 침대로 데려가 모든 계획을 망치리라는 걸 그녀 스스로 잘 알았기 때문이다. 그래서 오늘 그에게 간단히 설명해야 했다.

대개 낮에는 복도나 서재에서 우연히 마주치는 경우를 제외하고는 그를 보는 일이 없었다. 어떻게 만날 수 있다고 확신하겠는가? 그녀는 뒤쪽 계단을 따라 다락층으로 올라갔다. 훈련생들은 침실에 없었지만 그중 누군가가 잊은 물건을 가지러 언제든 돌아올 수 있었다. 그래서 재빨리 움직여야 했다.

그녀는 로이드의 방으로 들어갔다. 그의 냄새가 났다. 무슨 향인지 정확히 알 수는 없었다. 방에서 향수는 보이지 않았지만 면도기 옆에 헤어로션 같은 병이 하나 있었다. 병뚜껑을 열고 냄새를 맡아보았다. 그래, 이거야. 톡 쏘는 감귤 향기. 그가 멋을 부리는 사람이었나? 그녀는 스스로에게 물었다. 어쩌면 조금은 그럴 수도. 그는 언제나, 심지어 군복 차림일 때도 맵시 있어 보였다.

메모를 남길 작정이었다. 서랍장 위에 싸구려 편지지 한 묶음이 있어서 한 장을 뜯어냈다. 주위를 둘러보며 필기구를 찾았다. 로이드가 몸통에 자신의 이름이 새겨진 검은색 만년필을 갖고 있다는 사실을 알았지만 그건 수업 시간에 필기를 하기 위해 가져갔을 것이다. 서랍 맨 위 칸에서 연필 한 자루를 찾아냈다.

뭐라고 써야 할까? 혹시 다른 사람이 읽게 될 경우에 대비해 조심해야 했다. 결국 간단히 썼다. '서재.' 그녀는 로이드가 도저히 못 보고 지나칠 수 없는 곳에 종이를 펼쳐놓았다. 그리고 방을 나왔다.

아무도 그녀를 보지 못했다.

그녀는 로이드가 언젠가 자기 방에 돌아갈 것이라 생각했다. 어쩌면 만년필에 잉크가 떨어져 서랍장 안의 잉크병으로 채우러 갈 수도 있었다. 그러다 메모를 보면 그녀를 만나러 올 터였다.

그녀는 기다리기 위해 서재로 향했다.

오전은 길었다. 그녀는 빅토리아시대 작가들의 작품을 읽는 중이었다. 그들은 그녀가 지금 어떤 기분인지 이해하는 것 같았다. 하지만 오늘은 개스켈 부인도 그녀의 관심을 끌지 못해 대부분의 시간을 창밖을 내다보며 보냈다. 보통 5월이면 티 귄의 정원에서 봄꽃들이 멋진 모습을 선보였지만 정원사 대부분이 군에 입대했고 남은 이들도 꽃이 아니라 채소를 길렀다.

열한시 직전 훈련생 몇 명이 서재로 들어와 녹색 가죽의자에 노트를 들고 앉았지만 그 가운데 로이드는 없었다.

오전 마지막 수업은 열두시 삼십분에 끝난다는 것을 그녀는 알았다. 그 시간이 되자 훈련생들이 일어나 서재를 나갔지만 로이드는 나타나지 않았다.

그는 지금쯤이면 방으로 돌아갔을 것이고 책을 두고 근처 화장실에서 손을 씻었을 것이다.

몇 분이 지나자 점심식사를 알리는 종소리가 울렸다.

그 순간 그가 들어왔고 데이지는 가슴이 뛰었다.

그는 걱정스러운 기색이었다. "방금 당신 메모를 봤어요." 그가 말했다. "괜찮아요?"

그의 최우선 관심사는 그녀였다. 그녀에게 생긴 문제는 그에게는 골칫거리가 아니라 그녀를 도울 기회였고, 그는 그 기회를 열정적으로 잡을 터였다. 어떤 남자도, 심지어 아버지도 이런 식으로 그녀를 신경쓰지 않았다.

"다 좋아요." 그녀가 말했다. "치자나무가 어떻게 생겼는지 알아요?" 아침 내내 연습한 말이었다.

"알 것 같아요. 꽃이 장미를 닮았죠. 왜요?"

"서편 건물에 치자나무 방이라 부르는 곳이 있어요. 문에 하얀색 치자꽃이 그려져 있고 안에는 침대 시트 같은 것이 가득하죠. 찾을 수 있겠어요?"

"물론이죠."

"오늘밤은 내 방 말고 거기서 만나요. 같은 시간에요."

그는 무슨 일이 기다리는지 알아내려고 그녀를 빤히 바라보았다. "그러죠. 하지만 왜죠?"

"당신에게 할말이 있어요."

"정말 흥미진진하군요." 그렇게 말했지만 그는 어리둥절해 보였다.

그가 마음속에서 무슨 생각을 하는지 데이지는 짐작할 수 있었다. 그녀가 낭만적인 밀회를 계획하는 것인지도 모른다며 설레는 동시에, 그건 가망 없는 꿈이라고 스스로를 타이르고 있을 터였다.

"가서 점심 먹어요." 그녀가 말했다.

그는 망설였다.

그녀가 말했다. "오늘밤에 봐요."

"기다릴 수가 없네요." 그는 말을 마치고 밖으로 나갔다.

그녀는 방으로 돌아왔다. 요리 솜씨가 별로 없는 메이지가 빵 두 조각과 통조림 햄으로 샌드위치를 만들었다. 데이지는 더없이 조마조마했다. 샌드위치가 아니라 복숭아 아이스크림이라 한들 먹을 수 없었을 터였다.

그녀는 쉬려고 누웠다. 다가올 밤에 대한 상상이 너무 노골적이라 부끄러웠다. 그녀는 보이에게서 섹스에 관해 많은 걸 배웠다. 남편은 분명 다른 여자들과의 경험이 많았고 그녀는 남자들이 무엇을 좋아하는지 대단히 많이 알게 되었다. 그녀는 로이드와 모든 것을 해보고 싶었다. 그의 몸 구석구석 빠짐없이 키스하고, 보이가 '69자세'라 부르는 것도 해보고, 로이드의 정액을 삼키고도 싶었다. 그런 생각들이 너무 자극적이어서 자위의 유혹을 견디느라 온 정신력을 쏟아야 했다.

다섯시에 커피를 한 잔 마시고 머리를 감은 다음 오랫동안 목욕을 한 뒤 겨드랑이 털을 깎고 지나치게 풍성한 음모도 다듬었다. 물기를 닦고 순한 보디로션을 온몸에 발랐다. 향수를 뿌리고 옷을 입기 시작했다.

새 속옷을 입고 모든 드레스를 몸에 대보았다. 파랗고 하얀 가는 줄무늬 드레스가 마음에 들었지만 앞가슴에 작은 단추가 잔뜩 달려서 풀려면 한참 시간이 걸릴 것 같았고, 자기가 빨리 옷을 벗어버리고 싶으리라는 것도 잘 알았다. 창녀처럼 생각하고 있어. 그녀는 깨달았다. 재밌어해야 할지 부끄러워해야 할지 알 수 없었다. 결국 예쁜 다리를 드러내는 무릎 길이의 페퍼민트색 캐시미어 드레스로 결정했다.

그녀는 옷장 문 안쪽 좁은 거울에 비친 자기 모습을 자세히 살폈다. 괜찮아 보였다.

침대 끄트머리에 앉아 스타킹을 신고 있는데 보이가 들어섰다.

데이지는 기절할 뻔했다. 만일 앉아 있지 않았더라면 쓰러졌을 것이다. 그녀는 믿을 수 없어 보이를 바라보았다.

"놀랐지!" 그는 즐겁게 말했다. "하루 일찍 왔어."

"네." 그녀는 겨우겨우 그렇게 말할 수 있었다. "놀랐어요."

그가 허리를 구부려 키스했다. 그녀는 입안으로 들어오는 그의 혀가 반가웠던 적이 결코 없었다. 늘 술과 담배 냄새가 났기 때문이다. 그는 그녀의 불쾌감은 신경쓰지 않았고, 사실상 강요하기를 즐기는 것 같았다. 하지만 지금은 죄책감 때문에 그녀도 같이 혀를 놀렸다.

"이런!" 숨이 가빠진 보이가 말했다. "당신 기운이 넘치는군."

당신은 아무것도 몰라. 데이지는 생각했다. 적어도 나는 그랬으면 좋겠어.

"훈련이 하루 당겨졌어." 그가 설명했다. "당신에게 미리 알릴 시간이 없었지."

"그럼 밤만 지내러 온 거군요." 그녀가 말했다.

"그래."

그리고 로이드는 아침에 떠날 터였다.

"별로 기쁘지 않은 모양이군." 보이가 말했다. 그는 아내의 드레스를 보았다. "다른 계획이 있었던 거야?"

"무슨 계획이요?" 그녀가 말했다. 마음의 평정을 되찾아야 했다. "투 크라운스 술집에서 밤이라도 보낸다는 건가요?" 그녀는 빈정거리며 물었다.

"얘기가 나왔으니 말인데, 술이나 한잔 하자고." 그는 술을 가지러 방에서 나갔다.

데이지는 두 손으로 얼굴을 감쌌다. 어떻게 이럴 수가? 그녀의 계획은 망가졌다. 어떻게든 로이드에게 알릴 방법을 찾아야 했다. 게다가 보이가 가까이 있는 상황에서 사랑한다는 말을 서둘러 속삭이듯 전할 수도 없었다.

그녀는 그저 모든 계획을 연기하는 수밖에 없다고 스스로를 타일렀다. 단지 며칠 미뤄질 뿐이다. 로이드는 다음주 화요일이면 돌아온다. 늦어지는 것이 괴롭지만 나는 살아남을 테고 사랑 역시 마찬가지다. 그럼에도 실망한 그녀는 거의 울음을 터뜨릴 뻔했다.

스타킹을 마저 신고 신발을 신은 다음 작은 거실로 나갔다.

보이가 스카치 한 병과 술잔 두 개를 찾아온 참이었다. 그녀는 기분 전환 삼아 술을 조금 마셨다. 그가 말했다. "하녀가 저녁으로 생선 파이를 만들고 있더군. 엄청 배가 고파. 저애 요리 솜씨 괜찮아?"

"별로예요. 배가 고프다면 먹을 만은 할 거예요."

"아, 그렇군. 늘 위스키가 있으니까." 그는 스스로 술을 한 잔 더 따랐다.

"뭐하고 지냈어요?" 그녀는 자기가 이야기를 하지 않아도 되도록 어떻게든 남편에게 말을 시킬 작정이었다. "노르웨이에 비행기를 몰고 갔어요?" 노르웨이에서 벌어진 첫번째 지상전에서는 독일이 우세했다.

"맙소사, 아니. 재앙이나 다름없어. 오늘밤 의회에서 엄청난 토론이 벌어질 거야." 그는 영국과 프랑스의 지휘관들이 저지른 실수에 대해 이야기를 시작했다.

저녁이 준비되자 보이는 와인을 찾으러 와인저장고로 내려갔다. 데이지는 로이드에게 소식을 알릴 기회를 잡았다. 하지만 그는 어디 있을까? 그녀는 손목시계를 들여다보았다. 일곱시 삼십분이었다. 로이드는 식당에서 저녁을 먹고 있을 터였다. 그녀가 식당으로 걸어들어가 동료 장교들과 테이블에 앉아 있는 그의 귀에 대고 속삭일 수는 없는 노릇이었다. 그것은 모두에게 두 사람이 애인 사이라고 공표하는 것이나 다름

없었다. 그를 식당에서 나오게 할 방법은 없을까? 머리를 쥐어짰지만 미처 아무것도 생각해내지 못했는데 보이가 1921년산 동 페리뇽 한 병을 들고 의기양양하게 돌아왔다. "처음 생산된 빈티지야. 역사적인 놈이지."

두 사람은 테이블에 앉아 메이지가 만든 생선 파이를 먹었다. 데이지는 샴페인을 한 잔 마셨지만 음식은 넘기기 어려웠다. 그녀는 아무렇지도 않은 척을 하려고 접시 위에서 음식을 이리저리 굴렸다. 보이는 한 그릇을 더 먹었다.

메이지는 디저트로 통조림 복숭아와 연유를 냈다. "전쟁이 영국 요리를 망쳤어." 보이가 말했다.

"전에도 대단하지는 않았어요." 여전히 평소나 다름없는 척 애쓰며 데이지가 말했다.

지금쯤이면 로이드는 치자나무 방에 있을 터였다. 메시지를 못 전하면 그는 어떻게 할까? 밤새 그곳에서 그녀가 오길 기다릴까? 한밤중에 포기하고 자기 침대로 돌아갈까? 아니면 이리로 그녀를 찾아올까? 그것은 곤란하다.

보이는 커다란 시가를 꺼내 불이 붙지 않은 쪽을 가끔 브랜디 잔에 담가가며 만족스럽게 피웠다. 데이지는 남편을 두고 위층으로 올라갈 핑계를 궁리해봤지만 좋은 생각이 떠오르지 않았다. 이렇게 늦은 시간 훈련생들이 묵는 곳에 가려면 도대체 무슨 핑계를 대야 하나?

데이지는 결국 보이가 시가를 끄고 말할 때까지 아무것도 하지 못했다. "자, 자야겠어. 욕실 먼저 쓸 거야?"

달리 어쩌면 좋을지 몰라 일어서서 욕실로 향했다. 로이드를 위해 아주 세심하게 차려입은 옷을 천천히 벗었다. 얼굴을 씻고 가장 덜 유혹적인 잠옷을 입었다. 그리고 침대에 들었다.

옆자리로 올라온 보이는 적당히 취했는데도 여전히 잠자리를 원했다. 데이지는 생각만 해도 진저리가 났다. "미안해요." 그녀가 말했다. "모티머 박사가 그러는데 부부관계는 석 달 동안 안 된대요." 거짓말이었다. 모티머는 하혈만 멈추면 괜찮다고 했다. 스스로가 끔찍이도 부정하게 느껴졌다. 그녀는 오늘밤 로이드와 관계를 맺을 계획이었다.

"뭐?" 보이는 화를 내며 말했다. "왜?"

데이지는 즉석에서 핑계를 꾸며냈다. "너무 일찍 하면 다시 임신하는데 분명히 영향을 줄 거래요."

그 말에 보이도 수긍했다. 그는 후계자를 간절히 원했다. "아, 그래." 그는 돌아누웠다.

그리고 곧바로 잠들었다.

데이지는 마음속이 시끄러워 잠을 이루지 못했다. 지금이라도 빠져나갈까? 옷을 제대로 입어야 했다. 집안을 잠옷 바람으로 돌아다닐 수 없는 것은 분명했다. 보이는 세상모르게 자고 있었지만 가끔 볼일을 보러 일어났다. 만일 그녀가 나가고 없을 때 일어난다면? 그리고 갖춰입은 차림으로 돌아오는 그녀를 본다면? 무슨 이야기를 해야 믿어줄 가능성이 있을까? 밤에 여자가 지방 영지 저택을 몰래 돌아다니는 이유는 하나뿐이라는 것은 누구나 아는 사실이었다.

로이드는 고통스러울 터였다. 퀴퀴한 냄새가 풍기는 방에서 실망한 채 홀로 있을 그를 생각하니 그녀 역시 고통스러웠다. 그는 군복 차림으로 누워서 잠들어버릴까? 담요를 잘 덮지 않으면 추울 텐데. 무슨 급한 일이 생겼나보다고 생각할까? 아니면 그녀가 별 뜻 없이 바람을 맞혔다고만 여길까? 어쩌면 그녀에게 환멸을 느끼고 화를 낼지도 모른다.

얼굴 위로 눈물이 흘렀다. 한창 코를 고는 보이는 절대 알 수 없을 것이다.

한밤중이 되자 데이지는 깜빡 잠이 들었고, 기차를 타야 하는데 어이없는 일들 때문에 자꾸 늦어지는 꿈을 꾸었다. 택시가 엉뚱한 곳에 그녀를 내려놓는 통에 가방까지 들고 생각지도 못한 먼길을 걸어야 했다. 기차표를 잃어버렸고, 막상 플랫폼에 도착하자 런던까지 며칠은 걸리는 구식 역마차가 기다리고 있었다.

꿈에서 깨어났더니 보이가 욕실에서 면도를 하고 있었다.

데이지는 낙담했다. 일어나서 옷을 입었다. 메이지가 아침을 준비했고 보이는 달걀과 베이컨, 버터 바른 빵을 먹었다. 두 사람이 아침식사를 마칠 무렵 아홉시가 되었다. 로이드는 아홉시에 떠난다고 했다. 어쩌면 지금 가방을 들고 홀에 서 있을지도 몰랐다.

보이는 테이블에서 일어나 신문을 들고 화장실로 향했다. 데이지는 남편의 아침 습관을 알았다. 그는 화장실에 오 분에서 십 분 동안 머물터였다. 돌연 그녀 안의 냉정함이 사라졌다. 그녀는 방을 나와 홀로 향하는 계단을 뛰어올랐다.

로이드는 그곳에 없었다. 이미 떠난 것이 틀림없었다. 가슴이 무너져 내렸다.

하지만 기차역까지 걸어가고 있을 것이다. 2킬로미터도 안 되는 거리에 택시를 타는 것은 돈이 많거나 병약한 사람들뿐이다. 어쩌면 따라잡을 수 있을지도 몰랐다. 그녀는 현관을 열고 나섰다.

400여 미터 떨어진 곳에서 여행가방을 들고 진입로를 따라 재빨리 걷는 그를 보자 그녀는 가슴이 뛰었다. 앞뒤 따지지 않고 그를 뒤따라 뛰기 시작했다.

'틸리'라 불리는 작은 군용 픽업트럭 한 대가 그녀를 지나 진입로를 따라 달렸다. 경악스럽게도 트럭은 로이드 옆에서 속도를 떨어뜨렸다.

"안 돼!" 데이지가 외쳤지만 너무 멀어서 로이드는 듣지 못했다.

로이드는 가방을 트럭 짐칸에 던져넣고 운전석 옆자리로 올라탔다.

그녀는 계속 달렸지만 희망은 없었다. 작은 트럭은 출발하더니 속도를 높였다.

데이지는 멈춰 섰다. 그 자리에 서서 틸리가 티 권의 정문을 지나 시야에서 사라지는 모습을 지켜보았다. 애써 울음을 참았다.

잠시 후 그녀는 돌아서서 다시 집안으로 들어갔다.

V

본머스로 가는 길에 로이드는 런던에서 하루를 보냈다. 그날, 즉 5월 8일 수요일 저녁 의사당 방청석에서 네빌 체임벌린 수상의 운명을 결정할 토론을 지켜보고 있었다.

마치 극장의 맨 위층 관람객이 된 것 같았다. 좁고 딱딱한 좌석에 앉아 아찔하게 먼 아래서 펼쳐지는 드라마를 지켜봐야 했다. 오늘은 방청석이 꽉 찼다. 로이드와 의붓아버지 버니는 어머니 에설의 힘을 빌려 표를 구했다. 어머니는 빌리 삼촌과 함께 북적거리는 회의장 안 노동당 의원들 사이에 앉아 있었다.

친부모에 관해 물어볼 기회는 아직 잡지 못했다. 다들 정치적인 위기에 온 정신이 팔려 있었다. 로이드와 버니 모두 체임벌린의 사임을 원했다. 파시즘에 대해 강경한 입장을 취하지 못하는 사람은 전시 지도자로 믿음직스럽지 않았고, 노르웨이에서의 큰 실패가 그 점을 강조하고 있었다.

토론은 전날 저녁부터 시작되었다. 체임벌린은 노동당뿐 아니라 자기 진영으로부터도 맹공격을 받았다고 에설이 전했다. 보수당의 리오 에이머리는 크롬웰을 인용해 그를 공격했다. "아무리 지금까지 훌륭한 일을 해왔다고 해도 당신은 이곳에 너무 오래 앉아 있었소. 말하노니, 떠나시오. 그리고 우리 관계를 끝냅시다. 신의 이름으로 말하니, 떠나시오!" 동료로서는 잔인한 연설이었고, 의사당 양쪽에서 합창처럼 들리는 "옳소, 옳소!" 소리가 더욱 마음을 아프게 했다.

로이드의 어머니를 비롯한 여성 의원들은 이미 웨스트민스터 궁에 있는 그들만의 방에 모여서 표결을 밀어붙이기로 합의한 참이었다. 남성 의원들은 그들을 제지할 수 없어 뜻을 같이하기로 했다. 이런 사실이 수요일에 공표되자 토론 주제는 체임벌린에 대한 신임투표로 옮겨갔다. 수상은 도전을 받아들이고 친구들에게 지지를 호소했지만, 로이드가 보기에는 그것도 나약함의 표출이었다.

오늘밤에도 공격은 이어졌다. 로이드는 즐겁게 구경했다. 로이드는 체임벌린의 대對에스파냐 정책 때문에 그를 증오했다. 1937년부터 1939년까지 이 년 동안 독일과 이탈리아가 반란군에 무기와 병력을 쏟아붓고 미국의 극단적 보수파가 프랑코에게 기름과 트럭을 파는 사이 체임벌린은 영국과 프랑스의 계속적인 '불간섭'을 밀어붙였다. 영국 정치인 가운데 현재 프랑코가 자행하는 대량학살에 책임이 있는 자가 있다면 바로 네빌 체임벌린이었다.

"하지만 말이야." 설전이 잠잠해졌을 때 버니가 로이드에게 말했다. "노르웨이에서 벌어진 낭패에 진짜 욕먹을 사람은 체임벌린이 아니야. 윈스턴 처칠이 해군장관이고, 네 엄마 말로는 그가 이번 공격을 주장했다는구나. 어쨌든 에스파냐, 오스트리아, 체코슬로바키아 건은 체임벌린의 잘못이지만 진짜 본인 책임이 아닌 일 때문에 실각한다면 아이러니하겠지."

"궁극적으로는 모든 게 수상의 잘못이에요." 로이드가 말했다. "지도

자 자리가 그런 거죠."

버니는 씁쓸하게 웃었고, 로이드는 버니가 젊은이들은 모든 걸 너무 단순하게 본다고 생각한다는 것을 알았다. 하지만 아들의 체면을 세워주려고 말은 하지 않았다.

시끌시끌한 토론이었지만 전 수상 데이비드 로이드조지가 일어서자 장내가 조용해졌다. 로이드의 이름은 그에게서 따온 것이었다. 이제 일흔일곱 살인 백발의 원로 정치인은 대전쟁을 승리로 이끈 장본인다운 권위를 갖고 말했다.

그는 인정사정없었다. "누가 수상의 친구인지 묻는 것이 아닙니다." 그는 통렬한 야유를 담아 당연한 말부터 했다. "이건 훨씬 큰 문제입니다."

야당뿐 아니라 보수당측에서도 찬성의 합창이 이는 걸 보고 로이드는 다시 한번 희망을 품었다.

"그는 희생을 주장했습니다." 로이드조지의 비음 섞인 노스 웨일스 악센트가 모욕의 날을 더욱 날카롭게 세우는 것 같았다. "이번 전쟁에서 그의 수상직 희생 이상으로 승리에 기여할 수 있는 것은 없습니다."

야당이 찬성의 고함을 질렀고 로이드는 어머니가 환호하는 모습을 볼 수 있었다.

처칠이 토론을 마무리했다. 말솜씨로는 로이드조지에게 뒤지지 않는 인물이라 로이드는 그의 웅변이 체임벌린을 구해내지 않을까 두려웠다. 하지만 의원들은 말을 가로막거나 야유를 보내며 반대를 표했고, 이따금 너무 시끄러워서 그의 목소리는 들리지도 않았다.

밤 열한시 처칠은 자리에 앉았고 표결이 시작되었다.

표결 방식은 번거로웠다. 손을 들거나 작은 종이에 투표를 하는 것이 아니라 각각 찬성, 반대로 정해진 두 개의 로비를 통해 의원들이 회의장을 빠져나가는 동안 그 수를 세는 방식이었다. 에설은 할 일 없는 남자들이나 고안할 수 있는 방법이라면서 표결 방식이 곧 현대화되리라 확신했다.

로이드는 불안한 마음으로 기다렸다. 체임벌린이 몰락하면 깊은 만족을 느낄 테지만 마음을 놓을 수 있는 상황은 결코 아니었다.

주의를 다른 곳으로 돌리려고 언제나 즐겁게 생각할 수 있는 데이지를 떠올렸다. 티 귄에서의 지난 24시간은 정말이지 이상했다. 처음에는 '서재'라는 한 단어가 쓰인 메모였고, 다음은 다급한 대화였다. 그때 그녀는 치자나무 방으로 오라며 애를 태웠다. 다음은 춥고 지루하고 혼란스러운 상태로 나타나지 않는 여인을 밤새도록 기다리는 시간. 그는 그 방에서 새벽 여섯시까지 머물렀다. 비참했지만, 여행을 위해 어쩔 수 없이 씻고 면도하고 옷을 갈아입고 짐을 꾸려야 할 시간이 될 때까지는 희망을 포기할 마음이 없었다.

뭔가 잘못되었거나 그녀가 생각을 바꾼 것이 틀림없었다. 하지만 애초에 어쩔 작정이었을까? 그녀는 할말이 있다고 했다. 이 모든 극적 상황에 걸맞은, 지극히 중대한 말을 할 계획이었나? 아니면 너무 하찮은 것이라 만나기로 한 약속까지 모조리 잊었나? 본인에게 물어보려면 다음 화요일까지 기다리는 수밖에 없었다.

데이지가 티 귄에 있다는 사실은 가족에게 알리지 않았다. 그 말을 하려면 현재 데이지와의 관계도 설명해야 하는데 그 자신 또한 이해할 수 없는 상태라 불가능했다. 유부녀와 사랑에 빠진 걸까? 알 수 없었다. 그녀는 그를 어떻게 생각하고 있을까? 알 수 없었다. 그가 생각하기에 데이지와 그는 아무래도 사랑할 기회를 놓친 좋은 친구 사이에 가장 가까웠다. 그리고 왠지 누구에게도 그런 사실을 인정하고 싶지 않았다. 그래버리면 그것으로 끝이고, 견딜 수 없을 것 같았기 때문이다.

그는 버니에게 물었다. "체임벌린이 물러나면 누가 수상이 될까요?"

"핼리팩스가 가능성이 높지." 핼리팩스 경은 현재 외무장관이었다.

"안 돼요!" 로이드는 화를 냈다. "이런 때 백작이 수상을 하게 둬선 안 돼요. 어쨌거나 그도 타협을 했고 체임벌린만큼 나쁘다고요!"

"동의해." 버니가 말했다. "하지만 달리 누가 있지?"

"처칠은 어때요?"

"너 스탠리 볼드윈이 처칠을 두고 뭐라고 했는지 아니?" 보수당 소속 볼드윈은 체임벌린 전에 수상을 지냈다. "윈스턴이 태어났을 때 많은 요정이 선물을 가지고 요람으로 내려왔어. 상상력, 말재주, 근면성, 능력. 그런데 그때 한 요정이 그랬다는 거야. '어떤 인간도 이렇게 많은 선물을 다 가질 수는 없어.' 그러고는 그를 들어올려 흔들고 비틀어서 판단력과 지혜는 못 가지게 되었대."

로이드는 웃었다. "아주 재치 있네요. 하지만 그가 정말 그런가요?"

"뭔가 있는 거지. 그는 지난 전쟁 때 우리가 끔찍한 패배를 맛본 다르다넬스 원정에 책임이 있어. 이번에는 노르웨이 공격을 적극 추진했다가 또 실패했지. 그는 훌륭한 연설가지만 증거가 말해주듯 안이하게 생각하는 경향이 있어."

로이드가 말했다. "1930년대에 재무장이 필요하다는 그의 말은 옳았어요. 노동당을 포함해서 다른 사람들은 모두 반대했죠."

"사자와 양이 함께 누워 뒹구는 천국에서도 재무장을 요구할 자야."

"누군가 호전적인 사람이 필요해요. 우리는 낑낑거릴 게 아니라 짖어댈 수 있는 수상을 원한다고요."

"글쎄, 바람이야 가질 수 있지. 집계원들이 돌아오고 있네."

투표 결과가 발표되었다. 지지안을 찬성한 사람이 280, 반대가 200이었다. 체임벌린이 이겼다. 의사당에서는 대소동이 일었다. 지지자들은 환호성을 올렸지만 다른 이들은 그에게 물러나라며 소리를 질렀다.

로이드는 몹시 실망했다. "이렇게까지 됐는데 어떻게 그를 그냥 눌러 앉힐 수가 있어요?"

"섣부른 결론은 내리지 마." 수상이 떠나고 소음이 가라앉자 버니가 말했다. 그는 〈이브닝 뉴스〉 신문지 여백에 연필로 계산을 했다. "정부 측은 대개 240표 차이로 이기지. 그게 80표로 떨어진 거야." 그는 숫자들을 흘려써가며 더하거나 뺐다. "출석하지 않은 의원 수를 대충 계산해보면 내 생각에 정부를 지지하는 의원 사십 명이 체임벌린에 반대표를 던졌고, 다른 육십 명은 기권했어. 수상으로서는 끔찍한 타격이지. 백 명이나 되는 동료가 그를 신뢰하지 않는다는 거니까."

"하지만 그걸로 물러나게 할 수 있을까요?" 로이드는 조바심을 내며 말했다.

버니는 항복이라는 듯 양손을 들어 보였다. "모르겠다." 그가 말했다.

VI

다음날 로이드와 에설, 버니, 빌리는 기차를 타고 본머스로 향했다.

객차는 영국 전역에서 온 대표들로 꽉 찼다. 사람들은 가는 내내 귀에 거슬리게 툭툭 끊기는 글래스고 말씨부터 난데없이 뚝 떨어지는 코크니 말씨까지 다양한 악센트로 전날 밤 의회 토론과 미래의 수상에 관해 이야기하며 시간을 보냈다. 이번에도 로이드는 머릿속을 떠나지 않는 문제에 관해 어머니에게 이야기를 꺼낼 기회가 없었다.

대부분 대표들과 마찬가지로 그들도 절벽 꼭대기의 호화로운 호텔에 묵을 돈이 없어 외곽에 있는 여관에서 지냈다. 그날 저녁 네 사람은 한 술집에 가서 조용한 구석에 앉았고 드디어 로이드에게 기회가 왔다.

버니가 모두에게 술을 한 잔씩 돌렸다. 에설은 베를린의 친구 모드에게 무슨 일이 있을지 궁금해했다. 전쟁 때문에 독일과 영국 사이의 우편 업무가 중단된 통에 더는 소식을 들을 수 없었다.

로이드는 맥주를 한 모금 마신 다음 단호하게 말했다. "친아버지에 대해 더 알고 싶어요."

에설이 날카롭게 말했다. "네 아버지는 버니야."

또 얼버무리다니! 로이드는 즉시 치솟는 화를 눌렀다. "그건 말할 것도 없는 사실이죠." 그가 말했다. "제가 아버지를 친아버지처럼 사랑한다는 것도 그렇고요. 이미 알고 계실 테니까."

버니는 로이드의 어깨를 두드렸다. 어색하지만 진심 어린 애정의 표현이었다.

로이드는 고집스러운 목소리로 말했다. "하지만 저는 테디 윌리엄스가 궁금해요."

빌리가 말했다. "과거가 아니라 미래에 대해 이야기해야 해. 우리는 지금 전쟁중이다."

"바로 그렇죠." 로이드가 말했다. "그래서 제 의문에 대한 답이 지금 필요한 겁니다. 기다리지 않을 거예요. 저는 곧 전투에 참가할 테고, 진실을 모르는 채 죽고 싶지 않아요." 세 사람이 그의 논리를 뒤집을 방도는 없어 보였다.

에설이 말했다. "네가 알아야 할 건 다 알잖아." 하지만 그녀는 아들과 눈을 마주치지 않았다.

"아뇨, 몰라요." 로이드는 인내를 잃지 않으려고 애썼다. "제 친조부모는 어디 있죠? 친척 아저씨나 아주머니, 사촌도 있어요?"

"테디 윌리엄스는 고아였어." 에설이 말했다.

"어느 고아원에서 자랐는데요?"

에설은 짜증을 냈다. "너 왜 이리 옹고집이야?"

로이드도 마찬가지로 짜증스럽게 목소리를 높였다. "그야 어머니를 닮았으니까요!"

버니는 웃음을 참지 못했다. "어쨌든 그건 사실이지."

로이드는 조금도 즐겁지 않았다. "어느 고아원이요?"

"나도 듣긴 했을 텐데 기억이 안 나. 카디프에 있던 것 같다."

빌리가 끼어들었다. "얘야, 로이드. 너는 지금 아픈 구석을 건드리고 있어. 맥주나 마시고 그 얘기는 그만둬라."

로이드는 화가 나서 말했다. "저도 빌어먹을 아픈 구석이 있어요, 빌리 삼촌. 감사하지만 거짓말이라면 이제 신물이 난다고요."

"자, 자." 버니가 말했다. "거짓말이라는 이야기는 빼자꾸나."

"죄송해요, 아버지. 하지만 말하지 않을 수 없어요." 로이드는 말을 끊지 말라는 뜻으로 한 손을 들어올렸다. "지난번에 물었을 때 어머니는 테디 윌리엄스는 가족이 스완지 출신이지만 아버지 직업 때문에 여기저기 옮겨다니며 살았다고 했어요. 오늘은 그가 카디프에 있는 고아원에서 자랐다고 하고요. 둘 중 하나는 거짓말이죠. 아니면 둘 다 거짓말이거나."

마침내 에설은 아들의 눈을 똑바로 보았다. "나랑 버니는 너를 먹이고 입히고, 대학까지 보내 공부시켰어." 분한 표정이었다. "너는 불평할 게 하나도 없다."

"그리고 저는 늘 두 분께 감사하고, 늘 두 분을 사랑할 거예요." 로이드가 말했다.

빌리가 말했다. "그런데 왜 이 이야기가 나온 거야?"

"애버로언의 누군가가 제게 얘기해주더군요."

어머니는 대꾸하지 않았지만 그녀의 눈에 잠깐 두려움이 번쩍였다.

웨일스의 누군가가 진실을 알고 있구나. 로이드는 생각했다.

그는 가차없이 말을 이었다. "아마 모드 피츠허버트가 1914년에 임신을 했고, 어머니는 그 아기가 자기 아이인 척해주는 대가로 너틀리가의 집을 받았을 거라고요."

에설은 가소롭다는 듯 투덜거렸다.

로이드가 한 손을 들었다. "그건 두 가지를 설명해줘요." 그가 말했다. "하나는 어머니와 레이디 모드 사이의 보기 드문 우정이죠." 그는 재킷 주머니에 손을 넣었다. "두번째는 바로 이 구레나룻을 기른 제 사진이고요." 그는 모두에게 사진을 보여주었다.

에설은 말없이 사진을 노려보았다.

로이드가 말했다. "저라고 해도 믿겠죠, 아닌가요?"

빌리가 성급하게 말했다. "그래, 그렇구나. 하지만 확실히 너는 아니야. 그러니 이리저리 말 돌리지 말고 이게 누군지 말해라."

"이건 피츠허버트 백작의 아버지예요. 그러니 이제 빌리 삼촌과 어머니야말로 이리저리 말 돌리지 마세요. 제가 모드의 자식인가요?"

에설이 말했다. "나와 모드의 우정은 다른 무엇보다 정치적 동맹이었다. 그 관계는 여성참정권 전략에 대한 이견으로 깨졌다가 나중에 다시 회복되었지. 나는 그녀를 매우 좋아하고, 그녀는 내게 인생에서 중요한 기회를 주었지만 서로 비밀 약속 같은 건 없어. 그녀도 네 아버지가 누군지 몰라."

"좋아요, 어머니." 로이드가 말했다. "그건 믿을 수 있어요. 하지만 이 사진은……"

"어떻게 그렇게 닮았느냐는 건……" 그녀는 말문이 막혔다.

로이드는 어머니가 빠져나가도록 두지 않을 작정이었다. "빨리요." 그는 인정사정없이 밀어붙였다. "진실을 말해주세요."

빌리가 다시 끼어들었다. "얘야, 넌 헛다리를 짚고 있어."

"그래요? 그럼 제대로 알려주시면 안 돼요?"

"그건 내 일이 아니다."

그 말은 시인이나 마찬가지였다. "그러니까 이제까지는 거짓말이 맞았다는 거군요."

버니는 정신을 못 차릴 만큼 놀랐다. 그가 빌리에게 물었다. "그럼 테디 윌리엄스 얘기가 사실이 아니라는 거야?" 로이드처럼 버니도 그 말을 오랜 세월 믿었던 것이 틀림없었다.

빌리는 대답하지 않았다.

그들은 모두 에설을 바라보았다.

"이런, 제기랄." 그녀가 말했다. "우리 아버지라면 이러셨겠군. '너희 죄가 반드시 너희를 찾아낼 줄 알라.' 자, 네가 진실을 원했으니 알려줘야겠다. 네 마음에 들지 않더라도 별수없지."

"말해보세요." 로이드는 앞뒤 볼 것 없이 말했다.

"넌 모드의 자식이 아니야." 그녀가 말했다. "피츠의 자식이야."

VII

다음날인 5월 10일 금요일, 독일은 네덜란드와 벨기에, 룩셈부르크를 침공했다.

로이드는 여관에서 부모님, 빌리 삼촌과 아침을 먹으려고 자리에 앉으며 라디오에서 소식을 들었다. 그리 놀랍지 않았다. 군인들은 누구나 침공이 임박했다고 믿고 있었다.

오히려 전날 밤 밝혀진 사실이 더 충격이었다. 지난밤 그는 몇 시간 동안 잠을 이루지 못한 채 오랫동안 속고 살았다는 사실에 분노하는 한편, 자기 아버지가 아름답기 그지없는 데이지의 시아버지라는 기묘한 인연에 괴로워했다.

"어떻게 그자에게 빠질 수 있어요?" 그는 술집에서 어머니에게 물었다.

그녀의 대답은 날카로웠다. "위선 떨지 마. 너도 미국인 부잣집 딸에게 빠져서 정신 못 차렸다. 그애도 우익인데다 파시스트와 결혼했지."

로이드는 그건 다르다며 받아치고 싶었지만 금세 똑같다는 것을 깨달았다. 지금 데이지와의 관계가 어떻든 한때 그녀를 향한 사랑에 빠졌다는 점은 의심할 수 없었다. 사랑은 논리적이지 않다. 그가 비이성적인 열정에 무릎을 꿇을 수 있다면 어머니 역시 마찬가지다. 사실 두 사람은 각자의 일을 겪었을 때 스물한 살로 같은 나이였다.

그는 어머니에게 처음부터 진실을 알려주었어야 했다고 말했지만, 그녀도 그럴 만한 이유가 있었다. "만일 부잣집 백작의 아들이라는 걸 알려줬다면 어린 네가 어떻게 반응했겠니? 학교에서 다른 아이들에게 자랑할 때까지 얼마나 걸렸겠어? 다들 네가 유치한 꿈을 꾼다면서 얼마나 놀려댔을지 생각해봐. 계급이 높다는 이유로 미움받았을 걸 생각해보라고."

"하지만 나중에라도……"

"모르겠다." 그녀는 지친 듯 말했다. "말하기 좋은 때는 한 번도 없었던 것 같아."

버니는 처음에는 충격으로 얼굴이 하얗게 질렸지만 곧 정신을 차리고 평상시의 냉정한 자신으로 돌아왔다. 그는 에설이 왜 그에게조차 진실을 말하지 않았는지 이해한다고 말했다. "공유하는 비밀은 더이상 비밀이 아니니까."

로이드는 현재 어머니와 백작의 관계가 어떤지 궁금했다. "어머니는 의사당에서 항상 그 사람과 마주쳐야 하잖아요."

"가끔일 뿐이야. 귀족들은 레스토랑과 바가 딸린 그들만의 전용 구역에 있거든. 만나야 할 때는 따로 약속을 잡지."

그날 밤 로이드는 너무 놀라고 혼란스러워 스스로 어떤 기분인지조차 알 수 없었다. 그의 아버지는 피츠였다. 귀족이자, 토리당원이자, 보이의 아버지이자, 데이지의 시아버지. 슬퍼해야 하나, 화를 내야 하나, 죽고 싶어해야 하나? 엄청나게 충격적인 사실을 맞닥뜨리는 바람에 감각이 마비된 기분이었다. 너무 심각한 상처라 처음에는 고통도 느끼지 못했다.

아침에 들은 소식이 뭔가 다른 생각할 거리를 주었다.

이른 새벽 독일은 번개처럼 서쪽을 공격했다. 예상된 움직임이지만 연합국측 정보부대들이 최선의 노력을 다했어도 구체적인 날짜까지는 미리 알아내지 못했을 테고, 그 작은 나라들의 군대가 불의의 공격을 당했으리라는 것을 로이드는 알았다. 그럼에도 그들은 용감하게 맞서 싸우고 있다고 했다.

"진짜일 수도 있어." 빌리 삼촌이 말했다. "하지만 어떤 상황이든 BBC는 이렇게 보도했겠지."

체임벌린이 소집한 내각회의는 지금 이 순간도 진행중이었다. 하지만 영국 원정군 10개 사단을 더해 증강한 프랑스군은 이미 오래전 이런 침공의 대응 방안에 대한 합의를 마쳤고, 그 계획은 자동적으로 실행되었다. 연합국 병력은 네덜란드와 벨기에의 서쪽 국경을 넘어 독일군과 맞서기 위해 돌진했다.

중대한 소식에 마음이 무거운 채로 윌리엄스 가족은 버스를 타고 시내로 나가 당 행사가 열리는 본머스 극장으로 향했다.

그곳에서 그들은 웨스트민스터에서 전해진 소식을 들었다. 체임벌린이 권력을 꽉 붙들고 있었다. 듣자하니 노동당 당수인 클레멘트 애틀리에게 내각에 들어와 세 주요 정당의 연립정부를 구성하자고 요청했다는 것이다.

세 사람 모두 그 가능성에 경악했다. 파시스트와 타협한 체임벌린은 수상으로 남을 테고, 노동당은 연립정부 안에서 어쩔 수 없이 그를 지지하게 될 것이다. 생각만 해도 끔찍한 일이었다.

“애틀리는 뭐라고 했대요?” 로이드가 물었다.

“전국 집행위원회의 의견을 들어야 한다고 했대.” 빌리가 대답했다.

“그럼 우리잖아요.” 로이드와 빌리 두 사람 모두 위원회 위원이고 그날 오후 네시에 회의가 열릴 예정이었다.

“맞아.” 에설이 말했다. “위원들 의견 조사를 시작해서 체임벌린의 계획이 우리 위원회에서 얼마나 지지를 받을지 알아보자고.”

“전혀 없을 것 같은데요.” 로이드가 말했다.

“확신하지는 마.” 에설이 말했다. “어떤 대가를 치르더라도 처칠은 안 된다고 생각하는 사람이 조금은 있을걸.”

로이드는 이후 몇 시간 동안 극장과 해변 카페와 바에서 위원들이나 그 친구들, 보좌관들과 이야기를 나누며 내내 선전활동을 펼쳤다. 점심을 거른 채로 차를 너무 많이 마셔서 몸이 허공에 둥둥 떠 있는 기분이었다.

로이드는 모든 위원이 체임벌린과 처칠에 대해서 자신과 같은 의견은 아니라는 사실에 실망했다. 지난 대전쟁이 남긴, 어떤 대가를 치르더라도 평화를 원한다는 소수의 평화주의자는 체임벌린의 타협을 용인했다. 다른 한편으로 웨일스 의원들은 여전히 처칠을 토니팬디에서 벌어진 파업에 군대를 보낸 내무장관으로 생각했다. 그게 벌써 삼십 년 전 일이지만 정치에서 어떤 것은 금세 잊히지 않는다는 사실을 로이드는 배우는 중이었다.

세시 삼십분에 로이드와 빌리는 상쾌한 바람을 맞으며 바닷가를 따라 걸어가 회의가 열리는 하이클리프 호텔에 들어섰다. 두 사람은 위원회 대다수가 체임벌린의 제안을 받아들일 뜻이 없을 거라 짐작했지만 완전히 확신할 수는 없었고, 로이드는 여전히 결과가 걱정스러웠다.

그들은 회의장에 들어가 다른 위원들과 긴 탁자에 앉았다. 정확히 네시에 위원장이 입장했다.

클렘 애틀리는 마르고 과묵하고 겸손한 남자로, 대머리에 콧수염을 길렀고 깔끔한 옷차림이었다. 법무사 같은 인상의 그를—그의 아버지가 법무사였다—사람들은 얕잡아보는 경향이 있었다. 그는 건조하고 냉정한 태도로 체임벌린이 노동당에 제안한 연립정부 안을 포함해 지난 24시간 동안의 상황을 위원회에 요약해주었다.

그러고 나서 그는 말했다. "저는 두 가지를 묻겠습니다. 첫번째로, 여러분은 네빌 체임벌린을 수상으로 한 연립정부에 봉사하겠습니까?"

탁자에 둘러앉은 사람들에게서 기대 이상으로 맹렬한 반응이 터져나왔다. "아니요!" 로이드는 몸이 부르르 떨렸다. 파시스트의 친구이자 에스파냐를 배신한 체임벌린은 끝났다. 세상에는 아직 정의가 남아 있었다.

동시에 로이드는 내성적이기로 유명한 애틀리가 어떻게 교묘히 회의를 주무르는지 알아차렸다. 그는 전체 토론의 주제조차 내놓지 않았다. 그의 질문은 '우리는 어떻게 해야 하나?'가 아니었다. 그는 사람들에게 불확실성이나 망설임을 드러낼 기회를 주지 않았다. 자기만의 절제된 방식으로 모두를 벽에 밀어붙인 다음 선택하도록 했다. 그리고 그가 받아낸 대답은 결국 본인이 원하던 방향이라고 로이드는 확신했다.

애틀리가 말했다. "그럼 두번째 질문은 이것입니다. 다른 수상이 지휘하는 연립정부에는 봉사하겠습니까?"

대답은 전처럼 크지 않았지만 긍정적이었다. 탁자를 둘러보니 거의 모두가 찬성하는 것이 분명했다. 혹시 반대 의견이 있다 해도 투표에 부칠 필요조차 없었다.

애틀리가 말했다. "그렇다면, 우리 당은 연립정부에 합류하겠지만 현 수상이 물러나고 새 수상을 지명해야 한다는 조건을 건다고 체임벌린에게 전하겠습니다."

탁자에서 웅성웅성 찬성하는 목소리가 일었다.

로이드는 애틀리가 영리하게도 누가 새로운 수상이 되어야 하는지 묻지 않고 넘어갔다는 사실을 알아차렸다.

애틀리가 말했다. "이제 저는 가서 다우닝 가 10번지에 전화를 하겠습니다."

그는 회의장을 빠져나갔다.

VIII

그날 저녁 윈스턴 처칠이 전통에 따라 버킹엄 궁전으로 불려갔고 국왕은 그에게 수상이 되어달라고 요청했다.

처칠은 보수당 소속이지만 로이드는 그에게 큰 기대를 걸었다. 처칠은 주말 동안 만반의 준비를 마쳤다. 그는 노동당 당수와 부당수인 클렘 애틀리와 아서 그린우드를 포함해 다섯 명의 전시 내각을 구성했다. 노조 지도자인 어니 베빈은 노동장관이 되었다. 분명 진정으로 정당을 초월하는 정부를 구성할 생각이군. 로이드는 생각했다.

로이드는 짐을 싸서 애버로언으로 가는 기차를 탈 준비를 했다. 일단 그곳에 돌아가면 곧바로 재배치되어 아마 프랑스로 갈 것이다. 하지만 그에게 필요한 건 고작 한두 시간뿐이었다. 지난 화요일 데이지의 행동에 대한 설명을 듣고 싶은 마음이 간절했다. 곧 그녀를 만난다고 생각하니 무슨 일이었는지 어서 알아야겠다는 조급증이 더욱 강해졌다.

그사이 독일군은 기백 넘치는 저항을 압도하며 놀라운 속도로 네덜란드와 벨기에로 밀고 들어갔다. 일요일 저녁 빌리는 육군성의 지인과 전화 통화를 한 뒤 여관 안주인에게 낡은 학생용 지도책을 빌려와 로이드와 함께 북서부 유럽을 자세히 살펴보았다.

빌리는 뒤셀도르프에서 브뤼셀을 지나 릴까지 검지로 선을 그었다. "독일은 프랑스에서 방어가 가장 약한 곳, 그러니까 벨기에와의 북쪽 접경지대를 치고 들어오고 있어." 그의 손가락이 아래쪽으로 움직였다. "벨기에 남부 국경에는 아르덴 숲이라는 길고 거대한 고원이 있는데, 산이 많고 나무가 우거져서 사실상 현대의 기계화부대는 지날 수가 없어. 육군성에 있는 친구가 그렇다더군." 그는 손가락을 같은 방향으로 움직였다. "더 남쪽으로 내려와서 독일과의 접경지대는 마지노선이라는 일련의 강력한 요새가 스위스까지 쭉 이어지며 방어하고 있어." 손가락은 다시 지도 위쪽으로 올라갔다. "하지만 벨기에와 프랑스 북부 사이에는 없지."

로이드는 어리둥절했다. "지금까지 아무도 이런 생각을 안 했어요?"

"물론 했지. 그에 맞설 전략도 있어." 빌리는 목소리를 낮추었다. "D계획이라는 건데. 이미 시행중이니까 더는 비밀이 아니지. 프랑스군 최정예에 영국 원정군 전부가 이미 그곳에서 국경을 넘어 벨기에로 쏟아져 들어가고 있어. 딜 강에서 강력한 방어선을 구축할 거야. 그걸로 독일의 전진을 막겠지."

로이드는 그다지 안심이 되지 않았다. "그러니까 우리는 병력의 절반을 D계획에 쏟아붓는다는 건가요?"

"확실히 먹혀야 하니까."

"그래야 할 텐데."

여관 안주인이 로이드에게 전보를 가지고 들어오는 바람에 두 사람은 이야기를 멈췄다.

군에서 온 것이 틀림없었다. 로이드는 휴가를 떠나기 전 엘리스존스 대령에게 이곳 주소를 남겼다. 더 빨리 연락이 오지 않은 것이 놀라울 정도였다. 그는 봉투를 뜯었다. 전보 내용은 이랬다.

애버로언으로 복귀 말 것 마침표 즉시 사우샘프턴 부두로 가서 신고할 것 마침표 또 만나세 A BIENTOT

서명 엘리스존스

그가 갈 곳은 티 귄이 아니었다. 사우샘프턴은 영국에서 가장 큰 항구 가운데 하나로 대륙으로 가는 병력이 흔히 그곳에서 배를 탔고, 본머스에서도 그리 멀지 않아 해안을 따라 기차나 버스로 한 시간 정도 걸렸다.

내일 데이지를 만날 수 없다. 그 사실을 깨닫자 가슴이 아팠다. 그녀가 무슨 말을 하려 했는지 어쩌면 결코 알 수 없을지 몰랐다.

엘리스존스 대령의 또 만나자는 프랑스어 인사가 빤한 추측을 확인해주고 있었다.

로이드는 프랑스로 가는 것이다.

7장
1940년(II)

I

에리크 폰 울리히는 프랑스 전투의 처음 사흘을 교통 체증 속에서 보냈다.

에리크와 그의 친구 헤르만 브라운은 제2기갑사단에 배속된 의무대 소속이었다. 벨기에 남부를 지나는 동안은 아무리 이동해도 언덕과 나무뿐 전투는 목격할 수 없었다. 짐작하건대 그들이 있는 곳은 아르덴 숲이었다. 좁은 길을 따라 이동했는데 대부분 포장조차 되어 있지 않았고 탱크 한 대라도 고장나 멈추면 즉시 그뒤로 80킬로미터까지 꼼짝 못했다. 움직이는 시간보다 줄을 서서 기다리는 시간이 더 많았다.

헤르만은 주근깨 박힌 얼굴을 불안감으로 잔뜩 찡그린 채 다른 사람은 들을 수 없는 나지막한 목소리로 에리크에게 말했다. "이건 바보짓이야!"

"그런 말은 안 하는 게 좋아. 넌 히틀러유겐트였잖아." 에리크가 조용히 말했다. "총통 각하를 믿어야지." 하지만 친구를 맹렬히 비난할 만큼 화가 나지는 않았다.

이동할 때는 너무 불편해서 고통스러울 정도였다. 그들은 군용트럭의 딱딱한 널빤지 바닥에 앉아 있었는데, 트럭은 나무뿌리 위로 튀어오르는가 하면 움푹 팬 곳을 피해 방향을 휙휙 바꾸었다. 에리크는 오로지 빌어먹을 트럭에서 벗어나기 위해 전투를 고대했다.

헤르만이 더욱 큰 소리로 말했다. "여기서 도대체 뭐하는 거야?"

그들의 상관인 라이너 바이스 박사가 운전병 옆 제대로 된 좌석에 앉아 있었다. "당연히 언제나 옳은 총통 각하의 명령을 따르는 중이지." 박사의 표정은 진지했지만 에리크는 분명 그의 말에서 빈정거림을 느꼈다. 마른 몸에 머리가 검고 안경을 낀 바이스 소령은 가끔 정부와 군에 대해 냉소적인 발언을 했지만 늘 이렇게 아리송한 식이라 불이익을 당한 적은 없었다. 어쨌든 군은 이런 시기에 훌륭한 의사를 없앨 형편이 아니었다.

트럭에는 그들 외에도 다른 의무병이 두 명 더 있었는데 모두 에리크와 헤르만보다 나이가 많았다. 그중 하나인 크리스토프가 헤르만의 질문에 더 나은 대답을 했다. "여기 지형이 험해서 프랑스는 우리가 이곳을 공격하리라 예상하지 못할 거야."

그의 친구 만프레트가 말했다. "우리는 기습의 이점을 취할 수 있고, 상대의 방어도 약하겠지."

바이스가 빈정거렸다. "두 사람의 전략 강의는 고맙네. 더할 나위 없는 깨달음을 주는군." 하지만 그들이 틀렸다는 말은 하지 않았다.

지금까지의 상황에도 불구하고 여전히 총통에 대한 신뢰가 부족한 사람들이 있다는 사실이 에리크는 놀라웠다. 그의 가족은 나치의 승리에 아직도 눈을 감고 있었다. 한때 지위와 권력을 가졌던 아버지는 이제 애처로운 신세였다. 야만적인 폴란드를 점령했을 때도 기뻐하는 대신 그곳 사람들을 학대한다며 탄식했을 뿐이었다. 불법적으로 해외 라디오방송을 들은 것이 틀림없었다. 그런 행동은 가족 모두를 곤란에 빠뜨릴 수도 있었다. 에리크 역시 해당 지역의 나치 구역 관리자에게 고발하지 않은 죄를 짓게 될 것이다.

어머니 역시 좋지 않았다. 그녀는 훈제 생선과 달걀을 조그맣게 싸들고 자주 어디론가 사라졌다. 설명은 전혀 없었지만 에리크의 느낌으로는 남편이 유대인이라 더는 의사생활을 할 수 없게 된 로트만 부인에게 가져가는 것이 틀림없었다.

그럼에도 그는 군에서 받는 봉급의 상당 부분을 집으로 보냈다. 그러지 않으면 부모가 춥고 배고플 것을 알기 때문이었다. 부모의 정치관은 마음에 들지 않았지만 그들을 사랑했다. 그들 역시 에리크의 정치관과 그에 대해 분명 같은 감정일 것이다.

여동생 카를라는 에리크처럼 의사가 되길 바랐지만 오늘날 독일에서 의사는 남자의 직업이라는 사실을 똑똑히 깨닫고 불처럼 화를 냈다. 지금은 독일 여자에게 훨씬 더 잘 어울리는 역할인 간호사 훈련을 받는 중이었다. 그리고 마찬가지로 변변찮은 봉급으로 부모를 부양했다.

에리크와 헤르만은 보병부대에 들어가고 싶었다. 그들이 생각하는 전투란 소총을 쏘며 적을 향해 달리고 조국을 위해 적을 죽이거나 적의 손에 죽는 것이었다. 하지만 두 사람은 아무도 죽이지 않을 것이다. 그들은 의대에서 일 년 동안 공부했고 그런 훈련 경험은 낭비되어서는 안 됐다. 그래서 의무병이 되었다.

벨기에에서 맞는 네번째 날인 5월 13일 월요일도 지난 사흘과 다르지 않았다. 그런데 오후가 되자 수백 대의 탱크와 트럭 엔진이 으르렁대는 소리 위에 다른 더 큰 소리가 들리기 시작했다. 머리 위 그리 멀지 않은 곳에서 항공기가 낮게 날며 어딘가를 겨냥해 폭탄을 떨어뜨리고 있었다. 고성능 폭약 냄새에 에리크는 코가 씰룩거렸다.

그들은 오후 휴식을 위해 골짜기를 따라 굽이치는 강줄기가 내려다 보이는 고지대에 멈췄다. 바이스 소령은 그 강이 뫼즈 강이며 그들은 지금 스당이라는 도시의 서쪽에 있다고 알려주었다. 프랑스에 들어온 것이다. 독일 공군기들이 잇따라 큰 소리를 울리며 머리 위로 날아가 몇 킬로미터 떨어진 강을 향해 급강하하더니 강둑 위에 흩어진 마을들을 향해 폭탄을 떨어뜨리고 기관총을 난사했다. 아마 그곳에 프랑스의 방어진지가 있을 것이다. 폐허가 된 오두막과 농가 사이사이 수없는 불길에서 연기가 피어올랐다. 폭격은 끝없이 이어졌고 에리크는 그 지옥에 갇힌 사람이 누구든 불쌍하게 여겨질 정도였다.

이것이 에리크가 본 첫번째 전투였다. 머지않아 그도 전투에 참여할 테고, 어쩌면 그때는 이름 모를 젊은 프랑스 병사가 독일 병사들이 불구가 되거나 죽어가는 모습을 안전하고 유리한 위치에서 지켜보며 안타까운 마음을 품게 될지도 몰랐다. 그런 생각을 하니 마치 가슴속에 커다란 북이 든 것처럼 심장이 쿵쾅거렸다.

동쪽으로 고개를 돌리니 거리가 너무 멀어 지형은 자세히 보이지 않지만 항공기들이 점처럼 떠 있고 하늘로 연기 기둥이 피어올랐다. 그는 강을 따라 수 킬로미터에 걸쳐 전투가 벌어지고 있음을 깨달았다.

그가 지켜보는 가운데 공중폭격은 마무리되었고, 항공기들은 북쪽으로 기수를 돌려 돌아가는 길에 그들의 머리 위를 지나며 '행운을 빈다'라는 뜻으로 날개를 흔들어 보였다.

보다 가까이 강으로 이어지는 평평한 들판에서는 독일군 탱크들이 활동을 개시하고 있었다.

그들은 적으로부터 3킬로미터가량 떨어져 있었지만 도시의 프랑스군

포병은 벌써 포탄을 퍼붓고 있었다. 공습에도 불구하고 그렇게 많은 포병이 살아남은 데 에리크는 깜짝 놀랐다. 하지만 폐허 속에서도 불빛이 번쩍이고 들판 너머 대포의 굉음이 들렸고, 포탄이 떨어진 곳에서 프랑스의 흙이 분수처럼 솟아올랐다. 에리크는 탱크 한 대가 직격탄을 맞고 폭발하는 광경을 목격했다. 분화구라도 되는 것처럼 연기와 금속 파편과 잘린 몸뚱이들이 솟구쳐나오는 걸 보자 속이 울렁거렸다.

하지만 프랑스의 포격도 독일군의 전진을 막지 못했다. 탱크들은 도시 동쪽으로 뻗은 강을 향해 끈질기게 굴러갔다. 바이스 소령은 그곳이 동셰리라고 했다. 탱크들 뒤로 보병이 트럭에 타거나 걸어서 뒤따랐다.

헤르만이 말했다. "공중공격이 충분하지 않았어. 우리 포병은 어디 있는 거야? 도시에 있는 적군 대포를 제거하고, 우리 탱크와 보병이 강을 건너 교두보를 확보할 기회를 제공했어야지."

에리크는 투덜거리는 그의 입을 향해 주먹을 날리고 싶었다. 이제 막 전투에 돌입하기 직전이었다. 지금은 긍정적이어야만 했다!

하지만 바이스가 말했다. "자네 말이 옳아, 브라운. 하지만 우리 포병의 탄약은 아르덴 숲에서 옴짝달싹 못하고 있지. 가진 건 고작 48밀리미터 포탄뿐이야."

얼굴이 붉은 소령 한 명이 소리를 지르며 뛰어갔다. "이동! 이동!"

바이스 소령이 손가락으로 가리키며 말했다. "저기 동쪽, 농가가 보이는 곳에 응급치료소를 설치한다." 강에서 800미터 떨어진 지점에 낮은 회색 지붕이 눈에 들어왔다. "좋아, 움직이자고!"

그들이 올라타자 트럭은 굉음을 내며 언덕을 내려갔다. 평지에 도착한 트럭은 농로를 따라 왼쪽으로 방향을 홱 틀었다. 에리크는 야전병원이 될 농가에 살고 있을 가족은 어쩌면 좋을지 의문이었다. 집에서 쫓아내고, 만일 문제를 일으키면 총살해야겠지. 하지만 그들이 어디로 간단 말인가? 그곳은 전쟁터 한복판이었다.

괜한 걱정이었다. 그들은 이미 떠난 뒤였다.

농가 건물은 가장 치열한 격전지에서 800미터 정도 떨어져 있었다. 에리크는 적의 화력이 미치는 범위 내에 응급치료소를 설치하는 것은 무의미한 일이라고 생각했다.

"들것병들은 출발해." 바이스가 소리쳤다. "돌아올 때쯤이면 여기는 준비되어 있을 거야."

에리크와 헤르만은 의무 보급 트럭에서 둘둘 말린 들것과 구급상자를 꺼내들고 전장으로 향했다. 크리스토프와 만프레트가 바로 앞이었고 십여 명의 동료가 뒤를 따랐다. 에리크는 매우 기뻐하며 생각했다. 지금이 우리가 영웅이 될 기회야. 누가 전투중에 침착함을 유지하고, 누가 당황해서 구멍 속으로 기어들어가 숨을까?

그들은 들판을 가로질러 강을 향해 뛰어갔다. 꽤 먼 거리였고, 부상자를 들고 되돌아오는 길은 더 멀게 느껴질 것 같았다.

불에 탄 탱크들 곁을 지났지만 생존자는 없었고 그을린 유해들이 뒤틀린 철판에 붙어 있는 광경으로부터 에리크는 눈길을 돌렸다. 그들 주위로 포탄이 떨어졌지만 빈번하지는 않았다. 강에서의 방어는 미미한 수준이고 많은 적군 화기가 공습으로 제거된 상태였다. 그럼에도 에리크는 난생처음으로 사격의 목표물이 되었고 터무니없게도 어린애처럼 눈을 양손으로 가리고 싶은 충동을 느꼈다. 하지만 계속 앞으로 달려갔다.

그때 포탄 하나가 그들 바로 앞에 떨어졌다.

무시무시한 소리가 나더니 마치 거인이 발을 구르는 것처럼 땅이 울렸다. 크리스토프와 만프레트는 직격으로 맞았고 에리크는 그들이 무중력상태처럼 날아오르는 모습을 보았다. 폭발파로 인해 에리크의 몸도 붕 떠올랐다. 등부터 땅에 떨어진 그의 위로 흙이 쏟아져내렸지만 다치지는 않았다. 겨우 몸을 일으켰다. 바로 앞에 크리스토프와 만프레트의 뭉개진 시체가 보였다. 크리스토프는 팔다리가 빠져 망가진 인형처럼 쓰러져 있었다. 만프레트의 머리는 어찌된 일인지 몸에서 떨어져 나와 부츠를 신은 발 옆에 나뒹굴고 있었다.

에리크는 두려움에 몸이 마비되었다. 의과대학에서는 불구이거나 피가 흐르는 몸을 다룰 일이 없었다. 해부학 시간에 시체는 많이 봤다. 학생 두 명이 한 구를 다루었는데 그와 헤르만은 늙어 쪼글쪼글한 여자의 몸으로 함께 공부했다. 수술대 위 살아 있는 사람의 몸을 칼로 가르는 모습도 지켜보았다. 하지만 그 어떤 경험도 이 상황에 대한 준비는 되지 못했다.

오로지 달아나고만 싶었다.

그는 돌아섰다. 머릿속이 텅 비고 두렵기만 했다. 오던 길을 되돌아 전장에서 떨어진 숲을 향해 단호히 성큼성큼 걷기 시작했다.

헤르만이 그를 구했다. 그는 에리크를 가로막고 서서 말했다. "어디 가는 거야? 바보짓 하지 마!" 에리크는 계속 움직여 헤르만을 지나치려 했다. 그가 에리크의 배에 제대로 한 방 주먹을 날렸고, 에리크는 허리를 꺾고 무릎을 꿇으며 주저앉았다.

"달아나지 마!" 헤르만이 다급하게 말했다. "탈영으로 총살이야! 정신 차리라고!"

숨을 가다듬느라 애쓰는 사이 에리크는 이성을 되찾았다. 달아날 수 없고 절대로 탈영해서는 안 되며 이곳에 남아야 한다는 사실을 깨달았다. 서서히 의지가 두려움을 극복했다. 결국 그는 일어섰다.

헤르만이 조심스러운 눈길로 그를 살폈다.

"미안." 에리크가 말했다. "정신이 나갔었나봐. 이제 괜찮아."

"그럼 들것을 들고 계속 가자."

에리크는 둘둘 말린 들것을 집어 어깨 위에 얹고 균형을 잡은 다음 돌아서서 다시 달렸다.

강에 가까워지면서 주위에 보병들이 보였다. 몇몇이 트럭 짐칸에서 바람 넣은 고무보트를 내려 물가로 운반하는 사이 탱크들은 프랑스 방어군에 사격을 가하며 엄호했다. 하지만 정신력을 빠르게 회복중인 에리크는 그것이 뻔히 질 싸움임을 이내 알아차렸다. 프랑스군은 벽 뒤와 건물 안에 있는 반면 독일군 보병들은 강둑 위에 노출되어 있었다. 보트를 강물에 띄우는 순간 격렬한 기관총 세례를 받게 될 터였다.

상류 쪽을 보니 강은 오른쪽으로 휘어져 있어 보병들은 상당한 거리를 퇴각하지 않는 한 프랑스군의 사격권을 벗어날 수 없었다.

땅바닥에는 이미 시체와 부상병이 많이 보였다.

"이 친구를 데려가자." 단호한 헤르만의 말에 에리크는 허리를 굽히고 임무를 시작했다. 두 사람은 신음하는 보병 옆 바닥에 들것을 펼쳤다. 에리크는 훈련에서 배운 대로 병사에게 수통의 물을 주었다. 얼굴과 늘어진 한쪽 팔에 깊지는 않아도 많은 상처를 입은 듯했다. 에리크가 추측하기로는 기관총에 맞았지만 운 좋게 치명적인 부위는 피해간 모양이었다. 피가 솟구치지 않아서 지혈은 하지 않기로 했다. 둘은 병사를 들것으로 옮겨 든 다음 응급치료소를 향해 달리기 시작했다.

그들이 움직이자 부상병은 고통에 찬 비명을 질렀다. 그러다 그들이 멈춰 서자 소리쳤다. "계속 가, 계속!" 그러고는 이를 부드득 갈았다.

들것으로 사람을 옮기는 일은 생각처럼 쉽지 않았다. 절반쯤 왔을 때 에리크는 양팔이 떨어져나가는 것 같았다. 하지만 환자의 고통이 훨씬 크다는 걸 알기에 그저 계속 달렸다.

감사하게도 포탄이 더는 주위에 떨어지지 않는다는 것을 알아차렸다. 프랑스군은 독일군이 강을 건너지 못하도록 모든 화력을 강둑에 집중시키고 있었다.

마침내 에리크와 헤르만은 부상병을 데리고 치료소에 도착했다. 바이스는 실내에서 불필요한 가구를 치워 바닥에 환자를 눕힐 장소를 표시하고, 식탁으로 수술대를 마련하는 등 치료소를 꾸며두었다. 그는 에리크와 헤르만에게 부상병을 내려놓을 장소를 알려주었다. 그리고 돌아가서 다른 환자를 데려오라고 지시했다.

다시 강으로 뛰어가는 일은 더 쉬웠다. 운반할 부상병도 없는데다 약간 내리막이었다. 강둑에 다가서면서 자기가 또다시 이성을 잃지나 않을지 에리크는 겁이 났다.

그는 전투 상황이 악화되는 것을 보고 크게 동요했다. 강 한가운데 바람 빠진 보트가 몇 보였고 강둑 위에는 더 많은 수의 시체가 있었다. 그리고 반대편 둑에는 아직 독일군이 없었다.

헤르만이 말했다. "재앙이군. 포병 지원을 기다려야 했어!" 그의 목소리는 날카로웠다.

에리크가 말했다. "그랬다면 기습의 이점을 누리지 못했겠지. 프랑스는 추가 병력을 지원받을 시간을 확보했을 테고. 아르덴을 뚫고 먼길을 돌아온 일도 아무 소용 없었을 거야."

"어쨌든 이런 식으로는 안 통하잖아." 헤르만이 말했다.

에리크의 마음 깊은 곳에서 총통의 계획이 정말 절대적으로 옳은지 의심이 일기 시작했다. 그 의심은 그의 각오를 약하게 하고 균형을 완전히 무너뜨리려 위협했다. 다행히 더는 생각하고 있을 시간이 없었다. 그들은 한쪽 다리가 거의 떨어져나간 병사 옆에 멈췄다. 병사는 그들처럼 스무 살 정도였고, 주근깨가 박힌 흰 피부에 머리칼은 구릿빛이었다. 오른쪽 허벅지 중간이 너덜너덜하게 잘려 있었다. 놀랍게도 그는 의식을 잃지 않았고 마치 그들이 자비의 천사라도 되는 것처럼 바라보왔다.

에리크는 부상자의 사타구니에서 지혈점을 찾아내 출혈을 막았고 그 사이 헤르만이 지혈대를 꺼내 다리에 묶었다. 두 사람은 부상자를 들것에 옮기고 뒤돌아 뛰기 시작했다.

헤르만은 충직한 독일인이지만 가끔은 부정적인 감정에 압도되었다. 만일 에리크라면 그런 감정을 느낀다고 해도 입 밖에 내는 것은 삼갔을 것이다. 그러면 다른 사람의 사기를 꺾을 일도 없고 곤란한 상황도 피할 수 있기 때문이었다.

하지만 생각을 하지 않을 수가 없었다. 아르덴을 통한 접근은 기대와 달리 독일에 손쉬운 승리를 안겨주지 않았다. 뫼즈 강 방어는 약했지만 프랑스군은 맹렬하게 반격했다. 설마 첫 전투 경험이 총통에 대한 믿음을 무너뜨리는 건 아니겠지? 그런 생각이 들자 에리크는 당황스러웠다.

멀리 동쪽의 독일군은 좀더 잘해내고 있을지 궁금했다. 국경을 넘을 때 에리크가 속한 제2기갑사단과 나란히 서 있던 제1기갑사단, 제10기갑사단은 지금쯤 강 상류에서 공격하고 있을 것이다.

팔근육은 이제 끊임없이 고통스러웠다.

그들은 치료소에 두번째로 돌아왔다. 치료소는 미친듯이 바빴다. 신음하거나 울부짖는 병사가 바닥을 메웠고 여기저기 피가 묻은 붕대 천지였으며 바이스와 부하들은 불구가 된 몸들 사이를 재빠르게 돌아다니고 있었다. 에리크는 이렇게 작은 공간에 이렇게 많은 고통이 존재할 수 있으리라고는 한 번도 상상한 적 없었다. 총통의 전쟁 이야기를 들을 때도 어쩐 일인지 이런 쪽으로는 전혀 생각해보지 못했다.

그 순간 그는 자기가 데려온 부상병이 눈을 감은 걸 알아차렸다.

바이스 소령이 맥박을 짚더니 날카롭게 말했다. "헛간에 갖다넣어. 그리고 빌어먹을 시체를 날라와 내 시간 빼앗지 말라고!"

에리크는 낙담해서 울음이 터질 것 같았다. 양팔의 고통은 이제 다리에까지 번지기 시작했다.

두 사람이 시체를 두러 간 헛간에는 이미 십여 구의 젊은이 시체가 있었다.

에리크가 상상했던 어떤 상황보다도 끔찍했다. 전투를 떠올리며 그가 예상한 것은 위험에 맞서는 용기와 괴로움을 견디는 극기, 역경 속 용감한 행동 따위였다. 지금 눈앞에는 고통과 비명, 맹목적인 공포, 망가진 몸들, 그리고 임무의 타당성에 대한 전적인 불신뿐이었다.

그들은 다시 강가로 돌아갔다.

이제 하늘의 해가 낮게 드리웠고 전장의 양상은 뭔가 좀 전과 다른 느낌이었다. 동셰리의 프랑스 방어군이 강가 저편으로부터 포격을 받고 있었다. 에리크가 추측하기로는 상류의 제1기갑사단이 운 좋게 남쪽 강둑에 교두보를 확보했고 이제 측면의 동지를 돕기 위해 움직이는 모양이었다. 그들은 숲속에서 탄약을 잃어버리지 않은 것이 틀림없었다.

용기가 생긴 에리크와 헤르만은 다른 부상병을 구했다. 치료소로 돌아오니 이번에는 양철 대접에 맛있는 수프가 배급되었다. 수프를 마시며 쉬는 십 분 동안 에리크는 몸을 편히 눕히고 밤새 자고 싶은 마음이었다. 일어서서 들것 끝을 붙잡고 다시 전장으로 돌아가는 데는 어마어마한 노력이 필요했다.

그들의 눈앞에 전혀 다른 광경이 펼쳐졌다. 탱크들이 부교 위로 강을 건너고 있었다. 건너편의 독일군은 집중포화를 받으면서도 제1기갑사단의 지원을 받아 반격을 가하고 있었다.

독일군이 결국은 목표를 달성할 승산이 있어 보였다. 에리크는 용기가 솟았고 총통을 의심했던 일이 차츰 부끄러워졌다.

그와 헤르만은 몇 시간 동안 계속 부상자를 날랐고, 팔과 다리에 고통이 없었을 때의 느낌이 어땠는지 아예 잊어버리고 말았다. 일부 부상병은 의식을 잃었고, 일부는 그들에게 감사했으며 일부는 그들을 저주했고 대부분 그저 비명만 질러댔다. 일부는 살았고 일부는 죽었다.

저녁 여덟시가 되자 강 건너편에 독일군의 교두보가 마련되었고, 열시에는 안전하게 확보되었다

전투는 해질녘에 끝났다. 에리크와 헤르만은 부상병을 찾아 계속 전장을 휩쓸고 다녔다. 마침내 자정에 마지막 부상병을 데리고 돌아왔다. 그리고 나무 아래 누워서 기진맥진한 채 잠에 빠졌다.

다음날 에리크와 헤르만을 비롯한 제2기갑사단은 서쪽으로 방향을 돌려 남아 있는 프랑스 방어군을 돌파했다.

이틀 뒤 그들은 80킬로미터 떨어진 우아즈 강에서 방어군이 없는 지역을 통해 빠른 속도로 이동중이었다.

예상과 달리 아르덴 숲에 모습을 드러낸 지 일주일이 지난 5월 20일, 그들은 영국해협 해안에 도착했다.

바이스 소령이 그들의 성과를 에리크와 헤르만에게 설명해주었다. "우리의 벨기에 공격이 기만전술이었다는 건 알겠지. 목표는 프랑스군과 영국군을 유인해 함정에 빠뜨리는 거였어. 우리 기갑사단이 덫의 위턱과 아래턱이 되어서 이제 그들을 꽉 물었어. 많은 프랑스군과 영국원정군의 거의 대부분이 벨기에에서 독일 육군에 포위되어 있다고. 그들은 물자와 지원 병력이 끊긴 채 속수무책이야. 패배한 거지."

에리크는 승리감에 취해 말했다. "처음부터 이게 바로 총통 각하의 계획이었어요!"

"그럼." 바이스가 말했다. 언제나 그렇듯 에리크는 그의 말이 진심인지 알 수 없었다. "각하처럼 생각하는 사람은 아무도 없지!"

II

로이드 윌리엄스는 칼레와 파리 사이 어디쯤의 축구 경기장에 있었다. 천 명도 넘는 듯한 영국 전쟁포로들과 함께였다. 이글거리는 6월의 태양을 피할 곳이 없었지만 담요가 필요 없는 더운 밤은 고마웠다. 화장실도, 몸을 씻을 물도 없었다.

로이드는 손으로 구덩이를 파는 중이었다. 축구장 한쪽 끝에 변소를 만들기 위해 웨일스 출신 광부들을 모아 조직화했고 자기도 함께 작업하며 의지를 보였다. 달리 할 일 없는 다른 사람들도 합세해 금세 백여 명이 손을 보탰다. 무슨 일인지 확인하러 다가온 경비병에게 로이드가 설명했다.

"독일어를 잘하는군." 경비병이 상냥하게 말했다. "이름이 뭐야?"

"로이드."

"나는 디터라고 한다."

로이드는 이 작은 호의를 이용하기로 했다. "연장이 있으면 더 빨리 팔 수 있습니다."

"급할 게 뭐야?"

"청결하면 우리도 좋지만 당신들도 좋을 겁니다."

디터는 어깨를 으쓱하더니 가버렸다.

로이드는 쑥스럽고 초라한 기분이었다. 전투는 구경도 못했다. 예비부대로 프랑스에 간 웨일스 소총연대는 긴 전투가 예상되는 가운데 다른 부대와 교대할 예정이었다. 하지만 독일군이 연합군의 대부분을 물리치는 데는 고작 열흘밖에 걸리지 않았다. 패배한 영국군 중 많은 수가 칼레와 됭케르크를 통해 빠져나왔지만 수천 명이 보트를 놓쳤고 로이드도 그 가운데 한 명이었다.

아마도 독일군은 지금 남진하고 있을 터였다. 그가 아는 한 프랑스는 아직도 맞서 싸우고 있었지만 최정예 병력은 벨기에에서 전멸했고, 독일군 경비병들은 승리를 확신하는 듯 의기양양했다.

언제까지 이렇게 전쟁포로로 남게 될까? 바로 지금 영국 정부는 틀림없이 평화협상을 맺으라는 강력한 압박을 받고 있을 것이다. 다른 정치인들과 달리 독불장군인 처칠은 절대 굴복하지 않을 테고 결국 실각할 수도 있었다. 핼리팩스 경 같은 인물이라면 별 어려움 없이 나치와 평화협정을 맺을 것이다. 외무차관이자 알고 보니 수치스럽게도 친아버지였던 피츠허버트 백작 역시 마찬가지라고 로이드는 씁쓸하게 생각했다.

만일 금세 평화가 온다면 전쟁포로로 보내는 기간은 짧아질 수 있다. 어쩌면 이곳 프랑스 축구장에서 지내는 시간이 전부일지 몰랐다. 뼈만 앙상하고 햇볕에 그을렸지만 멀쩡한 몸으로 집에 돌아갈 것이다.

하지만 만일 영국이 계속 싸운다면 이야기가 전혀 달라진다. 지난번 전쟁은 사 년 넘게 이어졌다. 인생에서 사 년이라는 시간을 포로수용소에서 허비하다니 로이드는 도저히 참을 수 없었다. 그렇게 되지 않기 위해 탈출을 결심했다.

디터가 삽 대여섯 개를 들고 다시 나타났다.

로이드가 힘이 가장 센 병사들에게 삽을 나누어주자 작업은 더 빨리 진행되었다.

언젠가 때가 되면 포로들은 영구적인 수용소로 옮겨질 터였다. 그때가 달아날 기회였다. 에스파냐에서의 경험에 비추어보면, 군은 포로 감시를 중시하지 않을 것이다. 누군가 탈출을 감행한다면 성공할 수도, 총에 맞아 죽을 수도 있지만 어느 쪽이든 먹여야 할 입이 하나 줄어드는 셈이다.

그들은 그날 나머지 시간 내내 변소를 완성했다. 위생상태가 개선된 것과 별개로 이번 작업은 사기를 북돋워주었고, 그날 밤 로이드는 뜬눈으로 누워 별을 보며 또 어떤 단체활동을 조직할 수 있을까 궁리해보았다. 대규모 운동회, 즉 포로수용소 올림픽을 열기로 마음먹었다.

하지만 생각을 실행에 옮길 기회는 없었다. 다음날 아침 그들은 열을 지어 이동을 시작했다.

처음에는 어디로 향하는지 확실히 알 수 없었다. 하지만 오래지 않아 그들은 2차선 나폴레옹 루트를 따라 동쪽을 향해 꾸준히 걷기 시작했다. 로이드의 추측으로는 아마도 독일까지 쭉 걷게 할 모양이었다.

그는 일단 독일에 도착하면 탈출이 훨씬 어려워진다는 사실을 알았다. 이번 기회를 노려야 했다. 그리고 빠를수록 좋았다. 총을 가진 경비병들이 무서웠지만 결심은 단단했다.

도로는 가끔 독일군 간부들을 태운 차가 지나갈 뿐 자동차는 별로 없지만 걸어서 반대쪽으로 향하는 사람들 때문에 붐볐다. 다들 바퀴가 하나 혹은 둘 달린 손수레에 물건을 실었고 몇몇 수레는 가축이 끌기도 했는데, 전쟁중 집이 부서진 피난민이 분명했다. 희망이 보이는군. 로이드는 생각했다. 탈출해서 피난민 사이에 숨으면 되겠다.

포로들에 대한 감시는 느슨했다. 천여 명이 줄을 서서 이동하는데 경비병은 열 명뿐이었다. 그들에게는 자동차 한 대와 오토바이 한 대가 있었다. 나머지는 걷거나 주변에서 징발한 것이 틀림없는 사제 자전거로 이동했다.

그럼에도 처음에는 탈출할 가망이 없어 보였다. 영국처럼 산울타리가 있는 것도 아니고 배수로도 너무 얕아 몸을 숨길 곳이 없었다. 달아나는 사람은 실력 좋은 소총수에게 만만한 목표나 제공할 것이다.

그때 한 마을에 접어들었다. 이런 곳에서는 경비병들이 모든 포로를 감시하기가 조금 더 어려웠다. 마을 사람들이 행렬 가장자리에 서서 포로들을 물끄러미 바라보았다. 몇 마리 안 되는 양이 사람들과 섞여 있었다. 길가에는 오두막과 상점 몇 채가 보였다. 로이드는 기대를 품고 자신에게 온 기회를 살펴보았다. 즉각 숨을 수 있는 열린 문이나 집들 사이 골목, 또는 덤불이 필요했다. 경비병이 한 명도 보이지 않는 순간도.

기회를 잡지 못한 채 몇 분 뒤 마을을 벗어나게 되었다.

화가 났지만 참아야 한다고 스스로를 타일렀다. 앞으로도 기회는 더 있을 터였다. 독일까지 가는 길은 멀었다. 반면 하루하루 지날 때마다 독일군은 조직을 개선하고, 통행금지나 통행증 및 검문소 제도를 실시하고, 피난민의 왕래를 막는 등 점령지에서의 장악을 강화할 것이다. 탈출은 처음에는 쉽겠지만 시간이 갈수록 어려워질 것이다.

날씨가 더워 그는 군복 재킷을 벗고 넥타이를 풀었다. 그것들은 최대한 빨리 없애버릴 작정이었다. 카키색 바지와 셔츠 차림이 가까이서는 여전히 영국 군인으로 보일지 몰라도 멀리서라면 눈에 잘 띄지 않으리라는 기대였다.

그들은 마을 두 개를 더 지난 다음 작은 읍내에 들어섰다. 로이드는 이곳에는 틀림없이 탈출할 방도가 몇 가지 있을 거라고 초조하게 생각했다. 반대로 여러 소총에 맞서는 위험에 빠지지 않도록 좋은 기회가 없기를 바라는 마음도 조금은 있음을 깨달았다. 이미 포로 신세에 익숙해진 것일까? 계속 행군하는 일은 무척 쉬웠고 발이 아프지만 안전했다. 어서 이 상황을 벗어나야 했다.

불행하게도 읍내를 뚫고 지나는 길은 넓었다. 포로 행렬은 도로 한가운데를 따라 움직였고, 탈출을 시도하는 사람은 양쪽의 넓은 공간을 가로질러야만 몸을 숨길 수 있었다. 몇몇 상점은 문을 닫았고 건물 몇 개는 판자로 창문을 막아둔 상태였지만 괜찮아 보이는 골목 여럿과 문이 열린 카페들, 성당도 있었다. 하지만 눈에 띄지 않게 접근할 수가 없었다.

그는 지나가는 포로들을 지켜보는 지역 주민들의 얼굴을 유심히 살폈다. 불쌍하게 여길까? 이 포로들이 프랑스를 위해 싸웠다는 사실을 기억할까? 아니면 당연히 독일군이 두려워 위험을 감수하지 않으려 할까? 반반이겠지. 어떤 사람들은 목숨을 걸고 도울 것이고 다른 사람들은 생각할 것도 없이 그를 당장 독일군에게 넘길 것이다. 그리고 돌이킬 수 없는 결과가 나오기 전까지는 누가 어떤 사람인지 알 수 없다.

그들은 읍내 중심에 도착했다. 이미 기회의 절반을 날렸어. 그는 속으로 생각했다. 움직여야 해.

멀리 앞에 교차로가 보였다. 이쪽으로 오다 좌회전을 하려던 차량들이 멈춰 서서 포로 행렬이 지나가길 기다리고 있었다. 로이드는 그 줄에서 민간 픽업트럭 한 대를 발견했다. 먼지투성이에 낡은 모습으로 보아 건축업자나 도로 보수를 하는 사람의 차량 같았다. 적재함은 열려 있지만 옆의 칸막이가 높아서 안이 보이지 않았다.

트럭 옆으로 기어올라가 칸막이를 넘어서 적재함에 올라탈 수도 있을 것 같았다.

일단 올라타면 길에 서 있거나 걸어가는 사람들, 자전거를 탄 경비병들로부터 모습을 숨길 수 있었다. 하지만 도로변의 건물 위층 창문에서 내다보는 사람들에게는 똑똑히 보일 터였다. 그들이 독일군에게 그를 넘길까?

트럭과의 거리는 점점 줄었다.

뒤를 돌아보았다. 가장 가까운 경비병은 200여 미터 떨어져 있었다.

앞을 보았다. 자전거를 탄 경비병이 20미터 앞에 보였다.

그는 옆 사람에게 말했다. "이거 좀 들어주겠소?" 그리고 재킷을 건넸다.

로이드는 트럭 바로 앞까지 왔다. 운전석에는 따분해 보이는 남자가 작업복과 베레모 차림으로 앉아서 담배를 대충 물고 있었다. 그를 지나친 로이드는 이제 트럭 옆쪽이었다. 경비병들을 다시 확인할 여유는 없었다.

걸음걸이를 그대로 유지한 채 양손으로 트럭 옆 칸막이를 붙잡고 몸을 끌어올린 다음 한쪽 다리를 걸치고 다른 다리도 올려 안쪽으로 떨어졌다. 적재함 바닥에 몸이 쾅 부딪히는 소리는 천여 명의 발소리에도 불구하고 끔찍하리만큼 크게 들렸다. 그는 즉시 납작 엎드렸다. 독일어로 크게 고함치는 소리나 부르릉거리며 다가오는 오토바이 소리, 소총을 발사하는 날카로운 소리가 나는지 가만히 귀를 기울였다.

불규칙적으로 드르렁거리는 트럭 엔진 소리, 포로들이 발을 구르거나 끄는 소리, 자동차와 사람이 오가는 소읍 특유의 소음이 들렸다. 성공한 것인가?

그는 고개를 들지 않은 채 주위를 둘러보았다. 적재함에는 양동이와 널빤지가 여러 개에 사다리, 외바퀴 수레도 하나씩 있었다. 몸을 덮을 자루라도 있었으면 했지만 보이지 않았다.

오토바이 소리가 들렸다. 트럭 근처에 다가와 멈추는 것 같았다. 그러더니 그의 머리에서 한 뼘 정도 떨어진 곳에서 누군가 독일어 억양이 강한 프랑스어로 말하는 소리가 들렸다. "어디로 가나?" 경비병이 트럭 운전사에게 말을 걸고 있었다. 그것을 깨닫고 로이드는 미친듯이 가슴이 뛰었다. 경비병이 적재함 안을 들여다볼까?

운전사가 대답하는 소리가 들렸다. 화가 나 빠르게 뱉어내는 프랑스어를 로이드는 알아들을 수 없었다. 독일군 병사도 못 알아듣는 것이 거의 틀림없었다. 그는 다시 질문했다.

시선을 올린 로이드는 높은 창문에서 길거리를 내다보는 여자 두 명을 발견했다. 두 사람은 놀라 입을 벌린 채 그를 내려다보고 있었다. 한 여자는 열린 창문 밖으로 팔을 내밀어 그를 가리키기도 했다.

로이드는 여자와 눈을 맞추려 애썼다. 꼼짝도 않고 누운 채 한 손을 좌우로 흔들며 그러면 안 된다는 손짓을 해 보였다.

여자는 무슨 뜻인지 알아차렸다. 그를 가리키는 자신의 행동이 사형 선고로 이어질 수 있다는 사실을 알아차린 듯 손을 거두고 두려움에 차서 입을 가렸다.

로이드는 두 여자 모두 창가에서 물러나주기를 바랐지만 그것은 지나친 기대였다. 그들은 계속 그를 내려다보고 있었다.

경비병이 더 캐묻지 않기로 결심한 듯 잠시 후 오토바이가 부르릉 소리를 내며 멀어졌다.

발소리가 작아졌다. 포로들의 행렬은 이미 다 지나갔다. 이제 자유인가?

기어를 넣는 날카로운 소리가 나더니 트럭이 움직였다. 모퉁이를 돌아가나 싶더니 속도를 높였다. 그는 겁에 질려 차마 움직이지도 못한 채 가만히 누워 있었다.

지나치는 건물들 꼭대기를 유심히 살펴보았다. 혹시 다른 누가 그를 또 발견할까봐 긴장되었지만, 만일 그런대도 어떻게 해야 할지 알 수 없었다. 시시각각 경비병들로부터 멀어지고 있다며 스스로를 다독였다.

실망스럽게도 트럭은 금세 멈춰 섰다. 엔진이 꺼지고 운전석 문이 열렸다가 쾅 닫혔다. 그러고는 아무 일도 없었다. 로이드는 잠시 꼼짝도 하지 않고 누워 있었지만 운전사는 돌아오지 않았다.

로이드는 하늘을 바라보았다. 태양이 높았다. 분명 정오가 지났다. 아마도 운전사는 점심을 먹는 모양이었다.

문제는 길 양쪽 높은 곳 창문에서 로이드가 여전히 보인다는 점이었다. 지금 이대로 있다가는 조만간 눈에 띌 터였다. 그다음에 무슨 일이 벌어질지는 말할 것도 없었다.

어느 다락방에서 커튼이 흔들리는 모습을 보고 결심했다.

로이드는 몸을 일으켜 측면 칸막이 밖을 넘겨보았다. 양복 차림으로 보도를 걷던 사내가 이상한 눈으로 그를 봤지만 멈춰 서지는 않았다.

로이드는 재빨리 칸막이를 넘어 뛰어내렸다. 술집 겸 식당 밖이었다. 운전사는 그곳에 들어간 것이 틀림없었다. 경악스럽게도 창가 자리에 독일 군복 차림의 남자 둘이 맥주잔을 들고 앉아 있었다. 기적적으로 그들은 로이드를 보지 못했다.

그는 재빨리 그곳을 떴다.

걸어가면서 경계 태세로 주위를 살폈다. 지나는 사람은 누구나 그를 뚫어져라 보았다. 모두 그의 정체를 정확히 알고 있었다. 한 여자는 비명을 지르더니 달아났다. 그는 앞으로 몇 분 안에 카키색 셔츠와 바지를 뭔가 프랑스 사람처럼 보이는 것으로 갈아입어야 한다는 사실을 깨달았다.

젊은 남자 한 명이 그의 팔을 잡았다. "이리 오세요." 그는 강한 억양이 섞인 영어로 말했다. "숨게 도와드리죠."

남자는 골목으로 들어섰다. 그를 믿을 이유는 전혀 없었지만 로이드는 눈 깜짝할 사이에 결정을 내려야 했고, 결국 남자를 따라갔다.

"이쪽입니다." 젊은 남자가 말하며 로이드를 어느 작은 집으로 안내했다.

별것 없는 부엌에는 젊은 여인이 아기와 함께 있었다. 젊은 남자는 자기 이름이 모리스이고 여자는 아내 마르셀, 아기는 시몬이라고 소개했다.

로이드는 잠시나마 감사한 마음으로 안도할 수 있었다. 독일군으로부터 탈출했다! 여전히 위험한 상황이었지만 거리를 벗어나 호의적인 집에 들어왔다.

로이드가 고등학교와 케임브리지에서 배운 정확하고 딱딱한 프랑스어는 에스파냐에서 탈출하는 동안, 특히 보르도에서 포도를 따며 보낸 이 주간 일상적인 투로 다듬어졌다. "아주 친절하시군요." 그는 말했다. "감사합니다."

모리스도 프랑스어로 대답했다. 영어를 하지 않아도 된다는 사실에 안심한 기색이 역력했다. "배가 고프시겠군요."

"많이 그렇습니다."

모리스는 재빨리 긴 빵을 여러 조각으로 자르더니 치즈 한 조각, 상표가 없는 와인 한 병과 함께 식탁 위에 냈다. 로이드는 앉아서 게걸스럽게 그것들을 입에 밀어넣었다.

"낡은 옷을 드릴게요." 모리스가 말했다. "하지만 걸음걸이도 바꿔야 합니다. 잔뜩 긴장해서 주위를 주의깊게 둘러보면서 성큼성큼 걷는 모습이, 목에다 '영국에서 온 사람'이라고 팻말을 건 것이나 마찬가지더군요. 시선은 땅에 두고 발을 끌며 걷는 편이 낫겠어요."

입에 빵과 치즈를 가득 채운 채 로이드가 말했다. "기억해두죠."

작은 책장이 보였다. 프랑스어로 번역한 마르크스와 레닌의 책도 꽂혀 있었다. 모리스는 책장을 바라보는 로이드의 시선을 알아차리고는 말했다. "공산주의자였습니다. 히틀러와 스탈린이 동맹을 맺기 전까지요. 이젠 끝났어요." 그는 손으로 재빨리 끊어내는 동작을 해 보였다. "그럼에도 우리는 파시즘을 물리쳐야 합니다."

"저는 에스파냐에 있었습니다." 로이드가 말했다. "그전까지는 모든 좌익 정당이 뭉친 동맹 전선에 대한 믿음이 있었죠. 이젠 아닙니다."

시몬이 울음을 터뜨렸다. 마르셀이 헐렁한 원피스에서 커다란 한쪽 가슴을 드러내더니 아기에게 젖을 물렸다. 생각해보면 프랑스 여자들은 고상한 척하는 영국인들보다 이런 면에서 편안했다.

모리스는 식사를 마친 로이드를 위층으로 데려갔다. 그는 텅 비다시피 한 옷장에서 짙은 파란색 작업복과 옅은 파란색 셔츠, 속옷, 양말을 꺼냈다. 모두 낡았지만 깨끗했다. 누가 봐도 가난한 자의 친절이 당황스럽기까지 해 로이드는 어떻게 감사를 표해야 할지 몰랐다.

"군복은 그냥 바닥에 두세요." 모리스가 말했다. "태워버릴게요."

로이드는 몸을 씻고 싶었지만 화장실이 없었다. 아마 뒷마당에 있는 모양이었다.

그는 새 옷으로 갈아입고 벽에 걸린 거울 속 자신의 모습을 자세히 살펴보았다. 군청색이 군복의 카키색보다 잘 어울렸지만 여전히 영국인처럼 보였다.

그는 다시 아래층으로 내려갔다.

마르셀이 아기의 등을 문질러 트림을 시키고 있었다. "모자도요." 그녀가 말했다.

로이드는 모리스가 건네는 프랑스의 평범한 짙은 파란색 베레모를 머리에 썼다.

그러자 모리스는 로이드의 튼튼한 검은색 영국 육군 가죽부츠를 불안한 눈으로 바라보았다. 먼지를 뒤집어썼지만 누가 봐도 품질이 좋았다. "신발 때문에 들킬 겁니다." 그가 말했다.

로이드는 부츠를 포기하고 싶지 않았다. 앞으로 오래 걸어야 했기 때문이다. "혹시 낡아 보이게 만들 수 있지 않을까요?" 그가 말했다.

모리스는 확신이 서지 않는 것 같았다. "어떻게요?"

"날카로운 칼 있어요?"

모리스가 주머니에서 접는 칼을 꺼냈다.

로이드는 부츠를 벗어 앞닫이에 구멍을 내고 발목 부분을 칼로 그었다. 끈을 풀었다가 아무렇게나 다시 묶었다. 이제 부츠는 빈털터리나 신을 법한 모습으로 변했지만 여전히 발에 잘 맞았고 먼길을 견딜 만큼 밑창이 두꺼웠다.

모리스가 물었다. "어디로 갈 겁니까?"

"두 가지 방법이 있습니다." 로이드가 말했다. "북쪽 해안으로 가서 어부를 설득해 영국해협을 건너는 수가 있어요. 아니면 남서쪽으로 가서 국경을 넘어 에스파냐로 가는 수도 있죠." 에스파냐는 중립국이고, 주요 도시에 아직 영국 영사관이 있었다. "에스파냐로 가는 길은 압니다. 두 번이나 다녀왔으니까요."

"에스파냐보다는 영국해협이 훨씬 가깝죠." 모리스가 말했다. "하지만 독일군이 모든 항구와 부두를 막았을 겁니다."

"전선은 어디죠?"

"독일군이 파리를 점령했어요."

로이드는 순간 깜짝 놀랐다. 파리가 벌써 함락되다니!

"프랑스 정부는 보르도로 옮겨갔습니다." 모리스는 어깨를 으쓱해 보였다. "하지만 우리는 패배했어요. 이제 어느 누구도 프랑스를 구할 수 없습니다."

"온 유럽이 파시스트가 되겠군요." 로이드가 말했다.

"영국만 빼고요. 그러니 당신은 집으로 돌아가야 합니다."

로이드는 깊은 생각에 빠졌다. 북쪽이냐, 남서쪽이냐. 어느 쪽이 더 나을지 알 수 없었다.

모리스가 말했다. "한때 공산주의자였던 친구가 있습니다. 농부들에게 소 사료를 팔죠. 오늘 오후 남서쪽으로 배달을 간다더군요. 만일 에스파냐로 가겠다고 결정한다면 그 친구가 30킬로미터 정도는 태워줄 수 있을 겁니다."

그 말이 마음을 정하는 데 도움을 주었다. "그 사람과 가죠." 로이드는 말했다.

III

데이지는 긴 여행에 나섰지만 결국 빙 돌아 제자리로 돌아왔다.

로이드가 프랑스로 떠났을 때 가슴이 무너졌다. 그를 사랑한다고 말할 기회를 놓쳤다. 심지어 키스도 하지 못했다!

그리고 이제 다른 기회는 영영 없을지 몰랐다. 로이드는 됭케르크 전투 뒤 행방불명 상태였다. 그 말은 그의 시체를 찾아내 확인하지 못했지만 전쟁포로로 등록되지도 않았다는 뜻이었다. 포탄에 맞아 신원 확인이 어려울 만큼 산산조각나 죽었을 가능성이 가장 높았다. 어쩌면 무너진 농가의 잔해에 깔린 채 발견되지 않았을지도. 그녀는 며칠 동안 울었다.

한 달을 더 티 귄에서 맥없이 서성이며 또다른 소식이 오기를 바랐지만 더이상 새로운 소식은 없었다. 그때부터 죄책감이 들기 시작했다. 수많은 여자가 그녀만큼, 또는 그 이상으로 불운한 상황이었다. 이제 가족을 부양할 남자도 없이 두세 명의 자녀를 길러야 하는 이들도 있었다. 부정을 저지르려던 상대 남자가 실종되었다는 이유만으로 슬퍼하고 있을 권리는 없었다.

스스로를 추슬러 뭔가 긍정적인 일을 해야 했다. 운명은 그녀가 로이드와 함께하지 못하게 막으려는 것이 틀림없었다. 그녀는 이미 남편이 있고 그는 매일같이 목숨을 걸고 있었다. 남편 보이를 뒷바라지하는 게 자신의 의무라고 스스로를 타일렀다.

그녀는 런던으로 돌아왔다. 비워두었던 메이페어의 집에 들어가 제한된 수의 하인을 부리며 최선을 다해 꾸렸고, 휴가를 나온 보이에게 안락한 공간이 되도록 만들었다.

로이드를 잊고 좋은 아내가 되어야 했다. 어쩌면 다시 임신할 수도 있었다.

많은 여자가 전시 근로를 하겠다며 등록해 '여성 공군 보조부대'에 들어가거나 '여성 농업 지원군'과 함께 농사일을 했다. '여성 자원 공습경보단'에서 무료로 일하는 이들도 있었다. 하지만 여자가 할 수 있는 그런 일은 충분치 않았고 〈타임스〉에는 공습경보는 돈 낭비라며 불평하는 독자 투고가 실리기도 했다.

유럽 대륙의 전쟁은 끝난 것 같았다. 독일이 승리했다. 폴란드부터 시칠리아까지, 헝가리부터 포르투갈까지 온 유럽이 파시스트였다. 어느 곳에도 갈등은 없었다. 소문에 따르면 영국 정부는 평화협정 조건을 논의중이라 했다.

하지만 처칠은 히틀러와 평화협정을 맺지 않았고, 그해 여름 브리튼 전투가 시작되었다.

처음에 시민들은 딱히 영향을 받지 않았다. 독일 공습이 예상될 때 경보로 울리기 위해 성당 종들은 사용이 중단되었다. 데이지는 정부 지침에 따라 집안 계단참마다 화재시 사용할 모래와 물을 담은 양동이를 비치했지만 쓸 일이 없었다. 독일 공군은 항구를 폭격했다. 영국의 보급선을 끊겠다는 바람이었다. 다음으로는 공군기지들을 폭격해 영국 공군을 파괴하려 했다. 보이는 켄트와 서식스 지역 농부들이 입을 떡 벌린 채 지켜보는 가운데 스핏파이어를 타고 적군 전투기와 공중전을 벌였다. 드물게 보내오는 편지에서 독일군 항공기를 세 대 격추했다고 자랑스럽게 말하기도 했다. 그는 몇 주 동안 한 번도 휴가를 나오지 못했고, 그를 위해 꽃으로 가득 채운 집에는 데이지 홀로 덩그러니 앉아 있었다.

마침내 9월 7일 토요일 아침 보이는 주말 휴가를 받아 나타났다. 화창하고 더운 날씨는 눈부시게 아름다웠다. 그리고 인디언 서머라고 불리는 늦더위였다.

공교롭게도 그날은 독일 공군이 전술을 바꾼 날이었다.

데이지는 남편에게 키스하고 깨끗한 셔츠와 새 속옷이 그의 옷방에 있는지 확인했다.

다른 여자들 말을 듣고 데이지는 전쟁에 나간 남자들이 휴가를 나오면 섹스, 술, 좋은 음식 순으로 원한다고 믿고 있었다.

보이와는 아이를 유산한 이후로 잠자리를 하지 않았다. 이번이 처음일 것이다. 그 생각을 하고도 즐겁지 않아 죄책감이 들었다. 하지만 절대로 자기 의무를 저버리지 않을 작정이었다.

남편이 도착하자마자 자기를 침대에 쓰러뜨리지 않을까 살짝 기대했는데 그는 그 정도로 절박하지는 않은 모양이었다. 그는 군복을 벗고 목욕을 하고 머리를 감더니 사복 정장으로 갈아입었다. 데이지는 요리사에게 식량 배급표를 아끼지 말고 훌륭한 점심식사를 준비하라고 일러두었고, 보이는 와인저장고에서 가장 오래된 보르도 한 병을 가져왔다.

데이지는 식사 후 남편의 말에 놀라고 마음이 아팠다. "몇 시간 나갔다 올게. 저녁 전에는 올 거야."

좋은 아내가 되고 싶었지만 수동적이기는 싫었다. "몇 달 만의 첫 휴가잖아요!" 그녀는 항의했다. "대체 어디를 가겠다는 거죠?"

"말을 좀 보려고."

그건 괜찮았다. "아, 좋아요. 나도 같이 갈래요."

"아니, 안 돼. 여자를 끌고 가면 나를 마음 약한 사람으로 보고 가격을 올릴 거라고."

그녀는 실망감을 감추지 못했다. "난 늘 이런 일을 함께 하는 걸 꿈꿔 왔어요. 경주마를 사고 기르는 것 말이에요."

"이건 진짜 여자의 세계가 아니야."

"그런 취급 마요!" 그녀는 분개했다. "나도 당신만큼 말에 대해 잘 안다고요."

그는 짜증이 난 기색이었다. "그럴지도 모르지. 그래도 나는 놈들하고 흥정할 때 당신이 주위에서 어슬렁거리는 게 싫어. 얘기 끝내지."

그녀는 포기했다. "좋을 대로 해요." 그리고 식당을 나갔다.

본능적으로 남편의 말이 거짓임을 알았다. 전쟁중 휴가 나온 남자는 말을 살 생각은 하지 않는다. 그녀는 남편이 무슨 짓을 하려는지 알아낼 작정이었다. 전쟁 영웅이라고 해도 아내에게는 진실해야 했다.

자기 방으로 온 데이지는 바지를 입고 부츠를 신었다. 보이가 중앙계단을 내려가 현관으로 향하자 그녀는 뒤쪽 계단을 뛰어내려가 부엌으로 나가 정원을 가로질러 낡은 마구간으로 갔다. 그곳에서 가죽재킷을 입고 고글을 끼고 헬멧을 썼다. 마구간 통로에 난 차고 문을 열고 그녀 소유의 오토바이인 트라이엄프 타이거 100을 끌고 나갔다. 최고 속력이 100마일이라 붙여진 이름이었다. 그녀는 오토바이 시동을 걸고 가뿐히 마구간을 빠져나왔다.

지난 1939년 9월 휘발유 배급제가 도입되자 그녀는 재빨리 오토바이에 마음을 붙였다. 자전거와 비슷하지만 더 쉬웠다. 그녀는 오토바이가 주는 자유와 독립성을 사랑했다.

오토바이는 보이가 탄 크림색 벤틀리 에어라인이 모퉁이를 돌아 사라지기 직전에 도로에 들어섰다.

그녀는 뒤를 밟고 있었다.

보이는 트래펄가 광장을 가로지른 다음 극장 지역을 지나 달렸다. 데이지는 눈에 띄지 않도록 적당한 거리를 두고 뒤떨어져 따라갔다. 런던 중심가에는 여전히 차가 많았고, 공무 차량만도 수백 대였다. 게다가 개인 소유 차량에 할당된 휘발유 배급도 아주 적은 양은 아니었고, 특히 시내에서 돌아다니는 정도라면 불편이 없었다.

보이는 금융가 지역을 가로질러 계속 동쪽으로 향했다. 토요일 오후 이곳에는 차량 통행이 많지 않아 데이지는 들킬까봐 좀더 걱정스러웠다. 하지만 고글과 헬멧을 쓴 그녀는 누구인지 알아보기 쉽지 않았다. 그리고 보이는 주위에 별로 신경쓰지 않은 채 창문을 열고 시가를 피우며 운전을 하고 있었다.

그는 올드게이트로 향했고, 데이지는 그 이유를 알 것 같다는 무서운 예감이 들었다.

그는 이스트엔드의 그나마 덜 지저분한 골목으로 접어들어 18세기풍의 쾌적해 보이는 집 앞에 차를 세웠다. 마구간은 눈에 띄지 않았다. 이곳은 경주마를 사고파는 곳이 아니었다. 그런 이야기를 꾸며대다니.

데이지는 오토바이를 골목 끄트머리에 세우고 지켜보았다. 보이가 차에서 내려 문을 쾅 닫았다. 그는 주위를 두리번거리거나 주소를 자세히 살펴보지도 않았다. 예전에도 이곳에 와봤고 어디로 가야 하는지 정확히 아는 것이 분명했다. 시가를 입에 문 그는 의기양양한 태도로 그 집 현관으로 걸어올라가 열쇠로 문을 열었다.

데이지는 울고 싶었다.

보이는 집안으로 사라졌다.

동쪽 어디선가 폭발음이 들렸다.

그쪽으로 고개를 돌린 데이지는 하늘에 뜬 비행기들을 보았다. 독일군이 오늘부터 런던을 폭격하기로 한 건가?

만일 그렇다고 해도 상관없었다. 그녀는 보이가 평화롭게 부정을 즐기도록 놔두지 않을 작정이었다. 집 앞으로 가 남편의 차 뒤에 오토바이를 세웠다. 헬멧과 고글을 벗고 현관으로 성큼성큼 올라가 문을 두드렸다.

또다시 폭발음이 들렸다. 이번에는 더 가까운 곳이었다. 그러더니 공습 사이렌이 애절한 노래를 시작했다.

살짝 열리는 문을 데이지는 힘껏 밀어젖혔다. 검은 하녀 드레스를 입은 젊은 여자가 소리를 지르며 비틀비틀 뒷걸음질했고 데이지는 안으로 들어섰다. 등뒤로 문을 쾅 닫았다. 그곳은 런던 중산층의 평범한 집 복도였지만 동양의 깔개와 무거운 커튼, 목욕탕을 배경으로 한 벌거벗은 여인의 그림 등으로 이국적으로 꾸며놓았다.

그녀는 가장 가까운 문을 벌컥 열고 앞쪽 응접실로 들어섰다. 벨벳 커튼이 햇빛을 막아 어두침침했다. 방에는 세 사람이 있었다. 깜짝 놀라 일어서서 그녀를 보는 마흔 살 정도의 여자는 실크 실내복 차림이지만 환한 빨간색 립스틱으로 정성 들여 화장한 모습이었다. 엄마라는 여자인가보군. 그 뒤쪽으로 속옷과 스타킹만 걸친 열여섯 살 정도의 여자아이가 소파에 앉아 담배를 피우고 있었다. 보이가 그 옆에 앉아 아이의 허벅지에 걸린 스타킹 밴드에 손을 올려놓고 있었다. 그는 죄지은 사람처럼 얼른 손을 거두었다. 아이에게서 손을 떼면 이 광경이 결백해지기라도 한다는 듯 우스꽝스러운 짓이었다.

데이지는 눈물을 꾹 눌러 참았다. "이 여자들 안 만나겠다고 약속했잖아요!" 그녀가 말했다. 복수의 천사처럼 냉정하게 화를 내고 싶었지만 스스로 듣기에도 그저 상처받아 슬픈 목소리였다.

얼굴이 벌겋게 달아오른 보이는 당황한 기색이 역력했다. "도대체 여기서 뭐하는 거야?"

나이 많은 여자가 말했다. "이런, 젠장. 마누라군."

저 여자 이름이 펄이고, 딸이 조니였나. 데이지는 기억해냈다. 이런 여자들의 이름을 알아야 하다니 얼마나 끔찍한 일인가.

하녀가 문가로 다가오더니 말했다. "제가 이 여자 들인 거 아니에요. 그냥 밀치고 들어오더라고요!"

데이지는 보이에게 말했다. "우리집을 아름답게 꾸미려 그렇게 애쓰고 당신을 반갑게 맞았어요. 그런데도 당신은 이쪽을 선택했군요!"

그는 무슨 말이든 하려 했지만 적당한 말을 찾지 못해 애를 먹었다. 잠시 더듬거리며 앞뒤가 맞지 않는 소리를 해댔다. 그때 근처에서 엄청난 폭발이 일어나 바닥과 창문이 흔들렸다.

하녀가 말했다. "다들 귀먹었어요? 빌어먹을 공습이잖아요!" 아무도 그녀를 보지 않았다. "전 지하실로 갈래요." 그러고는 가버렸다.

그들 모두 대피소로 가야 했다. 하지만 데이지는 떠나기 전에 보이에게 할말이 있었다. "다시는 내 침대에 오지 말아줘요, 절대로. 더는 더럽혀지지 않겠어요."

소파에 앉은 여자—조니—가 말했다. "이봐요, 그냥 재미로 하는 거예요. 같이 한번 해보지그래요? 좋아할지도 몰라요."

나이가 많은 쪽인 펄이 데이지를 위아래로 훑어보았다. "몸이 작고 예쁘군."

데이지는 그들에게 더 시간을 줬다가는 더 굴욕당하리라는 것을 깨달았다. 여자들을 무시한 채 보이에게 말했다. "당신 스스로 한 선택이에요. 그리고 나도 결정을 내렸어요." 그녀는 고개를 꼿꼿이 든 채 방을 나왔지만, 스스로 품위 없이 쫓겨난 심정이었다.

보이의 목소리가 들렸다. "이런, 젠장. 엉망진창이군."

엉망진창? 그녀는 생각했다. 그게 다야?

그녀는 현관을 나와 밖으로 나섰다.

그리고 고개를 들었다.

비행기가 하늘을 뒤덮고 있었다.

그 광경에 두려워 몸이 떨렸다. 비행기들은 약 3000미터 상공에 높이 떠 있었지만 그럼에도 태양을 가리는 것 같았다. 덩치 큰 폭격기와 가느다란 전투기로 구성된 수백 대의 편대는 전체 폭만 해도 30킬로미터가 넘어 보였다. 동쪽 방향, 항구와 울리치 무기공장이 있는 그곳에 폭탄이 떨어지는 자리마다 먹구름 같은 연기가 피어올랐다. 폭발음이 서로 뒤섞이며 마치 성난 바다에서 연이어 밀려드는 파도 소리처럼 들렸다.

데이지는 바로 지난 수요일 히틀러가 독일 의회에서 했던 연설을 떠올렸다. 그는 영국 공군의 베를린 폭격이 얼마나 혹독했는지 떠들어대며 앙갚음으로 영국 도시들을 싹 쓸어버리겠다고 위협했다. 이제 보니 그 말은 진심이었다. 그들은 런던을 초토화할 작정이었다.

이미 이날은 데이지 인생 최악의 날이었다. 이제 인생 최후의 날이 될 수도 있다는 것을 그녀는 깨달았다.

하지만 차마 다시 집안으로 들어가 그들과 지하실에 숨을 수는 없었다. 몸을 피해야 했다. 혼자 울 수 있는 그녀의 집으로 돌아가야 했다.

그녀는 서둘러 고글과 헬멧을 썼다. 가장 가까운 벽 뒤로 몸을 던지고 싶은, 비이성적이지만 그럼에도 강력한 충동을 겨우 이겨냈다. 그녀는 오토바이에 올라타 달리기 시작했다.

멀리 가지는 못했다.

도로 두 개를 지났을 때 폭탄 하나가 바로 정면에 보이는 집에 떨어지는 바람에 급브레이크를 밟았다. 눈앞에서 지붕에 구멍이 뚫렸고, 폭발로 인한 충격이 느껴졌고, 몇 초 뒤 마치 난로에서 새어나온 석유에 불이 붙듯 집안에서 불길이 솟아올랐다. 곧이어 열두 살쯤 되어 보이는 여자아이가 머리에 불이 붙은 채 비명을 지르며 밖으로 뛰쳐나와 곧장 데이지를 향해 달려왔다.

오토바이에서 뛰어내린 데이지는 가죽재킷을 벗어 아이의 머리에 덮고 단단히 눌러 불에 산소가 공급되는 것을 막았다.

비명은 멈췄다. 데이지는 재킷을 벗겼다. 아이는 울고 있었다. 더이상 고통에 시달리지는 않았지만 머리칼이 홀랑 타버리고 없었다.

데이지는 길을 앞뒤로 둘러보았다. 철모를 쓰고 공습경보 완장을 찬 남자 한 명이 옆면에 흰색 구급대 십자가가 칠해진 깡통을 들고 달려오고 있었다.

여자아이는 데이지를 보고 입을 열어 소리질렀다. "엄마가 저기 안에 있어요!"

공습경보 감시원 남자가 말했다. "진정해라, 얘야. 너부터 좀 보자."

데이지는 아이를 그에게 맡기고 건물 현관으로 달려갔다. 오래된 주택을 싸구려 셋방 여럿으로 나누어 사용하는 듯했다. 위층은 불타고 있었지만 현관으로 들어갈 수는 있었다. 어림짐작으로 건물 뒤쪽으로 뛰어가보니 부엌이었다. 그곳에 의식을 잃은 채 바닥에 쓰러진 여자와 아기 침대에 든 갓난아이 한 명이 있었다. 그녀는 아기를 안아들고 다시 밖으로 내달렸다.

머리칼이 타버린 아이가 소리질렀다. "내 여동생이에요!"

데이지는 아기를 여자아이에게 떠안기고 다시 건물 안으로 달렸다.

정신을 잃은 여인은 데이지가 들쳐메기에는 너무 무거웠다. 여자의 뒤로 돌아가 그녀를 일으켜 앉힌 다음 겨드랑이에 팔을 넣어 바닥에 끌며 부엌을 가로지르고 현관을 지나 거리로 나왔다.

세단을 개조한 구급차가 도착해 있었다. 차체 뒤쪽은 캔버스천으로 천장을 만들어 위를 덮었고 뒤는 뚫려 있었다. 공습경보 감시원이 화상을 입은 여자아이를 차에 태우는 중이었다. 운전사가 데이지에게 달려왔다. 두 사람은 힘을 합쳐 아이 어머니를 구급차에 실었다.

운전사가 데이지에게 물었다. "안에 또 누구 있어요?"

"모르겠어요!"

그는 현관으로 뛰어들어갔다. 그 순간 건물 전체가 폭삭 꺼졌다. 불타던 위층이 아래층으로 무너져내렸다. 구급차 운전사는 불속으로 사라졌다.

데이지는 자기도 모르게 비명을 질렀다.

그녀는 손으로 입을 막은 채 남자를 찾아 불길 속을 바라보았다. 아무 도움도 줄 수 없었고 설령 뭔가 해본다 한들 자살행위나 마찬가지였다.

공습경보 감시원이 말했다. "이런, 맙소사. 앨프가 죽었군."

길을 따라 100미터쯤 떨어진 곳에 다른 폭탄이 떨어져 폭발을 일으켰다.

감시원이 말했다. "이제 운전사도 없는데 나는 현장을 떠날 수가 없으니." 그는 길을 앞뒤로 훑어보았다. 여기저기 몇 명씩 집밖에 나온 사람들도 있었지만 대부분은 대피소에 있는 것 같았다.

데이지가 말했다. "내가 운전하죠. 어디로 가면 되나요?"

"운전할 줄 알아요?"

대부분 영국 여자는 운전을 못했다. 이곳에서 운전은 여전히 남자의 몫이었다. "바보 같은 질문 말아요." 데이지가 말했다. "구급차를 어디로 몰고 가면 돼요?"

"세인트바츠요. 어딘지 아세요?"

"물론이죠." 세인트바살러뮤는 런던에서 가장 큰 병원이었고 데이지는 이곳에 산 지 사 년이 다 되었다. "웨스트스미스필드에 있는 거기요." 그녀는 남자가 믿을 수 있도록 덧붙였다.

"응급실은 뒤쪽에 있어요."

"알아서 찾을게요." 그녀는 차에 올라탔다. 시동이 걸려 있었다.

남자가 소리쳤다. "이름이 뭡니까?"

"데이지 피츠허버트예요. 당신은요?"

"노비 클라크입니다. 내 구급차를 잘 부탁해요."

구급차는 일반적인 기어와 클러치를 갖추고 있었다. 데이지는 기어를 1단에 넣고 출발했다.

비행기들은 으르렁거리며 계속 머리 위를 날았고 폭탄은 무자비하게 떨어졌다. 데이지는 다친 사람들을 병원으로 데려가려고 필사적이었고, 세인트바츠 병원은 채 2킬로미터도 떨어져 있지 않았지만 가는 길은 미치도록 어려웠다. 레든홀 가와 폴트리 가, 치프사이드 가를 따라 달리다 도중에 길이 막혀버린 바람에 왔던 방향으로 되돌아가 다른 경로를 찾은 적도 여러 번이었다. 거리마다 최소한 한 집씩은 파괴된 것 같았다. 곳곳에서 연기와 잔해가 보였고 사람들이 피를 흘리며 울부짖었다.

그녀는 병원에 도착해 엄청난 안도감을 느끼며 다른 구급차들을 따라 응급실 입구로 향했다. 응급실 앞은 미친듯이 붐볐고, 십여 대의 차량에서 불구가 되고 화상을 입은 환자들을 피 묻은 앞치마를 입고 바삐 움직이는 사람들에게 넘겨주고 있었다. 어쩌면 내가 이 아이들 엄마를 살렸을지도 몰라. 데이지는 생각했다. 남편은 나를 원하지 않지만 내가 전혀 쓸모없는 사람은 아니었어.

머리칼이 다 타버린 여자아이는 여전히 동생을 안고 있었다. 데이지는 두 사람이 구급차에서 내리는 것을 도와주었다.

한 간호사가 데이지를 도와 의식을 잃은 어머니를 차에서 내려 안으로 옮겼다.

하지만 데이지는 여자의 숨이 이미 멎었다는 것을 알 수 있었다.

그녀는 간호사에게 말했다. "여기 두 명이 그 여자 아이들이에요!" 스스로 듣기에도 흥분한 목소리였다. "이제 어떻게 되는 건가요?"

"제가 처리할게요." 간호사는 씩씩하게 말했다. "당신은 다시 가야죠."

"그래야 하나요?" 데이지가 물었다.

"마음 단단히 먹어요." 간호사가 말했다. "밤이 지나기 전에 훨씬 많은 사망자와 부상자가 나올 겁니다."

"알았어요." 데이지가 말했다. 그녀는 다시 운전석에 앉아 차를 출발시켰다.

IV

따뜻한 지중해의 10월 오후, 로이드 윌리엄스는 햇빛이 비치는 프랑스 마을 페르피냥에 도착했다. 에스파냐 국경에서 불과 30킬로미터 정도 떨어진 곳이었다.

9월은 끔찍했던 1937년과 똑같이 보르도에서 와인 제조용 포도를 수확하며 보냈다. 이제 주머니에 버스나 전차를 탈 돈이 있었고, 남의 정원에서 파헤친 설익은 채소나 닭장에서 훔친 날달걀로 연명하는 대신 싸구려 식당에서 음식을 사먹을 수 있었다. 그는 삼 년 전 에스파냐를 벗어날 때의 경로를 그대로 되밟아 돌아가는 길이었다. 보르도를 지나 툴루즈와 베지에를 거쳐 남쪽으로 향했는데, 가끔 화물열차도 탔지만 대개는 트럭 운전사들에게 태워달라고 부탁했다.

지금 그는 페르피냥에서 에스파냐 국경을 향해 남동쪽으로 난 고속도로 길가 카페에 있었다. 여전히 모리스가 준 파란색 작업복에 베레모 차림이었고 작은 캔버스 가방을 들었는데, 안에는 그가 귀향중인 에스파냐 벽돌공이라는 증거가 되어줄 녹슨 흙손 하나와 회반죽이 묻은 기포수준기가 들어 있었다. 무슨 일이 있어도 그에게 일자리를 주겠다는 사람이 없어야 했다. 벽 만드는 일은 전혀 몰랐다.

산맥을 넘을 길이 걱정이었다. 석 달 전 피카르디에서 그는 피레네산맥 넘는 경로를 찾아낼 수 있다고 스스로 호언장담했다. 1936년 에스파냐로 들어갈 때 안내인들과 가본데다 다음해에는 그중 일부를 되짚어 나오기도 했기 때문이다. 하지만 자주색 봉우리와 초록색 길이 지평선 멀리서 보이기 시작하자 쉽지 않겠다는 예감이 들었다. 예전 여정의 걸음걸음이 머릿속에 새겨져 있을 줄 알았지만 특정 길이나 다리, 갈림길을 떠올리려 할 때마다 이미지가 흐릿해졌음을 알 수 있었다. 구체적인 세부는 손아귀에서 미끄러지듯 빠져나가 화가 날 정도였다.

그는 후추 맛이 나는 생선 스튜로 점심을 먹고 옆 테이블에 모여 앉은 운전사들에게 조용히 말을 걸었다. "세르베르까지 차편이 필요합니다." 그곳은 에스파냐 국경을 넘기 전 마지막 마을이었다. "그리로 가는 분 없습니까?"

어쩌면 그들 모두 그리로 가는 중인지도 몰랐다. 그렇지 않고는 이곳 남동쪽으로 향하는 도로에 있을 이유가 없었다. 그럼에도 다들 망설였다. 이곳은 비시 정권이 지배하는 곳으로 원칙상 자치 지역이었지만 실제로는 프랑스의 다른 반쪽을 점령한 독일군의 손안에 있었다. 외국 억양을 쓰는 낯모를 사람을 돕겠다고 냉큼 나서는 사람은 아무도 없었다.

"저는 석공입니다." 그는 캔버스 가방을 들어 보이며 말했다. "에스파냐의 집으로 갑니다. 이름은 레안드로입니다."

속옷 바람의 뚱뚱한 남자가 말했다. "중간까지는 데려가줄 수 있소."

"감사합니다."

"지금 갈 수 있소?"

"물론이죠."

밖으로 나온 두 사람은 옆면에 전기용품점 이름이 적힌 지저분한 르노 밴에 올라탔다. 차가 출발하자 운전사는 로이드에게 결혼했느냐고 물었다. 이후 불쾌하리만큼 개인적인 질문이 여럿 이어졌고, 로이드는 그가 남들의 성생활에 환상을 품고 있다는 사실을 알아차렸다. 그래서 로이드를 태워주겠다고 한 것이 분명했다. 그러면 거슬리는 질문을 할 기회가 생기기 때문이다. 이제까지 차에 태워준 여러 남자가 그런 식의 역겨운 속셈이 있었다.

"나는 숫총각입니다." 로이드는 그에게 말했다. 사실이었다. 하지만 질문은 그렇다면 여학생들과 진한 애무를 해봤느냐는 것으로 바뀔 뿐이었다. 그것이라면 상당한 경험이 있지만 다른 사람과 나누고 싶지는 않았다. 그는 무례를 범하지 않는 선에서 상세하게 들려주지 않은 채 버텼고, 결국 운전사는 체념했다. "난 여기서 빠져야겠소." 그 말과 함께 남자는 차를 세웠다.

로이드는 태워줘서 고맙다고 인사한 뒤 걷기 시작했다.

그는 군인처럼 행진하는 걸음걸이를 버리고 농부의 구부정한 자세를 개발해냈는데 스스로 생각하기에도 상당히 그럴싸했다. 신문이나 책은 절대로 들고 다니지 않았다. 머리도 툴루즈의 가장 가난한 동네에서 끔찍하게 솜씨 나쁜 이발사에게 자른 것이 마지막이었다. 면도는 일주일에 한 번쯤 해서 대개 거친 수염이 얼굴을 덮었는데, 보잘것없는 사람으로 보이는 데 놀랍도록 효과적인 방법이었다. 일부러 몸을 씻지 않았더니 말을 걸 마음이 떨어지게 하는 고약한 악취가 풍겼다.

프랑스나 에스파냐에서 시계를 가진 노동자계급은 매우 드물었고, 그래서 버니가 졸업선물로 준 네모난 강철 손목시계는 없애야 했다. 영국제 시계만으로도 사건에 휘말릴 수 있어서 도움을 준 많은 프랑스인 중 누구에게도 주지 못했다. 무척 슬펐지만 결국 연못에 던져버리는 수밖에 없었다.

가장 큰 약점은 신분증명서가 전혀 없다는 것이었다.

그를 얼핏 닮은 남자에게 사려고도 해봤고 다른 두 명에게서는 훔칠 계획을 세우기도 했지만 이제 사람들은 그런 물건을 다루는 데 신중했다. 전혀 놀랄 일도 아니었다. 그래서 그의 전략은 신분을 밝혀야 할지도 모르는 상황을 어떻게든 피하는 것이었다. 스스로 이목을 끌지 않도록 했고, 선택할 수 있는 경우에는 도로를 따라가기보다 들판을 가로질렀고, 기차역에 종종 검문소가 있으니 여객열차는 절대 타지 않았다. 아직까지는 운이 좋았다. 어느 마을에서는 경찰이 신분증을 요구했지만 마르세유의 바에서 술을 마시고 정신을 잃었을 때 도난당했다고 설명했더니 그냥 믿고 보내주었다.

하지만 이제 그의 운도 끝이었다.

그는 가난한 농경지를 지나고 있었다. 지중해에 가까운 피레네산맥 기슭이었고 모래가 많이 섞인 땅이었다. 소규모 경작지와 가난한 마을들 사이로 먼지 쌓인 길이 겨우겨우 나 있었다. 사람이라고는 별로 살지 않는 듯한 광경이었다. 왼쪽으로는 언덕들 사이로 저멀리 바다의 푸른빛이 흘깃 보였다.

경관 세 명이 탄 녹색 시트로엥이 그의 옆으로 와 서는 상황은 결코 상상도 못했다.

눈 깜짝할 사이의 일이었다. 자동차 다가오는 소리가 들렸다. 뚱뚱한 남자가 그를 내려준 이후에 처음으로 듣는 소리였다. 그는 지쳐 집으로 돌아가는 노동자처럼 발을 끌며 걸었다. 길 양쪽은 풀과 덜 자란 나무들만 드문드문 보이는 메마른 들판이었다. 자동차가 멈추었을 때 순간적으로 그는 들판을 가로질러 달아날까 생각했다. 하지만 차에서 훌쩍 내린 두 경관이 허리에 권총을 찬 것을 보고는 포기했다. 두 사람의 사격 솜씨가 그리 좋지는 않겠지만 그들의 운이 좋을 수도 있었다. 말을 잘해서 상황을 벗어나는 편이 더 나을 것 같았다. 이들 같은 시골 경찰이 보통 엄격한 프랑스의 도시 경찰보다 상냥했다.

"서류 있소?" 보다 가까이 선 경관이 프랑스어로 물었다.

로이드는 어쩔 수 없다는 듯 양손을 펼쳐 보였다. "선생님, 제가 재수가 없어서요, 마르세유에서 누가 훔쳐가버렸습니다. 저는 레안드로라고 에스파냐 석공인데, 지금은—"

"차에 타."

로이드는 망설였지만 별다른 도리가 없었다. 달아나는 데 성공할 확률은 조금 전보다 더 낮았다.

경관 하나가 그의 팔을 힘껏 잡고 뒷자리로 밀어넣더니 옆에 앉았다.

차가 출발하자 그는 기운이 빠졌다.

옆에 앉은 경관이 물었다. "당신 영국인 아니야?"

"저는 에스파냐에서 온 석공입니다. 이름은—"

경관은 됐다는 듯 손을 흔들어 보이며 말했다. "괜한 수고 할 것 없소."

로이드는 자신이 지나치게 낙관적이었다는 것을 깨달았다. 외국인이 신분증도 없이 에스파냐 국경으로 향하다니. 그를 탈출한 영국 병사라고 생각하는 것도 당연했다. 만일 조금이라도 미심쩍다면 경찰은 그에게 옷을 벗어보라 지시하고 목에 걸린 인식표를 확인할 것이다. 그는 군번이 적힌 인식표는 버리지 않았는데, 그게 없으면 자동적으로 스파이로 판단돼 총살당할 것이기 때문이었다.

이제 그는 세 명의 무장한 남자와 함께 자동차 안에 갇혔고 탈출 방법을 찾아낼 확률은 전혀 없었다.

그들은 그가 향하던 방향으로 계속 달렸고 태양은 그들의 오른편 산들 위로 기울었다. 국경 전까지는 이제 큰 도시가 없으므로 로이드는 그들이 그를 어느 마을 유치장에 하룻밤 가둬둘 것이라 예상했다. 어쩌면 그곳에서 탈출할 수도 있었다. 만일 실패하면 분명 내일 페르피냥으로 가 도시 경찰에 넘겨질 것이다. 그뒤에는? 심문을 당할까? 생각만 해도 두려움에 몸이 얼어붙었다. 프랑스 경찰이 그를 폭행하고 독일군은 그를 고문할 터였다. 살아남는다면 포로수용소로 끌려가 전쟁이 끝날 때까지, 또는 영양실조로 죽을 때까지 갇혀 있을 것이다. 국경까지는 고작 몇 킬로미터밖에 남지 않은 곳까지 왔는데!

그들은 작은 마을로 접어들었다. 차에서 내려 유치장에 가기 전에 달아날 수 있을까? 주변 지형을 모르니 아무런 계획도 세울 수 없었다. 정신을 바짝 차리고 있다가 어떤 기회든 잡는 것 말고는 달리 도리가 없었다.

큰길에서 벗어난 자동차는 줄지어 선 상점들 뒤쪽 골목으로 접어들었다. 여기서 총살하고 시체를 버릴 셈인가?

차는 한 식당 뒤쪽에서 멈췄다. 공터에 상자들과 커다란 드럼통 여러 개가 나뒹굴고 있었다. 작은 창문을 통해 환하게 불을 밝힌 주방이 들여다보였다.

조수석에 앉은 경관이 차에서 내리더니 로이드가 앉은 쪽 문을 열었다. 그것이 건물에서 가장 가까운 문이었다. 지금이 기회일까? 차 뒤를 돌아서 골목을 따라 달려야 한다. 날은 이제 어둑어둑했다. 몇 걸음만 벗어나면 조준이 쉽지 않을 것이다.

경관은 차 안으로 손을 뻗어 로이드의 팔을 붙잡고 그가 내려설 때까지 놓지 않았다. 두번째 경관이 재빨리 내려 로이드 뒤에 섰다. 기회가 그리 좋지 않았다.

하지만 왜 이리로 데려온 걸까?

그들은 그를 앞세우고 주방으로 향했다. 요리사 한 명이 깊은 그릇에 담긴 달걀을 휘젓는 중이고 한 소년이 커다란 싱크대에서 그릇을 닦고 있었다. 경관 하나가 말했다. "이자는 영국인이야. 자기 이름이 레안드로라는군."

요리사는 손을 멈추지 않고 고개만 들고서 소리를 질렀다. "테레사! 와봐!"

로이드는 또다른 테레사를 떠올렸다. 병사들에게 읽고 쓰기를 가르쳤던 아름다운 에스파냐의 아나키스트.

주방문이 활짝 열리더니 그녀가 들어섰다.

로이드는 깜짝 놀라 그녀를 바라보았다. 착각일 가능성은 없었다. 비록 지금은 웨이트리스용 하얀색 면 모자를 쓰고 앞치마를 둘렀지만, 그 커다란 눈과 풍성하고 검은 머리칼은 절대 잊을 수 없었다.

그녀는 그를 즉시 보지 않았다. 설거지를 맡은 소년 옆 싱크대에 접시를 잔뜩 내려놓고 경관들을 향해 몸을 돌리더니 두 사람의 뺨에 키스하며 말했다. "피에르! 미셸! 잘 지내요?" 그러고는 로이드 쪽으로 몸을 돌리고 그를 한참 바라보더니 에스파냐어로 말했다. "아니야, 그럴 리가 없어. 로이드, 정말 당신이에요?"

그는 말없이 고개를 끄덕이는 수밖에 없었다.

그녀는 양팔로 그를 끌어안고 양쪽 뺨에 키스했다.

한 경관이 말했다. "됐군. 모든 게 잘됐어. 우린 가야지. 행운을 비네!" 그가 로이드에게 캔버스 가방을 건네주었고 두 사람은 사라졌다.

로이드는 그제야 입이 열렸다. "어떻게 된 거죠?" 그는 에스파냐어로 테레사에게 물었다. "유치장으로 가는 줄 알았는데!"

"저들은 나치를 증오해서 우리를 도와요." 그녀가 말했다.

"우리라니 누구요?"

"나중에 설명하죠. 날 따라와요." 그녀가 문을 열자 위층으로 통하는 계단이 나왔다. 위로 올라가니 가구가 별로 없는 침실이었다. "여기서 기다려요. 먹을 걸 좀 가져다줄게요."

로이드는 침대에 누워 그의 어마어마한 행운에 대해 골똘히 생각해 보았다. 오 분 전만 해도 고문과 죽음을 예상하고 있었다. 그런데 이제는 아름다운 여인이 가져올 저녁을 기다리고 있었다.

상황은 또다시 금세 변할 수 있어. 그는 곰곰이 생각했다.

그녀는 삼십 분 뒤 오믈렛과 감자튀김이 담긴 두꺼운 접시를 들고 돌아왔다. "가게가 바쁘지만 곧 닫을 거예요." 그녀가 말했다. "좀 이따가 올게요."

그는 허겁지겁 음식을 먹었다.

밤이 왔다. 떠나는 손님들이 떠드는 소리, 빈 그릇을 치우는 소리가 들렸고 테레사가 레드와인 한 병과 잔 두 개를 들고 다시 나타났다.

로이드는 그녀에게 왜 에스파냐를 떠났느냐고 물었다.

"우리 쪽 사람들이 수천 명씩 살해당하고 있어요." 그녀가 말했다. "죽이지 않고 살려둔 사람들을 위해 그들은 '정치적 책임에 대한 법률'을 통과시켰어요. 정부를 지지했던 모두를 범죄자로 만드는 법이죠. '극히 수동적'으로라도 프랑코에 반대하면 전 재산을 잃을 수 있어요. 무고함을 증명하려면 그를 지지한다는 것을 증명해야만 해요."

로이드는 지난 3월 체임벌린이 의회에서 프랑코가 정치적인 보복을 포기했다며 확신에 차 말하던 일이 떠올라 씁쓸했다. 체임벌린은 얼마나 악독한 거짓말쟁이였던가.

테레사가 말을 이었다. "우리의 많은 동지가 더러운 수용소에 갇혀 있어요."

"내 친구 레니 그리피스 하사가 어떻게 됐는지는 당신도 모르죠?"

테레사는 고개를 저었다. "벨치테 이후로는 한 번도 못 봤어요."

"그럼 당신은……?"

"저는 프랑코의 부하들로부터 탈출해 이리로 와서 웨이트리스 자리를 얻었어요. 그리고 내가 해야 할 다른 일을 발견했죠."

"무슨 일?"

"탈출한 군인들을 산맥 너머로 보내줘요. 그래서 경관들이 당신을 내게 데려온 거예요."

로이드는 힘이 솟았다. 혼자 산맥을 넘을 계획이었지만 길 찾기가 걱정이던 참이었다. 이제 어쩌면 안내인을 구할 수 있을지도 몰랐다.

"다른 두 명이 더 기다리고 있어요." 그녀가 말했다. "영국인 포병 한 명과 캐나다인 조종사죠. 둘 다 산속의 한 농가에 있어요."

"언제 넘어갈 예정이죠?"

"오늘밤이요." 그녀가 말했다. "와인 너무 많이 마시지 마요."

그녀는 다시 사라졌다 삼십 분 뒤 그가 입을 낡고 다 떨어진 갈색 오버코트를 들고 돌아왔다. "우리가 가는 곳은 추워요." 그녀가 설명했다.

그들은 주방문을 조용히 빠져나와 별빛에 의지해 작은 마을을 지나 걸었다. 집들을 뒤로하고 내내 오르막인 흙길을 따라갔다. 한 시간 후 돌로 지은 건물 몇 채가 모여 있는 곳에 도착했다. 테레사가 휘파람을 불자 헛간 문이 열리고 남자 두 명이 나왔다.

"우린 언제나 가명을 써요." 그녀는 영어로 말했다. "나는 마리아고, 여기 두 사람은 프레드와 톰이에요. 새 친구는 레안드로고." 남자들은 악수를 나누었다. "말하지 말고 담배 피우지 말고, 누구든 뒤처지면 버리고 갑니다. 준비됐나요?"

거기서부터 길은 가팔라졌다. 로이드는 몇 번이나 자기도 모르게 바위를 밟고 미끄러졌다. 때때로 길옆의 덜 자란 관목 덤불을 움켜쥐었고, 나머지 사람들의 도움을 받아 몸을 끌어올리기도 했다. 작은 체구의 테레사가 앞장섰고 뒤따르는 세 남자는 금세 숨을 헐떡거렸다. 그녀는 손전등을 갖고 있었지만 배터리를 아껴야 하니 별빛이 밝은 동안에는 사용하지 않겠다고 했다.

공기가 차가워졌다. 그들은 얼음장 같은 냇물을 걸어서 건넜고 로이드의 발은 한참이 지나도 다시 온기가 돌지 않았다.

한 시간 후 테레사가 말했다. "여기서는 길 복판에서 벗어나지 않도록 조심해요." 아래를 내려다본 로이드는 그가 산등성이 위에 있고 양옆은 깎아지른 비탈이라는 것을 깨달았다. 얼마나 높은 곳을 지나는 중인지 확인하니 약간 아찔해져서 얼른 고개를 들고 앞에서 재빨리 움직이는 테레사의 실루엣을 바라보았다. 평상시라면 그런 모습을 뒤에서 바라보며 걷는 매 순간이 즐거웠겠지만 지금은 너무 피곤하고 추워서 추파를 던질 기력도 없었다.

산속에 아무도 살지 않는 것은 아니었다. 어느 순간인가는 멀리서 개가 짖었고, 한번은 섬뜩한 종소리가 딸랑딸랑 들려 남자들은 겁을 집어먹었지만 산속 양치기들이 양을 잃어버리지 않도록 목을 종에 매달아둔다는 테레사의 설명을 듣고서 안심했다.

로이드는 데이지를 생각했다. 그녀는 아직 티 귄에 있을까? 아니면 남편에게 돌아갔을까? 로이드는 그녀가 런던으로 돌아가지 않았기를 바랐다. 런던은 매일 밤 폭격을 당한다고 프랑스 신문에서 봤기 때문이다. 그녀는 죽었을까, 살았을까? 다시 만날 수나 있을까? 만난다면 그녀는 그에게 어떤 감정일까?

그들은 두 시간마다 멈춰 쉬면서 물을 마시고 테레사가 병에 담아온 와인을 몇 모금 마셨다.

새벽 무렵부터 비가 내리기 시작했다. 발밑 땅이 금세 위험해져 모두 넘어지고 미끄러졌지만 테레사는 속도를 늦추지 않았다. "눈이 아닌 걸 다행으로 알아야 해요." 그녀가 말했다.

해가 뜨자 키 작은 초목이 펼쳐진 가운데 군데군데 암석이 불쑥 튀어나온 지형이 모습을 드러냈다. 비는 그치지 않았고 차가운 안개가 시야를 가렸다.

한참 시간이 흐른 뒤 로이드는 그들이 내리막길을 걷고 있다는 사실을 깨달았다. 다음 휴식 때 테레사가 말했다. "우린 이제 에스파냐에 있어요." 로이드는 마음이 놓여야 했지만 그저 피곤할 뿐이었다.

점차 주위 경치가 평탄해지면서 돌 대신 거친 풀과 관목이 나타났다.

난데없이 테레사가 몸을 숙이더니 땅에 납작 엎드렸다.

세 남자는 지시를 받을 것도 없이 그대로 따라서 엎드렸다. 테레사의 시선을 따라가보니 녹색 군복에 독특한 모자 차림의 사내 두 명이 보였다. 아마도 에스파냐 국경수비대 같았다. 로이드는 에스파냐에 도착했다고 곤란한 지경을 벗어났다는 의미는 아님을 깨달았다. 만일 불법으로 입국하려다 붙잡히면 되돌려보내질 수도 있었다. 더 나쁘게는 프랑코의 정치범 수용소 가운데 한곳으로 사라질 가능성도 있었다.

국경수비대원들은 산길을 따라 도망자들 쪽으로 다가오고 있었다. 로이드는 싸울 준비를 했다. 재빠르게 움직여 그들이 총을 빼들기 전에 제압해야 했다. 다른 둘은 싸움을 얼마나 잘하는지 궁금했다.

하지만 두려워할 필요는 없었다. 딱히 표시는 없지만 정해둔 경계가 있는지 두 명의 수비대원은 어느 지점에서 되돌아섰다. 테레사는 그럴 줄 알았다는 태도였다. 그들이 시야에서 사라지자 그녀는 일어섰고 네 사람은 계속 걸었다.

잠시 후 안개가 걷혔다. 로이드는 모래로 뒤덮인 만 주위의 어촌을 보았다. 1936년 에스파냐에 왔을 때 와본 적이 있는 곳이었다. 여기 기차역이 있었다는 사실도 기억했다.

그들은 마을로 들어섰다. 공무원이라고는 흔적도 찾아볼 수 없는 심심한 곳이었다. 경찰도, 관청도, 군인도, 검문소도 없었다. 그렇기 때문에 테레사가 이곳을 고른 것이 틀림없었다.

그들은 기차역으로 갔고 테레사는 역무원과 오랜 친구처럼 시시덕거리며 표를 샀다.

그늘진 플랫폼의 벤치에 앉은 로이드는 발이 아프고 기진맥진했지만 고맙고 행복했다.

한 시간 뒤 그들은 바르셀로나행 기차에 올라탔다.

V

데이지는 전엔 단 한 번도 노동이라는 것의 의미를 이해하지 못했다.

피곤하다는 것도.

비극 역시.

그녀는 학교 교실에 앉아서 받침도 없는 찻잔에 따른 달콤한 영국 차를 마시고 있었다. 철모에 고무장화 차림이었다. 오후 다섯시였지만 아직도 지난밤의 피로가 가시지 않았다.

그녀는 올드게이트의 지역 공습경보단 소속이었다. 원칙적으로는 여덟 시간 근무, 여덟 시간 대기, 여덟 시간 비번이었다. 사실상 그녀는 공습이 지속되어 병원으로 옮길 부상자가 나오는 한 계속 일했다.

1940년 10월 런던은 매일 밤 폭격을 당했다.

데이지는 늘 보조원 여자 한 명, 구급대원 남자 네 명과 함께 움직였다. 본부는 한 학교에 마련되었고, 지금 그들은 어린이용 책상에 앉아 비행기들이 날아와 사이렌이 울리고 폭탄이 떨어지기 전까지 대기하는 중이었다.

그녀가 운전하는 구급차는 미국의 뷰익을 개조한 것이었다. 또한 공습경보단에는 '착석 환자' 이송을 위한 평범한 승용차와 운전사도 있었다. 착석 환자란 병원까지 가는 동안 별다른 도움 없이 똑바로 앉아 있을 수 있는 부상자를 가리켰다.

보조원 네이어미 에이버리는 금발의 매력적인 코크니로 남자를 좋아하고 동료 간의 동지애를 즐겼다. 지금 그녀는 전직 경찰관이자 공습경보 감시원인 노비 클라크와 농담을 주고받는 중이었다. "경보단장은 남자죠." 그녀가 말했다. "이 지역 단장도 남자고. 당신도 남자고요."

"그랬으면 좋겠군." 노비가 말하자 다른 사람들이 킬킬거렸다.

"공습경보단에는 여자도 많아요." 네이어미가 말을 이었다. "근데 어째서 여자들 중에는 간부가 한 명도 없죠?"

남자들이 웃었다. 멋쟁이 조지로 불리는 코가 큰 대머리 남자가 말했다. "자, 시작이야. 또 여성의 권리야." 그는 여자를 혐오하는 경향이 있었다.

데이지가 끼어들었다. "정말로 모든 남자가 모든 여자보다 더 똑똑하다고 생각하는 건 아니죠?"

노비가 말했다. "사실 고위 감시원 중 여자도 몇 명 있어."

"나는 한 번도 못 만나봤어요." 네이어미가 말했다.

"그건 전통이니까." 노비가 말했다. "여자들은 늘 살림을 맡았지."

"러시아의 예카테리나 2세처럼요." 데이지는 비꼬는 투로 말했다.

네이어미가 거들었다. "아니면 영국의 엘리자베스 여왕처럼요."
"아멜리아 에어하트."*
"제인 오스틴."
"마리 퀴리, 노벨상을 두 번 수상한 유일한 과학자죠."
"예카테리나 2세?" 멋쟁이 조지가 말했다. "그 여자는 말과 무슨 짓을 했다는 이야기가 있지 않았나?"
"자, 자. 숙녀분들 앞이잖아." 노비가 나무라는 투로 말했다. "어쨌거나 내가 데이지의 질문에 대답할 수 있지." 그는 말을 이었다.
기꺼이 노비를 돋보이게 해줄 마음으로 데이지가 말했다. "말해봐요, 그럼."
"나도 일부 여자들은 남자만큼 똑똑할 수 있다는 걸 인정해." 그는 상당히 너그럽게 양보하는 투로 말했다. "하지만 그럼에도 경보단의 거의 모든 간부가 남자인 아주 좋은 이유가 하나 있지."
"그게 뭔가요, 노비?"
"아주 간단해. 남자들은 여자의 지시를 들으려 하지 않아." 그는 논쟁에서 이겼다고 확신한 듯 의기양양한 표정을 지으며 몸을 뒤로 젖혔다.
아이러니한 것은, 폭탄이 떨어지고 부상자를 구하기 위해 돌무더기를 파헤칠 때 그들은 실제로 평등하다는 사실이었다. 그때는 서열이 나뉘지 않았다. 만일 데이지가 노비에게 지붕보 반대쪽을 들라고 소리치면 그는 아무런 이의 없이 그 말을 따를 것이다.
데이지는 이 남자들, 심지어 조지까지도 사랑했다. 그들은 그녀를 위해 목숨을 바칠 것이며, 그녀 또한 그들을 위해 목숨을 바칠 것이다.
밖에서 나지막이 경적이 울렸다. 소리는 천천히 높아지더니 지겹도

* 미국의 여류 비행사.

록 익숙한 공습경보 사이렌으로 바뀌었다. 잠시 후 멀리서 폭발음이 쿵 울렸다. 경보는 가끔 늦어서, 첫번째 폭탄이 떨어진 뒤에야 울릴 때도 있었다.

전화가 울려 노비가 수화기를 들었다.

그들은 모두 일어섰다. 조지가 피곤하다는 듯 말했다. "도대체 독일 놈들은 쉬는 날이 하루도 없는 거야?"

노비는 수화기를 내려놓더니 말했다. "너틀리 가."

"어딘지 알아요." 모두 서둘러 나갈 때 네이어미가 말했다. "우리 하원의원이 거기 살아요."

그들은 자동차에 훌쩍 올라탔다. 구급차에 기어를 넣고 출발하는 데이지 옆에서 네이어미가 말했다. "행복한 날들이네요."

네이어미는 비꼬는 것이었지만 이상하게도 데이지는 정말 행복했다. 참 희한한 일이야. 모퉁이를 전속력으로 돌며 생각했다. 매일 밤 그녀는 파괴와 비극적인 사별, 불구가 된 끔찍한 몸뚱이를 목격했다. 당장 오늘밤 불타는 건물에서 죽음을 맞을 가능성도 상당히 높았다. 하지만 기분이 매우 좋았다. 그녀는 대의를 위해 일하며 고통받았고, 기이하게도 그러는 편이 멋대로 즐겁게 사는 생활보다 더 나았다. 타인을 돕는 일에 전부를 거는 사람 중 하나라는 것이 세상에서 가장 기분좋은 사실이었다.

데이지는 자신의 목숨을 위협하는 독일군을 증오하지 않았다. 그녀는 시아버지 피츠허버트 백작에게서 왜 그들이 런던을 폭격하는지 들었다. 8월까지 독일 공군은 항구와 비행장만 폭격했다. 피츠는 영국이 그다지 양심적이지 못했다고, 평소와 달리 솔직하게 설명했다. 정부는 지난 5월 독일 여러 도시의 목표물을 폭격하도록 허가했고, 영국 공군은 6월과 7월 내내 독일 본토의 여자들과 아이들에게 폭탄을 떨어뜨렸다. 이에 분노한 독일 대중은 복수를 요구했다. 런던 대공습은 그 결과였다.

데이지는 보이와 체면상 부부 행세를 했지만 그가 집에 있으면 침실 문을 걸어 잠갔고 그도 반대하지 않았다. 그들의 결혼생활은 가짜였지만 두 사람 모두 바빠서 달리 어떻게 할 수가 없었다. 데이지는 이런 상황을 떠올리면 슬펐다. 보이와 로이드 둘 다 잃었기 때문이다. 다행히 그녀는 상념에 젖을 시간이 거의 없었다.

너틀리 가는 불길에 휩싸여 있었다. 독일 공군은 소이탄과 고폭탄을 함께 떨어뜨렸다. 불이 대부분의 피해를 일으켰지만, 고폭탄도 창문을 파괴하고 불꽃에 바람을 공급해 불길이 퍼지는 것을 도왔다.

데이지는 끼익 소리를 내며 구급차를 세웠고 모두 함께 작업을 시작했다.

부상이 심하지 않은 사람들은 구급대원의 도움을 받아 가장 가까운 구급시설로 향했다. 좀더 심각한 부상자들은 세인트바츠나 화이트채플에 위치한 런던 병원으로 이송되었다. 데이지는 현장과 병원을 계속 오갔다. 어둠이 내려 전조등을 켰다. 등화관제의 일환으로 전조등도 덮개를 씌운 뒤 좁은 틈으로만 빛이 새어나오도록 했지만, 온 런던이 모닥불처럼 타고 있는 판에 불필요한 예방책 같았다.

폭격은 새벽까지 이어졌다. 한낮에는 독일 폭격기들이 보이와 그의 동료들이 모는 영국 전투기에 격추될 위험성이 너무 많아서 공습이 잠잠했다. 차가운 잿빛 햇살이 폐허 위로 쏟아질 즈음 데이지와 네이어미는 병원으로 데려갈 부상자가 더 없는지 확인하려고 너틀리 가로 돌아왔다.

그들은 녹초가 되어 무너진 화단 돌벽 잔해 위에 앉았다. 데이지는 철모를 벗었다. 지독하게 더럽고 지친 상태였다. 지금 내 모습을 보면 버펄로 요트 클럽 여자들이 무슨 생각을 할지 궁금하군. 그녀는 생각했다. 그러다 자기가 이제 더는 그들이 어떻게 여기든 신경쓰지 않는다는 사실을 깨달았다. 그들의 인정이 지극히 중요하던 날들은 아주 오래전 일 같았다.

누군가 말했다. "차 한잔 하겠어요, 예쁜 아가씨?"

데이지는 웨일스 악센트를 알아들었다. 고개를 드니 매력적인 중년의 여인이 쟁반을 들고 있었다. "아, 이런. 꼭 필요했던 거예요." 그녀는 말하고 잔을 들었다. 이제 이 음료가 좋았다. 씁쓸하지만 상당히 원기를 북돋우는 효과가 있었다.

여인이 네이어미에게 키스를 했고 네이어미가 설명했다. "사돈 되는 분이세요. 이분 따님 밀리가 우리 오빠 에이브와 결혼했죠."

데이지는 옹기종기 모인 구급대원과 소방관, 주민들 사이로 쟁반을 가져가는 여인을 바라보았다. 지역의 고위 공직자가 틀림없었다. 권위가 느껴졌다. 하지만 동시에 평범한 이들의 친구인 듯 모두에게 친근하고 온화하게 말을 걸며 웃음지었다. 노비와 멋쟁이 조지와도 아는 사이인지 오랜 친구처럼 인사를 했다.

그녀는 쟁반에 남은 마지막 찻잔을 들고 다가와 데이지 옆에 앉았다. "미국 억양이군요." 그녀가 즐거운 듯 말했다.

데이지는 고개를 끄덕였다. "영국인과 결혼했어요."

"나는 이 거리에 살아요. 하지만 우리집은 지난밤 폭격을 피했죠. 나는 올드게이트 지역 하원의원이에요. 에스 레크위드라고 해요."

데이지의 심장이 빠르게 뛰었다. 이 여인은 로이드의 유명한 어머니였다! 그녀는 악수를 했다. "데이지 피츠허버트라고 합니다."

에설이 눈썹을 치켜세웠다. "이런!" 그녀가 말했다. "애버로언 자작 부인이군요."

데이지는 얼굴을 붉히고 목소리를 낮추었다. "구급대원들은 몰라요."

"비밀 지켜줄게요."

데이지는 망설이다 말했다. "아드님 로이드를 알아요." 로이드와 함께 티 권에서 보냈던 시간과 유산했을 때 그의 보살핌을 받았던 일을 떠올리자 차오르는 눈물을 주체할 수 없었다. "도움이 필요할 때면 아주 친절하게 대해줬는데."

"고마워요." 에설이 말했다. "하지만 그애가 죽은 것처럼 말하지는 마요."

질책은 부드러웠지만 데이지 스스로 생각해도 끔찍이 눈치가 없는 말이었다. "정말 죄송해요!" 그녀는 말했다. "전투중 행방불명되었다는 걸 알아요. 저는 정말 멍청하다니까요."

"하지만 더는 행방불명이 아니에요." 에설이 말했다. "에스파냐를 통해 탈출했어요. 어제 집에 도착했죠."

"어머나, 세상에!" 데이지는 심장이 쿵쿵 뛰었다. "무사한가요?"

"완벽할 정도죠. 사실 고생한 것치고는 아주 멀쩡해 보여요."

"어디……" 데이지는 침을 꿀꺽 삼켰다. "지금 어디 있죠?"

"글쎄, 여기 어디 있을 텐데." 에설은 주위를 둘러보았다. "로이드?" 그녀가 불렀다.

데이지는 모여 있는 사람들을 미친듯이 훑어보았다. 이게 정말일까?

찢어진 갈색 오버코트를 입은 남자 한 명이 돌아서더니 말했다. "네, 어머니?"

데이지는 그를 뚫어져라 보았다. 얼굴이 햇볕에 탔고 꼬챙이처럼 말랐지만 그 어느 때보다 매력적이었다.

"이리 좀 와보렴, 얘야." 에설이 말했다.

로이드는 한 걸음 앞으로 다가오다 데이지를 보았다. 안색이 급히 변했다. 그는 행복하게 웃었다. "안녕." 그가 말했다.

데이지는 펄쩍 뛰듯 일어섰다.

에설이 말했다. "로이드, 여기 네가 기억할지도 모르는 사람이—"

참을 수가 없었다. 데이지는 로이드에게 달려가 그의 품에 몸을 던졌다. 그를 끌어안았다. 그의 녹색 눈을 바라보고 갈색 뺨과 찌그러진 코와 입에 입을 맞추었다. "사랑해요, 로이드." 그녀는 필사적으로 말했다. "사랑해요, 사랑해요, 사랑해요."

"나도 사랑해요, 데이지." 그는 말했다.

데이지 등뒤에서 못마땅해하는 에설의 목소리가 들렸다. "확실히 기억하는구나."

VI

로이드가 너틀리 가의 집 부엌에서 잼을 바른 토스트를 먹고 있는데 데이지가 들어섰다. 탁자에 앉는 그녀는 피곤한 모습으로 철모를 벗었다. 얼굴은 지저분했고 머리도 재와 먼지로 더러웠지만 로이드에게는 저항할 수 없이 아름다워 보였다.

그녀는 폭격이 그치고 마지막 희생자를 병원에 옮기고 난 아침이면 대부분 그 집에 들렀다. 로이드의 어머니는 그녀에게 초대받지 않아도 아무때나 드나들라 했고, 데이지는 그 말을 있는 그대로 받아들였다.

에설은 데이지에게 차를 한 잔 따라주고 물었다. "힘든 밤이었나보구나?"

데이지는 침울하게 고개를 끄덕였다. "최악 중 하나였어요. 오렌지가에 있는 피바디 건물이 불타 무너졌어요."

"이런, 세상에!" 로이드는 충격을 받았다. 그도 아는 곳이었다. 자녀가 많은 가난한 가족으로 가득찬 커다랗고 붐비는 공동주택.

버니가 말했다. "그거 큰 건물인데."

"그랬죠." 데이지가 말했다. "수백 명이 불에 타 죽었고 고아가 얼마나 생겼는지 아무도 몰라요. 제가 옮기던 환자 대부분이 병원으로 가던 도중에 죽었어요."

로이드는 작은 탁자 너머로 팔을 뻗어 그녀의 손을 잡았다.

찻잔을 내려다보던 그녀는 고개를 들었다. "도무지 익숙해지지 않아. 강인해질 거라고 생각하지만 그렇지가 않지." 그녀는 슬픔으로 괴로워했다.

에설이 딱하다는 듯 잠시 그녀의 어깨에 손을 얹었다.

데이지가 말했다. "그리고 우리도 독일에 있는 다른 가족들에게 같은 짓을 하고 있죠."

에설이 말했다. "내 오랜 친구 모드와 발터, 그 아이들도 그중 하나겠지, 아마도."

"끔찍하지 않아요?" 데이지는 절망스럽다는 듯 고개를 흔들었다. "우리는 뭐가 문제일까요?"

로이드가 말했다. "인류에게 무슨 문제가 있는 걸까?"

늘 현실적인 버니가 말했다. "다음번엔 오렌지 가에 가서 아이들을 제대로 돌보고 있는지 확인해봐야겠군."

"같이 가요." 에설이 말했다.

버니와 에설은 사고방식이 비슷했고 함께 행동하는 데 별 어려움이 없었으며, 가끔은 서로의 마음을 읽는 것 같았다. 집에 돌아온 뒤로 로이드는 에설에게 테디 윌리엄스라는 남편이 아예 존재하지 않았고 그의 친아버지는 피츠허버트 백작이라는 놀라운 사실이 혹시 둘의 결혼생활에 영향을 미치지나 않았을지 걱정하며 조심스레 살폈다. 이제는 모든 진실을 알고 있는 데이지와도 상세히 의논했다. 이십 년 동안 거짓말을 듣고 살아온 버니는 어떤 기분일까? 하지만 뭔가 달라진 낌새는 전혀 보이지 않았다. 감상적이지 않은 자기만의 방식대로 버니는 에설을 매우 사랑했고, 그에게 에설은 잘못이 있을 수 없는 존재였다. 에설이 자신에게 해가 될 행동은 절대 하지 않을 것을 믿었고, 그는 옳았다. 그걸 본 로이드는 자기도 언젠가 그런 결혼생활을 하길 바랐다.

데이지는 로이드가 군복 차림인 것을 알아차렸다. "이 아침에 어딜 가는 거야?"

"육군성에서 호출을 받았어." 그는 벽난로 선반 위 시계를 쳐다보았다. "이제 가봐야겠네."

"보고는 이미 끝난 줄 알았는데."

"내 방으로 오면 넥타이 매는 동안 설명해줄게. 찻잔 들고 와."

두 사람은 위층으로 갔다. 주위를 둘러보는 데이지의 호기심 어린 시선에 로이드는 그녀가 그의 침실에 처음 와본다는 사실을 깨달았다. 싱글 침대와 독일어, 프랑스어, 에스파냐어 소설이 꽂힌 책장, 뾰족하게 깎은 연필들이 가지런히 놓인 책상을 보고 그녀가 어떻게 생각할지 궁금했다.

"작고 깔끔한 방이네." 그녀가 말했다.

작은 방은 아니었다. 집에 있는 다른 모든 침실과 같은 크기였다. 하지만 그녀는 기준이 달랐다.

그녀가 사진 액자를 집어들었다. 바닷가에서 찍은 가족사진이었다. 어린 로이드는 반바지를 입었고 아장거리며 걷는 밀리는 수영복 차림, 젊은 에설은 커다랗고 챙이 넓은 모자를 썼고 버니는 회색 양복에 하얀 셔츠의 목 단추를 풀고 머리에는 손수건을 덮고 있었다.

"사우스엔드야." 로이드는 설명했다. 그는 데이지의 찻잔을 받아 화장대 위에 올려놓고 그녀를 안았다. 그리고 입술에 입을 맞췄다. 그녀는 지쳤지만 다정하게 그의 뺨을 어루만지며 몸을 기대고 키스를 받아들였다.

잠시 후 로이드가 그녀를 놓아주었다. 애무를 하기에 그녀는 너무 피곤했고 그도 약속이 있었다.

그녀는 부츠를 벗고 침대에 누웠다.

"육군성에서 다시 보게 들어오래." 그는 넥타이를 매며 말했다.

"하지만 지난번에도 몇 시간이나 있었잖아."

사실이었다. 그는 프랑스에서 탈출하던 때의 기억을 사소한 것들까지 낱낱이 훑어야 했다. 그들은 그가 목격한 모든 독일군의 계급과 소속 부대를 알고 싶어했다. 물론 모든 걸 기억하지는 못했지만 티 귄에서 훈련받을 때 숙제를 꼼꼼히 했던 그는 상당한 양의 정보를 제공할 수 있었다.

그것이 군사정보 보고의 표준이었다. 하지만 그들은 그가 어떻게 탈출했는지, 어떤 경로로 누구의 도움을 받았는지도 물었다. 심지어 모리스와 마르셀에게도 관심을 보였고 성을 모른다고 하자 책망했다. 미래의 탈출자에게 분명 중요한 자산이 될 테레사 이야기에는 매우 흥분했다.

"오늘은 다른 사람들을 만날 거야." 그는 화장대 위 타이핑한 문건을 내려다보았다. "노섬벌랜드 애비뉴에 있는 메트로폴 호텔 424호." 그 주소는 정부 건물들이 모인 지역 근처 트래펄가 광장에 접한 곳이었다. "아마도 영국군 전쟁포로를 담당하는 새로운 부서겠지." 그는 챙이 달린 모자를 쓰고 거울을 들여다보았다. "멋지지 않아?"

대답이 없었다. 그는 침대를 보았다. 그녀는 잠에 빠져 있었다.

그는 그녀에게 담요를 덮어주고 이마에 키스한 다음 나왔다.

데이지가 방에서 잠들었다고 말하니 어머니는 괜찮은지 나중에 들여다보겠다고 했다.

그는 지하철을 타고 시내로 향했다.

그는 데이지에게 자신의 진짜 출생의 비밀을 알려주고 모드의 자식이라는 착각을 바로잡았다. 그녀는 피츠가 어딘가에 서자를 두었다던 보이의 말을 불현듯 떠올리고는 순순히 그 말을 믿었다. "오싹하네." 곰곰이 생각에 빠져 그녀가 말했다. "내가 사랑한 두 명의 영국인이 알고 보니 이복형제라니." 그녀는 재는 듯한 시선으로 로이드를 보았다. "당신은 아버지의 훌륭한 외모를 물려받았어. 보이는 그저 이기심만 물려받았지."

로이드와 데이지는 아직 잠자리를 갖지 않았다. 한 가지 이유는 그녀가 밤에 쉬는 날이 한 번도 없었기 때문이다. 그리고 딱 한 번 단둘이 있을 기회가 있었는데 상황이 잘못 돌아갔다.

지난 일요일 메이페어에 있는 데이지의 집에서였다. 하인들이 쉬는 일요일 오후 그녀는 빈집 그녀의 침실로 로이드를 데려갔다. 하지만 그녀는 초조하고 불편해했다. 그에게 키스했다가 이내 고개를 돌렸다. 그녀의 가슴에 손을 대도 밀어냈다. 그는 혼란스러웠다. 이래서는 안 되는 거라면 우리가 왜 이 침실에 있나?

"미안해." 그녀가 마침내 말했다. "당신을 사랑하지만 이럴 수는 없어. 내 남편 집에서 그를 배신할 수는 없어."

"하지만 그는 당신을 배신했어."

"적어도 다른 곳에서 그랬지."

"좋아."

그녀는 그를 바라보았다. "이런 내가 바보 같아?"

그는 어깨를 으쓱했다. "어쨌든 모든 걸 함께 견뎌왔는데, 이러는 건

지나치게 엄격한 것 같기도 해. 그래, 하지만 당신 감정은 당신이 느끼는 거지. 준비가 안 된 당신을 괴롭혀서 억지로 하려고 하면 얼마나 나쁜 놈이겠어."

그녀는 양팔로 그를 힘껏 안았다. "내가 말한 적 있지." 그녀가 말했다. "당신은 어른이야."

"남은 오후를 망치지 말자고." 그가 말했다. "영화 보러 가자."

그들은 찰리 채플린이 나오는 〈위대한 독재자〉를 보고 목이 터져라 웃었고 데이지는 근무지로 되돌아갔다.

임뱅크먼트 역에 도착할 때까지 로이드의 머릿속은 내내 데이지에 관한 즐거운 생각으로 가득했다. 역에서 내린 그는 노섬벌랜드 애비뉴를 따라 메트로폴 호텔로 향했다. 호텔은 모조 골동품들을 걷어내고 실용적인 탁자와 의자로 단장한 상태였다.

잠시 기다린 후 로이드는 사무적인 태도의 키 큰 대령에게 안내되었다. "자네 자료는 읽었네, 중위." 그가 말했다. "잘했어."

"감사합니다, 대령님."

"우리는 더 많은 이가 자네의 선례를 따르리라 예상하고 있고, 그들을 돕고 싶네. 특히 격추당한 공군 조종사들에게 관심이 많네. 조종사 훈련에는 비용이 많이 드니 그들이 돌아와 다시 비행을 해주길 바라거든."

로이드는 가혹하다는 생각이 들었다. 추락한 비행기에서 살아남은 사람에게 정말 처음부터 모든 위험을 다시 감수하라고 요구할 수밖에 없는 걸까? 하지만 부상병들은 회복되는 대로 전투에 복귀했다. 그것이 전쟁이었다.

대령이 말했다. "우리는 독일에서 에스파냐로 통하는 일종의 지하철 비슷한 걸 만들려고 하네. 자네가 독일어와 프랑스어, 에스파냐어를 한다고 알고 있네. 더 중요한 건 가장 어려운 지역을 통과했다는 거야. 자네가 우리 부서에 파견을 나와주었으면 좋겠네."

생각도 못한 일이라 로이드는 스스로의 마음을 확실히 알 수 없었다. "감사합니다, 대령님. 영광입니다. 하지만 그건 행정직 아닙니까?"

"전혀 그렇지 않아. 프랑스로 돌아가주었으면 해."

가슴이 쿵쾅거렸다. 그런 위험과 다시 맞닥뜨리게 되리라고는 생각해보지 않았다.

대령은 그의 얼굴에서 경악한 기색을 알아보았다. "얼마나 위험한지 알 거야."

"네, 대령님."

대령은 무뚝뚝한 투로 말했다. "원하지 않으면 거부해도 돼."

로이드는 대공습 현장의 데이지를, 피바디 공동주택에서 불타 죽은 사람들을 떠올리고 자신은 거부할 마음이 없다는 것을 깨달았다. "중요한 임무라고 생각하시면 물론 기꺼이 돌아가겠습니다."

"훌륭하군." 대령이 말했다.

삼십 분 뒤 로이드는 멍하니 다시 지하철역을 향해 걷고 있었다. 그는 이제 MI9이라는 부서의 일원이었다. 가짜 신분증과 다량의 현금을 들고 프랑스로 되돌아갈 것이다. 영국과 영국연방 조종사들을 구출하는 위험천만한 임무를 위해 독일군 점령지 내에서 독일, 네덜란드, 벨기에, 프랑스 사람 수십 명이 이미 확보된 상황이었다. 그는 MI9의 여러 요원 가운데 한 명으로서 조직을 확장하게 될 터였다.

만일 붙잡힌다면 고문을 당할 것이다.

두려웠지만 흥분되기도 했다. 그는 마드리드로 날아갈 예정이었다. 비행기는 처음이었다. 피레네산맥을 넘어 다시 프랑스에 들어가 테레사와 접선할 것이다. 적들 사이에서 위장한 채 움직이며 게슈타포의 손아귀에서 사람들을 구해낸다. 그의 선례를 따르는 이들이 그와 달리 동료 없이 외로운 상황에 처하지 않도록 돕는다.

너틀리 가로 돌아오니 열한시였다. 어머니가 남겨둔 메모가 있었다. '미스 아메리카께서는 짹소리 없으셨다.' 함께 폭격당한 곳에 들렀다가 에설은 의회로 가고 버니는 지역의회 의사당에 간다고 했다. 집에는 그와 데이지뿐이었다.

그는 방으로 올라갔다. 데이지는 아직 자고 있었다. 가죽재킷과 튼튼한 울 바지는 바닥에 아무렇게나 벗어던진 채 속옷 바람이었다. 이제껏 한 번도 없던 일이었다.

그는 재킷을 벗고 넥타이를 풀었다.

침대에서 졸린 목소리가 들렸다. "나머지도."

그는 그녀를 보았다. "응?"

"옷 벗고 침대로 와."

집은 비어 있고 그들을 방해할 사람은 아무도 없었다.

그는 부츠와 바지, 셔츠, 양말까지 벗은 다음 망설였다.

"안 추울 거야." 그녀가 말했다. 그녀는 담요 아래서 꿈틀거리더니 위아래가 붙은 실크 속옷을 그에게 던졌다.

그는 이 상황이 엄숙하고 실로 격정적인 순간이리라 기대했었지만 데이지는 우습고 재미난 상황이기를 바라는 것 같았다. 그녀가 이끄는 대로 기꺼이 따를 생각이었다.

그는 조끼와 바지를 벗고 침대 속 그녀 곁으로 미끄러져들어갔다. 늘어져 있는 그녀의 몸이 따뜻했다. 긴장되었다. 숫총각이라는 얘기는 사실상 한 적이 없었다.

그는 늘 남자가 주도해야 한다고 들었지만 데이지는 그런 걸 모르는 모양이었다. 그녀는 키스를 하고 그의 몸을 어루만지더니 그의 물건을 움켜쥐었다. "이런, 세상에." 그녀가 말했다. "당신이 이런 걸 갖고 있기를 바랐어."

그뒤로 로이드는 긴장되지 않았다.

8장
1941년(I)

I

추운 겨울의 어느 일요일, 카를라 폰 울리히는 가정부 아다와 함께 아다의 아들인 쿠르트를 만나러 베를린 서쪽 외곽 호숫가의 반제 어린이 요양소를 찾았다. 기차로 한 시간 거리였다. 카를라는 그곳에 갈 때 간호사 제복을 입는 것이 버릇이 되었다. 요양소 직원들이 같은 직업을 가진 사람에게는 쿠르트에 관해 더 솔직하게 말했기 때문이다.

여름철이면 호수 주변은 물가에서 놀거나 얕은 물에서 보트를 타는 가족들과 아이들로 붐볐지만 오늘은 추위에 대비해 몸을 꽁꽁 싸맨 산책객 몇몇만 보일 뿐이었다. 대담한 사내 한 명이 수영을 하고 있었는데 아내가 걱정스러운 모습으로 물가에서 기다리고 있었다.

요양소는 정도가 심한 장애아를 돌보는 전문 시설로, 한때는 웅장한 저택이었는데 우아한 응접실들을 여러 칸으로 나눠 연녹색 페인트를 칠한 다음 병원 침대와 어린이용 침대를 들여놓았다.

쿠르트는 이제 여덟 살이었다. 그런데도 두 살짜리 애처럼 혼자서 걷고 먹을 수는 있지만 말을 못했고 여전히 기저귀를 차야 했다. 몇 년 동안 호전의 기미가 보이지 않았다. 하지만 아다를 만나면 즐거워하는 것은 틀림없었다. 행복한 웃음을 짓고 신이 나서 옹알거렸고 자기를 들어올려 꼭 안고 키스해달라며 양팔을 내밀었다.

카를라도 알아보았다. 카를라는 쿠르트를 볼 때마다 그애가 태어날 때 오빠 에리크가 로트만 박사를 부르러 간 사이 아이를 받았던 무시무시한 드라마가 떠올랐다.

두 사람은 쿠르트와 한 시간쯤 놀아주었다. 아이는 장난감 기차와 자동차를 좋아했고 색이 화려한 그림책을 좋아했다. 그러다가 낮잠 시간이 다 되어 아다는 아이가 잠들 때까지 노래를 불러주었다.

밖으로 나오는데 간호사 한 명이 아다에게 말했다. "헴펠 부인, 저와 함께 빌리히 교수님 사무실로 가셔야겠어요. 교수님이 할말이 있으시대요."

빌리히는 요양소의 책임자였다. 카를라는 그를 본 적이 없었고 아다도 만나봤는지 잘 알 수 없었다.

아다는 긴장한 목소리로 물었다. "무슨 문제가 있나요?"

간호사가 말했다. "그냥 쿠르트의 나아지는 상황에 관해 이야기하실 겁니다."

아다가 말했다. "울리히 양과 같이 갈게요."

간호사는 못마땅한 눈치였다. "교수님이 부인만 오시라고 했는데."

하지만 아다는 필요할 때는 고집을 부릴 줄도 알았다. "울리히 양과 같이 갈게요." 그녀는 단호하게 반복해 말했다.

간호사는 어깨를 으쓱하더니 퉁명스럽게 말했다. "따라오세요."

두 사람은 쾌적한 사무실로 안내되었다. 이 방은 작게 나누지 않았다. 벽난로에서는 석탄불이 타고 있고 내민창 밖으로 반제 호수의 경치가 보였다. 카를라는 누군가 상당히 강한 바람에 이는 잔물결을 가르며 요트를 타는 모습을 보았다. 빌리히는 가죽을 깐 책상 앞에 앉아 있었다. 담배 단지와 갖가지 모양의 파이프가 놓인 받침대도 보였다. 쉰 살쯤 돼 보이는 그는 키가 크고 육중한 몸집이었다. 이목구비가 다 컸다. 큰 코, 사각턱, 거대한 귀에 반구형 대머리까지. 그는 아다를 보더니 말했다. "헴펠 부인이시죠?" 아다가 고개를 끄덕였다. 빌리히는 카를라에게 고개를 돌렸다. "그럼 아가씨는……?"

"카를라 폰 울리히라고 해요, 교수님. 쿠르트의 대모입니다."

그는 눈썹을 치켜세웠다. "대모 노릇 하기에는 좀 어리군, 아닌가?"

아다는 분연히 말했다. "카를라가 쿠르트를 받았어요! 고작 열한 살이었지만 의사보다 나았죠. 의사는 아예 그 자리에 있지도 않았으니까요!"

빌리히는 못 들은 체하고 여전히 카를라를 향해 업신여기듯 말했다. "그리고 보아하니 간호사가 되려는 희망을 품은 거군."

카를라는 수습 간호사 제복을 입었지만 자신이 그저 희망을 품은 것보다는 더 되는 수준이라고 생각했다. "저는 수습 간호사입니다." 그녀가 말했다. 빌리히가 마음에 들지 않았다.

"앉으시죠." 그는 얇은 서류철을 열었다. "쿠르트는 여덟 살이지만 겨우 두 살 아이의 발육단계에 도달했습니다."

그는 말을 멈추었다. 두 여자는 잠자코 있었다.

"이걸로는 만족스럽지 못해요." 그가 말했다.

아다는 카를라를 바라보았다. 카를라도 교수가 무슨 말을 하려는 것인지 알 수 없어 어깨를 으쓱해 보였다.

"이런 부류의 환자들에게 적용할 수 있는 새로운 치료법이 있습니다.

하지만 그러려면 쿠르트를 다른 병원으로 보내야 합니다." 빌리히는 서류철을 덮었다. 그리고 아다를 보며 처음으로 미소지었다. "부인께서는 틀림없이 쿠르트의 상태를 개선시켜줄 치료법을 바라시겠죠."

카를라는 그 미소가 마음에 들지 않았다. 오싹한 웃음이었다. 그녀가 말했다. "새로운 치료법에 대해 좀더 말씀해주시겠어요, 교수님?"

"이해 못할 것 같은데." 그가 말했다. "아무리 수습 간호사라고 해도 말이지."

카를라는 그가 그 정도로 빠져나가게 두지 않았다. "예를 들어 수술인지, 약이나 전기를 이용하는 것인지 부인도 분명 궁금할 거예요."

"약이죠." 그는 눈에 띄게 머뭇거리며 말했다.

아다가 물었다. "아이는 어디로 가야 하나요?"

"병원은 바이에른의 아켈베르크에 있습니다."

아다는 지리에 약했고 그래서 얼마나 먼 곳인지 감을 못 잡는다는 것을 카를라는 알았다. "300킬로미터도 더 떨어진 곳이잖아요." 그녀가 말했다.

"이런, 안 돼요!" 아다가 말했다. "제가 어떻게 찾아가 만나죠?"

"기차를 타야죠." 빌리히가 조바심을 내며 말했다.

카를라가 말했다. "네다섯 시간은 걸릴 거예요. 어쩌면 하룻밤 묵어야 할 수도 있고요. 교통비는 또 어떻게 해요?"

"내가 그런 일까지 신경쓸 수는 없어!" 빌리히가 화를 내며 말했다. "나는 의사지 여행사 직원이 아니니까!"

아다는 울음이 터지기 직전이었다. "만일 쿠르트가 더 나아져 몇 마디 말을 배우고 대소변만 가릴 수 있게 되면…… 언젠가는 집으로 데려갈 수 있겠죠."

"바로 그렇죠." 빌리히가 말했다. "분명 부인께서 본인의 이기적인 이유만으로 아이가 더 나아질 기회를 뿌리치지는 않을 줄 알았습니다."

"지금 그 말씀을 하시는 건가요?" 카를라가 말했다. "쿠르트가 평범한 생활을 하게 될 수도 있다는 거예요?"

"의학에 보장이라는 건 없네." 그가 말했다. "수습 간호사라도 그 정도는 알아야지."

카를라는 부모를 보고 배워 변명 앞에서는 참지 않았다. "보장을 해달라는 것이 아니에요." 그녀는 단호하게 말했다. "예상을 해달라는 거죠. 아무런 예측도 없이 치료를 받아보라는 제안을 하지는 않았을 테니까요."

그의 얼굴이 벌게졌다. "이건 새로운 치료법이야. 이걸로 쿠르트의 상태가 나아지기를 희망하고 있지. 그 얘길 하는 거야."

"실험적이라는 건가요?"

"의학이 다 실험적이지. 어떤 치료법이든 어떤 환자에게는 통해도 다른 이에게는 통하지 않아. 내 말 잘 듣게. 의학에 보장이라는 건 없어."

카를라는 그저 상대의 오만한 태도 때문에 반대하고 싶었지만, 그런 근거로 판단을 내려서는 안 된다는 사실을 깨달았다. 게다가 아다에게 실제 선택권이 있는지도 불분명했다. 의사는 아이의 건강이 위험한 경우 부모의 바람과 다른 선택을 할 수도 있다. 실질적으로 그들은 뭐든 원하는 대로 할 수 있었다. 빌리히는 아다의 허락을 구하는 것이 아니었다. 사실상 승낙이 필요하지도 않았다. 그는 그저 공연한 소동을 피하기 위해 아다에게 말해두는 것뿐이었다.

카를라가 말했다. "헴펠 부인에게 쿠르트가 아켈베르크에서 베를린으로 돌아오는 데 시간이 얼마나 걸릴지 알려주실 수 있나요?"

"금방 돌아올 겁니다." 빌리히가 말했다.

전혀 대답이 되지 않았지만 더 몰아붙이면 그가 다시 화를 낼 것 같았다.

아다는 속수무책으로 보였다. 카를라는 그녀가 불쌍했다. 무슨 말을 해주어야 할지 알 수 없었다. 그들에게는 충분한 정보가 주어지지 않았다. 의사들이 가끔 이런 식이라는 것을 카를라는 진작 알았다. 그들은 지식을 독점하려 든다. 환자들에게는 상투적인 말로 얼렁뚱땅 넘기기를 좋아하고 질문을 받으면 방어적이 된다.

아다의 눈에 눈물이 그렁그렁했다. "그럼, 아이가 나아질 가능성이 있다면……"

"그러셔야지." 빌리히가 말했다.

하지만 아다의 말은 끝나지 않았다. "어떻게 생각하니, 카를라?"

빌리히는 고작 간호사에게 의견을 구하는 것에 화가 난 듯했다.

카를라가 말했다. "같은 생각이에요, 아다. 이 기회는 꼭 잡아야 해요. 아주머니에게는 힘들겠지만 쿠르트를 위해서요."

"아주 합리적이군." 빌리히는 일어서며 말했다. "만나러 와줘서 고맙습니다." 그는 다가가 문을 열었다. 두 사람을 얼른 내보내고 싶은 눈치였다.

그들은 요양소를 떠나 역을 향해 걸었다. 텅 비다시피 한 열차가 출발할 때 카를라는 좌석에 떨어져 있던 전단 한 장을 집어들었다. 제목은 '나치에 대항하는 방법'이었고, 작업 능률을 떨어뜨리는 것부터 시작해 정권의 몰락을 앞당기기 위한 열 가지 행동 지침이 적혀 있었다.

카를라는 자주는 아니었지만 전에도 그런 전단을 본 적이 있었다. 저항운동을 하는 지하조직에서 놓아둔 것이었다.

아다가 전단을 낚아채더니 구겨서 차창 밖으로 던져버렸다. "저런 건 읽기만 해도 잡혀갈 수 있어!" 그녀가 말했다. 한때 카를라의 보모였던 그녀는 지금도 가끔 카를라를 어린애처럼 대했다. 가끔 위세를 부려도 사랑해서 그런다는 것을 알기에 카를라는 기분 나쁘게 생각하지 않았다.

하지만 이 경우는 아다의 과민반응이 아니었다. 그런 전단을 읽는 것뿐 아니라 발견 사실을 신고하지 않는 것조차 감옥에 가는 이유가 될 수 있었다. 아다는 전단을 창밖으로 던져버렸다는 사실만으로도 곤경에 처할 수 있다. 다행히 객차 안에 그 행동을 목격할 만한 다른 사람은 보이지 않았다.

아다는 요양소에서 들은 이야기 때문에 여전히 괴로운 것 같았다. "우리가 잘한 걸까?" 그녀가 카를라에게 물었다.

"정말 모르겠어요." 카를라는 솔직히 말했다. "그런 것 같아요."

"넌 간호사니 이런 걸 나보다 더 잘 알겠지."

카를라는 의대 진학을 거부당한 일이 여전히 괴로웠지만 간호사 일이 좋았다. 이제 젊은 남자들이 대거 입대하면서 여자 의대생에 대한 대접이 달라졌고 전보다 많은 여자들이 의대에 진학하고 있었다. 카를라는 다시 장학금을 신청해볼 수도 있었다. 쥐꼬리만한 봉급으로 지독하게 가난한 가족을 부양해야 하는 상황만 아니라면. 아버지는 아예 일이 없었고 어머니는 피아노 레슨을 했으며 에리크는 군에서 받는 봉급에서 최대한 많은 돈을 떼 집으로 보내고 있었다. 아다에게도 몇 년 동안 봉급을 주지 못했다.

아다는 타고난 성정이 의연한 사람이라 집에 도착할 무렵에는 충격을 극복해가고 있었다. 그녀는 부엌으로 가 앞치마를 두르고 가족들의 저녁을 준비했다. 편안한 일상적 생활이 위안이 되어주는 듯했다.

카를라는 저녁을 먹지 않았다. 다른 계획이 있었다. 슬픔에 잠긴 아다를 방치한다는 게 조금 찔렸지만, 저녁 외출을 포기할 정도는 아니었다.

그녀는 어머니가 입던 해진 드레스 단을 직접 줄여 만든 무릎 길이의 테니스 드레스를 입었다. 테니스를 치러 가는 게 아니라 춤추러 가는 것이었고 미국인처럼 보이고 싶었다. 립스틱과 분을 바르고, 땋은머리를 권장하는 정부에 반항하는 뜻으로 머리를 풀어 빗었다.

거울 속에는 예쁜 얼굴의 당당한 현대적인 아가씨가 있었다. 그녀는 자신감 넘치고 침착한 성격 때문에 많은 남자가 떨어져나간다는 것을 알았다. 가끔은 유능한 것만큼 매혹적이었으면 바랐다. 어머니는 본인의 그런 면을 이용해 늘 뭔가를 쉽게 얻어냈다. 하지만 그녀의 천성은 아니었다. 매력적으로 보이려 애쓰는 것은 오래전에 포기했다. 그러고 있으면 꼭 바보가 된 기분이었다. 남자들은 그녀를 있는 그대로 받아들여야 했다.

어떤 남자들은 그녀를 두려워했지만 매력을 느끼는 남자들도 있었고, 가끔은 파티가 끝날 때쯤이면 여러 남자가 그녀에게 빠져 있기도 했다. 그녀도 남자들이 좋았다. 애써 멋지게 보이려 하지 않고 보통 때처럼 말하는 사람이 특히 좋았다. 가장 좋아하는 부류는 그녀를 웃게 하는 사람이었다. 아직까지 진지하게 생각하는 남자친구는 없었지만 키스는 꽤 여러 번 해보았다.

마지막으로 그녀는 헌옷 파는 수레에서 산 줄무늬 블레이저를 입었다. 부모님이 그런 차림새를 봤더라면 틀림없이 못마땅해하리라. 나치의 편견에 저항하는 것은 위험하니 다른 옷으로 갈아입으라고 할 것이다. 그래서 부모님 눈에 띄지 않고 집을 나서야 했다. 조금도 어렵지 않은 일이었다. 어머니는 피아노 레슨중이었다. 카를라는 어머니의 학생이 듣기 괴로울 정도로 더듬더듬 연주하는 소리를 들었다. 여러 개의 방에 난방할 형편이 못 돼 아버지도 같은 방에서 신문을 읽고 있을 터였다. 에리크는 군에 있지만 지금은 베를린 가까운 부대에 주둔중이라 곧 휴가를 얻어 집에 올 예정이었다.

그녀는 평범한 레인코트를 걸치고 하얀 신발은 주머니에 넣었다.

그리고 아래층으로 내려가 현관을 열고는 소리질렀다. "나가요, 일찍 올게요!" 그녀는 서둘러 밖으로 나갔다.

프리드리히 가 역에서 프리다와 만났다. 그녀 역시 평범한 갈색 코트 안에 줄무늬 드레스를 입고 머리를 늘어뜨린 비슷한 차림이었다. 프리다의 옷은 새로 산 비싼 것들이라는 점이 가장 큰 차이였다. 플랫폼에서 히틀러유겐트 제복을 입은 남자아이 두 명이 반감과 부러움이 뒤섞인 눈빛으로 그들을 바라보았다.

그들은 북쪽 외곽 지역인 베딩에서 내렸다. 그곳은 노동자들이 사는 구역으로 한때 좌익 세력의 근거지였다. 그들은 과거에 공산주의자들이 모임을 갖던 파루스 홀로 향했다. 물론 지금은 정치적 집회가 전혀 열리지 않았다. 그렇지만 그 건물은 스윙을 즐기는 '스빙유겐트'라는 운동의 중심지가 되었다.

열다섯에서 스물다섯 살 사이의 젊은이들이 이미 홀 주변 길거리에 모여 있었다. 남자들은 영국인처럼 보이려고 체크무늬 재킷에 우산을 들었고, 군대에 대한 멸시의 의미로 머리를 길게 길렀다. 화장을 두껍게 한 여자들은 스포티한 미국식 옷차림이었다. 그들 모두 민속음악에 맞춰 단체 무용을 추는 히틀러유겐트를 멍청하고 따분하게 여겼다.

카를라는 아이러니하다고 생각했다. 어렸을 때는 아이들이 엄마가 영국인이라며 그녀를 외국인이라고 놀렸다. 바로 그 아이들이 지금은 약간 나이가 더 들었을 뿐인데 영국인을 멋지게 봤다.

카를라와 프리다는 홀 안으로 들어섰다. 그곳은 플리츠스커트 차림의 여자들과 반바지를 입은 남자들이 탁구를 치거나 끈적이는 오렌지 음료를 마시는, 순수한 젊은이들의 극히 평범한 사교 클럽이었다. 하지만 진짜 재미있는 일은 옆방에서 벌어지고 있었다.

프리다가 서둘러 카를라를 데리고 벽마다 의자가 쌓인 넓은 창고로 들어갔다. 프리다의 오빠 베르너가 켜둔 레코드플레이어의 음악에 맞춰 오륙십 명의 젊은 남녀가 지르박을 추고 있었다. 카를라도 아는 〈엄마, 그가 내게 눈웃음쳐요〉라는 곡이었다. 그녀와 프리다는 춤을 추기 시작했다.

가장 뛰어난 재즈 음악가 대부분이 흑인이라 재즈 음반은 금지 대상이었다. 나치는 아리아인 이외의 인종이 잘하는 것은 뭐든 폄하했다. 자기들이 우월하다는 지론을 위협하기 때문이다. 안타깝지만 다른 모든 나라 사람들과 마찬가지로 독일인들은 재즈를 사랑했다. 외국에 나갔다 음반을 들여오기도 했고 함부르크 항구에 내린 미국 선원들을 통해 구하기도 했다. 암시장 거래도 활발했다.

베르너는 물론 음반이 많았다. 그는 모든 걸 가졌다. 자동차, 최신식 옷, 담배, 돈까지. 카를라의 꿈속의 남자는 여전히 그였지만 그는 늘 그녀보다 나이가 많은 여자들, 그러니까 진짜 여자들을 찾아다녔다. 모두가 그는 그 여자들과 잠자리를 가진다고 추측했다. 카를라는 처녀였다.

베르너와 가장 가까운 친구인 하인리히 폰 케셀이 곧바로 다가와 프리다와 춤을 추기 시작했다. 검은 재킷과 조끼 차림이 길고 검은 머리와 어울려 인상적으로 보였다. 그는 프리다에게 푹 빠져 있었다. 똑똑한 남자들과의 대화를 즐기는 그녀도 그를 좋아했다. 하지만 그가 스물대여섯 살로 너무 나이가 많아서 데이트를 할 생각은 없었다.

금세 모르는 남자가 다가와 카를라와 춤을 추었다. 오늘 저녁은 출발이 괜찮았다.

그녀는 음악에 빠졌다. 저항할 수 없이 섹시한 드럼 소리와 낮게 흥얼거리는 도발적인 가사, 짜릿한 트럼펫 솔로, 유쾌한 클라리넷의 질주. 그녀는 빙그르르 돌고, 발길질을 하고, 치맛자락을 엄청나게 높이 펄럭이고, 파트너의 품으로 쓰러졌다가 다시 빠져나왔다.

한 시간가량 춤을 추었을 때 베르너가 느린 음악으로 바꾸었다. 프리다와 하인리히는 뺨을 맞대고 춤추기 시작했다. 카를라는 느린 춤을 함께 출 정도로 마음에 드는 사람이 없어서 콜라를 마시러 나갔다. 미국과는 전쟁중이 아니었기 때문에 독일은 코카콜라 원액을 수입해 병에 넣는 작업을 거쳐 판매했다.

놀랍게도 베르너가 레코드플레이어를 다른 사람에게 맡기고 따라나왔다. 카를라는 이곳에서 가장 매력적인 남자가 자기와 이야기하고 싶어한다는 사실에 우쭐해졌다.

쿠르트가 아켈베르크로 옮겨진다는 소식에 베르너는 열다섯 살인 동생 악셀도 같은 상황이라고 했다. 악셀은 선천성 이분척추증을 앓았다. "두 아이 모두에게 같은 치료법이 통할까?" 그는 얼굴을 찌푸리며 말했다.

"그럴 것 같지 않지만, 사실은 잘 모르겠어요." 카를라가 말했다.

"어째서 의사들은 뭘 하는지 설명해주는 법이 없어?" 베르너가 짜증을 냈다.

그녀는 멋쩍게 웃었다. "일반인들이 의학을 이해하면 더이상 영웅 대접을 못 받는 줄 아니까요."

"마술사나 같은 이치네. 방법을 모르면 더 멋져 보이지." 베르너가 말했다. "의사들도 다른 모든 사람처럼 자기중심적이야."

"더 그렇죠." 카를라가 말했다. "간호사라서 잘 알아요."

그녀가 기차에서 읽은 전단에 대해 얘기하자 베르너가 말했다. "그런 거 어떻게 생각해?"

카를라는 머뭇거렸다. 그런 일에 대해 솔직하게 말하는 것은 위험했다. 하지만 베르너와는 어릴 때부터 알고 지냈다. 그는 언제나 좌익이었으며 지금은 스빙유겐트였다. 믿을 수 있는 사람이었다. 그녀는 말했다. “누군가 나치에 맞서고 있어서 기뻐요. 모든 독일인이 두려움에 마비된 건 아니라는 뜻이니까요.”

“너도 나치에 대항해서 할 수 있는 일이 아주 많아.” 그가 조용히 말했다. “립스틱을 바르는 것 말고도.”

그런 전단 돌리는 일을 말하는 거라고 카를라는 추측했다. 베르너가 그런 활동에 관여하고 있을까? 아니, 그렇다기에는 너무 놀기 좋아하는 남자였다. 하인리히라면 다를 수도 있었다. 매우 진지하니까.

“고맙지만 됐어요.” 그녀는 말했다. “너무 무서워요.”

두 사람은 콜라를 다 마시고 다시 창고로 돌아갔다. 이제 사람이 너무 많아서 제대로 춤을 출 수도 없었다.

놀랍게도 베르너는 그녀에게 마지막 춤을 함께 추자고 했다. 그는 빙 크로즈비가 노래하는 〈오직 영원히〉를 틀었다. 카를라는 황홀했다. 베르너는 그녀를 꼭 안고 춤을 춘다기보다는 느린 발라드에 맞춰 몸을 천천히 흔들었다.

노래가 끝나자 전통에 따라 남녀가 키스할 수 있도록 누군가가 잠시 불을 껐다. 카를라는 부끄러웠다. 둘은 어릴 때부터 알고 지낸 사이였다. 하지만 늘 그에게 끌렸던 그녀는 지금 간절히 얼굴을 위로 들었다. 기대한 대로 그가 능숙하게 키스하자 그녀도 열렬히 화답했다. 기쁘게도 가슴을 부드럽게 감싸쥐는 그의 손길이 느껴졌다. 그녀는 입을 벌려 그를 부추겼다. 그 순간 불이 켜졌고 모든 것이 끝났다.

그녀는 숨을 헐떡거리며 말했다. “아, 놀랐어요.”

그는 가장 매력적인 웃음을 지어 보였다. “아마 언젠가 다시 놀래줄 날이 있을 거야.”

II

카를라가 복도를 지나 아침을 먹으러 주방으로 향하는데 전화기가 울렸다. 그녀는 수화기를 들었다. "카를라 폰 울리히입니다."

프리다의 목소리가 들렸다. "아, 카를라. 내 동생이 죽었어!"

"뭐?" 믿기지 않는 소식이었다. "프리다, 정말 안됐어! 어디서?"

"그 병원에서." 프리다가 훌쩍였다.

악셀이 쿠르트와 같은 아켈베르크의 병원으로 보내졌다는 베르너의 말이 떠올랐다. "어떻게 죽었는데?"

"맹장염이래."

"끔찍하네." 카를라는 친구의 일이 슬펐지만 동시에 의심스러웠다. 한 달 전 빌리히 교수가 쿠르트를 위한 새로운 치료법을 말할 때 예감이 좋지 않았다. 그가 말한 것보다 더 실험적이었나? 실제로는 위험한 치료법이었을까? "더 아는 건 없어?"

"방금 짧은 편지를 받았어. 아버지는 엄청 화나셨어. 병원에 직접 전화했는데 높은 사람들이랑은 통화가 안 되더라고."

"너희 집으로 갈게. 몇 분이면 될 거야."

"고마워."

카를라는 전화를 끊고 주방으로 들어섰다. "악셀 프랑크가 아켈베르크의 그 병원에서 죽었대요." 그녀가 말했다.

아버지 발터는 아침에 도착한 우편물들을 들여다보던 중이었다. "이런!" 그가 말했다. "불쌍한 모니카." 카를라는 악셀의 어머니 모니카 프랑크가 한때 발터와 사랑하는 사이였다는, 집안에 전해지는 이야기를 떠올렸다. 근심 어린 발터의 얼굴이 너무 고통스러워 보여 문득 이런 생각이 들었다. 어머니를 사랑하는 것과는 별개로 아버지의 마음 한구석에는 모니카가 있는 게 아닐까. 사랑이란 얼마나 복잡한 것인지.

지금 모니카의 가장 좋은 친구인 카를라의 어머니가 말했다. "틀림없이 엄청나게 충격받았겠군요."

발터는 다시 우편물을 내려다보다가 놀란 목소리로 말했다. "여기 아다에게 온 편지가 있어."

주방 안이 고요해졌다.

카를라는 발터가 아다에게 건네는 하얀 봉투를 뚫어져라 보았다.

아다에게 편지가 오는 일은 드물었다.

에리크도 집에 있었다. 짧은 휴가의 마지막날이었다. 그래서 편지 봉투를 뜯는 아다의 모습을 네 사람이 함께 지켜보았다.

카를라는 숨을 멈췄다.

아다는 상단에 주소가 인쇄되어 있고 내용이 타이핑된 편지지를 꺼냈다. 그녀는 재빨리 읽더니 숨을 헉 들이마시고 비명을 질렀다.

"안 돼!" 카를라가 말했다. "그럴 리가 없어!"

모드는 벌떡 일어나 아다를 끌어안았다.

발터는 아다가 손에 쥔 편지를 가져가 읽었다. "이런, 세상에. 끔찍하게 슬픈 일이야." 그가 말했다. "불쌍한 쿠르트 녀석." 그리고 편지를 아침 식탁에 내려놓았다.

아다가 흐느껴 울기 시작했다. "내 작은 아기, 사랑하는 내 작은 아이. 엄마도 없는 곳에서 죽다니. 참을 수가 없어!"

카를라는 울음을 간신히 억눌렀다. 어안이 벙벙했다. "악셀에 쿠르트까지?" 그녀가 말했다. "그것도 동시에?"

편지를 집었다. 편지지에는 아켈베르크 병원의 이름과 주소가 인쇄되어 있었다. 내용은 아래와 같았다.

친애하는 헴펠 부인,

귀하의 자제인 여덟 살 쿠르트 발터 헴펠의 슬픈 죽음을 알려드리게 되어 유감입니다. 그는 본 병원에서 맹장 파열로 4월 4일 세상을 떠났습니다. 환자를 위해 모든 최선을 다하였으나 소용이 없었습니다. 깊은 애도를 표합니다.

그리고 고위급 의사가 서명을 했다.

고개를 들었다. 어머니가 아다 옆에 앉아 그녀를 감싸안은 채 손을 맞잡고 흐느껴 울고 있었다.

카를라는 비탄에 빠졌지만 아다보다는 정신이 있었다. 그녀는 떨리는 목소리로 아버지에게 말했다. "뭔가 잘못되었어요."

"왜 그런 말을 하니?"

"다시 보세요." 그녀는 아버지에게 편지를 내밀었다. "맹장이래요."

"그게 왜?"

"쿠르트는 이미 맹장 제거 수술을 받았어요."

"나도 기억난다." 아버지가 말했다. "여섯 살 생일 지나고 얼마 안 돼 응급수술을 받았지."

카를라의 슬픔이 성난 의혹과 뒤섞였다. 쿠르트는 위험한 실험으로 죽임을 당했고 병원은 그 일을 덮으려고 애쓰는 걸까? "왜 거짓말을 할까요?" 그녀가 말했다.

에리크는 주먹으로 식탁을 내리쳤다. "그게 왜 거짓말이라는 거야?" 그는 큰 소리를 냈다. "너는 왜 항상 당국을 비난하지? 이건 명백한 실수야! 타이피스트가 내용을 옮기다가 실수한 거라고!"

카를라는 그런 확신이 들지 않았다. "병원에서 일하는 타이피스트라면 맹장이 뭔지는 알아."

에리크는 불같이 화를 냈다. "너는 이런 개인적인 비극조차 당국자를 공격하는 수단으로 삼지!"

"둘 다 조용히 해라." 아버지가 말했다.

두 사람은 그를 바라보았다. 지금껏 들어보지 못한 어조였다. "에리크 말이 맞을지도 몰라." 그가 말했다. "만일 그렇다면 병원에서는 쿠르트와 악셀이 어떻게 죽었는지 기꺼이 답을 주고 더 상세한 내용을 알려줄 거다."

"당연히 그러겠죠." 에리크가 말했다.

발터가 말을 이었다. "그리고 만일 카를라가 옳다면 그들은 조사를 막고 정보를 숨기고, 그런 걸 묻는 게 아무튼 불법이라는 식으로 말하면서 죽은 아이들의 부모를 위협하겠지."

그 말에 에리크는 심기가 조금 불편해진 것 같았다.

삼십 분 전까지 발터는 쪼그라든 사내였다. 지금은 어찌된 일인지 그의 몸이 옷을 꽉 채운 것처럼 보였다. "질문을 해보면 금방 알겠지."

카를라가 말했다. "프리다를 만나러 가겠어요."

어머니가 물었다. "출근해야 하지 않니?"

"오후 근무예요."

카를라는 프리다에게 전화를 걸어 쿠르트 역시 숨졌다는 것을 알리고 그 일로 이야기를 하러 가겠다고 했다. 그리고 코트를 입고 모자를 쓰고 장갑을 낀 다음 자전거를 끌고 나갔다. 자전거를 잘 타는 그녀는 십오 분 만에 쇠네베르크에 있는 프랑크 가족의 빌라에 도착했다.

그녀를 들이며 집사는 가족이 아직 부엌에 있다고 말해주었다. 그녀가 안으로 들어서자마자 프리다의 아버지인 루트비히 프랑크가 큰 소리로 물었다. "반제 어린이 요양소의 그자들에게 무슨 얘기를 들은 거냐?"

카를라는 루트비히를 그다지 좋아하지 않았다. 우익 깡패에다 나치

초기에 그들을 지지했기 때문이다. 어쩌면 견해가 바뀌었는지도 모른다. 지금은 많은 기업가가 입장을 바꿨지만, 그동안의 잘못에 마땅한 겸허한 태도는 보여주지 않았다.

카를라는 얼른 대답하지 않았다. 그녀는 식탁에 자리를 잡고 앉아 가족을 둘러보았다. 루트비히, 모니카, 베르너, 그리고 프리다까지. 집사는 뒤쪽에서 서성거리고 있었다. 그녀는 생각을 정리했다.

"얼른, 얘야. 대답해!" 루트비히가 재촉했다. 그는 아다가 받은 것과 거의 똑같은 편지를 손에 쥔 채 화가 나 흔들어대고 있었다.

모니카가 참으라는 듯 남편의 팔에 손을 올렸다. "진정해요, 루디."

"알아야겠다고!" 그가 말했다.

카를라는 그의 분홍색 얼굴과 조그만 콧수염을 바라보았다. 그는 슬픔의 고통에 빠져 있었다. 다른 상황이었더라면 그렇게 무례한 사람에게는 말하기를 거부했을 것이다. 그러나 지금 그는 예절을 무시할 이유가 있으니 그냥 넘어가기로 했다. "소장인 빌리히 교수가 쿠르트의 상태를 호전시킬 새로운 치료법이 있다고 했어요."

"우리에게 한 말과 같군." 루트비히가 말했다. "무슨 종류의 치료법이라더냐?"

"저도 물어봤어요. 그는 제가 이해하지 못할 거라고 했고요. 계속 알려달라니까 약을 쓴다고 했지만, 더는 자세히 말하지 않았어요. 편지 좀 봐도 될까요, 프랑크 씨?"

루트비히의 얼굴은 그걸 물어야 할 사람은 자기라는 표정이었지만 카를라에게 편지를 내밀었다.

아다에게 온 내용와 한 자도 빠짐없이 똑같았고, 카를라는 타이피스트가 받는 사람 이름만 바꿔가며 같은 편지를 여러 통 쓴 게 아닐까 의심스러웠다.

프랑크가 말했다. "어떻게 두 아이가 동시에 맹장염으로 죽을 수 있지? 전염병도 아닌데."

카를라가 말했다. "쿠르트는 맹장염으로 죽은 게 확실히 아니에요. 그 아이는 맹장이 없거든요. 이 년 전에 제거 수술을 했어요."

"좋아." 루트비히가 말했다. "이야기는 이걸로 됐어." 그는 카를라의 손에서 편지를 낚아챘다. "누구든 이 일을 알 만한 정부 관계자를 만나봐야겠어." 그는 밖으로 나갔다.

모니카는 그를 따라갔고 집사도 두 사람을 따라나갔다.

카를라는 프리다에게 다가가 손을 잡아주었다. "정말 안됐어."

"고마워." 프리다가 속삭였다.

카를라는 베르너에게 갔다. 그는 일어서서 그녀를 품에 안았다. 이마에 눈물방울이 떨어지는 것이 느껴졌다. 뭔지 모를 강렬한 감정이 그녀를 사로잡았다. 가슴에는 슬픔이 가득찼지만 그의 몸에서 전해지는 압력과 그녀를 부드럽게 만지는 손길이 짜릿했다.

한참 뒤 베르너는 뒤로 물러섰다. 그는 화난 목소리로 말했다. "아버지가 병원에 두 번이나 전화를 했어. 두번째 했을 때는 더 해줄 말이 없다면서 그냥 끊어버렸다더라고. 동생에게 무슨 일이 일어났는지 내가 밝혀내고야 말겠어. 그냥 어물쩍 넘어갈 수는 없어."

프리다가 말했다. "알아낸다고 해도 그애가 돌아오지는 않아."

"그래도 알고 싶어. 필요하다면 아켈베르크에 갈 거야."

카를라가 말했다. "베를린에 우리를 도울 수 있는 사람이 있는지 모르겠어요."

"누군가 정부 관계자여야 하는데." 베르너가 말했다.

프리다가 말했다. "하인리히의 아버지가 정부에서 일해."

베르너는 손가락을 튕겼다. "바로 그 사람이네. 한때 중앙당 소속이었지만 지금은 나치야. 그리고 외무부에서 무슨 중요한 일을 한다고 했어."

카를라가 말했다. "하인리히가 아버지를 만나게 해줄까요?"

"프리다가 부탁하면 도와줄걸." 베르너가 말했다. "하인리히는 프리다를 위해서라면 뭐든 하니까."

카를라는 그럴 만하다고 생각했다. 하인리히는 매사에 늘 진지했다.

"지금 전화를 해야겠어." 프리다가 말했다.

그녀는 복도로 나갔고 카를라와 베르너는 나란히 앉았다. 그가 팔을 둘러왔고 그녀는 그의 어깨에 머리를 기댔다. 이런 다정한 신호들이 그저 비극에 뒤따르는 부수적인 것인지, 그 이상의 무엇인지 카를라는 알 수 없었다.

프리다가 돌아와서 말했다. "지금 당장 그리로 가면 하인리히의 아버지가 만나주실 거래."

그들은 모두 베르너의 스포츠카 앞자리에 끼어 탔다. "어떻게 오빠가 차를 굴리는지 모르겠어." 베르너가 차를 출발시키자 프리다는 말했다. "아버지도 개인적인 용도로는 기름을 못 구하잖아."

"상사한테 업무용이라고 말하지." 베르너가 말했다. 그는 중요 보직을 맡은 장군 밑에서 일했다. "하지만 이런 식으로 얼마나 오래 버틸지는 모르겠네."

케셀 가족은 같은 교외 지역에 살았다. 베르너는 오 분 만에 그곳에 도착했다.

프랑크 가족의 저택보다는 작지만 화려한 집이었다. 하인리히가 문가에 나와 그들을 맞이하고 가죽 장정 책들과 독수리를 새긴 독일식 목각 장식이 놓인 응접실로 안내했다.

프리다는 그에게 키스했다. "이렇게 도와줘서 고마워요." 그녀가 말했다. "쉽지 않았을 텐데. 아버지와 그리 사이가 좋지 않다는 거 알아요."

하인리히는 기쁨의 미소를 지었다.

그의 어머니가 커피와 케이크를 내왔다. 그녀는 따뜻하고 소박한 사람 같았다. 음식을 모두 내려놓더니 하녀처럼 모습을 감추었다.

하인리히의 아버지 고트프리트가 들어왔다. 아들처럼 머리가 직모에 숱이 많았는데 다만 검은색이 아니라 은빛이었다.

하인리히가 말했다. "아버지, 이쪽은 베르너와 프리다 프랑크라고, 아버지가 '국민 라디오'를 만드세요."

"아, 그래." 고트프리트가 말했다. "두 사람 아버지를 헤렌클루프에서 본 적 있지."

"그리고 이쪽은 카를라 폰 울리히라고 해요. 이쪽 아버님도 아실 거예요."

"우리는 런던 주재 독일 대사관에서 동료로 일했지." 고트프리트는 조심스럽게 말했다. "1914년이었다." 그는 사회민주주의자와 관계가 있다는 사실을 떠올리는 일이 달갑지 않은 게 분명했다. 케이크 한 조각을 어설프게 집다가 카펫 위에 떨어뜨리자 다시 집으려 애썼지만, 마음대로 되지 않자 포기해버리고 몸을 뒤로 기대앉았다.

카를라는 생각했다. 뭐가 두려운가?

하인리히는 곧바로 그들이 찾아온 목적을 이야기했다. "아버지, 아켈베르크라는 곳을 들어보셨을 거예요."

카를라는 고트프리트를 유심히 지켜보았다. 아주 짧은 순간 표정에 뭔가 번쩍 스쳤지만 그는 재빨리 태연한 척했다. "바이에른의 작은 마을이던가?" 그가 물었다.

"그곳에 병원이 있답니다." 하인리히가 말했다. "정신적으로 문제가 있는 환자들을 위한 곳이죠."

"그건 몰랐던 것 같구나."

“저희 생각에는 그곳에서 이상한 일이 벌어지고 있는 것 같은데, 혹시 아버지가 알고 계신지 궁금해요.”

“전혀 모른다. 무슨 일인데 그러냐?”

베르너가 끼어들었다. “제 남동생이 그곳에서 죽었습니다. 듣자하니 맹장염이랍니다. 울리히 선생님 댁 가정부의 아이도 같은 병원에서 같은 날 같은 병으로 죽었습니다.”

“아주 슬픈 일이군. 하지만 당연히 우연이겠지?”

카를라가 말했다. “저희 가정부의 아이는 맹장이 없어요. 이 년 전에 제거 수술을 했거든요.”

“왜 너희가 사실을 간절히 확인하고 싶은지 알겠다.” 고트프리트가 말했다. “매우 불만족스러운 상황이구나. 하지만 오기誤記일 공산이 가장 높겠지.”

베르너가 말했다. “만일 그렇다면 사실인지 확인하고 싶습니다.”

“물론 그래야지. 병원에 편지는 써봤나?”

카를라가 말했다. “제가 전에 저희 가정부가 언제 아들을 만나러 갈 수 있느냐고 편지로 물었는데 답장이 없었어요.”

베르너가 말했다. “저희 아버지가 오늘 아침 병원에 전화를 했습니다. 간부 의사가 대놓고 전화를 쾅 끊어버렸다더군요.”

“이런, 세상에. 그런 결례를 범하다니. 하지만 알다시피 이건 외무부하고는 전혀 상관없는 일이야.”

베르너는 몸을 앞으로 내밀었다. “케셀 선생님, 두 아이가 비밀 실험에 얽혔다가 잘못된 건 아닐까요?”

고트프리트는 뒤로 물러나 앉았다. “말도 안 되는 소리.” 그가 말했다. 카를라는 그가 진실을 말하고 있다는 느낌이 들었다. “그런 일은 절대 일어날 수 없어.” 안심하는 목소리였다.

베르너는 더 물을 것이 없어 보였지만 카를라는 뭔가 마음에 걸렸다. 고트프리트가 방금 장담을 하며 왜 그렇게 안도했는지 궁금했다. 뭔가 더 나쁜 것을 숨기고 있기 때문인가?

감히 떠올리기도 어려울 만큼 간담이 서늘해지는 가능성이 머릿속을 스쳤다.

고트프리트가 말했다. "자, 이제 모두 끝났으면……"

카를라가 물었다. "선생님, 실험적인 치료법이 잘못돼서 아이들이 죽은 건 아니라고 확신하시는 거죠?"

"당연하지."

"그게 절대로 아니라는 걸 확실히 아신다면, 아켈베르크에서 실은 무슨 일이 있는지 좀 알고 계신가봐요."

"꼭 그렇지는 않아." 그렇게 말하면서도 긴장하는 그의 모습에 카를라는 뭔가 단서를 잡았음을 알아차렸다.

"저는 나치의 어떤 포스터를 기억해요." 그녀는 말을 이었다. 끔찍한 생각을 떠올린 것도 바로 그 기억 속 포스터 때문이었다. "남자 간호사와 정신장애가 있는 남자 그림이었어요. 문구는 대략 이런 식이었고요. '유전적인 결함으로 고통받는 이 사람의 평생 동안 우리 공동체가 지불해야 하는 비용은 육만 라이히스마르크*입니다. 동지들, 그것은 또한 당신의 돈입니다!' 아마 잡지 광고였을 거예요."

"나도 그런 식의 선전은 본 적 있다." 고트프리트는 그와는 전혀 상관없는 얘기라는 듯 업신여기는 투로 말했다.

카를라는 일어섰다. "케셀 선생님, 선생님은 가톨릭신자시고 아드님인 하인리히를 가톨릭의 믿음으로 키우셨어요."

---

* 1942년부터 1948년 사이 통용된 독일 화폐.

고트프리트는 경멸하는 듯한 소리를 냈다. "하인리히 말이 자기는 이제 무신론자라더군."

"하지만 선생님은 아니죠. 그리고 인간의 목숨이 신성하다는 걸 믿으시고요."

"그래."

"선생님은 아켈베르크의 의사들이 장애인들에게 실험하고 있는 새로운 치료법이 위험하지 않다고 하셨고, 저는 그 말씀을 믿습니다."

"고맙군."

"하지만 그들이 뭔가 다른 짓을 하는 건 아닐까요? 더 끔찍한?"

"아니, 아니야."

"의도적으로 장애인을 살해하고 있나요?"

고트프리트는 말없이 고개를 저었다.

카를라는 고트프리트에게 더 가까이 옮겨 앉아 마치 방안에 두 사람뿐인 것처럼 목소리를 낮췄다. "인간의 목숨이 신성하다는 걸 믿는 가톨릭신자로서, 가슴에 손을 얹고 정신적으로 아픈 아이들이 아켈베르크에서 살해당하고 있지 않다고 말하실 수 있나요?"

고트프리트는 웃으면서 안심하라는 손짓을 해 보이고는 입술을 달싹였지만 끝내 아무 말도 하지 못했다.

카를라는 그의 앞 카펫에 무릎을 꿇었다. "그렇게 해주시겠어요? 제발, 지금 당장이요. 여기 선생님 댁에는 독일 젊은이가 넷 있어요. 아드님과 친구 세 명이죠. 저희에게 그냥 진실을 말해주세요. 제 눈을 보고 우리 정부가 장애인 아이들을 죽이지 않는다고 말해주세요."

방안에는 침묵만 흘렀다. 고트프리트는 말을 하려는 듯하다가 생각을 바꾸었다. 그는 눈을 꼭 감은 채 입이 비뚤어지도록 얼굴을 찌푸리고는 고개를 숙였다. 네 젊은이는 그의 일그러진 얼굴을 놀란 눈으로 바라보았다.

마침내 그가 눈을 떴다. 그리고 그들을 한 명씩 바라보다가 마지막으로 아들을 보았다.

그러고는 자리에서 일어나 거실에서 나가버렸다.

III

다음날 베르너는 카를라에게 말했다. "끔찍해. 우린 24시간도 넘게 한 가지 이야기만 하고 있어. 뭔가 다른 일을 하지 않으면 미쳐버릴 거야. 영화나 한 편 보자."

그들은 쿠르퓌어슈텐담으로 향했다. 늘 '쿠담'이라 불리는 그 거리는 극장과 상점이 모여 있었다. 독일의 뛰어난 영화 제작자들은 오래전 할리우드로 가버렸고 이제 자국 영화는 이류가 되어버렸다. 그들은 프랑스 침공 때를 배경으로 한 〈세 명의 군인〉을 봤다.

세 명의 군인은 각각 강인한 나치 하사관, 약간 유대인 같은 인상의 칭얼거리는 투덜이, 성실한 젊은이였다. 성실한 젊은이가 순진한 질문을 한다. "유대인들은 정말 우리에게 해를 끼치나요?" 그러면 하사관의 길고 단호한 설교가 돌아온다. 전투가 벌어졌을 때 투덜이는 자신이 공산주의자였음을 인정하고 탈영했다가 공습에 날아가버린다. 성실한 젊은이는 용감하게 싸워 하사관으로 진급하고 총통을 존경하게 된다. 대본은 끔찍했지만 전투 장면은 흥미로웠다.

베르너는 영화를 보는 내내 카를라의 손을 잡고 있었다. 그녀는 어둠 속에서 그가 키스해주기를 바랐지만 그런 일은 없었다.

불이 켜지자 베르너가 말했다. "아, 끔찍한 영화였지만 덕분에 몇 시간 동안은 다른 생각을 했군."

그들은 밖으로 나와 그의 차로 향했다. "드라이브 갈까?" 그가 말했다. "마지막 기회일지도 몰라. 다음주면 이 차 수리 들어가거든."

그는 차를 몰고 그루네발트로 향했다. 가는 길에 카를라의 생각은 전날 고트프리트 폰 케셀과 나눈 대화로 돌아갔다. 몇 번을 머릿속에서 되새겨봐도 그들 네 명이 결국 도달한 끔찍한 마지막 결론에서 빠져나갈 방법은 없었다. 그녀의 처음 예상대로, 쿠르트와 악셀은 위험한 의학 실험에 우연히 희생된 것이 아니었다. 고트프리트는 그런 일이 없다고 그럴듯하게 부정했다. 하지만 정부가 계획적으로 장애인들을 살해하며 그 가족들에게 거짓말을 하고 있다는 것은 부정하지 못했다. 아무리 나치가 무자비하고 잔혹하다 해도 믿기 어려운 일이었다. 하지만 고트프리트의 반응은 카를라가 지금까지 목격한 그 무엇보다도 더할 나위 없이 명확한 유죄의 증거였다.

숲으로 들어서자 베르너는 포장도로를 빠져나와 관목에 차가 가려질 때까지 숲길을 따라 들어갔다. 다른 여자들도 여기 데려와본 적 있겠지. 카를라가 짐작하기로는 그랬다.

그가 전조등을 끄자 깊은 어둠이 두 사람을 감쌌다. "도른 장군께 말할 거야." 그가 말했다. 도른은 그의 상관으로 공군의 주요 인사였다. "너는 어떻게 할 거야?"

"아버지가 그러는데 이제 정치적으로는 야당이 남아 있지 않지만 교회는 여전히 강하대요. 진심으로 독실한 신앙을 가진 사람이라면 그런 일이 벌어지도록 용납할 수 없을 거랬어요."

"너 독실하니?" 베르너가 물었다.

"별로요. 아버지는 독실하죠. 아버지에게 개신교 신앙은 당신이 사랑하는 독일의 유산이에요. 어머니도 함께 교회에 가지만 신학적 관점은 정통에서 약간 벗어난 것 같아요. 나는 하느님의 존재를 믿지만, 그분께서 사람들이 개신교도인지 가톨릭인지 무슬림인지 불교신자인지 신경쓸 것 같진 않아요. 그리고 찬송가 부르는 걸 좋아해요."

베르너의 목소리가 속삭이듯 작아졌다. "나는 나치가 아이들을 죽이도록 허락하는 하느님을 믿을 수가 없어."

"그러는 것도 무리는 아니죠."

"너희 아버지는 어떻게 하실 거래?"

"교회 목사님께 말한대요."

"좋네."

그들은 잠시 잠자코 있었다. 그가 한 팔을 그녀에게 둘렀다. "이래도 괜찮아?" 그가 낮은 목소리로 말했다.

그녀는 기대감에 긴장해 말이 나오지 않았다. 대답하려 했지만 갈라진 소리만 흘러나왔다. 다시 목을 가다듬고 간신히 말했다. "그래서 슬픈 생각이 멈춘다면…… 괜찮아요."

그러자 그가 키스했다.

그녀도 열정적으로 응했다. 그가 그녀의 머리를 쓰다듬더니 가슴을 만졌다. 그녀는 알고 있었다. 이 시점에서 많은 여자가 더 계속하면 자신이 참지 못하게 될 거라며 남자에게 그만두길 요구한다는 것을.

카를라는 위험을 무릅쓰기로 결심했다.

그녀는 키스하는 베르너의 뺨을 어루만졌다. 손끝으로 그의 목을 애무하며 따뜻한 살갗의 촉감을 즐겼다. 재킷 안으로 손을 넣어 그의 몸을, 어깨뼈와 갈비뼈, 등뼈를 더듬었다.

치마 속 허벅지에 손길이 느껴지는 순간 그는 한숨을 내쉬었다. 그의 손이 가랑이 사이에 닿자마자 그녀는 다리를 벌렸다. 남자는 그런 행동을 싸구려라 생각한다고 여자들은 말하지만, 도저히 참을 수가 없었다.

그는 그녀의 소중한 곳을 어루만졌다. 면 속옷 안으로 손을 넣으려 하지 않고 겉으로만 가볍게 문질렀다. 그녀의 목구멍에서 자기도 모르게 처음에는 나지막이, 그리고 더 크게 신음이 흘러나왔다. 결국 쾌감의 탄식이 터졌고, 소리를 죽이려고 그의 목에 얼굴을 묻었다. 그리고 너무 감각이 예민해진 탓에 그의 손을 뿌리칠 수밖에 없었다.

그녀는 숨을 헐떡였다. 차차 평소의 호흡을 되찾자 그의 목에 키스했다. 그는 사랑스럽다는 듯 그녀의 뺨을 어루만졌다.

잠시 후 그녀가 말했다. "내가 뭔가 해줄 수 있을까요?"

"네가 원한다면."

그녀는 스스로 얼마나 원하는지 알기에 부끄러웠다. "문제는, 내가 아직 한 번도……"

"알아." 그가 말했다. "내가 보여주지."

IV

뚱뚱한 옥스 목사는 넓은 집에 멋진 아내와 다섯 아이까지 아쉬울 것 하나 없는 성직자였다. 카를라는 그가 개입하기를 거절할까봐 걱정스러웠다. 하지만 그것은 과소평가였다. 이미 소문을 들은 그는 양심의 가책을 느끼는 중이었고 발터와 함께 반제 어린이 요양소에 가기로 동의했다. 관심을 표하는 성직자의 방문이라면 빌리히 교수도 거부하기 쉽지 않을 터였다.

그들은 아다의 면담을 직접 지켜본 카를라를 함께 데려가기로 했다. 그녀 앞에서라면 소장도 이야기를 다르게 둘러대기가 더 어려울 것이다.

기차에서 옥스는 자기가 이야기를 하겠다고 했다. "소장은 아마도 나치일 겁니다." 그가 말했다. 요즘 중요한 자리를 차지한 사람은 대부분 당원이었다. "당연히 전직 사회민주당 의원을 적으로 보겠죠. 내가 선입견 없는 중재자 역할을 하겠습니다. 그래야 더 많은 것을 알아낼 수 있을 것 같군요."

카를라는 과연 그럴지 확신이 서지 않았다. 아버지의 질문 솜씨가 더 좋을 것 같았다. 하지만 발터는 목사의 제안을 따랐다.

이제 봄이 와서 지난번 방문 때보다 날씨는 더 따뜻해졌다. 호수에는 보트들이 떠 있었다. 카를라는 베르너에게 이곳으로 소풍 나오자고 말해야겠다고 마음먹었다. 그가 다른 여자를 찾아 떠나기 전에 최대한 그와 즐거운 시간을 보내고 싶었다.

빌리히 교수의 방에는 벽난로가 이글거리며 타고 있었지만 열린 창문으로 호숫가의 신선한 바람이 불어들어왔다.

소장은 옥스 목사, 발터와 악수를 나누었다. 카를라에게는 간단히 알은척을 해 보인 다음 무시해버렸다. 그는 손님들에게 앉을 자리를 권했지만 카를라는 피상적 공손 뒤에 숨겨진 성난 적개심을 보았다. 심문당하는 게 달가울 리 없었다. 그는 여러 파이프 가운데 하나를 집어들더니 손안에서 신경질적으로 놀렸다. 나이든 두 남자와 마주한 오늘이 젊은 여자 두 명이 왔을 때보다는 덜 거만했다.

옥스가 대화를 시작했다. "빌리히 교수님, 울리히 선생님을 비롯해 제 신도들이 그들이 아는 여러 장애아의 기이한 죽음에 대해 우려하고 있습니다."

"이곳에서 기이하게 사망한 아이들은 없습니다." 빌리히가 쏘아붙였다. "사실 지난 이 년 동안 이곳에서는 단 한 명의 아이도 죽지 않았죠."

옥스는 발터에게 고개를 돌렸다. "대단히 안심이 되는 말이군요. 발터, 안 그렇습니까?"

"그렇습니다." 발터가 말했다.

카를라는 그렇게 생각하지 않았지만 당장은 입다물고 있기로 했다.

옥스는 입에 발린 소리를 늘어놓았다. "환자들에게 가능한 최고의 치료를 제공하시는 게 틀림없어 보이는군요."

"그렇습니다." 빌리히는 긴장이 줄어든 기색이었다.

"하지만 어린이들을 이곳에서 다른 곳으로 보내셨죠?"

"물론입니다. 여기서는 불가능한 치료를 다른 기관에서 해줄 수 있는 경우에는 그랬죠."

"그럼 아이가 다른 곳으로 가면, 이후 치료 상황이나 병세에 대한 정보를 반드시 갖고 있지는 않겠군요."

"바로 그렇습니다!"

"그들이 돌아오지 않는 한 말이죠."

빌리히는 조용했다.

"돌아온 아이가 있었습니까?"

"아뇨."

옥스는 어깨를 으쓱했다. "그럼 그 아이들에게 무슨 일이 생겼는지 알 리가 없겠군요."

"바로 그렇죠."

옥스는 뒤로 물러나 앉더니 감출 것이 없다는 뜻으로 양손을 펼쳐 보였다. "그럼 당신은 아무것도 숨길 게 없군요!"

"전혀 없습니다."

"병원을 옮긴 아이들 일부가 죽었습니다."

빌리히는 아무 말도 하지 않았다.

옥스는 점잖게 밀어붙였다. "그건 사실 아닙니까?"

"확실히 뭔가를 알고 있다는 대답은 드릴 수가 없군요, 목사님."

"아!" 옥스가 말했다. "아이들 가운데 한 명이 죽어도 이쪽에서는 연락을 받지 못하기 때문이군요."

"방금 이야기한 바와 같습니다."

"되풀이해서 죄송합니다만, 단지 소장님께서 그들의 죽음을 해명할 수 없다는 사실에 의심의 여지가 없다는 걸 확인하고 싶을 뿐입니다."

"전혀 알 수 없습니다."

다시 한번 옥스는 발터에게 고개를 돌렸다. "훌륭하게 문제를 해결한 것 같습니다."

발터는 고개를 끄덕였다.

카를라는 말하고 싶었다. 아무것도 해결되지 않았잖아요!

하지만 옥스는 다시 입을 열었다. "대충 몇 명이나 되는 아이를 옮기셨나요? 그러니까, 지난 십이 개월 동안 말입니다."

"열 명입니다." 빌리히가 말했다. "정확한 수죠." 그는 흐뭇하게 웃음지었다. "우리 과학을 하는 사람들은 대충 헤아리는 건 좋아하지 않습니다."

"환자 열 명이, 몇 명 가운데……?"

"오늘 기준으로 107명의 아동을 수용하고 있습니다."

"아주 낮은 비율이군요!" 옥스가 말했다.

카를라는 점점 화가 났다. 옥스는 빌리히의 편이 분명하다! 아버지는 왜 이런 상황을 참고 있는 거지?

옥스가 말했다. "그렇다면 아이들이 앓는 것은 한 가지 공통적인 질환이었나요, 아니면 다양했나요?"

"다양했습니다." 빌리히는 책상 위 서류철을 열었다. "정신박약, 다운증후군, 작은머리증, 물뇌증, 팔다리나 머리, 척추의 기형, 마비 등입니다."

"그런 종류의 장애가 있는 아이들은 아켈베르크로 보내야 한다는 지시를 받은 거군요."

상당한 비약이었다. 아켈베르크에 대한 언급도, 빌리히가 더 높은 기관의 지시를 받았다는 암시도 처음 나오는 것이었다. 어쩌면 옥스는 겉보기보다 좀더 영리한 사람일 수도 있었다.

빌리히가 입을 열어 무슨 말을 하려 했지만 옥스는 다른 질문으로 선수를 쳤다. "그들 모두 똑같은 특수 치료를 받았습니까?"

빌리히는 웃었다. "다시 말하지만, 전달받은 바가 없어 말씀드릴 수 없습니다."

"소장님은 단지 지시에—"

"내려온 지시를 따랐을 뿐입니다, 네."

옥스는 웃었다. "신중하신 분이군요. 말씀이 아주 조심스러우시네요. 아이들 연령은 상관없었나요?"

"이 프로그램은 처음에는 세 살 이하 아동에게만 제한적으로 실시되었지만 나중에는 모든 연령으로 혜택이 확대되었습니다."

카를라는 "프로그램"이라는 말에 주목했다. 이제까지는 그런 인정조차 하지 않았었다. 그녀는 옥스가 처음에 본 것보다 더 똑똑할 수도 있다는 사실을 깨달았다.

옥스는 마치 이미 언급된 것을 확인하는 투로 다음 문장을 말했다. "그리고 장애의 종류와는 상관없이 유대인 장애 아동은 모두 포함되었죠."

잠시 침묵이 흘렀다. 빌리히는 충격을 받은 것 같았다. 옥스는 어떻게 유대인 아이들에 대해 아는 걸까. 어쩌면 모를 수도 있었다. 그냥 넘겨짚은 것일지도.

잠시 후 옥스가 덧붙였다. "유대인 아이들과 유대인 혼혈 아이들이라고 해야겠군요."

빌리히는 대답이 없었지만 살짝 고개를 끄덕였다.

옥스는 계속 말을 이었다. "지금 세상에 유대인 아이들에게 특혜를 준다는 것은 이상하지 않습니까?"

빌리히는 고개를 돌렸다.

목사는 일어섰고, 다시 입을 열었을 때 그의 목소리는 분노로 울렸다. "당신 말에 따르면 같은 치료법으로 상태가 호전될 리 없는, 다양한 질환을 앓는 열 명의 아이가 특수 병원 한곳으로 보내졌고 다시는 돌아오지 못했소. 유대인들이 우선이었고. 그들에게 무슨 일이 생겼을 것 같소, 빌리히 교수 선생? 하느님의 이름으로 도대체 당신은 무슨 생각을 하는 거요?"

빌리히는 금방이라도 울음을 터뜨릴 것 같았다.

"물론 아무 말도 하지 않아도 괜찮소." 옥스는 좀더 작게 말했다. "하지만 언젠가 더 높은 곳, 그 누구보다도 높은 분으로부터 같은 질문을 받게 될 것이오."

그는 한쪽 팔을 뻗어 비난의 뜻으로 손가락질을 하며 말했다.

"그리고 그날 당신은 대답하지 않을 수 없을 겁니다."

그 말을 끝으로 그는 돌아서서 방을 나갔다.

카를라와 발터도 따라나갔다.

V

토마스 마케 경감은 웃음을 지었다. 가끔 그가 할 일을 대신해주는 정부의 적들이 있었다. 비밀리에 움직이거나 찾아내기 어려운 곳에 숨기는커녕, 제 발로 모습을 드러내고 자기가 저지른 범죄에 대한 반박할 수 없는 증거를 후하게 제공했다. 미끼나 낚싯바늘도 필요 없이 그냥 강에서 낚시꾼의 바구니 속으로 풀쩍 들어가 제발 튀겨달라고 비는 물고기 같았다.

옥스 목사가 그런 부류였다.

마케는 편지를 다시 읽었다. 법무부 장관인 프란츠 귀르트너 앞으로 온 편지였다.

> 친애하는 장관님,
>
> 정부가 장애 아동을 살해하고 있습니까? 이런 질문을 불쑥 드리는 이유는 단순한 대답을 들어야 하기 때문입니다.

바보 같으니! 대답이 '아니요'라면 문서를 통한 명예훼손죄가 성립된다. '네'라면 옥스는 국가 기밀을 폭로하는 죄를 범하게 된다. 이런 걸 그는 왜 모른단 말인가?

> 교구 내 신도들 사이에 떠도는 소문이 도저히 무시할 수 없는 지경에 이르러 반제 어린이 요양소를 방문해서 소장인 빌리히 교수와 이야기를 나누었습니다. 그의 답변은 만족스럽지 못했고, 저는 뭔가 끔찍한 일이 벌어지고 있으며 그것은 짐작건대 범죄이고 말할 것도 없이 죄악임을 확신하게 되었습니다.

범죄를 운운할 정도로 강심장이라니! 정부기관이 불법행위를 했다고 비난하는 것 자체가 불법행위라는 생각은 못하나? 이 친구는 자기가 지금 타락한 자유민주주의 체제에서 사는 줄 아나?

마케는 옥스의 불만의 대상이 뭔지 알았다. 이 프로그램은 티어가르텐 가 4번지 주소를 따서 'T4 작전'이라고 불렀다. 기관의 공식 명칭은 '치료와 시설보호를 위한 자선재단'이지만 히틀러의 개인 집무실인 총통 비서실의 지휘를 받았다. 비용이 많이 드는 보살핌 없이 생존하지 못하는 장애인에게 고통 없는 죽음을 제공하는 것이 임무였다. 이 프로그램으로 지난 몇 년 동안 쓸모없는 수만 명을 제거하는 훌륭한 성과를 거뒀다.

문제는 독일 대중의 견해가 아직은 그런 죽음이 필요하다는 사실을 이해할 정도로 세련되지 못해 프로그램을 비밀에 붙여야 한다는 점이었다.

마케는 비밀을 알고 있었다. 경감으로 진급한 그는 마침내 나치의 엘리트 준군사조직인 친위대, 즉 SS에 들어갈 수 있었다. 옥스 사건을 맡게 되면서는 T4 작전에 대해 설명을 들었다. 자랑스러웠다. 이제 진정한 내부자가 된 것이다.

불행하게도 사람들이 부주의했고, T4 작전의 비밀이 새나갈 위험이 발생했다.

마케가 맡은 일은 새는 구멍을 틀어막는 것이었다.

예비조사를 해보니 입을 막아야 할 사람이 셋이라는 사실이 금세 드러났다. 옥스 목사, 발터 폰 울리히, 베르너 프랑크였다.

프랑크는 초기 나치의 주요 지지자였던 라디오 제조업체 운영자의 큰아들이었다. 바로 그 제조업자 루트비히 프랑크는 처음에는 장애인인 작은아들의 죽음에 대해서 몹시 화를 내며 해명을 요구했지만 공장을 폐쇄하겠다고 위협하자 곧바로 입을 다물었다. 젊은 베르너는 항공부에서 고속 진급중인 장교였고, 영향력이 큰 그의 상관 도른 장군을 개입시키려 애쓰면서 물러서지 않고 곤란한 질문들을 해대고 있었다.

항공부는 유럽 최대의 사무용 건물에 위치했다. 빌헬름 가 블록 전체를 차지하는 그 초현대식 건물은 프린츠 알브레히트 가의 게슈타포 본부에서 모퉁이 하나만 돌면 나왔다. 마케는 그리로 걸어갔다.

친위대 제복을 입은 그는 경비병들을 무시할 수 있었다. 안내 데스크에서 그는 큰 소리로 말했다. "베르너 프랑크 중위에게 즉시 안내해."

담당자는 그를 엘리베이터와 복도를 거쳐 문이 열려 있는 작은 사무실로 안내했다. 책상에 앉은 젊은이는 처음에는 앞에 놓인 서류를 보느라 고개를 들지 않았다. 그를 살펴보고 마케는 상대방이 스물두 살 정도 되었다고 추측했다. 어째서 이 친구는 최전선에 배치되어 영국을 폭격하고 있지 않나? 어쩌면 아버지가 뒤에서 손을 썼을 수도 있다고 생각하니 화가 치밀었다. 베르너는 특권층 아들처럼 보였다. 맞춰입은 군복에 금반지들, 길게 기른 머리는 분명 군인다워 보이지는 않았다. 마케는 벌써부터 그를 경멸했다.

베르너는 연필로 메모를 한 장 쓰더니 고개를 들었다. 친위대 제복을 보자 상냥한 표정이 금세 사라졌고, 마케는 언뜻 비치는 두려움을 알아차리고 흥미가 일었다. 젊은이는 즉시 친밀감을 드러내며 일어서서 경의를 표하고 웃으며 반기는 것으로 덮으려 했지만 마케는 속아넘어가지 않았다.

"안녕하십니까, 경감님." 베르너가 말했다. "앉으시지요."

"하일 히틀러." 마케가 말했다.

"하일 히틀러. 무엇을 도와드릴까요?"

"입다물고 앉아, 이 멍청한 녀석." 마케는 내뱉듯 말했다.

베르너는 두려움을 감추느라 애썼다. "맙소사, 제가 무슨 잘못을 했다고 그렇게 화를 내시는 겁니까?"

"내게 질문할 생각은 그만둬. 묻는 말에나 대답해."

"분부대로 하겠습니다."

"이 시간 이후로 자네 동생 악셀에 대한 질문은 그만둬."

순간 베르너의 얼굴에 스쳐지나가는 안도감을 보고 마케는 깜짝 놀랐다. 이상했다. 동생에 대한 질문을 멈추라는 간단한 명령보다 다른 뭔가를 더 두려워하고 있었던 걸까? 체제전복과 관련된 다른 활동에 연루되어 있나?

아마도 아닐 것이다. 마케는 곰곰이 생각해보았다. 베르너는 체포되어 프린츠 알브레히트 가의 지하실로 끌려가지 않는다는 사실에 안심한 것이다.

베르너는 아직 완전하게 주눅들지 않았다. 그가 용기를 내어 물었다. "제 동생이 어쩌다 죽었는지 왜 물어보면 안 됩니까?"

"질문하지 말랬잖아. 자네 아버지가 한때 나치당의 귀중한 친구라 부드럽게 대해준다는 걸 똑똑히 알아둬. 그렇지 않았더라면 네가 아마 내 사무실로 끌려왔을 거다." 그 말은 누구나 알아듣는 협박이었다.

"관용에 감사드립니다." 베르너는 조금이라도 위엄을 지키려 애썼다. "하지만 저는 누가, 왜 제 동생을 살해했는지 알고 싶습니다."

"무슨 짓을 하든 더는 알아낼 수 없을 거야. 하지만 더 캐고 들면 반역으로 간주하겠다."

"이렇게 저를 찾아오셨으니 더는 묻고 다닐 필요가 없을 것 같습니다. 제가 의심했던 최악의 사태가 실제로 벌어졌다는 것이 분명해졌으니까요."

"즉시 선동적인 행동을 멈출 것을 요구하네."

베르너는 도전적으로 마케를 쏘아봤지만 아무 말도 하지 않았다.

마케가 말했다. "만일 그렇지 않으면 도른 장군은 자네 충성심에 미심쩍은 구석이 있다는 연락을 받게 될 거야." 베르너가 그게 무슨 뜻인지 모를 리 없었다. 그는 이곳 베를린의 아늑한 일자리를 잃고 프랑스

북부 간이 활주로에 딸린 막사로 보내질 것이다.

베르너는 조금 수그러든 태도로 신중하게 생각하는 듯했다.

마케는 일어섰다. 이곳에서 너무 많은 시간을 보내고 있었다. "도른 장군께서 자네를 능력 있고 똑똑한 부관으로 보고 있나보군." 그가 말했다. "처신을 올바로 하면 계속 그 자리를 지킬 수 있을 거야." 그는 방을 나왔다.

초조하고 불만족스러웠다. 베르너의 의지를 깨뜨리는 데 성공했는지 확신이 서지 않았다. 근본적인 반항심은 그대로 남아 있음을 감지했다.

이제 옥스 목사에 대해 생각했다. 그에게는 다른 방식의 접근이 필요했다. 마케는 게슈타포 본부로 돌아와 작은 팀을 꾸렸다. 라인홀트 바그너와 클라우스 리히터, 귄터 슈나이더였다. 그들은 검은색 메르세데스 260D에 올라탔다. 베를린의 많은 택시와 같은 모델 같은 색인 그 차는 사람들의 관심을 끌지 않아 게슈타포가 가장 선호하는 차종이었다. 초기에는 게슈타포가 반대파에게 얼마나 잔인한지 대중이 볼 수 있도록 드러내놓고 활동하라고 권장했다. 하지만 독일인에 대한 위협은 오래전에 완수되었고 공개적인 폭력은 더이상 필요 없었다. 요사이 게슈타포는 늘 합법이라는 가면 뒤에 숨어 용의주도하게 움직였다.

그들은 시내 중심지인 미테에 자리한 커다란 개신교 교회 옆 옥스의 집으로 향했다. 아버지에게 보호받는다고 생각할지 모르는 베르너처럼 옥스는 어쩌면 교회가 안전을 지켜준다고 믿을 수도 있었다. 그렇지 않다는 걸 곧 깨닫게 될 터였다.

마케는 벨을 눌렀다. 옛날 같았으면 그저 분위기를 잡으려고 문을 발로 차고 들어갔을 것이다.

하녀가 문을 열자 마케는 불이 환하게 켜진데다 잘 닦은 마룻바닥에 묵직한 카펫이 깔린 현관 안쪽 넓은 공간으로 걸어들어갔다. 다른 세 명이 그를 따랐다. "당신 주인은 어디 계신가?" 마케는 즐거운 목소리로 하녀에게 물었다.

그는 아무 위협도 하지 않았는데도 하녀는 겁에 질렸다. "서재에 계십니다." 그녀가 어느 문을 가리키며 말했다.

마케는 바그너에게 말했다. "여자와 아이는 이 옆방에 모아둬."

옥스가 서재 문을 열고 현관을 보며 인상을 찌푸렸다. "도대체 무슨 일이지?" 그는 화를 내며 말했다.

마케는 그를 향해 똑바로 걸어갔고 옥스는 뒤로 물러서며 그를 서재로 들일 수밖에 없었다. 잘 꾸며놓은 작은 서재에는 가죽을 깐 책상과 성경 해설서들이 꽂힌 책장이 있었다. "문 닫으시오." 마케가 말했다.

옥스는 마지못해 시키는 대로 하더니 말했다. "이런 식으로 마구 밀고 들어오다니 매우 합당한 설명을 하는 게 좋을 거요."

"닥치고 앉으시오." 마케가 말했다.

옥스는 너무 놀라 말을 잃었다. 아이였을 때 이후로 닥치라는 소리를 들어본 적이 없었을 것이다. 성직자는 경찰에게조차 모욕을 당하는 경우가 거의 없었다. 하지만 나치는 그런 무색해지는 관례는 무시했다.

"이건 불법이오!" 옥스는 한참 만에 간신히 말했다. 그러고는 의자에 앉았다.

방문 밖에서 높게 항의하는 여자의 목소리가 들렸다. 아내인 모양이었다. 옥스는 그 목소리를 듣자 얼굴이 창백해지더니 의자에서 일어섰다.

마케는 그를 주저앉혔다. "그대로 있어."

옥스는 몸무게가 많이 나가고 마케보다 키가 컸지만 저항하지 않았다.

마케는 이렇게 원래 거만한 사람들이 두려움으로 기가 꺾이는 모습을 지켜보는 게 너무 좋았다.

"당신 누구요?" 옥스가 말했다.

마케는 정체를 밝히는 법이 없었다. 상대는 물론 추측할 수 있었고 그편이 확실히 알 때보다 더 두려움을 불러일으켰다. 그럴 리는 없지만 나중에 누가 물어보면 맹세코 처음부터 경찰 배지를 보여주며 신원을 밝혔다고 팀원 모두가 딱 잘라 말할 것이다.

그는 밖으로 나갔다. 부하들이 아이 몇 명을 응접실로 밀어넣고 있었다. 마케는 라인홀트 바그너에게 서재로 가서 옥스를 못 나오게 하라고 지시했다. 그리고 아이들을 따라 다른 방으로 들어갔다.

꽃무늬 커튼이 드리워진 방안에는 벽난로 선반 위에 가족의 사진들이 놓였고 체크무늬 천을 씌운 편안한 의자 한 세트가 보였다. 멋진 집, 멋진 가족이었다. 이들은 왜 남 일에 신경 끄고 제국에나 충성하지 못하는 걸까?

하녀는 창가에 서서 터져나오는 비명을 막으려는 듯 입을 손으로 가리고 있었다. 네 아이에게 둘러싸인 옥스의 아내는 평범하고 가슴이 풍만한 삼십대 여인이었다. 다섯째인 듯한 두 살 정도의 금발 곱슬머리 여자아이를 품에 안고 있었다.

마케는 여자아이의 머리를 쓰다듬었다. "이 아이 이름은 뭐지?" 그가 물었다.

옥스 부인은 겁에 질렸다. 그녀가 속삭이듯 말했다. "리젤로테요. 우리에게 뭘 원하는 거죠?"

"토마스 삼촌에게 와봐, 귀여운 리젤로테." 마케는 양팔을 내밀었다.

"안 돼요!" 옥스 부인이 소리쳤다. 그녀는 아이를 더 꽉 안더니 돌아섰다.

리젤로테는 크게 울기 시작했다.

마케는 클라우스 리히터에게 고갯짓을 해 보였다.

리히터는 옥스 부인을 뒤에서 붙들고 양팔을 뒤로 당겨 아이를 억지로 놓게 했다. 마케는 리젤로테가 바닥에 떨어지기 전에 받았다. 아이가 물고기처럼 꿈틀거렸지만 그는 마치 고양이를 잡듯 붙잡은 손에 힘을 주었다. 아기는 더 크게 울부짖었다.

열두 살 정도 되어 보이는 사내아이가 마케에게 달려들어 작은 주먹을 날렸지만 별 효과는 없었다. 이만하면 권위를 존중하는 법을 배워야 할 나이지. 마케는 판단을 내렸다. 리젤로테는 왼쪽 옆구리에 끼고 오른손으로 멱살을 잡아서 사내아이를 들어올려서는 실내 저편 천 씌운 의자를 향해 집어던졌다. 아이는 무서워서 소리쳤고 옥스 부인은 비명을 질렀다. 의자가 뒤로 넘어가면서 아이는 바닥에 굴렀다. 많이 다치지는 않았지만 아이는 울기 시작했다.

마케는 리젤로테를 데리고 복도로 나왔다. 아기는 목소리 높여 엄마를 부르며 비명을 질러댔다. 마케는 아기를 내려놓았다. 아기는 응접실 문으로 뛰어가 몸을 부딪히더니 두려움에 문을 긁어댔다. 마케는 아기가 아직 문고리 돌리는 법을 배우지 못했다는 것을 알아차렸다.

아기를 복도에 남겨두고 마케는 다시 서재로 들어갔다. 바그너가 문을 지키고 서 있었다. 옥스는 두려움으로 하얗게 질린 채 방 한가운데 서 있었다. "아이들에게 무슨 짓을 하는 거요?" 그가 말했다. "왜 리젤로테가 비명을 지르고 있죠?"

"당신은 편지를 한 장 쓸 거요." 마케가 말했다.

"네, 네. 뭐든지 하죠." 옥스는 가죽을 깐 책상으로 가며 말했다.

"지금 말고, 나중에."

"알았습니다."

마케는 이 상황이 즐거웠다. 옥스는 베르너와 달리 철저히 무너졌다. "법무장관에게 보내는 편지요." 그는 말을 이었다.

"그 일 때문이었군요."

"처음 보낸 편지에 적은 주장은 아무 근거가 없다는 사실을 이제 깨달았다고 쓸 거요. 숨어 있는 공산주의자들의 거짓말에 속아넘어간 거지. 당신의 부주의한 행동으로 벌어진 문제에 대해 법무장관에게 사과하는 거요. 다시는 이 문제를 누구와도 얘기하지 않겠다는 점을 확실히 하고."

"네, 네. 그러겠습니다. 저들이 아내에게 무슨 짓을 하는 겁니까?"

"아무것도 아니오. 아내가 비명을 지르는 건 혹시 당신이 편지를 못 쓰면 벌어질 일 때문이지."

"아내를 보고 싶습니다."

"만일 멍청한 요구로 나를 화나게 하면 당신 아내는 더 끔찍한 상황에 처할 거요."

"물론입니다. 죄송합니다. 용서하십시오."

나치의 반대자들은 무척 약했다. "오늘 저녁 편지를 써서 내일 아침에 부치시오."

"네. 사본을 보내드릴까요?"

"안 그래도 내게 올 거야, 이 멍청아. 네가 보낸 정신 나간 낙서를 장관이 직접 읽을 거라고 생각하나?"

"아니요, 아닙니다. 물론 아니죠. 알겠습니다."

마케는 문으로 향했다. "그리고 발터 폰 울리히 같은 사람들을 가까이 하지 마."

"그러죠. 약속드리겠습니다."

마케는 바그너에게 따라오라는 신호를 하고는 밖으로 나갔다. 리젤로테는 발작적으로 비명을 지르며 바닥에 앉아 있었다. 마케는 응접실 문을 열고 리히터와 슈나이더를 불러냈다.

그들은 그 집을 떠났다.

"가끔은 폭력이 전혀 필요 없다니까." 차에 올라타며 마케는 사려 깊은 사람처럼 말했다.

그러고는 운전석에 앉은 바그너에게 울리히 가족의 집주소를 일러주었다.

"그리고 가끔은 폭력이 가장 간단한 방법이지." 그가 덧붙였다.

울리히의 집은 교회에서 멀지 않았다. 오래되고 넓은 그 집을 그는 분명 유지할 형편이 못 되었다. 페인트는 벗겨지고 난간에는 녹이 슬었고 깨진 유리창에는 판지를 대놓았다. 보기 드문 광경은 아니었다. 전시의 내핍생활이라 함은 많은 집이 제대로 관리되지 못한다는 뜻이었다.

가정부가 나와 문을 열었다. 마케는 이 여자의 장애인 아이가 이 모든 문제의 발단이 된 녀석인가보다고 생각했다. 하지만 굳이 묻지 않았다. 여자들을 체포해봐야 아무 의미도 없었다.

한쪽 방에서 발터 폰 울리히가 복도로 나왔다.

마케는 그를 기억했다. 팔 년 전 동생과 함께 그의 친척 로베르트 폰 울리히에게서 레스토랑을 샀다. 당시 그는 자신감이 넘쳤고 거만했다. 누추한 옷을 입은 지금도 태도만은 여전히 당당했다. "무슨 일입니까?" 그는 애써 아직도 설명을 요구할 수 있는 권력을 가지기라도 한 목소리로 말했다.

여기서 많은 시간을 허비할 생각은 없었다. "수갑 채워." 마케가 말했다.

바그너가 수갑을 들고 앞으로 나섰다.

키가 크고 잘생긴 여인이 나타나 울리히 앞에 섰다. "당신들이 누군지, 뭘 원하는지 말하세요." 그녀가 말했다. 아내가 분명했다. 외국 악센트가 느껴졌다. 놀랄 것도 없었다.

바그너가 뺨을 호되게 후려치자 그녀는 비틀거리며 물러섰다.

“돌아서서 두 손 모아.” 바그너가 울리히에게 말했다. “안 그러면 이 여자가 자기 이빨을 목으로 넘기게 해주겠다.”

울리히는 지시에 따랐다.

간호사 제복을 입은 젊고 예쁜 여자가 계단을 뛰어내려왔다. “아버지!” 그녀가 말했다. “무슨 일이에요?”

마케는 집안에 사람이 몇이나 더 있을지 궁금했다. 살짝 긴장됐다. 보통 가족이라면 훈련받은 경관들을 이길 수 없지만, 떼로 모여든다면 소동이 벌어져 울리히가 빠져나갈 수 있을지도 몰랐다.

하지만 울리히는 싸움을 원하지 않았다. “맞서지 마라!” 그가 다급한 목소리로 딸에게 말했다. “뒤로 물러서!”

간호사는 겁에 질려 시키는 대로 했다.

마케가 말했다. “차에 태워.”

바그너는 울리히를 데리고 문밖으로 나왔다.

아내는 흐느껴 울기 시작했다.

간호사가 물었다. “어디로 데려가는 거죠?”

마케는 문으로 향했다. 가정부와 아내, 그리고 딸까지 세 명의 여자를 바라보았다. “이게 다 여덟 살짜리 천치 때문이다. 너희 같은 것들은 절대 이해 못해.”

그는 밖으로 나와 차에 올라탔다.

그들은 짧은 거리를 달려 프린츠 알브레히트 가에 도착했다. 바그너는 게슈타포 본부 건물 뒤쪽에 선 십여 대의 똑같은 차량 옆에 차를 세웠다. 그들 모두 차에서 내렸다.

그들은 울리히를 데리고 뒷문으로 들어가 지하로 간 다음 하얀 타일로 뒤덮인 방에 집어넣었다.

마케는 벽장을 열고 미국의 야구방망이처럼 생긴 길고 묵직한 몽둥이를 세 개 꺼냈다. 그리고 부하들에게 하나씩 나눠주었다.

"늘씬 패줘." 그는 그렇게 말하고 부하들에게 맡겨두었다.

VI

붉은 군대 정보부의 베를린 지역 책임자인 볼로댜 페시코프 대위는 베를린-슈판다우 운하 옆 전사자 묘지에서 베르너 프랑크를 만났다.

훌륭한 선택이었다. 묘역을 조심스럽게 둘러본 볼로댜는 그나 베르너를 따라 들어온 사람이 아무도 없다는 것을 확인할 수 있었다. 유일하게 보이는 사람은 검은 머릿수건을 둘러쓴 늙은 여자였는데 그마저도 묘지를 나가고 있었다.

접선 장소는 커다란 받침대에 적군 대포를 녹여 만든 잠자는 사자 동상이 있는 샤른호르스트 장군의 무덤이었다. 맑은 봄날이라 젊은 두 스파이는 재킷을 벗어들고 독일 영웅들의 무덤 사이로 걸었다.

히틀러와 스탈린이 동맹을 맺은 지 거의 이 년이 지났는데도 독일에 대한 소련의 스파이 활동은 계속되었고 소련 대사관 근무자들에 대한 감시 역시 마찬가지였다. 조약이 일시적이라는 것은 누구나 알았지만 그 기간이 얼마일지는 아무도 몰랐다. 그래서 여전히 어딜 가나 방첩요원들이 볼로댜를 뒤쫓고 있었다.

볼로댜는 자신이 진짜 정보 수집 임무를 수행하러 나갈 때가 언제인지 그들도 분명 알고 있으리라 짐작했다. 미행을 따돌릴 때가 그런 경우이기 때문이다. 만일 점심에 먹을 프랑크푸르트 소시지를 사러 나가는 길이라면 그들이 뒤를 밟도록 그냥 두었다. 그들이 그걸 알아차릴 정도로 똑똑할까.

"최근에 릴리 마르크그라프 봤어?" 베르너가 물었다.

그녀는 두 사람이 과거 때를 달리해 사귀었던 여자였다. 지금은 볼로댜의 포섭으로 붉은 군대 정보부의 암호문을 작성하거나 푸는 법을 배웠다. 물론 베르너에게는 그런 사실을 말해주지 않을 작정이었다. "한참 못 봤어." 그는 거짓말을 했다. "너는?"

베르너는 고개를 저었다. "좋아하는 다른 여자가 생겼어." 그는 수줍은 기색이었다. 어쩌면 거짓으로 만들어낸 자신의 플레이보이 평판이 부끄러운 건지도 몰랐다. "어쨌든 왜 만나자고 했어?"

"엄청난 정보를 받았어." 볼로댜가 말했다. "사실이라면, 역사의 방향을 바꿀 뉴스야."

베르너는 회의적인 눈치였다.

볼로댜가 말을 이었다. "한 정보원 말이 6월에 독일이 소련을 침공한다는 거야." 그는 말하면서 다시 흥분했다. 붉은 군대 정보부로서는 거대한 승리가, 소련에게는 끔찍한 위협이 될 정보였다.

베르너는 눈앞으로 흘러내린 머리카락 몇 가닥을 옆으로 치웠다. 아마도 그런 몸짓이 여자들을 더욱 설레게 하는 것이리라. 그가 말했다. "믿을 만한 정보원이야?"

정보원은 도쿄에 있는 기자로, 그곳 독일 대사의 신뢰를 얻고 있었지만 사실은 숨어서 활동하는 공산주의자였다. 지금까지 그가 보내온 정보는 모두 사실로 드러났다. 하지만 그런 얘기를 베르너에게 할 수는 없었다. "믿을 만해." 볼로댜가 말했다.

"그럼 그 정보를 믿어?"

볼로댜는 머뭇거렸다. 그것이 문제였다. 스탈린은 정보를 믿지 않았다. 그는 이것이 자기와 히틀러 사이에 불신의 씨앗을 뿌리려는 연합국의 의도라고 생각했다. 정보부서가 거둔 대단한 성공에 스탈린이 보인 회의적인 태도는 볼로댜의 상관들에게 큰 충격을 주며 승리감을 망쳐 놓았다. "확인이 필요해." 그가 말했다.

베르너는 잎이 나기 시작하는 묘지의 나무들을 둘러보았다. "사실이었으면 정말 좋겠군." 그가 불쑥 포악하게 말했다. "그러면 빌어먹을 나치가 끝장날 텐데."

"그래." 볼로댜가 말했다. "붉은 군대가 준비가 되었다면 그렇지."

베르너는 놀랐다. "그럼 준비가 되지 않았어?"

이번에도 볼로댜는 베르너에게 진실을 모두 털어놓을 수는 없었다. 스탈린은 두 개의 전선이 생기는 게 부담스러워 영국을 이기기 전까지는 독일이 공격해오지 않을 거라고 믿었다. 영국이 계속 독일을 막아내는 한 소련은 안전하다는 생각이었다. 그 결과 붉은 군대는 독일 침공에 대한 대비를 전혀 못하고 있었다.

"앞으로 준비가 될 거야." 볼로댜가 말했다. "네가 침공 계획을 확인해줄 수만 있다면."

그는 자부심의 순간을 만끽하지 않을 수 없었다. 그의 스파이가 열쇠가 될 터였다.

베르너가 말했다. "안타깝지만 도울 수가 없어."

볼로댜가 얼굴을 찌푸렸다. "무슨 말이야?"

"이 정보를 확인해줄 수도 없고, 또다른 정보도 줄 수 없어. 항공부에서 잘리기 직전이라고. 어쩌면 프랑스에 배치될지도 몰라. 아니, 소련군 정보부가 옳다면 소련 침공군으로 가겠지."

볼로댜는 두려움에 빠졌다. 베르너는 그의 가장 훌륭한 스파이였다. 볼로댜가 대위로 진급할 수 있었던 것도 베르너가 넘겨준 정보 덕분이었다. 그는 숨도 제대로 쉴 수 없었다. 애써 입을 열었다. "도대체 무슨 일이야?"

"동생이 장애인 요양소에서 죽었고, 내 여자친구를 대모로 삼은 아이에게도 같은 일이 일어났어. 그래서 여기저기 많이 묻고 다녔지."

"그랬다고 왜 강등이 돼?"

"나치가 장애인들을 죽여 없애고 있는데, 그건 비밀 프로그램이었어."

볼로댜는 순간적으로 자신의 임무를 잊을 뻔했다. "뭐? 그들을 그냥 죽인다고?"

"그런 것 같아. 자세한 내용은 아직 몰라. 하지만 숨길 게 없다면 묻고 다녔다고 나나 다른 사람들을 처벌할 리가 없지."

"동생이 몇 살이었는데?"

"열다섯."

"맙소사. 아직 애인데!"

"놈들은 빠져나가지 못해. 절대 입다물고 있지 않겠어."

그들은 공중전의 일인자 만프레트 폰 리히트호펜의 무덤 앞에 멈춰 섰다. 거대한 석판 모양의 묘석은 높이가 2미터 가까이 되고 너비는 그 두 배였다. 멋진 대문자로 리히트호펜이라고만 새겨져 있었다. 볼로댜는 그 간결함에 늘 뭉클했다.

그는 평정심을 되찾으려 애썼다. 소련 비밀경찰도 어쨌거나 사람들을, 특히 배신자는 누구든 살해한다고 속으로 말했다. NKVD의 수장인 라브렌티 베리야는 고문을 즐겼고 소문에 따르면 부하들을 시켜 길거리에서 예쁜 여자 몇 명을 붙잡아온 다음 저녁 여흥으로 강간하는 짓을 즐겼다. 하지만 공산주의자들도 나치처럼 짐승 같을 수 있다는 생각은 위안이 되지 않았다. 언젠가 소련은 베리야와 그 부류를 제거하고 진정한 공산주의 건설을 시작할 수 있으리라고 그는 속으로 상기했다. 그때까지 우선해야 할 것은 나치를 물리치는 일이었다.

운하 벽까지 걸어가 선 그들은 기름기 섞인 검은 연기를 뿜어내며 수로를 따라 천천히 앞으로 나가는 바지선을 바라보았다. 볼로댜는 베르너의 놀라운 고백을 곰곰이 생각했다. "장애인 아이들의 죽음에 대한 조사를 멈추면 너는 어떻게 되는 거야?" 그가 물었다.

"여자친구를 잃겠지." 베르너가 말했다. "걔도 나만큼 화가 났거든."

볼로댜는 베르너가 여자친구에게 진실을 밝힐지도 모른다는 무서운 생각에 충격을 받았다. "그녀에게 네가 마음을 바꾼 진짜 이유는 절대 밝힐 수 없겠지." 그는 단호하게 말했다.

베르너는 괴로워 보였지만 따지고 들지는 않았다.

볼로댜는 베르너를 설득해 활동을 그만두도록 하는 것은 나치가 그들의 범죄를 숨기는 일을 돕는 것임을 깨달았다. 그는 불편한 생각은 옆으로 밀어두었다. "하지만 이 문제에서 손떼면 도른 장군 밑에서 계속 일할 수는 있어?"

"그래. 그게 그들이 원하는 거야. 하지만 내 동생을 살해해놓고 그걸 은폐하는데 가만둘 수는 없어. 나를 전선으로 보내겠지만 입다물고 있진 않겠어."

"네 각오가 얼마나 단단한지 알면 그들이 어떻게 나올까?"

"어디 수용소에 처넣겠지."

"그래서 좋은 게 뭐야?"

"그냥 이렇게 가만있을 수만은 없어."

볼로댜는 베르너를 다시 제자리에 돌려놔야 했지만 지금까지는 먹히지 않았다. 베르너는 모든 물음에 대답을 갖고 있었다. 그는 똑똑했다. 그래서 그렇게 가치 있는 스파이였던 것이다.

"다른 사람들은?" 볼로댜가 말했다.

"다른 사람 누구?"

"어른, 아이 포함해서 장애인은 수천 명일 거 아니야. 나치가 그들을 다 죽인다고?"

"아마도."

"정치범 수용소에 가 있으면 너는 그걸 막을 수 없어."

처음으로 베르너는 재빨리 대꾸를 하지 않았다.

볼로댜는 운하에서 돌아서서 묘역을 살폈다. 양복을 입은 젊은이 한 명이 작은 묘비 앞에 무릎을 꿇고 있었다. 꼬리가 붙은 건가? 볼로댜는 조심스럽게 바라보았다. 그는 몸을 떨며 흐느껴 울었다. 진짜인 것 같았다. 방첩요원들은 훌륭한 연기자가 못 되었다.

"저 사람 봐." 볼로댜가 베르너에게 말했다.

"왜?"

"비통해하고 있어. 너랑 똑같은 상황이지."

"그래서 뭐?"

"보기만 해."

잠시 후 젊은이는 일어서서 손수건으로 눈물을 닦더니 가버렸다.

볼로댜가 말했다. "저 사람은 행복하지 않아. 비통함이란 그런 거지. 무엇 하나 이뤄내지 못하고 그냥 기분만 좀 나아질 뿐이야."

"내가 여기저기 묻고 다니는 게 그저 기분이 나아지기 위해서라고 생각하는군."

볼로댜는 돌아서서 베르너의 눈을 바라보았다. "비난하는 게 아냐." 그가 말했다. "너는 진실을 알아내길 원하고 그걸 크게 외치고 있어. 하지만 논리적으로 생각해봐. 이런 일을 끝내는 유일한 방법을 정권을 무너뜨리는 거야. 그리고 그런 일이 벌어지려면 나치가 붉은 군대에 패해야 해."

"그럴 수도 있지."

베르너는 약해지고 있었다. 볼로댜는 밀려드는 희망을 느꼈다. "그럴 수도 있다고?" 그가 말했다. "달리 누가 있어? 영국은 무릎을 꿇고 독일 공군을 막아내느라 필사적이야. 미국은 유럽에서 벌어지는 옥신각신에는 관심 없고. 다른 모든 나라는 파시스트를 지지하지." 그는 베르너의 어깨에 양손을 얹었다. "내 친구, 붉은 군대가 네 유일한 희망이야. 만일 우리가 지면 나치놈들은 천 년 이상을 피로 물들이며 장애아를—그리고 유대인, 공산주의자, 동성애자까지—살해하겠지."

"맙소사." 베르너가 말했다. "그 말이 맞아."

VII

일요일에 카를라는 어머니와 함께 교회를 찾았다. 발터가 체포돼 흥분한 모드는 제정신이 아니었고 그가 어디로 끌려갔는지 알아내기 위해 필사적이었다. 물론 게슈타포는 어떤 정보도 제공하기를 거부했다. 하지만 옥스 목사의 교회는 교외의 잘사는 사람들을 비롯해 상류층이 다니는 곳이어서 신도들 중에는 유력 인사가 있었고, 그중 한두 명에게 물어볼 수도 있었다.

카를라는 고개를 숙이고 아버지가 얻어맞거나 고문당하지 않게 해달라고 기도했다. 기도의 힘을 실제로 믿지는 않았지만 뭐든 애써볼 정도로 필사적이었다.

프랑크 가족이 교회에 와서 몇 줄 앞에 앉아 있는 모습을 보자 기뻤다. 베르너의 머리 뒤를 자세히 살폈다. 머리칼을 짧게 깎은 대부분 남자들과 대조적으로 그는 목 부근에서 살짝 동그랗게 말려 있었다. 그 목덜미를 만지며 그와 입안 깊숙이 키스했었다. 그는 사랑스러운 남자였다. 그녀에게 키스한 사람들 가운데 당연히 가장 멋진 남자였다. 매일 밤 잠들기 전 그녀는 둘이서 그루네발트 숲으로 차를 타고 갔던 밤을 떠올렸다.

하지만 그를 사랑하지는 않는다고 속으로 생각했다.

아직은.

옥스 목사가 들어서자마자 그녀는 그가 무너졌음을 깨달았다. 그의 변화는 끔찍할 정도였다. 그는 고개를 숙이고 어깨를 축 늘어뜨린 채 설교대로 걸어갔고 몇몇 신도는 걱정스러운 듯 귀엣말을 나눴다. 그는 표정 없이 기도를 낭송하고 책에서 설교문을 읽었다. 이 년 차 간호사 카를라는 그에게서 우울증 증세를 포착했다. 게슈타포가 그도 찾아간 것 같았다.

늘 맨 앞줄에 앉아 있던 옥스 부인과 다섯 아이도 보이지 않았다.

마지막 찬송가를 부르며 카를라는 두렵지만 절대 포기하지 않겠다고 맹세했다. 그녀에게는 아직 같은 편이 있었다. 프리다와 베르너, 하인리히. 하지만 그들이 뭘 할 수 있을까?

나치가 무슨 짓을 하는지 확실한 증거가 있으면 좋을 텐데. 그녀는 나치가 장애인들을 몰살하고 있다고 스스로 굳게 믿었다. 게슈타포가 들이닥친 걸 보면 분명했다. 하지만 확실한 증거 없이 다른 사람들을 납득시킬 수는 없었다.

어떻게 증거를 확보하지?

예배가 끝난 뒤 그녀는 프리다, 베르너와 함께 교회를 나왔다. 부모님과 함께인 두 사람을 따로 불러낸 뒤 말했다. "무슨 일이 벌어지는지 증거를 찾아내야 해."

프리다는 즉시 무슨 뜻인지 알아차렸다. "아켈베르크로 가야 해." 그녀가 말했다. "병원을 찾아가는 거야."

애초에 베르너가 그러자고 했었지만 그들은 이곳 베를린에서부터 조사하기로 정했었다. 이제 카를라는 그 제안을 다시 고려하는 것이다.
"여행 허가를 받아야 하는데."
"어떻게 받지?"
카를라는 손가락을 튕겼다. "우리 둘 다 머큐리 사이클 클럽 회원이잖아. 그들이 자전거 여행 허가를 얻어줄 수 있을 거야." 젊은이들이 건강하게 야외활동을 즐기는 것은 나치가 반길 만한 종류의 일이었다.
"병원 안에 들어갈 수 있을까?"
"시도해볼 수는 있지."
베르너가 말했다. "내 생각에는 다 그만둬야 할 것 같아."
카를라는 깜짝 놀랐다. "무슨 말이에요?"
"옥스 목사는 누가 봐도 겁에 질려서 죽기 직전이야. 이건 무척 위험한 일이야. 감옥에 갇히고 고문당할 수 있어. 그렇게 한다고 악셀이나 쿠르트가 살아오는 것도 아니고."
카를라는 믿을 수 없다는 듯 그를 바라보았다. "포기했으면 좋겠어요?"
"포기해야 해. 넌 독일이 자유로운 나라나 되는 것처럼 말하고 있잖아! 너희 둘 다 목숨을 잃을 수도 있다고."
"위험을 감수해야죠!" 카를라는 화를 냈다.
"나는 빼줘." 그가 말했다. "나한테도 게슈타포가 찾아왔어."
카를라는 갑자기 걱정스러웠다. "이런, 베르너. 어떻게 됐어요?"
"아직은 그냥 위협 정도였어. 더 캐묻고 다닌다면 전선에 배치될 거야."
"아, 맙소사. 더 끔찍할 수가 없네요."
"더없이 안 좋은 상황이야."
두 여자 모두 잠시 아무 말이 없다가, 카를라의 머릿속 생각을 프리다가 말했다. "이건 오빠 일보다 더 중요하고, 오빠는 그걸 알아야만 해."
"내가 뭘 알아야 하는지 네가 정하지 마." 베르너가 대답했다. 그가 겉으로는 화난 척하고 있지만 사실 내심 부끄러워한다는 것을 카를라는 알 수 있었다. "내 경력 때문에 이러는 게 아니야." 그가 말을 이었다. "네가 아직 게슈타포를 못 만나봐서 그래."

카를라는 경악했다. 베르너를 잘 아는 줄 알았다. 이번 일에 대해 그녀와 생각이 같으리라 확신했다. "사실 난 만나봤어요." 그녀가 말했다. "아버지를 체포해갈 때요."

프리다는 기겁했다. "아, 카를라!" 그녀가 카를라의 어깨를 감쌌다.

"어디 계시는지 찾을 수가 없어요." 카를라가 덧붙였다.

베르너는 동정심을 보이지 않았다. "그렇다면 반항하지 말아야 한다는 걸 알아야지!" 그가 말했다. "마케 경감이 여자애들은 위험하지 않다는 생각만 안 했으면 아마 너도 끌려갔을걸."

카를라는 울고 싶었다. 베르너와 막 사랑에 빠질 참이던 지금, 그는 겁쟁이로 밝혀지고 말았다.

프리다가 말했다. "오빠는 이제 우릴 안 돕겠다고?"

"그래."

"지금 맡은 자리에서 쫓겨나고 싶지 않아서?"

"말도 안 되는 소리. 넌 그들을 못 이겨!"

카를라는 그의 비겁함과 패배주의에 미칠 듯 화가 났다. "이런 일이 벌어지도록 그냥 둘 수는 없어요!"

"대놓고 대드는 건 미친 짓이야. 그들과 맞서는 다른 방법도 있어."

카를라가 말했다. "어떻게요? 전단에 나온 것처럼 작업 능률을 떨어뜨리나요? 그런다고 그들이 장애아 살해를 멈출까요?"

"정부에 맞서는 건 자살행위야!"

"맞서지 않는 건 겁쟁이일 뿐이에요!"

"두 계집애에게 심판받는 일은 거부하겠어!" 그 말을 하고 베르너는 성큼성큼 가버렸다.

카를라는 눈물을 꾹 참았다. 교회 밖 햇빛 아래 서 있는 이백 명의 사람 앞에서 울 수는 없었다. "네 오빠는 다를 줄 알았어." 그녀가 말했다.

프리다는 화가 나면서도 당황스러운 눈치였다. "오빠는 분명히 달라." 그녀가 말했다. "평생 오빠를 알고 살았어. 뭔가 다른 게 있는 거야. 말하지 않은 게 있어."

카를라의 어머니가 다가왔다. 평소와 달리 카를라가 괴로워하는 걸 알아차리지 못했다. "뭘 아는 사람이 전혀 없어!" 그녀는 절망적으로 말했다. "네 아버지가 어디 있을지 찾아낼 수가 없구나."

"계속 애써봐요." 카를라가 말했다. "미국 대사관에 아버지 친구가 없을까요?"

"아는 사람이야 있지. 벌써 물어봤는데 자기들도 정보가 전혀 없대."

"내일 다시 물어봐요."

"이런, 맙소사. 나와 상황이 같은 독일인 아내가 백만 명은 되나봐."

카를라는 고개를 끄덕였다. "집에 가요, 엄마."

그들은 각자 생각에 잠긴 채 아무 말 없이 천천히 걸었다. 카를라는 베르너에게 화가 났다. 자기가 그를 잘못 판단했다는 생각에 더욱 화가 났다. 어떻게 그렇게 나약한 사람에게 빠질 수가 있지?

그들은 집 근처에 이르렀다. "오전에 미국 대사관에 가봐야겠어." 모드는 집에 다 와서 말했다. "필요하다면 로비에서 종일 기다려야지. 뭐라도 해달라고 매달릴 거야. 그들이 도와줄 마음만 있다면 공식적인 질문 비슷하게 영국 정부 관료의 매제에 대해 물어봐줄 수는 있겠지. 이런! 왜 현관문이 열려 있지?"

카를라의 머릿속에 맨 처음 떠오른 생각은 게슈타포가 또다시 찾아왔다는 것이었다. 하지만 집 앞 도로에 검은 차량은 보이지 않았었다.

그리고 현관 자물쇠에는 열쇠가 꽂혀 있었다.

안으로 들어선 모드는 비명을 질렀다.

카를라도 뒤따라 들어갔다.

피투성이가 된 남자가 바닥에 쓰러져 있었다.

카를라는 간신히 비명을 참았다. "누구죠?" 그녀가 물었다.

모드가 남자 곁에 무릎을 꿇고 앉았다. "발터." 그녀가 말했다. "아, 발터. 놈들이 무슨 짓을 한 거죠?"

그제야 그 남자가 아버지라는 걸 깨달았다. 얼마나 심하게 다쳤는지 제대로 알아볼 수도 없을 지경이었다. 한쪽 눈이 감겨 있고 입은 얻어맞았는지 크게 부어오른 모습이었으며 머리칼에는 온통 피가 엉겨붙어 있었다. 한쪽 팔은 이상한 방향으로 뒤틀려 있었다. 재킷 앞쪽은 토사물로 지저분했다.

모드가 말했다. "발터, 말해봐요. 말 좀 해봐요!"

그가 엉망이 된 입술을 달싹이며 신음소리를 냈다.

카를라는 속에서 끓어오르는 발작적인 비탄을 눌러 참고 전문가적인 태도로 변했다. 쿠션을 가져와 아버지의 머리 아래 받쳤다. 그리고 부엌에서 물 한 컵을 떠와 입술에 살살 흘려넣었다. 그는 물을 마시더니 입을 열어 더 달라고 했다. 물은 충분히 마신 것 같다는 판단이 들어 서재로 가서 독한 술을 한 병 가져와 아버지의 입에 몇 방울 넣어주었다. 그는 술을 마시고 기침을 했다.

"로트만 박사를 데려올게요." 카를라가 말했다. "얼굴을 씻어주고 물을 더 드리세요. 옮기려고 하면 안 돼요."

모드가 말했다. "그래, 알았어. 서둘러!"

카를라는 자전거를 꺼내 페달을 밟았다. 로트만 박사는 이제 진료를 할 수 없었다. 유대인은 의사 노릇을 할 수 없었다. 하지만 여전히 그는 무허가로 가난한 사람들을 봐주고 있었다.

카를라는 미친 사람처럼 페달을 밟았다. 아버지가 어떻게 집에 왔을까? 추측하기로는 그들이 차로 데려왔고, 아버지는 겨우겨우 비틀거리며 길에서 집까지 와서는 안으로 들어선 다음 쓰러진 것 같았다.

그녀는 로트만 박사의 집에 도착했다. 그녀의 집과 마찬가지로 보수가 잘 안 되고 있었다. 유리창 대부분은 유대인을 증오하는 사람들이 깨뜨려놓았다. "아버지가 많이 맞으셨어요." 카를라는 숨을 몰아쉬며 말했다. "게슈타포한테요."

"남편이 갈 거야." 로트만 부인이 말했다. 그녀는 계단에 대고 소리쳤다. "이자크!"

의사가 내려왔다.

"울리히 씨가 아프대요." 로트만 부인이 말했다.

의사는 문 옆에 놓인 캔버스천 시장가방을 들었다. 이제 진료를 해서는 안 되니 왕진가방처럼 보이는 물건은 들고 다닐 수 없나보다고 카를라는 생각했다.

그들은 집을 나섰다. "자전거로 먼저 갈게요." 카를라가 말했다.

집에 도착한 그녀는 어머니가 집 앞 계단에 앉아 울고 있는 것을 보았다.

"의사 선생님이 오고 있어요!" 카를라가 말했다.

"너무 늦었다." 모드가 말했다. "아버지는 돌아가셨어."

VIII

볼로댜는 오후 두시 삼십분 알렉산더 광장 바로 옆 베르트하임 백화점 밖에 있었다. 사복 경찰일 수도 있는 사람들을 찾아 주변을 여러 번 돌아보았다. 여기까지 따라온 자는 없다고 확신했지만, 길을 지나던 게슈타포 요원이 그를 알아보고 뭘 하려는지 궁금해할 가능성도 없지 않았다. 사람들이 붐비는 곳에 있는 것이 가장 좋은 위장이라지만 완벽하지는 않았다.

침공설이 사실일까? 만일 그렇다면 볼로댜는 베를린에 더는 오래 있지 못할 터였다. 게르다와 자비네에게 작별의 키스를 해야 한다. 아마도 그는 모스크바의 붉은 군대 정보부 본부로 돌아가게 될 것이다. 그는 가족과 보낼 시간을 고대했다. 여동생 아냐가 낳은 쌍둥이를 아직 한 번도 보지 못했다. 그리고 휴식을 취할 필요가 있었다. 첩보활동은 끊이지 않는 스트레스를 뜻했다. 게슈타포의 미행을 따돌리고 비밀리에 사람을 만나고 정보원을 포섭하고 배신을 걱정해야 했다. 소련이 그때까지 살아남는다면 일 년이나 이 년쯤 본부에서 보내는 것도 환영이었다. 그게 아니라면 다른 해외 근무지에 배치될 수도 있었다. 워싱턴이면 좋을 것 같았다. 그는 늘 미국에 가보기를 열망했다.

그는 주머니에서 동그랗게 뭉친 얇은 종이를 꺼내 쓰레기통에 넣었다. 세시 일 분 전, 담배도 피우지 않으면서 담뱃불을 붙였다. 그리고 불이 붙은 성냥을 종이 뭉치 위에 떨어지도록 조심스럽게 쓰레기통에 던져넣었다. 그뒤 자리를 떴다.

잠시 후 누군가 소리질렀다. "불이야!"

주변 사람 모두의 시선이 불이 난 쓰레기통에 쏠려 있을 때 평범한 검은색 메르세데스 260D 택시 한 대가 백화점 입구에 멈춰 섰다. 공군 중위 제복을 입은 잘생긴 청년이 택시에서 뛰어내렸다. 중위가 택시기사에게 돈을 내는 동안 볼로댜는 택시에 올라타 문을 쾅 닫았다.

기사의 눈이 닿지 않는 택시 바닥에 나치가 발행하는 인종정책 선전

잡지 『신국민』 한 부가 떨어져 있었다. 볼로댜는 잡지를 집었지만 읽지는 않았다.

"어떤 멍청한 놈이 쓰레기통에 불을 놨어요." 기사가 말했다.

"아들론 호텔 갑시다." 볼로댜가 말하자 택시가 출발했다.

그는 잡지를 휙휙 넘겨 안에 숨겨져 있던 황갈색 봉투를 찾아냈다.

봉투를 간절히 열어보고 싶었지만 기다렸다.

목적지에 도착해 택시에서 내렸지만 호텔로 들어가지는 않았다. 대신 걸어서 브란덴부르크 문을 통과해 공원으로 들어섰다. 나무들이 밝은 새잎들을 보여주고 있었다. 따뜻한 봄날 오후를 맞아 산책을 하는 사람들이 많았다.

잡지에 닿은 손의 피부가 타는 듯했다. 소박하게 생긴 벤치가 눈에 띄어 볼로댜는 그곳에 앉았다.

그는 잡지를 펼쳐 앞을 가리고 그뒤에서 황갈색 봉투를 열었다.

문서 한 부가 나왔다. 타자로 친 문서의 카본지 복사본으로 약간 흐렸지만 읽을 수는 있었다. 제목은 이랬다.

명령 제21호 : "바르바로사" 작전

프리드리히 바르바로사는 1189년 제3차 십자군 원정을 이끈 독일 황제였다.

본문이 시작되었다. '독일군은 영국과의 전쟁이 마무리되기 전에도 러시아를 빠른 군사행동으로 타도할 수 있도록 준비해야 함.'

볼로댜는 자기도 모르게 헉하고 숨을 들이마셨다. 이건 다이너마이트였다. 도쿄의 스파이가 옳았고, 스탈린은 틀렸다. 그리고 소련은 무시무시한 위험에 직면했다.

쿵쿵 뛰는 가슴을 안고 볼로댜는 문서의 끝을 확인했다. 서명이 보였다. '아돌프 히틀러.'

그는 날짜를 찾아 내용을 훑다 하나를 발견했다. 침공 날짜는 1941년 5월 15일로 잡혀 있었다.

그 옆에는 베르너 프랑크가 손으로 쓴 연필 글씨가 보였다. '날짜는 이제 6월 22일로 변경되었음.'

"이런, 맙소사. 해냈군." 볼로댜는 큰 소리로 말했다. "침공을 재확인해줬어."

그는 문서를 다시 봉투에 넣어 잡지에 끼웠다.

이게 모든 것을 바꿔놓을 터였다.

그는 벤치에서 일어나 소식을 전하러 소련 대사관으로 향했다.

IX

아켈베르크에는 기차역이 없어서 카를라와 프리다는 16킬로미터 떨어진 가장 가까운 역에서 자전거를 굴려 열차에서 내렸다.

두 사람은 반바지에 스웨터, 실용적인 샌들 차림에 머리를 땋은 모습이었다. 독일 소녀단Bund Deutscher Madel, 곧 BDM의 일원으로 보였다. 그런 여자들은 자주 자전거를 타며 휴가를 보냈다. 자전거를 타는 것 말고 다른 뭔가를 하는지, 특히 그들이 머무는 엄격한 호스텔에서 무엇을 하면서 저녁을 보내는지에 관해서는 많은 추측이 있었다. 남자들은 BDM이 '자기야, 세게 해줘Bubi, Druck Mich'라는 뜻이라고 했다.

카를라와 프리다는 지도를 찾아본 다음 자전거를 타고 마을을 벗어나 아켈베르크로 향했다.

카를라는 매일 매시간 아버지를 생각했다. 아버지가 참혹하게 맞고 죽어가던 모습을 본 순간의 공포는 절대 극복하지 못하리란 것을 알았다. 며칠 동안 울음이 그치지 않았다. 하지만 비탄 외에도 또다른 감정이 있었다. 분노였다. 그녀는 슬퍼하기만 하지는 않을 것이다. 뭔가 할 작정이었다.

슬픔으로 제정신이 아니었던 모드는 처음에는 아켈베르크에 못 가도록 카를라를 설득하려 애썼다. "남편은 죽었고 아들은 군대에 갔는데 딸마저 죽음을 무릅쓰게 하고 싶지는 않아!" 그녀는 울부짖었다.

장례식 후, 두려움과 히스테리가 좀더 차분하고 깊은 애도로 바뀌었을 즈음 카를라는 어머니에게 물었다. 아버지라면 무엇을 원했을까 하고. 모드는 한참을 생각했다. 그리고 다음날이 되어서야 대답했다. "아버지는 네가 계속 싸우기를 바랐겠지."

모드로서는 하기 어려운 말이었겠지만 두 사람은 그것이 진실임을 알았다.

프리다는 부모와 그런 상의를 하지 않았다. 발터를 한때 사랑했던 그녀의 어머니 모니카는 그 죽음에 엄청난 충격을 받았다. 그럼에도 프리다가 무슨 짓을 하려는지 알았다면 공포에 빠졌을 터였다. 아버지 루디는 그녀를 지하실에 가뒀을 것이다. 하지만 그들은 프리다가 자전거를 타러 가는 줄 알았다. 굳이 말하자면 누군가 어울리지 않는 남자친구를 만나는 게 아닌가 의심하는 정도일 것이다.

시골 지역은 언덕이 많았지만 두 사람은 튼튼했고, 한 시간 뒤에는 아켈베르크라는 작은 마을로 통하는 내리막길을 활주하고 있었다. 카를라는 불안했다. 그들은 적의 영역에 들어서는 중이었다.

그들은 카페에 들어갔다. 코카콜라는 없었다. "여기는 베를린이 아니야!" 카운터를 지키던 여자는 마치 두 사람이 오케스트라의 세레나데 연주라도 부탁한 것처럼 화를 내며 말했다. 카를라는 낯선 이를 싫어하는 사람이 왜 카페를 운영하는지 의아했다.

그들은 독일 제품인 환타를 한 잔씩 마시고 그 김에 물병도 채웠다.

병원의 정확한 위치는 알지 못했다. 길을 물어야 했지만 카를라는 의심을 살까봐 걱정스러웠다. 이것저것 묻고 다니는 외지인에게 지역 나치가 관심을 가질 수도 있었다. 돈을 내면서 카를라가 말했다. "일행의 다른 사람들과 병원 근처 교차로에서 만나기로 했는데요. 어디로 가야 하죠?"

여자는 카를라와 눈을 마주치지 않았다. "여긴 병원 없어요."

"아켈베르크 의료원이요." 카를라는 편지지 윗부분에 인쇄되어 있던 이름을 대며 다시 물었다.

"분명 다른 아켈베르크겠죠."

카를라는 여자가 거짓말을 한다고 생각했다. "정말 이상하네요." 그녀는 연기를 계속했다. "엉뚱한 곳으로 온 게 아니었으면 좋겠네요."

그들은 자전거를 끌고 마을 중심가를 따라 걸었다. 달리 어쩔 도리가 없어. 카를라는 생각했다. 길을 물어야 했다.

순하게 생긴 늙은이가 술집 바깥에 놓인 벤치에 앉아 오후 햇볕을 즐기고 있었다. "병원이 어디죠?" 카를라는 쾌활한 척 불안감을 감추며 물었다.

"마을을 지나서 왼쪽 언덕으로 올라가면 돼." 그가 말했다. "하지만 안으로 들어가지는 마. 나오는 사람이 많지 않으니까!" 그게 웃기는 이야기나 되는 것처럼 그는 낄낄댔다.

만족스러운 안내는 아니지만 그 정도면 충분할 것 같았다. 카를라는 질문을 더해서 그 이상의 관심을 끌지는 말아야겠다고 마음먹었다.

머릿수건을 쓴 여자가 남자의 팔을 잡았다. "이 사람 말에 신경쓰지 마세요. 자기가 무슨 말을 하는지도 모르니까." 그녀는 걱정스러운 눈치로 남자를 일으켜 세워 인도 쪽으로 떠밀었다. "입 좀 다물고 있어요, 바보 같은 늙은이 같으니." 그녀는 중얼거렸다.

이 사람들은 동네에서 무슨 일이 벌어지고 있는지 아는 것 같았다. 다행히 그들의 주된 반응은 개입하기보다는 무뚝뚝하게 구는 것이었다. 아무래도 경찰이나 나치당에 서둘러 정보를 제공하지는 않을 것 같았다.

카를라와 프리다는 도로를 따라 더 가다가 유스호스텔을 발견했다. 독일에 수천 군데 있는 이런 숙소는 정확히 두 사람이 위장중인 부류, 그러니까 야외에서 몸을 움직이며 활기찬 휴가를 보내는 젊은이들에게 숙식을 제공하기 위해 만들어졌다. 두 사람은 체크인을 했다. 3단 침대를 비롯해 설비는 소박했지만 비용이 저렴했다.

두 사람이 마을에서 자전거를 타고 나온 시간은 늦은 오후였다. 1.5킬로미터가량 달린 후 왼쪽으로 틀었다. 이정표는 없지만 언덕으로 이어지는 오르막길이 있어 그리로 방향을 잡았다.

카를라는 더욱 불안해졌다. 가까이 갈수록 검문을 받았을 때 둘러대기가 어려울 터였다.

1.5킬로미터 정도를 지나 공원 안에 있는 커다란 집을 발견했다. 벽이나 울타리 없이 곧장 현관문으로 길이 이어졌다. 이곳에도 아무 표지판이 없었다.

무의식중에 카를라는 언덕 위에 으스스하게 서 있는 회색 돌로 지은 성과 철창문, 쇠를 덧댄 나무문을 기대하고 있었다. 하지만 이 집은 바이에른 지방의 시골 주택으로, 처마를 낸 가파른 지붕과 나무로 만든 발코니에 작은 종탑이 붙어 있었다. 정말 아동 살해처럼 더없이 끔찍한 일이 이곳에서 벌어진다고? 게다가 병원치고는 작아 보였다. 그때 집

한쪽에 현대식으로 증축한 부분이 눈에 들어왔다. 높은 굴뚝도 달려 있었다.

두 사람은 자전거에서 내렸다. 자전거는 건물 벽에 기대놓았다. 프리다와 함께 현관 앞 계단을 향해 가는 동안 카를라는 잔뜩 조바심이 났다. 왜 경비원이 없을까? 이곳을 조사하려고 시도할 만큼 무모한 사람은 없기 때문일까?

벨이나 문을 두드리는 쇠고리는 보이지 않았고 카를라가 밀자 문은 그냥 열렸다. 그녀는 안으로 들어섰고 프리다가 뒤따랐다. 돌바닥에 흰색 벽은 휑한, 시원한 복도가 나왔다. 복도와 통하는 방이 여럿 보였지만 모두 문이 닫혀 있었다. 안경을 쓴 중년 여자가 넓은 계단으로 내려왔다. 말쑥한 회색 원피스 차림이었다. "뭐죠?" 그녀가 말했다.

"안녕하세요." 프리다가 아무렇지도 않게 말했다.

"뭐하는 거죠? 여기 들어오면 안 돼요."

프리다와 카를라는 미리 할말을 준비해두었다. "저는 그저 남동생이 죽은 곳을 와보고 싶었어요." 프리다가 말했다. "그 아이는 열다섯 살—"

"여기는 공공시설이 아니에요!" 여자가 화를 냈다.

"공공시설 맞죠." 부잣집에서 자란 프리다는 하급 직원 앞에서 주눅 들지 않았다.

열아홉 살 정도로 보이는 간호사 한 명이 옆방에서 나와 그들을 빤히 보고 있었다. 회색 원피스 차림의 여자가 그녀에게 말했다. "쾨니히 간호사, 뢰머 씨를 얼른 불러와요."

간호사는 서둘러 사라졌다.

여자가 말했다. "미리 편지를 보냈어야죠."

"제 편지 못 받았어요?" 프리다가 말했다. "병원장 앞으로 보냈는데요." 이 말은 사실이 아니었다. 프리다는 즉석에서 이야기를 꾸며내고 있었다.

"그런 편지는 받은 적 없어요!" 분명 여자는 프리다가 그런 터무니없는 요청을 했다면 자기가 모를 리 없다고 생각하는 눈치였다.

카를라는 듣고만 있었다. 이곳은 이상하리만치 조용했다. 그녀는 육체적, 정신적으로 장애가 있는 환자를 어른, 아이 할 것 없이 다루어보았는데 거의 한순간도 조용히 있지 못했다. 아무리 문이 닫혀 있다고 해도 고함을 치거나 웃거나 울부짖는 소리, 목청껏 항의하는 소리, 말도 안 되는 헛소리가 들려야 옳았다. 하지만 아무 소리도 없었다. 이곳은 차라리 영안실에 가까웠다.

프리다는 작전을 새롭게 바꿔보았다. "어쩌면 제 남동생 무덤이 어디 있는지 알려주실 수 있겠네요. 가보고 싶어요."

"무덤은 없어요. 여기는 소각로가 있습니다." 여자는 얼른 말을 바꾸었다. "화장시설이요."

카를라가 말했다. "굴뚝을 봤어요."

프리다가 물었다. "제 남동생 유골은 어떻게 된 거죠?"

"절차에 따라 집으로 보내질 겁니다."

"다른 사람 유골과 섞이지 않도록 해주시겠어요?"

여자의 목이 금세 벌게졌고, 카를라는 이미 그들이 아무도 모를 거라 생각하고 유골을 섞어버렸나보다고 추측했다.

다시 나타난 쾨니히 간호사 뒤에 하얀색 간호사 제복을 입은 건장한 남자 한 명이 따라왔다. 여자가 말했다. "아, 뢰머. 이분들을 시설 밖으로 안내해요."

"잠시만요." 프리다가 말했다. "이러는 게 옳다고 정말 확신하세요? 저는 그저 동생이 죽은 곳을 보고 싶을 뿐이에요."

"확신합니다."

"그럼 이름을 알려주셔도 괜찮겠군요."

여자는 잠시 머뭇거렸다. "슈미트예요. 이제 나가주세요."

뢰머가 위협적인 태도로 두 사람에게 다가왔다.

"나갈 거예요." 프리다는 냉담하게 말했다. "뢰머 씨에게 우리를 성추행할 구실을 줄 마음은 전혀 없어요."

남자는 방향을 바꾸어 두 사람을 위해 문을 열어주었다.

밖으로 나온 그들은 자전거에 올라타고 진입로를 따라 달렸다. 프리다가 말했다. "저 여자가 우리 말을 믿는 것 같아?"

"완전히 믿어." 카를라가 말했다. "우리 이름을 묻지도 않았어. 거짓말인지 의심했다면 바로 경찰을 불렀겠지."

"하지만 알아낸 게 많지 않아. 굴뚝은 봤지. 하지만 증거라고 할 만한 건 하나도 못 찾았잖아."

카를라는 조금 풀이 죽었다. 증거를 잡는 일은 말처럼 쉽지 않았다.

그들은 호스텔로 돌아왔다. 몸을 씻고 옷을 갈아입은 다음 먹을 것을 찾아 밖으로 나섰다. 유일한 음식점은 무뚝뚝한 여주인이 있는 그 카페였다. 두 사람은 토마토 팬케이크와 소시지를 먹었다. 식사를 마치고 마을의 술집으로 향했다. 그들은 맥주를 주문하고 다른 손님들에게 쾌활하게 말을 걸었지만 모두 그들과의 대화를 꺼렸다. 그것만으로도 수상했다. 누가 나치의 밀고자인지 알 수 없으니 누구나 낯모르는 사람을 경계한다지만, 아무리 그래도 술집에 젊은 여자 둘이 한 시간을 앉아 있는데 누구 하나 추파조차 던지지 않는 마을이 몇이나 될까.

두 사람은 이른 밤 호스텔로 돌아왔다. 카를라는 달리 뭘 하면 좋을지 알 수 없었다. 내일이면 빈손으로 집에 돌아가야 했다. 이런 식으로 살인이 벌어지는 걸 뻔히 알면서도 막지 못한다는 사실이 믿기지 않았다. 너무나 절망스러워 비명이라도 지르고 싶었다.

그때 슈미트라는 여자가—그게 진짜 이름인지는 모르지만—병원을 찾아갔던 그들에 대해 더 생각해볼 수도 있겠다는 생각이 퍼뜩 들었다. 그 자리에서는 카를라와 프리다의 주장을 믿었지만, 나중에 의심을 품고 혹시 모른다는 생각에 경찰에 연락했을 수도 있다. 만일 그랬다면 카를라와 프리다를 찾아내기는 어렵지 않았다. 오늘밤 호스텔에는 겨우 다섯 명뿐이고, 둘만 여자였다. 그녀는 두려움에 떨며 문에서 들릴 운명의 노크 소리를 기다렸다.

만일 심문을 받게 되면 진실을 일부 밝히기로 해두었다. 프리다의 남동생과 카를라가 대모였던 아이가 아켈베르크에서 죽어서 그 아이들의 무덤을 찾아가고 싶었고, 최소한 그들이 어디서 죽었는지 몇 분이나마 추모하려던 마음이었다고. 지역 경찰은 그 이야기를 믿을 수도 있었다. 하지만 만일 베를린에 확인을 거친다면 발터 폰 울리히, 베르너 프랑크가 아켈베르크에 대해서 불경스러운 질문을 하고 다닌다는 이유로 게슈타포의 조사를 받았다는 사실을 금세 알아낼 터였다. 그러면 카를라와 프리다는 심각한 곤경에 빠지게 될 것이다.

두 사람이 불편해 보이는 3층 침대에서 잠자리에 들 준비를 하는데 노크 소리가 났다.

카를라의 심장이 멈는 듯했다. 게슈타포가 아버지에게 했던 짓이 떠올랐다. 그녀는 고문을 참지 못할 걸 알았다. 이 분만 지나면 자기가 아는 스벵유겐트의 이름을 모두 불 것이다.

상상력이 덜 풍부한 프리다가 말했다. "그렇게 겁난 표정으로 보지 마!" 그리고 문을 열었다.

게슈타포가 아니라 작고 예쁜 금발의 소녀였다. 카를라는 소녀가 제복을 벗은 쾨니히 간호사라는 것을 한참 만에야 알아차렸다.

"할말이 있어요." 소녀가 말했다. 그녀는 고통스럽게 숨을 헐떡거리며 눈물을 흘리고 있었다.

프리다는 그녀를 안으로 들였다. 그녀는 침대에 앉아 원피스 소매로 눈물을 닦았다. 그러고는 말했다. "더는 숨기고 있을 수가 없어요."

카를라는 프리다를 바라보았다. 두 사람은 같은 생각을 하고 있었다. 카를라가 물었다. "뭘 숨긴다는 거죠, 쾨니히 간호사?"

"일제라고 해요."

"나는 카를라고 이 친구는 프리다예요. 무슨 생각을 하는 거죠, 일제?"

일제의 목소리는 거의 알아듣기 어려울 정도로 낮았다. 그녀가 말했다. "우리는 죽여요."

카를라는 숨을 제대로 쉴 수 없었다. 간신히 말했다. "병원에서요?"

일제는 고개를 끄덕였다. "불쌍한 사람들이 회색 버스를 타고 와요. 아이들, 갓난아기도 있고, 노인에, 할머니. 거의 전부가 몸을 못 가누는 사람들이죠. 가끔은 그들이 지긋지긋할 때도 있고, 대소변을 못 가리기도 하지만 본인들도 어쩔 수 없는 일이고, 어떤 사람들은 정말 다정하고 착해요. 그래도 다를 건 없어요. 모두 죽여요."

"어떻게 하죠?"

"모르핀 스코폴라민을 주사해요."

카를라는 고개를 끄덕였다. 그것은 평범한 마취제지만 과다 투여할 경우 치명적이었다. "그들이 받게 된다는 특수 치료는요?"

일제는 고개를 저었다. "특수 치료는 없어요."

카를라가 말했다. "일제, 확실히 해두죠. 그들이 이리로 오는 환자를 모두 죽이나요?"

"모두요."

"도착하자마자?"

"하루, 늦어도 이틀 이내에요."

카를라도 의심한 바였지만 그럼에도 냉엄한 현실과 마주하니 소름이 끼치고 속이 메스꺼웠다.

잠시 후 그녀가 말했다. "지금은 환자가 한 명이라도 있나요?"

"살아 있는 사람은 없어요. 오늘 오후에 주사를 놨거든요. 그래서 두 분이 들어왔을 때 슈미트 부인이 그렇게 겁을 먹었던 거죠."

"어째서 외부인 출입이 어렵게 해두지 않죠?"

"그들은 경비원을 두거나 병원 주위를 철조망으로 두르면 뭔가 나쁜 일이 벌어지고 있다는 게 뻔히 보인다고 생각해요. 어쨌거나 두 분 전에는 아무도 찾아오려고 하지 않았으니까요."

"오늘은 몇 명이나 죽었어요?"

"52명이요."

카를라는 소름이 돋았다. "오늘 오후에, 우리가 병원에 있던 그즈음에 52명을 죽였다고요?"

"네."

"그럼 그들 모두 지금은 숨이 끊어졌어요?"

일제는 고개를 끄덕였다.

카를라는 마음속에서 싹트고 있던 계획 하나를 이제 실행에 옮기기로 마음먹었다. "보고 싶어요." 그녀가 말했다.

일제는 겁에 질린 기색이었다. "무슨 말이죠?"

"병원 안에 들어가서 그 시체들을 보고 싶어요."

"이미 불태우고 있어요."

"그럼 그 모습을 보고 싶어요. 우리가 몰래 들어가도록 해줄 수 있어요?"

"오늘밤에요?"

"지금 당장."

"이런, 맙소사."

카를라가 말했다. "당신은 아무것도 안 해도 돼요. 우리에게 털어놓은 것만으로도 이미 용기 있는 일을 했어요. 더는 무엇도 하기를 원치 않는다면, 그래도 좋아요. 하지만 우리가 이 일을 멈추려면 증거가 필요해요."

"증거요?"

"그래요. 정부는 이 프로젝트를 수치스러워하고 있어요. 그러니까 비밀이죠. 나치는 평범한 독일인이라면 아이들을 살해하는 일을 용인하지 않으리라는 걸 알아요. 하지만 사람들은 이런 일이 벌어지지 않는다고 믿는 편을 택하죠. 그리고 소문을 못 들은 체하는 편이 더 쉽잖아요. 특히 어린 여자가 말하는 소문이라면. 그러니까 사람들에게 증거를 보여야 해요."

"알겠어요." 일제의 예쁜 얼굴에 단호한 결심의 표정이 떠올랐다. "좋아요, 그럼. 두 분을 데려갈게요."

카를라는 일어섰다. "보통 병원까지 어떻게 가죠?"

"자전거요. 밖에 있어요."

"그럼 모두 자전거로 가죠."

세 사람은 밖으로 나왔다. 어둠이 깔려 있었다. 하늘에는 구름이 약간 보였고 별빛은 희미했다. 그들은 자전거 등을 켜고 마을 밖으로 나와 언덕길로 달렸다. 병원이 보이기 시작하자 등을 끄고 자전거를 밀며 걸었다. 일제는 건물 뒤로 이어지는 숲길로 두 사람을 안내했다.

카를라는 뭔가 자동차 배기가스 같은 불쾌한 냄새를 맡았다. 그녀는 킁킁거렸다.

일제가 속삭였다. "소각로 냄새예요."

"이런 세상에!"

그들은 수풀 속에 자전거를 숨기고 조용조용 걸어 뒷문에 도착했다. 문은 잠겨 있지 않았다. 그들은 안으로 들어섰다.

복도는 환했다. 어두운 구석이라고는 없었다. 병원 행세를 하는 이곳은 진짜 병원처럼 불을 환히 밝혀놓았다. 만일 누군가를 마주친다면 그들을 똑똑히 알아볼 게 뻔했다. 옷차림만 봐도 즉시 침입자인 걸 알 수 있었다. 그런 상황이 오면 어떻게 하나? 아마도 달아나야 할 것이다.

일제는 복도를 따라 재빨리 걸어서 모퉁이를 돌아 문을 열었다. "이 안이에요." 그녀가 속삭였다.

두 사람은 안으로 들어갔다.

경악한 프리다가 찢어지는 비명을 지르다가 손으로 입을 막았다.

카를라는 낮게 중얼거렸다. "이런, 맙소사."

넓고 서늘한 방에 서른 구 정도 되는 시체가 벌거벗겨진 채 똑바로 누워 있었다. 일부는 뚱뚱하고 일부는 말랐으며, 일부는 늙고 시들었지만 아이들도, 한 살쯤 돼 보이는 아기도 있었다. 몇몇은 몸이 구부러지고 뒤틀렸지만 대부분 겉으로 보기에 평범한 몸이었다.

모든 시체에는 주삿바늘이 들어간 왼쪽 팔 윗부분에 작은 반창고가 붙어 있었다.

카를라는 프리다가 소리 죽여 우는 소리를 들었다.

그녀는 마음을 단단히 먹었다. "다른 사람들은 어디 있죠?" 그녀는 속삭였다.

"이미 용광로로 갔어요." 일제가 대답했다.

방의 건너편 쌍여닫이문 뒤에서 여러 사람의 목소리가 가까워졌다.

"다시 나가요." 일제가 말했다.

그들은 복도로 나갔다. 카를라는 문을 꼭 닫지 않고 조금 열어둔 채 몰래 안을 들여다보았다. 뢰머와 다른 사내 한 명이 문을 열고 병원용 손수레를 밀고 들어오는 모습이 보였다.

사내들은 카를라가 있는 쪽은 보지 않았다. 그들은 축구 얘기로 실랑이하고 있었다. 뢰머의 목소리가 들렸다. "전국 대회에서 우승한 게 겨우 구 년 전이라고. 우리가 아인트라흐트 프랑크푸르트를 2 대 0으로 이겼지."

"그래, 하지만 주전 선수 절반이 유대인이었고, 지금은 다 가고 없지."

카를라는 그들이 바이에른 뮌헨 축구팀 얘기를 하고 있다는 것을 알아차렸다.

뢰머가 말했다. "제대로 된 전술만 쓰면 옛 시절이 되돌아올 거야."

여전히 옥신각신하면서 두 사람은 뚱뚱한 여인이 죽어 누워 있는 테이블로 다가갔다. 그들은 시체의 어깨와 무릎을 잡고는 끙 소리를 내며 힘을 주더니 예의고 뭐고 없이 수레 위로 집어던졌다.

그들은 두번째 테이블로 수레를 끌고 가서 두번째 시체를 첫번째 시체 위에 올려놓았다.

시체를 세 구 실은 뒤 그들은 수레를 끌고 밖으로 사라졌다.

카를라가 말했다. "저들을 따라가야겠어요."

그녀는 시체실을 가로질러 쌍여닫이문으로 향했고 프리다와 일제가 뒤따랐다. 그들이 지나는 공간은 병원이라기보다는 공장에 가까웠다. 벽은 갈색으로 칠했고 바닥은 콘크리트였으며 물건을 넣어두는 벽장과 공구 선반도 보였다.

그들은 모퉁이 너머를 바라보았다.

차고처럼 생긴 넓은 방에 강한 불빛과 함께 짙은 그림자가 보였다. 공기가 따뜻하고 요리 냄새가 살짝 풍겼다. 한가운데는 자동차가 들어갈 만큼 큰 철제 상자가 있었다. 위쪽의 금속 후드가 지붕을 뚫고 이어진 모습이었다. 카를라는 지금 보고 있는 것이 가마임을 깨달았다.

두 사내가 수레에서 시체 한 구를 들어 철제 컨베이어 벨트에 올렸다. 뢰머가 벽에 붙은 버튼을 눌렀다. 벨트가 움직이고 문이 열리더니 시체는 가마 안으로 사라졌다.

그들은 다음 시체를 벨트에 올렸다.

그만하면 충분히 보았다.

카를라는 돌아서서 두 사람에게 나가자는 손짓을 해 보였다. 그때 프리다와 부딪혀 일제는 자기도 모르게 소리를 질렀다. 그들 모두 얼어붙었다.

뢰머의 목소리가 들렸다. "무슨 소리지?"

"유령이지." 다른 사내가 대답했다.

뢰머의 목소리가 불안하게 흔들렸다. "이런 걸로 농담하지 마!"

"이 시체 들 거야, 안 들 거야?"

"알았어, 알았다고."

세 여자는 서둘러 시체실로 되돌아왔다. 남은 시체들을 보면서 카를라는 아다의 아이 쿠르트에 대한 슬픔이 물결처럼 밀려와 괴로웠다. 그 아이도 팔에 반창고를 붙인 채 이곳에 누웠다가 컨베이어 벨트에 던져져 쓰레기 자루처럼 버려졌을 것이다. 하지만 너는 잊히지 않을 거야, 쿠르트. 그녀는 생각했다.

그들은 다시 복도로 나갔다. 건물 뒷문을 향해 돌아서는데 발소리와 슈미트 부인의 목소리가 들렸다. "이 두 사람 왜 이리 오래 걸리지?"

세 사람은 서둘러 복도를 지나 뒷문으로 빠져나갔다. 달이 모습을 드러냈고 공원은 이제 환하게 밝았다. 카를라는 잔디밭 너머 200여 미터 떨어진 곳에서 자전거를 숨겨둔 수풀을 알아보았다.

프리다가 가장 마지막으로 나왔는데, 서두르느라 실수로 문을 쾅 닫고 말았다.

카를라는 재빨리 생각했다. 슈미트 부인은 소리의 정체를 알아보려 할 것이다. 세 사람이 미처 수풀까지 못 갔을 때 문을 열 수도 있었다. 숨어야 했다. "이쪽이야!" 카를라는 낮은 목소리로 말하고는 뛰어서 건물 모퉁이를 돌았다. 나머지 두 사람도 그녀를 따라갔다.

그들은 벽에 바싹 붙었다. 문 열리는 소리가 들렸다. 카를라는 숨을 참았다.

한참 잠잠했다. 그러다 슈미트 부인이 뭔가 알아들을 수 없는 말을 중얼거렸고 다시 문소리가 쾅 들렸다.

카를라는 모퉁이 너머를 살펴보았다. 슈미트 부인은 보이지 않았다.

세 여자는 잔디밭을 가로질러 자전거를 찾았다.

그들은 숲길을 따라 자전거를 끌고 나와 도로로 나섰다. 등을 켜고 자전거에 올라타 페달을 밟았다. 카를라는 행복한 기분이었다. 그들은 빠져나왔다!

마을에 다다를수록 보다 현실적인 생각이 승리감을 밀어냈다. 정확히 그들이 이뤄낸 것은 무엇인가? 다음에는 무엇을 해야 하나?

본 것을 누군가에게 말해야만 했다. 누가 좋을지 카를라는 확신이 없었다. 어떤 상황이건 그들은 누군가를 납득시켜야만 한다. 그 말을 믿어줄까? 생각하면 생각할수록 확신은 점점 줄었다.

호스텔에 도착해 자전거에서 내리면서 일제가 말했다. "끝나서 정말 다행이에요. 평생 살면서 이렇게 무서웠던 적은 없었어요."

"안 끝났어요." 카를라가 말했다.

"그게 무슨 말이죠?"

"우리가 이 병원이나 다른 비슷한 곳들을 닫게 하지 않으면 끝나지 않아요."

"어떻게요?"

"당신이 필요해요." 카를라가 말했다. "당신이 증거잖아요."
"그 말이 나올까봐 두려웠는데."
"내일 베를린으로 돌아갈 때 우리랑 함께 갈래요?"
한참 침묵이 흐른 뒤 일제가 말했다. "네, 갈게요."

X

볼로댜 페시코프는 집에 돌아와 기뻤다. 모스크바는 여름날 최고의 날씨였고 맑고 더웠다. 6월 30일 월요일 호딘카 비행장 옆에 있는 붉은 군대 정보부 본부로 돌아왔다.

베르너 프랑크와 도쿄의 스파이 둘 다 옳았다. 독일은 6월 22일 소련을 침공했다. 볼로댜와 베를린 주재 소련 대사관의 모두가 배와 기차로 모스크바에 돌아왔다. 볼로댜는 우선순위를 받아서 다른 대부분 사람들보다 빨리 왔고, 일부는 아직도 돌아오는 중이었다.

볼로댜는 이제야 베를린이 그를 많이 우울하게 했다는 사실을 깨달았다. 나치의 독단과 우월주의는 지긋지긋했다. 그들은 마치 축구에서 이기고 파티를 하면서 갈수록 취하고 더 지겨워지는데도 집에 가기 싫어하는 승리팀 같았다. 이제 나치라면 넌더리가 났다.

누군가는 비밀경찰이 있다는 점, 정통파적 종교관, 추상적인 회화나 패션 등의 기호에 대한 청교도적인 태도로 볼 때 소련도 나치와 비슷하다고 말할 수 있다. 틀렸다. 공산주의는 공정한 사회를 향한 길에서 발전을 이루고 있었다. 비록 실수는 하지만. 고문실을 갖춘 NKVD는 정도를 벗어난, 공산주의라는 몸의 암적인 요소였다. 언젠가 수술로 도려내야 했다. 그러나 아마도 전쟁중에는 불가능할 터였다.

전쟁 발발을 예상한 볼로다는 이미 오래전 수하의 베를린 스파이들에게 비밀 교신용 무전기와 암호책자를 나눠주었다. 이제 소수의 용감한 반나치 인사들이 소련에 정보를 전달하는 일이 그 어느 때보다 더 중요했다. 베를린을 떠나기 전 그는 스파이들의 이름과 주소가 담긴 모든 자료를 파기했고 그 내용은 이제 그의 머릿속에만 있었다.

돌아와보니 부모님은 건강하게 잘 지내고 있었지만 아버지는 몹시 지친 것 같았다. 모스크바를 공습으로부터 지키는 일이 그의 책임이었기 때문이다. 볼로댜는 여동생 아냐와 매제 일리야 드보르킨, 이제 십팔 개월 된 쌍둥이를 만나러 갔다. 아이들의 이름은 드미트리, 타티야나였고 각각 딤카, 타냐로 불렸다. 불행하게도 쌍둥이 아버지 일리야는 볼로댜의 눈에 그 어느 때보다 더 쥐새끼 같고 비열해 보였다.

집에서 즐거운 하루를 보내고 그의 옛 방에서 하룻밤 잘 자고 나니 다시 일을 시작할 준비가 되었다.

볼로댜는 정보부 건물 입구에 설치된 금속 탐지기를 통과했다. 익숙한 복도와 계단은 칙칙하고 멋이라고는 없었지만 향수 비슷한 감정을 불러일으켰다. 건물로 들어서며 그는 사람들이 다가와 축하해주기를 조금 바라기도 했다. 많은 사람이 그가 바르바로사 작전을 확인한 장본인임을 분명 알고 있을 터였다. 하지만 아무도 축하를 건네지 않았다. 어쩌면 몸을 사리는 것일 수도 있었다.

그는 타이피스트와 문서 정리 직원들이 일하는 넓고 탁 트인 공간으로 들어서서 접수를 맡아 보는 중년 여성에게 말했다. "안녕, 니카. 아직 여기서 일해요?"

"안녕하세요, 페시코프 대위님." 그녀는 그가 기대했던 것처럼 따뜻하게 맞아주지는 않았다. "레미토프 대령께서 즉시 보자고 하세요."

볼로댜의 아버지처럼 레미토프도 1930년대 후반의 대숙청에서 제거

될 만큼 중요한 인물이 아니었고, 지금은 승진해 운이 나빴던 전임 상관들의 자리를 대신 채우고 있었다. 볼로다는 숙청에 대해 많이 알지 못했지만 그토록 많은 간부가 그런 처벌을 받을 정도로 불성실했다는 사실은 믿기 어려웠다. 어떤 처벌이었는지 정확히 알 수는 없었다. 시베리아로 추방당했을 수도 있고 어딘가에 갇혔거나 죽었을 수도 있었다. 그저 사라졌다는 사실이 그가 아는 전부였다.

니카가 덧붙였다. "대령님은 지금은 중앙 복도 끝 큰 사무실을 사용하세요."

볼로다는 넓게 트인 방을 걸으며 아는 사람 한둘에게 고개인사를 했지만 이번에도 예상과 달리 그를 영웅처럼 대하는 느낌은 받지 못했다. 레미토프의 사무실 문을 두드리며 상관은 좀 다르지 않을까 기대했다.

"들어와."

볼로다는 안으로 들어가 경례를 하고 문을 닫았다.

"잘 돌아왔네, 대위." 레미토프는 책상을 돌아 걸어나왔다. "우리끼리니까 하는 말이지만, 베를린에서 아주 훌륭한 일을 해냈어. 고맙네."

"영광입니다, 대령님." 볼로다가 말했다. "하지만 왜 우리끼리입니까?"

"그건 자네가 스탈린을 반박한 셈이기 때문이야." 그는 이의를 미리 막으려 손을 들어 보였다. "스탈린은 물론 자네가 해낸 일이라는 것을 몰라. 하지만 그럼에도 숙청 이후 이곳 사람들은 줄을 잘못 서는 사람하고 엮이게 될까봐 긴장하고 있단 말이야."

"제가 어떻게 했어야 하나요?" 볼로다는 분해서 물었다. "잘못된 정보를 만들어내야 했습니까?"

레미토프는 단호하게 고개를 흔들었다. "자네는 정말이지 제대로 잘 해냈어. 내 뜻을 오해하지 마. 그리고 나는 자네를 보호했네. 하지만 이곳 사람들이 챔피언처럼 대해주길 기대하지는 말라고."

"네." 볼로댜가 말했다. 이곳 상황은 상상했던 것보다 더 나빴다.

"그래도 이제 자네 사무실이 따로 생겼네. 여기서 세번째 방이야. 일할 준비를 하려면 하루 정도는 필요할 거야."

볼로댜는 그 말을 가보라는 뜻으로 알아들었다. "네, 대령님." 그는 경례를 하고 나왔다.

그의 사무실은 호화롭지는 않았지만—카펫도 깔리지 않은 작은 방이었다—혼자 사용할 수 있었다. 그는 최대한 빨리 고국으로 돌아오려고 서두르느라 독일군의 침공 진척 상황에 대한 소식을 접하지 못했다. 이제 실망감은 제쳐두고 전장의 지휘관들이 보낸 전쟁 첫 주의 보고서들을 읽기 시작했다.

보고서를 읽는 동안 그는 점점 더 우울해졌다.

붉은 군대는 불시에 기습 공격을 받았다.

불가능한 것 같았지만 증거가 그의 책상을 덮고 있었다.

6월 22일 독일군이 공격했을 때 붉은 군대의 많은 전방 부대는 실탄조차 보유하고 있지 않았다.

그것만이 아니었다. 소련의 비행기는 위장도 하지 않은 채 활주로에 줄지어 서 있다가 전쟁 개시 후 몇 시간 만에 독일 공군에 의해 천이백 대가 파괴되었다. 소련 지상군은 적절한 무기나 공중 지원도 없이, 그리고 적의 위치에 대한 정보도 불충분한 채로 전진하는 독일군 앞에 던져졌고 그 결과 전멸했다.

가장 끔찍한 것은 스탈린이 붉은 군대에 내린 퇴각 금지 명령이었다. 모든 부대는 마지막 한 사람까지 싸워야 했고 장교들은 포로가 되는 일을 피하기 위해 스스로 목숨을 끊어야 했다. 남은 병력으로 더 강한 방어진을 새롭게 구축하는 것은 절대 허용되지 않았다. 이 말은 전투에서 패배할 때마다 학살로 이어진다는 뜻이었다.

결과적으로 붉은 군대는 병력과 장비의 출혈이 심했다.

도쿄의 스파이, 베르너 프랑크의 재확인으로 이루어진 경고를 스탈린은 무시했다. 심지어 공격이 시작된 초기에도 히틀러의 재가 없이 독일군의 일부 장교들이 저지른 제한적인 도발일 뿐이라고, 히틀러가 알게 되면 즉시 멈출 거라고 주장했다.

도발이 아니라 전쟁 역사상 가장 거대한 침공이라는 사실을 부인하기 어려워졌을 무렵에는 독일군이 소련군의 전방 진지를 압도한 다음이었다. 일주일 뒤 독일은 소련 영토 안으로 500킬로미터 가까이 밀고 들어왔다.

재앙이었다. 하지만 볼로댜로 하여금 큰 소리로 비명을 지르고 싶게 만든 것은, 그 재앙을 피할 수도 있었다는 사실이었다.

누구의 잘못인지는 분명했다. 소련은 독재체제였다. 단 한 사람만이 결정을 내렸다. 이오시프 스탈린. 그는 고집스럽고 멍청하고 형편없이 오판했다. 그리고 이제 그의 조국은 무서운 위험에 처했다.

지금까지 볼로댜는 비밀경찰 조직 NKVD가 과한 처사로 흠을 내는 것만 제외하면 소련의 공산주의가 참된 이데올로기라고 믿어왔다. 이제는 최상층부가 실패했다는 것을 깨달았다. 베리야와 NKVD는 오직 스탈린이 허락했기에 존재했다. 진정한 공산주의를 향한 행군을 막고 있는 것은 스탈린이었다.

그날 오후 늦게 창밖으로 해가 내리쬐는 활주로를 내다보며 자신이 알게 된 사실을 곰곰이 생각하고 있는데 카멘이 찾아왔다. 사 년 전 군 정보학교에서 교육을 갓 마친 그들은 나란히 중위로서 다른 두 명과 사무실을 나누어 쓴 적이 있었다. 그때 카멘은 광대 노릇을 하며 모두에게 즐거움을 주었고, 소련의 독실한 정통적 신념을 대담하게 조롱하곤 했다. 지금은 몸무게가 늘고 더 진지해진 것 같았다. 외무장관 몰로토프처럼 조그맣게 검은 콧수염을 길렀는데 어쩌면 그래서 좀더 원숙해 보이는 듯했다.

카멘은 들어와서 문을 닫고 자리에 앉았다. 그는 주머니에서 등에 태엽이 달린 장난감 양철 병사 인형을 꺼냈다. 그리고 태엽을 감더니 볼로댜의 책상에 올려놓았다. 장난감 병사는 마치 행진을 하는 것처럼 팔을 휘둘렀고, 태엽이 풀리면서 톱니바퀴 돌아가는 소리가 크게 들렸다.

카멘이 목소리를 낮추더니 말했다. "스탈린이 이틀째 보이지 않아."

볼로댜는 태엽 병사가 혹시라도 그의 사무실에 숨겨져 있을지 모르는 도청장치를 방해하기 위해 가져온 것임을 깨달았다.

그는 말했다. "보이지 않는다니 그게 무슨 말이야?"

"크렘린에도 오지 않았고 전화도 안 받아."

볼로댜는 당황스러웠다. 국가의 지도자가 그냥 사라질 수는 없었다. "뭘 하길래?"

"아무도 몰라." 병사의 태엽이 모두 풀렸다. 카멘은 다시 태엽을 감아 움직이게 했다. "토요일 밤 소련의 서부 집단군이 독일군에게 포위되었다는 소식을 듣고 그랬대. '모든 걸 잃었군. 난 포기야. 레닌이 우리나라를 세웠는데 우리가 말아먹었어.' 그러고는 쿤체보로 갔다는 거야." 모스크바 외곽의 쿤체보라는 도시 근처에 스탈린의 별장이 있었다. "보통 오후면 크렘린에 나타나는데 어제는 모습을 보이지 않았어. 쿤체보에 전화했더니 아무도 안 받더라는 거야. 오늘도 마찬가지고."

볼로댜는 앞으로 몸을 기울였다. "그럼 지금 그는……" 그의 목소리는 속삭임처럼 작아졌다. "정신적으로 무너지고 있다는 건가?"

카멘은 별수 있겠느냐는 몸짓을 해 보였다. "놀랄 것도 없지. 모든 증거를 앞에 두고도 독일이 우리를 공격하지 않을 거라고 극구 우겼는데, 지금 상황을 보라고."

볼로댜는 고개를 끄덕였다. 그럴 법도 했다. 스탈린은 그 자신을 공식적으로 아버지, 선생님, 위대한 지도자, 자연의 변혁자, 위대한 조타수, 인류의 천재, 시대와 인류를 대표하는 가장 위대한 천재 등으로 부르는 것을 허락했다. 하지만 지금 밝혀진 것은, 스스로도 인정하겠지만 다른 모두가 옳고 그는 틀렸다는 것이다. 그런 상황에 처한 사람은 대개 자살을 선택했다.

볼로댜가 생각한 것보다 더 끔찍한 위기였다. 소련이 공격당해 패하고 있는 것만이 문제가 아니었다. 지도자가 없었다. 소련은 혁명 이후 가장 위험한 순간을 맞고 있었다.

하지만 동시에 기회인 것은 아닐까? 스탈린을 제거할 수 있는 기회가 될 수 있지 않을까?

지난번 그가 위태로워 보였던 것은 1924년, 레닌이 유언장에 스탈린이 권력을 잡기에는 적당하지 않은 인물이라고 밝혔을 때였다. 당시 위기에서 살아남은 이후 스탈린의 권력은 난공불락인 것 같았고 심지어—볼로댜는 이제 확실히 알 수 있었다—광기에 가까운 결정을 내릴 때도 마찬가지였다. 숙청, 에스파냐에서의 실책, 베리야 같은 사디스트를 비밀경찰의 수장으로 임명한 일, 히틀러와의 동맹, 모두 그랬다. 마침내 이런 비상사태가 그의 지배력을 무너뜨리는 걸까?

볼로댜는 카멘이나 다른 모두에게도 흥분을 숨겼다. 여름 저녁의 부드러운 햇살을 받으며 집으로 가는 버스에서 속으로만 생각했다. 대공포를 끌고 천천히 이동하는 운반차의 행렬 때문에 귀가가 늦어지고 있었다. 아마도 모스크바의 대공방어 책임자인 아버지의 명령으로 배치 중인 듯했다.

스탈린이 쫓겨날 수 있을까?

얼마나 많은 크렘린의 내부자가 같은 질문을 하고 있을지 궁금했다.

그는 크렘린의 모스크바 강 건너편 10층짜리 정부 주택에 있는 부모님의 아파트에 들어섰다. 부모님은 외출했고 여동생이 쌍둥이 딤카와 타냐를 데리고 와 있었다. 사내인 딤카는 눈동자와 머리가 까맸다. 아이는 빨간 연필을 쥐고 날짜 지난 신문에 아무렇게나 뭔가를 휘갈기고 있었다. 여자아이는 그리고리와 볼로댜처럼 짙은 푸른색 눈매가 강렬하다는 소리를 들었다. 타냐는 볼로댜에게 얼른 인형을 들어 보였다.

그들 말고 조야 보로친체프도 집에 와 있었다. 깜짝 놀라게 아름다운 물리학자인 그녀를 보는 것은 사 년 전 볼로댜가 에스파냐로 떠나기 직전 이후 처음이었다. 그녀와 아냐는 서로 러시아 민속음악에 관심이 있다는 걸 알고 함께 음악회를 보러 다녔고, 조야는 줄이 세 개인 현악기 '구도크'도 연주했다. 두 사람 모두 축음기를 가질 형편이 못 되었지만 그리고리는 갖고 있어서 그들은 지금 발랄라이카 오케스트라의 레코드를 듣는 중이었다. 그리고리는 음악을 아주 사랑하는 사람은 아니었지만 이 레코드는 즐겁게 들린다고 생각했다.

조야는 그녀의 눈처럼 옅은 파란색 반팔 여름 원피스를 입고 있었다. 어떻게 지내느냐는, 지극히 평범한 볼로댜의 인사에 그녀는 날카롭게 대답했다. "몹시 화가 나 있죠."

지금 당장 러시아인들이 화가 난 이유는 매우 많았다. 볼로댜가 물었다. "왜요?"

"내 원자물리학 연구가 취소되었어요. 함께 일하던 과학자들도 다 재배치되었고요. 난 이제 폭격조준기 디자인 개량을 맡아요."

볼로댜가 보기에는 매우 합리적이었다. "어쨌거나 우린 전쟁중이니까요."

"이해를 못하는군요." 그녀가 말했다. "들어봐요. 금속 우라늄이 핵분열이라는 과정을 거치면 어마어마한 양의 에너지가 방출돼요. 진짜 어마어마하다고요. 우리도 알고 서방 과학자들도 알아요. 그들의 과학 잡지에서 논문을 읽었거든요."

"그렇다고 해도 폭격조준기 문제가 더 급한 것 같은데요."

조야는 화를 냈다. "이 핵분열이라는 과정은 폭탄을 만드는 데 활용할 수 있어요. 지금 그 누가 가진 것보다 백배는 더 강력한 폭탄이라고요. 핵폭발 한 번이면 모스크바가 초토화돼요. 만일 독일이 그런 폭탄을 만들고 우리는 못 만들면요? 그건 그들이 소총을 들었을 때 우리는 칼만 든 꼴이라고요!"

볼로댜는 회의적으로 말했다. "하지만 다른 나라 과학자들이 핵분열 폭탄을 만들고 있다고 믿을 만한 근거가 있나요?"

"그럴 거라고 우리는 확신해요. 핵분열 개념은 자동적으로 폭탄을 만드는 생각으로 이어지거든요. 우리는 생각했는데 그들이라고 왜 안 하겠어요? 하지만 다른 이유도 있어요. 그들은 과학 잡지에 초기 결과를 발표했었어요. 그러더니 갑자기 일 년 전에 멈추더군요. 작년 이맘때부터 핵분열에 관한 새로운 과학 논문이 없었어요."

"그러면 서방의 정치인과 군이 연구의 군사적인 활용 가능성을 알아차리고 비밀에 부쳤다고 믿는 건가요?"

"다른 이유는 생각할 수가 없어요. 그리고 여기 소련에서 우리는 아직 우라늄 시굴을 시작도 안 했죠."

"흠." 볼로댜는 미심쩍어하는 척했지만 사실 모든 것이 충분히 믿을 만하다고 생각했다. 스탈린의 열렬한 추종자들—아버지 그리고리를 포함한 무리—도 그가 과학을 잘 안다고는 주장하지 않았다. 그리고 독재자가 자기를 불편하게 하는 것이라면 뭐든 무시하기란 너무나도 쉬웠다.

"당신 아버님께 말씀드렸어요." 조야가 말을 이었다. "내 말을 들어주셨지만, 아무도 아버님 말을 들으려 하지 않아요."

"그래서 어떻게 하려는 거죠?"

"내가 뭘 어쩌겠어요? 우리 공군 조종사들을 위해 끝내주는 폭격조준기를 만들고 잘되기를 바라야죠."

볼로댜는 고개를 끄덕였다. 그런 태도가 좋았다. 이 여자가 좋았다. 그녀는 똑똑하고 팔팔해서 보기만 해도 즐거웠다. 혹시 함께 영화를 보러 가자면 좋다고 할지 궁금했다.

물리학에 대해 이야기하다보니 베를린에서 학교를 같이 다녔던 빌리 프룬체가 떠올랐다. 베르너 프랑크의 말이 빌리는 훌륭한 물리학자가 되어 영국에서 공부중이라고 했다. 어쩌면 그는 조야가 이렇게 고민하는 핵분열 폭탄에 관해 뭔가 알고 있을지도 몰랐다. 그리고 만일 여전히 공산주의자라면 자기가 아는 것을 말해줄지도 몰랐다. 볼로댜는 런던 주재 대사관에 있는 붉은 군대 정보부 소속 무관에게 통신문을 보내야겠다고 유념해두었다.

볼로댜의 부모가 들어왔다. 아버지는 군복 예복을 입었고 어머니는 코트에 모자 차림이었다. 두 사람은 끝날 줄 모르고 이어지는 의식에 참석했다 돌아오는 길이었다. 군은 그런 여러 의식을 사랑해 마지않았다. 독일이 침공한 마당에도 스탈린은 사기에 보탬이 되니 그런 의식을 계속해야 한다고 주장했다.

두 사람은 잠시 쌍둥이를 어르며 시간을 보냈지만 아버지는 심란해 보였다. 그는 뭔가 전화 통화가 어쩌고 중얼거리더니 얼른 서재로 향했다. 어머니는 저녁 준비를 시작했다.

볼로댜는 부엌에서 세 여자와 얘기를 나누면서도 아버지와 대화하고 싶은 마음이 간절했다. 아버지의 급한 통화의 용무가 뭔지 짐작이 갔다. 스탈린을 타도하는 일, 또는 그것을 막는 일이 바로 지금, 어쩌면 이

건물에서 진행되고 있을 터였다.

잠시 후 그는 아버지의 노여움을 감수하고 끼어들기로 작정했다. 그는 양해를 구하고 서재로 들어갔다. 하지만 아버지는 막 나오는 참이었다. "쿤체보로 가야 해." 그가 말했다.

볼로댜는 무슨 일이 벌어지고 있는지 꼭 알고 싶었다. "왜요?" 그가 물었다.

그리고리는 질문을 무시했다. "차를 불렀는데 운전병이 퇴근했다는군. 네가 운전해도 된다."

볼로댜는 흥분했다. 그는 스탈린의 다차에 가본 적이 없었다. 그런 그가 지금, 엄청난 위기의 순간 그곳을 찾는 것이다.

"가자." 아버지가 서두르며 말했다.

두 사람은 복도에서 큰 소리로 인사하고는 밖으로 나왔다.

그리고리의 차는 미국의 패커드를 소련식으로 베낀 검은색 ZIS 101-A로, 3단 자동변속기를 달고 있었다. 최고 속도는 시속 130킬로미터였다. 볼로댜는 운전석에 앉아 차를 출발시켰다.

그는 기술자와 지식인이 사는 동네인 아르바트를 지나 차를 몰았고 서쪽으로 향하는 모자이스크 고속도로에 올랐다. "스탈린 동지께서 소집을 했나요?" 그는 아버지에게 물었다.

"아니. 스탈린은 이틀 동안 연락을 끊고 있다."

"그렇다고 들었어요."

"그래? 비밀로 부쳐야 하는데."

"그런 일은 비밀로 할 수 없어요. 지금 무슨 일이 벌어지는 겁니까?"

"우리 몇 명이 쿤체보로 그를 보러 간다."

볼로댜는 가장 중요한 질문을 했다. "무슨 목적으로요?"

"우선은 그가 죽었는지 살았는지 확인해야지."

정말 이미 그는 죽었고, 아무도 몰랐을 수도 있을까? 볼로댜는 궁금했다. 그러기는 어려워 보였다. "만일 살아 있으면요?"

"몰라. 하지만 무슨 일이 일어나고 있든 나중에 알게 되는 것보다는 거기서 직접 보는 편이 낫지."

움직이는 자동차 안에서는 도청장치가 먹히지 않는다. 볼로댜는 그걸 알기에—마이크에는 엔진 소음만 잡힌다—다른 사람이 이 대화를 엿들을 수는 없다고 확신했다. 그럼에도 감히 상상하기 어려운 말을 꺼내며 그는 두려움을 느꼈다. "스탈린을 타도할 수 있나요?"

아버지는 짜증스럽게 말했다. "말했잖아, 모른다고."

볼로댜는 깜짝 놀랐다. 이런 질문에는 자신감 넘치는 부정이 돌아와야 했다. 그렇지 않은 다른 모든 대답은 긍정이나 마찬가지였다. 아버지는 스탈린이 끝장날 수도 있다는 가능성을 인정했다.

희망이 격렬하게 끓어올랐다. "그러면 어떨지 생각해보세요!" 볼로댜는 즐겁게 말했다. "이제 숙청은 없어요! 강제수용소는 폐쇄되겠죠. 젊은 여자들이 길거리에서 납치당해 비밀경찰에게 강간당하는 일도 더는 없어요." 아버지가 말을 가로막을 거라는 생각도 했지만 그리고리는 눈을 반쯤 감은 채 듣고만 있었다. 볼로댜는 계속 말했다. "'트로츠키주의 파시스트 스파이'라는 멍청한 말도 우리말에서 사라지겠죠. 수에서 밀리거나 무기에서 압도당한 부대는 헛된 희생 없이 후퇴할 수 있어요. 논리적 결정이 내려지고, 모두를 위해 무엇이 최선인지 똑똑한 사람들이 연구할 겁니다. 이건 아버지가 삼십 년 전 꿈꿨던 공산주의라고요!"

"애송이 바보야." 아버지가 깔보듯 말했다. "이 시점에서 우리가 가장 피하고 싶은 상황이 지도자를 잃는 거야. 우리는 전쟁중이고 후퇴하고 있어! 유일한 목적은 혁명을 수호하는 거야. 무슨 대가를 치르더라도 말이지. 지금 우리는 그 어느 때보다 스탈린이 더 필요하다."

볼로댜는 뺨이라도 얻어맞은 기분이었다. 아버지가 그를 바보라고 부른 것은 정말 오랜만이었다.

아버지가 옳은 걸까? 소련에 스탈린이 필요하다고? 이 지도자는 수없이 많은 끔찍한 결정을 내렸고, 다른 사람이 책임을 맡는다고 지금보다 나라가 더 나빠질 수는 없을 것 같았다.

두 사람은 목적지에 도착했다. 스탈린의 집은 관습에 따라 다차라고 불렀지만 그냥 시골 오두막은 아니었다. 길고 낮은 건물에는 거대한 입구 양쪽으로 높은 창문이 다섯 개씩 나 있고, 마치 별장이 자리한 소나무숲에 모습을 숨기려는 듯 흐릿한 녹색으로 칠해져 있었다. 수백 명의 무장병력이 출입문과 이중 철조망 울타리를 지키고 있었다. 그리고리는 위장막에 일부 가려진 대공포를 가리켰다. "내가 배치했지." 그가 말했다.

출입구의 경비병이 그리고리를 알아봤지만 그럼에도 두 사람은 신분증을 요구받았다. 그리고리는 장군이고 볼로댜는 정보부 대위인데도 두 사람 다 무기가 있는지 몸수색을 당했다.

볼로댜는 차를 몰고 문이 있는 곳으로 향했다. 집 앞에 다른 차량은 보이지 않았다. "다른 사람들을 기다리자." 아버지가 말했다.

잠시 후 ZIS 리무진이 세 대 더 다가와 섰다. 볼로댜는 ZIS가 Zavod Imeni Stalina, 즉 '스탈린의 이름을 딴 공장'이라는 뜻임을 떠올렸다. 사형당할 자의 이름을 따서 만든 자동차를 타고 사형집행인이 도착한 것인가?

그들 모두 차에서 내렸다. 양복에 모자를 쓴 중년 남자 여덟 명의 손에 조국의 미래가 달려 있었다. 볼로댜는 그들 가운데 외무장관 몰로토프와 비밀경찰의 수장인 베리야를 알아보았다.

"가지." 그리고리가 말했다.

볼로댜는 깜짝 놀랐다. "저도 같이 들어가요?"

그리고리는 좌석 밑으로 손을 넣더니 볼로댜에게 토카레프 TT-33 권총을 건넸다. "주머니에 넣어둬." 그가 말했다. "만일 저 멍청한 베리야가 나를 체포하려 들거든 녀석을 쏴버려."

볼로댜는 조심스럽게 총을 받았다. TT-33은 안전장치가 없었다. 권총을 재킷 주머니에 넣고—총신은 길이가 20센티미터가 조금 못 되었다—차에서 내렸다. 그리고 이 권총 탄창에는 탄알이 여덟 발 들어간다는 사실을 떠올렸다.

모두 안으로 들어갔다. 볼로댜는 다시 몸수색을 받다가 권총을 들키는 게 아닐까 걱정했지만 두번째 수색은 없었다.

집안은 짙은 색으로 칠했고 조명은 밝지 않았다. 장교 한 명이 작은 식당처럼 보이는 곳으로 사람들을 안내했다. 스탈린은 그곳 팔걸이의자에 앉아 있었다.

동반구에서 가장 강력한 남자는 초췌하고 우울해 보였다. 들어서는 이들을 보고 그가 말했다. "여러분은 왜 왔소?"

볼로댜는 숨이 막혔다. 그는 사람들이 자기를 체포하거나 처형하려고 왔다고 생각하는 것이 분명했다.

한참 침묵이 흘렀고 볼로댜는 이들이 아무 계획 없이 왔다는 사실을 깨달았다. 스탈린의 생사조차 모르는데 무슨 계획이 있었겠는가?

하지만 이제 어떻게 해야 하나? 스탈린을 쏴버려? 다시없을 기회인지도 몰랐다.

마침내 몰로토프가 앞으로 나섰다. "다시 돌아와 일을 해주시기 바랍니다." 그가 말했다.

볼로댜는 항의하고 싶은 마음을 눌러 참았다.

하지만 스탈린은 고개를 저었다. "내가 인민의 희망에 부응할 수 있겠소? 조국을 승리로 이끌 수 있을까?"

볼로댜는 깜짝 놀랐다. 정말 거절할 생각일까?

스탈린이 덧붙였다. "다른 후보자가 있을 수도 있소."

그는 자기를 쫓아낼 두번째 기회를 주고 있었다!

다른 누군가가 입을 열었고, 볼로댜는 그가 보로실로프 원수임을 알아보았다. "더 자격 있는 사람은 없습니다." 그가 말했다.

그 말이 무슨 도움이 된단 말인가? 지금은 노골적인 아첨을 할 때가 전혀 아니었다.

그때 아버지가 끼어들었다. "그렇습니다!"

이들은 스탈린을 물러나게 할 생각이 없단 말인가? 어쩌면 이렇게 멍청할 수가 있지?

처음으로 뭔가 합리적인 발언을 한 사람은 몰로토프였다. "저희는 국가 방위 위원회라는 전시 내각을 구성할 것을 제안합니다. 소수의 인원으로 모든 권한을 가진, 정치국을 초월하는 기구입니다."

스탈린은 재빨리 끼어들었다. "위원장은?"

"스탈린 동지이십니다!"

볼로댜는 외치고 싶었다. 안 돼!

다시 한번 긴 침묵이 흘렀다.

마침내 스탈린이 입을 열었다. "잘 알았소." 그는 말했다. "자, 또 누가 위원회에 필요하지?"

베리야가 앞으로 나서더니 몇몇 인사를 위원으로 제안하기 시작했다.

다 끝났어. 볼로댜는 좌절과 실망감으로 어지러운 상태에서 깨달았다. 이들은 기회를 잃었다. 독재자를 타도할 수 있었지만 용기가 부족했던 거야. 폭력 아버지를 둔 아이들처럼 그들은 지도자 없이 헤쳐나갈 일을 두려워했다.

사실 그보다 나쁜 상황이지. 볼로댜는 점점 더 낙담하며 생각했다. 아마 스탈린은 정말 몰락을 겪었을 것이다. 정말 그래 보였다. 하지만 동시에 정치적으로 훌륭한 한 수를 두었다. 그를 대신할 만한 사람이 모두 이 방안에 있었다. 자신의 판단이 비극적일 만큼 형편없었다는 사실이 만천하에 드러난 순간, 그는 라이벌들로 하여금 제 발로 나서서 그에게 돌아와 다시 지도자가 되어달라고 빌게 만들었다. 자신의 끔찍한 실책은 이제 논의 대상에서 분명히 제외하는 것으로 매듭짓고 스스로 새로운 출발점을 확보했다.

스탈린은 그냥 돌아온 것이 아니었다.

그는 그 어느 때보다 강력했다.

XI

아켈베르크에서 벌어지는 일에 대해 공개적으로 항의할 만큼 용감한 사람이 누굴까? 카를라와 프리다는 직접 눈으로 목격했고 일제 쾨니히라는 증인도 확보했지만 이제 그들을 대변해줄 사람이 필요했다. 선출된 의원은 이제 없었다. 제국의회 의원은 모두 나치였다. 마찬가지로 진정한 언론인도 없었다. 그저 펜을 굴려대는 아첨꾼뿐이었다. 판사도 모두 나치가 임명한, 정부에 굴종하는 사람들이었다. 예전에는 자기가 정치인, 언론인, 변호사에 의해 어떻게 보호받고 있는지 깨닫지 못했다. 이제 보니 그들이 없으면 정부는 원하는 짓은 뭐든 할 수 있고, 심지어 사람들을 죽일 수도 있었다.

누구를 찾아가야 하나? 프리다를 흠모하는 하인리히 폰 케셀은 가톨릭 사제인 친구가 있었다. "페터는 우리 반에서 가장 똑똑한 친구였어.” 그는 두 사람에게 말했다. “하지만 인기가 가장 많지는 않았어. 조금 고결하고 완고했지. 그래도 그 친구라면 우리가 하는 말을 들어줄 거야.”

카를라는 시도해볼 가치가 있다고 생각했다. 그녀가 다니는 개신교 교회 목사는 동조했지만 게슈타포가 겁을 주자 입을 다물었다. 어쩌면 같은 일이 다시 벌어질 수도 있었다. 하지만 달리 어떻게 해야 할지 알 수 없었다.

6월의 어느 일요일 이른 아침 하인리히는 카를라와 프리다, 일제를 쇠네베르크에 있는 페터의 성당으로 데려갔다. 검은 양복을 차려입은 하인리히는 멋져 보였다. 여자들은 모두 믿을 만한 사람임을 상징하는 간호사 제복을 입었다. 그들은 옆문으로 들어가 작고 먼지 쌓인 방으로 향했다. 오래된 의자 몇 개와 커다란 옷장이 보였다. 페터 신부는 혼자 기도중이었다. 분명히 그들이 들어오는 소리를 들었을 테지만 무릎을 꿇은 채 한참 더 기도하고 나서야 일어나 돌아서서 그들을 맞았다.

페터는 키가 크고 말랐으며 평범한 외모에 머리를 깔끔하게 깎았다. 카를라는 그가 하인리히와 동기라면 스물일곱 살일 거라고 계산했다. 그는 방해받아 짜증이 났다는 것을 숨기려 굳이 애쓰지 않고 인상을 찌푸렸다. “미사 준비 하고 있었어.” 그는 까칠하게 말했다. “성당에서 자네를 보게 되어 기쁘군, 하인리히. 하지만 지금은 그냥 가줘. 나중에 만나.”

“이건 종교적인 비상사태야, 페터.” 하인리히가 말했다. “앉아, 자네에게 해줄 중요한 얘기가 있어.”

“미사보다 더 중요할 리가 없잖아.”

“더 중요할 수도 있어, 페터. 날 믿어. 오 분 안에 자네도 동의할 거야.”

“알았어.”

"여기는 내 여자친구 프리다 프랑크야."

카를라는 깜짝 놀랐다. 프리다는 이제 하인리히의 여자친구인가?

프리다가 말했다. "제게는 선천성 이분척추증을 앓는 남동생이 있었어요. 올해 초 그 아이는 특수 치료를 위해서 바이에른의 아켈베르크에 있는 병원으로 옮겨졌습니다. 얼마 지나지 않아 그 아이가 맹장염으로 숨졌다는 편지를 받았어요."

그녀가 카를라를 보자 카를라는 이야기를 이어갔다. "저희 집 가정부의 아이는 뇌 손상을 입고 태어났어요. 그 아이도 아켈베르크로 옮겨졌죠. 가정부도 똑같은 편지를 같은 날 받았어요."

페터는 양손을 펼쳐 그래서 어쩌라는 것이냐는 몸짓을 해 보였다. "이런 식의 이야기는 전에도 들어봤네. 반정부 선동이지. 교회는 정치에 개입하지 않아."

쓰레기 같은 소리. 카를라는 생각했다. 교회는 목까지 정치가 차올라 있었다. 하지만 그냥 넘어가기로 했다. "저희 집 가정부의 아이는 맹장이 없어요." 그녀는 말을 이었다. "이 년 전에 이미 제거 수술을 했죠."

"자, 자." 페터가 말했다. "그래서 뭐가 입증되었다는 건가요?"

카를라는 낙담했다. 페터는 그들에게 편견을 가진 것이 틀림없었다.

하인리히가 말했다. "잠깐, 페터. 아직 끝이 아니야. 여기 일제가 아켈베르크의 그 병원에서 일했어."

페터는 기대된다는 듯 그녀를 바라보았다.

"저는 가톨릭을 믿으며 자랐습니다, 신부님." 일제가 말했다.

카를라도 모르는 사실이었다.

"저는 훌륭한 신자가 아닙니다." 일제가 말을 이었다.

"주님의 딸이여, 훌륭한 것은 하느님이지 우리가 아닙니다." 페터가 경건하게 말했다.

일제가 말했다. "하지만 제가 하는 짓이 죄악인 줄은 알았습니다. 그럼에도 그들이 시켜서 했습니다. 그리고 저는 두려웠습니다." 그녀는 울기 시작했다.

"무슨 일을 했습니까?"

"사람들을 죽였습니다. 아, 신부님. 주님께서 저를 용서하실까요?"

신부는 젊은 간호사를 멍하니 보았다. 이것까지 선동으로 치부할 수는 없었다. 그가 지금 보는 것은 괴로워하는 영혼이었다. 그의 얼굴이 창백해졌다.

다른 사람들은 아무 말도 하지 않았다. 카를라는 숨을 멈췄다.

일제가 말했다. "장애인들은 회색 버스를 타고 병원으로 왔어요. 특수 치료는 없었어요. 우리가 그들에게 주사를 놨고 그들은 죽었습니다. 그리고 그 시체를 태웠습니다." 그녀는 페터를 바라보았다. "제가 한 짓을 용서받을 수 있을까요?"

그는 말을 하려고 입을 열었다. 말은 목에서 걸리고 기침만 나왔다. 마침내 그가 조용히 말했다. "몇 명이죠?"

"대개는 넷입니다. 버스가 네 대 온다는 말입니다. 한 대에 환자가 스물다섯 명 정도 타고 있었습니다."

"백 명이라고요?"

"네. 매주요."

페터의 위풍당당한 침착함은 사라졌다. 얼굴은 창백한 잿빛이 되었고 벌어진 입을 다물지 못했다. "매주 장애인 백 명?"

"네, 신부님."

"어떤 종류의 장애였죠?"

"정신과 몸, 모든 종류였어요. 치매 노인, 기형아, 남자, 여자, 마비되었거나 지능이 떨어지거나 그냥 몸을 못 움직이는 사람들이죠."

페터는 그녀에게 되물었다. "그리고 병원 직원들이 그들을 모두 죽였다고요?"

일제는 흐느껴 울었다. "죄송해요, 죄송합니다. 저는 나쁜 짓인 줄 알고 있었어요."

카를라는 페터를 바라보았다. 거만하던 그의 태도는 사라지고 없었다. 놀라운 변화였다. 지난 몇 년 동안 나무 우거진 교외에 사는 부자들이 고백하는 소소한 죄악들이나 들어오다 난데없이 원초적인 악과 마주한 것이다. 그리고 뼛속까지 충격에 젖었다.

하지만 그가 어떻게 행동할까?

페터는 일어섰다. 그는 일제의 손을 잡고 그녀를 일으켜 세웠다. "교회로 돌아오세요." 그가 말했다. "당신의 사제에게 고해하세요. 주님께서 용서하실 겁니다. 내가 아는 것은 이뿐입니다."

"감사합니다." 그녀가 속삭이듯 말했다.

그는 그녀의 손을 놓고 하인리히를 보았다. "나머지 우리로서는 그리 간단하지 않을 수도 있겠군." 그가 말했다.

그러고 나서 그들에게 다시 등을 돌리고는 기도하기 위해 무릎을 꿇었다.

카를라가 보자 하인리히는 어깨를 으쓱했다. 그들은 일어서서 작은 방을 나왔다. 카를라는 훌쩍이는 일제를 한 팔로 감싸안았다.

카를라가 말했다. "미사가 끝날 때까지 기다리죠. 그후에 신부님이 다시 얘기할 수도 있잖아요."

네 사람은 성당의 신도석으로 걸어들어갔다. 일제는 울음을 멈췄고 전보다 차분해졌다. 프리다는 하인리히의 팔을 잡았다. 네 사람은 모여드는 신도들 사이에 자리를 잡았다. 대부분 부유해 보이는 남자와 뚱뚱한 여자, 가만히 앉아 있지 못하는 아이로 모두 가장 좋은 옷을 빼입은 모습이었다. 이런 사람들은 절대 장애인을 살해하려 들지 않을 거라고 카를라는 생각했다. 하지만 이들을 대신해 정부가 그 짓을 했다. 어떻게 이런 일이 벌어질 수 있을까?

페터 신부에게 뭘 기대할 수 있을지는 알 수 없었다. 결국 그들이 한 말을 믿는 것은 분명해 보였다. 그들에게 정치적 의도가 있다고 일축하고 싶어했지만 일제의 진심이 그를 설득했다. 그는 충격을 받았다. 하지만 하느님께서 일제를 용서하리라는 것 말고는 아무 약속도 하지 않았다.

카를라는 성당을 둘러보았다. 그녀가 다니는 개신교 교회보다 더 다채롭게 장식한 모습이었다. 성상과 성화가 많고 대리석과 금박, 현수막, 촛불도 더 많았다. 이런 사소한 것들을 두고 개신교와 가톨릭이 전쟁을 벌여왔다는 사실이 떠올랐다. 아이들이 살해당하는 세상에서 촛불 따위에 신경쓰는 사람이 있다니 정말이지 기이했다.

미사가 시작되었다. 예복을 차려입고 들어서는 사제들 가운데 페터 신부가 가장 키가 컸다. 카를라는 그의 표정에서 단호한 경건함 말고는 아무것도 읽을 수 없었다.

그녀는 찬송과 기도가 이어지는 동안 냉담한 마음으로 앉아 있었다. 그녀는 아버지를 위해 기도했었지만 두 시간 뒤 잔인하게 얻어맞은 채 집 바닥에서 죽어가는 아버지를 발견했다. 매일, 어떤 때는 매시간 아버지가 그리웠다. 기도는 아버지를 구하지 못했고, 정부가 쓸모없다고 여기는 사람들도 보호하지 못했다. 말이 아니라 행동이 필요했다.

아버지를 생각하다보니 오빠 에리크가 떠올랐다. 그는 러시아 어딘가에 있었다. 집으로 보낸 편지에서 그는 침공의 빠른 진전을 기뻐하며 축하하는 한편, 발터가 게슈타포에 의해 살해당했다는 걸 믿으려 하지 않으며 화를 냈다. 아버지는 멀쩡하게 게슈타포로부터 풀려났다가 거리에서 공산주의자, 또는 유대인의 공격을 받은 것이 틀림없다고 주장했다. 그는 이성이 닿지 않는 환상 속에 살고 있었다.

페터 신부도 마찬가지일까?

페터가 설교대에 올랐다. 카를라는 그가 오늘 설교를 한다는 사실은 알지 못했다. 무슨 말을 할까 궁금했다. 오늘 아침 들은 이야기에서 영감을 받은 내용일까? 뭔가 그 일과는 관계없는, 겸양의 미덕이나 부러움의 죄악에 대해 말할까? 아니면 눈을 감은 채 독일군이 러시아에서 계속 승리를 거두는 것에 대해 하느님께 충심으로 감사할까?

당당하게 설교대에 서서 성당 안을 둘러보는 그의 눈길은 오만하게도, 자신만만하게도, 도전적으로도 보였다.

"십계명의 다섯번째 계율은 이렇습니다. 살인하지 말라."

카를라는 하인리히와 눈을 마주쳤다. 페터는 무슨 말을 하려는 걸까?

그의 목소리가 신도석의 석재들 사이에서 울려퍼졌다. "바이에른의 아켈베르크라는 곳에서 우리 정부는 매주 백 번씩 그 계율을 어기고 있습니다!"

카를라는 헉 소리를 냈다. 그는 해내고 있었다. 장애인 말살 프로그램에 대항해 설교하고 있다! 이것으로 모든 걸 바꿀 수 있었다.

"희생자들이 장애인이든 정신 질환이 있든, 또는 스스로 먹지 못하든 마비되었든 달라질 것은 없습니다." 페터는 분노를 숨김없이 드러냈다. "무력한 아기나 치매 노인도 모두 주님의 자식이며 그들의 목숨은 저나 여러분의 목숨과 마찬가지로 신성합니다." 그의 목소리가 더욱 커졌다. "그들을 죽이는 것은 큰 죄입니다!" 그는 오른손을 들어 주먹을 쥐어 보였고 목소리는 북받치는 감정으로 흔들렸다. "만일 아무 행동도 하지 않는다면 우리는 독극물 주사를 놓는 의사들이나 간호사들과 똑같은 죄를 짓는 것입니다. 우리가 이대로 침묵한다면……" 그는 잠시 말을 멈추었다. "우리가 이대로 침묵한다면, 우리 역시 살인자입니다!"

XII

토마스 마케 경감은 몹시 화가 났다. 크링겔라인 총경과 다른 상관들에게 제대로 망신을 당했다. 그는 윗사람들에게 구멍을 막았다고 장담했었다. 아켈베르크의 비밀—그리고 전국의 다른 지역에 있는 같은 종류의 병원들도—은 안전하다고 말했다. 세 명의 말썽꾼 베르너 프랑크, 옥스 목사, 발터 폰 울리히를 찾아냈고 각각 다른 방법을 동원해 모두 입을 막았다.

그런데도 비밀이 새어나갔다.

문제가 된 인물은 페터라는 이름의 오만한 젊은 신부였다.

페터 신부는 지금 벌거벗은 모습으로 특별 제작한 의자에 손목과 발목이 묶인 채 마케 앞에 있었다. 귀와 코, 입에서 피가 흘렀고 가슴에는 잔뜩 토해놓은 상태였다. 입술과 젖꼭지, 음경에 전극이 달려 있었다. 경련을 일으키다가 목이 부러지는 걸 막기 위해 이마에 띠를 둘러 묶어 두었다.

신부 옆에 앉아 청진기로 심장을 짚어보던 의사는 미심쩍어했다. "더는 못 버팁니다." 그가 사무적인 목소리로 말했다.

페터 신부의 선동적인 설교는 다른 곳으로 이어졌다. 훨씬 더 저명한 성직자인 뮌스터의 주교가 T4 프로그램을 맹렬히 비난하는 비슷한 내용의 설교를 했다. 주교는 히틀러에게 게슈타포로부터 사람들을 구해 달라고 청했는데, 영리하게도 이런 프로그램을 총통은 알고 있을 리가 없다는 암시로 히틀러에게 편리하게 이용할 수 있는 알리바이를 제공했다.

그의 설교는 타자기로 작성되어 복사되었고 독일 전역에서 손에서 손으로 전해졌다.

게슈타포는 설교 문건을 소지한 모든 사람을 체포했지만 헛수고였다. 제3제국 역사상 정부의 행동에 대중이 격렬하게 항의한 유일한 순간이었다.

단속은 무척 사나웠지만 소용이 없었다. 설교문 복사본은 계속 퍼져나갔고 더 많은 성직자가 장애인을 위해 기도했으며, 아켈베르크에서는 심지어 시위행진까지 벌어졌다. 사태는 걷잡을 수 없었다.

그리고 그로 인한 비난이 마케에게 향했다.

그는 페터에게 몸을 굽혔다. 신부는 눈이 감겼고 호흡이 얕았지만 의식은 있었다. 마케는 그의 귀에 대고 소리쳤다. "누가 아켈베르크에 대해 말해줬나?"

대답은 없었다.

페터는 마케의 유일한 단서였다. 아켈베르크에서 조사를 했지만 의미 있는 사실은 드러나지 않았다. 라인홀트 바그너는 자전거를 타고 온 젊은 여자 둘이 병원을 방문했다는 이야기를 들었지만 그들이 누군지 아무도 알지 못했다. 상대가 누군지는 밝히지 않았지만 갑자기 결혼하게 되었다는 편지를 남기고 급작스레 일을 그만둔 간호사 이야기도 있었다. 어느 쪽도 수사는 진척이 없었다. 상황이 어떻든 마케는 이 재앙이 어린 여자들의 작품은 아니라고 느꼈다.

마케는 기계를 다루는 기술자에게 고갯짓을 해 보였다. 그가 손잡이를 돌렸다.

몸에 전기가 흘러 신경을 고문하자 페터는 괴로움에 비명을 질렀다. 그의 몸이 발작적으로 떨렸고 머리칼이 곤두섰다.

기술자가 전기를 껐다.

마케가 소리질렀다. "놈의 이름을 대!"

마침내 페터가 입을 열었다.

마케는 좀더 가까이 몸을 기울였다.

페터가 속삭였다. "놈이 아니야."

"그럼 여자군! 이름을 대!"

"그건 천사였어."

"개자식, 죽어버려." 마케는 손잡이를 돌렸다. "말할 때까지 계속이야!" 그는 고함을 쳤고 페터는 몸서리치며 비명을 질렀다.

문이 열렸다. 젊은 형사가 안을 들여다보고는 얼굴이 창백해지더니 마케를 손짓으로 불렀다.

기술자가 전기를 껐고 비명은 멈추었다. 의사가 앞으로 몸을 기울여 페터의 심장을 점검했다.

형사가 말했다. "죄송합니다, 마케 경감님. 그런데 총경님이 보자고 하십니다."

"지금?" 마케가 짜증스럽다는 듯 내뱉었다.

"그렇게 말씀하셨습니다."

마케가 보자 의사는 어깨를 으쓱했다. "이 친구는 젊어요." 그가 말했다. "다녀오실 때까지 살아 있을 겁니다."

마케는 방을 나와 형사와 함께 위층으로 향했다. 크링겔라인의 사무실은 1층이었다. 마케는 노크를 하고 안으로 들어갔다. "빌어먹을 신부놈이 아직 불지 않습니다." 그는 단도직입적으로 말했다. "시간이 더 필요합니다."

가냘픈 몸집에 안경을 쓴 크링겔라인은 똑똑했지만 의지가 약했다. 뒤늦게 나치당원이 되었기 때문에 엘리트 친위대는 아니었다. 마케와는 달리 열렬한 지지자로서의 열정이 부족했다. "신부 데리고 더 고생할 거 없네." 그가 말했다. "우린 더이상 어떤 성직자에게도 관심 없어. 수용소에 처넣고 잊어버려."

마케는 귀를 의심했다. "하지만 이자들은 총통 각하에게 흠집을 내려는 음모를 꾸몄습니다!"

"그리고 성공했지." 크링겔라인이 말했다. "반면 자네는 실패했고."

마케는 크링겔라인이 남몰래 이 사태를 기뻐하는 게 아닌가 의심스러웠다.

"꼭대기에서 내린 결정이야." 크링겔라인이 말을 이었다. "T4 작전은 폐기되었어."

마케는 까무러칠 만큼 놀랐다. 나치는 그들이 내린 결정이 무식한 자들의 의혹에 흔들리도록 용납한 적이 단 한 번도 없었다. "지금의 우리는 대중의 의견에 굽실거리면서 만들어진 게 아닙니다!"

"이번에는 그래."

"왜죠?"

"총통께서는 직접 내린 결정에 대해 내게 개인적으로 설명해주지 않으시는군." 크링겔라인은 비꼬듯 말했다. "하지만 짐작해볼 수는 있지. 이 프로그램은 대개 수동적이던 대중에게서 놀라우리만큼 분노에 찬 저항을 이끌어냈어. 우리가 계속 고집을 부리다간 모든 종파의 교회와 대놓고 맞서는 위험을 감수하게 될 거야. 결코 좋은 일이 아니지. 독일 국민의 통합과 결단을 약하게 하는 일은 절대 없어야 하니까. 지금까지의 어떤 적보다도 강한 소련과 전쟁을 벌이는 지금은 더욱 그렇지. 그래서 프로그램이 폐기된 거야."

"잘 알겠습니다." 마케는 화를 억누르면서 말했다. "다른 사항 있습니까?"

"가보게." 크링겔라인이 말했다.

마케는 문으로 향했다.

"마케."

그는 돌아섰다. "네."

"셔츠 갈아입게."

"셔츠요?"

"피가 묻었어."

"네, 죄송합니다."

화가 난 마케는 쿵쿵거리며 계단을 내려갔다. 그는 지하 고문실로 되돌아갔다. 페터 신부는 아직 살아 있었다.

화가 치솟은 그는 다시 소리질렀다. "누가 아켈베르크 이야기를 해주었나?"

대답은 없었다.

그는 전류의 세기를 최고로 높였다.

페터 신부는 오랫동안 비명을 질렀다. 그리고 마침내 최후의 침묵에 빠졌다.

XIII

프랑크 가족이 사는 빌라는 작은 공원 안에 있었다. 200미터가량 떨어진 곳에 작은 탑이 자리잡은 야트막한 언덕이 있는데, 사방이 다 잘 보이고 앉을 곳도 있었다. 카를라와 프리다는 어릴 때 이곳을 그들의 영지 저택처럼 생각하고, 수십 명의 하인이 멋진 손님들을 기다리는 큰 파티를 벌이는 척하며 몇 시간씩 놀곤 했다. 나중에는 둘이 앉아 아무도 못 듣게 이야기를 나누는 가장 좋아하는 장소가 되었다.

"이 벤치에 처음 앉았을 때는 발이 바닥에 안 닿았는데." 카를라가 말했다.

프리다가 말했다. "그 시절로 되돌아갈 수 있었으면 좋겠어."

구름이 뒤덮이고 습해서 후텁지근한 오후였고 두 사람 다 민소매 원피스를 입고 있었다. 기분이 울적했다. 페터 신부가 죽었다. 경찰에 따르면 그는 구금된 상태에서 자신이 저지른 죄 때문에 괴로워하다가 자살했다고 했다. 카를라는 그도 그녀의 아버지처럼 맞았을까 궁금했다. 그럴 가능성이 농후했다.

독일 전역에서 경찰 유치장에 갇힌 사람이 수십 명이 넘었다. 일부는 장애인 살해에 대해 공개적으로 항의한 혐의였고, 다른 사람들은 그저 갈렌 주교의 설교 내용을 배포한 죄밖에 없었다. 카를라는 그들 모두 고문을 당했을지 궁금했다. 그녀 자신은 그런 운명을 얼마나 오래 피할 수 있을지도.

베르너가 집에서 쟁반을 들고 나왔다. 쟁반을 든 채 잔디밭을 가로질러 탑으로 다가왔다. 그가 기분좋게 말했다. "레모네이드 좀 마시면 어떨까요, 아가씨들?"

카를라는 고개를 돌렸다. "아니, 됐어요." 그녀는 차갑게 말했다. 그 비겁한 태도를 보여놓고 어쩜 이렇게 친구처럼 구는지 이해할 수 없었다.

프리다가 말했다. "나도 안 마셔."

"우리가 아직 친구였으면 좋겠는데." 베르너는 카를라를 보며 말했다.

어떻게 저런 말을 할 수 있지? 당연히 그들은 이제 친구가 아니었다.

프리다가 말했다. "페터 신부님이 죽었어, 오빠."

카를라가 덧붙였다. "아마도 게슈타포에게 고문당해 죽었겠죠. 당신 동생 같은 사람들을 살해하는 일을 용납하지 않으려 해서요. 우리 아버지도 같은 이유로 돌아가셨어요. 많은 사람이 감옥이나 수용소에 있고요. 하지만 당신은 수월하게 책상에서 하는 일을 지켰죠. 그러니 괜찮아요."

베르너는 괴로워 보였고 그래서 카를라는 놀랐다. 그가 무시할 줄 알았다. 최소한 아무렇지 않은 척이라도 할 줄 알았다. 하지만 그는 정말로 속이 상한 것 같았다. 그가 말했다. "우리 모두 각자 해낼 수 있는 다른 방식이 있다고 생각하지 않아?"

시시한 소리였다. "당신은 아무것도 안 했잖아요!" 카를라가 말했다.

"어쩌면 그렇지." 그는 슬프게 말했다. "그럼 레모네이드 안 마셔?"

두 사람 모두 대답하지 않았고 그는 집으로 돌아갔다.

카를라는 분하고 화가 났지만 후회하는 마음이 드는 것도 어쩔 수 없었다. 베르너가 겁쟁이라는 사실을 깨닫기 전에는 사랑을 시작하던 사이였다. 그가 좋았다, 지금까지 키스한 다른 남자들보다 열 배는 더 좋았다. 비통한 심정은 아니었지만 깊은 실망감을 느꼈다.

프리다가 더 운이 좋네. 집에서 나오는 하인리히를 보니 그런 생각이 퍼뜩 들었다. 프리다는 매력이 넘치고 노는 걸 좋아했고, 하인리히는 곧잘 사색에 잠기고 진지했지만 웬일인지 두 사람은 짝이 되었다. "저 사람 사랑해?" 카를라는 그가 여전히 멀리 있을 때 물었다.

"아직 모르겠어." 프리다가 대답했다. "그래도 저 사람은 심하게 다정하지. 좋아하긴 해."

그건 사랑이 아닐지도 모른다고 카를라는 생각했지만 어쨌든 두 사람은 잘돼가고 있었다.

하인리히는 새로운 소식을 터뜨렸다. "바로 알려주러 왔어." 그가 말했다. "점심식사 후에 아버지가 말해주셨어."

"뭘요?" 프리다가 물었다.

"정부에서 프로젝트를 폐기했어. T4 작전이라는 이름이었대. 장애인 살해 말이야. 그만두겠대."

카를라가 말했다. "우리가 이겼다는 건가요?"

하인리히는 힘차게 고개를 끄덕였다. "아버지도 놀라셨어. 총통이 대중의 의견 때문에 뭔가를 포기한 적이 단 한 번도 없었다는 거야."

프리다가 말했다. "그런데 우리가 그렇게 만들었군요!"

"그걸 아무도 몰라서 천만다행이지." 하인리히가 열렬하게 말했다.

카를라가 말했다. "그냥 병원들을 폐쇄하고 모든 프로그램을 중단한대요?"

"정확히 그렇지는 않아."

"그게 무슨 말이에요?"

"아버지 말이 그런 병원의 의사와 간호사 모두 딴 데로 배치되었대."

카를라는 얼굴을 찌푸렸다. "어디로요?"

"러시아." 하인리히가 말했다.

(2권으로 이어집니다.)

옮긴이 **남명성**
한양대학교를 졸업하고 방송국 PD와 인터넷 기획자로 일했다. 현재 전문번역가로 활동하고 있다. 옮긴 책으로 『거인들의 몰락』 『영원의 끝』 『천사학』 『본 슈프리머시』 『나이트 이터널』 『나를 데려가』 『문신 속 여인과 사랑에 빠진 남자』 『높은 성의 사내』 『스노크래시』 『파이트』 『남겨진 자들』 『열세번째 시간』 『밤의 기억들』 『셜록 홈즈: 주홍색 연구』 『셜록 홈즈: 바스커빌 가문의 개』 『아르테미스』 『사일런트 페이션트』 등이 있다.

문학동네 블랙펜 클럽
세계의 겨울 1

1판 1쇄 2016년 2월 19일 | 1판 2쇄 2020년 9월 11일

지은이 켄 폴릿 | 옮긴이 남명성 | 펴낸이 염현숙
책임편집 박아름 | 편집 황문정
디자인 고은이 이원경 | 저작권 한문숙 김지영 이영은
마케팅 정민호 이숙재 양서연 박지영 | 홍보 김희숙 김상만 지문희 김현지
제작 강신은 김동욱 임현식 | 제작처 영신사

펴낸곳 (주)문학동네
출판등록 1993년 10월 22일 제406-2003-000045호
주소 10881 경기도 파주시 회동길 210
전자우편 editor@munhak.com | 대표전화 031) 955-8888 | 팩스 031) 955-8855
문의전화 031) 955-3578(마케팅) 031) 955-2646(편집)
문학동네카페 http://cafe.naver.com/mhdn | 트위터 @munhakdongne
북클럽문학동네 http://bookclubmunhak.com

ISBN 978-89-546-3949-1 04840
978-89-546-3948-4 (세트)

잘못된 책은 구입하신 서점에서 교환해드립니다.
기타 교환 문의 031) 955-2661, 3580

www.munhak.com

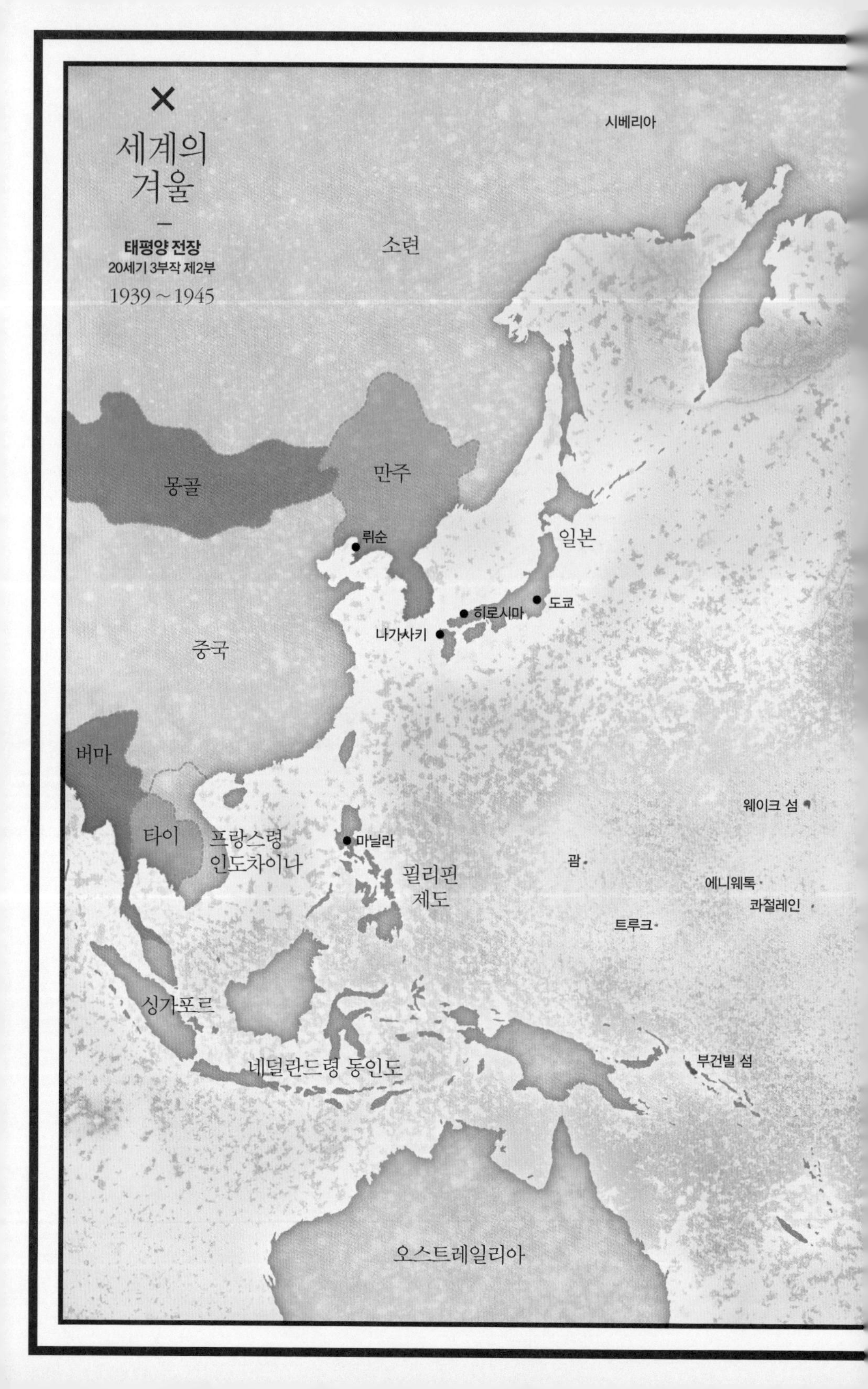
×
세계의
겨울
태평양 전장
20세기 3부작 제2부
1939 ~ 1945
시베리아
소련
몽골
만주
뤼순
일본
도쿄
히로시마
나가사키
중국
버마
타이
프랑스령
인도차이나
마닐라
필리핀
제도
괌
웨이크 섬
에니웨톡
콰절레인
트루크
싱가포르
네덜란드령 동인도
부건빌 섬
오스트레일리아

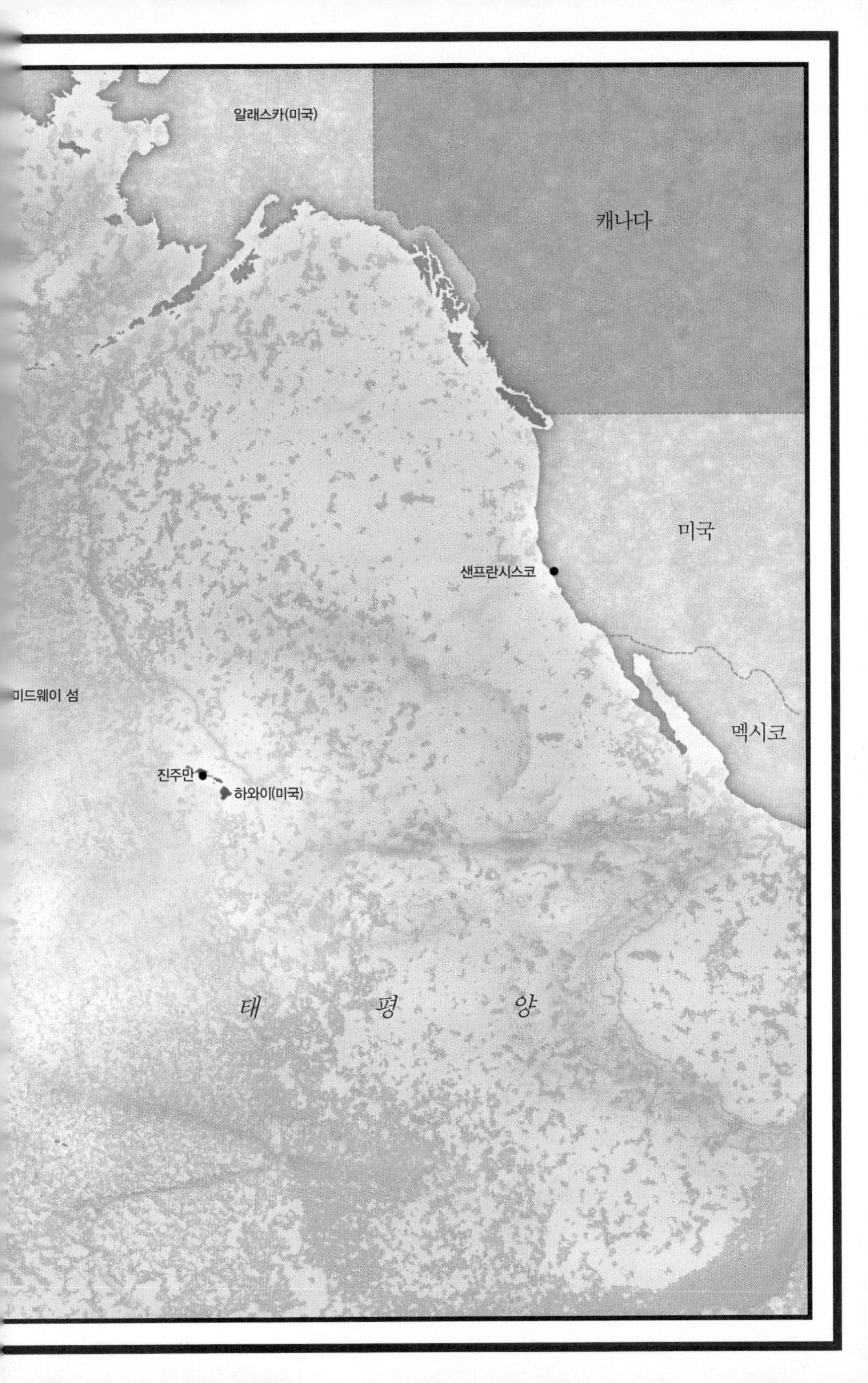
알래스카(미국)
캐나다
미국
샌프란시스코
멕시코
미드웨이 섬
진주만
하와이(미국)
태 평 양